普通高等教育通识类课程教材

文学基础与影视欣赏

杨华轲　朱伟利　毕雪燕　罗玲谊　李晓筝　宋凯果　魏石当　编著

中国水利水电出版社
www.waterpub.com.cn
·北京·

内 容 提 要

本书以文体为编写体例，共分五章：第一章为诗词；第二章为散文；第三章为戏剧（曲）；第四章为小说，主要选取了中国古代、现当代以及外国最具代表性的诗词、散文、戏剧（曲）、小说，品评结合；第五章为电影，主要选取近三十年间的中外经典电影，评议结合。

本书以古今中外的优秀文学和电影作品为基础，在鉴赏优秀作品的过程中学习相关的基础知识和基本理论，培养学生的阅读、分析、评论和写作能力，提高艺术素养和审美能力。本书不仅适于作为普通高校的素质类课程教材，而且适于广大文学工作者及爱好者作为参考用书和自学用书。

图书在版编目（CIP）数据

文学基础与影视欣赏 / 杨华轲等编著. -- 北京 : 中国水利水电出版社, 2020.10（2022.1重印）
普通高等教育通识类课程教材
ISBN 978-7-5170-8929-2

Ⅰ. ①文… Ⅱ. ①杨… Ⅲ. ①文学理论－高等学校－教材②影视艺术－鉴赏－高等学校－教材 Ⅳ. ①I0 ②J905

中国版本图书馆CIP数据核字(2020)第184762号

策划编辑：石永峰　　责任编辑：高双春　　封面设计：李　佳

书　名	普通高等教育通识类课程教材 文学基础与影视欣赏 WENXUE JICHU YU YINGSHI XINSHANG
作　者	杨华轲　朱伟利　毕雪燕　罗玲谊　李晓筝　宋凯果　魏石当　编著
出版发行	中国水利水电出版社 （北京市海淀区玉渊潭南路 1 号 D 座　100038） 网址：www.waterpub.com.cn E-mail：mchannel@263.net（万水） sales@waterpub.com.cn 电话：（010）68367658（营销中心）、82562819（万水）
经　售	全国各地新华书店和相关出版物销售网点
排　版	北京万水电子信息有限公司
印　刷	三河市航远印刷有限公司
规　格	184mm×260mm　16 开本　20.75 印张　436 千字
版　次	2020 年 10 月第 1 版　2022 年 1 月第 3 次印刷
印　数	6001—9000 册
定　价	58.00 元

前　言

人类社会进入 21 世纪，素质教育成为普通高等教育的核心，培养适应社会发展的高素质人才，已成为普通高等教育的最终目的。培养大学生对语言的掌握能力是素质教育的重要内容，而其中最基本的是大学生运用母语的能力。故而，母语教育在当今世界各国的高等教育中，都已占据着并将继续占据着不可替代的重要位置。

本书以古今中外的优秀文学和电影作品为基础，使学生在鉴赏优秀作品的过程中，学习相关的基础知识和基本理论，以培养学生的阅读、分析、评论和写作能力，提高学生的艺术素养和审美能力。

本书以文体为编写体例，共分五章：第一章为诗词；第二章为散文；第三章为戏剧（曲）；第四章为小说，主要选取了中国古代、现当代以及外国最具代表性的诗词、散文、戏剧（曲）、小说，品评结合；第五章为电影，主要选取近三十年间的中外经典电影，评议结合。本书篇幅有限，不免有顾此失彼、挂一漏万之遗憾。

本书编写分工如下：第一章由杨华轲、李晓筝编写，第二章和第三章由罗玲谊编写，第四章由罗玲谊、李晓筝编写，第五章由杨华轲、朱伟利和毕雪燕编写；杨华轲、毕雪燕制定编写大纲；毕雪燕、宋凯果、魏石当负责列题；杨华轲负责统稿；毕雪燕负责定稿。

本书为河南省名师工作室——华北水利水电大学人文艺术工作室成果，河南省高等教育教学改革重点项目——新时代地方高校美育课程改革的研究与实践（2019SJGLX089）成果，河南省教育教学改革项目——黄河文化多维度融入高校课程体系育人模式教学探索与实践研究（2019SJGLX289）成果；华北水利水电大学规划教材。本书在编写过程中，得到了华北水利水电大学领导、教务处、人文艺术教育中心以及相关部门的具体指导和大力支持。另外，我们在编写过程中还参考、引用了一些专家、学者的有关资料，在此一并表示衷心的感谢！

由于编者水平所限，书中疏漏和不妥之处在所难免，敬请专家、同行和广大读者批评指正。

编　者

2020 年 7 月

中国古典名著的现代解读

第一讲　《西游记》孙悟空与民族性格
第二讲　《三国演义》关羽的忠义与爱国主义
第三讲　《西厢记》才子佳人的爱情理想
第四讲　《水浒传》义气文化在职场中的运用
第五讲　《红楼梦》宝黛爱情的现实启示
第六讲　《婴宁》婴宁形象对现代女性的启示

中国电影史

第一讲　中国电影的童年
第二讲　战火中的电影
第三讲　政治与电影
第四讲　新时期的电影
第五讲　当代电影

目 录

第一章　诗词

第一节　先秦诗歌

采薇

采薇采薇[1]，薇亦[2]作[3]止[4]。曰归曰归，岁亦莫止。
靡室靡家，猃狁[5]之故。不遑启居，猃狁之故。
采薇采薇，薇亦柔[6]止。曰归曰归，心亦忧止。
忧心烈烈[7]，载饥载渴。我戍未定，靡使归聘[8]。
采薇采薇，薇亦刚[9]止。曰归曰归，岁亦阳[10]止。
王事靡盬，不遑启处。忧心孔疚[11]，我行不来[12]！
彼尔维何[13]？维常[14]之华。彼路[15]斯何？君子之车。
戎车既驾，四牡业业。岂敢定居？一月三捷。
驾彼四牡，四牡骙骙[16]。君子所依，小人所腓[17]。
四牡翼翼[18]，象弭[19]鱼服[20]。岂不日戒？猃狁孔棘[21]！
昔我往矣，杨柳依依[22]。今我来思，雨雪霏霏。
行道迟迟，载渴载饥。我心伤悲，莫知我哀！

【注释】

[1]薇：野豌豆。[2]亦：作语助词。[3]作：初生。[4]止：作语助词。[5]猃狁（xiǎnyǔn）：我国古代民族名。春秋时被称戎狄。一说秦汉时为匈奴，隋唐时为突厥。[6]柔：嫩，比喻进一步的生长。[7]烈：忧心的样子。[8]聘：问，问候。[9]刚：坚硬。[10]阳：阴历十月。[11]疚：病。[12]来：慰问。[13]尔（ěr）：花盛开的样子。[14]常：常棣，棠棣。[15]路：同“辂”，大车。[16]骙（kuí）骙：马强壮的样子。[17]腓（féi）：庇护，掩护。[18]翼翼：整齐的样子，指马训练有素。[19]弭（mǐ）：弓末的弯曲处，以骨为之。[20]鱼服：鲨鱼皮制的箭袋。[21]棘：急。[22]依依：形容柳丝轻柔的样子。

【诗解】

本诗出自《诗经·小雅》。这是一首守边兵士在归途中赋的诗。末章以柳代春，以雪代冬，借景表情，感时伤事，富于形象性和感染力，是千古佳句。

【思考与练习】

1．谈谈本诗如何表现战争。

2．总结本诗的艺术性。

野有蔓草

野有蔓草[1]，零露漙兮[2]。有美一人，清扬婉兮[3]。邂逅相遇[4]，适我愿兮[5]。

野有蔓草，零露瀼瀼[6]。有美一人，婉如清扬[7]。邂逅相遇，与子偕臧[8]。

【注释】

[1]蔓：蔓延。[2]零：降落。漙（tuán）：露多的样子。一说是形容露珠圆圆的状态。[3]扬：明。“清”“扬”都是形容眼睛的美。婉（wǎn）：眼波流动的样子。《毛传》：“眉目之间婉然美也。”[4]邂逅：碰巧相遇，不期而会。[5]适：适合。[6]瀼（ráng）瀼：露浓的样子。[7]如：与“而”同。[8]臧（zāng）：善。偕臧：都满意。朱熹《诗集传》：“偕臧，言各得其所欲也。”

【诗解】

本诗出自《诗经·郑风》。这是一首恋歌。春秋时候，战争频繁，人口稀少。统治者为了繁育人口，规定超龄的男女还未结婚的，可以在仲春时候自由相会，自由同居。这首诗就是写一对男女邂逅相遇于田野间自由结合的情景。

【思考与练习】

1．本诗是一首恋歌，请类比《诗经》中类似恋歌进行赏析。

2．谈谈本诗比兴手法的运用。

黍离

彼黍[1]离离[2]，彼稷之苗[3]。行迈[4]靡靡[5]，中心[6]摇摇[7]。知我者，谓[8]我心忧，不知我者，谓我何求。悠悠苍天[9]，此何人哉[10]？

彼黍离离，彼稷之穗。行迈靡靡，中心如醉。知我者，谓我心忧，不知我者，谓我何求。悠悠苍天，此何人哉？

彼黍离离，彼稷之实[11]。行迈靡靡，中心如噎[12]。知我者，谓我心忧，不知我者，谓我何求。悠悠苍天，此何人哉？

【注释】

[1]黍：一种农作物，即糜子，子实去皮后叫黄米，有黏性，可以酿酒、做糕等。[2]离离：庄稼一行行排列的样子。[3]稷：谷子，一说高粱。[4]行迈：远行。迈，行走。

[5]靡靡：迟迟，缓慢，犹疑不决的样子。[6]中心：内心。[7]摇摇：心中愁闷难忍，心神不定的样子。[8]谓：说。[9]悠悠：遥远，渺茫。[10]此何人哉：这（指故国沦亡的凄凉景象）是谁造成的呢？[11]实：籽粒。[12]噎：食物塞住咽喉，哽咽。

【诗解】

本诗出自《诗经·王风》。“王”即王都的简称。平王东迁洛邑，周室衰微，无力驾驭诸侯，其地位等同于列国，所以称为“王风”。这是诗人抒写自己在迁都时难舍家园的诗。《毛诗序》认为是周大夫慨叹西周沦亡之作。

【思考与练习】

1. 本诗的主题有多种理解，谈谈你的认识。
2. 重章叠唱的艺术手法是本诗的特点，请你结合诗歌进行分析。

国殇

屈原

操吴戈兮被犀甲[1]，车错毂兮短兵接[2]。旌蔽日兮敌若云[3]，矢交坠兮士争先[4]。凌余阵兮躐余行[5]，左骖殪兮右刃伤[6]。霾两轮兮絷四马[7]，援玉枹兮击鸣鼓[8]。天时怼兮威灵怒[9]，严杀尽兮弃原野[10]。出不入兮往不反[11]，平原忽兮路超远[12]。带长剑兮挟秦弓[13]，首身离兮心不惩[14]。诚既勇兮又以武[15]，终刚强兮不可凌[16]。身既死兮神以灵[17]，魂魄毅兮为鬼雄[18]。

【作者简介】

屈原（约公元前 340 年—公元前 278 年），名平，战国中期楚国人，我国文学史上第一位伟大诗人。他生活在楚国由强盛走向衰落的楚怀王和楚顷襄王时期。年轻时曾得到楚怀王的信任，做过楚国的左徒（官名），参与国家大事。他学识广博，有远大的政治理想。为了振兴楚国，进而统一中国，他积极主张对内任用贤能，修明法度，富国强兵；对外联齐抗秦。他的政治主张和活动触犯了腐朽贵族集团的利益，受到诬陷和排挤，被昏庸不察的楚怀王免职流放到汉水北部。后曾做过负责管教王族子弟的三闾大夫。楚顷襄王时又被流放到长江南部。大约在公元前 278 年，楚都郢城被秦军攻陷。他看到祖国山河破碎，痛感国家政治黑暗，自己的理想无法实现，于农历五月初五，怀着满腔忧愤，自投于汨罗江（在今湖南省汨罗县）。

他的作品有《九歌》《离骚》《九章》《天问》《招魂》等，大部分是流放中写的。这些作品真实地反映了楚国的社会现实和楚国人民的悲惨命运，深刻地表现了他的进步的政治理想和正直的人生态度，尖锐地揭露和批判了腐朽反动的政治势力，抒写了爱国爱民的炽烈情怀；激情澎湃，气概非凡，想象奇幻，语言瑰丽，成为我国文学史上积极浪漫主义的光辉起点，对我国文学的发展有着极为深远的影响。

《国殇》是《九歌》中的一篇，是追悼为国捐躯的将士的祭歌。国殇指为国牺牲的将士。楚怀王在位期间，楚国同秦国几次较大的战争，大多是楚国抵御强敌的自卫战争。在这首诗中，诗人对为国捐躯的将士的英雄气概和威武不屈的崇高品质给予高度评价，赞美他们活着是人中的英雄，死了是鬼中的豪杰。热情歌颂了楚国人民强烈的爱国主义精神和坚毅的性格。这首诗尽管是直赋其事，但既有比喻，又有想象，把强烈的英雄主义色彩和积极的浪漫主义精神融汇在全诗之中。风格悲壮，情调激昂，是《九歌》中一篇很有特色的作品。

【注释】

[1]操：拿着。吴戈：战国时吴国制造的一种特别锋利的戈。被：通“披”。犀甲：犀牛皮制作的铠甲。[2]车错毂；指两国双方激烈交战，兵卒来往交错。毂是车轮中心插轴的地方。短兵：指刀剑一类的短兵器。[3]旌蔽日兮敌若云：旌旗遮蔽了太阳，敌兵像云一样聚集在一起。旌：用羽毛装饰的旗子。[4]矢交坠兮士争先：是说双方激战，流箭交错，纷纷坠落，战士却奋勇争先杀敌。矢：箭。[5]凌：侵犯。躐（liè）：践踏。行：行列。[6]左骖（cān）：古代战车用四匹马拉，中间的两匹马叫“服”，左右两边的马叫“骖”。殪（yì）：倒地而死。右：指右骖。刃伤：为兵刃所伤。[7]霾两轮兮絷四马：意思是把（战车）两轮埋在土中，马头上的缰绳也不解开，要同敌人血战到底。霾：通“埋”。絷（zhí）：绊住。[8]援玉枹兮击鸣鼓：主帅鸣击战鼓以振作士气。援：拿着。枹：鼓槌。[9]天时：天意。怼（duì）：怨。威灵怒：神灵震怒。[10]严杀：酣战痛杀。弃原野：指骸骨弃在战场上。[11]出不入兮往不反：是说战士抱着义无反顾的必死决心。[12]忽：指原野宽广无际。超：通“迢”。[13]挟：携，拿。秦弓：战国秦地所造的弓（因射程较远而著名）。[14]首身离：头和身子分离，指战死。惩（chéng）：恐惧，悔恨。[15]诚：果然是，诚然。[16]终：始终。[17]神以灵：指精神永存。[18]鬼雄：鬼中英雄。

【诗解】

本诗是祭祀为国牺牲的将士的诗歌，热烈歌颂了他们的英雄气概和壮烈精神。国殇，指死于国事者。

【思考与练习】

1．分析本诗如何表现“国殇”的主题。

2．谈谈本诗的表现手法。

第二节　两汉魏晋南北朝诗歌

饮马长城窟行

汉乐府民歌

青青河畔草，绵绵思远道[1]。远道不可思，宿昔梦见之[2]。梦见在我傍，忽觉在他乡。他乡各异县，展转不相见[3]。枯桑知天风，海水知天寒[4]。入门各自媚，谁肯相为言[5]！

客从远方来，遗我双鲤鱼[6]。呼儿烹鲤鱼[7]，中有尺素书[8]。长跪读素书[9]，书中竟何如？上言加餐食，下言长相忆[10]。

【注释】

[1]绵绵：延续不断，形容草，也形容对远方人的相思。[2]宿昔：指昨夜。[3]展转：亦作“辗转”，不定。这里是说在他乡作客的人行踪无定。“展转”又是形容不能安眠之词。如将这一句解释指思妇而言，也可以通，就是说她醒后翻来覆去不能再入梦。[4]枯桑：落了叶的桑树。这两句是说枯桑虽然没有叶，仍然感到风吹，海水虽然不结冰，仍然感到天冷。比喻那远方的人纵然感情淡薄也应该知道我的孤凄、我的想念。[5]媚：爱。言：问讯。以上二句是把远人没有音信归咎于别人不肯代为传送。[6]双鲤鱼：指藏书信的函，就是刻成鲤鱼形的两块木板，一底一盖，把书信夹在里面。一说将上面写着书信的绢结成鱼形。[7]烹：煮。假鱼本不能煮，诗人为了造语生动故意将打开书函说成烹鱼。[8]尺素：素是生绢，古人用绢写信。[9]长跪：伸直了腰跪着。古人席地而坐，坐时两膝着地，臀部压在脚后跟上。跪时将腰伸直，上身就显得长些，所以称为“长跪”。[10]末二句“上”“下”指书信的前部和后部。

【诗解】

中国古代征役频繁，游宦之风盛行。野有旷夫，室有思妇，文学作品中也出现了大量的思妇怀人诗。这些诗表现了妇女们独守空闺的悲苦和对行人的思念，大多写得真挚动人。

【思考与练习】

1. 这首诗表现了怎样的社会生活？

2. 清代沈德潜认为此诗“缠绵宛折”（《古诗源卷三》），明代胡应麟评论这首诗说：“语断而意属，曲折有余而寄兴无尽。”谈谈本诗感情深蕴、笔法婉曲的特点。

蒿里行[1]

曹操

关东有义士[2]，兴兵讨群凶。初期会盟津，乃心在咸阳[3]。军合力不齐[4]，踌躇而雁行。势利使人争，嗣还自相戕[5]。淮南弟称号[6]，刻玺於北方[7]。铠甲生虮虱[8]，万姓以死亡。白骨露於野，千里无鸡鸣。生民百遗一，念之断人肠。

【作者简介】

曹操（155 年—220 年），字孟德，沛国谯县（今安徽亳州）人，东汉末年杰出的政治家、军事家和文学家。少机警，有权术，任侠放荡，不治行业。二十岁举孝廉。在镇压黄巾起义的过程中，他发展了自己的势力，十数年间，先后击败吕布、袁术、袁绍等豪强集团，征服乌桓，统一北方。建安二十一年（公元 215 年）封魏王，四年后病死洛阳。其诗均为古题乐府，气韵沉雄，古直悲凉。其文清峻通脱。今有《曹操集》传世。

【注释】

[1]《蒿里行》是挽歌，属《相和歌·相和曲》，古辞现存，言人死魂魄归于蒿里（即死人的居里）。[2]关东：指函谷关以东。义士：指起兵讨伐董卓的诸将领。初平元年（190 年）春关东州郡起兵讨卓，推渤海太守袁绍为盟主。[3]盟津：地名，就是孟津（今河南省孟县南），相传周武王伐纣时和诸侯在此地会盟。咸阳：地名，秦的都城，故址在今陕西省咸阳市东。以上二句是说本来期望团结群雄，像周武王一样会合诸侯，吊民伐罪；初心是要直捣洛阳，像刘邦、项羽那样攻入咸阳。两句都是用典，非实叙。[4]齐：一致。当时诸将各怀观望，力量不能合一。[5]还：同“旋”。嗣还，其后不久。自相戕：指讨卓诸将互相兼并、相互残杀。[6]袁术（袁绍的从弟）改九江为淮南，设置寿春（今安徽省寿县）。建安二年（197 年）袁术称帝于寿春。[7]玺：天子所用的印。初平二年（191 年）袁绍谋立刘虞为天子，刻作金印。[8]铠：甲。

【诗解】

《蒿里行》本来是古代送葬时用的挽歌，曹操此作是以古题写时事，叙述东汉末年关东州郡将领讨伐董卓时的权利互争，以及人民在战乱中遭到的严重灾难。

【思考与练习】

1．谈谈本诗“感于哀乐，缘事而发”的汉乐府艺术传统。

2．试分析本诗“慷慨雄劲，悲壮苍凉”的“建安风骨”的特点。

西洲曲

南朝乐府民歌

忆梅下西洲[1]，折梅寄江北。单衫杏子红，双鬓鸦雏色[2]。西洲在何处？两桨桥头渡。日暮伯劳飞[3]，风吹乌臼树。树下即门前，门中露翠钿[4]。开门郎不至，出门采红莲。采莲南塘秋，莲花过人头。低头弄莲子，莲子清如水。置莲怀袖中，莲心彻底红[5]。忆郎郎不至，仰首望飞鸿[6]。鸿飞满西洲，望郎上青楼。楼高望不见，尽日栏杆头。栏杆十二曲，垂手明如玉。卷帘天自高，海水摇空绿[7]。海水梦悠悠[8]，君愁我亦愁[9]。南风知我意，吹梦到西洲。

【注释】

[1]下：往。落梅时节是本诗中的男女共同纪念的时节。西洲：地名，未详所在。它是本诗中的男女共同纪念的地方。[2]鸦雏色：像小乌鸦一样的颜色，形容女子的头发乌黑发亮。[3]伯劳：鸣禽，仲夏始鸣。[4]翠钿：用翠玉做成或镶嵌的首饰。[5]莲心：隐"怜心"，就是相爱之心。彻底红：就是红得通透底里。这一句意思双关。[6]望飞鸿：有望书信的意思，古代有鸿雁传书的传说，成为典实。[7]以上二句似倒装。秋夜的一片蓝天像大海，风吹帘动，隔帘见天便觉似海水荡漾。一说内地人有呼江为海者，"海水"即指江水。[8]悠悠：渺远。天海辽阔无边，所以说它"悠悠"，海的"悠悠"正如梦的"悠悠"。[9]君：指在江北的情郎。

【诗解】

本诗在《乐府诗集》中被收入"杂曲歌辞"类。全诗通过季节变换的描写，表达了一个女子对所爱男子的深长思念。歌辞音节和谐流畅，语言婉转动人，呈现出成熟的艺术技巧。

【思考与练习】

1. 本诗被誉为"言情之绝唱"，谈谈诗歌的内容。
2. 分析本诗所具有的民歌的艺术手法。

第三节　唐代诗歌

咏水

骆宾王

列名通地纪[1]，疏派合天津[2]。波随月色净，态逐桃花春。
照霞如隐石，映柳似沉鳞[3]。终当挹上善[4]，属意澹交人[5]。

【作者简介】

骆宾王（约619年—687年），字观光，婺州义乌（今属浙江）人。唐代诗人，“初唐四杰”之一。七岁因作《咏鹅》而有“神童”之誉。然落魄无行，好与博徒游。近而立之年始得入仕，先为道王李元庆府属官，又以奉礼郎从军边塞，历官武功、长安主簿，武后时，数上疏言事，下除临海（今浙江天台）丞。怏怏不得志，弃官去从徐敬业乱，并作《讨武氏檄》。敬业败，宾王亡命，不知所之。骆宾王作诗擅长歌行体，《帝京篇》（五七言杂用）是其代表作，与卢照邻《长安古意》齐名。有《骆宾王集》。中华书局1985年出版清人陈熙晋所著的《骆临海集笺注》，收各体诗一百多首，文三十余篇。

【注释】

[1]列名：排列名次。地纪：维系大地的绳子，也称“地维”。古人认为天圆地方，地的四个角有绳子维系。[2]派：各条江河的支流。津：渡口。[3]沉鳞：沉鱼。[4]挹：舀取。上善：至善，极致的完美。出自老子《道德经》第八章“上善若水”。[5]属：通“注”，意为注意、留意。澹：通“淡”，淡泊。交人：结交友人。

【诗解】

这是一首咏水诗的代表作。作者在短短八句四十个字中将水的静态美、动态美以及水的地位和价值、对人的影响和启示描写得淋漓尽致、形神兼备。

【思考与练习】

1．这首诗的主题是什么？

2．这首诗是如何将诗情、画意、哲理融为一体的？

桃源行

王维

渔舟逐水爱山春[1]，两岸桃花夹古津[2]。坐看红树不知远[3]，行尽青溪不见人。
山口潜行始隈隩[4]，山开旷望旋平陆[5]。遥看一处攒云树[6]，近入千家散花竹[7]。
樵客初传汉姓名[8]，居人未改秦衣服。居人共住武陵源[9]，还从物外起田园[10]。
月明松下房栊静[11]，日出云中鸡犬喧[12]。惊闻俗客争来集[13]，竞引还家问都邑[14]。
平明闾巷扫花开[15]，薄暮渔樵乘水入[16]。初因避地去人间[17]，及至成仙遂不还。
峡里谁知有人事，世中遥望空云山。不疑灵境难闻见[18]，尘心未尽思乡县[19]。
出洞无论隔山水，辞家终拟长游衍[20]。自谓经过旧不迷[21]，安知峰壑今来变[22]。
当时只记入山深，青溪几度到云林[23]。春来遍是桃花水[24]，不辨仙源何处寻。

【作者简介】

王维（701年—761年），字摩诘，号摩诘居士，祖籍太原祁（今山西祁县），其父徙居蒲州（今山西永济）。唐玄宗开元九年（721 年）中进士，授大乐丞，不久因事贬为济州司库参军。张九龄执政，擢为右拾遗。开元二十五年（737 年）秋，以监察御史出使凉州，后迁殿中侍御史。开元二十九年（741 年）春，辞官归隐终南。安史之乱中被俘，迫受伪职，官给事中。乱平后降为太子中允，后官至尚书右丞，世称“王右丞”。王维多才多艺，精于诗文、书画、音乐。其诗诸体兼善，尤擅长山水田园诗。诗风清新秀雅，诗中有画，气韵生动，熔诗情、画意、禅理于一炉，被清代神韵派奉为圭臬。有《王右丞集》。

【注释】

[1]逐水：顺着溪水。[2]古津：古渡口。[3]坐：因为。[4]隈：山、水弯曲的地方。[5]旷望：指视野开阔。旋：不久。[6]攒云树：云树相连。攒，聚集。[7]散花竹：指到处都有花和竹林。[8]樵客：原本指打柴人，这里指渔人。[9]武陵源：指桃花源，相传在今湖南省桃源县（晋代属武陵郡）西南。武陵，即今湖南常德。[10]物外：世外。[11]房栊：房屋的窗户。[12]喧：叫声嘈杂。[13]俗客：指误入桃花源的渔人。[14]引：领。都邑：指桃源人原来的家乡。[15]平明：天刚亮。闾巷：街巷。开：开门。[16]薄暮：傍晚。[17]避地：迁居此地以避祸患。去：离开。[18]灵境：指仙境。[19]尘心：普通人的感情。乡县：家乡。[20]游衍：留恋不去。[21]自谓：自以为。不迷：不再迷路。[22]峰壑：山峰峡谷。[23]云林：云中山林。[24]桃花水：春水。桃花开时河流涨溢。

【诗解】

这是王维十九岁时写的一首七言乐府诗，题材取自陶渊明的叙事散文《桃花源记》，表现了对理想的美好世界的向往和追求。

【思考与练习】

1．将这首《桃源行》与陶渊明的散文《桃花源记》作比较，看看二者的异同。

2．结合本诗，谈谈你对“桃花源”题材的认识。

望庐山瀑布[1]

李白

西登香炉峰，南见瀑布水[2]。挂流三百丈，喷壑数十里[3]。
欻如飞电来，隐若白虹起[4]。初惊河汉落，半洒云天里[5]。
仰观势转雄，壮哉造化功[6]。海风吹不断，江月照还空[7]。
空中乱潈射，左右洗青壁[8]；飞珠散轻霞，流沫沸穹石[9]。
而我乐名山，对之心益闲[10]；无论漱琼液，还得洗尘颜[11]。
且谐宿所好，永愿辞人间[12]。

【作者简介】

李白（701 年—762 年），字太白。祖籍陇西成纪（今甘肃省天水县），其先世隋末移居碎叶（今吉尔吉斯共和国境内），李白即出生于此。五岁时随父迁于绵州昌明县（今四川省江油市）青莲乡，因自号青莲居士。玄宗开元十三年（725 年）出蜀漫游，踪迹遍及半个中国。玄宗天宝元年（742 年）奉诏入京供奉翰林，天宝三载（744 年）便被赐金放还，再度开始漫游生活。安史之乱中，隐居庐山屏风叠，后应邀入永王李璘幕府，李璘事败，受累被判长流夜郎，行至巫山遇赦。晚年依族人李阳冰，代宗宝应元年（762 年）卒于当涂（今安徽省当涂县）。李白是伟大的浪漫主义诗人，有“诗仙”之美誉，与杜甫并称“李杜”。他的思想兼有儒、道、侠、纵横等多家成分，以儒、道为主。李白的诗歌集中反映了自己的内心情感，也多方面反映了所处时代的现实和精神风貌，具有丰富的思想内涵。李白成功地创造性地运用一切浪漫主义的表现手法，其诗风雄奇奔放，俊逸清新，达到了内容与艺术的完美统一。在形式上能够成功地驾驭多种诗体，而以歌行和五言、七言绝句最为出色。今存诗一千余首，有《李太白集》。

李白集注本传世的有南宋杨齐贤《李太白诗注》二十五卷、明代胡震亨《李诗通》、清代王琦《李太白全集》等。今人的注本重要的有瞿蜕园、朱金城《李白集校注》等。中华书局出版的王琦注本，比较适合阅读。

【注释】

[1]庐山：又名匡山，中国名山之一。位于今江西省九江市北部的鄱阳湖盆地，在庐山区境内，耸立于鄱阳湖、长江之滨。[2]香炉峰：庐山北部名峰。南见：一作“南望”。孟浩然《彭蠡湖中望庐山》：“香炉初上日，瀑水喷成虹。”[3]三百丈：一作“三千匹”。壑（hè）：坑谷。“喷壑”句：意谓瀑布喷射山谷，一泻数十里。[4]歘（xū）：歘忽，火光一闪的样子。飞电：空中闪电，一作“飞练”。隐若：一作“宛若”。白虹：一种出现在雾上的淡白色的虹。“歘如”二句：意谓快如闪电而来，隐似白虹而起。[5]河汉：银河，又称天河。一作“银河”。“半洒”句：一作“半泻金潭里”。[6]造化：大自然。[7]江月：一作“山月”。“江月”句：意谓瀑布在江月的映照下，显得更加清澈。[8]潨（zōng）：众水汇在一起。“空中”二句：意谓瀑布在奔流过程中所激起的水花，四处飞溅，冲刷着左右青色的山壁。[9]穹石：高大的石头。[10]乐：爱好。乐名山：一作“游名山”。益：更加。闲：宽广的意思。[11]无论：不必说。漱：漱洗。琼液：传说中仙人的饮料，此指山中清泉。还得：但得，一作“且得”。尘颜：沾满风尘的脸。洗尘颜：喻指洗除在尘世中所沾染的污垢。[12]谐：谐和。宿：旧。宿所好：素来的爱好。“且谐”二句：一作“集谱宿所好，永不归人间”，又一作“爱此肠欲断，不能归人间”。

【诗解】

《望庐山瀑布二首》是唐代大诗人李白初次登庐山时所作。其一为五言古诗，其二为七言绝句。诗人寄情山水，借景抒情，把庐山瀑布写得壮美阔大。

【思考与练习】

1．这首诗体现了李白诗歌的什么特点？

2．龚自珍《最录李白集》云："庄、屈实二，不可以并；并之以为心，自白始。儒、仙、侠实三，不可以合；合之以为气，又自白始也。"结合本诗，谈谈你对这个评价的认识。

暮秋独游曲江[1]

李商隐

荷叶生时春恨生[2]，荷叶枯时秋恨成。
深知身在情长在，怅望江头江水声[3]。

【作者简介】

李商隐（813 年—858 年），字义山，号玉溪生，又号樊南生。怀州河内（今河南省沁阳市）人。开成二年（837 年）进士，授秘书省校书郎，补弘农尉。次年入泾原节度使王茂元幕府。当时牛（僧孺）李（德裕）党争激烈，李商隐被卷入漩涡，政治上受到排挤，此后一生在牛、李两党的倾轧中度过，困顿失意，潦倒终生。李商隐是晚唐最著名的诗人，与杜牧齐名，二人合称"小李杜"。与同时期的温庭筠风格相近，二人合称"温李"。李商隐在艺术上有杰出的成就，其中七律成就最高，其他五言、绝句、七古、五古等也多有名篇警句。他的诗秾艳绮丽，幽微含蓄，深情绵邈，寄托极深。善于用典故和神话传说，通过想象、联想和象征，构成丰富多彩的艺术形象。他的散文峭直刚劲，直抒胸臆；工本章奏典丽工整，才情富赡，善于表情达意，对后世影响也很大，被奉为四六文的金科玉律。有《李义山文集》。

【注释】

[1]曲江：即曲江池。在今陕西省西安市东南。唐代高适《同薛司直诸公秋霁曲江俯见南山作》："南山郁初霁，曲江湛不流。"[2]春恨：春愁，春怨。唐代杨炯《梅花落》："行人断消息，春恨几裴回。"生：一作"起"。[3]怅望：惆怅地看望或想望。唐代杜甫《咏怀古迹五首》之二："怅望千秋一洒泪，萧条异代不同时。"

【诗解】

作者借曲江流水、曲江荷花抒写自己的爱情往事和人生遗恨。整首诗凄婉感伤，"深情绵邈"（刘熙载《艺概·诗概》）。

【思考与练习】

1．李商隐诗歌的艺术特色是什么？

2．你喜欢李商隐的诗歌吗？为什么？

第四节　宋代诗歌

秋日偶成

程颢

闲来无事不从容[1]，睡觉东窗日已红[2]。万物静观皆自得[3]，四时佳兴与人同[4]。

道通天地有形外，思入风云变态中。富贵不淫贫贱乐[5]，男儿到此是豪雄[6]。

【作者简介】

程颢（hào）（1032年—1085年），字伯淳，学者称明道先生。世居中山，后从开封徙河南（今河南洛阳）。程颢和其弟程颐曾学于周敦颐，世称“二程”，同为北宋理学的奠基者，其学说后为朱熹所继承和发展，世称“程朱学派”。其所亲撰有《定性书》《识仁篇》等，后人集其言论所编的著述书籍《遗书》《文集》等，皆收入《二程全书》。

【注释】

[1]从容：不慌不忙。[2]觉：醒。[3]静观：仔细观察。[4]四时：春、夏、秋、冬四季。[5]淫：放纵。[6]豪雄：英雄。

【诗解】

程颢是以理学为精神底蕴的“濂洛学派”代表人物，他的诗表现了主体意识进入宇宙万物中达到的物我一体的精神境界，反映了北宋理学家开朗明快的心理氛围和浪漫情调。诗歌中情感体验的最高境界是生命体验，而理学家的生命体验包含着对心性本体的内在观照。在观照生生之仁的同时，从自家心性里体会出自得之乐，这是理学生趣盎然的诗意所在。在物欲横流的时代读程颢的《秋日偶成》，颇有感触，世人当以“中和”修身、觉悟，努力进入“忙中闲”“闹中静”“富贵不骄淫”“贫贱能安乐”“超脱物外”“摒除浮躁”的境界，方能活得“我心处处自优游”。

【思考与练习】

1．这首诗反映了中国传统文化中的什么思想？

2．联系现实社会，谈谈这首诗歌带给你的启示。

梅花绝句

陆游

闻道梅花坼晓风[1]，雪堆遍满四山中[2]。
何方可化身千亿[3]？一树梅花一放翁[4]。

【作者简介】

陆游（1125年—1210年），字务观，号放翁，越州山阴（今浙江绍兴）人，12岁即能诗文，一生著述丰富，有《剑南诗稿》《渭南文集》等数十种存世。陆游具有多方面文学才能，尤以诗的成就为最。自言“六十年间万首诗”，今尚存九千三百余首。其中许多诗篇抒写了抗金杀敌的豪情和对敌人、卖国贼的仇恨，风格雄奇奔放，沉郁悲壮，洋溢着强烈的爱国主义激情，在思想上、艺术上取得了卓越成就，在生前即有“小李白”之称，不仅成为南宋一代诗坛领袖，而且在中国文学史上享有崇高地位，是我国伟大的爱国诗人，南宋四大家之一。他始终坚持抗金，在仕途上不断受到当权派的排斥打击。中年入蜀抗金，军事生活丰富了他的文学内容，作品吐露出万丈光芒。词作的量不如诗篇巨大，但和诗同样贯穿了“气吞残虏”的爱国主义精神，著有《放翁词》一卷、《渭南词》二卷。

【注释】

[1]闻道：听说。坼（chè）：裂开，这里是绽开的意思。坼晓风：（梅花）在晨风中开放。[2]雪堆：指梅花盛开像雪堆似的。[3]何方：有什么办法。千亿：指能变成千万个放翁（陆游号放翁）。[4]梅花：一作“梅前”。

【诗解】

《梅花绝句》是一组诗，共六首，嘉泰二年（1202年）春作于山阴，陆游时年七十八岁。这首诗表现了诗人对笑傲寒风的梅花的爱慕之情，同时也借咏梅暗喻自己落寞孤高的情愫。

【思考与练习】

1. 陆游一生爱梅成痴，除了大量的咏梅诗外，还写有一首著名的咏梅词《卜算子·咏梅》，将二者比较阅读，谈谈诗与词的区别。

2. 宋代人皆有爱梅嗜好，结合本诗，谈谈你的理解。

第五节 词

浣溪沙

（敦煌曲子词）

五两竿头风欲平[1]，长风举棹觉船轻。柔橹不施停却棹，是船行。

满眼风波多闪烁[2]，看山恰似走来迎。仔细看山山不动，是船行。

【注释】

[1]五两：古代测风仪，用五两（一说八两）鸡毛制成，故名。系于高竿顶端，用来测占风向、风力。一说“五里”，“五里”应为“五量”，即“五两”，因为六朝以后，“两”“量”常常通用。风欲平：风力转弱。[2]闪烁：原作“陕汋”，音近而误。

【诗解】

这是敦煌曲子词中的一首，篇幅不长，却多变化。上片写启航、扬帆的经过，下片叙行船所见，借助行船及舟中人所见，以轻快的节奏，传达出船夫愉快的心情。

【思考与练习】

1. 找找其他的敦煌曲子词，结合本词，谈谈早期民间词的特点。
2. 比较敦煌曲子词与文人词的异同。

相见欢[1]

李煜

林花谢了春红[2]，太匆匆。无奈朝来寒雨晚来风。
胭脂泪[3]，相留醉，几时重[4]。自是人生长恨水长东。

【作者简介】

李煜（937 年—978 年），初名从嘉，字重光，号钟隐。李璟第六子，901 年嗣位，史称南唐后主。即位后对宋称臣纳贡，以求偏安一方。生活上则穷奢极欲。975 年，宋军破金陵，他肉袒出降，虽封违命侯，实已沦为阶下囚。太平兴国三年（公元 978 年）七月卒。据宋人王至《默记》，盖为宋太宗赐牵机药所毒毙。他精于书画，谙于音律，工于诗文，词尤为五代之冠。前期词多写宫廷享乐生活，风格绮丽柔靡，还不脱“花间”习气；后期词反映亡国之痛，题材扩大，意境深远，感情真挚，语言清新，极富艺术感染力。后人将他与李璟的作品合辑为《南唐二主词》。

【注释】

[1]相见欢：此调原为唐教坊曲，又名《乌夜啼》《秋夜月》《上西楼》。三十六字，上片平韵，下片两仄韵两平韵。[2]谢：凋谢。[3]胭脂泪：指女子的眼泪。女子脸上搽有胭脂，泪水流经脸颊时沾上胭脂的红色，故云。[4]几时重：何时再度相会。

【词解】

这是李煜后期之作，作者寄景抒情，通过拟人和比喻，化抽象的愁绪和伤感之情为具体可见的物，将人生失意的无限怅恨、个体的生命体验寄寓在对暮春残景的描绘中，景中含情，寄情于景，给人绵长的感慨。

【思考与练习】

1．“自是人生长恨水长东”是什么意思？作者为什么要发此感慨？

2．结合李煜前期词作，比较李煜词风的变化。

八声甘州

柳永

对潇潇暮雨洒江天，一番洗清秋[1]。渐霜风凄紧，关河冷落[2]，残照当楼[3]。是处红衰翠减[4]，苒苒物华休[5]。惟有长江水，无语东流。

不忍登高临远，望故乡渺邈[6]，归思难收[7]。叹年来踪迹，何事苦淹留[8]。想佳人妆楼颙望[9]，误几回、天际识归舟[10]。争知我[11]，倚栏杆处，正恁凝愁[12]！

【作者简介】

柳永（约984年—约1053年），原名三变，字景庄，后改名柳永，字耆卿，因排行第七，又称柳七，福建崇安人，北宋著名词人，婉约派代表人物。

柳永出身官宦世家，少时学习诗词，有功名用世之志。咸平五年（1002年），柳永离开家乡，流寓杭州、苏州，沉醉于听歌买笑的浪漫生活之中。大中祥符元年（1008年），柳永进京参加科举，屡试不中，遂一心填词。景祐元年（1034年），柳永暮年及第，历任睦州团练推官、余杭县令、晓峰盐碱、泗州判官等职，以屯田员外郎致仕，故世称柳屯田。柳永是第一位对宋词进行全面革新的词人，也是两宋词坛上创用词调最多的词人。柳永大力创作慢词，将敷陈其事的赋法移植于词，同时充分运用俚词俗语，以适俗的意象、淋漓尽致的铺叙、平淡无华的白描等独特的艺术个性，对宋词的发展产生了深远影响。

【注释】

[1]对潇潇暮雨洒江天，一番洗清秋：写眼前的景象。潇潇暮雨在辽阔江天飘洒，经过一番雨洗的秋景分外清朗寒凉。潇潇，下雨声。一说雨势急骤的样子。一作“萧萧”，义同。清秋，清冷的秋景。[2]霜风：指秋风。凄紧：凄凉紧迫。关河：关塞与河流，此指山河。[3]残照：落日余光。当：对。[4]是处：到处。红衰翠减：指花叶凋零。红，代指花。翠，代指绿叶。[5]苒苒：同“荏苒”，形容时光消逝，渐渐（过去）的意思。物华：美好的景物。休：这里是衰残的意思。[6]渺邈：远貌，渺茫遥远。一作“渺渺”，义同。[7]归思（旧读sì，作心绪愁思讲）：渴望回家团聚的心思。[8]淹留：长期停留。[9]颙（yóng）望：抬头凝望。颙，一作“长”。[10]误几回：多少次错把远处驶来的船只当做心上人的归舟。语意出温庭筠《望江南》中的“过尽千帆皆不是，斜晖脉脉水悠悠，肠断白蘋洲。”天际：指目力所能达到的极远之处。[11]争（zěn）：怎。处：这里表示时间。“倚栏杆处”即“倚栏杆时”。[12]恁（nèn）：如此。凝愁：愁苦不已，愁恨深

重。凝，表示一往情深，专注不已。

【诗解】

《八声甘州·对潇潇暮雨洒江天》抒写了作者漂泊江湖、思乡念亲的愁思和仕途失意的悲慨，道出了封建社会知识分子怀才不遇的共同心声。全词融写景、抒情为一体，语浅而情深。

【思考与练习】

1．这首词结构上有什么特点？
2．结合本词，谈谈柳永在词的发展史上的贡献。

浣溪沙

苏轼

游蕲水清泉寺，寺临兰溪，溪水西流[1]。
山下兰芽短浸溪[2]，松间沙路净无泥，潇潇暮雨子规啼[3]。
谁道人生无再少？门前流水尚能西！休将白发唱黄鸡[4]。

【作者简介】

苏轼（1037 年—1101 年），字子瞻，又字和仲，号东坡居士，世称苏东坡、苏仙。北宋眉州眉山（今属四川省眉山市）人，祖籍河北栾城，北宋著名文学家、书法家、画家。嘉祐二年（1057 年），苏轼进士及第。宋神宗时曾在凤翔、杭州、密州、徐州、湖州等地任职。元丰三年（1080 年），因“乌台诗案”受诬陷被贬黄州任团练副使。宋哲宗即位后，曾任翰林学士、侍读学士、礼部尚书等职，并出知杭州、颍州、扬州、定州等地，晚年因新党执政被贬惠州、儋州。宋徽宗时获大赦北还，途中于常州病逝。宋高宗时追赠太师，谥号“文忠”。苏轼是宋代文学最高成就的代表，并在诗、词、散文、书、画等方面取得了很高的成就。其诗题材广阔，清新豪健，善用夸张比喻，独具风格，与黄庭坚并称“苏黄”；其词开豪放一派，与辛弃疾同是豪放派代表，并称“苏辛”；其散文著述宏富，豪放自如，与欧阳修并称“欧苏”，为“唐宋八大家”之一。苏轼也善书，为“宋四家”之一；工于画，尤擅墨竹、怪石、枯木等。有《东坡七集》《东坡易传》《东坡乐府》等传世。

【注释】

[1]蕲（qí）水：县名，在今湖北省浠水县，距黄州不远。当时苏轼因“乌台诗案”被贬任黄州（今湖北黄冈）团练副使。他常与医人庞安时（字安常）同游。《东坡志林》卷一云：“黄州东南三十里为沙湖，亦曰螺师店，予买田其间，因往相田得疾。闻麻桥人庞安常善医而聋，遂往求疗……疾愈，与之同游清泉寺。寺在蕲水郭门外里许，有王

逸少洗笔泉，水极甘，下临兰溪，溪水西流。”[2]浸：泡在水中。[3]潇潇：形容雨声。潇潇，一作“萧萧”。子规：布谷鸟。[4]无再少：不能回到少年时代。白发：老年。唱黄鸡：感慨时光的流逝。因黄鸡可以报晓，表示时光的流逝。

【诗解】

这首词是公元 1082 年（宋神宗元丰五年）春三月，作者游蕲水清泉寺时所作，不仅描写了清泉寺幽雅的风景和环境，还抒发了执着人生、奋发自强的人生哲理。

【思考与练习】

1．在贬谪生活中，发出如此昂扬进取的爽健之音，体现出作者什么性格特点？

2．本词的艺术特点是什么？

永遇乐·元宵

李清照

落日熔金，暮云合璧，人在何处。染柳烟浓，吹梅笛怨[1]，春意知几许。元宵佳节，融和天气，次第岂无风雨[2]。来相召、香车宝马[3]，谢他酒朋诗侣。

中州盛日[4]，闺门多暇，记得偏重三五[5]。铺翠冠儿，捻金雪柳[6]，簇带争济楚[7]。如今憔悴，风鬟霜鬓，怕见夜间出去。不如向、帘儿底下，听人笑语。

【作者简介】

李清照（1084 年—约 1151 年），南宋著名女词人。号易安居士，齐州章丘（今属山东）人。父李格非为当时著名学者，夫赵明诚为金石考据家。早期生活优裕，与赵明诚共同致力于书画金石的搜集整理。金兵入据中原，流寓南方，赵明诚病死，境遇孤苦。所作词，前期多写其悠闲生活，后期多悲叹身世，情调感伤，有的也流露出对中原的怀念。形式上善用白描手法，自辟蹊径，语言清丽。论词强调协律，崇尚典雅、情致，提出词“别是一家”之说，反对以作诗文之法作词。并能诗，留存不多，部分篇章感时咏史，情辞慷慨，与其词风不同。有《易安居士文集》《易安词》，已散佚。后人有《漱玉词》辑本。今人有《李清照集校注》。

【注释】

[1]吹梅笛怨：梅，指乐曲《梅花落》，用笛子吹奏此曲，其声哀怨。[2]次第：这里是转眼的意思。[3]香车宝马：这里指贵族妇女所乘坐的、雕镂工致、装饰华美的车驾。[4]中州：即中土、中原。这里指北宋的都城汴京，今河南开封。[5]三五：十五日。此处指元宵节。[6]铺翠冠儿：以翠羽装饰的帽子。雪柳：雪白如柳叶之头饰，以素绢和银纸做成的头饰（参见《岁时广记》卷十一）。此二句所列举之物均为北宋元宵节妇女时髦的装饰品。[7]簇带：簇，聚集之意。带即戴，加在头上谓之戴。济楚：美好、端整、

漂亮。簇带、济楚均为宋时方言，意谓头上所插戴的各种饰物。

【诗解】

《永遇乐·元宵》是宋代女词人李清照晚年流寓临安时所作，作者伤今追昔，以今昔元宵的不同情景作对比，抒发了深沉的盛衰之感和身世之悲，并含蓄地表达了对南宋统治者苟且偷安的不满。

【思考与练习】

1. 这首词如何写出时代变迁的？
2. 结合李清照的前期词作，分析作者词风的差异。

贺新郎[1]·同父见和再用韵答之

辛弃疾

老大那堪说[2]。似而今、元龙臭味[3]，孟公瓜葛[4]。我病君来高歌饮，惊散楼头飞雪[5]。笑富贵千钧如发[6]。硬语盘空谁来听[7]？记当时、只有西窗月。重进酒[8]，换鸣瑟[9]。

事无两样人心别。问渠侬[10]：神州毕竟，几番离合？汗血盐车无人顾[11]，千里空收骏骨[12]。正目断关河路绝[13]。我最怜君中宵舞[14]，道“男儿到死心如铁”。看试手[15]，补天裂[16]。

【作者简介】

辛弃疾（1140 年—1207 年），南宋词人。字幼安，号稼轩，历城（今山东济南）人。出生时山东已为金兵所占，二十一岁时曾聚众二千参加耿京的抗金起义军，二十三岁时决策南向，归于南宋朝廷。二十四岁被任命江阴（今属江苏）签判，此后又通判建康（今南京）、知滁州（今属安徽）。其间他曾上《美芹十论》于朝，献《九议》给宰相虞允文，力主抗金，并提出一整套计划，均未得到反响。叶衡为相，力荐辛弃疾慷慨有大略，历任江西提点刑狱、湖北转运使、治潭州（今湖南长沙）兼湖南安抚使、知隆兴府（今江西南昌）兼江西安抚使。任职期间，政绩卓著，并招集流亡，训练军队，不断为抗金复土大业作准备，后为当权者所忌，自四十三岁起长期落职闲居江西上饶、铅山一带。晚年又被起用，先后知绍兴府兼浙东安抚使、知镇江府。辛弃疾支持宰相韩侂胄北伐，但反对轻敌冒进，终于不被信任，再度被罢，不久病卒。

辛弃疾是一位民族英雄、伟大的爱国词人。其词抒写力图恢复国家统一的爱国热情，倾诉壮志难酬的悲愤，对南宋上层统治集团的屈辱投降进行揭露和批判；也有不少吟咏祖国河山的作品。艺术风格多样，而以豪放为主。热情洋溢，慷慨悲壮，笔力雄厚，与苏轼并称为“苏辛”。《破阵子·为陈同甫赋壮词以寄之》《永遇乐·京口北固亭怀古》《水龙吟·登建康赏心亭》《菩萨蛮·书江西造口壁》等均有名。但部分作品也流露出抱负不能实现而产生的消极情绪。现存词六百余首，有《稼轩词》。

【注释】

[1]贺新郎：词牌名，又名《金缕曲》《贺新凉》。[2]老大：年纪大。《乐府诗集·相和歌辞五·长歌行》："少壮不努力，老大徒伤悲。"唐代白居易《琵琶行》："门前冷落鞍马稀，老大嫁作商人妇。"那堪："那"通"哪"，堪，能。堪当重任。[3]元龙臭味：陈登，字元龙。《三国志·魏书·陈登传》："后许汜与刘备并在荆州牧刘表坐，表与备共论天下人，汜曰：'陈元龙湖海之士，豪气不除。'备谓表曰：'许君论是非？'表曰：'欲言非，此君为善士，不宜虚言；欲言是，元龙名重天下。'备问汜：'君言豪，宁有事邪？'汜曰：'昔遭乱过下邳，见元龙。元龙无客主之意，久不相与语，自上大床卧，使客卧下床。'备曰：'君有国士之名，今天下大乱，帝主失所，望君忧国忘家，有救世之意，而君求田问舍，言无可采，是元龙所讳也，何缘当与君语？如小人，欲卧百尺楼上，卧君於地，何但上下床之间邪？'"[4]孟公瓜葛：陈遵，字孟公。《汉书·陈遵传》："遵嗜酒，每大饮，宾客满堂，辄关门，取客车辖投井中。虽有急，终不得去。"瓜葛，指关系、交情。[5]楼头：楼上。唐代王昌龄《青楼曲》之一："楼头小妇鸣筝坐，遥见飞尘入建章。"郭沫若《前茅·暴虎辞》："猛虎在圈中，成群相聚处……楼头观者人如堵。"[6]钧：古代重量单位，合三十斤。发：头发，指像头发一样轻。[7]硬语盘空：形容文章的气势雄伟，矫健有力。韩愈《荐士》："横空盘硬语，妥帖力排奡。"[8]进酒：斟酒劝饮，敬酒。[9]鸣瑟：即瑟。《史记·货殖列传》："女子则鼓鸣瑟，跕屣，游媚贵富，入后宫，徧诸侯。"南朝梁江淹《丽色赋》："女乃耀邯郸之躧步，媚北里之鸣瑟。"南朝梁简文帝《金錞赋》："应南斗之鸣瑟，杂西汉之金丸。"[10]渠侬：对他人的称呼，指南宋当权者。渠，他。侬，你。均系吴语方言。[11]汗血盐车：汗血，汗血马。《汉书·武帝纪》应劭说："大宛归有天马种，蹋石汗血，汗从前肩，髆出如血，号一日千里。"盐车，语出《战国策·楚策四》："夫骥之齿至矣，服盐车而上太行，蹄申膝折，尾湛胕溃，漉汁洒地，白汗交流，中阪迁延，负辕不能上。"骏马拉运盐的车子，后以之比喻人才埋没受屈。[12]骏骨：典出《战国策》卷二十九《燕策一·燕昭王收破燕后即位》。战国时，燕昭王要招揽贤才，郭隗喻以"千金买骏骨"的故事。后以"买骏骨"指燕昭王用千金购千里马骨以求贤的故事，比喻招揽人才。[13]目断：纵目远眺。关河：即边塞、边防，指边疆。[14]怜：爱惜，尊敬。中宵：半夜。[15]试手：大显身手。[16]补天裂：女娲氏补天。《补史记·三皇本纪》中写有"当其（女娲）末年也，诸侯有共工氏，任智刑以强霸而不王；以水乘木，乃与祝融战。不胜而怒，乃头触不周山崩，天柱折，地维缺。女娲乃炼五色石以补天……于是地平天成，不改旧物。"

【诗解】

宋孝宗淳熙十五年（1188 年）冬，陈亮自浙江东阳来江西上饶北郊带湖访问作者。作者和陈亮纵谈天下大事，议论抗金复国，极为投契。陈亮在带湖住了十天，又同游鹅湖（山名，在江西省铅山县东北）。后来陈亮因朱熹失约未来紫溪（地名，在江西省铅山县南），匆匆别去。辛弃疾思念陈亮，曾先写《贺新郎》一首寄给陈亮。陈亮很快就和了一首《贺新郎·寄辛幼安和见怀韵》。辛弃疾见到陈亮的和词以后，再次回忆他们相会时的情景而写下了这首词。从时间上看，这首词可能作于淳熙十六年（1189年）春天。

作者由岁月感叹、朋友之情、英雄情怀写到以天下为己任的报国之志，中间穿插神州分裂的现实、英雄被弃的悲愤、人生易老的感伤，最后以称道友人的心志、重整山河的豪情作结。整首词沉郁顿挫、悲壮沉雄、奋发扬厉，读来慷慨激昂、荡气回肠。

【思考与练习】

1．谭献《谭评词辩》评价此词曰："裂竹之声，何尝不潜气内转。"结合本词，谈谈你对这个评价的理解。

2．王国维《人间词话》云："东坡之词旷，稼轩之词豪。"谈谈你的理解。

虞美人·听雨[1]

蒋捷

少年听雨歌楼上，红烛昏罗帐[2]。壮年听雨客舟中，江阔云低、断雁叫西风[3]。

而今听雨僧庐下，鬓已星星也[4]。悲欢离合总无情[5]，一任阶前、点滴到天明[6]。

【作者简介】

蒋捷，生卒年不详，字胜欲，号竹山，南宋词人，阳羡（今江苏宜兴）人，咸淳十年（1274年）进士。宋亡不仕，抱节以终。长于词，与周密、王沂孙、张炎并称"宋末四大家"。其词多抒发故国之思、山河之恸，风格多样，而以悲凉清俊、萧寥疏爽为主。尤以造语奇巧之作，在宋季词坛上独具一格。有《竹山词》。

【注释】

[1]虞美人：著名词牌之一。唐教坊曲。一为五十六字，上下片各两仄韵，两平韵。一为五十八字，上下片各两仄韵，三平韵。[2]昏：昏暗。罗帐：古代床上的纱幔。[3]断雁：失群孤雁。[4]星星：白发点点如星，形容白发很多。左思《白发赋》："星星白发，生于鬓垂。"[5]无情：无动于衷。[6]一任：听凭。

【词解】

《虞美人·听雨》由南宋词人蒋捷创作。这是一首描写羁旅他乡凄迷心境的词。字字锤炼，用句精巧，凄怆感伤。

【思考与练习】

1．分析本词的艺术特点。

2．写雨的诗词很多，如张志和的《渔歌子》、李商隐的《夜雨寄北》等，体会雨在不同词人笔下的不同特点。

第六节 元曲

南吕·一枝花·不伏老

关汉卿

攀出墙朵朵花，折临路枝枝柳。花攀红蕊嫩，柳折翠条柔，浪子风流。凭着我折柳攀花手，直煞得花残柳败休。半生来折柳攀花，一世里眠花卧柳。

【梁州】我是个普天下郎君领袖，盖世界浪子班头。愿朱颜不改常依旧，花中消遣，酒内忘忧。分茶攧竹，打马藏阄；通五音六律滑熟，甚闲愁到我心头！伴的是银筝女银台前理银筝笑倚银屏，伴的是玉天仙携玉手并玉肩同登玉楼，伴的是金钗客歌《金缕》捧金樽满泛金瓯。你道我老也，暂休。占排场风月功名首，更玲珑又剔透。我是个锦阵花营都帅头，曾玩府游州。

【隔尾】子弟每是个茅草冈、沙土窝初生的兔羔儿乍向围场上走，我是个经笼罩、受索网苍翎毛老野鸡蹅踏的阵马儿熟。经了些窝弓冷箭镴枪头，不曾落人后。恰不道"人到中年万事休"，我怎肯虚度了春秋。

【尾】我是个蒸不烂、煮不熟、捶不扁、炒不爆响当当一粒铜豌豆，恁子弟每谁教你钻入他锄不断、斫不下、解不开、顿不脱慢腾腾千层锦套头。我玩的是梁园月，饮的是东京酒，赏的是洛阳花，攀的是章台柳。我也会围棋、会蹴鞠、会打围、会插科、会歌舞、会吹弹、会咽作、会吟诗、会双陆。你便是落了我牙、歪了我嘴、瘸了我腿、折了我手，天赐与我这几般儿歹症候，尚兀自不肯休。则除是阎王亲自唤，神鬼自来勾，三魂归地府，七魄丧冥幽，天那，那其间才不向烟花路儿上走！

【作者简介】

关汉卿（1219 年—1301 年），元代杂剧奠基人，元代戏剧作家，"元曲四大家"之首。晚号已斋（一说名一斋）、已斋叟。汉族，解州人（今山西省运城），其籍贯还有大都（今北京市）、祁州（今河北省安国市）等说，与白朴、马致远、郑光祖并称为"元曲四大家"。以杂剧的成就最大，今知有 67 部，现存 18 部，个别作品是否为他所作，无定论。最著名的是《窦娥冤》。关汉卿也写了不少历史剧，《单刀会》《尉迟恭单鞭夺槊》《西蜀梦》等，散曲今存小令 40 多首、套数 10 多首。他的散曲，内容丰富多彩，格调清新刚劲，具有很高的艺术价值。

【曲解】

这是关汉卿较有名的散套。详细地载叙了自己的生活、性格和爱好，对于了解关氏的生平、思想，具有重大的参考价值。《南吕·一枝花·不伏老》是作者的自白，体现出作者与黑暗社会决不妥协的斗争精神。这首带有自述心志性质的著名套曲，气韵深沉，语势狂放，在清澈见底的情感波流中极能见出诗人独特的个性，因而历来为人传颂，被视为关汉卿散曲的代表之作。

【思考与练习】

1．结合关汉卿生平，谈谈此曲表现了关汉卿怎样的性格特点。
2．作者表达情感时选择了哪些意象？

第七节　现当代中国诗歌

太阳吟

闻一多

太阳啊，刺得我心痛的太阳！
又逼走了游子的一出还乡梦，
又加他十二个时辰[1]的九曲回肠！

太阳啊，火一样烧着的太阳！
烘干了小草尖头的露水，
可烘得干游子的冷泪盈眶？

太阳啊，六龙骖驾[2]的太阳！
省得我受这一天天的缓刑，
就把五年当一天跑完那又何妨？

太阳啊——神速的金乌[3]——太阳！
让我骑着你每日绕行地球一周，
也便能天天望见一次家乡！

太阳啊，楼角新升的太阳！
不是刚从我们东方来的吗？

我的家乡此刻可都依然无恙？

太阳啊，我家乡来的太阳！
北京城里的宫柳[4]裹上一身秋了罢？
唉！我也憔悴的同深秋一样！

太阳啊，奔波不息的太阳！
你也好像无家可归似的呢。
啊！你我的身世一样地不堪设想！

太阳啊，自强不息的太阳！
大宇宙许就是你的家乡罢。
可能指示我，我的家乡的方向？

太阳啊，这不像我的山川，太阳！
这里的风云另带一般颜色，
这里鸟儿唱的调子格外凄凉。

太阳啊，生命之火的太阳！
但是谁不知你是球东半的情热，
同时又是球西半的智光？

太阳啊，也是我家乡的太阳！
此刻我回不了我往日的家乡，
便认你为家乡，也还得失相偿。

太阳啊，慈光普照的太阳！
往后我看见你时，就当回家一次，
我的家乡不在地下乃在天上！

【作者简介】

闻一多（1899 年 11 月 24 日—1946 年 7 月 15 日），本名闻家骅，字友三，生于湖北省黄冈市浠水县，中国现代伟大的爱国主义者，坚定的民主战士，中国民主同盟早期领导人，中国共产党的挚友，新月派代表诗人和学者。1912 年考入清华大学留美预备学校。1916 年开始在《清华周刊》上发表系列读书笔记。1925 年 3 月在美国留学期间创作《七子之歌》。1928 年 1 月出版第二部诗集《死水》。1932 年闻一多离开青岛，回到母校清华大学任中文系教授。1946 年 7 月 15 日在云南昆明被国民党特务暗杀。

【注释】

[1]时辰：旧时的计时单位。一昼夜的十二分之一，等于两小时。[2]六龙骖驾：据传说，太阳神所乘之车驾以六龙，以羲和为御者。骖驾，驾驭。[3]金乌：太阳的代称。传说太阳中有三足乌。[4]宫柳：紫禁城周围的柳树，借以指代京城和祖国。

【诗解】

《太阳吟》是闻一多留学美国期间创作的一首著名诗歌。这首诗创作于 1922 年的秋天，后来收入作者的第一本诗集《红烛》之中。反映出作者强烈的爱国之情和刻骨的思乡之情。作为弱国的子民，诗人在大洋彼岸遭遇了许多苦难和屈辱。这首诗既是远方游子思念、赞美、眷恋祖国的一封情书，也是炎黄的后裔为捍卫民族尊严而战的一篇檄文。

【思考与练习】

1. 把结尾“我的家乡不在地下乃在天上”改为“我的家乡不在地上乃在天上”，好不好？

2. 闻一多的《太阳吟》与余光中的《乡愁》相比较，有哪些相同点？又有哪些不同点？

我爱这土地

艾青

假如我是一只鸟，
我也应该用嘶哑的喉咙歌唱：
这被暴风雨所打击着的土地，
这永远汹涌着我们的悲愤的河流，
这无止息地吹刮着的激怒的风，
和那来自林间的无比温柔的黎明……
——然后我死了，
连羽毛也腐烂在土地里面。
为什么我的眼里常含泪水？
因为我对这土地爱得深沉……

【作者简介】

艾青（1910 年—1996 年），现代诗人。本名蒋正涵，号海澄，曾用笔名莪加、克阿、林壁等。浙江金华人。新中国成立后，曾担任《人民文学》副主编、全国文联委员等职，1985 年获法国文学艺术最高勋章。成名作《大堰河——我的保姆》，著有《大堰河》《北方》《向太阳》《黎明的通知》《归来的歌》等诗集、论文集《诗论》、长篇小说《绿洲笔记》等。

【诗解】

《我爱这土地》是现代诗人艾青于 1938 年写的一首现代诗。这首诗以鸟的形象自比，用“嘶哑”形容鸟儿歌唱得投入与忘我，由鸟儿歌唱的内容抒写面对苦难现实的悲愤，由鸟儿死后魂归大地抒写对祖国始终不渝、至死不改的深沉情感。诗歌直抒胸臆，感人肺腑。

【思考与练习】

1．结合具体诗句，谈谈本诗的“土地”意象。

2．分析本诗的艺术特色。

惠安女子[1]

舒婷

野火在远方，远方
在你琥珀色的眼睛里
以古老部落的银饰
约束柔软的腰肢
幸福虽不可预期，但少女的梦
蒲公英一般徐徐落在海面上
啊，浪花无边无际
天生不爱倾诉苦难
并非苦难已经永远绝迹
当洞箫和琵琶在晚照中
唤醒普遍的忧伤
你把头巾一角轻轻咬在嘴里
这样优美地站在海天之间
令人忽略了：你的裸足
所踩过的碱滩和礁石
于是，在封面和插图中
你成为风景，成为传奇

【作者简介】

舒婷，女，原名龚佩瑜，1952 年出生于福建石码镇，从小随父母定居于厦门，1969 年下乡插队，1972 年返城当工人，1979 年开始发表诗歌作品，1980 年至福建省文联工作，从事专业写作。舒婷的诗歌在自我情感律动的内省，情感的复杂、细致、丰富、微妙方面独树一帜。同时，舒婷常常能够在一些容易被人们漠视的常规现象中发现尖锐深刻的诗化哲理，并把这种发现写得既富有思辨力量，又楚楚动人。舒婷和同代人北岛、顾城、梁小斌等以迥异于前人的诗风，在中国诗坛上掀起了一股“朦胧诗”大潮。1980 年获全国中青年优秀诗歌作品奖，1993 年获庄重文文学奖。代表作品有《致橡树》《祖国啊，我亲爱的祖国》《神女峰》《惠安女子》《这也是一切》等。出版诗集《双桅船》《舒婷顾城抒情诗选》《会唱歌的鸢尾花》等，散文集《心烟》《硬骨凌霄》等。

【注释】

[1]惠安女子是我国福建省惠安县沿海几个村镇汉民族妇女群体，那儿的男子长年漂泊在海上，“留守”几乎是所有惠安女子的现实处境。但长期以来她们一直默默隐忍了生活的苦涩，以勤劳、温良、孝顺呼应着传统文化的期待。

【诗解】

舒婷以女性的情感体验和悲悯的情怀抒写了福建惠安女子的辛苦、忍耐、温柔，表现出作者对弱势女性群体的关注、理解和同情。作者在质疑现代眼光对惠安女子误解的同时，呼吁更多的人从更高的起点、更深更广的角度去正确对待这群女性，提高她们的地位，改变她们的命运。

【思考与练习】

1.《惠安女子》显示了诗人善于从客观生活中提炼诗歌意象的能力。请你撷取诗中的意象，描述诗中所表现的情景。

2．有人说诗的最后一句“于是，在封面和插图中/你成为风景，成为传奇”揭示了惠安女子的优美形象和真实命运，请谈谈你对这一评价的理解。

等你，在雨中

余光中

等你，在雨中，在造虹的雨中
蝉声沉落，蛙声升起
一池的红莲如火焰，在雨中[1]
你来不来都一样，竟感觉
每朵莲都像你
尤其隔着黄昏，隔着这样的细雨
永恒，刹那，刹那，永恒
等你，在时间之外，在时间之内，等你
在刹那，在永恒

如果你的手在我的手里，此刻
如果你的清芬
在我的鼻孔，我会说，小情人
诺，这只手应该采莲，在吴宫
这只手应该
摇一柄桂桨，在木兰舟中[2]
一颗星悬在科学馆的飞檐
耳坠子一般地悬着
瑞士表说都七点了
忽然你走来
步雨后的红莲，翩翩，你走来
像一首小令
从一则爱情的典故里你走来
从姜白石的词里，有韵地，你走来[3]

【作者简介】

余光中（1928 年—2017 年），祖籍福建永春。余光中一生从事诗歌、散文、评论、翻译，至今驰骋文坛已逾半个世纪，涉猎广泛，被誉为“艺术上的多妻主义者”。其文学生涯悠远、辽阔、深沉，为当代诗坛健将、著名批评家、优秀翻译家。代表作有《白玉苦瓜》《记忆像铁轨一样长》。

【注释】

[1]红莲：典出乐府诗《江南》，原诗为“江南可采莲，莲叶何田田。鱼戏莲叶间。鱼戏莲叶东，鱼戏莲叶西，鱼戏莲叶南，鱼戏莲叶北。”吴宫：原指吴国的宫廷，这里泛称江南，因江南可采莲。[2]桂桨：以桂木为桨，语出楚辞。木兰舟：用木兰树所造的船。《述异记》：“木兰洲在浔阳江中，多木兰树。昔吴王阖闾植木兰于此，用构宫殿也。七里洲中有鲁班刻木兰为舟，舟至今在洲中。”桂桨与木兰舟都是说舟楫的华美典雅。[3]姜白石：南宋人，原名姜夔，字尧章，号白石道人，工诗词，精音律。

【诗解】

《等你，在雨中》是余光中爱情诗歌的代表作。诗作名曰“等你”，但全诗只字未提“等你”的焦急和无奈，而是别出心裁地状写“等你”的幻觉和美感。

【思考与练习】

1．分析本诗的艺术特点。

2．本诗运用了哪些意象？

七律·人民解放军占领南京[1]

毛泽东

钟山[2]风雨起苍黄[3]，百万雄师过大江。虎踞龙盘今胜昔[4]，天翻地覆慨而慷[5]。
宜将剩勇追穷寇[6]，不可沽名学霸王[7]。天若有情天亦老[8]，人间正道是沧桑[9]。

【作者简介】

毛泽东（1893 年 12 月 26 日—1976 年 9 月 9 日），字润之（原作咏芝，后改润芝），笔名子任。湖南湘潭人。伟大的无产阶级革命家、政治家、军事家，开国领袖，被人们尊称为“毛主席”，是领导中国人民彻底改变自己命运和国家面貌的一代伟人，是马克思主义中国化的伟大开拓者，他对马克思列宁主义的发展、军事理论的贡献以及对共产党的理论贡献被称为毛泽东思想。毛泽东被视为现代世界历史中最重要的人物之一，《时代》杂志也将他评为 20 世纪最具影响的 100 人之一。同时，毛泽东精通古典诗词，擅长书法，是优秀的文学家、书法家。贺敬之评述毛泽东诗词时曾这样说：“毛泽东诗词以其前无古人的崇高优美的革命感情、遒劲伟美的创造力量、超越奇美的艺术思想、豪华精美的韵调辞采，形成了中国悠久的诗史上风格绝殊的新形态的诗美，这种瑰奇的诗美熔铸了毛泽东的思想和实践、人格和个性。”

【注释】

[1]1949 年 4 月 22 日，人民解放军解放了国民党盘踞了 22 年的南京。为了纪念这个伟大的日子，毛泽东满怀豪情挥笔写成此篇。[2]钟山：《江南通志》中写到“钟山在江宁府东北，一曰金陵山，一曰蒋山，一名北山，一名元武山，俗名紫金山。周围六十里，高一百五十丈。诸葛亮对吴大帝云：钟山龙蟠，指此。”此处用作南京的代语。[3]苍黄：有两解，一是同“仓皇”，慌张，匆忙，急遽失措貌；二是变化翻覆的意思。《墨子·所染篇》中“墨子见染丝者而叹曰：染于苍则苍，染于黄则黄，所入者变，其色亦变。”后因此比喻变化不定，反复无常，并引申为天翻地覆。此苍黄就是仓皇，即突然的意思。[4]虎踞（jù）龙盘：形容地势优异。三国时诸葛亮看到吴国都城建业（今南京市南）的地势曾说：“钟山龙蟠，石头虎踞，此帝王之宅。”（见《太平御览》引《吴录》）石头即石头山，在今南京市西。[5]慨（kǎi，即凯）而慷：感慨而激昂。曹操《短歌行》：“慨当以慷”。[6]宜将剩勇追穷寇：剩勇，形容人民解放军（三大战役大量歼灭国民党部队后）过剩的勇气。穷寇，走投无路的敌人。《后汉书·皇甫嵩传》中写到“兵法（指《司马兵法》），穷寇勿追。”这里反其意而为之，号召将革命进行到底，把敌人坚决、彻底、干净、全部地歼灭掉，不要留下后患。[7]沽（gū）名：用某种手段猎取名誉。霸王：指项羽。项羽（曾自封西楚霸王）和刘邦（后来的汉高祖）同时起兵反秦。刘邦先据秦都咸阳拒项羽。项羽歼灭了秦兵主力，拥四十万大军入咸阳。他当时为了避免“不义”之名，没有利用兵力优势消灭刘邦，后来反被刘邦所消灭。[8]天若有情天亦

老：借用唐代诗人李贺《金铜仙人辞汉歌》中的诗句，原诗说的是汉武帝制作的极贵重的宝物金铜仙人像，在三国时被魏明帝由长安迁往洛阳的传说。原句的意思是，对于这样的人间恨事，天若有情，也要因悲伤而衰老。这里是说，天若有情，见到国民党反动统治的黑暗残酷，也要因痛苦而衰老。[9]人间正道是沧桑：人间正道，社会发展的正常规律。沧桑，沧海（大海）变为桑田，这里比喻革命性的发展变化。古代神话中，女仙麻姑对另一仙人王方平说，他们相见以来，东海已经三次变为桑田（见葛洪《神仙传》）。

【诗解】

《七律·人民解放军占领南京》是对国民党中央政府所在地南京获得解放这一改天换地的历史性胜利的热情讴歌。作品展现了一个伟大革命家、战略家的历史豪情和昂扬自信。全诗用典灵活，风格豪放，笔意雄奇，意境广阔深远，饱含哲理。

【思考与练习】

1. 分析本词的艺术特色。
2. 词中用了什么典故？有什么意义？

第八节 现当代外国诗歌

为了看看阳光，我来到世上

［俄］巴尔蒙特

我来到这个世界为的是看太阳，
和蔚蓝色的田野。
我来到这个世界为的是看太阳，
和连绵的群山。

我来到这个世界为的是看大海，
和百花盛开的峡谷。
我与世界签订了和约，
我是世界的真主。

我战胜了冷漠无言的冰川，
我创造了自己的理想。
我每时每刻都充满了启示，
我时时刻刻都在歌唱。

我的理想来自苦难，
但我因此而受人喜爱。
试问天下谁能与我的歌声媲美[1]？
无人、无人媲美。

我来到这个世界为的是看太阳，
而一旦天光熄灭，
我也仍将歌唱……歌颂太阳
直到人生的最后时光！

（张冰　译）

【作者简介】

巴尔蒙特·康斯坦丁·德米特里耶维奇（1867 年—1942 年），俄罗斯诗人、评论家、翻译家。他一生执著于太阳的崇拜，自称“太阳的歌手”。作为俄国象征派领袖人物之一，追求音乐性强、辞藻优美、意境深远的诗风。出版了 3 本诗集《在北方的天空下》《在无穷之中》《静》。诗歌代表作是《为了看看阳光，我来到世上》。

【注释】

[1]媲（pì）美：比美，美的程度差不多。

【诗解】

《为了看看阳光，我来到世上》出自于诗集《在北方的天空下》，通过抒发对阳光的向往之情，表达了对有意义的生命和幸福生活的不懈追求，展现出一个人内心的纯净、光明与温暖。作品基调高昂，境界深邃。

【思考与练习】

1．诗中太阳的象征意义是什么？
2．比较分析本诗与中国诗人海子的诗歌《面朝大海，春暖花开》的异同。

我愿意是急流（献给未婚妻森德莱·尤丽娅）[1]

［匈］裴多菲

我愿意是急流，
山里的小河，
在崎岖的路上、
岩石上经过……
只要我的爱人

是一条小鱼，
在我的浪花中
快乐地游来游去。

我愿意是荒林，
在河流的两岸，
对一阵阵的狂风，
勇敢地作战……
只要我的爱人
是一只小鸟，
在我的稠密的
树枝间做窠[2]，鸣叫。

我愿意是废墟，
在峻峭的山岩上，
这静默的毁灭
并不使我懊丧……
只要我的爱人
是青青的常春藤，
沿着我的荒凉的额，
亲密地攀援上升。

我愿意是草屋，
在深深的山谷底，
草屋的顶上
饱受风雨的打击……
只要我的爱人
是可爱的火焰，
在我的炉子里，
愉快地缓缓闪现。

我愿意是云朵，
是灰色的破旗，
在广漠的空中，
懒懒地飘来荡去，
只要我的爱人
是珊瑚似的夕阳，

傍着我苍白的脸，
显出鲜艳的辉煌。

（孙用　译）

【作者简介】

裴多菲·山陀尔（1823 年—1849 年），原译名彼得斐，19 世纪匈牙利最伟大的爱国诗人，也是匈牙利民族文学的奠基人，革命民主主义者，在瑟克什堡大血战中同沙俄军队作战时牺牲，年仅 26 岁。他短暂的一生共写了 800 多首抒情诗和 9 首长篇叙事诗，被誉为匈牙利“抒情之王”。

【注释】

[1]裴多菲的这首诗是写给未婚妻森德莱·尤丽娅的，当时他正与尤丽娅热恋。[2]窠（kē）：昆虫鸟兽的巢穴。

【诗解】

本诗是裴多菲向自己的恋人表白炽热感情的抒情诗。诗歌通过五处对照使诗人对爱情忠贞不渝、真诚无私的奉献精神得到了形象而深刻的体现，诗句回环反复，整齐而富有韵律。

【思考与练习】

1. 诗歌常常通过意象来表达，这首诗用了两大类意象，它们分别是什么？
2. 本诗的爱情观是什么？通过学习，联系现实，谈谈你的爱情观。

当你老了[1]

［爱］威廉·巴特勒·叶芝

当你老了，头白了，睡意昏沉，
炉火旁打盹，请取下这部诗歌，
慢慢读，回想你过去眼神的柔和，
回想它们昔日浓重的阴影；

多少人爱你青春欢畅的时辰，
爱慕你的美丽，假意或真心，
只有一个人爱你那朝圣者[2]的灵魂，
爱你衰老了的脸上痛苦的皱纹；

垂下头来，在红光闪耀的炉子旁，

凄然地轻轻诉说那爱情的消逝，
在头顶的山上它缓缓踱着步子，
在一群星星中间隐藏着脸庞。

（袁可嘉　译）

【作者简介】

威廉·巴特勒·叶芝（1865年6月13日—1939年1月28日），也译为“叶慈”“耶茨”，爱尔兰诗人、剧作家和散文家，著名的神秘主义者，是“爱尔兰文艺复兴运动”的领袖，也是艾比剧院（Abbey Theatre）的创建者之一。叶芝的诗受浪漫主义、唯美主义、神秘主义、象征主义和玄学诗的影响，演变出其独特的风格。

【注释】

[1]《当你老了》作于1893年，诗人为女友毛特·冈妮而写。毛特·冈妮是爱尔兰自治运动中的主要人物之一，她曾经是叶芝长期追求的对象。[2]朝圣者：指参加朝圣的人。朝圣者有不同的信仰，他们的朝圣之路都是通往他们内心认为最神圣的地方。

【诗解】

《当你老了》创作于1893年，是叶芝献给女友毛特·冈妮的一首热烈而真挚的爱情诗篇。诗人采用假设想象、对比反衬、意象强调、象征升华等艺术表现手法，表达对女友忠贞不渝的爱恋之情。诗歌语言简明，情感丰富真切。

【思考与练习】

1. 分析本诗的艺术特色。
2. 找找其他的爱情诗篇，比较分析它们的异同。

致凯恩[1]

［俄］普希金

我记得那美妙的一瞬：
在我的面前出现了你，
有如昙花一现的幻影，
有如纯洁之美的精灵。

在那无望的忧愁的折磨中，
在那喧闹的浮华生活的困扰中[2]，
我的耳边长久地响着你那温柔的声音，
我还在睡梦中见到你那可爱的倩影。

许多年过去了，狂风暴雨般的激变，
驱散了往日的梦想，
于是我忘却了你温柔的声音，
还有你那天仙般的倩影。

在穷乡僻壤[3]，在囚禁的阴暗生活中，
我的日子就那样静静地消逝，
没有倾心的人，没有诗的灵感，
没有眼泪，没有生命，也没有爱情。

如今心灵已开始苏醒，
这时在我面前又重新出现了你，
有如昙花一现的幻影，
有如纯洁之美的精灵。

我的心在狂喜中跳跃，
心中的一切又重新苏醒，
有了倾心的人，有了诗的灵感，
有了生命，有了眼泪，也有了爱情。

（查良铮　译）

【作者简介】

亚历山大·谢尔盖耶维奇·普希金（1799 年 6 月 6 日—1837 年 2 月 10 日），俄罗斯伟大的诗人，出身贵族，酷爱民主和自由，痛恨沙皇的统治，曾被沙皇放逐过，并因不容于世俗，死于决斗。普希金是 19 世纪俄国浪漫主义文学主要代表，在诗歌、小说、戏剧、散文等领域都有杰出的成就。代表作有诗歌《自由颂》《致大海》《致恰达耶夫》《假如生活欺骗了你》等、诗体小说《叶甫盖尼·奥涅金》、小说《上尉的女儿》《黑桃皇后》等。他的文学事业奠定了俄罗斯近代文学的基础。

【注释】

[1]写于 1825 年，普希金在彼得堡和凯恩相识，后来他幽禁在米海洛夫村时，凯恩又来到该村附近的三山村作客，和普希金时常来往，凯恩离开时，普希金将这首诗送给她。这首诗后来由著名作曲家格林卡谱成歌曲《我记得那美妙的瞬间》，成为俄罗斯最有名的一首歌。[2]浮华：浮世的华丽与美好，指表面上虚浮不实的华丽或阔气。语出汉代王充的《论衡·自纪》中的“其文盛，其辩争，浮华虚伪之语，莫不澄定”。[3]穷乡僻壤：指荒远偏僻的地方。穷：荒僻，缺少物资。僻：偏远。

【诗解】

《致凯恩》这首诗是情诗的典范之作，普希金通过凯恩温柔的声音和天仙般的倩影这两个动人的瞬间，描绘出它们带给诗人神奇的精神动力。

【思考与练习】

1. 分析这首诗的艺术特点。
2. 找找其他的爱情诗歌，分析比较它们的异同。

第九节　拓展阅读

【诗经】

《诗经》是我国第一部诗歌总集，共收入自西周初期至春秋中叶约五百年间的诗歌305篇。最初称《诗》，汉代儒者奉为经典，乃称《诗经》。它开创了我国古代诗歌创作的现实主义的优秀传统。《诗经》"六义"指的是风、雅、颂、赋、比、兴，前三个说的是内容，后三个说的是手法。《诗经》分为《风》《雅》《颂》三部分。《风》包括"十五国风"，诗160篇；《雅》包括《大雅》31篇和《小雅》74篇；《颂》包括《周颂》31篇、《商颂》5篇、《鲁颂》4篇。

这些诗篇，就其原来性质而言，是歌曲的歌词。《风》《雅》《颂》三部分的划分，就是依据音乐的不同。《风》是相对于"王畿"，即周王朝直接统治地区而言的带有地方色彩的音乐，"十五国风"就是十五个地方的土风歌谣。《雅》是"王畿"之乐，这个地区周人称之为"夏"，"雅"和"夏"古代通用。"雅"又有"正"的意思，当时把王畿之乐看作是正声——典范的音乐。《大雅》《小雅》之分，众说不同，大约其音乐特点和应用场合都有些区别。《颂》是专门用于宗庙祭祀的音乐。

《诗经》中的乐歌，原来的主要用途，一是作为各种典礼的一部分，二是娱乐，三是表达对于社会和政治问题的看法。到后来，《诗经》成了贵族教育中普遍使用的文化教材。这种教育一方面具有美化语言的作用，特别在外交场合，常常需要摘引《诗经》中的诗句，曲折地表达自己的意思，叫"赋《诗》言志"；另一方面，《诗经》的教育也具有政治、道德意义。《礼记·经解》引用孔子的话说，经过"诗教"，可以使人"温柔敦厚"。

秦代曾经焚毁包括《诗经》在内的所有儒家典籍，但由于《诗经》易于传诵，所以到汉代又得到流传。汉初传授《诗经》学的有四家，也就是四个学派：齐之辕固生，鲁之申培，燕之韩婴，赵之毛亨、毛苌，简称齐诗、鲁诗、韩诗、毛诗。齐、鲁、韩三家属今文经学，是官方承认的学派，毛诗属古文经学，是民间学派。但到了东汉以后，毛诗反而日渐兴盛，并为官方所承认；前三家则逐渐衰落，到南宋就完全失传了。今天我们看到的《诗经》，就是毛诗一派的传本。

【汉乐府】

汉乐府就是指汉时乐府官署所采制的诗歌。汉乐府掌管的诗歌一部分是供执政者祭祀祖先神明使用的郊庙歌辞，其性质与《诗经》中“颂”相同；另一部分则是采集民间流传的无主名的俗乐，世称之为乐府民歌。据《汉书·艺文志》载：“自孝武立乐府而采歌谣，于是有代、赵之讴，秦、楚之风，皆感于哀乐，缘事而发，亦可以观风俗，知薄厚云。”可见这部分作品乃是汉乐府之精华。宋人郭茂倩所编《乐府诗集》100卷，分12类（郊庙歌辞、燕射歌辞、鼓吹歌辞、横吹歌辞、相和歌辞、清商曲辞、舞曲歌辞、琴曲歌辞、杂曲歌辞、近氏曲辞、杂歌谣辞、新乐府辞）著录，是收罗汉迄五代乐府最为完备的一部诗集。《乐府诗集》现存汉乐府民歌40余篇，多为东汉时期作品，反映当时的社会现实与人民生活，用犀利的言辞表现爱恨情感，较为倾向现实主义风格。

汉乐府是继《诗经》之后，古代民歌的又一次大汇集，不同于《诗经》的浪漫主义手法，它开创了诗歌现实主义新风。汉乐府民歌中女性题材作品占重要位置，它用通俗的语言构造贴近生活的作品，由杂言渐趋向五言，采用叙事写法，刻画人物细致入微，创造人物性格鲜明，故事情节较为完整，而且能突出思想内涵，着重描绘典型细节，开拓叙事诗发展成熟的新阶段，是中国诗史五言诗体发展的一个重要阶段。

《陌上桑》和《孔雀东南飞》都是汉乐府民歌，后者是我国古代最长的叙事诗，与《木兰诗》合称“乐府双璧”。

【古诗十九首】

《古诗十九首》，组诗名，最早见于《文选》，为南朝梁萧统从传世无名氏《古诗》中选录十九首编入，编者把这些亡失主名的无言诗汇集起来，冠以此名，列在“杂诗”类之首，后世遂作为组诗看待。《古诗十九首》习惯上以首句为标题，依次为《行行重行行》《青青河畔草》《青青陵上柏》《今日良宴会》《西北有高楼》《涉江采芙蓉》《明月皎夜光》《冉冉孤生竹》《庭中有奇树》《迢迢牵牛星》《回车驾言迈》《东城高且长》《驱车上东门》《去者日以疏》《生年不满百》《凛凛岁云暮》《孟冬寒气至》《客从远方来》《明月何皎皎》。

《古诗十九首》深刻地再现了文人在汉末社会思想大转变时期，追求的幻灭与沉沦、心灵的觉醒与痛苦。艺术上语言朴素自然，描写生动真切，具有浑然天成的艺术风格。同时，《古诗十九首》所抒发的是人生最基本、最普遍的几种情感和思绪，令古往今来的读者常读常新。

关于《古诗十九首》的作者和时代有多种说法，《昭明文选·杂诗·古诗一十九首》题下注曾释之甚明：“并云古诗，盖不知作者。”曾有说法认为其中有枚乘、傅毅、曹植、王粲等人的创作，例如，其中有八首在《玉台新咏》里题为汉代枚乘作，后人多疑其不确。犹又如曹植《送应氏》描写过洛阳被焚毁后的萧条景象。而《古诗十九首》的诗人眼中的洛阳还是两宫双阙，王侯宅第尚安然无恙，冠带往来游宴如故，更何况洛阳未遭破坏之前，王粲尚幼，曹植并未出生。今人综合考察《古诗十九首》所表现的情感倾向、所折射的社会生活情状以及它纯熟的艺术技巧，一般认为它并不是一时一人之作，它所产生的年代应当在东汉顺帝末到献帝前，即公元140年—190年之间。

《古诗十九首》是乐府古诗文人化的显著标志。汉末文人对个体生存价值的关注，使他们与自己生活的社会环境、自然环境，建立起更为广泛而深刻的情感联系。过去与外在事功相关联的，诸如帝王、诸侯的宗庙祭祀、文治武功、畋猎游乐乃至都城宫室等，曾一度霸踞文学的题材领域，现在让位于与诗人的现实生活、精神生活息息相关的进退出处、友谊爱情乃至街衢田畴、物候节气，文学的题材、风格、技巧，因之发生巨大的变化。

《古诗十九首》在五言诗的发展上有重要地位，在中国诗史上也有相当重要的意义，它的题材内容和表现手法为后人师法，几至形成模式。它的艺术风格，也影响到后世诗歌的创作与批评。就古代诗歌发展的实际情况而言，称它为“五言之冠冕”“千古五言之祖”是并不过分的。诗史上认为《古诗十九首》为五言古诗之权舆的评论有：明代王世贞称“（十九首）谈理不如《三百篇》，而微词婉旨，碎足并驾，是千古五言之祖”；陆时雍则云“（十九首）谓之风余，谓之诗母”。

【唐代诗歌】

一、唐代诗歌的分体与分期概况

唐代诗歌的发展经历了初唐、盛唐、中唐和晚唐四个时期。

（一）初唐（618年—713年）

初唐诗人的主要贡献在于：开拓了题材，使之面向社会、贴近现实；逐步用刚健清新的文风取代六朝的绮靡文风；确立律体。

唐代初期，诗坛主盟者多为陈隋旧臣，诗歌创作仍受南朝诗风的影响，题材较为狭窄，追求华丽辞藻。代表人物是有“文章四友”之称的杜审言、崔融、李峤、苏味道。其中，杜审言成绩较大。

待到被称为“四杰”的王勃、杨炯、卢照邻、骆宾王出现，才扩大了诗的表现范围，从宫廷楼榭移向市井边塞，从歌功颂德变为言志抒怀、咏叹人生，显示出雄伟的气势和开阔的襟怀。在诗的体式上，在沈佺期、宋之问的努力下，这时完成了五言七言律体的定型。

初唐后期出现了两位重要诗人：陈子昂和张若虚。陈子昂不仅批判了当时“采丽竞繁”的文风，而且标举“风骨”“兴寄”，并在创作实践上垂范。他的代表作《感遇》诗38首和《蓟丘览古赠卢居士藏用》7首等，反映现实，抨击时弊，思索人生，较之四杰，深广有加，风格雄浑高古，寄托遥深，洗尽六朝铅华，在理论和实践上廓清六朝文风，为盛唐诗歌繁荣奠定基础。张若虚、贺知章、张旭、包融被称为“吴中四士”。张若虚的《春江花月夜》，写月夜春江明丽纯美的境界，融入浓烈情思和深刻哲理，婉转的音调，无穷的韵味，创造出了非常完美的意境。陈子昂和张若虚艺术上的成熟，透露出盛唐诗歌行将到来的信息。

（二）盛唐（714 年—765 年）

盛唐诗歌的特点：雄健刚劲的风骨、高远浑成的意境与天然去雕琢的自然美完美融合。

盛唐是唐诗发展的高峰。此时诗坛群星辉映、流派纷呈：

（1）山水诗派：他们以清丽疏淡的笔墨，描绘题咏山水田园，重在领悟其中的诗情画意，创造意境，并借以抒情寄趣。形式上他们多采用五言古体和律体，以王维、孟浩然、常建、储光羲等为代表。

（2）边塞诗派：盛唐的边塞诗派以高适、岑参、李颀、王昌龄为代表。他们多有边塞从戎的生活经历，他们的诗描绘边塞苍茫壮阔、奇异瑰丽的景色，抒发他们立功疆场、报效祖国的豪情壮志，洋溢着激扬高亢的时代精神，风格慷慨雄壮。在七言歌行和绝句的运用上有所创新。

（3）“双子星座”——李白、杜甫。代表唐朝，乃至我国古典诗歌最高成就的是盛唐的两位伟大诗人李白、杜甫。“诗仙”李白的诗歌以澎湃雄放的气势、奇特瑰丽的想象、清新自然的语言、飘逸不群的风格，抒写拯物济世的怀抱，揭露社会政治的黑暗，反映民生的苦难，蔑视权贵，反抗礼教，成为反映盛唐时代精神风貌的一面镜子。而“诗圣”杜甫的诗歌则是“安史之乱”前后的一部诗史。他忧国伤时，谴责战乱，哀恤民瘼，善于把时代的灾难、民生的涂炭和个人的不幸结合起来，用典型事例反映现实，因而他的诗感情深沉、蕴涵深广、语言遒劲、笔法曲折，形成“沉郁顿挫”的风格。又由于他善于学习与总结，成为一位既集前人大成、又开后人无数法门的诗人。

（三）中唐（766 年—859 年）

唐代中期，诗歌的发展走向多元化，出现了有明确艺术主张的不同流派和独具风格的诗人。

（1）边塞诗：李益、卢纶的边塞诗能嗣响盛唐。

（2）山水诗：韦应物、刘长卿的山水诗，高雅闲淡，于王维、孟浩然之外，自成一家。

（3）大历十才子：多为权门清客，诗多流连光景和投献之作。他们多工五律，意境淡泊，情致闲适，描写细腻精工，但雕琢过甚，有句无篇。

（4）现实主义流派：元结、顾况等用风格古朴的乐府古体，揭露时弊，反映百姓疾苦，成为介于杜甫与元稹、白居易之间的一个现实主义流派。

（5）韩、孟诗派：以韩愈、孟郊为代表，有李贺、贾岛、姚合等人。他们的风格不尽相同，但都以奇崛险怪为美，重主观，常常打破律体约束，以散文句式入诗。李贺是一位灵心善感却只活了 27 岁的天才诗人，他的诗想象怪奇而丰富，意象色彩斑斓，而且组合密集。

（6）元、白诗派：以元稹、白居易为主。他们主张发挥诗歌的美刺作用，干预现实，对杜甫的现实主义有所继承和发展。艺术方面务求晓畅坦易，以俗为美。白居易提出“文章合为时而著，歌诗合为事而作”。元、白都写有新题乐府，表示了对于国家的关心、对于黑暗现象的抨击和对于生民疾苦的同情。

（7）柳宗元与刘禹锡：柳宗元的诗风格近于陶渊明，与韦应物并称“韦柳”。他的诗幽峭明净，深得楚骚精髓，则与韦应物不同。刘禹锡的诗长于咏史吊古，工于七言律绝，雄健苍劲，被誉为“诗豪”。柳宗元、刘禹锡不入流派，而能标新立异。

（四）晚唐（860 年—907 年）

晚唐诗风又一变，其主要特点是：题材自社稷江山移向歌台舞榭，审美情趣也转向朦胧幽细婉约。代表人物有杜牧、李商隐、温庭筠。其中，杜牧的古体诗，感怀时事，抒发襟袍，慷慨激昂；他的律诗，尤其是七律，俊爽不羁，时寓拗峭；他的咏史诗，精警、婉曲、隽永。李商隐与杜牧并称“小李杜”。李商隐的诗感时伤事、沉郁顿挫，但气魄笔力，略逊杜甫一筹，而寓意的深曲、思绪的缜密、用典的精工，则又过之，亦身危情苦所致。温庭筠的诗成就逊于李商隐，两人以诗风秾丽并称，他们的部分诗歌从题材到表现手法都对词的发展有所影响。

晚唐诗人的共同点是：无论出处穷达，对时局已不抱幻想，最后大多归隐田园，寄迹山林或放清声色；他们的诗无论何种题材，都充满感伤、悲愤的情调；无论风格有多大区别，都步人后尘，没有创新。总之，晚唐是唐代诗歌衰微的时期。

二、唐代诗歌的性质与特点

初、盛唐诗歌在内容上，如从军生活、离别情怀、现实弊病、个人志向都成为吟咏的题材，而且大多表现出奋发进取的精神。慷慨高亢的情调，这是宫廷化、贵族化的齐梁文学所不可能具备的；在诗歌形式上，也进行了改造（歌行）、变革（乐府）、创新（律诗）；在审美理想上，也从以华丽雕琢为美，转变为以雄浑壮丽自然为美。中唐诗歌在反映现实、伤病民瘼、讽谏朝政、针砭时弊的深度广度方面，超过初唐、盛唐，而且大量增加了表现男女爱情、商妇贾客生活和民风民俗的题材，出现了“诗到元和体变新”（白居易《馀思未尽，加为六韵，重寄微之》）的现象，以俗为美的元白诗派、以律调入七古的长庆体风靡朝野。晚唐诗歌在题材和审美情趣方面，似乎是六朝文学某种程度上的回归，但仍有所不同。晚唐文人绝望于国事时局，或隐逸山林，或纵情声色，生活圈子变得狭小，社会心态转向内省、感伤。“唐至大中间，国体伤变，气候改色，人多商声，亦愁思之感。”（余成教《石园诗话》卷二引徐献忠语）从李商隐的“刻意伤春复伤别”（《杜司勋》）到韦庄的“伤时伤事更伤心”（《长安旧里》），晚唐诗人可谓“眼前何事不伤神”（杜荀鹤《登城有作》）。他们在诗词中大量表现男女之情，描写官能感受，有类六朝宫体，但其中往往融入了他们对现实人生的追求和失望以及由此产生的苦痛和感伤，审美情趣也变成以朦胧、幽细、婉约为美，与六朝宫体的狎昵猥亵、轻浮淫艳也不尽相同。

【花间派】

花间派为中国晚唐五代词派，因后蜀赵崇祚所选编的词集《花间集》得名。所选的18个作者中温庭筠、皇甫松为晚唐人，其余多数为五代西蜀文人，包括流寓、游宦者。

花间词派的形成，自有温庭筠的开山作用，但衍为流派，风行一时，则还有它更深刻的社会政治和文学原因。晚唐时局动荡，五代西蜀苟安，君臣醉生梦死，狎妓宴饮，耽于声色犬马。正如欧阳炯《花间集序》中所述："家家之香径春风，宁寻越艳；处处之红楼夜月，自锁嫦娥。"花间词正是这种颓靡世风的产物。晚唐五代诗人的心态，已由拯世济时转为绮思艳情，而他们的才力在中唐诗歌的繁荣发展之后，也不足以标新立异，于是把审美情趣由社会人生转向歌舞宴乐，专以深细婉曲的笔调、浓重艳丽的色彩写官能感受、内心体验。而李贺、李商隐、温庭筠、韩偓等人的部分诗歌，又在题材和表现手法上为花间词的创作提供了借鉴。词在晚唐五代便成了文人填写的供君臣宴乐之间歌伎乐工演唱的曲子："绮宴公子，绣幌佳人，递叶叶之花戕，文抽丽锦；举纤纤之玉指，拍按香檀。不无清绝之辞，用助娇饶之态。"这就决定了花间词的题材和风格，以"绮罗香泽"为主。

当然，《花间集》中也有少数表现边塞生活和异域风情的词，如牛希济的《定西蕃》，表现塞外荒寒，征人梦苦，风格苍凉悲壮；李珣的《南乡子》、孙光宪的《风流子》，表现南国渔村的风俗人情，也较清疏质朴，如"渔市散，渡船稀，越南云树望中微。行客待潮天欲暮，送春浦，愁听猩猩啼瘴雨。"（李珣《南乡子》之九）但这不能代表花间词的总体特征。在《花间集》中成就能与温庭筠比肩，而风格有所不同的是韦庄。

花间词在思想上无甚可取，但其文字富艳精工，艺术成就较高，对后世词作影响较大。《花间集》有南宋绍兴、淳熙、开禧年间3种刻本。今人李一氓《花间集校》，1981年由人民文学出版社再版。

【南唐词】

南唐词的兴起比西蜀稍晚，主要的代表词人是南唐元老冯延巳、南唐中主李璟、南唐后主李煜。南唐君臣沉溺声色与西蜀相类，但文化修养较高，艺术趣味也相应雅一些。所以从花间词到南唐词，风气有明显的转变。特别是后主李煜的词，与花间词相比，境界有所扩大。

"词至李后主而眼界始大，感慨遂深，遂变伶工之词而为士大夫之词。周介存置诸温、韦之下，可谓颠倒黑白矣。'自是人生长恨水长东''流水落花春去也，天上人间'，《金荃》《浣花》能有此气象耶？"（王国维《人间词话》）

【宋词】

词是我国古代诗歌的一种。词初名曲、曲子、曲子词，简称"词"，又名乐府、近体乐府、乐章、琴趣，还被称作诗余、歌曲、长短句。归纳起来，这许多名称主要是分别说明词与音乐的密切关系及其与传统诗歌不同的形式特征。按体制分类，词一般分为小令、中调、长调。按音乐分类，词一般分为令、引、近、慢四类。词始于梁代，形成于唐代而极盛于宋代。据《旧唐书》记载："自开元（唐玄宗年号）以来，歌者杂用胡夷里巷之曲。"由于音乐的广泛流传，当时的都市里有很多以演唱为生的优伶乐师，根据唱词和音乐节拍配合的需要，创作或改编出一些长短句参差的曲词，这便是最早的词了。从敦煌曲子词中也能够看出，民间产生的词比出自文人之笔的词要早几十年。唐代民间的词大都是反映爱情相思之类的题材，所以它在文人眼里是不登大雅之堂的，被视为诗余小道。只有注重汲取民歌艺术长处的人，如白居易、刘禹锡等人写的一些词，具有朴素自然的风格，洋溢着浓厚的生活气息。以脂粉气浓烈、崇尚浓辞艳句而驰名的温庭筠和五代"花间派"，在词的发展史上有一定的位置。而南唐李后主被俘虏之后的词作则开拓一个新的深沉的艺术境界，给后世词客以强烈的感染。到了宋代，词的发展进入鼎盛时期。

两宋三百余年的词坛，先后共出现过四代词人群体，宋词的发展历程也相应地经历了四个阶段。

一、第一代词人群的因革

第一代词人群，以柳永、范仲淹、张先、晏殊、欧阳修等为代表。另有宋祁、杜安世等人。

这一代词人，从创作倾向上可以分为两个创作阵营。

1. 第一个创作阵营

这个创作阵营以晏殊、欧阳修、范仲淹、宋祁等为代表。他们的社会地位都比较显达，其中晏殊、范仲淹和欧阳修官至宰辅，位极人臣，人生命运相对来说比较顺利适意，所以其词所反映的主要是"承平"时代的享乐意识和乐极生悲后对人生的反思。

晏、欧等人的词作以小令为主，他们以自己的创作实践强化了花间、南唐词以柔情为主的题材取向和以柔软婉丽为美的审美规范。当然，他们在题材、艺术上也有所开拓创新：男性士大夫的抒情形象自他们开始进入词的世界。

2. 第二个创作阵营

这个创作阵营以柳永、张先为代表。柳永词作的贡献主要是对五代词风的革新，概括地说，柳永具有"三创"之功：

一是创体。柳永大力创作慢词，扩大了词的体制，增加了词的内容含量，也提高了词的表现能力，从而为宋词的发展提供了最基本的艺术形式与文本规范。

二是创意。柳永给词注入了新的情感特质和审美内涵。晚唐五代以来的文人词，大多是表现普泛化的情感，词中的情感世界是类型化的"共我"的情感世界，其中只有韦庄和李煜的有些词作开始表现自我的人生感受。柳永沿着李煜开启的方向，着重表现自我的情感心态、喜怒哀乐等自我独特的人生体验，从而使词的抒情取向朝着创作主体的内心世界回归、贴近。

三是创法。晚唐五代词最常见的抒情方法是运用比兴手法，通过一系列的外在物象来烘托、映衬抒情主人公瞬间性的情思心绪。而柳永则将赋的表现方法移植于词，铺叙展衍：或者对人物的情态心理进行直接的刻画；或者对情、事的发生、发展的场面性、过程性进行层层的描绘，因而他的抒情词往往带有一定的叙事性、情节性。

二、第二代词人群的开创

第二代词人群，是以苏轼、黄庭坚、晏几道、秦观、贺铸、周邦彦等为代表的元祐词人。此外著名的词人还有王安石、王观、李之仪、赵令畤、晁补之、陈师道、毛滂等。

从社交群体看，这一代词人大致可以划分为两个群体：一是以苏轼为领袖的苏门词人群，黄庭坚、秦观、晁补之、李之仪、赵令畤、陈师道、毛滂等属之。晏几道、贺铸等虽不属苏门，但与苏门过从甚密。二是以周邦彦为领袖的大晟词人群，晁冲之、曹组、万俟咏、田为、徐伸、江汉等属之，他们都曾经在大晟乐府内供职。

虽然此期词坛分为两个群体，但词风并不局限于两种。就苏门而言，师法其词的仅有晁补之、黄庭坚两人。秦观另辟蹊径，俊逸精妙，自成一体。李之仪、赵令畤等则标举“花间”词风，继续用小令建构他们的词世界。本不属苏门的晏几道、贺铸，更是“各尽其才力，自成一家”（王灼《碧鸡漫志》卷二）。万俟咏等大晟词人，作词也不受其领袖周邦彦的制约而另择师门。总之，元祐前后半个世纪的词坛，是多种风格情调并存共竞的繁荣期。其中创造力最强盛、影响力最深远的是苏轼和周邦彦。

（一）苏轼

从四川盆地走出的大才子苏轼得到欧阳修的大力扶持，欧阳修去世后，苏轼接替他成为执掌文坛的盟主。他以文坛领袖特有的胸襟和悍然不顾一切的气魄对词作进行了大刀阔斧的开拓和变革，“指出向上一路，新天下耳目”（王灼《碧鸡漫志》），主要表现在：将只表现“爱情”的词扩展为表现“性情”的词，将只表现女性化的“柔情”的词扩展为表现男性化的“豪情”的词，使词作像诗歌一样可以充分表现创作主体的丰富复杂的心灵世界、性情怀抱。由于苏轼扩大了词的表现功能，丰富了词的情感内涵，拓展了词的时空境界，从而提高了词的艺术品位，把词堂堂正正地引入文学殿堂，使词从“小道”上升为一种与诗具有同等地位的抒情文体。

（二）周邦彦

周邦彦作为一大词派的领袖，给后代词人提供的抒情范式主要表现在三个层面：

1. 重音律

周邦彦填词按谱，审音用字，十分严格，不仅分平仄，而且严分平、上、去、入四声，使语言的字音高低与曲调旋律节奏的变化完全吻合。

2. 重法度

周词的法度，集中体现在章法结构和句法炼字两个方面。

（1）章法结构：周词的章法结构像柳词（柳永）一样长于铺叙，抒情性与叙事性兼容，但他是变直叙为曲叙，往往将顺叙、倒叙、插叙错综穿插，时空结构上体现为一种跳跃式结构，过去、现在、未来的时空场景交错叠映，使结构繁复多变。

（2）句法炼字：周词的句法，主要诀窍是融前人诗句入词，贴切自然，既显出博学，又见出精巧。

3. 言恋情，善咏物

（1）恋情词：恋情词在周邦彦手中发生了两大变化：一是自我化，二是雅化。所谓自我化，是指周词中的失恋主体多是词人自我，内容也多是词人自我失恋的经历，其恋爱情事、恋爱对象有具体明确的指向。所谓雅化，是指周邦彦的部分恋情词雅而不俗，并且与自己的人生失意相融汇，含蓄隽永，不像以往的一些恋情词写得过于直露，失于庸俗轻浮。

（2）咏物词：周邦彦写的咏物词也比较多，而且善于将身世飘零之感、仕途沦落之悲、情场失恋之苦与所咏之物融于一体，对后来姜派词人的咏物词有深刻影响。

苏轼以后的南宋词坛，主要有两种创作趋向，并形成两大派系：

（1）“苏辛”派：注重抒情言志的自由，遵守词的音律规范而不为音律所拘，词的可读性胜于可歌性；是骚人志士的“诗化”词、“豪气”词；以苏轼为宗，主要词人有叶梦得、朱敦儒、向子諲、张元干、张孝祥、陆游、辛弃疾、陈亮、刘过、戴复古、陈人杰、刘克庄、刘辰翁和金元词人。

（2）“周姜”派：注重词艺音律的精严，情感的抒发有所节制而力避豪迈，强调词的协律可歌；是知音识律者的“乐化”词、“风情”词；以周邦彦为祖，主要词人有姜夔、史达祖、吴文英、周密、王沂孙、张炎等人。

三、第三代词人群的新变

第三代词人群，是以叶梦得、朱敦儒、李纲、李清照、张元干等为代表的南渡词人。其他比较著名的有陈克、周紫芝、赵鼎、向子諲、李弥逊、陈与义、岳飞等词人。

这代词人群人数众多，有词集传世的就有 40 多人，超过了前两代词人有词集传世者的总和（不到 30 人）。从词人的角色身份和创作倾向来看，这代词人群可以分为三个创作阵营或三种创作类型：

（一）愤世与救世的志士词人群

主要有叶梦得、陈克、朱敦儒、向子諲、李弥逊、陈与义、王以宁、张元干、岳飞和“南宋四名臣”——李纲、李光、赵鼎、胡铨等人。他们有着强烈的社会责任感和使命感，直接或间接地投身过抗击金兵的战斗。他们都是坚定的抗战派，但因朝廷的主和势力常常占着上风，尤其是在绍兴八年（1138 年）秦桧专权之后，一味向金人屈膝求和，这批抗战的志士词人更备受打击迫害，而报国无门。创作上，他们面向激烈变化的时代现实，表现民族的苦难生活，抒发对国事的痛愤和英雄失路的苦闷，词风悲壮慷慨，代表着南渡词坛的主流和词史进程的新方向。

（二）遁世与玩世的隐士词人群

主要有周紫芝、吕渭老、扬无咎等人。他们虽然也历经战乱，但时代风云、战争乱离、国家破亡似乎既没有改变他们的人生命运，也没有改变他们的创作态度和创作风格。他们只是封闭在个人生活的圈子里吟诵着林泉风月中的逍遥自在、闲适自得，词作缺乏鲜明的时代感和现实感。

（三）颂世和谀世的宫廷词人群

主要有康与之、曹勋、史浩、曾觌、张抡等人。他们或是嬖客，或是内廷宠臣，专门在宫廷里遵命创作，或歌功颂德，或应制献谀，以讨得主子皇上的欢心。这批词人年寿较高，登上词坛的时间也比前两群词人稍晚，他们的创作活动主要是在高宗朝的后期，并延续到孝宗朝，而与下一代词人辛弃疾等人的创作时代交叉重叠。

南渡词坛是以群体的力量和优势推动着宋词的发展，尚未产生像苏轼、周邦彦那样开宗立派、领袖一代的“大家”，但此时出现的杰出女词人李清照，也足以使南渡词坛放出异彩。

李清照流传下来的词作虽只有 50 多首，但几乎首首都是“精品”。这种“精品”现象在中国诗歌史上是颇为少见的。她具有天才般的艺术表现能力，能用从日常生活中提炼出来的最平常的语言准确地表现复杂微妙的情感心态，用一两个日常动作细节的勾勒就能传达出人物内心情绪的波动变化。她的语言，具有“清水出芙蓉”般的天然纯净之美，自成一种风格。

从词史的进程来观察，这个时期是词史的新变期。说其“新变”，是因为南渡词人在南渡以后空前地将词的抒情取向贴近了激烈变化的社会现实生活，词人的视野不再是局限于个体化的情感世界或普泛化的超时代的情感思绪，而扩大到社会化的民族心理、社会心声，加强了词的现实感和时代感，并进一步扩大了词的表现功能。

四、第四代词人群的辉煌

第四代词人群是以辛弃疾、陆游、张孝祥、陈亮、刘过和姜夔等为代表的“中兴词人群”。另有袁去华、刘仙伦、杨炎正、史达祖、高观国、卢祖皋和张辑等词人。

这代词人都是在靖康之难后出生，对国家的苦难、民族的屈辱有着切身的体验和感受。他们是在南渡词人相继辞世后登上词坛的。他们的创作年代，主要是在十二世纪下半叶。宁宗开禧三年（1207 年），词坛主帅辛弃疾含恨去世，标志着这一阶段词史的结束。这个时期的词坛，创作队伍阵营强大，有词集传世的知名词人就有 50 多位，而且大家辈出，名作纷呈，多元化的艺术风格和审美规范并存共竞，是两宋词史上最辉煌的高峰期。

从词人的社会角色和身份来看，这代词人可以分为两种类型：一类是像辛弃疾、陆游、陈亮这样有救国壮志且具有方略、勇于进取而未获重用、无法施展其文经武略的英雄志士；另一类是像姜夔那样才高名盛而毫无政治地位的江湖名士。刘过虽属江湖名士，词风却与辛、陈相近。

创作倾向上也壁垒分明。以辛弃疾为领袖的英雄词人秉承苏轼的抒情范式，沿着南渡志士词人的创作方向，写“豪气词”“诗化词”。他们把词的表现功能发挥到最大限度，词不仅可以抒情言志，也可以同诗文一样议论说理。从此，词作与社会现实生活、词人的人生命运和人格个性更紧密相连，词人的艺术个性日益鲜明突出。一人之词，就是一个独特完整的生命世界。词的创作手法，不仅是借鉴诗歌的艺术经验，以诗为词，而且吸取了散文的创作技法，以文为词。词的语言在保持自身特有的音乐节奏感的前提下，也大量融入了诗文中的语汇。虽然词的“诗化”和“散文化”有时不免损害了词的美感特质，但此期词人以一种开放性的创作态势，在词中容纳一切可以容纳的对人生、自然、社会、历史的观察、思考和感受，利用一切可以利用的创作手段和蕴藏在生活中、历史中的语言，空前地解放了词体，增强了词作的艺术表现力，最终确立并巩固了词体与五七言诗歌分庭抗礼的独立的文学地位。

姜夔则远承周邦彦写“雅词”“乐化词”而自树一帜，与其追随者史达祖、高观国、卢祖皋、张辑等人别成一派，而与辛派形成双峰对峙之势。

辛派词人是远承东坡而近学稼轩，而从东坡到稼轩，其间直接的桥梁则是张孝祥。张孝祥比辛弃疾年长几岁，是南渡词人群与中兴词人群之间的过渡人物。张孝祥与苏轼的气质有些相似，都是天才型的词人，他作诗填词也以东坡为典范。他的名作《六州歌头》把抒情、描写、议论完美地融为了一体。

【中国现代诗歌概述】

中国现代诗歌是“五四”运动至中华人民共和国成立以来的诗歌。中国现代诗歌主要指新体诗。其特点是用白话语言写作，表现科学、民主的新时代内容，打破旧诗词格律的束缚，形式上灵活自由。

一、20 世纪初至 20 年代的诗歌

（一）新诗的倡导与初期创作

新体诗诞生于“五四”新文化运动。最初试验并倡导新诗的杂志是《新青年》，继之《新潮》《少年中国》《星期评论》等刊物也发表新诗。其倡导者和初期作家主要有胡适、刘半农、沈尹默、周作人、俞平伯、刘大白等。

1920 年 3 月，胡适的《尝试集》出版，这是“五四”新文化运动时期第一部白话新诗集。刘半农的《相隔一层纸》、沈尹默的《三弦》、刘大白的《旧梦》《邮吻》、周作人的《小河》、俞平伯的《冬夜》等是这个时期颇受好评的作品。

（二）多种新诗流派形成

1. 文学研究会

1921 年 7 月成立，是新文学运动中最早的文学社团，代表诗人有鲁迅、冰心、朱自清、周作人等。

文学研究会的诗人以“为人生而艺术”为核心的诗歌价值观念，因此常被称为“人生派”或“为人生派”。由于他们的积极实践，开辟了早期新诗注重社会生活、面向人生、揭露黑暗，以新诗作为干预人生手段的现实主义倾向。朱自清是其中成绩显著的诗人，他的代表作是《毁灭》。

冰心的代表作《繁星》《春水》深受泰戈尔的影响，晶莹清丽，浸透着在人性主题下的母爱和童心。这些由智慧和情感的珍珠缀成的人生经验的短诗，内容自由活泼，形式不拘一格，从侧面反映出“五四”时代思想开放的自由气氛。也与新诗独立于旧诗之后扬弃模式化的抒情转向重视理性的阐发的追求相衔接，一时写者甚多，形成了新诗史上的小诗运动。其中，宗白华的《流云小诗》较有影响。

2. 创造社

由从日本留学归来的郭沫若、成仿吾、郁达夫、张资平、田汉、郑伯奇等人共同创建的创造社成立于 1921 年 7 月。前期的创造社主张自我表现和个性解放，具有唯美抒情倾向，后期创造社有冯乃超等思想激进的年轻一代参加，其中，王独清、穆木天、冯乃超后来加入了现代派阵营。以创造社为核心所形成的诗歌流派也称为早期浪漫主义。创造社的主将、浪漫主义诗人郭沫若的诗歌代表了新诗创始期的最高成就，其代表作是诗集《女神》。

3. 湖畔诗派

应修人、汪静之、潘漠华、冯雪峰四人于 1922 年 3 月在杭州结成诗社，形成了历史上的湖畔诗派。他们的合集《湖畔》《春的歌集》颇为世人注目。他们的作品以爱情题材为主，显示出争取婚姻自由，反对封建主义的勇气和激情。

4. 新月派

这是现代新诗史上一个重要的诗歌流派，大体上以 1927 年为界分为前后两个时期。前期自 1926 年春始，以北京的《晨报副刊 • 诗镌》为阵地，主要成员有闻一多、徐志摩、朱湘、饶孟侃、孙大雨、刘梦苇等。他们不满于“五四”以后“自由诗人”忽视诗艺的作风，提倡新格律诗，主张“理性节制情感”，反对滥情主义和诗的散文化倾向，从理论到实践上对新诗的格律化进行了认真的探索。闻一多在《诗的格律》中提出了著名的“三美”主张，即“音乐美、绘画美、建筑美”。因此新月派又被称为“新格律诗派”。新月派纠正了早期新诗创作过于散文化的弱点，也使新诗进入了自觉创造的时期。1927 年春，胡适、徐志摩、闻一多、梁实秋等人创办新月书店，次年又创办《新月》月刊，“新月派”的主要活动转移到上海，这是后期新月派。它以《新月》月刊和 1930 年创刊的《诗刊》季刊为主要阵地，新加入成员陈梦家、方玮德、卞之琳等。后期新月派提出了“健康”“尊严”的原则，坚持的仍是超功利的、自我表现的、贵族化的“纯诗”的立场，讲求“本质的醇正、技巧的周密和格律的谨严”，但诗的艺术表现、抒情方式与现代派趋近。

5. 中国早期象征诗派

20 年代后期，象征派诗风兴起，以法国象征主义诗歌为模式，以有“诗怪”之称的李金发为代表，其代表作品有《弃妇》《琴的哀》等。

二、20世纪30年代的诗歌

1. 现代派

中国现代派由新月派和象征派演变而来，代表诗人有戴望舒、卞之琳等。中国现代派崛起的另一个重要原因是1932年《现代》杂志在上海创刊，作为现代诗歌的刊载平台，该刊物成为现代派诗人发表作品的重要阵地。现代派一方面追求“纯诗”的艺术观，坚持表现自我，以个体生命和个人情感为中心，另一方面在内容上往往表现出悲观的虚无思想。在表现形式上，不追求严格的格律，诗的韵律靠诗情的抑扬顿挫来表达，多用象征、暗示构成诗的意境。

值得注意的是，中国现代派诗群中三位杰出的现代主义代表诗人卞之琳、何其芳、李广田因出版合集《汉园集》而被称为“汉园三诗人”。

2. 革命诗歌

以殷夫为代表的革命诗歌运动，自1932年成立的中国诗歌会而形成壮阔的潮流。中国诗歌会由穆木天、杨骚、任钧、蒲风四人发起，这是中国现代文学史上第一个有组织、有纲领的革命诗歌社团，其机关刊物为《新诗歌》。其中最具代表性的诗人是蒲风，其主要作品有《茫茫夜》等。他们的诗克服了新月派与现实脱节的唯美倾向以及后期创造社、太阳社的空泛叫喊，促进诗歌更为坚实地把握时代情绪和走向人民大众。弱点在于因过于重视诗的宣传功能而忽视艺术的规律。

3. 抗日战争时期诗歌

抗日战争时期的诗歌主要适应抗日战争的形势，以多样的形式为现实斗争服务。街头诗、传单诗应运而生，诗歌与群众的联系空前密切。诗歌的主题基本转向国难的描绘与国防的呼吁，诗歌的旋律由柔婉变为雄健。倾心于激昂的战斗代替了对于纯美的追求，诗人们多以愤怒而乐观的调子歌赞这场全民族生死存亡的抗争。艾青、田间、臧克家、柯仲平等都是当时的杰出代表。抗战时期最受欢迎的诗人是田间，他被誉为“时代的鼓手”，其代表作品有《山中》《给战斗者》等。卞之琳、何其芳也投入到抗日的洪流中。

三、20世纪40年代的诗歌

从抗战后期到整个解放战争时期，由于政治地图与战争区域的划分，20世纪40年代的诗歌活动大致上分为国民党统治区和中国共产党领导的解放区两部分，且各有自身的特点。

1. 解放区的诗歌

作为延安文艺座谈会的直接产物，主题为民间和民族的长篇叙事诗创作进入高潮。代表作品有李季的《王贵与李香香》、田间的《赶车传》（第一部）、阮章竞的《圈套》、张志民的《王九诉苦》、李冰的《赵巧儿》，以及定稿于战争年间、出版于新中国诞生以后的阮章竞的《漳河水》。

2. 国民党统治区的诗歌

诗歌的直接社会功能表现在对于腐朽没落事物的揭露与抨击。主要形式也遵从了解放区的风尚，即取民谣、小调的形式，因之有袁水拍的《马凡陀的山歌》、臧克家的《宝贝儿》等作品出现，但也有一批诗人以自由体新诗作为基本形式。他们分属于“七月”与“九叶”两个诗人群。

（1）“七月”派：团结在胡风主编的《七月》《希望》《七月诗丛》周围，主要成员有绿原、阿垅、曾卓、鲁藜、孙钿、彭燕郊、杜谷、牛汉、鲁煤、罗洛、徐放、方然、芦甸等。他们大多受到艾青的影响，肯定诗的战斗作用，并将诗所体现的美学上的斗争和人所意识到的社会责任统一起来，用朴素、自然、明朗、真诚且有独立个性的声音为人民的今天和明天歌唱。代表作品在“文化大革命”后的新时期选编成二十人集《白色花》出版。

（2）“九叶”诗派：以《中国新诗》《诗创造》《森林诗丛》为中心，代表诗人是辛笛、穆旦、郑敏、杜运燮、陈敬容、杭约赫（曹辛之）、唐祈、唐湜、袁可嘉。他们从战争动乱中感知人民的希求，重视诗人自身对社会现象的体验，注重诗艺的磋磨与意象的新颖，追求形象的流动性和雕塑的立体感。他们不同程度地熟悉外国现代诗歌并受到陶冶，由于注意融哲理诗的思辨、社会诗的技巧、抒情诗的魅力于一炉的艺术效果，故与当日诗风相比，偏于蕴藉深沉。代表作集中于 1981 年出版的《九叶集》。穆旦是“九叶诗派”最具特色的诗人，有诗集《探险队》《旗》和《穆旦诗集》等。

【中国当代诗歌概述】

当代诗歌指从中华人民共和国成立一直到现在为止的诗歌创作。随着社会主义建设的需要，中国当代诗歌以崭新的面貌出现在世人面前。在中国当代诗歌的发展过程中，有下面几个重要的诗歌现象需要重视：

一、建国初期的诗歌

（1）随着新中国的成立，新诗开始了新纪元。解放区的诗人、国统区的诗人以及随着新中国成立而出现的青年诗人都怀着内心的欣喜之情，沉浸在百废待兴的开国气象中。他们满怀激情和豪情，热情讴歌社会主义的新中国、英勇的人民、党的领袖，形成了建国初期的颂歌潮。郭沫若的《新华颂》、艾青的《国旗》、何其芳的《我们最伟大的节日》、胡风的《时间开始了》、臧克家的《有的人》、冯至的《我的感谢》等诗歌是这一时期的代表。这些颂歌大多真挚乐观，但有时也有把生活看得过于单纯的时代局限。

（2）抗美援朝、反对战争、热爱和平也是这一时期诗歌的主题。田间《雷之歌》、未央《枪给我吧》、石方禹《和平的最强音》、艾青《在智利的海岬上》等诗歌也体现了这一时代精神。

（3）国统区的诗人转型剧烈，冯至、穆旦、何其芳等人中断了他们的探索，没有写出超越以前的诗歌。

（4）青年诗人的诗歌明朗、清新、昂扬，邵燕祥、李瑛、未央、闻捷、公刘、顾工等人都写出了优秀的作品。

二、20世纪60年代的诗歌

（1）抒情诗与政治抒情诗：20世纪60年代抒情诗的代表是闻捷，他的诗展现了新疆旖旎的风光和少数民族热情、奔放、开朗的性格。在刻画少男少女爱情心理方面，闻捷的诗歌独到新颖、细腻动人，如《天山牧歌》。政治抒情诗的代表作家是郭小川和贺敬之，他们的诗歌讴歌火热的时代，具有强烈的政治内容、鲜明的政治倾向。其中，郭小川被誉为“战士—诗人”，其代表作是《向困难进军》《甘蔗林——青纱帐》《秋歌》等。贺敬之的政治抒情诗代表作是《放声歌唱》《雷锋之歌》。

（2）叙事诗：代表作家李季《杨高传》、郭小川《将军三部曲》、闻捷《复仇的火焰》最为引人瞩目。

三、1976年天安门诗歌运动

1976年4月，出现了人民群众自发地在北京天安门广场创作、朗诵革命诗歌的场面，是为天安门诗歌运动。其基本内容是怀念周总理，揭露和批判“四人帮”，控诉封建专制主义，显示了很强的现实性和战斗性。天安门诗歌是亿万人民群众的集体创作，后汇集成诗集《天安门诗抄》。天安门诗歌运动吹响了新时期诗歌的号角。

四、新时期诗歌

1. 现实主义诗歌潮流

这是新时期的第一个诗歌潮流。现实主义诗歌是在反思“文化大革命”的时代背景中形成的。抒真情，表达人民的心声，批判“极左”思想，批判封建主义，体现出诗人的主体意识的觉醒。代表诗人及其作品主要有艾青的《光的赞歌》、雷抒雁的《小草在歌唱》、张志民的《祖国，我对你说》、张学梦的《现代化和我们自己》等。

2. 朦胧诗

朦胧诗公开出现在刊物上是1980年。关于朦胧诗曾在当时文坛引起论争。朦胧诗有三个层面的精神内涵：一是揭露黑暗和社会批判，二是在黑暗中寻找光明、反思与探求意识以及浓厚的英雄主义色彩，三是在人道主义的基础上建立起来的对“人”的特别关注。朦胧诗改写了以往诗歌单纯描摹“现实”与图解政策的传统模式，把诗歌作为探求人生的重要方式，语言有着强烈的“陌生化”效果，在哲学意义上达到了前所未有的高度。朦胧诗的代表有食指、芒克、北岛、顾城、舒婷、江河、杨炼等。

（1）北岛的《宣告》《回答》《结局或开始》等诗歌中以人本主义为价值核心的启蒙精神达到了那个时代的高峰。

（2）舒婷的《祖国啊，我亲爱的祖国》《致橡树》《双桅船》等向我们展示了一个大写的抒情主人公的形象。

（3）顾城的《生命幻想曲》《一代人》《远和近》《感觉》《弧线》等诗可以看到这个“童话诗人”精神世界的多个侧面。

（4）杨炼的《诺日朗》《敦煌组诗》《西藏组诗》《与死亡对称》等诗是“文化寻根”的优秀代表作品。

3. 新边塞诗

新边塞诗派诗歌出现于 1980 年，新边塞诗派诗歌的形成是以《绿风》诗刊为刊载媒介发表诗歌的诗人群体不断壮大的结果。

新边塞诗派以诗歌作品描述新边塞风情、歌颂西部精神为主，其主要成员有昌耀、杨牧、周涛、章德益等。

4. “新生代”诗歌

随着朦胧诗人的衰微，“新生代”诗人走上历史舞台。“新生代”诗人不是属于某一个诗群的流派，而是一个复杂的群体，有人称之为“第三代”“先锋诗歌”“实验诗”“后新诗潮”等。

“新生代”诗的整体特色是对朦胧诗建立的审美风格的反拨，他们普遍坚持平民主义的审美态度，进行“零度情感”的诗歌写作，反崇高，消除深度模式，消解善恶二元对立的价值模式，追求语言的戏谑与反讽等。如果说朦胧诗是中国的现代主义诗歌运动的话，“新生代”诗歌就是中国的后现代状态的诗歌运动。也有人把“新生代”称为“后朦胧诗派”。

“新生代”诗人的几个代表群体有：①“莽汉主义”，以李亚伟、万夏、胡冬、马松为代表；②“整体主义”，以石光华、宋渠、宋炜、杨宏远为代表；③“他们诗群”，以韩东、于坚、丁当、吕德安、陆忆敏等为代表；④“非非主义”，以周伦佑、蓝马、杨黎、尚仲敏等为代表；⑤“新传统主义”，以廖亦武、欧阳江河为代表。

5. 网络诗歌

1993 年 3 月，诗阳首次使用电脑创作诗歌并通过互联网大量发表，网络诗歌诞生，诗阳因此成为中国历史上第一位网络诗人。1995 年，中国历史上第一份网络诗刊《橄榄树》诞生，诗阳担任主编，后有马兰、祥子、京不特、桑克等加盟。《橄榄树》的出现，形成了以网络诗刊为核心的网络诗人群。21 世纪初出现的诗歌网站有丑石（谢宜兴、刘伟雄）、轻诗歌网（刘湛秋）、诗选刊、同志诗歌网（墓草）、新诗代（海啸）、扬子鳄（刘春）、第三条道路（林童）、或者（小引、朵朵）、荒诞诗工厂（祈国）、一行（严力）、女子诗报（晓音）、今天（北岛）、时代（九歌）、网络诗人（克莱儿）、翼（周瓒）、新诗歌网（张祈）、蒲公英、独立诗歌网、乐趣园诗歌社区以及其他的诗歌网站。此外还有越来越多的网络诗人以诗歌论坛和博客网络日记的方式发表原创作品，从此中国的网络诗歌进入多元化发展的时代。

6. “80 后”诗歌

“80 后”是指出生于 20 世纪 80 年代的诗人。2003 年，《诗选刊》正式推出“80

后”诗人专号，《海峡》连续八期推出“80 后”诗歌展。此后，“80 后”诗歌更加活跃起来，更多的刊物相继推出了“80 后诗歌专号”，“80 后”诗人群成为中国诗歌不可忽视的团体，新的“80 后”诗人不断登上诗坛，风格迥异，令人眼花缭乱。比较引人注目的“80 后”有：春树，已经出版了个人诗集《激情万丈》，并主编了几期《“80 后”诗选》；李傻傻，2005 年作为中国新文化力量代表登上《时代》周刊（全球版），被称为“幽灵作家”；阿斐，《2004—2005 年中国新诗年鉴》执行主编，被称为“80 后的第一诗人”。

【诗歌鉴赏】

一、鉴赏诗歌，要了解诗歌的性质、类别和特点

阅读和鉴赏诗歌，了解诗歌的特点是十分必要的。从主要的方面来讲，诗歌有别于其他文学体裁之处有以下几个方面：

1. 最富有抒情性

这是诗歌最基本、最显著的特征。诗歌正是适应人们表达情感的需要而产生的一种文学样式。情感是诗歌的生命，没有情感的泉水灌溉，就没有诗歌的鲜花盛开。所有的文学作品都离不开情感，而对于专司抒情之职的诗歌来说，情感具有本源的意义。

叙事诗同样有着鲜明的抒情性。叙事诗中的叙事不是客观的描述，而是浸透人主观情感色彩的表达，如白居易的《长恨歌》等。

2. 丰富的想象和联想

想象是在头脑中改造记忆表象而创造新形象的过程，它是为了达到一定的目的而有意进行的创造性思维活动。没有想象就谈不上文学作品的创作，诗歌尤其是这样。人的思想感情是丰富复杂的，仅靠概念和逻辑不可能充分表达出来，即使是准确的表达也只是以“理”服人而不是以“情”动人。要使情感成为能够感染读者的力量，必须借助艺术形象，而艺术形象的创造则离不开作者丰富的想象和联想。诗人要在诗歌形式的规范下最大限度地将人的心灵感受和丰富情感表达出来，就需要丰富的想象、联想和大胆的幻想，突破物我之间、时空之间、理想与现实之间的界限，从而达到自由地宣泄情感、表达思想、拓展境界的目的。

3. 高度凝练

诗歌的篇幅一般都比较短小，中国的诗歌从产生初期就以短小的抒情诗为主，代表中国古典诗歌定型成熟的律诗绝句，多则五十六字，少则二十字，篇幅短小成为其形式的突出特点之一。要在有限的篇幅内涵盖尽可能丰富的思想和浓烈的感情，就要求作者必须用最精练、最优美、最富于表现力的语言去绘景写物、表情达意。在中国古典诗歌表现中，通过炼字、炼句、炼意而达到高度凝练是其显著的特征。

4. 结构的跳跃性

诗歌结构的跳跃性是它不同于散文表达的特点之一。“诗歌由于其语言的高度凝练

与大胆丰富的想象、跌宕起伏的情感相结合，使得其内容难以遵循日常经验的逻辑按部就班地展开。在诗歌中，结构所遵循的是情感和想象的逻辑，因而常常省略掉语言中的过渡、转折和联系交代的词语，甚至打破语法规则，以求满足情感与想象飞跃变化的需要。”因此，鉴赏诗歌必须注意沿着诗人情感与想象的线索，把省略的过程衔接起来，把隐含的意义体味出来，贯通诗歌间歇的语气，连缀诗人跳跃的思绪，追求诗歌的总体效果，从而准确地领会诗人所要表达的情与志。

5. 鲜明的节奏感与和谐的韵律性

诗歌是一种富有音乐美的文学样式，节奏和韵律就是诗歌语言音乐美的最主要因素。诗的节奏指诗句中音节有规律地间歇和停顿，相当于音乐中的节拍，它是根据感情表现得强弱高低来安排声音的长短抑扬与之配合。格律诗的节奏首先是由它的形式严格限制而决定的，在中国古典格律诗中，五言诗一般为二三节拍，七言诗则多为二二三节拍，它讲究词句停顿时间长短的对称平衡和协调一致，将内在情感的起伏跌宕纳入整饬严格的音节中。自由诗则不同，它的节奏形式不拘一格，主要传达诗人内在情感的节奏，是诗人心灵节律的外化，随物赋形，寓情宛转，表达上更加自由奔放，使人追求的是使诗歌语言的节奏音律符合自我情感的流泻奔突。

二、鉴赏诗歌，要从语言入手

语言是作者思想感情的载体，是文学构成艺术形象的媒质。中国古代文论中关于诗歌语言有许多精彩的论述，如“言不尽意”“言简意赅”“得意忘言”“言有尽而意无穷”等。语言的锤炼对诗歌来说尤其重要，鉴赏诗歌，从语言入手是一条基本的途径。

1. 词句的锤炼

诗歌抒写真性情，而每个人性情不同，处于不同时间空间中的具体审美感受是千差万别的，要准确地传达出个体独特的审美感受，就必须突破固定的思维模式和惯常的表达方法，对诗歌语言进行符合目的性的内容改造和形式变形，以表现出个性。这就是为什么诗人要对诗歌语言反复推敲和锤炼的原因。古今中外的诗人都非常重视语言的锤炼，力求以最恰切的字句来表达情感与思想。

2. 艺术手法

艺术手法就是艺术创作中塑造形象、表达情感、反映生活所运用的各种具体的表现方法，具体到诗歌而言，艺术手法就是形象化的艺术描写方法。诗人的喜、怒、哀、乐等思想感情是抽象的，要使这些抽象的思想感情充分地表达出来，并感染和打动读者，就不能枯燥平淡地直来直去，一泻无余，而必须通过语言表达的技巧将抽象的思想感情化为具体可感的艺术形象。深入地理解艺术手法在具体的诗歌创作中的运用，可以帮助我们更深入地感受诗歌的艺术性和正确理解诗句的内涵。艺术方法是多种多样的，最常见的一些艺术手法是：赋、比、兴、拟人、夸张、象征、用典。

3. 语法结构

诗歌语言和散文语言明显的不同还表现在语法结构上。散文的语序要遵从一般的语法规则，而诗歌语言则往往要打破惯常的语法规则，对语言进行奇异的组合，从而深刻地表达诗人对客观事物的新鲜感觉和审美体验，同时要符合诗歌的格律要求。方法有：语序的颠倒，成分的省略，词类的活用。

三、鉴赏诗歌，要善于捕捉形象、品辨韵味和领略意境

1. 感受形象

文学作品以感性的形式反映外在世界和人的内心生活，呈现在读者面前的是一幅幅具体可感的生活画面，这与科学著作是很不相同的，在以抒情为主的诗歌中，作者通过艺术形象直接诉诸于欣赏者的感情，而呈现在作品中的形象不是如小说、戏剧中的人物形象，而是融汇了诗人主观情思的“意象”，它可以是自然景物，可以是社会事物，也可以是人物形象，即它指的是一个包括物事、事象、境象、景象、人象等多层次的概念。

2. 领略意境

“意境”指艺术作品所呈现的主题情思和审美对象互相交融、虚实结合、启人想象的艺术世界，也称为“境界”或“境”，是我国抒情文学创作传统中锤炼出来的审美范畴。

意，包括情与理，即主观感受、感情和对生活的理解认识两个方面。境，可以分为形与神，即客观事物的外在形貌特征和内在意蕴，是诗歌所呈现的主体情思和审美对象相互交融、虚实结合、启人想象的艺术世界，它超越了诗歌的情、景、意这些个别元素，所展示的是诗人对宇宙、人生某种形而上的生命体验。意境的营造，要求意与境谐，心与物共，情思与景物浑然一体，能够调动欣赏者的情感，使其进入审美状态，引起他们的想象与联想等精神活动，感受到生命的情调和意味。

四、鉴赏诗歌，要深入领悟情中之理

抒情是诗歌的基本功能和审美特征，但情感本身就是与一定的理性认识相联系的。文学作品总要表达一定的意旨，表达作者的理想和观念，文学作品中的“理”允许与具体生动的社会生活画面、形象描绘和饱满的情感抒写交融在一起，使其自然地流露出来，在鉴赏活动中，读者要充分地把握作品的意韵，就必须深刻地体会其情中之理，层层深入地领悟作品多方面的艺术价值。

五、鉴赏诗歌，要体察诗人的人格美

诗歌的品格来自诗人的人品。诗人创作价值的高低，从根本而言，取决于诗人的品格。诗人人生境界的高下，对其诗歌创作有重要的影响。境界高者，诗中所抒发情感大多高远，诗格也高，相反则往往趋于卑下。

诗歌是人类追求真善美的艺术结晶，世世代代的优秀诗人以他们高尚的人格照耀着诗歌的园地，给我们留下了无数充满艺术魅力的名篇佳作。欣赏诗歌不仅能够使人得到高雅的艺术享受，而且能够从中体察到诗人的人格境界，使鉴赏者的思想境界得到升华。

文学是人类满足精神需要的一种方式。人之所以不同于其他动物，就在于人类把物

质需要和精神需要最大限度地统一起来，并使之成为人类内在和本质的需要。在现实生活中，并不需要人人都去作诗，但每个人的生存状态都离不开诗。诗歌是发自内心的真情的流露，诗歌是存在于每一个人的心中的。所以欣赏诗歌，可以使我们从瞬间的超越中体会到永恒，在有限中体会到无限，胸襟高远，超脱尘俗，使生活始终充满新鲜的活力，得到精神的愉悦和审美的享受。

【推荐书目】

(1) 余冠英，《诗经选》，人民文学出版社
(2) 周振甫，《诗经译注》，中华书局
(3) 冯浩菲，《历代诗经论说述评》，中华书局
(4) 闻一多，《闻一多诗经讲义》，天津古籍出版社
(5) 马茂元，《楚辞选》，人民文学出版社
(6) 周啸天，《元明清诗歌鉴赏辞典》，商务印书馆
(7) 朱彝尊，《词综》，上海古籍出版社
(8) 周密，《绝妙好词选》，广陵古籍刻印室
(9) 王重民，《敦煌曲子词集》，上海商务印书馆
(10) 李冰若，《花间集评注》，人民文学出版社
(11) 詹安泰，《李璟李煜词》，人民文学出版社
(12) 陈迩冬，《苏轼词选》，人民文学出版社
(13) 刘忆萱，《李清照诗词选注》，上海古籍出版社
(14) 邓广铭，《稼轩词编年笺注》，古典文学出版社
(15) 疾风，《陆放翁诗词选》，浙江人民出版社
(16) 徐培钧，《淮海居士长短句》，上海古籍出版社
(17) 刘乃昌，《姜夔诗词选注》，上海古籍出版社
(18) 钱锺书，《宋诗选》，人民文学出版社
(19) 中国社会科学院文学所，《唐宋词选》，人民文学出版社
(20) 夏承焘，张璋，《金元明清词选》，人民文学出版社
(21) 北京大学中文系，《近代诗选》，人民文学出版社
(22) 龙榆生，《近三百年名家词选》，上海古籍出版社
(23) 王季思，《元明清散曲选》，人民文学出版社
(24)《唐宋词鉴赏辞典》，上海辞书出版社
(25) 王步高，《唐宋诗词鉴赏》，北京大学出版社
(26) 况周颐，王国维，《蕙风词话·人间词话》，人民文学出版社
(27) 杨海明，《唐宋词史》，江苏古籍出版社

第二章　散文

第一节　先秦两汉魏晋南北朝散文

大学（节选）

大学之道[1]，在明明德[2]，在亲民[3]，在止于至善。知止[4]而后有定，定而后能静，静而后能安，安而后能虑，虑而后能得[5]。物有本末，事有终始。知所先后，则近道矣。古之欲明明德于天下者，先治其国；欲治其国者，先齐其家[6]；欲齐其家者，先修其身[7]；欲修其身者，先正其心；欲正其心者，先诚其意；欲诚其意者，先致其知[8]。致知在格物[9]。物格而后知至，知至而后意诚，意诚而后心正，心正而后身修，身修而后家齐，家齐而后国治，国治而后天下平。自天子以至于庶人[10]，壹是皆以修身为本[11]。其本乱，而末治者，否矣[12]。其所厚者薄，而其所薄者厚[13]，未之有也[14]。

【注释】

[1]大学之道：大学的宗旨。“大学”一词在古代有两种含义：一是“博学”的意思；二是相对于小学而言的“大人之学”。古人八岁入小学，学习“洒扫、应对、进退、礼乐射御书数”等文化基础知识和礼节；十五岁入大学，学习伦理、政治、哲学等“穷理正心，修己治人”的学问。所以，后一种含义其实也和前一种含义有相通的地方，同样有“博学”的意思。“道”的本义是道路，引申为规律、原则等，在中国古代哲学、政治学里，也指宇宙万物的本原、个体、一定的政治观或思想体系等，在不同的上下文环境里有不同的意思。[2]明明德：前一个“明”作动词，有使动的意味，即“使彰明”，也就是发扬、弘扬的意思。后一个“明”作形容词，明德也就是光明正大的品德。[3]亲民：根据后面的“传”文，“亲”应为“新”，即革新、弃旧图新。亲民，也就是新民，使人弃旧图新、去恶从善。[4]知止：知道目标所在。[5]得：收获。[6]齐其家：管理好自己的家庭或家族，使家庭或家族和和美美，蒸蒸日上，兴旺发达。[7]修其身：修养自身的品性。[8]致其知：使自己获得知识。[9]格物：认识、研究万事万物。[10]庶人：指平民百姓。[11]壹是：一切，统统。本：根本。[12]末：相对于本而言，指枝末、枝节。[13]厚者薄：该重视的不重视。薄者厚：不该重视的却加以重视。[14]未之有也：即未有之也，没有这样的道理（事情、做法）等。

【文解】

《大学》是一篇论述儒家修身治国平天下思想的散文。

【思考与练习】

1．请结合你自身，谈谈你对“明明德”“亲民”“止于至善”的理解。

2．谈谈你对“治国、修身、齐家、平天下”思想的理解。

谏逐客书

李斯

臣闻吏议逐客，窃以为过矣。昔穆公求士，西取由余于戎[1]，东得百里奚于宛[2]，迎蹇叔于宋[3]，来邳豹、公孙支于晋[4]。此五子者，不产于秦[5]，而穆公用之，并国二十，遂霸西戎[6]。孝公用商鞅之法[7]，移风易俗，民以殷盛[8]，国以富强，百姓乐用，诸侯亲服，获楚、魏之师[9]，举地千里，至今治强。惠王用张仪之计[10]，拔三川之地[11]，西并巴、蜀[12]，北收上郡[13]，南取汉中[14]，包九夷[15]，制鄢、郢[16]，东据成皋之险[17]，割膏腴之壤，遂散六国之从，使之西面事秦，功施到今[18]。昭王得范睢[19]，废穰侯[20]，逐华阳[21]，强公室，杜私门，蚕食诸侯[22]，使秦成帝业。此四君者，皆以客之功。由此观之，客何负于秦哉！向使四君却客而不内[23]，疏士而不用，是使国无富利之实，而秦无强大之名也。

今陛下致昆山之玉[24]，有随和之宝[25]，垂明月之珠[26]，服太阿之剑[27]，乘纤离之马[28]，建翠凤之旗[29]，树灵鼍之鼓[30]。此数宝者，秦不生一焉，而陛下说之[31]，何也？必秦国之所生然后可，则是夜光之璧，不饰朝廷；犀象之器，不为玩好[32]；郑、卫之女不充后宫[33]，而骏良駃騠不实外厩[34]，江南金锡不为用[35]，西蜀丹青不为采[36]。所以饰后宫，充下陈，娱心意，说耳目者[37]，必出于秦然后可，则是宛珠之簪[38]，傅玑之珥[39]，阿缟之衣[40]，锦绣之饰不进于前，而随俗雅化，佳冶窈窕，赵女不立于侧也[41]。夫击瓮叩缶弹筝搏髀[42]，而歌呼呜呜快耳者，真秦之声也；郑、卫、桑间、昭、虞、武、象者[43]，异国之乐也。今弃击瓮叩缶而就郑、卫，退弹筝而取昭、虞，若是者何也？快意当前，适观而已矣。今取人则不然。不问可否，不论曲直，非秦者去，为客者逐。然则是所重者在乎色乐珠玉，而所轻者在乎人民也。此非所以跨海内、制诸侯之术也。

臣闻地广者粟多，国大者人众，兵强则士勇。是以太山不让土壤[44]，故能成其大；河海不择细流[45]，故能就其深；王者不却众庶[46]，故能明其德。是以地无四方，民无异国，四时充美，鬼神降福，此五帝三王之所以无敌也[47]。今乃弃黔首以资敌国[48]，却宾客以业诸侯[49]，使天下之士退而不敢西向，裹足不入秦，此所谓“借寇兵而赍盗粮”者也[50]。夫物不产于秦，可宝者多；士不产于秦，而愿忠者众。今逐客以资敌国，损民以益雠[51]，内自虚而外树怨于诸侯[52]，求国无危，不可得也。

【作者简介】

李斯（约公元前 284 年—公元前 208 年），秦朝丞相，著名的政治家、文学家和书法家，协助秦始皇统一天下。秦统一之后，参与制定了法律，统一车轨、文字、度量衡制度。秦始皇死后与赵高合谋立少子胡亥为二世皇帝。后为赵高所忌，腰斩于市。

【注释】

[1]由余：也作“繇余”，戎王的臣子，是晋人的后裔，入秦后受到秦穆公重用，帮助秦国攻灭西戎众多小国，称霸西戎。戎：古代中原人多称西方少数部族为戎。这里指秦国西北部的西戎，活动范围约在今陕西西南、甘肃东部、宁夏南部一带。[2]百里奚：原为虞国大夫。晋灭虞被俘，后作为秦穆公夫人的陪嫁臣妾之一送往秦国。逃亡到宛，被楚人所执。秦穆公用五张黑公羊皮赎出，用为大夫，故称“五羖大夫”，是辅佐秦穆公称霸的重臣。宛：楚国邑名，在今河南安阳市。[3]蹇叔：百里奚的好友，经百里奚推荐，秦穆公把他从宋国请来，委任为上大夫。宋：国名，或称商、殷，子姓，始封君为商纣王庶兄微子启，西周初周公平定武庚叛乱后将商旧都周围地区封给微子启，都于商丘（今河南商丘县南），约有今河南东南部及所邻山东、江苏、安徽接界之地。公元前三世纪中叶，大臣剔成肸（即司城子罕）逐杀宋桓侯，戴氏代宋。公元前 286 年被齐国所灭。[4]来：招徕，别本或作“求”。邳豹：晋国大夫邳郑之子，邳郑被晋惠公杀死后，邳豹投奔秦国，秦穆公任为大夫。公孙支：支或作“枝”，字子桑，秦人，曾游晋，后返秦任大夫。晋：国名，姬姓，始封君为周成王之弟叔虞，建都于唐（今陕西翼城县西），约有今山西西南部之地。春秋时，晋献公迁都于绛，也称“翼”（今山西翼城县东南），陆续攻灭周围小国；晋文公成为继齐桓公之后的霸主；晋景公迁都新田（今山西侯马市西），也称“新绛”，兼并赤狄，疆域扩展到今山西大部、河北西南部、河南北部和陕西一角。春秋后期，公室衰微，六卿强大，战国初被执政的韩、赵、魏三家所瓜分。公元前 369 年，最后一位国君晋桓公被废为庶人，国灭祀绝。[5]产：生，出生。[6]并国二十，遂霸西戎：《秦本纪》云秦穆公“益国十二，开地千里，遂霸西戎”。这里的“二十”当是约数。[7]孝公：即秦孝公。商鞅：卫国公族，氏公孙，也称公孙鞅，初为魏相公叔座家臣，公叔座死后入秦，受到秦孝公重用，任左庶长、大良造，因功封于商（今山西商县东南）十五邑，号称商君。于公元前 356 年和前 350 年两次实行变法，奠定秦国富强的基础。公元前 338 年，秦孝公去世，被车裂身死。详见《商君列传》。[8]殷：多，众多。殷盛：指百姓众多且富裕。[9]魏：国名，始封君魏文侯，系晋国大夫毕万后裔，于公元前 403 年与韩景侯、赵烈侯联合瓜分晋国，被周威烈王封为诸侯，建都安邑（今山西夏县西北）。魏文侯任用李悝改革内政，成为强国。梁惠王时迁都大梁（今河南开封市），因也称“梁”。后国势衰败，公元前 225 年被秦国所灭。获楚、魏之师：指战胜楚国、魏国的军队。公元前 340 年，商鞅设计诱杀魏军主将公子卬，大败魏军。同年又与楚战，战况不详，据此，当也是秦军获胜。[10]惠王：即秦惠王，名驷，秦孝公之子，

公元前337年至前311年在位，于公元前325年称王。详见《秦本纪》。张仪：魏人，秦惠王时数次任秦相，鼓吹“连横”，游说各国诸侯事奉秦国，辅佐秦惠文君称王，封武信君。秦武王即位，入魏为相。于公元前310年去世。详见《张仪列传》。[11]三川之地：指黄河、雒水、伊水三川之地，在今河南西北部黄河以南的洛水、伊水流域。韩宣王在此设三川郡。公元前308年秦武王派兵攻取三川大县宜阳（今河南宜阳县西）。公元前249年秦灭东周，取得韩三川全郡，重设三川郡。[12]巴：国名，周武王灭商后被封为子国，称巴子国，在今四川东部、湖北西部一带。战国中期建都于巴（今四川成都市）。公元前316年秦惠王派张仪、司马错等领兵攻灭巴国，在其地设置巴郡。蜀：国名，周武王时曾参加灭商的盟会，在今四川中部偏西地区。[13]上郡：郡名，魏文侯时置，辖境有今陕西洛河以东，黄梁河以北，东北到子长县、延安市一带。公元前328年魏割上郡十五县给秦，前312年又将整个上郡献秦。秦国于公元前304年于此设置上郡。[14]汉中：郡名，楚怀王时置，辖境有陕西东南和湖北西北的汉水流域。公元前312年，被秦将魏章领兵攻取，秦于此重置汉中郡。[15]九夷：此指楚国境内西北部的少数部族，在今陕西、湖北、四川三省交界地区。[16]鄢（yān）：楚国别都，在今湖北宜城县东南。春秋时楚惠王曾都于此。郢：楚国都城，在今湖北江陵市西北纪南城。公元前279年秦将白起攻取鄢，翌年又攻取郢。[17]成皋：邑名，在今河南荥阳县汜水镇，地势险要，是著名的军事重地。春秋时属郑国称虎牢，公元前375年韩国灭郑属韩，公元前249年被秦军攻取。[18]施：蔓延，延续。[19]昭王：即秦昭王，名稷，一作“侧”或“则”，秦惠王之子，秦武王异母弟，公元前306年至前251年在位，详见《秦本纪》。范雎：一作“范且”，也称范叔，魏人，入秦后改名张禄，受到秦昭王信任，为秦相，对内力主废除外戚专权，对外采取远交近攻策略，封于应（今河南宝丰县西南），也称应侯，死于公元前255年。详见《范雎列传》。[20]穰（ráng）侯：即魏冉，楚人后裔，秦昭王母宣太后之异父弟，秦武王去世，拥立秦昭王，任将军，多次为相，受封于穰（今河南邓县），故称穰侯，后又加封陶（今山东定陶县西北）。因秦昭王听用范雎之言，被免去相职，终老于陶。详见《穰侯列传》。[21]华阳：即华阳君芈戎，楚昭王母宣太后之同父弟，曾任将军等职，与魏冉同掌国政，先受封于华阳（今河南新郑县北），故称华阳君，后封于新城（今河南密县东南），故又称新城君。公元前266年，与魏冉同被免职遣归封地。[22]蚕食：比喻像蚕吃桑叶那样逐渐吞食侵占。[23]向使：假使，倘若。内：通“纳”，接纳。[24]陛下：对帝王的尊称。致：达，得。昆山：即昆仑山。[25]随和之宝：即所谓“随侯珠”和“和氏璧”，传说中春秋时随侯所得的夜明珠和楚人卞和来得的美玉。[26]明月：宝珠名。[27]太阿：也称“泰阿”，宝剑名，相传为春秋著名工匠欧冶子、干将所铸。[28]纤离：骏马名。[29]翠凤之旗：用翠凤羽毛作为装饰的旗帜。[30]鼍（tuó）：也称扬子鳄，俗称猪龙婆，皮可以蒙鼓。[31]说：通“悦”，喜悦，喜爱。[32]犀象之器：指用犀牛角和象牙制成的器具。[33]郑：国名，姬姓，始封君为周宣王弟友，公元前806年分封于郑（今陕西华县东）。春秋时建都新郑（今河南新郑县），有今河南中部之地，公元前375年被韩国所灭。卫：国名，姬姓，始封君为周武王弟康叔，初都朝歌（今河南淇县），后迁都楚丘（今河南滑县）、帝丘（今河南濮阳县），有今河南北部、山东西部之地。公元前254年被魏国所灭。郑、卫之女：此时郑、卫已亡，当指郑、卫故地的女子。后宫：嫔妃所居的宫室，也可以用作妃的代称。[34]駃騠（jué tí）：骏马名。外厩：宫外的马圈。[35]江南：长江以南地区。此指长江以南的楚地，素以出产金、锡著名。《货殖列传》云："豫章出黄金，长沙山连，锡。"[36]丹：丹砂，可以制成红色颜料。青：可以制成青黑色颜料。西蜀丹青：蜀地素以出产丹青矿石出名。《货殖列传》云："巴蜀亦沃野，地饶卮、姜、丹沙、石……"采：彩色，彩绘。[37]下陈：殿堂下陈放礼器、站立傧从的地方。充下陈：此泛指将财物、美女充实府库后宫。[38]宛：宛转，缠绕。宛珠之簪，缀绕珍珠的发簪。或以"宛"为地名，指用宛（今河南南阳市）地出产的珍珠所作装饰的发簪。[39]傅：附着，镶嵌。玑：不圆的珠子，此泛指珠子。珥（ěr）：耳饰。[40]阿：细缯，一种轻细的丝织物。或以"阿"为地名，指齐国东阿（今山东东阿县）。缟（gǎo）：未经染色的绢。[41]随俗雅化：随合时俗而雅致不凡。佳：美好，美丽。冶：妖冶，艳丽。窈窕（yǎo tiǎo）：美好的样子。赵：国名，始封君赵烈侯，系晋国大夫赵衰后裔，于公元前403年与魏文侯、韩景侯联合瓜分晋国，被周威烈王封为诸侯，建都晋阳（今山西太原市东南），有今山西中部、陕西东北角、河北西南部。公元前386年迁都邯郸（今河北邯郸市）。公元前222年被秦国所灭。古人多以燕、赵为出美女之地。[42]瓮（wèng）：陶制的容器，古人用来打水。缶（fǒu）：一种口小腹大的陶器。秦人将瓮、缶作为打击乐器。搏：击打，拍打。髀（bì）：大腿。搏髀：拍打大腿，以此掌握音乐唱歌的节奏。[43]郑：指郑国故地的音乐。卫：指卫国故地的音乐。桑间：卫国濮水边上地名，在今河南濮阳县南，有男女聚会唱歌的风俗。此指桑间的音乐，即《乐记》的"桑间濮上之音"。昭：通"韶"。《史记集解》引徐广曰："昭，一作'韶'。"歌颂虞舜的舞乐。虞：按《史记会注考证校补》引南化本、枫山本、三条本等作"护"，当为歌颂商汤的舞乐。武：歌颂周武王的舞乐。象：歌颂周文王的舞乐。[44]太山：即泰山。让：辞让，拒绝。[45]择：通"释"，舍弃，抛弃。[46]却：推却，拒绝。[47]五帝：指黄帝、颛顼、帝喾、尧、舜。三王：指夏、商、周三代开国君主，即夏禹、商汤、周文王和周武王。[48]黔首：无爵平民不能服冠，只能以黑巾裹头，故称黔首。此泛指百姓。秦始皇统一六国后正式称百姓为黔首。资：资助，供给。[49]业：从业，从事，事奉。[50]赍（jī）：送，送给。[51]益：增益，增多。雠：通"仇"，仇敌。[52]外树怨于诸侯：指宾客被驱逐出外必投奔其他诸侯，从而构树新怨。

【文解】

据《史记·李斯列传》记载，李斯拜为秦客卿。适值韩人郑国来作间谍，被秦发觉，秦宗室大臣皆言秦王曰："诸侯人来事秦者，大抵为其主游间于秦耳，请一切逐客。"李斯也在被逐之列，乃上此书，历叙客的有功于秦，力陈逐客之失。秦王乃除逐客之令，复李斯官。

【思考与练习】

1. 谈谈对“逐客”思想的认识。

2. 分析本文议论的具体方法。

项羽之死

司马迁

项王军壁垓下，兵少食尽，汉军及诸侯兵围之数重。夜闻汉军四面皆楚歌，项王乃大惊曰：“汉皆已得楚乎？是何楚人之多也[1]！”项王则夜起，饮帐中。有美人名虞，常幸从；骏马名骓[2]，常骑之。于是项王乃悲歌慷慨，自为诗曰：“力拔山兮气盖世，时不利兮骓不逝[3]。骓不逝兮可奈何，虞兮虞兮奈若何[4]！”歌数阕[5]，美人和之。项王泣数行下，左右皆泣，莫能仰视。

于是项王乃上马骑，麾下壮士骑从者八百余人，直夜溃围南出[6]，驰走。平明，汉军乃觉之，令骑将灌婴以五千骑追之。项王渡淮，骑能属者百余人耳[7]。项王至阴陵，迷失道，问一田父[8]，田父绐曰“左”[9]。左，乃陷大泽中。以故汉追及之。项王乃复引兵而东，至东城，乃有二十八骑。汉骑追者数千人。项王自度不得脱。谓其骑曰：“吾起兵至今八岁矣，身七十余战，所当者破，所击者服，未尝败北，遂霸有天下。然今卒困于此[10]，此天之亡我，非战之罪也。今日固决死，愿为诸君快战[11]，必三胜之，为诸君溃围，斩将，刈旗[12]，令诸君知天亡我，非战之罪也。”

乃分其骑以为四队，四向[13]。汉军围之数重。项王谓其骑曰：“吾为公取彼一将。”令四面骑驰下，期山东为三处。于是项王大呼驰下，汉军皆披靡[14]，遂斩汉一将。是时，赤泉侯为骑将，追项王，项王瞋目而叱之，赤泉侯人马俱惊，辟易数里[15]。与其骑会为三处。汉军不知项王所在，乃分军为三，复围之。项王乃驰，复斩汉一都尉，杀数十百人，复聚其骑，亡其两骑耳。乃谓其骑曰：“何如？”骑皆伏曰：“如大王言。”

于是项王乃欲东渡乌江。乌江亭长檥船待[16]，谓项王曰：“江东虽小，地方千里，众数十万人，亦足王也。愿大王急渡。今独臣有船，汉军至，无以渡。”项王笑曰：“天之亡我，我何渡为[17]！且籍与江东子弟八千人渡江而西，今无一人还，纵江东父兄怜而王我，我何面目见之？纵彼不言，籍独不愧于心乎？”乃谓亭长曰：“吾知公长者。吾骑此马五岁，所当无敌，尝一日行千里，不忍杀之，以赐公。”乃令骑皆下马步行，持短兵接战。独籍所杀汉军数百人。项王身亦被十余创[18]。顾见汉骑司马吕马童，曰：“若非吾故人乎[19]？”马童面之[20]，指王翳曰：“此项王也。”项王乃曰：“吾闻汉购我头千金[21]，邑万户，吾为若德[22]。”乃自刎而死。王翳取其头，余骑相蹂践争项王，相杀者数十人。最其后，郎中骑杨喜，骑司马吕马童，郎中吕胜、杨武各得其一体[23]。五人共会其体，皆是。故分其地为五：封吕马童为中水侯，封王翳为杜衍侯，封杨喜为赤泉侯，封杨武为吴防侯，封吕胜为涅阳侯。

项王已死，楚地皆降汉，独鲁不下。汉乃引天下兵欲屠之，为其守礼义，为主死节[24]，乃持项王头视鲁[25]，鲁父兄乃降。始，楚怀王初封项籍为鲁公，及其死，鲁最后下，故以鲁公礼葬项王穀城。汉王为发哀，泣之而去。诸项氏枝属[26]，汉王皆不诛。乃封项伯为射阳侯。桃侯、平皋侯、玄武侯皆项氏，赐姓刘。

太史公曰：吾闻之周生曰，舜目盖重瞳子[27]，又闻项羽亦重瞳子。羽岂其苗裔邪[28]？何兴之暴也[29]！夫秦失其政，陈涉首难，豪杰蠭起，相与并争，不可胜数，然羽非有尺寸，乘埶[30]起陇亩之中[31]，三年，遂将五诸侯灭秦[32]，分裂天下，而封王侯，政由羽出，号为"霸王"，位虽不终[33]，近古以来未尝有也。及羽背关怀楚[34]，放逐义帝而自立，怨王侯叛己，难矣。自矜功伐[35]，奋其私智而不师古[36]，谓霸王之业，欲以力征经营天下[37]，五年卒亡其国，身死东城，尚不觉寤而不自责[38]，过矣[39]。乃引"天亡我，非用兵之罪也"，岂不谬哉！

【作者简介】

司马迁（公元前145年—公元前90年），字子长，夏阳（今陕西韩城南）人，一说龙门（今山西河津）人。中国西汉伟大的史学家、文学家、思想家。司马谈之子，任太史令，因替李陵败降之事辩解而受宫刑，后任中书令。司马迁早年受学于孔安国、董仲舒，漫游各地，了解风俗，采集传闻。初任郎中，奉使西南。元封三年（公元前108年）任太史令，继承父业，著述历史。他以其"究天人之际，通古今之变，成一家之言"的史识创作了中国第一部纪传体通史《史记》，被公认为是中国史书的典范，该书记载了从上古传说中的黄帝时期，到汉武帝元狩元年，长达3000多年的历史，是"二十五史"之首，被鲁迅誉为"史家之绝唱，无韵之离骚"。

【注释】

[1]何楚人之多：怎么楚人这么多。[2]骓（zhuī）：毛色苍白相杂的马。[3]逝：跑。[4]奈若何：把你怎么办。[5]阕：乐曲每终了一次叫一阕。"数阕"就是几遍。[6]直：同"值"，当，趁。[7]属：连接，这里指跟上。[8]田父（fǔ）：老农。[9]绐：欺骗。[10]卒：终于。[11]快战：痛快地打一仗。[12]刈（yì）：割，砍。[13]四向：面向四方。[14]披靡：原指草木随风倒伏，这里比喻军队溃败。[15]辟易：倒退的样子。[16]檥（yǐ）：整船靠岸。[17]何渡为：还渡江干什么。[18]被：遭受。[19]故人：旧友。[20]面之：跟项王面对面。吕马童原在后面追赶项王，项王回过头来看见他，二人才正面相对。[21]购：悬赏征求。[22]为若德：意思是送给你点儿好处。德，恩德。[23]体：身体的部分，四肢加头合称五体。[24]死节：为节操而死。[25]视：同"示"，给……看。[26]枝属：宗族。[27]周生：《正义》引孔文祥说以为是汉代儒者，姓周。盖：大概。重瞳子：两个瞳仁儿。[28]苗裔：后代。[29]何兴之暴：怎么起来得这么突然。[30]尺寸：形容很少。埶：同"势"，权势，权柄。又：有人认为"尺寸"指尺寸之地，这句在"寸"字后断句，"乘埶"属下句，是趁势的意思。[31]陇亩之中：田野之中，指民间。"陇"同"垄"。[32]五诸侯：指战国时的齐、赵、韩、魏、燕五个诸侯国。[33]位：指王位。不终：指没有维持下来。终，到最后。[34]背关：

舍弃关中。背，弃。[35]矜：夸。功伐：功劳，“伐”与“功”同义。[36]奋：振，这里有极力施展的意思。师古：效法古人。[37]力征：以武力征伐。[38]寤：同“悟”。[39]过：错。

【文解】

《项羽之死》节选自《史记·项羽本纪》，本篇记叙的是项羽一生的最后阶段，由垓下被围，到乌江自刎，也是《项羽本纪》中最具悲剧性的一幕。

【思考与练习】

1．分析项羽的形象。

2．分析本文场景描写的作用。

河水·龙门

郦道元

河水南径北屈县故城西，西四十里有风山。风山西四十里，河南孟门山，与龙门相对。《山海经》曰：“孟门之山，其上多金玉，其下多黄垩涅石。”《淮南子》曰[1]：“龙门未辟[2]，吕梁未凿[3]，河出孟门之上[4]，大溢逆流，无有丘陵，高阜灭之[5]，名曰洪水。大禹疏通，谓之孟门。”故《穆天子传》曰[6]：“北登孟门，九河之隥[7]。”孟门，即龙门之上口也[8]。实为河之巨阸[9]，兼孟门津之名矣。

此石经始禹凿[10]，河中漱广[11]。夹岸崇深[12]，倾崖返捍[13]，巨石临危，若坠复倚。古之人有言，水非石凿，而能入石，信哉！其中水流交冲[14]，素气云浮[15]，往来遥观者，常若雾露沾人，窥深悸魄。其水尚崩浪万寻[16]，悬流千丈[17]，浑洪赑怒[18]，鼓若山腾，浚波颓叠[19]，迄于下口[20]。方知《慎子》，下龙门，流浮竹，非驷马之追也。

【作者简介】

郦道元（约公元470年—527年），字善长，范阳涿州（今河北涿州）人。平东将军郦范之子，南北朝时期北魏官员、地理学家。郦道元仕途坎坷，终未能尽其才。其曾任御史中尉、北中郎将等职，还做过冀州长史、鲁阳郡太守、东荆州刺史、河南尹等职务。执法严峻，后被北魏朝廷任命为关右大使。北魏孝昌三年（527年），被萧宝夤部将郭子恢在阴盘驿所杀。郦道元年少时博览奇书，幼时曾随父亲到山东访求水道，后又游历秦岭、淮河以北和长城以南的广大地区，考察河道沟渠，搜集有关的风土民情、历史故事、神话传说，撰《水经注》四十卷。其文笔隽永，描写生动，既是一部内容丰富多彩的地理著作，也是一部优美的山水散文汇集。可称为我国游记文学的开创者，对后世游记散文的发展影响颇大。另著《本志》十三篇及《七聘》等文，但均已失传。

【注释】

[1]《淮南子》：西汉淮南王刘安（公元前179年—公元前122年）和他的门客撰写的

杂家书，也称《淮南鸿烈》。[2]龙门：即禹门口，在今山西省河津市和陕西省韩城市之间，黄河至此，两岸峭壁对峙，形如阙门，故名。相传为禹所凿。[3]吕梁：山名，在今山西省西部，位于黄河与汾水间，主峰关帝山，位于方山县东，海拔2830米。大禹治水，凿吕梁以通黄河，即指此。[4]孟门：古山名，在今山西省吉县西黄河河道中，为水中一巨石。[5]高阜：高山。灭：淹没。[6]《穆天子传》：晋武帝司马炎咸宁五年（279年）在汲郡战国魏王古冢中出土的古书，书中有很多荒诞不经的记载。[7]九河：禹时黄河的九条支流，今人多以为是古代黄河下游许多支流的总称。隥（dèng）：登山的石级。[8]上口：入口处。[9]实：是。巨阸（è）：巨险。阸：险阻重地。[10]经始：开始。[11]漱广：因冲蚀而变得宽广。漱：冲刷，冲蚀。[12]夹岸：两岸。崇深：高峻深邃。[13]返捍：重叠捍护。返：通“反”，反复，重叠。捍：捍护，这里指相倚相撑。[14]交冲：交相冲激。[15]素气：白色的水汽。[16]崩：迸溅。寻：古代长度单位，一般为八尺。[17]悬流：这里指瀑布。[18]浑洪：浑浊的洪流。赑（bì）怒：形容气势壮大。[19]浚（jùn）：通“骏”，疾速，疾驰。[20]下口：河的下游出口处。

【文解】

本文描写河水经过龙门险要之地，写得惊心动魄。龙门，山名，在今山西省河津县西北、陕西省韩城县东北，分跨黄河两岸。

【思考与练习】

1．分析本文引用典故的艺术手法。

2．文末引用《慎子》下龙门的记载有什么作用？

别赋

江淹

黯然销魂者[1]，唯别而已矣。况秦吴兮绝国[2]，复燕宋兮千里[3]。或春苔兮始生，乍秋风兮蹔起[4]。是以行子肠断，百感凄恻。风萧萧而异响，云漫漫而奇色。舟凝滞于水滨，车逶迟于山侧[5]，棹容与而讵前[6]，马寒鸣而不息。掩金觞而谁御[7]，横玉柱而沾轼[8]。居人愁卧，怳若有亡[9]。日下壁而沉彩[10]，月上轩而飞光。见红兰之受露，望青楸之离霜[11]。巡曾楹而空掩，抚锦幕而虚凉[12]。知离梦之踯躅[13]，意别魂之飞扬[14]。故别虽一绪，事乃万族[15]。

至若龙马银鞍[16]，朱轩绣轴[17]，帐饮东都[18]，送客金谷[19]。琴羽张兮箫鼓陈[20]，燕赵歌兮伤美人[21]；珠与玉兮艳暮秋，罗与绮兮娇上春[22]。惊驷马之仰秣[23]，耸渊鱼之赤鳞[24]。造分手而衔涕[25]，感寂漠而伤神[26]。

乃有剑客惭恩[27]，少年报士[28]，韩国赵厕[29]，吴宫燕市[30]，割慈忍爱，离邦去里，沥泣共诀[31]，抆血相视[32]。驱征马而不顾，见行尘之时起。方衔感于一剑[33]，非买价于泉里[34]。金石震而色变[35]，骨肉悲而心死[36]。

或乃边郡未和，负羽从军[37]。辽水无极[38]，雁山参云[39]。闺中风暖，陌上草薰。日出天而耀景[40]，露下地而腾文[41]，镜朱尘之照烂[42]，袭青气之烟煴[43]。攀桃李兮不忍别，送爱子兮沾罗裙[44]。

至如一赴绝国，讵相见期[45]。视乔木兮故里[46]，决北梁兮永辞[47]。左右兮魂动，亲宾兮泪滋。可班荆兮赠恨[48]，惟尊酒兮叙悲[49]。值秋雁兮飞日，当白露兮下时。怨复怨兮远山曲，去复去兮长河湄[50]。

又若君居淄右[51]，妾家河阳[52]。同琼佩之晨照[53]，共金炉之夕香[54]，君结绶兮千里[55]，惜瑶草之徒芳[56]。惭幽闺之琴瑟，晦高台之流黄[57]。春宫閟此青苔色[58]，秋帐含兹明月光，夏簟清兮昼不暮[59]，冬釭凝兮夜何长[60]！织锦曲兮泣已尽，回文诗兮影独伤[61]。

傥有华阴上士[62]，服食还山[63]。术既妙而犹学，道已寂而未传[64]。守丹灶而不顾[65]，炼金鼎而方坚[66]，驾鹤上汉，骖鸾腾天[67]。蹔游万里，少别千年[68]。惟世间兮重别，谢主人兮依然[69]。

下有芍药之诗[70]，佳人之歌[71]。桑中卫女，上宫陈娥[72]。春草碧色，春水渌波[73]，送君南浦[74]，伤如之何！至乃秋露如珠，秋月如珪[75]，明月白露，光阴往来，与子之别，思心徘徊。

是以别方不定[76]，别理千名[77]，有别必怨，有怨必盈[78]，使人意夺神骇，心折骨惊[79]。虽渊云之墨妙[80]，严乐之笔精[81]，金闺之诸彦[82]，兰台之群英[83]，赋有凌云之称[84]，辩有雕龙之声[85]，谁能摹暂离之状，写永诀之情者乎！

【作者简介】

江淹（444年—505年），字文通，济阳考城（今河南省兰考县）人。少孤贫，后任中书侍郎，天监元年为散骑常侍左卫将军，封临沮县伯，迁金紫光禄大夫，封醴陵侯，历仕宋、齐、梁三代。少年时以文章著名，钟嵘在《诗品》中称其“诗体总杂，善于摹拟”，江淹在被权贵贬黜到浦城当县令时，相传有一天，他漫步浦城郊外，歇宿在一小山上。睡梦中，见神人授他一支闪着五彩的神笔，自此文思如涌，成了一代文章魁首，当时人称为“梦笔生花”，晚年才思减退，传为梦中还郭璞五色笔，尔后作诗，遂无美句，世称“江郎才尽”。诗善刻画模拟，小赋遣词精工，赋作30余篇，其成就在诗文之上，尤以《别赋》《恨赋》脍炙人口，被誉为“千秋绝调”。今有《江文通集》传世。

【注释】

[1]黯然：心神沮丧，形容惨戚之状。销魂：即丧魂落魄。[2]秦吴：古国名。秦在今陕西一带，吴在今江苏、浙江一带。绝国：相隔极远的邦国。[3]燕宋：古国名。燕在今河北一带，宋在今河南一带。[4]蹔：同“暂”。[5]逶迟：徘徊不行的样子。[6]棹（zhào）：船桨，这里指代船。容与：缓慢荡漾不前的样子。讵前：滞留不前。此处化用屈原《九章·涉江》“船容与而不进兮，淹回水而疑滞”的句意。[7]掩：覆盖。觞（shāng）：酒杯。

御：进用。[8]横：搁置。玉柱：琴瑟上的系弦之木，这里指琴。轼：成前的横木。[9]怳（huǎng）：丧神失意的样子。[10]沉彩：日光西沉。[11]楸（qiū）：落叶乔木。枝干端直，高达三十米，古人多植于道旁。离：即“罹”，遭受。[12]曾楹（yíng）：高高的楼房。曾：同“层”。楹：屋前的柱子，此指房屋。锦幕：锦织的帐幕。此两句写行子一去，居人徘徊旧屋的感受。[13]踯躅（zhí zhú）：徘徊不前的样子。[14]意：同“臆”，料想。飞扬：飞散而无着落。[15]万族：不同的种类。[16]龙马：据《周礼·夏官·廋人》载，马八尺以上称“龙马”。[17]朱轩：贵者所乘之车。绣轴：绘有彩饰的车轴。此指车驾之华贵。[18]帐饮：古人设帷帐于郊外以饯行。东都：指东都门，长安城门名。《汉书·疏广传》记疏广告老还乡时，“公卿大夫故人邑子设祖道供帐东都门，送者车数百辆，辞决而去。”[19]金谷：晋代石崇在洛阳西北金谷所造金谷园。史载石崇拜太仆，出为征虏将军，送者倾都，曾帐饮于金谷园。[20]羽：五音之一，声最细切，宜于表现悲戚之情。琴羽：指琴中弹奏出羽声。张：调弦。[21]燕赵：《古诗》有“燕赵多佳人，美者颜如玉”句，后引以说美人多出燕赵。[22]上春：即初春。[23]驷马：古时四匹马拉的车驾称驷，马称驷马。仰秣（mò）：抬起头吃草。语出《淮南子·说山训》：“伯牙鼓琴，驷马仰秣。”原形容琴声美妙动听，此反其意。[24]耸：因惊动而跃起。鳞：指渊中之鱼。语出《韩诗外传》：“昔者瓠巴鼓瑟而潜鱼出听。”[25]造：等到。衔涕：含泪。[26]寂漠：即“寂寞”。[27]惭恩：自惭于未报主人知遇之恩。[28]报士：心怀报恩之念的侠士。[29]韩国：指战国时侠士聂政为韩国严仲子报仇，刺杀韩相侠累一事。赵厕：指战国初期，豫让因自己的主人智氏为赵襄子所灭，乃变姓名为刑人，入宫涂厕，挟匕首欲刺死赵襄子一事。[30]吴宫：指春秋时专诸置匕首于鱼腹，在宴席间为吴国公子光刺杀吴王一事。燕市：指荆轲与朋友高渐离等饮于燕国街市，因感燕太子恩遇，藏匕首于地图中，至秦献图刺秦王未成，被杀。高渐离为了替荆轲报仇，又一次入秦谋杀秦王一事。[31]沥泣：洒泪哭泣。[32]抆（wěn）：擦拭。抆血，言泣泪以尽继之以血。[33]衔感：怀恩感遇。衔，怀。[34]买价：指以生命换取金钱。泉里：黄泉。[35]金石震：钟、磬等乐器齐鸣。句出《燕丹太子》：“荆轲与武阳入秦，秦王陛戟而见燕使，鼓钟并发，群臣皆呼万岁，武阳大恐，面如死灰色。”[36]此句语出《史记·刺客列传》，聂政刺杀韩相侠累后，屠肠毁容自杀，以免牵累。韩国当政者暴尸于市，悬赏千金。其姐聂嫈云：“安其奈何畏殁身之诛，终灭贤弟之名！”遂扬其弟义举，伏尸而哭，自杀其旁。骨肉，指死者亲人。[37]负羽：挟带弓箭。[38]辽水：辽河。在今辽宁省西部，流经营口入海。[39]雁山：雁门山。在今山西原平县西北。[40]耀景：闪射光芒。[41]腾文：指露水在阳光下反射出绚烂的色彩。[42]镜：照。朱尘：红色的尘霭。照烂：鲜明绚烂之色。[43]袭：扑入。青气：春天草木上腾起的烟霭。烟煴（yīn yūn）：同“氤氲”，云气笼罩的样子。[44]爱子：爱人，指征夫。[45]讵：岂有。[46]乔木：高大的树木。王充《论衡·佚文》：“睹乔木，知旧都。”[47]此句语出《楚辞·九怀》。[48]班：铺设。荆：树枝条。据《左传·襄公二十六年》记载，楚国伍举与声子相善。伍举将奔晋，遇声子于郑郊。“班荆相与食，而言复故。”后遂以“班荆道故”比喻亲旧惜别之悲痛。[49]尊：同“樽”，酒器。[50]湄：水边。[51]淄右：淄水西面。在今山东境内。[52]河阳：黄河北岸。[53]琼佩：琼玉之类的佩饰。[54]这两句回忆昔日朝夕共处的爱情生活。[55]绶：系官印的丝带。结绶，指出仕做官。[56]瑶草：仙山中的芳草。这里比喻闺中少妇。徒芳：比喻虚度青春。[57]晦：昏暗不明。流黄：黄色丝绢，这里指黄绢做成的帷幕。这一句说为免伤情，不敢卷起帷幕远望。[58]春宫：指闺房。閟（bì）：关闭。[59]簟（diàn）：竹席。[60]釭（gāng）：灯。以上四句写居人春、夏、秋、冬四季相思之苦。[61]“织锦”二句：据武则天《璇玑图序》载：“前秦苻坚时，窦滔镇襄阳，携宠姬赵阳台之任，断妻苏蕙音问。蕙因织锦为回文，五彩相宣，纵横八寸，题诗二百余首，计八百余言，纵横反复，皆成章句，名曰《璇玑图》以寄滔。”一说窦滔被徙沙漠，妻苏蕙遂织锦为回文诗寄赠给他（《晋书·列女传》）。以上写游宦别离和闺中思妇的恋念。[62]傥（tǎng）：同“倘”。华阴：即华山，在今陕西省渭南县南。上士：道士，求仙的人。[63]服食：道家以为服食丹药可以长生不老。还山：即成仙，一作“还仙”。[64]寂：进入微妙之境。传：至，最高境界。[65]丹灶：炼丹炉。不顾：不顾问尘俗之事。[66]炼金鼎：在金鼎里炼丹。[67]骖（cān）：三匹马驾车称“骖”。鸾：古代神话传说中凤凰一类的鸟。[68]少别：小别。[69]谢：告辞，告别。以上写学道炼丹者的离别。[70]下：下士。与“上士”相对。芍药之诗：语出《诗经·郑风·溱洧》“维士与女，伊其相谑，赠以芍药。”[71]佳人之歌：指李延年的歌“北方有佳人，绝世而独立”。[72]桑中：卫国地名。上宫：陈国地名。卫女、陈娥：均指恋爱中的少女。《诗经·鄘风·桑中》：“云谁之思？美孟姜矣。期我乎桑中，要我乎上宫。”[73]渌（lù）波：清澈的水波。[74]南浦：《楚辞·九歌·河伯》“子交手兮东行，送美人兮南浦。”后以“南浦”泛指送别之地。[75]珪（guī）：一种洁白晶莹的圆形美玉。[76]别方：别离的双方。[77]名：种类。[78]盈：充盈。[79]折、惊：均言创痛之深。[80]渊：即王褒，字子渊。云：即扬雄，字子云。二人都是汉代著名的辞赋家。[81]严：严安。乐：徐乐。二人为汉代著名文学家。[82]金闺：原指汉代长安金马门，后为汉官署名，是聚集才识之士以备汉武帝诏询的地方。彦：有学识才干的人。[83]兰台：汉代朝廷中藏书和讨论学术的地方。[84]凌云：据《史记·司马相如列传》载，司马相如作《大人赋》，汉武帝誉之为“飘飘有凌云之气，似游天地之间”。[85]雕龙：据《史记·孟子荀卿列传》载，驺奭作文，善闳辩，故齐人称颂为“雕龙奭”。

【文解】

本文通过对各种不同类型人物离情别绪的描写，刻画了他们各自的心理状态和不同特色。作者善于通过环境的描绘突出人物的心理感受，具有浓厚的抒情气氛。

【思考与练习】

1. 谈谈你对“离别”主题的认识，作者是如何表现这个主题的？
2. 分析此赋的艺术特色。
3. 具体谈谈此赋的音乐美。

第二节 唐宋散文

代李敬业传檄天下文[1]

骆宾王

伪临朝武氏者[2]，性非和顺，地实寒微。昔充太宗下陈[3]，曾以更衣入侍。洎乎晚节，秽乱春宫[4]。潜隐先帝之私，阴图后房之嬖[5]。入门见嫉[6]，蛾眉不肯让人；掩袖工谗[7]，狐媚偏能惑主。践元后于翚翟，陷吾君于聚麀[8]。加以虺蜴为心，豺狼成性，近狎邪僻，残害忠良，杀姊屠兄，弑君鸩母[9]。神人之所共嫉[10]，天地之所不容。犹复包藏祸心，窥窃神器[11]。君之爱子，幽之于别宫[12]；贼之宗盟[13]，委之以重任。呜呼[14]！霍子孟之不作，朱虚侯之已亡[15]。燕啄皇孙[16]，知汉祚之将尽；龙漦帝后[17]，识夏庭之遽衰。

敬业皇唐旧臣，公侯冢子。奉先帝之成业，荷本朝之厚恩。宋微子之兴悲，良有以也；袁君山之流涕，岂徒然哉！是用气愤风云，志安社稷。因天下之失望，顺宇内之推心，爰举义旗，以清妖孽。南连百越，北尽三河；铁骑成群，玉轴相接。海陵红粟，仓储之积靡穷；江浦黄旗，匡复之功何远。班声动而北风起，剑气冲而南斗平。喑呜则山岳崩颓，叱咤则风云变色。以此制敌，何敌不摧；以此图功，何功不克！

公等或家传汉爵，或地协周亲，或膺重寄于爪牙，或受顾命于宣室。言犹在耳，忠岂忘心？一抔之土未干，六尺之孤何托？倘能转祸为福，送往事居，共立勤王之勋，无废旧君之命，凡诸爵赏，同指山河。若其眷恋穷城，徘徊歧路，坐昧先几之兆，必贻后至之诛。请看今日之域中，竟是谁家之天下！移檄州郡，咸使知闻。

【作者简介】

骆宾王（约 619 年—687 年），婺州义乌（今浙江省义乌县）人。早慧，七岁能赋诗，有“神童”之誉。早年随父游学于齐鲁一带，有志节，以诗文著称，与当时著名文士王勃、杨炯、卢照邻齐名。曾在道王李元庆幕府中供职，后又历任武功、长安两县主簿。此间曾随军到过西域，宦游于蜀滇一带。唐高宗永徽年间官至侍御史，因上书言政事而获罪入狱，并贬为临海县丞，乃怏怏弃官而去。光宅元年（684 年）武则天称帝，李敬业在扬州（今江苏省扬州市）起兵反对武氏。他投在李敬业麾下，专撰军中书檄。讨武失败后，下落不明，有说投水而死，有说在灵隐寺出家为僧。骆宾王怀才不遇，一世落魄，但其诗文却颇有成就。他善为五言诗，七言歌行尤为擅长，其中不乏托物寄兴、直抒胸臆的佳作。这些都奠定了他作为“初唐四杰”之一的地位。骆宾王的诗文，早在唐中宗时就有人为之搜采结集，仅存一百余篇。其诗文集名称甚多，至明代胡应麟始命名为《临海集》。清代陈熙晋《骆临海集笺注》，最称完备。

【注释】

[1]李敬业：祖父徐世绩是唐朝开国功臣，封英国公，赐姓李改名绩。李敬业是李绩的长孙，承袭英国公爵位。公元 684 年起兵声讨武则天，失败而死。檄（xí）：古代用于晓谕、征召和申讨的文书，多用于军事。[2]伪：被认为非法占据的国家或政权。临朝：当朝执政。者：用在主语后面，表示语气暂停一下。[3]太宗：唐朝第二代皇帝李世民的庙号。所谓“庙号”，就是帝王死后，在太庙立室奉祀，上尊号叫某祖、某宗。下陈：古代统治者堂下陈放礼品、站立姬妾的地方。这里指“才人”。[4]洎（jì）乎：犹至于，到达。晚节：这里指武则天年龄稍大以后。秽乱：淫乱。春宫：东宫，太子住的地方，指高宗（李治）。[5]潜隐：隐瞒。嬖（bì）：宠爱，也指受宠爱的人。[6]门：指宫门。见：被。嫉：妒忌。蛾眉：女子长而美的眉毛，因此作为美女的代称。[7]掩袖：用衣袖捂住鼻子。工谗：善于挑拨离间。谗，说别人坏话。语见《韩非子·内储说下》：魏王送给楚怀王一个美人，怀王妃郑袖怕美人夺她的宠爱，就骗美人说：“大王很喜欢你的面貌，但不喜欢你的鼻子，假如你去见大王，一定要捂住鼻子。”美人果然这样做了。怀王问郑袖，郑袖说：“可能是讨厌你嘴里的臭味。”于是怀王大怒，命人割掉了美人的鼻子。狐媚：像狐狸般地迷惑人。[8]元后：皇后。翚翟（huī dí）：皇后的礼服。聚麀（yōu）：指武则天是太宗的才人，后为高宗的皇后。父子共一配偶，今叫作“乱伦”。《礼记·曲礼上》：“夫惟禽兽无礼，故父子聚麀。”聚，共。麀，母鹿。[9]虺（huǐ）：毒蛇。蜴（yì）：蜥蜴，俗称四脚蛇。近狎（xiá）：亲近而态度不庄重。邪僻：指奸邪的人。杀姊屠兄：泛指杀害亲属。武则天的异母兄武元庆、武元爽被流放到边远州郡而死。侄儿武惟良、武怀远和姐姐的女儿贺兰氏都被她杀害。弑（shì）君鸩（zhèn）母：此事史书上并无记载。弑：古代称以下杀上为弑。鸩：鸟名，羽毛有毒，放入酒中，喝了就死。这里用作动词。[10]嫉：憎恨。[11]犹：还。复：再，又。包藏祸心：外貌和善，心怀恶意。窥窃：阴谋盗窃。神器：帝位，政权。[12]君之爱子：指中宗，被武则天废黜，囚禁在房州。幽：拘禁，囚禁。别宫：另外设的宫。[13]贼之宗盟：指武则天称帝，封武承嗣等为王。宗盟：指同姓宗族。[14]呜呼：叹词。[15]霍子孟：霍光，字子孟。汉昭帝（刘弗陵）即位时仅八岁，霍光以大司马大将军受武帝（刘彻）遗诏辅政。昭帝死后，迎立昌邑王（刘贺）。王荒淫无度，霍光废昌邑王，另立宣帝（刘询），安定了汉王朝。朱虚侯：高祖（刘邦）孙子刘章的封号。吕后死后，诸吕阴谋篡国。刘章同陈平、周勃等合谋诛诸吕，迎立代王刘恒（即文帝），安定了刘家政权。[16]燕啄皇孙：汉成帝（刘骜）的皇后赵飞燕，性情狠毒，因为自己没有儿子，就把许多皇子杀掉。当时有童谣：“燕飞来，啄皇孙。皇孙死，燕啄矢。”武则天曾先后废掉、流放和杀死太子李忠、李私、李贤等。祚（zuò）：国统，政权。[17]龙漦（chí）帝后：传说夏朝末年有两条龙下降宫廷，口说人言，吐下涎沫。夏帝把龙涎装入匣子藏了起来。到周厉王时，打开观看，龙涎流入内宫，一个少年宫女感而怀孕，生下一个女孩，就是褒姒。后来褒姒做了周幽王的皇后，招致了西周的灭亡。

【文解】

本文为骆宾王的代表作。这篇檄文立论严正，先声夺人。将武则天置于被告席上，列数其罪。借此宣告天下，共同起兵，起到了很大的宣传鼓动作用。据《新唐书》所载，武则天初观此文时，还嬉笑自若，当读到“一抔之土未干，六尺之孤何托”一句时，惊问是谁写的，叹道：“有如此才，而使之沦落不偶，宰相之过也！”可见这篇檄文煽动力之强了。

【思考与练习】

1．谈谈这篇檄文立论的特点。

2．结合陈琳的《讨贼檄文》，谈谈檄文的特点。

三戒

柳宗元

吾恒恶世之人，不知推己之本[1]，而乘物以逞[2]，或依势以干非其类[3]，出技以怒强[4]，窃时以肆暴[5]，然卒迨于祸[6]。有客谈麋、驴、鼠三物[7]，似其事，作《三戒》。

临江之麋

临江之人畋[8]，得麋麑[9]，畜之。入门，群犬垂涎，扬尾皆来。其人怒，怛之[10]。自是日抱就犬[11]，习示之，使勿动，稍使与之戏。积久，犬皆如人意。麋麑稍大，忘己之麋也，以为犬良我友[12]，抵触偃仆[13]，益狎。犬畏主人，与之俯仰甚善[14]，然时啖其舌[15]。

三年，麋出门，见外犬在道甚众，走欲与为戏。外犬见而喜且怒，共杀食之，狼藉道上[16]，麋至死不悟。

黔之驴

黔无驴[17]，有好事者船载以入，至则无可用，放之山下。虎见之，庞然大物也，以为神。蔽林间窥之，稍出近之，慭慭然莫相知[18]。

他日，驴一鸣，虎大骇远遁，以为且噬己也，甚恐。然往来视之，觉无异能者。益习其声，又近出前后，终不敢搏。稍近益狎，荡倚冲冒[19]，驴不胜怒，蹄之。虎因喜，计之曰：“技止此耳！”因跳踉大㘎[20]，断其喉，尽其肉，乃去。

噫！形之庞也类有德[21]，声之宏也类有能，向不出其技，虎虽猛，疑畏，卒不敢取；今若是焉，悲夫！

永某氏之鼠

永有某氏者[22]，畏日[23]，拘忌异甚。以为己生岁直子[24]；鼠，子神也，因爱鼠，不畜猫犬，禁僮勿击鼠[25]。仓廪庖厨[26]，悉以恣鼠[27]，不问。

由是鼠相告，皆来某氏，饱食而无祸。某氏室无完器，椸无完衣[28]，饮食大率鼠之馀也。昼累累与人兼行[29]，夜则窃啮斗暴[30]，其声万状，不可以寝，终不厌。

数岁，某氏徙居他州；后人来居，鼠为态如故。其人曰："是阴类[31]，恶物也，盗暴尤甚。且何以至是乎哉？"假五六猫，阖门撤瓦灌穴[32]，购僮罗捕之，杀鼠如丘，弃之隐处，臭数月乃已。

呜呼！彼以其饱食无祸为可恒也哉！

【作者简介】

柳宗元（公元 773 年—公元 819 年），字子厚，汉族，河东（今山西芮城、运城一带）人，"唐宋八大家"之一，唐代文学家、哲学家、散文家和思想家，世称"柳河东""河东先生"，因官终柳州刺史，又称"柳柳州"。柳宗元与韩愈并称"韩柳"，与刘禹锡并称"刘柳"，与王维、孟浩然、韦应物并称"王孟韦柳"。柳宗元一生留诗文作品达 600 余篇，其文的成就大于诗。骈文有近百篇，散文论说性强，笔锋犀利，讽刺辛辣。游记写景状物，多所寄托，有《河东先生集》，代表作有《溪居》《江雪》《渔翁》。柳宗元遗族所建柳氏民居，现位于山西省晋城市沁水县文兴村。

【注释】

[1]推己之本：审察自己的实际能力。推，推求。[2]乘物以逞：依靠别的东西来逞强。[3]干：触犯。[4]怒：激怒。[5]窃时：趁机。肆暴：放肆地做坏事。[6]迨（dài）：及，遭到。[7]麋（mí）：形体较大的一种鹿类动物。[8]临江：唐县名，在今江西省清江县。畋（tián）：打猎。[9]麑（ní）：鹿仔。[10]怛（dá）：惊惧。[11]就：接近。[12]良：真，确。[13]抵触：用头角相抵相触。偃：仰面卧倒。仆：俯面卧倒。[14]俯仰：低头和抬头。[15]啖（dàn）：吃，这里是舔的意思。[16]狼藉：散乱。[17]黔（qián）：即唐代黔中道，所在今四川省彭水县，辖地相当于今四川彭水、酉阳、秀山一带和贵州北部部分地区。现以"黔"为贵州的别称。[18]慭（yín）慭然：小心谨慎的样子。[19]荡：碰撞。倚：挨近。[20]跳踉：腾跃的样子。㘚（hǎn）：吼叫。[21]类：似乎，好像。德：道行。[22]永：永州，在今湖南省零陵县。[23]畏日：怕犯日忌。旧时迷信，认为年月日辰都有凶吉，凶日要禁忌做某种事情，犯了就不祥。[24]生岁直子：出生的年份正当农历子年。生在子年的人，生肖属鼠。直，通"值"。[25]僮：童仆，这里泛指仆人。[26]仓廪（lǐn）：粮仓。庖厨：厨房。[27]恣：放纵。[28]椸（yí）：衣架。[29]累累：一个接一个。兼行：并走。[30]窃啮（niè）：偷咬东西。[31]阴类：在阴暗地方活动的东西。[32]阖（hé）：关闭。

【文解】

这一组三篇寓言，是作者贬谪永州时所写。题名"三戒"，可能是取《论语》"君子有三戒"之意。文前的小序，已经点明了文章的主旨所在。作者借麋、驴、鼠三种动物的可悲结局，对社会上那些倚仗人势、色厉内荏、擅威作福的人进行辛辣的讽刺，在当时很有现实的针对性和普遍意义。三篇寓言主题统一而又各自独立，形象生动而又寓意深刻，篇幅短小，语言简练而又刻画细致、传神，在艺术上达到了很高的境界。

【思考与练习】

1．谈谈《三戒》的寓意。

2．分析三篇寓言的写作手法。

第三节　明清散文

寒花葬志

归有光

婢，魏孺人媵也。嘉靖丁酉五月四日死[1]，葬虚丘[2]。事我而不卒，命也夫！

婢初媵时，年十岁，垂双鬟，曳深绿布裳。一日天寒，爇火煮荸荠熟[3]，婢削之盈瓯，予入自外，取食之，婢持去不与。魏孺人笑之。孺人每令婢倚几旁饭，即饭，目眶冉冉动，孺人又指予以为笑。

回思是时，奄忽便已十年[4]。吁，可悲也已！

【作者简介】

归有光（1507 年—1571 年），明代文学家。字熙甫，人称震川先生，昆山（今属江苏）人，嘉靖进士。曾任南京太仆寺丞，编修《世宗实录》，著有《震川先生集》。其文善用简洁疏淡的笔墨，描写家人、朋友之间的日常琐事，言近旨远，充满感情。《项脊轩志》《寒花葬志》等作极负盛名。黄宗羲推宗其为明文第一人。

【注释】

[1]嘉靖丁酉：公元 1537 年。[2]虚丘：古虚丘邑在今山东省境内。这里的“虚丘”似为“丘虚”，指荒地。[3]爇（ruò）：点燃，点火，焚烧。[4]奄忽（yǎn hū）：忽然，很快。

【文解】

《寒花葬志》是明代文学家归有光的一篇散文。当时，作者的妻子魏孺人已经离开人世，而魏氏的陪侍丫环寒花也过早去世。文中通过追忆寒花的生前经历，表达了作者对妻子深切的思念之情。

【思考与练习】

1．文章题目为《寒花葬志》，当写寒花，为何还要写魏孺人？

2．谈谈本文的艺术特色。

西湖七月半[1]

张岱

西湖七月半，一无可看，止可看看七月半之人[2]。看七月半之人，以五类看之[3]。其一，楼船箫鼓[4]，峨冠盛筵[5]，灯火优傒[6]，声光相乱，名为看月而实不见月者，看之[7]。其一，亦船亦楼，名娃闺秀[8]，携及童娈[9]，笑啼杂之，环坐露台[10]，左右盼望[11]，身在月下而实不看月者，看之。其一，亦船亦声歌，名妓闲僧，浅斟低唱[12]，弱管轻丝[13]，竹肉相发[14]，亦在月下，亦看月而欲人看其看月者，看之。其一，不舟不车，不衫不帻[15]，酒醉饭饱，呼群三五[16]，跻入人丛[17]，昭庆、断桥[18]，嘄呼嘈杂[19]，装假醉，唱无腔曲[20]，月亦看，看月者亦看，不看月者亦看，而实无一看者，看之。其一，小船轻幌[21]，净几暖炉，茶铛旋煮[22]，素瓷静递[23]，好友佳人，邀月同坐，或匿影树下[24]，或逃嚣里湖[25]，看月而人不见其看月之态，亦不作意看月者[26]，看之。

杭人游湖[27]，巳出酉归[28]，避月如仇。是夕好名[29]，逐队争出，多犒门军酒钱[30]。轿夫擎燎[31]，列俟岸上[32]。一入舟，速舟子急放断桥[33]，赶入胜会。以故二鼓以前[34]，人声鼓吹[35]，如沸如撼[36]，如魇如呓[37]，如聋如哑[38]。大船小船一齐凑岸，一无所见，止见篙击篙[39]，舟触舟，肩摩肩[40]，面看面而已。少刻兴尽，官府席散，皂隶喝道去[41]。轿夫叫，船上人怖以关门[42]，灯笼火把如列星[43]，一一簇拥而去。岸上人亦逐队赶门，渐稀渐薄，顷刻散尽矣。

吾辈始舣舟近岸[44]，断桥石磴始凉[45]，席其上[46]，呼客纵饮[47]。此时月如镜新磨[48]，山复整妆，湖复颒面[49]，向之浅斟低唱者出[50]，匿影树下者亦出。吾辈往通声气[51]，拉与同坐。韵友来[52]，名妓至，杯箸安[53]，竹肉发。月色苍凉，东方将白，客方散去。吾辈纵舟，酣睡于十里荷花之中[54]，香气拍人[55]，清梦甚惬[56]。

【作者简介】

张岱（1597 年—1679 年），字宗子，又字石公，号陶庵，别号蝶庵居士，明末山阴人。他出身官宦家庭，早岁生活优裕，晚年避居山中，穷愁潦倒坚持著述。一生落拓不羁，淡泊功名，具有广泛的爱好和审美情趣。他喜游历山水，深谙园林布置之法；懂音乐，能弹琴制曲；善品茗，茶道功夫颇深；好收藏，具备非凡的鉴赏水平；精戏曲，编导评论追求至善至美。前人说：“吾越有明一代，才人称徐文长、张陶庵，徐以奇警胜，先生以雄浑胜。”

【注释】

[1]西湖：即今杭州西湖。七月半：农历七月十五，又称中元节。[2]“止可看”句：说只可以看那些来看七月半景致的人。止：同“只”。[3]以五类看之：把看七月半的人分做五类来看。[4]楼船：指考究的有楼的大船。箫鼓：指吹打音乐。[5]峨冠：头戴高冠，指士大夫。盛筵：摆着丰盛的酒筵。[6]优傒（xī）：优伶和仆役。[7]看之：指要看

这一类人。下四类叙述末尾的“看之”同。[8]娃：美女。闺秀：有才德的女子。[9]童娈（luán）：容貌美好的家僮。[10]露台：船上露天的平台。[11]盼望：都是“看”的意思。[12]浅斟：慢慢地喝酒。低唱：轻声地吟哦。[13]弱管轻丝：指轻柔的管弦音乐。[14]竹肉：指管乐和歌喉。[15]“不舟”二句：不坐船，不乘车；不穿长衫，不戴头巾，指放荡随便。帻（zé）：头巾。[16]呼群三五：呼唤朋友，三五成群。[17]跻（jī）：通“挤”。[18]昭庆：寺名。断桥：西湖白堤的桥名。[19]嘄（jiào）：呼叫。[20]无腔曲：没有腔调的歌曲，形容唱得乱七八糟。[21]幌（huǎng）：窗幔。[22]铛（chēng）：温茶酒的器具。旋（xuàn）：随时，随即。[23]素瓷静递：雅洁的瓷杯无声地传递。[24]匿（nì）影：藏身。[25]逃嚣：躲避喧闹。里湖：西湖的白堤以北部分。[26]作意：故意做出某种姿态。[27]杭人：杭州人。[28]巳（sì）：巳时，约为上午九时至十一时。酉（yǒu）：酉时，约为下午五时至七时。[29]是夕好名：七月十五这天夜晚，人们喜欢这个名目。“名”指中元节的名目，等于说“名堂”。[30]犒（kào）：用酒食或财物慰劳。门军：守城门的军士。[31]擎（qíng）：举。燎（liào）：火把。[32]列俟（sì）：排着队等候。[33]速：催促。舟子：船夫。放：开船。[34]二鼓：二更，约为夜里十一点左右。[35]鼓吹：指鼓、钲、箫、笳等打击乐器、管弦乐器奏出的乐曲。[36]如沸如撼：像水沸腾，像物体震撼，形容喧嚷。[37]魇（yǎn）：梦中惊叫。呓：说梦话。这句指在喧嚷中种种怪声。[38]如聋如哑：指喧闹中震耳欲聋，自己说话别人听不见。[39]篙：用竹竿或杉木做成的撑船的工具。[40]摩：碰，触。[41]皂隶：衙门的差役。喝道：官员出行，衙役在前边吆喝开道。[42]怖以关门：用关城门恐吓。[43]列星：分布在天空的星星。[44]舣（yǐ）：停船靠岸。[45]石磴（dèng）：石头台阶。[46]席其上：在石磴上摆设酒筵。[47]纵饮：尽情喝。[48]镜新磨：刚磨制成的镜子。古代以铜为镜，磨制而成。[49]颒（huì）面：洗脸。[50]向：方才，先前。[51]往通声气：过去打招呼。[52]韵友：风雅的朋友，诗友。[53]箸（zhù）：筷子。安：放好。[54]纵舟：放开船。[55]拍：扑。[56]惬（qiè）：快意。

【文解】

《西湖七月半》是明代文学家张岱创作的一篇散文。作者先描绘了达官贵人、名娃闺秀、名妓闲僧、慵懒之徒四类看月之人；与这些附庸风雅的世俗之辈形成鲜明对比的是最后一类，即作者的好友和佳人，其观景赏月时行为的持重高雅、情态气度与西湖的优美风景和谐一致。作者对五类人的描述，字里行间不见褒贬之词，然孰优孰劣、孰雅孰俗则昭然若揭。文章表面写人，又时时不离写月，看似无情又蕴情于其中，完美而含蓄地体现了作者抑浅俗、颂高雅的主旨。

【思考与练习】

1．为什么作者说“西湖七月半，一无可看，止可看看七月半之人”？谈谈你的看法。

2．张岱的散文独具个性，请分析本文的艺术特点。

李姬传

侯方域

李姬者，名香[1]，母曰贞丽[2]。贞丽有侠气，尝一夜博，输千金立尽。所交接皆当世豪杰，尤与阳羡陈贞慧善也[3]。姬为其养女，亦侠而慧，略知书，能辨别士大夫贤否[4]，张学士溥、夏吏部允彝急称之[5]。少风调皎爽不群[6]。十三岁，从吴人周如松[7]受歌玉茗堂四传奇[8]，皆能尽其音节。尤工琵琶词[9]，然不轻发也[10]。

雪苑侯生[11]，己卯来金陵[12]，与相识。姬尝邀侯生为诗，而自歌以偿之。初，皖人阮大铖者[13]，以阿附魏忠贤论城旦[14]，屏居金陵[15]，为清议所斥[16]。阳羡陈贞慧、贵池吴应箕实首其事[17]，持之力[18]。大铖不得已，欲侯生为解之，乃假所善王将军[19]，日载酒食与侯生游。姬曰："王将军贫，非结客者[20]，公子盍叩之[21]？"侯生三问，将军乃屏人述大铖意[22]。姬私语侯生曰："妾少从假母识阳羡君[23]，其人有高义，闻吴君尤铮铮[24]，今皆与公子善，奈何以阮公负至交乎！且以公子之世望[25]，安事阮公[26]！公子读万卷书，所见岂后于贱妾耶[27]？"侯生大呼称善，醉而卧。王将军者殊怏怏[28]，因辞去，不复通[29]。

未几，侯生下第[30]。姬置酒桃叶渡[31]，歌琵琶词以送之，曰："公子才名文藻，雅不减中郎[32]。中郎学不补行[33]，今琵琶所传词固妄[34]，然尝昵董卓[35]，不可掩也。公子豪迈不羁，又失意，此去相见未可期，愿终自爱，无忘妾所歌琵琶词也[36]！妾亦不复歌矣！"

侯生去后，而故开府田仰者[37]，以金三百锾[38]，邀姬一见。姬固却之。开府惭且怒，且有以中伤姬[39]。姬叹曰："田公岂异于阮公乎[40]？吾向之所赞于侯公子者谓何[41]？今乃利其金而赴之，是妾卖公子矣！"卒不往。

【作者简介】

侯方域（1618 年 4 月—1655 年 1 月），字朝宗，明朝归德府（今河南商丘）人，明末清初散文三大家之一、明末"四公子"之一、复社领袖。侯方域是明代户部尚书侯恂之子，祖父及父辈都是东林党人，均因反对宦官专权而被黜。与冒襄、陈贞慧、方以智合称明末"四公子"，与陈贞慧交情尤深。明朝灭亡后，侯方域流落江南，入清后参加科举，为时人所讥："两朝应举侯公子，忍对桃花说李香。"晚年失悔此举。清顺治二年，28 岁的侯方域回到归德府老家隐居，在此整理旧籍，编写新著。至 35 岁，回想起自己遭遇坎坷，事业一无所成，悔恨不已，便将其书房更名为"壮悔堂"，表示其壮年后悔之意。在这里完成了他的两部文集《壮悔堂文集》10 卷、《四忆堂诗集》6 卷明志。清朝顺治十一年 12 月 13 日（1655 年 1 月 30 日），37 岁的侯方域因悲愤国事和思念香君，不幸染病身亡。清初作家孔尚任撰《桃花扇》剧本，描写的就是侯方域与秦淮名妓李香君的爱情故事，侧面反映了明亡清兴的历史背景。

【注释】

[1]李姬：李香，明末南京秦淮名妓。南京是明朝的陪都，江南第一大都会，金粉繁华，江南文士多流连歌馆酒楼，声气相求，议论时事。妓女亦多知书，不乏善绘、工诗者，以附丽清流名士为荣幸。崇祯末，侯方域以世家公子游学南京，入复社，参与复社反阉党余孽阮大铖的活动，介入弘光朝的政治斗争，遂使其所宠爱的李香也卷入其中。后侯方域缅怀往事，感其品节之可贵，作成此传。文章以实事为主，叙事简洁，不失史传文笔法，然亦不全遵传记文体，只叙出侯生所见李香品节之二三事，结末无论赞，又类乎记逸事之文。论者谓“近唐人小说”（宋荦《国朝三家文钞·凡例》）。[2]贞丽：姓李，字淡如，秦淮名妓，李香假母。[3]阳羡：江苏宜兴旧名。陈贞慧：字定生，宜兴人，为复社重要成员，明亡不仕，有《皇明语林》。[4]贤否（pǐ）：贤与恶。[5]张学士溥：张溥，字天如，江苏太仓人，进士及第，复社发起人，著有《七录斋诗文合集》《汉魏六朝百三名家集》。夏吏部允彝：夏允彝，字彝仲，华亭（今属上海市）人，崇祯进士，官福建长乐知县，与陈子龙组织几社，与复社相呼应。南明弘光朝，官吏部主事。清兵渡江，于家乡起兵抵抗，兵败投水死。著有《幸存录》。[6]风调：风度，格调。皎爽：纯洁爽朗。[7]周如松：苏昆生原名，本河南固始人，精通音律，善歌，为著名昆曲教习。明亡后，流落苏州。[8]玉茗堂四传奇：即汤显祖的《紫钗记》《牡丹亭》《邯郸记》《南柯记》。玉茗堂是汤显祖的书斋名。[9]琵琶词：即高明的《琵琶记》。[10]不轻发：不轻易演唱。[11]雪苑侯生：作者自称。雪苑，汉梁孝王林苑，初名兔园，规模甚大，司马相如等名士曾为座上客，故著名，也称梁苑。南朝谢惠连作《雪赋》，描绘梁苑雪景，传诵极广，故梁苑也称雪苑。故址在今河南商丘东南。侯方域为商丘人，故称雪苑侯生。[12]己卯：明崇祯十二年（1639年），当时侯方域二十二岁。[13]皖人阮大铖：字圆海，安徽省怀宁人。明天启朝为京官，依附权阉魏忠贤。崇祯初，削职为民，流寓南京，作戏曲，蓄声伎，结纳文士、游侠。南明弘光朝，依附马士英，官至兵部尚书。清兵渡江，出降，从清兵南侵，死于仙霞关。作有《春灯谜》《燕子笺》等传奇。事具《明史·奸臣传》。[14]论城旦：被定罪判刑。城旦，古代刑罚名。《墨子·号令》：“以令为除死罪二人，城旦四人。”孙诒让《墨子闲诂》引应劭语：“城旦者，旦起行治城，四岁刑也。”后指徒刑或流放。阮大铖被判处“赎徒为民”，故云。[15]屏（bǐng）居：退居。[16]为清议所斥：指复社陈贞慧、吴应箕等人在南京联合发布《留都防乱揭帖》，揭发阮大铖为阉党余孽，蓄意再起。清议，在野士人对时政之评议。[17]首其事：首先发起那件事情。[18]持之力：态度坚决。[19]假：借，委托。所善：所交好的人。王将军：事迹不详。[20]非结客者：不是有能力广交宾客的人。[21]盍：何不。叩：询问。[22]屏人：让周围人退避。[23]阳羡君：指陈贞慧。[24]吴君：指吴应箕。铮铮：正直刚强的样子。[25]世望：家世和名望。侯方域祖执蒲、父恂、叔恪，在明末天启、崇祯年间为朝官，均立身正直，未阿附权阉魏忠贤，属东林党人。[26]安：如何。事：为之服务。[27]后于：低于，不如。[28]怏怏：失意的样子。[29]不复通：不再交往。通，往来。[30]下第：

指侯方域应江南乡试未中。[31]桃叶渡：在南京秦淮河口，相传因晋王献之送其爱妾桃叶于此而得名。[32]雅：甚。中郎：《琵琶记》演蔡伯喈与赵五娘的故事，系据宋元年间民间传说而作成，附会为东汉蔡邕之事。蔡邕，字伯喈，官左中郎将，以职称名中郎。[33]学不补行：谓学问虽富，但品行有缺陷。补，修补，引申为掩盖。[34]琵琶所传词固妄：指《琵琶记》所写并非蔡邕实有之事。固，诚然。[35]尝昵董卓：汉献帝时，董卓擅政，征蔡邕为侍中，再拜中郎将，封高阳乡侯。王允诛董卓，独蔡邕哭之，坐董卓党下狱死（参见《后汉书・蔡邕传》)。昵，亲近。[36]“无忘”句：勿忘所以歌之意，即勉之以蔡中郎为鉴。[37]开府：古代高级官员设立官署，自选僚属，称“开府”。明清两代用以指称方面大员，如总督、巡抚。田仰：字百源，贵州人，与马士英有亲，弘光朝官淮扬巡抚。[38]锾（huán)：货币量词。《书・吕刑》：“墨辟疑赦，其罚百锾。”孙星衍《尚书今古文注疏》：“一说为六两，一说为十铢二十五分之十三。”后借用以钱币数，三百锾即三百金。[39]有以：因此。中伤姬：诬陷李香。侯方域有《答田中丞书》，驳斥田仰声称李香却金拒招是受其指使。此所谓“中伤”，当是指田仰羞怒，诬陷李香拒招有复社人物反马士英、阮大铖擅政之政治背景。[40]岂异：何异。[41]向：前时。赞：支持。谓何：为了什么。谓，通“为”。

【文解】

《李姬传》是由明末清初的散文家侯方域所作，描写明末秦淮歌妓李香，不仅写了她擅长歌唱的艺术才能和不同流俗的风度，更突出写了她的见识和品格。她及时识破了阉党余孽的诡计，劝说侯方域拒绝阮大铖的利诱。她忠实于真挚的爱情，勉励侯方域保持气节。她坚持不肯与和阮大铖同流合污的开府田仰接近，敢于抗拒权贵的诱惑和威胁。同时生动地描绘了李香的生活和斗争，热情地赞美了李香的才能、智慧和品德。《李姬传》无论在思想上或艺术上，都有可取之处，所以，它成为侯方域的散文代表作之一，也可以算是清初散文代表作之一。

【思考与练习】

1．作者为李姬立传，表现了她怎样的精神？

2．分析本文描写人物的特点。

习惯说

刘蓉

蓉少时，读书养晦堂之西偏一室[1]。俯而读，仰而思，思有弗得，辄起绕室以旋。室有洼，径尺，浸淫日广[2]。每履之，足苦踬焉。既久而遂安之。

一日，父来室中，顾而笑曰：“一室之不治，何以天下家国为？”命童子取土平之。后蓉复履其地，蹶然以惊，如土忽隆起者，俯视，地坦然，则既平矣。已而复然。又久而后安之。

噫！习之中人甚矣哉！足之履平地，而不与洼适也，及其久，则洼者若平，至使久而即乎其故，则反窒焉而不宁。故君子之学，贵乎慎始。

【作者简介】

刘蓉（1816年—1873年），清代文学家。“蓉”一作“容”，字孟容，号霞仙。湖南湘乡人。诸生出身。曾在乡办团练，跟从曾国藩在江西与太平军作战。同治元年（1862年）任四川布政使，同年石达开军入川，奉命赴前敌督战。石大败，自投清营，他将其槛送成都，酷刑处死。次年调升陕西巡抚，督办全陕军务。后为张宗禹所部西捻军所败，革职回家。著有《养晦堂诗文集》《思辨录疑义》等。

【注释】

[1]养晦堂：刘蓉居室名，在湖南湘乡。[2]浸（qīn）淫：渐渐扩展。

【文解】

这篇文章选自《养晦堂诗文集》。文章主要采用了记叙和议论的表达方式，揭示的道理是：对于一个人来说，无论是培养好习惯，还是克服坏习惯，都应该从少年时期开始。

【思考与练习】

1．谈谈“习惯”。

2．本文短小精悍，谈谈本文是如何具体来写“习惯”的。

第四节　现当代中国散文

清塘荷韵

季羡林

楼前有清塘数亩。记得三十多年前初搬来时，池塘里好像是有荷花的，我的记忆里还残留着一些绿叶红花的碎影。后来时移事迁，岁月流逝，池塘里却变得“半亩方塘一鉴开，天光云影共徘徊”，再也不见什么荷花了。

我脑袋里保留的旧的思想意识颇多，每一次望到空荡荡的池塘，总觉得好像缺点什么。这不符合我的审美观念。有池塘就应当有点绿的东西，哪怕是芦苇呢，也比什么都没有强。最好的最理想的当然是荷花。中国旧的诗文中，描写荷花的简直是太多太多了。周敦颐的《爱莲说》读书人不知道的恐怕是绝无仅有的。他那一句有名的“香远益清”是脍炙人口的。几乎可以说，中国没有人不爱荷花的。可我们楼前池塘中独独缺少荷花。

每次看到或想到，总觉得是一块心病。

有人从湖北来，带来了洪湖的几颗莲子，外壳呈黑色，极硬。据说，如果埋在淤泥中，能够千年不烂。因此，我用铁锤在莲子上砸开了一条缝，让莲芽能够破壳而出，不至永远埋在泥中。这都是一些主观的愿望，莲芽能不能长出，都是极大的未知数。反正我总算是尽了人事，把五六颗敲破的莲子投入池塘中，下面就是听天由命了。

这样一来，我每天就多了一件工作：到池塘边上去看上几次。心里总是希望，忽然有一天，“小荷才露尖尖角”，有翠绿的莲叶长出水面。可是，事与愿违，投下去的第一年，一直到秋凉落叶，水面上也没有出现什么东西。经过了寂寞的冬天，到了第二年，春水盈塘，绿柳垂丝，一片旖旎的风光。可是，我翘盼的水面却仍然没有露出什么荷叶。此时我已经完全灰了心，以为那几颗湖北带来的硬壳莲子，由于人力无法解释的原因，大概不会再有长出荷花的希望了。我的目光无法把荷叶从淤泥中吸出。

但是，到了第三年，却忽然出了奇迹。有一天，我忽然发现，在我投莲子的地方长出了几个圆圆的绿叶，虽然颜色极惹人喜爱，但是却细弱单薄，可怜兮兮地平卧在水面上，像水浮莲的叶子一样。而且最初只长出了五六个叶片。我总嫌这有点太少，总希望多长出几片来。于是，我盼星星，盼月亮，天天到池塘边上去观望。有校外的农民来捞水草，我总请求他们手下留情，不要碰断叶片。但是经过了漫漫的长夏，凄清的秋天又降临人间，池塘里浮动的仍然只是孤零零的那五六个叶片。对我来说，这又是一个虽微有希望但究竟仍是令人灰心的一年。

真正的奇迹出现在第四年上。严冬一过，池塘里又溢满了春水。到了一般荷花长叶的时候，在去年飘浮着五六个叶片的地方，一夜之间，突然长出了一大片绿叶，而且看来荷花在严冬的冰下并没有停止行动，因为在离开原有五六个叶片的那块基地比较远的池塘中心，也长出了叶片。叶片扩张的速度，扩张范围的广大，都是惊人地快。几天之内，池塘内不小一部分，已经全为绿叶所覆盖。而且原来平卧在水面上的像是水浮莲一样的叶片，不知道是从哪里聚集来了力量，有一些竟然跃出水面，长成了亭亭的荷叶。原来我心中还迟迟疑疑，怕池中长的是水浮莲，而不是真正的荷花。这样一来，我心中的疑云一扫而光：池塘中生长的真正是洪湖莲花的子孙了。我心中狂喜，这几年总算是没有白等。

天地萌生万物，对包括人在内的动植物等有生命的东西，总是赋予一种极其惊人的求生存的力量和极其惊人的扩展蔓延的力量，这种力量大到无法抗御。只要你肯费力来观察一下，就必然会承认这一点。现在摆在我面前的就是我楼前池塘里的荷花。自从几个勇敢的叶片跃出水面以后，许多叶片接踵而至。一夜之间，就出来了几十枝，而且迅速地扩散、蔓延。不到十几天的工夫，荷叶已经蔓延得遮蔽了半个池塘。从我撒种的地方出发，向东西南北四面扩展。我无法知道，荷花是怎样在深水中淤泥里走动。反正从露出水面的荷叶来看，每天至少要走半尺的距离，才能形成眼前的这个局面。

光长荷叶，当然是不能满足的。荷花接踵而至，而且据了解荷花的行家说，我们门前池塘里的荷花，同燕园其他池塘里的，都不一样。其他地方的荷花，颜色浅红；而我这里的荷花，不但红色浓，而且花瓣多，每一朵花能开出十六个复瓣，看上去当然就与众不同了。这些红艳耀目的荷花，高高地凌驾于莲叶之上，迎风弄姿，似乎在睥睨一切。幼时读旧诗："毕竟西湖六月中，风光不与四时同。接天莲叶无穷碧，映日荷花别样红。"爱其诗句之美，深恨没有能亲自到杭州西湖去欣赏一番。现在我门前池塘中呈现的就是那一派西湖景象。是我把西湖从杭州搬到燕园里来了。岂不大快人意也哉！前几年才搬到朗润园来的周一良先生赐名为"季荷"。我觉得很有趣，又非常感激。难道我这个人将以荷而传吗？

前年和去年，每当夏月塘荷盛开时，我每天至少有几次徘徊在塘边，坐在石头上，静静地吸吮荷花和荷叶的清香。"蝉噪林愈静，鸟鸣山更幽。"我确实觉得四周静得很。我在一片寂静中，默默地坐在那里，水面上看到的是荷花的绿肥、红肥。倒影映入水中，风乍起，一片莲瓣堕入水中，它从上面向下落，水中的倒影却是从下边向上落，最后一接触到水面，二者合为一，像小船似的漂在那里。我曾在某一本诗话上读到两句诗："池花对影落，沙鸟带声飞。"作者深惜第二句对仗不工。这也难怪，像"池花对影落"这样的境界究竟有几个人能参悟透呢？

晚上，我们一家人也常常坐在塘边石头上纳凉。有一夜，天空中的月亮又明又亮，把一片银光洒在荷花上。我忽听扑通一声。是我的小白波斯猫毛毛扑入水中，她大概是认为水中有白玉盘，想扑上去抓住。她一入水，大概就觉得不对头，连忙矫捷地回到岸上，把月亮的倒影打得支离破碎，好久才恢复了原形。

今年夏天，天气异常闷热，而荷花则开得特欢。绿盖擎天，红花映日，把一个不算小的池塘塞得满而又满，几乎连水面都看不到了。一个喜爱荷花的邻居，天天兴致勃勃地数荷花的朵数。今天告诉我，有四五百朵；明天又告诉我，有六七百朵。但是，我虽然知道他为人细致，却不相信他真能数出确实的朵数。在荷叶底下，石头缝里，旮旮旯旯，不知还隐藏着多少蓇葖，都是在岸边难以看到的。

连日来，天气突然变寒。池塘里的荷叶虽然仍是绿油油的一片，但是看来变成残荷之日也不会太远了。再过一两个月，池水一结冰，连残荷也将消逝得无影无踪。那时荷花大概会在冰下冬眠，做着春天的梦。它们的梦一定能够圆的。"既然冬天到了，春天还会远吗？"

我为我的"季荷"祝福。

【作者简介】

季羡林，字希逋，又字齐奘。著名的古文字学家、历史学家、东方学家、思想家、语言学家、佛学家、作家。他精通 12 国语言。1911 年 8 月 6 日出生于山东省清平县（现并入临清市），于 2009 年去世。1946 年，他由德国留学回国，被聘为北京大学教授，创建东方语文系。1956 年当选为中国科学院哲学社会科学部委员。1978 年任北京大学副校长。其著作已汇编成《季羡林文集》，共 24 卷。

【文解】

作者借荷花美景抒发了对荷花的赞颂之情。

【思考与练习】

1. 试分析作者“以情动人”的艺术表现手法。
2. 为何作者对荷情有独钟，谈谈你的认识。

听听那冷雨

余光中

惊蛰一过，春寒加剧。先是料料峭峭，继而雨季开始，时而淋淋漓漓，时而淅淅沥沥，天潮潮地湿湿，即使在梦里，也似乎把伞撑着。而就凭一把伞，躲过一阵潇潇的冷雨，也躲不过整个雨季。连思想也都是潮润润的。每天回家，曲折穿过金门街到厦门街迷宫式的长巷短巷，雨里风里，走入霏霏令人更想入非非。想这样子的台北凄凄切切完全是黑白片的味道，想整个中国整部中国的历史无非是一张黑白片子，片头到片尾，一直是这样下着雨的。这种感觉，不知道是不是从安东尼奥尼那里来的。不过那一块土地是久违了，二十五年，四分之一的世纪，即使有雨，也隔着千山万山，千伞万伞。二十五年，一切都断了，只有气候，只有气象报告还牵连在一起，大寒流从那块土地上弥天卷来，这种酷冷吾与古大陆分担。不能扑进她怀里，被她的裙边扫一扫吧也算是安慰孺慕之情。

这样想时，严寒里竟有一点温暖的感觉了。这样想时，他希望这些狭长的巷子永远延伸下去，他的思路也可以延伸下去，不是金门街到厦门街，而是金门到厦门。他是厦门人，至少是广义的厦门人，二十年来，不住在厦门，住在厦门街，算是嘲弄吧，也算是安慰。不过说到广义，他同样也是广义的江南人，常州人，南京人，川娃儿，五陵少年。杏花春雨江南，那是他的少年时代了。再过半个月就是清明。安东尼奥尼的镜头摇过去，摇过去又摇过来。残山剩水犹如是，皇天后土犹如是。纭纭黔首纷纷黎民从北到南犹如是。那里面是中国吗？那里面当然还是中国永远是中国。只是杏花春雨已不再，牧童遥指已不再，剑门细雨渭城轻尘也都已不再。然则他日思夜梦的那片土地，究竟在哪里呢？

在报纸的头条标题里吗？还是香港的谣言里？还是傅聪的黑键白键马思聪的跳弓拨弦？还是安东尼奥尼的镜底勒马洲的望中？还是呢，故宫博物院的壁头和玻璃柜内，京戏的锣鼓声中太白和东坡的韵里？

杏花。春雨。江南。六个方块字，或许那片土就在那里面。而无论赤县也好神州也好中国也好，变来变去，只要仓颉的灵感不灭，美丽的中文不老，那形象那磁石一般的向心力当必然长在。因为一个方块字是一个天地。太初有字，于是汉族的心灵，祖先的回忆和希望便有了寄托。譬如凭空写一个“雨”字，点点滴滴，滂滂沱沱，淅沥淅沥淅沥，一切云情雨意，就宛然其中了。视觉上的这种美感，岂是什么 rain 也好 pluie 也好所能满足？翻开一部《辞源》或《辞海》，金木水火土，各成世界，而一入“雨”部，古神州的天颜千变万化，便悉在望中，美丽的霜雪云霞，骇人的雷电霹雹，展露的无非是神的好脾气与坏脾气，气象台百读不厌门外汉百思不解的百科全书。

听听，那冷雨。看看，那冷雨。嗅嗅闻闻，那冷雨。舔舔吧，那冷雨。雨在他的伞上，这城市百万人的伞上，雨衣上，屋上，天线上。雨下在基隆港，在防波堤，在海峡的船上，清明这季雨。雨是女性，应该最富于感性。雨气空蒙而迷幻，细细嗅嗅，清清爽爽新新，有一点点薄荷的香味，浓的时候，竟发出草和树沐发后特有的淡淡土腥气，也许那竟是蚯蚓和蜗牛的腥气吧，毕竟是惊蛰了啊。也许地上的地下的生命，也许古中国层层叠叠的记忆皆蠢蠢而蠕，也许是植物的潜意识和梦吧，那腥气。

第三次去美国，在高高的丹佛山居住了两年。美国的西部，多山多沙漠。千里干旱。天，蓝似盎格鲁撒克逊人的眼睛；地，红如印第安人的肌肤；云，却是罕见的白鸟。落基山簇簇耀目的雪峰上，很少飘云牵雾。一来高，二来干，三来森林线以上，杉柏也止步，中国诗词里“荡胸生层云”，或是“商略黄昏雨”的意趣，是落基山上难睹的景象。落基山岭之胜，在石，在雪。那些奇岩怪石，相叠互倚，砌一场惊心动魄的雕塑展览，给太阳和千里的风看。那雪，白得虚虚幻幻，冷得清清醒醒，那股皑皑不绝一仰难尽的气势，压得人呼吸困难，心寒眸酸。不过要领略“白云回望合，青霭入看无”的境界，仍须回中国。台湾湿度很高，最饶云气氤氲雨意迷离的情调。两度夜宿溪头，树香沁鼻，宵寒袭肘，枕着润碧湿翠苍苍交叠的山影和万籁都歇的岑寂，仙人一样睡去。山中一夜饱雨，次晨醒来，在旭日未升的原始幽静中，冲着隔夜的寒气，踏着满地的断柯折枝和仍在流泻的细股雨水，一径探入森林的秘密，曲曲弯弯，步上山去。溪头的山，树密雾浓，蓊郁的水气从谷底冉冉升起，时稠时稀，蒸腾多姿，幻化无定，只能从雾破云开的空处，窥见乍现即隐的一峰半壑，要纵览全貌，几乎是不可能的。至少入山两次，只能在白茫茫里和溪头诸峰玩捉迷藏的游戏。回到台北，世人问起，除了笑而不答心自闲，故作神秘之外，实际的印象，也无非山在虚无之间罢了。云缭烟绕，山隐水迢的中国风景，由来予人宋画的韵味。那天下也许是赵家的天下，那山水却是米家的山水。而究竟，是米氏父子下笔像中国的山水，还是中国的山水上纸像宋画。恐怕是谁都说不清楚了吧？

雨不但可嗅，可观，更可以听。听听那冷雨。听雨，只要不是石破天惊的台风暴雨，在听觉上总是一种美感。大陆上的秋天，无论是疏雨滴梧桐，或是骤雨打荷叶，听去总有一点凄凉，凄清，凄楚。于今在岛上回味，则在凄楚之外，再笼上一层凄迷了。饶你多少豪情侠气，怕也经不起三番五次的风吹雨打。一打少年听雨，红烛昏沉。二打中年听雨，客舟中，江阔云低。三打白头听雨在僧庐下，这便是亡宋之痛，一颗敏感心灵的一生：楼上，江上，庙里，用冷冷的雨珠子串成。十年前，他曾在一场摧心折骨的鬼雨中迷失了自己。雨，该是一滴湿漓漓的灵魂，在窗外喊谁。

雨打在树上和瓦上，韵律都清脆可听。尤其是铿铿敲在屋瓦上，那古老的音乐，属于中国。王禹偁在黄冈，破如椽的大竹为屋瓦。据说住在竹楼上面，急雨声如瀑布，密雪声比碎玉，而无论鼓琴，咏诗，下棋，投壶，共鸣的效果都特别好。这样岂不像住在竹筒里面，任何细脆的声响，怕都会加倍夸大，反而令人耳朵过敏吧。

雨天的屋瓦，浮漾湿湿的流光，灰而温柔，迎光则微明，背光则幽黯，对于视觉，是一种低沉的安慰。至于雨敲在鳞鳞千瓣的瓦上，由远而近，轻轻重重轻轻，夹着一股股的细流沿瓦槽与屋檐潺潺泻下，各种敲击音与滑音密织成网，谁的千指百指在按摩耳轮。“下雨了，”温柔的灰美人来了，她冰冰的纤手在屋顶拂弄着无数的黑键啊灰键，把晌午一下子奏成了黄昏。

在古老的大陆上，千屋万户是如此。二十多年前，初来这岛上，日式的瓦屋亦是如此。先是天黯了下来，城市像罩在一块巨幅的毛玻璃里，阴影在户内延长复加深。然后凉凉的水意弥漫在空间，风自每一个角落里旋起，感觉得到，每一个屋顶上呼吸沉重都覆着灰云。雨来了，最轻的敲打乐敲打这城市。苍茫的屋顶，远远近近，一张张敲过去，古老的琴，那细细密密的节奏，单调里自有一种柔婉与亲切，滴滴点点滴滴，似幻似真，若孩时在摇篮里，一曲耳熟的童谣摇摇欲睡，母亲吟哦鼻音与喉音。或是在江南的泽国水乡，一大筐绿油油的桑叶被啮于千百头蚕，细细琐琐屑屑，口器与口器咀咀嚼嚼。雨来了，雨来的时候瓦这么说，一片瓦说千亿片瓦说，说轻轻地奏吧沉沉地弹，徐徐地叩吧挞挞地打，间间歇歇敲一个雨季，即兴演奏从惊蛰到清明，在零落的坟上冷冷奏挽歌，一片瓦吟千亿片瓦吟。

在日式的古屋里听雨，听四月，霏霏不绝的黄梅雨，朝夕不断，旬月绵延，湿黏黏的苔藓从石阶下一直侵到舌底，心底。到七月，听台风台雨在古屋顶上一夜盲奏，千层海底的热浪沸沸被狂风挟来，掀翻整个太平洋只为向他的矮屋檐重重压下，整个海在他的蜗壳上哗哗泻过。不然便是雷雨夜，白烟一般的纱帐里听羯鼓一通又一通，滔天的暴雨滂滂沛沛扑来，强劲的电琵琶忐忐忑忑忐忐忑忑，弹动屋瓦的惊悸腾腾欲掀起。不然便是斜斜的西北雨斜斜，刷在窗玻璃上，鞭在墙上打在阔大的芭蕉叶上，一阵寒濑泻过，秋意便弥漫日式的庭院了。

在日式的古屋里听雨，春雨绵绵听到秋雨潇潇，从少年听到中年，听听那冷雨。雨是一种单调而耐听的音乐是室内乐是室外乐，户内听听，户外听听，冷冷，那音乐。雨是一种回忆的音乐，听听那冷雨，回忆江南的雨下得满地是江湖下在桥上和船上，也下在四川的秧田和蛙塘，下肥了嘉陵江下湿布谷咕咕的啼声。雨是潮潮润润的音乐下在渴望的唇上舔舔那冷雨。

因为雨是最最原始的敲打乐从记忆的彼端敲起。瓦是最最低沉的乐器灰蒙蒙的温柔覆盖着听雨的人，瓦是音乐的雨伞撑起。但不久公寓的时代来临，台北你怎么一下子长高了，瓦的音乐竟成了绝响。千片万片的瓦翩翩，美丽的灰蝴蝶纷纷飞走，飞入历史的记忆。现在雨下下来，下在水泥的屋顶和墙上。没有音韵的雨季。树也砍光了，那月桂，那枫树，柳树和擎天的巨椰，雨来的时候不再有丛叶嘈嘈切切，闪动湿湿的绿光迎接。鸟声减了啾啾，蛙声沉了阁阁，秋天的虫吟也减了唧唧。七十年代的台北不需要这些，一个乐队接一个乐队便遣散尽了。要听鸡叫，只有去诗经的韵里找。现在只剩下一张黑白片，黑白的默片。

正如马车的时代去后，三轮车的时代也去了。曾经在雨夜，三轮车的油布篷挂起，送她回家的途中，篷里的世界小得多可爱，而且躲在警察的辖区以外。雨衣的口袋越大越好，盛得下他的一只手里握一只纤纤的手。台湾的雨季这么长，该有人发明一种宽宽的双人雨衣，一人分穿一只袖子，此外的部分就不必分得太苛。而无论工业如何发达，一时似乎还废不了雨伞。只要雨不倾盆，风不横吹，撑一把伞在雨中仍不失古典的韵味。任雨点敲在黑布伞或是透明的塑胶伞上，将骨柄一旋，雨珠向四方喷溅，伞缘便旋成了一圈飞檐。跟女友共一把雨伞，该是一种美丽的合作吧。最好是初恋，有点兴奋，更有点不好意思，若即若离之间，雨不妨下大一点。真正初恋，恐怕是兴奋得不需要伞的，手牵手在雨中狂奔而去，把年轻的长发和肌肤交给漫天的淋淋漓漓，然后向对方的唇上颊上尝凉凉甜甜的雨水。不过那要非常年轻且激情，同时，也只能发生在法国的新潮片里吧。

大多数的雨伞想不会为约会张开。上班下班，上学放学，菜市来回的途中。现实的伞，灰色的星期三。握着雨伞，他听那冷雨打在伞上。索性更冷一些就好了，他想。索性把湿湿的灰雨冻成干干爽爽的白雨，六角形的结晶体在无风的空中回回旋旋地降下来。等须眉和肩头白尽时，伸手一拂就落了。二十五年，没有受故乡白雨的祝福，或许发上下一点白霜是一种变相的自我补偿吧。一位英雄，经得起多少次雨季？他的额头是水成岩削成还是火成岩？他的心底究竟有多厚的苔藓？厦门街的雨巷走了二十年与记忆等长，一座无瓦的公寓在巷底等他，一盏灯在楼上的雨窗子里，等他回去，向晚餐后的沉思冥想去整理青苔深深的记忆。

前尘隔海，古屋不再。听听那冷雨。

【作者简介】

余光中，1928 年出生于南京，祖籍福建永春。母亲原籍江苏武进，故也自称“江南人”。1952 年毕业于台湾大学外文系。1959 年获美国爱荷华大学艺术硕士。先后任教于台湾东吴大学、台湾师范大学、台湾大学、台湾政治大学。其间两度应美国国务院邀请，赴美国多家大学任客座教授。1972 年任台湾政治大学西语系教授兼主任。1974 年至 1985 年任香港中文大学中文系教授。1985 年至今，任台湾中山大学教授及讲座教授，其中有六年时间兼任文学院院长及外文研究所所长。余光中一生从事诗歌、散文、评论、翻译，自称写作的“四度空间”。至今驰骋文坛已逾半个世纪，涉猎广泛，被誉为“艺术上的多妻主义者”。其文学生涯悠远、辽阔、深沉，为当代诗坛健将、散文重镇、著名批评家、优秀翻译家。现已出版诗集 21 种；散文集 11 种；评论集 5 种；翻译集 13 种；共 40 余种。代表作有《白玉苦瓜》（诗集）、《记忆像铁轨一样长》（散文集）及《分水岭上：余光中评论文集》（评论集）等。

【文解】

《听听那冷雨》是著名诗人余光中的散文作品。这篇散文抒写的是深深的思乡情绪，这种乡情主要是通过雨声的描写流淌而出的，借冷雨抒情，将自己身处台湾，不能回大陆团聚的思乡情绪娓娓倾诉，但另一方面这种乡情也表现在他在文中化用的诗词里面，中国古典诗词的意趣在被赋予生命的冷雨中表现得更淋漓尽致。

【思考与练习】

1．分析本文的结构特点？
2．这篇美文语言诗情画意，请分析其语言运用的特点。
3．这篇散文的主题为“乡愁”，请结合文章进行分析。

第五节　现当代外国散文

瓦尔登湖（节选）

［美］亨利·戴维·梭罗

到达我们生命的某个时期，我们就习惯于把可以安家落户的地方，一个个地加以考察了。正是这样我把住所周围一二十英里内的田园统统考察一遍。我在想象中已经接二连三地买下了那儿的所有田园，因为所有的田园都得要买下来，而且我都已经摸清它们的价格了。我步行到各个农民的田地上，尝尝他的野苹果，和他谈谈稼穑，再又请他随便开个什么价钱，就照他开的价钱把它买下来，心里却想再以任何价钱把它押给他，甚至付给他一个更高的价钱——把什么都买下来，只不过没有立契约——而是把他的闲谈当作他的契约，我这个人原来就很爱闲谈——我耕耘了那片田地，而且在某种程度上，我想，耕耘了他的心田，如是尝够了乐趣以后，我就扬长而去，好让他继续耕耘下去。这种经营，竟使我的朋友们当我是一个地产拍客。其实我是无论坐在哪里，都能够生活的，哪里的风景都能相应地为我而发光。家宅者，不过是一个座位——如果这个座位是在乡间就更好些。我发现许多家宅的位置，似乎都是不容易很快加以改进的，有人会觉得它离村镇太远，但我觉得倒是村镇离它太远了点。我总说，很好，我可以在这里住下；我就在那里过一小时夏天和冬天的生活；我看到那些岁月如何奔驰，挨过了冬季，便迎来了新春。这一区域的未来居民，不管他们将要把房子造在哪里，都可以肯定过去就有人住过那儿了。只要一个下午就足够把田地化为果园、树林和牧场，并且决定门前应该留着哪些优美的橡树或松树，甚至于砍伐了的树也都派定了最好的用场了；然后，我就由它去啦，好比休耕了一样，一个人越是有许多事情能够放得下，他越是富有。

我的想象却跑得太远了些，我甚至想到有几处田园会拒绝我，不肯出售给我——被拒绝正合我的心愿呢——我从来不肯让实际的占有这类事情伤过我的手指头。几乎已实际地占有田园那一次，是我购置霍乐威尔那个地方的时候，都已经开始选好种子，找出了木料来，打算造一架手推车，来推动这事，或载之而他往了；可是在原来的主人正要给我一纸契约之前，他的妻子——每一个男人都有一个妻子的——发生了变卦，她要保持她的田产了，他就提出赔我十元钱，解除约定。现在说句老实话，我在这个世界上只有一角钱，假设我真的有一角钱的话，或者又有田园，又有十元，或有了所有的这一切，那我这点数学知识可就无法计算清楚了。不管怎样，我退回了那十元钱，退还了那田园，因为这一次我已经做过头了，应该说，我是很慷慨的罗，我按照我买进的价格，按原价再卖了给他，更因为他并不见得富有，还送了他十元，但保留了我的一角钱和种子，以及备而未用的独轮车的木料。如此，我觉得我手面已很阔绰，而且这样做无损于我的贫困。至于那地方的风景，我却也保留住了，后来我每年都得到丰收，却不需要独轮车来载走。关于风景——

我勘察一切，像一个皇帝，
谁也不能够否认我的权利。

我时常看到一个诗人，在欣赏了一片田园风景中的最珍贵的部分之后，就扬长而去，那些固执的农夫还以为他拿走的只是几枚野苹果。诗人却把他的田园押上了韵脚，而且多少年之后，农夫还不知道这回事，这么一道最可羡慕的、肉眼不能见的篱笆已经把它圈了起来，还挤出了它的牛乳，去掉了奶油，把所有的奶油都拿走了，他只把去掉了奶油的奶水留给了农夫。

霍乐威尔田园的真正迷人之处，在我看是：它的遁隐之深，离开村子有两英里，离开最近的邻居有半英里，并且有一大片地把它和公路隔开了；它傍着河流，据它的主人说，由于这条河，而升起了雾，春天里就不会再下霜了，这却不在我心坎上；而且，它的田舍和棚屋带有灰暗而残败的神色，加上零落的篱笆，好似在我和先前的居民之间，隔开了多少岁月；还有那苹果树，树身已空，苔藓满布，兔子咬过，可见得我将会有什么样的一些邻舍了，但最主要的还是那一度回忆，我早年就曾经溯河而上，那时节，这些屋宇藏在密密的红色枫叶丛中，还记得我曾听到过一头家犬的吠声。我急于将它购买下来，等不及那产业主搬走那些岩石，砍伐掉那些树身已空的苹果树，铲除那些牧场中新近跃起的赤杨幼树，一句话，等不及它的任何收拾了。为了享受前述的那些优点，我决定干一下了；像那阿特拉斯一样，把世界放在我肩膀上好啦——我从没听到过他得了哪样报酬——我愿意做一切事：简直没有别的动机或任何推托之辞，只等付清了款子，便占有这个田园，再不受他人侵犯就行了；因为我知道我只要让这片田园自生自展，它将要生展出我所企求的最丰美的收获。但后来的结果已见上述。

所以，我所说的关于大规模的农事（至今我一直在培育着一座园林），仅仅是我已经预备好了种子。许多人认为年代越久的种子越好。我不怀疑时间是能分别好和坏的，但到最后我真正播种了，我想我大约是不至于会失望的。可是我要告诉我的伙伴们，只说这一次，以后永远不再说了：你们要尽可能长久地生活得自由，生活得并不执著才好。执迷于一座田园，和关在县政府的监狱中，简直没有分别。

老卡托——他的《乡村篇》是我的“启蒙者”，曾经说过——可惜我见到的那本唯一的译本把这一段话译得一塌糊涂——“当你想要买下一个田园的时候，你宁可在脑中多多地想着它，可决不要贪得无厌地买下它，更不要嫌麻烦而再不去看望它，也别以为绕着它兜一个圈子就够了。如果这是一个好田园，你去的次数越多你就越喜欢它。”我想我是不会贪得无厌地购买它的，我活多久，就去兜多久的圈子，死了之后，首先要葬在那里。这样才能使我终于更加喜欢它。

目前要写的，是我的这一类实验中其次的一个，我打算更详细地描写描写；而为了便利起见，且把这两年的经验归并为一年。我已经说过，我不预备写一首沮丧的颂歌，可是我要像黎明时站在栖木上的金鸡一样，放声啼叫，即使我这样做只不过是为了唤醒我的邻人罢了。

我第一天住在森林里，就是说，白天在那里，而且也在那里过夜的那一天，凑巧得很，是一八四五年七月四日，独立日，我的房子没有盖好，过冬还不行，只能勉强避避风雨，没有灰泥墁，没有烟囱，墙壁用的是饱经风雨的粗木板，缝隙很大，所以到晚上很是凉爽。笔直的、砍伐得来的、白色的间柱，新近才刨得平坦的门户和窗框，使屋子具有清洁和通风的景象，特别在早晨，木料里饱和着露水的时候，总使我幻想到午间大约会有一些甜蜜的树胶从中渗出。这房间在我的想象中，一整天里还将多少保持这个早晨的情调，这使我想起了上一年我曾游览过的一个山顶上的一所房屋，这是一所空气好的、不涂灰泥的房屋，适宜于旅行的神仙在途中居住，那里还适宜于仙女走动，曳裙而过。吹过我的屋脊的风，正如那扫荡山脊而过的风，唱出断断续续的调子来，也许是天上人间的音乐片段。晨风永远在吹，创世纪的诗篇至今还没有中断；可惜听得到它的耳朵太少了。灵山只在大地的外部，处处都是。

除掉了一条小船之外，从前我曾经拥有的唯一屋宇，不过是一顶篷帐，夏天里，我偶或带了它出去郊游，这顶篷帐现在已卷了起来，放在我的阁楼里；只是那条小船，辗转经过了几个人的手，已经消隐于时间的溪流里。如今我却有了这更实际的避风雨的房屋，看来我活在这世间，已大有进步。这座屋宇虽然很单薄，却是围绕我的一种结晶了的东西，这一点立刻在建筑者心上发生了作用。它富于暗示的作用，好像绘画中的一幅素描。我不必跑出门去换空气，因为屋子里面的气氛一点儿也没有失去新鲜。坐在一扇门背后，几乎和不坐在门里面一样，便是下大雨的天气，亦如此。哈利梵萨说过：“并无鸟雀巢居的房屋像未曾调味的烧肉。”寒舍却并不如此，因为我发现我自己突然跟鸟雀做起邻居来了；但不是我捕到了一只鸟把它关起来，而是我把我自己关进了它们的邻近一只笼子里。我不仅跟那些时常飞到花园和果树园里来的鸟雀弥形亲近，而且跟那些更野性、更逗人惊诧的森林中的鸟雀亲近了起来，它们从来没有，就有也很难得，向村镇上的人民唱出良宵的雅歌的——它们是画眉、东部鸫鸟、红色的碛[illegible]、野麻雀、怪鸱和许多别的鸣禽。

我坐在一个小湖的湖岸上，离开康科德村子南面约一英里半，较康科德高出些，就在市镇与林肯乡之间那片浩瀚的森林中央，也在我们的唯一著名地区，康科德战场之南的两英里地；但因为我是低伏在森林下面的，而其余的一切地区，都给森林掩盖了，所以半英里之外的湖的对岸便成了我最遥远的地平线。在第一个星期内，无论什么时候我凝望着湖水，湖给我的印象都好像山里的一泓龙潭，高高在山的一边，它的底还比别的湖沼的水平面高了不少，以至日出的时候，我看到它脱去了夜晚的雾衣，它轻柔的粼波，或它波平如镜的湖面，都渐渐地在这里那里呈现了，这时的雾，像幽灵偷偷地从每一个方向，退隐入森林中，又好像是一个夜间的秘密宗教集会散会了一样。露水后来要悬挂在林梢，悬挂在山侧，到第二天还一直不肯消失。

八月里，在轻柔的斜风细雨暂停的时候，这小小的湖做我的邻居，最为珍贵，那时水和空气都完全平静了，天空中却密布着乌云，下午才过了一半却已具备了一切黄昏的肃穆，而画眉在四周唱歌，隔岸相闻。这样的湖，再没有比这时候更平静的了；湖上的明净的空气自然很稀薄，而且给乌云映得很黯淡了，湖水却充满了光明和倒影，成为一个下界的天空，更加值得珍视。从最近被伐木的附近一个峰顶上向南看，穿过小山间的巨大凹处，看得见隔湖的一幅愉快的图景，那凹处正好形成湖岸，那儿两座小山坡相倾斜而下，使人感觉到似有一条溪涧从山林谷中流下，但是，却没有溪涧。我是这样从近处的绿色山峰之间和之上，远望一些蔚蓝的地平线上的远山或更高的山峰的。真的，踮起了足尖来，我可以望见西北角上更远、更蓝的山脉，这种蓝颜色是天空的染料制造厂中最真实的出品，我还可以望见村镇的一角。但是要换一个方向看的话，虽然我站得如此高，却给郁茂的树木围住，什么也看不透，看不到了。在邻近，有一些流水真好，水有浮力，地就浮在上面了。便是最小的井也有这一点值得推荐，当你窥望井底的时候，你发现大地并不是连绵的大陆，而是隔绝的孤岛。这是很重要的，正如井水之能冷藏牛油。当我的目光从这一个山顶越过湖向萨德伯里草原望过去的时候，在发大水的季节里，我觉得草原升高了，大约是蒸腾的山谷中显示出海市蜃楼的效果，它好像沉在水盆底下的一个天然铸成的铜币，湖之外的大地都好像薄薄的表皮，成了孤岛，给小小一片横亘的水波浮载着，我才被提醒，我居住的地方只不过是干燥的土地。

虽然从我的门口望出去，风景范围更狭隘，我却一点不觉得它拥挤，更无被囚禁的感觉。尽够我的想象力在那里游牧的了。矮橡树丛生的高原升起在对岸，一直向西去的大平原和鞑靼式的草原伸展开去，给所有的流浪人家一个广阔的天地。当达摩达拉的牛羊群需要更大的新牧场时，他说过："再没有比自由地欣赏广阔的地平线的人更快活的人了。"

时间和地点都已变换，我生活在更靠近了宇宙中的这些部分，更挨紧了历史中最吸引我的那些时代。我生活的地方遥远得跟天文家每晚观察的太空一样，我们惯于幻想，在天体的更远更僻的一角，有着更稀罕、更愉快的地方，在仙后星座的椅子形状的后面，远远地离了嚣闹和骚扰。我发现我的房屋位置正是这样一个遁隐之处，它是终古常新的没有受到污染的宇宙一部分。如果说，居住在这些部分，更靠近昴星团或毕星团，牵牛星座或天鹰星座更加值得的话，那么，我真正是住在那些地方的，至少是，就跟那些星座一样远离我抛在后面的人世，那些闪闪的小光，那些柔美的光线，传给我最近的邻居，只有在没有月亮的夜间才能够看得到。我所居住的便是创造物中那部分——

曾有个牧羊人活在世上，
他的思想有高山那样
崇高，在那里他的羊群
每小时都给予他营养。

如果牧羊人的羊群老是走到比他的思想还要高的牧场上，我们会觉得他的生活是怎样的呢？

每一个早晨都是一个愉快的邀请，使得我的生活跟大自然自己同样的简单，也许我可以说，同样的纯洁无瑕。我向曙光顶礼，忠诚如同希腊人。我起身很早，在湖中洗澡；这是个宗教意味的运动，我所做到的最好的一件事。据说在成汤王的浴盆上就刻着这样的字："苟日新，日日新，又日新。"我懂得这个道理。黎明带来了英雄时代。在最早的黎明中，我坐着，门窗大开，一只看不到也想象不到的蚊虫在我的房中飞，它那微弱的吟声都能感动我，就像我听到了宣扬美名的金属喇叭声一样。这是荷马的一首安魂曲，空中的《伊利亚特》和《奥德赛》，歌唱着它的愤怒与漂泊。此中大有宇宙本体之感，宣告着世界的无穷精力与生生不息，直到它被禁。黎明啊，一天之中最值得纪念的时节，是觉醒的时辰。那时候，我们的昏沉欲睡的感觉是最少的了；至少可有一小时之久，整日夜昏昏沉沉的官能大都要清醒起来。但是，如果我们并不是给我们自己的禀赋所唤醒，而是给什么仆人机械地用肘子推醒的；如果并不是由我们内心的新生力量和内心的要求来唤醒我们，既没有那空中的芬香，也没有回荡的天籁的音乐，而是工厂的汽笛唤醒了我们的——如果我们醒时，并没有比睡前有了更崇高的生命，那么这样的白天，即便能称之为白天，也不会有什么希望可言；要知道，黑暗可以产生这样的好果子，黑暗是可以证明它自己的功能并不下于白昼的。一个人如果不能相信每一天都有一个比他亵渎过的更早、更神圣的曙光时辰，他一定是已经对于生命失望的了，正在摸索着一条降入黑暗去的道路。感官的生活在休息了一夜之后，人的灵魂，或者就说是人的官能吧，每天都重新精力弥漫一次，而他的禀赋又可以去试探他能完成何等崇高的生活了。可以纪念的一切事，我敢说，都在黎明时间的氛围中发生。《吠陀经》说："一切知，俱于黎明中醒。"诗歌与艺术，人类行为中最美丽最值得纪念的事都出发于这一个时刻。所有的诗人和英雄都像曼侬，那曙光之神的儿子，在日出时他播送竖琴音乐。以富于弹性的和精力充沛的思想追随着太阳步伐的人，白昼对于他便是一个永恒的黎明。这和时钟的鸣声不相干，也不用管人们是什么态度，在从事什么劳动。早晨是我醒来时内心有黎明感觉的一个时候。改良德性就是为了把昏沉的睡眠抛弃。人们如果不是在浑浑噩噩地睡觉，那为什么他们回顾每一天的时候要说得这么可怜呢？他们都是精明人嘛。如果他们没有被昏睡所征服，他们是可以干成一些事的。几百万人清醒得足以从事体力劳动，但是一百万人中，只有一个人才清醒得足以有效地服役于智慧；一亿人中，才能有一个人，生活得诗意而神圣。清醒就是生活。我还没有遇到过一个非常清醒的人。要是见到了他，我怎敢凝视他呢？

我们必须学会再苏醒，更须学会保持清醒而不再昏睡，但不能用机械的方法，而应寄托无穷的期望于黎明，就在最沉的沉睡中，黎明也不会抛弃我们的。我没有看到过更使人振奋的事实了，人类无疑是有能力来有意识地提高他自己的生命的。能画出某一张画，雕塑出某一个肖像，美化某几个对象，是很了不起的；但更加荣耀的事是能够塑造或画出那种氛围与媒介来，从中能使我们发现，而且能使我们正当地有所为。能影响当代的本质的，是最高的艺术。每人都应该把最崇高的和紧急时刻内他所考虑到的做到，使他的生命配得上他所想的，甚至小节上也配得上。如果我们拒绝了，或者说虚耗了我们得到的这一点微不足道的思想，神示自会清清楚楚地把如何做到这一点告诉我们的。

我到林中去，因为我希望谨慎地生活，只面对生活的基本事实，看看我是否学得到生活要教育我的东西，免得到了临死的时候，才发现我根本就没有生活过。我不希望度过非生活的生活，生活是这样的可爱；我却也不愿意去修行过隐逸的生活，除非是万不得已。我要生活得深深地把生命的精髓都吸到，要生活得稳稳当当，生活得斯巴达式的，以便根除一切非生活的东西，划出一块刈割的面积来，细细地刈割或修剪，把生活压缩到一个角隅里去，把它缩小到最低的条件中，如果它被证明是卑微的，那么就把那真正的卑微全部认识到，并把它的卑微之处公布于世界；或者，如果它是崇高的，就用切身的经历来体会它，在我下一次远游时，也可以作出一个真实的报道。因为，我看，大多数人还确定不了他们的生活是属于魔鬼的，还是属于上帝的呢，然而又多少有点轻率地下了判断，认为人生的主要目标是“归荣耀于神，并永远从神那里得到喜悦”。

然而我们依然生活得卑微，像蚂蚁；虽然神话告诉我们说，我们早已经变成人了；像小人国里的人，我们和长脖子仙鹤作战；这真是错误之上加错误，脏抹布之上更抹脏：我们最优美的德性在这里成了多余的本可避免的劫数。我们的生活在琐碎之中消耗掉了。一个老实的人除十指之外，便用不着更大的数字了，在特殊情况下也顶多加上十个足趾，其余不妨笼而统之。简单，简单，简单啊！我说，最好你的事只两件或三件，不要一百件或一千件；不必计算一百万，半打不是够计算了吗，总之，账目可以记在大拇指甲上就好了。在这浪涛滔天的文明生活的海洋中，一个人要生活，得经历这样的风暴和流沙和一千零一种事变，除他纵身一跃，直下海底，不要作船位推算去安抵目的港了，那些事业成功的人，真是伟大的计算家啊。简单化，简单化！不必一天三餐，如果必要，一顿也够了；不要百道菜，五道够多了；至于别的，就在同样的比例下来减少好了。我们的生活像德意志联邦，全是小邦组成的。联邦的边界永在变动，甚至一个德国人也不能在任何时候把边界告诉你。国家是有所谓内政的改进的，实际上它全是些外表的，甚至肤浅的事务，它是这样一种不易运用的生长得臃肿庞大的机构，壅塞着家具，掉进自己设置的陷阱，给奢侈和挥霍毁坏完了，因为它没有计算，也没有崇高的目标，好比地面上的一百万户人家一样；对于这种情况，和对于他们一样，唯一的医疗办法是一种严峻的经济学，一种严峻的更甚于斯巴达人的简单的生活，并提高生活的目标。生活现在是太放荡了。人们以为国家必须有商业，必须把冰块出口，还要用电报来说话，还要一小时驰奔三十英里，毫不怀疑它们有没有用处；但是我们应该生活得像狒狒呢，还是像人，这一点倒又确定不了。如果我们不做出枕木来，不轧制钢轨，不日夜工作，而只是笨手笨脚地对付我们的生活，来改善它们，那么谁还想修筑铁路呢？如果不造铁路，我们如何能准时赶到天堂去呢？可是，我们只要住在家里，管我们的私事，谁还需要铁路呢？我们没有来坐铁路，铁路倒乘坐了我们。你难道没有想过，铁路底下躺着的枕木是什么？每一根都是一个人，爱尔兰人或北方佬。铁轨就铺在他们身上，他们身上又铺起了黄沙，而列车平滑地驰过他们。我告诉你，他们真是睡得熟呵。每隔几年，就换上了一批新的枕木，车辆还在上面奔驰着；如果一批人能在铁轨之上愉快地乘车经过，必然有另一批不幸的人是在下面被乘坐被压过去的。当我们奔驰过了一个梦中行路的人，一根出轨的多余的枕木，他们只得唤醒他，突然停下车子，吼叫不已，好像这是一个例外。我听到了真觉得有趣，他们每五英里路派定了一队人，要那些枕木长眠不起，并保持应有的高低，由此可见，他们有时候还是要站起来的。

为什么我们应该生活得这样匆忙，这样浪费生命呢？我们下了决心，要在饥饿以前就饿死。人们时常说，及时缝一针，可以将来少缝九针，所以现在他们缝了一千针，只是为了明天少缝九千针。说到工作，任何结果也没有，我们患了跳舞病，连脑袋都无法保住静止。如果在寺院的钟楼下，我刚拉了几下绳子，使钟声发出火警的信号来，钟声还没大响起来，在康科德附近的田园里的人，尽管今天早晨说了多少次他如何如何的忙，没有一个男人，或孩子，或女人，我敢说是会不放下工作而朝着那声音跑来的，主要不是要从火里救出财产来，如果我们说老实话，更多的还是来看火烧的，因为已经烧着了，而且这火，要知道，不是我们放的；或者是来看这场火是怎么被救灭的，要是不费什么劲，也还可以帮忙救救火；就是这样，即使教堂本身着了火也是这样。一个人吃了午饭，还只睡了半个小时的午觉，一醒来就抬起了头，问："有什么新闻？"好像全人类在为他放哨。有人还下命令，每隔半小时唤醒他一次，无疑的是并不为什么特别的原因，然后，为报答人家起见，他谈了谈他的梦。睡了一夜之后，新闻之不可缺少，正如早饭一样的重要。"请告诉我发生在这个星球之上的任何地方的任何人的新闻。"——于是他一边喝咖啡、吃面包卷，一边读报纸，知道了这天早晨的瓦奇多河上，有一个人的眼睛被挖掉了；一点不在乎他自己就生活在这个世界的深不可测的大黑洞里，自己的眼睛里早就是没有瞳仁的了。

拿我来说，我觉得有没有邮局都无所谓。我想，只有很少的重要消息是需要邮递的。我一生之中，确切地说，至多只收到过一两封信是值得花费那邮资的——这还是我几年之前写过的一句话。通常，一便士邮资的制度，其目的是给一个人花一便士，你就可以得到他的思想了，但结果你得到的常常只是一个玩笑。我也敢说，我从来没有从报纸上读到什么值得纪念的新闻。如果我们读到某某人被抢了，或被谋杀或者死于非命了，或一幢房子烧了，或一只船沉了，或一只轮船炸了，或一条母牛在西部铁路上给撞死了，或一只疯狗死了，或冬天有了一大群蚱蜢——我们不用再读别的了，有这么一条新闻就够了。如果你掌握了原则，何必去关心那亿万的例证及其应用呢？对于一个哲学家，这些被称为新闻的，不过是瞎扯，编辑和读者就只不过是在喝茶的长舌妇。然而不少人都贪婪地听着这种瞎扯。我听说那一天，大家这样抢啊夺啊，要到报馆去听一个最近的国际新闻，那报馆里的好几面大玻璃窗都在这样一个压力之下破碎了——那条新闻，我严肃地想过，其实是一个有点头脑的人在十二个月之前，甚至在十二年之前，就已经可以相当准确地写好的。比如，说西班牙吧，如果你知道如何把唐卡洛斯和公主，唐彼得罗、塞维利亚和格拉纳达这些字眼时时地放进一些，放得比例适合——这些字眼，自从我读报至今，或许有了一点变化了吧——然后，在没有什么有趣的消息时，就说说斗牛好啦，这就是真实的新闻，把西班牙的现状以及变迁都给我们详详细细地报道了，完全跟现在报纸上这个标题下的那些最简明的新闻一个样；再说英国吧，来自那个地区的最后的一条重要新闻几乎总是一六四九年的革命；如果你已经知道它的谷物每年的平均产量的历史，你也不必再去注意那些事了，除非你是要拿它来做投机生意，要赚几个钱的话。如果你能判断，谁是难得看报纸的，那么在国外实在没有发生什么新的事件，即使一场法国大革命，也不例外。

什么新闻！要知道永不衰老的事件，那才是更重要得多！蓬伯玉（卫大夫）派人到孔子那里去。孔子与之坐而问焉，曰：夫子何为？对曰：夫子欲寡其过而未能也。使者出。子曰：使乎，使乎。在一个星期过去了之后、疲倦得直瞌睡的农夫们休息的日子里——这个星期日，真是过得糟透的一星期的适当的结尾，但决不是又一个星期的新鲜而勇敢的开始啊——偏偏那位牧师不用这种或那种拖泥带水的冗长的宣讲来麻烦农民的耳朵，却雷霆一般地叫喊着："停！停下！为什么看起来很快，但事实上你们却慢得要命呢？"

谎骗和谬见已被高估为最健全的真理，现实倒是荒诞不经的。如果世人只是稳健地观察现实，不允许他们自己受欺被骗，那么，用我们所知道的来比喻，生活将好像是一篇童话，仿佛是一部《天方夜谭》了。如果我们只尊敬一切不可避免的，并有存在权利的事物，音乐和诗歌便将响彻街头；如果我们不慌不忙而且聪明，我们会认识唯有伟大而优美的事物才有永久的绝对的存在——琐琐的恐惧与碎碎的欢喜不过是现实的阴影。

现实常常是活泼而崇高的。由于闭上了眼睛，神魂颠倒，任凭自己受影子的欺骗，人类才建立了他们日常生活的轨道和习惯，到处遵守它们，其实它们是建筑在纯粹幻想的基础之上的。嬉戏地生活着的儿童，反而更能发现生活的规律和真正的关系，胜过了大人，大人不能有价值地生活，还以为他们是更聪明的，因为他们有经验，这就是说，他们时常失败。我在一部印度的书中读到：有一个王子，从小给逐出故土之城，由一个樵夫抚养成长，一直以为自己属于他生活其中的贱民阶级。他父亲手下的官员后来发现了他，把他的出身告诉了他，他的性格的错误观念于是被消除了，他知道自己是一个王子。

所以，那印度哲学家接下来说："由于所处环境的缘故，灵魂误解了他自己的性格，非得由神圣的教师把真相显示了给他。然后，他才知道他是婆罗门。"我看到，我们新英格兰的居民之所以过着这样低贱的生活，是因为我们的视力透不过事物表面。我们把似乎是当作了是。如果一个人能够走过这一个城镇，只看见现实，你想，"贮水池"就该是如何的下场？如果他给我们一个他所目击的现实的描写，我们都不会知道他是在描写什么地方。看看会议厅，或法庭，或监狱，或店铺，或住宅，你说，在真正凝视它们的时候，这些东西到底是什么啊，在你的描绘中，它们都纷纷倒下来了。人们尊崇迢遥疏远的真理，那在制度之外的，那在最远一颗星后面的，那在亚当以前的，那在末代以后的。自然，在永恒中是有着真理和崇高的。可是，所有这些时代，这些地方和这些场合，都是此时此地的啊！上帝之伟大就在于现在伟大，时光尽管过去，他绝不会更加神圣一点的。只有永远渗透现实，发掘围绕我们的现实，我们才能明白什么是崇高。宇宙经常顺从地适应我们的观念，不论我们走得快或慢，路轨已给我们铺好。让我们穷毕生之精力来意识它们。诗人和艺术家从未得到这样美丽而崇高的设计，然而至少他的一些后代是能完成它的。

我们如大自然一般自然地过一天吧，不要因硬壳果或掉在轨道上的蚊虫的一只翅膀而出了轨。让我们黎明即起，不用或用早餐，平静而又无不安之感；任人去人来，让钟去敲，孩子去哭——下个决心，好好地过一天。为什么我们要投降，甚至于随波逐流呢？让我们不要卷入在子午线浅滩上的所谓午宴之类的可怕急流与旋涡，而惊惶失措。

熬过了这种危险，你就平安了，以后是下山的路了。神经不要松弛，利用那黎明似的魄力，向另一个方向航行，像尤利西斯那样拴在桅杆上过活。如果汽笛啸叫了，让它叫得沙哑吧。如果钟打响了，为什么我们要奔跑呢？我们还要研究它算什么音乐？让我们定下心来工作，并用我们的脚跋涉在那些污泥似的意见、偏见、传统、谬见与表面中间，这蒙蔽全地球的淤土啊，让我们越过巴黎、伦敦、纽约、波士顿、康科德，教会与国家，诗歌，哲学与宗教，直到我们达到一个坚硬的底层，在那里的岩盘上，我们称之为现实，然后说，这就是了，不错的了，然后你可以在这个支点之上，在洪水、冰霜和火焰下面，开始在这地方建立一道城墙或一个国土，也许能安全地立起一个灯柱，或一个测量仪器，不是尼罗河水测量器了，而是测量现实的仪器，让未来的时代能知道，谎骗与虚有其表曾洪水似的积了又积，积得多么深呐。如果你直立而面对着事实，你就会看到太阳闪耀在它的两面，它好像一柄东方的短弯刀，你能感到它的甘美的锋镝正剖开你的心和骨髓，你也欢乐地愿意结束你的人间事业了。生也好，死也好，我们仅仅追求现实。如果我们真要死了，让我们听到我们喉咙中的咯咯声，感到四肢上的寒冷好了；如果我们活着，让我们干我们的事务。

时间只是我垂钓的溪。我喝溪水，喝水的时候我看到它那沙底，它多么浅啊。它的汩汩的流水逝去了，可是永恒留了下来。我愿饮得更深；在天空中打渔，天空的底层里有着石子似的星星。我不能数出“一”来。我不知道字母表上的第一个字母。我常常后悔，我不像初生时聪明了。智力是一把刀子，它看准了，就一路切开事物的秘密。我不希望我的手比所必需的忙得更多些。我的头脑是手和足。我觉得我最好的官能都集中在那里。我的本能告诉我，我的头可以挖洞，像一些动物，有的用鼻子，有的用前爪，我要用它挖掘我的洞，在这些山峰中挖掘出我的道路来。我想那最富有的矿脉就在这里的什么地方；用探寻藏金的魔杖，根据那升腾的薄雾，我要判断；在这里我要开始开矿。

（徐迟　译）

【作者简介】

亨利·戴维·梭罗（1817 年 7 月 12 日—1862 年 5 月 6 日），美国作家、哲学家、废奴主义者。他最著名的作品有长篇散文《瓦尔登湖》（又译为《湖滨散记》）和《公民不服从》（又译为《消极抵抗》《论公民抗命》《公民不服从论》）。《瓦尔登湖》记载了他在瓦尔登湖的隐逸生活，而《公民不服从》则讨论面对政府和强权的不义，为公民主动拒绝遵守若干法律提出辩护。梭罗一生都是废奴主义者，他到处演讲倡导废奴，并抨击逃亡奴隶法。他在《公民不服从》中的见解影响了托尔斯泰、圣雄甘地和马丁·路德·金。

【文解】

《瓦尔登湖》是美国作家梭罗独居瓦尔登湖畔的记录，描绘了他两年多时间里的所见、所闻和所思。大至四季交替造成的景色变化，小到两只蚂蚁的争斗，无不栩栩如生地再现于梭罗的生花妙笔之下，而且描写也不流于表浅，而是有着博物学家的精确。本文崇尚简朴生活，热爱大自然的风光，内容丰富，意义深远，语言生动，意境深邃。

【思考与练习】

1．谈谈你对梭罗隐逸生活及思想的认识。

2．本文语言质朴自然，试分析。

第六节 拓展阅读

【中国古代散文概述】

殷商时代有了文字，也就有了记史的散文。到了周朝，各诸侯国的史官进一步以朴素的语言、简洁的文字记录了列国间的史实，如《春秋》。以后，随着时代的需求，产生了描述现实的历史文学，这就有了《左传》《国语》《战国策》等历史著作。

《左传》是《春秋左氏传》的简称，又名《左氏春秋》，相传是春秋末年鲁国的史官左丘明所著，共 18 万字，记载了春秋 240 年间列国的政治、军事、外交活动和言论以及天道、鬼神、灾祥、占卜之事。这部书叙事富于戏剧性，情节紧凑，战事描写尤为出色，语言精练，富于形象。

《国语》是一部国别史，分别记载了周王朝及诸侯各国之事，记言多于记事，所记大多为当时较有远见的开明贵族的话。

《战国策》作者不可考，现在版本为西汉刘向整理而成。它同《国语》一样，也是分国记事，记载了西、东周及秦、齐、楚、赵等诸国之事，记载内容是谋臣策士的种种活动及辞说。《战国策》文章的特点是长于说事，善用比喻，人物形象塑造极为生动。

先秦历史散文为中国的历史文学奠定了基础，对后世历史家和古文家都产生了极为深远的影响。

春秋战国之交是社会大变革的时代，各种学术流派纷纷著书立说，争论不休，形成百家争鸣的局面。代表不同阶级或阶层的思想家的著作，促进了说理散文的发展。这些思想家有儒家、墨家、道家、法家等。记载他们言论的书流传到现在的有《论语》《孟子》《墨子》《庄子》《韩非子》等。

《论语》和《孟子》是儒家诠释“仁”的著作。《论语》是记录孔丘及其弟子言行的，其中多半是简短的谈话和问答。《孟子》是记载孟轲言论的。孟轲长于辩论，因此书中语言明快，富于鼓动性。

《墨子》代表墨翟“兼爱”的主张，语言朴素，说理明确，逻辑性很强，《兼爱》《非攻》等篇极有代表性。

《庄子》代表道家庄周“无为而治”的主张。庄子的散文在诸子中独具魅力。这表现在作者具有奇幻的想象力和敏锐的观察力，善用民间寓言，长于譬喻，使文章富于文学趣味。

《韩非子》代表法家“因时制宜”的主张。韩非的散文结构严谨、锋芒锐利、说理深刻。

《荀子》代表荀况的学说，现有 32 篇，多长篇。荀子的散文论点明确、层次清楚、句法整练、词汇丰富。

《吕氏春秋》是秦丞相吕不韦门客的集体创作。它包括八览、六论、十二纪，兼有儒、道、墨、法、农诸家学说。书中保留了大量先秦时代的文献和佚事。它是一种集合许多单篇的系统化的说理文，层层深入，最见条理。和诸子散文一样，它往往以寓言故事为譬喻，因而文章富于形象性。

先秦诸子的说理散文无论在思想上，还是在艺术风格上，都对后世散文的发展产生了显而易见的影响。

汉初，政论散文有所发展。贾谊是西汉初年杰出的文学家，他的文章《过秦论》总结了秦代灭亡的原因，汲取了秦末农民起义的教训，发展了先秦的民本思想。他的散文善用比喻，语言富于形象性。

除贾谊外，汉初还有不少散文家，他们的文章大多或论秦之得失，或针对时弊提出自己的主张，其中以晁错和邹阳成就较高。晁错以主张募民备塞的《守边劝农疏》《论贵粟疏》两篇散文最为著名。

汉武帝时，罢黜百家，独尊儒术，封建王朝迫切需求总结古代文化，给予大一统的统治局面以哲学和历史的解释，司马迁的《史记》应运而生。它的出现将先秦历史散文又大大向前发展了一步。在《史记》的影响下，东汉产生了不少历史散文著作，班固的《汉书》便是其中的杰出代表。

汉代出现了一种新的文体“赋”。赋的名称始于战国赵人荀卿的《赋篇》，到后代形成了特定的体制。讲究文采、韵节，兼具诗歌和散文的双重性质。接近散文的称为“文赋”，接近骈文的称为“骈赋”。汉初贾谊的《吊屈原赋》《鹏鸟赋》、司马相如的《子虚赋》《上林赋》、西汉末年扬雄的《甘泉赋》《羽猎赋》《长杨赋》《河东赋》、班固的《两都赋》、东汉张衡的《二京赋》都是汉赋的名篇。

魏晋南北朝时期，骈文盛行，散文衰落。但在郦道元的《水经注》和杨炫之的《洛阳伽蓝记》等学术著作中仍有一些质朴的叙事、抒情、写景的优美文字。

唐朝韩愈大力反对浮华的骈俪文，提倡作古文，一时从者甚众，后又得柳宗元大力支持，古文创作业绩大增，影响更大，成为文坛的主要风尚，文学史上称其为古文运动。以韩、柳为首的古文运动的胜利，树立了一种摆脱陈言俗套、自由抒写的新文风，大大提高了散文的抒情、叙事、议论、讽刺的艺术功能。

中唐以后，古文运动一度衰落，到了宋代，欧阳修再一次掀起了古文运动，此后的王安石、曾巩、苏轼、苏洵、苏辙等人都在古文革新运动的影响之下取得了各自的成就，后人将他们与唐代韩愈、柳宗元合称为“唐宋八大家”。

北宋的历史文学家司马光编有一部历史巨著《资治通鉴》，它除了具有史学价值外，还非常具有文学价值。

南宋散文家在北宋诸位大家的影响下，产生了一部分上书言事的政论文，表现了作者鲜明的政治态度，胡铨、陈亮、叶适是这方面的代表作家。古文运动的成功，使散文更切合实用，南宋时大量出现的笔记杂文便是一个明证。洪迈的《容斋随笔》、王明清的《挥尘录》是笔记杂文中的佳作，此外，朱熹的古文长于说理，造诣匪浅。

明初的宋濂是“开国文臣之首”，他的一部分传记文很有现实意义，比较著名的作品有《秦士录》《王冕传》《李疑传》等。明中叶以后，针对程朱理学、八股文的束缚，以李梦阳、何景明为首的“前七子”发起“复古运动”，倡导文必秦汉。他们在对扫荡八股文风起到一定积极作用的同时，又走上了盲目模仿古人的路。后来的李攀龙、王世贞为代表的“后七子”复古运动，也再一次重复了他们的错误。

归有光等“唐宋派”首先起来反对“复古派”，进而是万历年间的“公安派”也加入猛烈抨击拟古主义的队伍。

“公安派”以袁宗道、袁宏道、袁中道为代表，时称“三袁”，袁宏道最为著名。他们认为不同的时代有不同的文学，因此反对贵古贱今，模仿古人。袁宏道更出于作家的主观要求提出了“性灵说”。“公安派”的散文创作特点是冲破传统古文的陈规旧律，自然流露个性，语言不事雕琢。

与“公安派”同时存在的还有以钟惺、谭元春为代表的“竟陵派”，他们也主张“独抒性灵”。

“公安派”与“竟陵派”革新的直接产物是晚明大量出现的小品散文，这是传统散文的一个发展，张岱是小品散文作者中比较有成就的一位。他的小品散文题材较广，山水名胜、风俗世情、戏曲技艺乃至古董玩具等都可以入他的文。他的散文语言清新活泼，形象生动，广览简取，《西湖七月半》《湖心亭看雪》是他的代表作。

明末清初，晚节不保的侯方域的散文取得了较高的艺术成就，代表作有《李姬传》《马伶传》《任源邃传》等。

“桐城派”古文是清中叶最著名的一个流派，主要作家方苞、刘大櫆、姚鼐都是安徽桐城人，“桐城派”因此而得名。方苞继承归有光的传统，提出“义法”主张，并使之成为“桐城派”古文的基本理论。“桐城派”古文作品选材用语只重阐明立意，而不期堆砌材料，因而文章一般简洁自然，但缺乏生气，代表作品有方苞的《狱中杂记》《左忠毅公逸事》、姚鼐的《登泰山记》等。

与“桐城派”对立存在的是提倡“骈文”的复社作家，汪中是其中成就最大者。

清初有不少成绩突出的散文家，如王猷定、魏禧。王猷定的传奇性散文以小说传奇体打破了传统古文写法，代表作有《李一足传》《汤琵琶传》《义虎记》等。魏禧以人物传记最为突出，代表作是《大铁椎传》。

康有为、梁启超为清末改良运动的代表人物，也是学术上“改良派”的代表作家。他们的散文无视传统古文的程式，直抒己见，畅所欲言，是政治斗争的有效工具。梁启超的新体散文更是对一切传统古文的猛烈冲击，为晚清的文体解放和“五四”白话文运动开辟了道路，他的《少年中国说》即是这样一篇典型作品。

伴随着对封建主义文学和文言文的批判，最早的一批现代新文学作品诞生了，议论性散文便是其中之一，它是现代散文的源头。

【现当代散文概述】

一、现代散文概述

（一）现代散文的特点

（1）现代散文个性解放色彩。自“五四”以来，现代散文因个性的解放而壮大了，正如胡适先生在 1922 年《申报五十年纪念特刊》上《五十年来中国之文学》中所说：“白话散文进步了，长篇议论文的进步，那是显而易见的，可以不论。这几年来，散文方面最可注意的发展，乃是周作人等提倡的小品散文。这一类的小品，用平淡的谈话，包藏着深刻的意味；有时很像笨拙，其实却是滑稽。这一类作品的成功，就可以彻底打破那‘美文不能用白话’的迷信了。”

（2）散文范围的扩大。

（3）人性、社会性与大自然的调和。

（4）语言的多样化。

（二）中国现代散文的发展

中国现代散文的发展大致经历了三个阶段：

1. “五四”时期（1917 年—1927 年）

有种种样式、流派，有中国名士风、外国绅士风，或描写，或讽刺，或委曲，或劲健，或绮丽，或洗练，或含蓄。

鲁迅杂感文创作成就最高，代表作《坟》《热风》《华盖集》《华盖集续编》《而已集》，散文诗《野草》《朝花夕拾》。其他代表作家作品有周作人《谈龙集》《谈虎集》、朱自清《桨声灯影里的秦淮河》、冰心《寄小读者》以及林语堂、郁达夫、徐志摩、郭沫若等人的作品。

2. 20 世纪 30 年代（1928 年—1937 年）

继承传统，在表现社会生活容量、文体演变等方面有新发展，成就最突出的是议论性散文。

杂文：瞿秋白的杂文，鲁迅的杂文《三闲集》《二心集》《南腔北调集》《伪自由书》《准风月谈》等。

报告文学：夏衍《包身工》、宋之《一九三六年春在太原》。

游记散文：郁达夫《屐痕处处》、朱自清《欧游杂记》《伦敦杂记》、何其芳《画梦录》、丰子恺《缘缘堂随笔》、李广田《画廊集》等。

传记散文：郭沫若、庐隐、沈从文等人的作品。

小品文：林语堂、周作人等人的作品。

3. 抗战和解放战争时期（1938 年—1949 年）

民族矛盾和阶级矛盾空前激化，人们迫切地关心战况，导致报告文学的兴盛。主要作品有：丘东平《第七连》《我们在那里打了败仗》《我认识这样的敌人》、曹白《这里，生命也在呼吸》、周立波《晋察冀边区印象记》《战地日记》、丁玲《孩子们》、许迟《大场之夜》，及华山、周而复、白朗等人的作品。

小品文：茅盾《白杨礼赞》《风景谈》、萧红《萧红散文》、沈从文《湘西》等。

二、当代散文概述

（一）第一阶段（1949 年—1966 年）：建国“十七年”时期

集中在两个阶段：20 世纪 50 年代前期（1949 年—1956 年）和 1960 年前后（1959 年—1961 年）。散文题材的显著特色为：

（1）从不同战线歌颂社会主义建设进程，热情欢呼祖国在党的领导下日新月异、飞速发展。老舍的《我热爱新北京》是这类作品中成就较高的一篇。老舍一生挚爱、关注北京，他以舒缓、幽默且亲切的口吻，以“过来者”“见证人”的身份叙述着可喜的变化，有着巨大的艺术感染力。

（2）点染各种人物，为那些曾经在中国革命和建设中起过巨大作用的若干平凡或不平凡的人物画像，摄下他们在历史进程中的某一阶段或某一瞬间特有的光彩与丰神。

1）主要刻画、描绘中国现代革命史上的种种伟人或普通的真实人物，讴歌他们献身革命、不畏强暴的精神，以及对未来、对光明的坚定信念。代表作有：冯雪峰《回忆鲁迅》、丁玲《一个真实人的一生》、光未然《冼星海同志回忆录》、胡洪霞《吉鸿昌就义前后》、冰心《小橘灯》等。

2）主要探索挖掘建国初期各种人物的心路历程，抒写他们在不同时代不同的精神面貌，并开始塑造社会主义新人形象。代表作有：魏金枝《任樟元和三个地主》、王玉胡《哈萨克民间诗人司马古勒》、巴金《廖静秋同志》、杜鹏程《夜走灵官峡》、秦兆阳《王永淮》等。

（3）抗美援朝战争爆发后，散文名副其实地充当了文学的“轻骑兵”，迅速及时地报道了中朝人民鱼水相依的友谊、人民志愿军感天动地的英勇事迹与英雄品格。代表作有：魏巍《谁是最可爱的人》《依依惜别的深情》、巴金《我们会见了彭德怀司令员》等。

（4）1960 年前后，中国历史上爆发 1957 年的“反右”运动与 1958 年的“大跃进”运动，随之而来的是“三年困难时期”。作家们热情的头脑开始降温，作品基调上的浪漫因素开始减少，但总的思想精神并没有质的变化。

1）回忆新中国的创建历程，从革命传统中吸取力量的源泉，激励人们在困难的历史条件下藐视困难、继续前进。代表作有：吴伯箫《记一辆纺车》《歌声》、吴咏湘《忆修水》、马识途《老三姐》、方纪《挥手之间》等。

2）与 20 世纪 50 年代热情报道各条战线上的新人新事不同，这一时期的散文已不满足于泛泛介绍一般的积极分子、先进事迹，而是注重描写典范性的英雄人物、理想化的社会关系。代表作有：郁茹《向秀丽》、王石和房树民《为了六十一个阶级弟兄》、穆青等人的《县委书记的榜样——焦裕禄》等。

3）不少散文作者逐渐摆脱描叙上的新闻性，开始转向艺术追求，并开始形成自己的创作风格。秦牧、杨朔、刘白羽都脱颖于这一时期，其他如吴伯箫、曹靖华、袁鹰、碧野、方纪等人也开始注重自己的艺术个性。可惜其后不久的“文化大革命”很快打断了这些作家的艺术进程，也使当代散文史留下了一段无法弥补的空白。

（二）第二阶段（1976 年 10 月至 20 世纪末期）

1. 1976 年“文化大革命”结束后，进入新时期（1976 年—1985 年）的散文创作

（1）一批作家愤怒地揭露林彪、“四人帮”的“极左”路线给中华民族从肉体到心灵带来的巨大伤痛，形成了一股声势浩大的“伤痕文学”的思潮。代表作有：巴金《怀念萧珊》、楼适夷《痛悼傅雷》、丁宁《幽燕诗魂》、陶斯亮《一封终于发出的信》、丁玲《牛棚小品》等。其中，巴金的五集《随想录》所取得的成就最为瞩目，被评论界誉为“情透纸背、热透纸背、力透纸背”的一本“讲真话的大书”。

（2）一批作家在与建国“十七年”时期陈旧散文观念的矛盾斗争中，显示了异常复杂的多元的艺术探索。努力将描写的中心集中在个人的人生旅程，代表作有：杨绛《干校六记》、陈白尘《云梦断忆》《寂寞的童年》、孙犁《青春余梦》、萧乾《未带地图的旅人》《一本褪色的相册》、冰心《关于男人》等。美文传统也相继复活并获得长足的发展，其代表作有：传递心灵律动的抒情散文，如贾平凹的《一棵小桃树》、唐敏的《怀念黄昏》等；游记散文，如贾平凹的《商州三录》、刘成章的《高跟鞋响过绥德街头》等；以知识性、哲理性为主导特征的散文，如夏衍的《甲子谈鼠》、忆明珠的《鱼的闲话》等。

2. 20 世纪 80 年代中后期与 90 年代的散文创作成绩尤其突出

（1）老作家和新生代作家在这一阶段各显身手，涌现了许多卓有建树的作家，如

汪曾祺、张中行、苏叶、王英琦、斯妹、刘烨园、周佩红、叶梦、曹明华、刘西鸿等。

（2）一大批诗人、小说家、学者如余秋雨、王蒙、陆文夫、史铁生、周涛等也在这一阶段开始介入散文创作，从而掀起了“文化散文”与“学者散文”的浪潮。其中余秋雨的《文化苦旅》不仅在读者中激起广泛的反响，而且以其艺术上的重要突破给当代散文带来了巨大的影响。

（3）针对20世纪80年代以来的大众散文，张承志、张炜、韩少功等人提出了“抵抗投降”，即反对散文迎合低级庸俗大众趣味的口号，创作出了一批严肃的以弘扬人文精神为主旨的作品，从而为二十世纪末期的中国散文奠定了某种健康的发展方向。

【散文鉴赏】

一、关于散文的概念、分类与特点

散文概念的含义是随着历史和文学体裁的发展变化而有所不同的。中国是散文的国度，我国自古就有散文，它几乎和中国文字的历史一样悠远。在古代，一般认为凡是不押韵、不重排偶的散体文章统称为散文，用来区别于骈文和韵文。它包括无韵的文学作品，同时也包括一切非文学作品，如史、经、传、书、记、表、序等，所以，我国古代散文包括的范围非常广泛，可以说它是韵文以外一切文章的总称。

在国外，人们把通俗、平淡、不受任何约束而直截了当地描述事物的文章称为散文。

散文的形式自由活泼，内容要求集中，可以记叙，可以抒情，也可以议论，根据它的表达方式的侧重点不同，我们可以把散文分为叙事性散文和抒情性散文两大类。

人们对鉴赏散文的兴趣往往不及对小说或诗词那么浓厚，认为散文不像小说和诗词那样吸引人、打动人，这种认识是片面的，其实散文有它的独特之处。第一，散文是“轻骑兵”，它可以及时、真实地反映现实生活；第二，散文富有浓郁的主观感情色彩；第三，散文的形式灵活自由，表现手法多姿多彩。

二、鉴赏散文必须把握散文“形散而神不散”的主要特点

“形散而神不散”是散文最基本的特征。所谓“形散”主要指两方面：一是题材广泛，无所不包；二是表现形式自由灵活。它的表现形式完全可以根据内容的需要，如天马行空，神行无际，又如流水行云，没有定形。

三、应搞清作品的线索，领会作者精巧的构思

作品的线索是指贯穿整个作品情节发展的脉络，或者说是把作品的全部材料组成一个有机整体的脉络。把握一篇散文作品必须首先把握这条线索，把握住线索等于抓住了文章的纲，纲举目张，顺着它便于弄清文章各个部分之间的关系，更好地理解作者是如何“形散而神不散”地组织材料的，从而领会作者精巧的构思。

散文作品的线索一般有以下几种常见形式：

1. 以“情”为线索

散文又称“情文”，是一种长于抒情的文体。“情”是一篇文章中隐伏的线索，它把全篇文字组成有机的整体。以“情”为线索，这是散文中最常见的一种形式。古往今来许多散文名篇之所以广为传诵，具有很高的美学价值，其最根本的原因就在于文章有真情实感。

2. 以“理”为线索

其线索往往通过从感性到理性突变的描写中，凭借着理性的议论，“点化”出某些富有启发、开导人的道理，去说服读者。

3. 以事件、人物或事物为线索

这是在叙事、记人的散文中常用的方法。作者往往以一个富有特征的事件或景象为中心，展开丰富的联想，并根据事件的内在联系组织材料。以人物为主要线索的散文往往以人物为核心，围绕人物的性格特征，选择最能表现该人物性格的典型事件加以刻画。也有散文的作者并不是为写物而写物，而是借助于某一具体事物来表达一种“意”，即托物言志。

四、要善于领悟散文作品的意境美

什么是意境？“意”即文章的主题，作者的思想感情；“境”指文章中具有典型意义的画面、场景或形象。作者在创作散文作品时，他的旨意和思想感情往往不是直接表达出来的，而是通过事、物、景的叙述描写与词语的点化，将其蕴含其中，让事、物、景含蓄地反映出来，再让读者去感受、体会，这就是意境。

不同的散文作品在表现“意”的手法方面是不一样的，为了更好地领会散文作品的意境美，我们可以从以下几个方面进行探讨：

（1）注意体会散文作品中的“画龙点睛”之笔。一些以记叙为主的散文，作者在必要时往往加上几句直接抒情或议论，这几句抒情或议论常常是散文作品中的“画龙点睛”之笔。

（2）注意体会散文作品中描绘的各种画面。散文中作者的感情一般是依附于一定的具体形象，这一具体形象在作品中就构成了一幅幅完整的意境画面。沿着这画面去探求作者的感情，就能领略到其中的意境美。

（3）注意散文作品创造意境的表现手法。创造散文作品的意境可以采用象征隐喻，以兴寄托；也可以采用白描、渲染、直陈其事的表现手法，还可以赋、比、兴综合运用。

五、注意品鉴散文作品的语言美

优秀散文作品的语言美表现为精练畅达、形象生动、朴素自然和节律优美。

【推荐书目】

（1）严可均，《全上古三代秦汉三国六朝文》，中华书局
（2）费振刚，《全汉赋校注》（上、下），广东教育出版社
（3）龚克昌等，《全汉赋评注》（全三册），花山文艺出版社
（4）章海荣，《生态伦理与生态美学》，复旦大学出版社
（5）梭罗，《自然之书》，中国妇女出版社
（6）塞尔，《〈瓦尔登湖〉新论》，北京大学出版社
（7）冯其庸，《历代文选》，中国青年出版社
（8）四川大学中文系，《宋文选》，人民文学出版社
（9）俞元桂等，《中国现代散文史》，山东文艺出版社

第三章　戏剧（曲）

第一节　中国戏剧（曲）

救风尘（节选）

关汉卿

第三折

（周舍同店小二上，诗云）万事分已定，浮生空自忙。无非花共酒，恼乱我心肠。店小二，我着你开着这个客店，我那里稀罕你那房钱养家？不问官妓私科子，只等有好的来你客店里，你便来叫我。（小二云）我知道。只是你脚头乱，一时间那里寻你去？（周舍云）你来粉房里寻我。（小二云）粉房里没有呵？（周舍云）赌房里来寻。（小二云）赌房里没有呵？（周舍云）牢房里来寻。（下）（丑扮小闲，挑笼上，诗云）钉靴雨伞为活计，偷寒送暖作营生。不是闲人闲不得，及至得了闲时又闲不成。自家张小闲的便是。平生做不的买卖，止是与歌者姐姐每叫些人，两头往来，传消寄信都是我。这里有个大姐赵盼儿，着我收拾两箱子衣服行李，往郑州去。都收拾停当了。请姐姐上马。（正旦上，云）小闲，我这等打扮，可冲动得那厮么？（小闲做倒科）（正旦云）你做甚么哩？（小闲云）休道冲动那厮，这一会儿，连小闲也酥倒了。（正旦唱）

【正宫】【端正好】则为他满怀愁，心间闷，做的个进退无门。那婆娘家一涌性，无思忖，我可也强打入迷魂阵。

【滚绣球】我这里微微把气喷，输个姓因，怎不教那厮背槽抛粪！更做道普天下无他这等郎君。想着容易情，忒献勤，几番家待要不问；第一来我则是可怜见无主娘亲，第二来是我“惯曾为旅偏怜客”，第三来也是我“自己贪杯惜醉人”。到那里呵，也索费些精神。

（云）说话之间，早来到郑州地方了。小闲，接了马者，且在柳阴下歇一歇咱。（小闲云）我知道。（正旦云）小闲，咱闲口论闲话：这好人家好举止，恶人家恶家法。（小闲云）姐姐，你说我听。（正旦唱）

【倘秀才】县君的则是县君，妓人的则是妓人。怕不扭捏着身子蓦入他门；怎禁他使数的到支分，背地里暗忍。

【滚绣球】那好人家将粉扑儿浅淡匀，那里像咱干茨腊手抢着粉；好人家将那篦梳儿慢慢地铺鬓，那里像咱解了那襻胸带，下颏上勒一道深痕。好人家知个远近，觑个向顺，衜一味良人家风韵；那里像咱们，恰便似空房中锁定个猢孙。有那千般不实乔躯老，有万种虚嚣歹议论，断不了风尘。

（小闲云）这里一个客店，姐姐好住下罢。（正旦云）叫店家来。（店小二见科）（正旦云）小二哥，你打扫一间干净房儿，放下行李。你与我请将周舍来，说我在这里久等多时也。（小二云）我知道。（做行叫科，云）小哥在那里？（周舍上，云）店小二，有甚么事？（小二云）店里有个好女子请你哩。（周舍云）咱和你就去来。（做见科，云）是好一个科子也。（正旦云）周舍，你来了也。（唱）

【幺篇】俺那妹子儿有见闻，可有福分，抬举的个丈夫俊上添俊，年纪儿恰正青春。

（周舍云）我那里曾见你来？我在客火里，你弹着一架筝，我不与了你个褐色绸缎儿？（正旦云）小的，你可见来？（小闲云）不曾见他有甚么褐色绸缎儿。（周舍云）哦，早起杭州客火散了，赶到陕西客火里吃酒，我不与了大姐一分饭来？（正旦云）小的每，你可见来？（小闲云）我不曾见。（正旦唱）你则是忒现新，忒忘昏，更做道你眼钝。那唱词话的有两句留文："咱也曾武陵溪畔曾相识，今日佯推不认人。"我为你断梦劳魂。

（周舍云）我想起来了，你敢是赵盼儿么？（正旦云）然也。（周舍云）你是赵盼儿，好，好！当初破亲也是你来！小二，关了店门，则打这小闲。（小闲云）你休要打我。俺姐姐将着锦绣衣服，一房一卧来嫁你，你倒打我？（正旦云）周舍，你坐下，你听我说。你在南京时，人说你周舍名字，说的我耳满鼻满的，则是不曾见你。后得见你呵，害的我不茶不饭，只是思想着你。听的你娶了宋引章，教我如何不恼？周舍，我待嫁你，你却着我保亲！（唱）

【倘秀才】我当初倚大呵妆儇主婚，怎知我嫉妒呵特故里破亲？你这厮外相儿通疏就里村！你今日结婚姻，咱就肯罢论？

（云）我好意将着车辆、鞍马、奁房来寻你，你刬地将我打骂。小闲，拦回车儿，咱家去来！（周舍云）早知姐姐来嫁我，我怎肯打舅舅？（正旦云）你真个不知道？你既不知，你休出店门，只守着我坐下。（周舍云）休说一两日，就是一两年，您儿也坐的将去。（外旦上，云）周舍两三日不家去，我寻到这店门首。我试看咱，原来是赵盼儿和周舍坐哩！兀那老弟子不识羞，直赶到这里来！周舍，你再不要来家，等你来时，我拿一把刀子，你拿一把刀子，和你一递一刀子截哩。（下）（周舍取棍科，云）我和你抢生吃哩！不是奶奶在这里，我打杀你！（正旦唱）

【脱布衫】我更是的不待饶人，我为甚不敢明闻？肋底下插柴自稳，怎见你便打他一顿？

【小梁州】可不道一夜夫妻百夜恩，你可便息怒停嗔。你村时节背地里使些村，对着我合思忖：那一个双同叔打杀俏红裙？

【幺篇】则见他恶哏哏，摸按着无情棍，便有火性的不似你个郎君。

（云）你拿着偌粗的棍棒，倘或打杀他呵，可怎了？（周舍云）丈夫打杀老婆，不该偿命。（正旦云）这等说，谁敢嫁你？（背唱）我假意儿瞒，虚科儿喷，着这厮有家难奔。妹子也，你试看咱风月救风尘。

（云）周舍，你好道儿！你这里坐着，点的你媳妇来骂我这一场。小闲，拦回车儿，咱回去来。（周舍云）好奶奶，请坐。我不知道他来；我若知道他来，我就该死。（正旦云）你真个不曾使他来？这妮子不贤惠，打一棒快毬子。你舍的宋引章，我一发嫁你。（周舍云）我到家里就休了他。（背云）且慢着，那个妇人是我平日间打怕的，若与了一纸休书，那妇人就一道烟去了。这婆娘他若是不嫁我呵，可不弄的尖担两头脱？休的造次，把这婆娘摇撼的实着。（向旦云）奶奶，您孩儿肚肠是驴马的见识，我今家去把媳妇休了呵，奶奶你把肉吊窗儿放下来，可不嫁我，做的个尖担两头脱。奶奶，你说下个誓着。（正旦云）周舍，你真个要我赌咒？你若休了媳妇，我不嫁你呵，我着堂子里马踏杀，灯草打折臁儿骨。你逼的我赌这般重咒哩！（周舍云）小二，将酒来。（正旦云）休买酒，我车儿上有十瓶酒哩。（周舍云）还要买羊。（正旦云）休买羊，我车上有个熟羊哩。（周舍云）好、好、好，待我买红去。（正旦云）休买红，我箱子里有一对大红罗。周舍，你争甚么那！你的便是我的，我的就是你的。（唱）

【二煞】则这紧的到头终是紧，亲的原来只是亲。凭着我花朵儿身躯，笋条儿年纪，为这锦片儿前程，倒赔了几锭儿花银。拼着个十米九糠，问甚么两妇三妻？受了些万苦千辛。我着人头上气忍，不枉了一世做郎君。

【黄钟尾】你穷呵，甘心守分捱贫困；你富呵，休笑我饱暖生淫惹议论。您心中觑个意顺。但休了你这门内人，不要你钱财使半文。早是我走将来自上门。家业家私待你六亲，肥马轻裘待你一身，倒贴了奁房和你为眷姻。

（云）我若还嫁了你，我不比那宋引章，针指油面，刺绣铺房，大裁小剪，都不晓得一些儿的。（唱）我将你写了的休书正了本。（同下）

【作者简介】

关汉卿（1219 年—1301 年），元代杂剧奠基人，元代戏剧作家，“元曲四大家”之首。晚号已斋（一说名一斋）、已斋叟。汉族，解州人（今山西省运城），其籍贯还有大都（今北京市）人、祁州（今河北省安国市）人等说，与白朴、马致远、郑光祖并称为“元曲四大家”。其杂剧的成就最大，今知有 67 部，现存 18 部，个别作品是否为他所作，无定论。最著名的是《窦娥冤》。关汉卿也写了不少历史剧，《单刀会》《单鞭夺槊》《西蜀梦》等，散曲今在小令 40 多首、套数 10 多首。他的散曲，内容丰富多彩，格调清新刚劲，具有很高的艺术价值。关汉卿塑造的“我是个蒸不烂、煮不熟、捶不扁、炒不爆、响当当一粒铜豌豆”（《不伏老》）的形象也广为人称道，被誉为“曲圣”。

【曲解】

《救风尘》全名《赵盼儿风月救风尘》，杂剧剧本，全剧共四折。现存版本有：明脉望馆校藏《古名家杂剧》本、《新续古名家杂剧》宫集本、《元曲选》乙集本、《元曲大观》本、《元人杂剧全集》本。元代关汉卿所作，是一部杰出的现实主义古典喜剧。主要写恶棍周舍骗娶风尘女子宋引章后又加以虐待，宋引章的结义姐妹赵盼儿巧设计谋将其救出的故事。

【思考与练习】

1. 分析赵盼儿的形象。

2. 对比分析宋引章与赵盼儿的形象。

西厢记（节选）

王实甫

第一本　张君瑞闹道场杂剧

楔子[1]

（外扮老夫人上开）[2]老身姓郑[3]，夫主姓崔，官拜前朝相国[4]，不幸因病告殂[5]。只生得个小姐，小字莺莺。年一十九岁，针指女工[6]，诗词书算，无不能者。老相公在日，曾许下老身之侄，乃郑尚书之长子郑恒为妻。因俺孩儿父丧未满，未得成合。又有个小妮子[7]，是自幼伏侍孩儿的，唤做红娘。一个小厮儿[8]，唤做欢郎。先夫弃世之后，老身与女孩儿扶柩至博陵安葬[9]；因路途有阻，不能得去。来到河中府[10]，将这灵柩寄在普救寺内[11]。这寺是先夫相国修造的，是则天娘娘香火院[12]，况兼法本长老[13]又是俺相公剃度的和尚[14]；因此俺就这西厢下一座宅子安下[15]。一壁写书附京师去[16]，唤郑恒来相扶回博陵去。我想先夫在日，食前方丈，从者数百[17]，今日至亲则这三四口儿[18]，好生伤感人也呵！

【仙吕】【赏花时】[19]夫主京师禄命终[20]，子母孤孀途路穷[21]；因此上旅榇在梵王宫[22]。盼不到博陵旧冢[23]，血泪洒杜鹃红[24]。

今日暮春天气，好生困人[25]，不免唤红娘出来分付他。红娘何在？（旦倈，扮红见科[26]）（夫人云）你看佛殿上没人烧香呵，和小姐散心耍一回去来。（红云）谨依严命。（夫人下）（红云）小姐有请。（正旦扮莺莺上）（红云）夫人着俺和姐姐佛殿上闲耍一回去来。（旦唱）

【么篇】[27]可正是人值残春蒲郡东[28]，门掩重关萧寺中[29]；花落水流红[30]，闲愁万种[31]，无语怨东风。（并下）

第一折

（正末扮张生骑马，引倈人上，开）小生姓张，名珙，字君瑞，本贯西洛人也。先人拜礼部尚书，不幸五旬之上，因病身亡。后一年丧母。小生书剑飘零，功名未遂，游于四方。即今贞元十七年二月上旬，唐德宗即位，欲往上朝取应，路经河中府，过蒲关上，有一故人[32]，姓杜名确，字君实，与小生同郡同学，当初为八拜之交。后弃文就武，遂得武举状元，官拜征西大元帅，统领十万大军，镇守着蒲关。小生就望哥哥一遭，却往京师求进。暗想小生萤窗雪案，刮垢磨光[33]，学成满腹文章，尚在湖海飘零，何日得遂大志也呵！万金宝剑藏秋水，满马春愁压绣鞍。

【仙吕】【点绛唇】游艺中原，脚根无线，如蓬转。望眼连天，日近长安远。

【混江龙】向诗书经传，蠹鱼似不出费钻研[34]。将棘围守暖[35]，把铁砚磨穿[36]。投至得云路鹏程九万里[37]，先受了雪窗萤火二十年。才高难入俗人机，时乖不遂男儿愿。空雕虫篆刻，缀断简残编[38]。

行路之间，早到蒲津。这黄河有九曲，此正古河内之地，你看好形势也呵！

【油葫芦】九曲风涛何处显，则除是此地偏。这河带齐梁，分秦晋，隘幽燕；雪浪拍长空，天际秋云卷；竹索缆浮桥，水上苍龙偃；东西溃九州，南北串百川。归舟紧不紧如何见？却便似弩箭乍离弦[39]。

【天下乐】只疑是银河落九天；渊泉、云外悬，入东洋不离此径穿。滋洛阳千种花，润梁园万顷田，也曾泛浮槎到日月边。

话说间早到城中。这里一座店儿，琴童接下马者！店小二哥那里？（小二上，云）自家是这状元店里小二哥。官人要下呵，俺这里有干净店房。（末云）头房里下，先撒和那马者[40]！小二哥，你来，我问你：这里有甚么闲散心处？名山胜境，福地宝坊皆可。（小二云）俺这里有一座寺，名曰普救寺，是则天皇后香火院，盖造非俗：琉璃殿相近青霄，舍利塔直侵云汉。南来北往，三教九流，过者无不瞻仰；则除那里可以君子游玩。（末云）琴童料持下晌午饭！俺到那里走一遭便回来也。（童云）安排下饭，撒和了马，等哥哥回家。（下）

（法聪上）小僧法聪，是这普救寺法本长老座下弟子。今日师父赴斋去了，着我在寺中，但有探长老的，便记着，待师父回来报知。山门下立地，看有甚么人来。（末上，云）却早来到也。（见聪了，聪问云）客官从何来？（末云）小生西洛至此，闻上刹幽雅清爽，一来瞻仰佛像，二来拜谒长老。敢问长老在么？（聪云）俺师父不在寺中，贫僧弟子法聪的便是，请先生方丈拜茶。（末云）既然长老不在呵，不必吃茶；敢烦和尚相引，瞻仰一遭，幸甚！（聪云）小僧取钥匙，开了佛殿、钟楼、塔院、罗汉堂、香积厨，盘桓一会，师父敢待回来[41]。（做看科）（末云）是盖造得好也呵！

【村里迓鼓】随喜了上方佛殿，早来到下方僧院。行过厨房近西，法堂北，钟楼前面。游了洞房，登了宝塔，将回廊绕遍。数了罗汉，参了菩萨，拜了圣贤。

（莺莺引红娘捻花枝上云）红娘，俺去佛殿上耍去来。（末做见科）呀！正撞着五百年前风流业冤。

【元和令】颠不剌的见了万千[42]，似这般可喜娘的庞儿罕曾见。则着人眼花撩乱口难言，魂灵儿飞在半天。他那里尽人调戏亸着香肩，只将花笑捻。

【上马娇】这的是兜率宫[43]，休猜做了离恨天[44]。呀，谁想着寺里遇神仙！我见他宜嗔宜喜春风面，偏、宜贴翠花钿。

【胜葫芦】则见他宫样眉儿新月偃，斜侵入鬓云边。

（旦云）红娘，你觑：寂寂僧房人不到，满阶苔衬落花红。（末云）我死也！未语人前先腼腆，樱桃红绽，玉粳白露[45]，半晌恰方言。

【幺篇】恰便似呖呖莺声花外啭，行一步可人怜[46]。解舞腰肢娇又软[47]，千般袅娜，万般旖旎[48]，似垂柳晚风前。

（红云）那壁有人，咱家去来。（旦回顾觑末下）（末云）和尚，恰怎么观音现来？（聪云）休胡说，这是河中府崔相国的小姐。（末云）世间有这等女子，岂非天姿国色乎？休说那模样儿，则那一对小脚儿，价值百镒之金[49]。（聪云）偌远地，他在那壁，你在这壁，系着长裙儿，你便怎知他脚儿小？（末云）法聪，来，来，来，你问我怎便知，你觑：

【后庭花】若不是衬残红，芳径软，怎显得步香尘底样儿浅。且休题眼角儿留情处，则这脚踪儿将心事传。慢俄延，投至到栊门儿前面，刚那了上步远。刚刚的打个照面，风魔了张解元[50]。似神仙归洞天，空馀下杨柳烟，只阕得鸟雀喧。

【柳叶儿】呀，门掩着梨花深院，粉墙儿高似青天。恨天，天不与人行方便，好着我难消遣，端的是怎留连。小姐呵，则被你兀的不引了人意马心猿[51]？

（聪云）休惹事，河中开府的小姐去远了也。（末唱）

【寄生草】兰麝香仍在，佩环声渐远。东风摇曳垂杨线，游丝牵惹桃花片，珠帘掩映芙蓉面。你道是河中开府相公家，我道是南海水月观音现。

"十年不识君王面，始信婵娟解误人。"小生便不往京师去应举也罢。（觑聪云）敢烦和尚对长老说知，有僧房借半间，早晚温习经史，胜如旅邸内冗杂，房金依例拜纳，小生明日自来也。

【赚煞】饿眼望将穿，馋口涎空咽，空着我透骨髓相思病染，怎当他临去秋波那一转！休道是小生，便是铁石人也意惹情牵。近庭轩，花柳争妍，日午当庭塔影圆。春光在眼前，争奈玉人不见，将一座梵王宫疑是武陵源。（并下）

第四本 张君瑞梦莺莺杂剧

第二折

（夫人引俫云）这几日窃见莺莺语言恍惚，神思加倍，腰肢体态，比向日不同；莫不做下来了么？（俫云）前日晚夕，奶奶睡了，我见姐姐和红娘烧香，半晌不回来，我家去睡了。（夫人云）这桩事都在红娘身上，唤红娘来！（俫唤红科）（红云）哥哥唤我怎么？（俫云）奶奶知道你和姐姐去花园里去，如今要打你哩。（红云）呀！小姐，你带累我也！小哥哥，你先去，我便来也。（红唤旦科）（红云）姐姐，事发了也，老夫人唤我哩，却怎了？（旦云）好姐姐，遮盖咱！（红云）娘呵，你做的稳秀者[52]，我道你做下来也。（旦念）月圆便有阴云蔽，花发须教急雨催。（红唱）

【越调】【斗鹌鹑】则着你夜去明来，倒有个天长地久，不争你握雨携云[53]，常使我提心在口。你则合带月披星，谁着你停眠整宿？老夫人心数多[54]，情性㑳[55]；使不着我巧语花言，将没做有。

【紫花儿序】老夫人猜那穷酸做了新婿，小姐做了娇妻，这小贱人做了牵头。俺小姐这些时春山低翠，秋水凝眸。别样的都休，试把你裙带儿拴，纽门儿扣，比着你旧时肥瘦，出落得精神，别样的风流。

（旦云）红娘，你到那里小心回话者！（红云）我到夫人处，必问："这小贱人，

【金蕉叶】我着你但去处行监坐守，谁着你拖逗的胡行乱走？"若问着此一节呵如何诉休？你便索与他个"知情"的犯由。

姐姐，你受责理当，我图甚么来？

【调笑令】你绣帏里效绸缪[56]，倒凤颠鸾百事有。我在窗儿外几曾轻咳嗽，立苍苔将绣鞋儿冰透。今日个嫩皮肤倒将粗棍抽，姐姐呵，俺这通殷勤的着甚来由？

姐姐在这里等着，我过去。说过呵，休欢喜；说不过，休烦恼。（红见夫人科）（夫人云）小贱人，为甚么不跪下！你知罪么？（红跪云）红娘不知罪。（夫人云）你故自口强哩。若实说呵，饶你；若不实说呵，我直打死你这个贱人！谁着你和小姐花园里去来？（红云）不曾去，谁见来？（夫人云）欢郎见你去来，尚故自推哩。（打科）（红云）夫人休闪了手，且息怒停嗔，听红娘说。

【鬼三台】夜坐时停了针绣，共姐姐闲穷究，说张生哥哥病久。咱两个背着夫人，向书房问候。

（夫人云）问候呵，他说甚么？（红云）他说来，道"老夫人事已休，将恩变为仇，着小生半途喜变做忧"。他道："红娘你且先行，教小姐权时落后。"

（夫人云）他是个女孩儿家，着他落后怎么！（红唱）

【秃厮儿】我则道神针法灸，谁承望燕侣莺俦。他两个经今月余则是一处宿，何须你一一问缘由？

【圣药王】他每不识忧，不识愁，一双心意两相投。夫人得好休，便好休，这其间何必苦追求？常言道"女大不中留"。

（夫人云）这端事都是你个贱人。（红云）非是张生小姐红娘之罪，乃夫人之过也。（夫人云）这贱人倒指下我来，怎么是我之过？（红云）信者人之根本，"人而无信，不知其可也。大车无輗，小车无軏，其何以行之哉？"当日军围普救，夫人所许退军者，以女妻之。张生非慕小姐颜色，岂肯区区建退军之策？兵退身安，夫人悔却前言，岂得不为失信乎？既然不肯成其事，只合酬之以金帛，令张生舍此而去。却不当留请张生于书院，使怨女旷夫，各相早晚窥视，所以夫人有此一端。目下老夫人若不息其事，一来辱没相国家谱；二来张生日后名重天下，施恩于人，忍令反受其辱哉？使至官司，老夫人亦得治家不严之罪。官司若推其详，亦知老夫人背义而忘恩，岂得为贤哉？红娘不敢自专，乞望夫人台鉴：莫若恕其小过，成就大事，㓻之以去其污[57]，岂不为长便乎？

【麻郎儿】秀才是文章魁首，姐姐是仕女班头；一个通彻三教九流，一个晓尽描鸾刺绣。

【幺篇】世有、便休、罢手，大恩人怎做敌头？起白马将军故友，斩飞虎叛贼草寇。

【络丝娘】不争和张解元参辰卯酉[58]，便是与崔相国出乖弄丑。到底干连着自己骨肉，夫人索穷究。

（夫人云）这小贱人也道得是。我不合养了这个不肖之女。待经官呵，玷辱家门。罢罢！俺家无犯法之男，再婚之女，与了这厮罢。红娘唤那贱人来！（红见旦云）且喜姐姐，那棍子则是滴溜溜在我身上，吃我直说过了。我也怕不得许多，夫人如今唤你来，待成合亲事。（旦云）羞人答答的，怎么见夫人？（红云）娘跟前有甚么羞？

【小桃红】当日个月明才上柳梢头，却早人约黄昏后。羞得我脑背后将牙儿衬着衫儿袖。猛凝眸，则见鞋底尖儿瘦。一个恣情的不休，一个哑声儿厮耨。呸！那其间可怎生不害半星儿羞？

（旦见夫人科）（夫人云）莺莺，我怎生抬举你来，今日做这等的勾当；则是我的孽障，待怨谁的是！我待经官来，辱没了你父亲，这等事不是俺相国人家的勾当。罢罢罢！谁似俺养女的不长俊[59]！红娘，书房里唤将那禽兽来！（红唤末科）（末云）小娘子唤小生做甚么？（红云）你的事发了也，如今夫人唤你来，将小姐配与你哩。小姐先招了也，你过去。（末云）小生惶恐，如何见老夫人？当初谁在老夫人行说来？（红云）休佯小心，过去便了。

【幺篇】既然泄漏怎甘休？是我相投首。俺家里陪酒陪茶倒撋就。你休愁，何须约定通媒媾[60]？我弃了部署不收，你原来"苗而不秀"[61]。呸！你是个银样镴枪头[62]。

（末见夫人科）（夫人云）好秀才呵，岂不闻"非先王之德行不敢行"？我待送你去官司里去来，恐辱没了俺家谱。如今将莺莺与你为妻，则是俺三辈儿不招白衣女婿[63]，你明日便上朝取应去。我与你养着媳妇，得官呵，来见我；驳落呵，休来见我。（红云）张生早则喜也。

【东原乐】相思事，一笔勾，早则展放从前眉儿皱，美爱幽欢恰动头[64]。既能够，张生，你觑兀的般可喜娘庞儿也要人消受。

（夫人云）明日收拾行装，安排果酒，请长老一同送张生到十里长亭去。（旦念）寄语西河堤畔柳，安排青眼送行人。（同夫人下）（红唱）

【收尾】来时节画堂箫鼓鸣春昼，列着一对儿鸾交凤友。那其间才受你说媒红[65]，方吃你谢亲酒。

（并下）

【作者简介】

王实甫，名德信，元代著名杂剧作家，河北省保定市定兴（今定兴县）人。他一生写作了 14 部剧本，著有杂剧 14 种，现存《西厢记》《丽春堂》《破窑记》三种。《破窑记》写刘月娥和吕蒙正悲欢离合的故事，有人怀疑不是王实甫的手笔。另有《贩茶船》《芙蓉亭》两种，各传有曲文一折。《西厢记》大约写于元贞、大德年间，是他的代表作。王实甫与关汉卿齐名，其作品全面地继承了唐诗宋词精美的语言艺术，又吸收了元代民间生动活泼的口头语言，并将它们完美地融合在一起，创造了文采璀璨的元曲词汇，成为中国戏曲史上“文采派”最杰出的代表。

【注释】

[1]楔（xiē）子：在元代和明初，把放在一段戏的头一首曲子叫楔子。[2]外：元代杂剧中女主角叫正旦，男主角叫正末，其他角色加“外”，如外末。[3]老身：老年人自称，不分男女。[4]拜：授官。前朝：这里指前一个皇帝在位时。[5]告殂：布告死讯。[6]针指女工：妇女从事的纺织、刺绣、针线等活计。工，也写成红。[7]小妮子：对婢女的称呼。[8]小厮儿：宋元时对男孩儿包括儿子的称呼。[9]柩：棺材。[10]河中府：治所在今山西省永济市。[11]普救寺：隋朝时就有，唐朝时曾扩建，成为名胜。[12]则天：唐高宗李治的皇后，曾称帝，死后谥号则天皇后。香火院：接受民间供奉的寺院。[13]长老：庙里的住持。[14]相公：妻子对丈夫的尊称。剃度：指和尚、尼姑断发，这里指不出家的人为出家的人出资买度牒。[15]安下：安置。[16]一壁：一边。附：寄。[17]食前方丈，从者数百：当年家道旺盛时，美味佳肴能摆到一丈见方，仆役的数量有好几百。[18]则：仅，只。[19]仙吕：宫调名，宫调就是乐律。元曲中有“五宫四调”：黄钟宫、正宫、南宫、仙宫、中宫，石调、越调、双调、商调。赏花时：曲调名。[20]禄命：天命，人生运数。禄命终，指死亡。[21]穷：处境艰难窘迫。[22]旅榇：没有埋入祖坟前临时寄存在外的棺材。梵王宫：这里泛指寺院。[23]冢：坟墓，旧冢代指家乡。[24]杜鹃：子规鸟，杜鹃红这里指子规鸟嘴上叫出的血。此处用来形容老夫人的悲戚心情。[25]困人：使人疲倦。[26]旦倈：小旦，倈即倈儿，戏里扮演儿童的角色。[27]幺篇：幺是。[28]值：遇上。蒲郡：蒲州。[29]掩：关门。重关：一道道的门。萧寺：梁武帝萧衍信佛，建了很多寺庙，后世就称寺院为萧寺。[30]红：指落花。[31]闲愁：无法排遣的愁思。[32]蒲关：蒲津关的简称。[33]刮垢磨光：这里指读书时认真琢磨，去粗取精。[34]蠹鱼：书虫。这里比喻自己像书虫一样埋头读书。[35]棘围：指考场。[36]铁砚磨穿：刻苦攻读，不取功名誓不罢休。[37]投至得：直等到。[38]“空雕虫”二句：是说白白地写作、研究诗文，却徒劳无益。[39]弩箭：由机械发射的箭。[40]撒和：喂养牲口。[41]敢待：也许。[42]颠不剌：有多意，此处“颠”有可爱、风流的意思。不剌：语助词，无意。[43]的是：确实是。兜率宫：兜率天是六大欲天第四天，佛祖成佛前居住在这里，这里的房院就是兜率宫。[44]离恨天：佛教三十三天中没有离恨天，而在此剧中的意思是指男女相思烦恼的一种心境。[45]玉粳：光洁如玉的粳米，比喻牙齿小而白。[46]可人怜：让人爱。[47]解舞腰肢：能跳舞的腰肢。[48]旖旎：轻盈柔美，引申为风流之意。[49]镒：古时重量单位，二十两或二十四两为一镒。百镒黄金是说贵重。[50]风魔：本指精神失常，这里指神魂颠倒。[51]兀的：指示代词，表惊讶语气。[52]稳秀：藏而不露的意思。稳，通“隐”。[53]不争：这里作“因为”讲。[54]心数：心计。[55]侷：固执之意。[56]绸缪：用以指男女欢会。[57]撋：本指摩弄、揉搓，此处为迁就、撮合之意。[58]参辰：参星和辰星，也作参商。[59]长俊：长进，有出息。[60]媒媾：因媒人而结婚，此指媒人。

媾，结婚。[61]苗而不秀：庄稼出了苗而没有抽穗，比喻没用的人。[62]银样镴枪头：看上去是银做的，其实是镴做的枪头，比喻好看而不中用的样子货。[63]白衣：没有官职的人，相当于布衣。[64]恰动头：刚开始。[65]说媒红：赏给媒人的谢礼。

【曲解】

《西厢记》全名《崔莺莺待月西厢记》，共 5 本 21 折 5 楔子，表达了“愿普天下有情人都成眷属”这一美好的愿望。

【思考与练习】

1．谈谈对《西厢记》“愿普天下有情人终成眷属”主题的认识。

2．分析《西厢记》的语言特点。

原野（节选）

曹禺

第二幕

（焦氏由中门走进。仇、花两人在窗前屏息伫立，望着她森严地踱到香桌旁，擎起沉重的铁杖，走到右门前，花氏几乎吓得喊出。瞎子听一下，倒锁右门。焦氏的脸忽然显出异常的凶恶，她轻轻拖着铁杖，向左门走。仇和花的眼睛跟随着焦氏，焦氏昂然走进了左门。）

（屋内无声，只远远听见野狗嚎叫如鬼如狼。花氏望着仇虎，仇虎盯着左门。）

焦花氏：（低声）怪，她进到里屋干什么？

仇　虎：（按住她的手）她要打死我。

焦花氏：（耳语）用——用什么？

仇　虎：（急促地）你没有看见她拿着那根铁拐？

焦花氏：怎么？

仇　虎：也是（两手做击下状）这么一下子。

焦花氏：（忽然想起，全身颤抖，低声急促地）那——那孩子就在你的床上。

仇　虎：（吓着）什么？那孩子——

焦花氏：（狂惧）孩子就在那——那床——

（蓦地听见里面铁杖闷塞而沉重地捣在床上，仿佛有一个小动物轻嚎了一下，便没有了声音。）

仇　虎、焦花氏：（同时）啊，天！

（左屋焦氏忽然尖锐地喊了一声。）

焦　母：（恐怖到了极点）哦——黑子，我的黑子！（又没有声音）

仇　虎：（怵惧）晚了！

焦花氏：（忽然地）走！快走。

仇　虎：（自己也怕起来）黑子死了。

焦花氏：快穿衣服，外面一定有人。你这样出去，准叫他们看出来。

（她为仇虎套上小褂，便忙着拿包袱，拾匕首。仇虎的衣服没扣了一半，焦氏由左门走出。她两手举起小黑子，上面盖上一层黑布褂。她的脸像一个悲哀的面具，锁住苦痛的眉头，口角垂下来，成两道深沟。她不哭，也不喊，像一座可怖的煞神站在左门前。仇与花不觉怵然退后，紧紧挤在一角。）

焦　母：（不像人声）虎子！（停一下，不见人应）虎子！（仍无人应，森严地）我知道你在这儿，虎子。（忽然爆发地）你的心太狠了，虎子，天不容你呀！我们焦家是对不起你，可是你这一招可报得太损德了。（痛极欲狂）你猜对了，看！孩子我亲手打死的，可是这次我送到老神仙那里也救不活，虎子，（酷恨地）我会跟着你的，你到哪儿，我会跟你到哪儿的。（森严地）虎子，现在我要从你脸前过！（一面向中门走，一面说）你要打，就打死我吧！我告诉你，（刚走到中门前）侦缉队已经在外面把枪预备好，就要进来宰你的。

（焦氏举着小黑子由中门出。二人僵立不动。外面听见焦氏低声叫："狗蛋！"继而听见一种粗哑的怪声唱"……初一十五庙门开……牛头马面哪两面排……"二人回头谛听。）

焦花氏：（怯惧地）谁？谁这时候唱这个？

仇　虎：（极力镇静）是狗——狗蛋。

（外面的声音（更加惨厉）"……阎王老爷哟，当中坐，一阵哪阴风……"）

焦花氏：（向上望，忽然大叫，指着）阎王的眼又动，动，起来了。

仇　虎：（惊惧）什么？

焦花氏：（怕极）他要说话！

（仇虎抽土手枪向墙上的阎王的像，连发四枪，相框立刻落在地下。）

焦花氏：虎子！

（外面以为仇虎攻出，枪向里面乱射。）

仇　虎：他们真来了。

（枪声中，常五在外面大喊："后面不要放！不要放，我在前面。"失了魂似的跌进中门。）

常　五：（一见仇虎，吓得瘫在那里）天！（又想回身出门）

仇　虎：（一把抓着常五）你来得好！（枪对着他）来得好。（向中门喊）弟兄们，别放！（外面仍在放射，转向常五）你跟他们说，叫他们别放。

常　五：（斜对窗户，急喊）刘队长！刘队长！别放，是我，常五，常老五。

（枪声突停。）

仇　虎：告诉他，你现在在我手里，叫他们别放枪，我要出去。

常　五：（不成声）刘队长！我，我叫仇虎抓着了。我在他手里，刘队长，他拿着我，他要出去，你们千万别放枪。

仇　虎：（高喊）弟兄们，我仇虎跟你们无冤无恨，到此地来也是报我两代似海的冤仇，讲交情，弟兄们，跟我让一条活路。要不卖面子，我先就拿你们的探子常五开刀。

常　五：刘队长！刘队长！

仇　虎：好，你们答应不答应？不说话？那么，你们要不答应，放一枪；答应放两枪。怎么样？

（外面悄然无声。）

仇　虎：好，你们不答声！我数十下，十下不答声，（对常五）我就不客气了。

常　五：刘队长！刘队长！

仇　虎：（开始数）一下，两下，三下，四下……

常　五：（几乎同时喊）刘队长！刘队长！我常五家里孩子大人一大堆。我要死了，我家里的人就找你抵偿，刘队长！

（四外悄寂。）

仇　虎：八下，九下——

常　五：刘——

（外面发一枪。）

仇　虎：一枪。

常　五：刘队长！刘——

（外面又放一枪。）

仇　虎：两枪！

常　五：（嘘出一口气）啊！

仇　虎：（枪抵住常五的背）走！（对花氏）我们走吧。

（花氏拿着包袱跟在两个男人的后面，由中门走出。屋内悄无一人，半晌，忽然听见远处两声枪响，又一声，接着枪声忽密，幕渐落，快闭时，枪声更密。）

——幕落

【作者简介】

曹禺（1910 年 9 月 24 日—1996 年 12 月 13 日），原名万家宝，字小石，小名添甲，中国现代话剧史上成就最高的剧作家。曹禺笔名的来源是因为本姓“万”（繁体字），繁体万字为草字头下一个禺。于是他将万字上下拆为“草禺”，又因“草”不像个姓，故取谐音字“曹”，两者组合而得曹禺。汉族，祖籍湖北潜江，出生在天津一个没落的封建官僚家庭里。曹禺自小随继母辗转各个戏院听曲观戏，故而从小心中便播下了戏剧的种子。其作品《雷雨》《日出》《原野》《北京人》的出现也标志着中国现代话剧艺术的成熟，被人称为“中国的莎士比亚”。1996 年 12 月 13 日，因长期疾病，曹禺在北京医院辞世，享年 86 岁。

【剧解】

《原野》通过一个复仇的命运悲剧故事，深刻地展示出作家对“人生困境”的困惑以及对神秘宇宙的哲学思考。为了戏剧化地传达这种认识，《原野》借鉴了西方表现主义的艺术手法，参考尤金·奥尼尔的戏剧《琼斯皇》，并结合本民族的欣赏习惯，成功地对戏剧文本的叙述方式进行了新的探索。

【思考与练习】

1. 试分析本剧的复仇主题。
2. 谈谈本文的叙述手法。

第二节　外国戏剧

哈姆雷特（节选）

［英］莎士比亚

第三幕

第一景：宫廷内一室

哈：（自言自语）

生存或毁灭，这是个必答之问题：
是否应默默地忍受坎坷命运之无情打击，
还是应与深如大海之无涯苦难奋然为敌，
并将其克服。
此二抉择，究竟是哪个较崇高？

死即睡眠，它不过如此！
倘若一眠能了结心灵之苦楚与肉体之百患，
那么，此结局是可盼的！
死去，睡去……
但在睡眠中可能有梦，啊，这就是个阻碍：
当我们摆脱了此垂死之皮囊，
在死之长眠中会有何梦来临？
它令我们踌躇，
使我们心甘情愿地承受长年之灾，

否则谁肯容忍人间之百般折磨，
如暴君之政、骄者之傲、失恋之痛、法章之慢、贪官之侮或庸民之辱，
假如他能简单地一刃了之？
还有谁会肯去做牛做马，终生疲于操劳，
默默地忍受其苦其难，而不远走高飞，飘于渺茫之境，
倘若他不是因恐惧身后之事而使他犹豫不前？
此境乃无人知晓之邦，自古无返者。
所以，“理智”能使我们成为懦夫，
而“顾虑”能使我们本来辉煌之心志变得黯然无光，像个病夫。
再之，这些更能坏大事，乱大谋，使它们失去魄力。
（见到欧菲利亚）
哦，小声。
美丽的欧菲利亚，可爱的小姐，在你的祈祷中可别忘了我的罪孽。
欧：殿下这几天来如何？
哈：我谦逊地谢谢你，很好。
欧：殿下，这里有些你从前给我之纪念品，我一直想还给你，
希望你把它们收下。
哈：不，才不，我从来没给过你任何东西。
欧：尊贵的殿下，你知道你曾经有过，
并且当时还添加了你的香甜蜜语，使它格外的珍贵。
现在既然此芳已散，你就收回这些罢。
对有情人来说，送礼者若无诚，那此礼就会失去意义。
拿去罢，殿下。
哈：哈哈，你有无贞节？（注意地端详）
欧：（吃惊）殿下？
哈：你美吗？
欧：殿下是什么意思？
哈：你若有贞节，并有美貌，那么，你的贞节不应和你的美貌有所来往。
欧：美貌与贞节，能有比此更完美之结合吗，殿下？
哈：当然有的：美貌能败坏贞节，使它淫荡；
这比贞节能感化美貌来得容易。
从前这是无法想象的，但是现在它已得到了时间的证实。
我曾爱过你，在以前。
欧：你的确曾令我如此的想过，殿下。
哈：当时你不应该相信我：
可把美德之枝接于罪孽之干，

但其果实仍将存有罪恶之苦涩。
那不是爱。
欧：你真的把我给骗了。
哈：你去进修道院罢！
难道你想做一窝罪人之生母？
我还算是个有点道德的人，
但是我能说出我的许多过失，
使我觉得我的母亲是不应该生了我。
我骄矜、记仇、有野心；
藏匿于我内心之为恶潜能，庞大得使我无法想象，繁多得令我无空实践。
像我这种家伙，存于天地之间有啥用处？
我们都是坏蛋，千万别相信我们。
你去修道院罢。
你父亲呢？
欧：在家里，殿下。
哈：让他被锁在那儿好了，这样，他只能在自己家当个傻瓜。
再见。
欧：啊，老天爷，请帮助他！
哈：将来你若会出嫁，那就让我送句恶言来给你做嫁：
尽管你是守操如冰，还是贞洁如雪，你将无法逃离流言的毁谤。
你去进修道院罢！再见。
倘若你非嫁人不可，那就嫁个傻瓜好了，
因为聪明人都晓得你会使他们当乌龟。请赶快进尼姑庵了吧！
再见。
欧：请上帝之神力使他痊愈。
哈：我听说过你的那些胭脂饰品，
上帝给了你一张脸，你却偏要把它打扮成另一个。
你卖弄风情，你矫文饰字，你油腔滑调，你虚情假意。
够了，不谈了，我火了。我说，我们以后不许再有婚姻。
已婚之人可以继续生活下去，除了一人之外，
其他的人们均应保持现状，不许结婚。
你去修道院罢，走呀！
（哈姆雷特出）

【作者简介】

威廉·莎士比亚（1564 年 4 月 23 日—1616 年 4 月 23 日），华人社会常尊称为莎翁，

鲁迅在《摩罗诗力说》（1908 年 2 月）称莎士比亚为“狭斯丕尔”。莎士比亚是英国文学史上最杰出的戏剧家，也是西方文艺史上最杰出的作家之一，是全世界最卓越的文学家之一。

【剧解】

《哈姆雷特》是由威廉·莎士比亚创作于 1599 年至 1602 年间的一部悲剧作品。戏剧讲述了叔叔克劳狄斯谋害了哈姆雷特的父亲，篡取了王位，并娶了国王的遗孀乔特鲁德，哈姆雷特王子因此为父王向叔叔复仇。

【思考与练习】

1. 试分析哈姆雷特的延宕。
2. 剧本的内心独白是其特色，试分析。

浮士德（节选）

［德］歌德

悲剧　第二部　第五幕之山谷，森林，岩石，荒野

神圣的隐士们散布山上，住在岩壑中间。

合唱与回音

林原莽莽苍苍，
巉岩重叠如嶂；
树根牢牢纠缠，
树干密密参天。
百道流泉飞洒，
千寻深穴安全。
猛狮与人为友，
默默四周徘徊。
敬此洞天福地，
敬此圣爱所在。

极乐神甫

（上下飘浮）
欢乐之焰永不息，
恩爱缠绵如火炽，
苦痛熬胸中，
神趣转葱茏。
但愿利箭穿我心，
但愿长矛刺我身，

大棒捣我为齑粉，
电火烧我成灰烬！
一切虚无物，
消失如烟云，
唯有耿耿长明星，
永恒之爱的核心！

沉思神甫

（在底层地段）
脚下悬岩重万钧，
下临绝壑深千仞，
千道溪泉齐飞迸，
汇作洪流怒奔腾；
复有古木郁森森，
高柯劲节欲凌云；
是皆全能爱之力，
造形万物育万类。
四周风狂声怒号，
震撼林壑如涌涛，
山泉飞瀑趋大壑，
不舍昼夜流滔滔，
灌溉谷底育群苗。
闪电下击焰腾腾，
扫荡毒雾与妖氛，
万里长空大气清。
爱之使者告吾人：
永恒造化育众生。
纵使我心热如焚，
我神紊乱冷如冰，
官能顽钝已失灵，
如被桎梏苦难禁。
请神解我沉思苦，
光明照我饥渴心！

天使澄明神甫

（在中层地段）
何物朝云自在飘？
穿过摇曳枞林梢。

我料其中有生命，
乃是年幼众精灵。

升天的幼儿们合唱

爸爸，告诉我们，我们飘浮在哪里？
好人，告诉我们，我们究竟是何人！
我们大家都幸福，
幸福生活长如春。

天使澄明神甫

孩子们，你们是夜半生下地，
精神和官能才半启，
父母失汝悲夭殇，
天使得来如拱璧！
此间有一爱人者，
汝辈觉出速来近！
尘世歧途多险恶，
汝辈幸未着痕迹！
入我眼来莫迟疑，
顺应世界和大地！
作为汝眼而使用，
借以洞察此地区！
（将众幼儿容纳眼中）
这是树木，那是岩石，
水流浩浩，奔去迅疾，
波翻浪滚，赫赫声势，
缩短山道，化险为夷。

升天的幼儿们

（从眼中）
外界果然壮观，
这儿却太黑暗，
我们胆战心惊。
尊贵和善的人，放出我们！

天使澄明神甫

往更高境界飞翔，
暗中不断成长，
按照永恒纯洁的方式，
有神明增强你们的力量。

在极自由的太空中，
充满着精灵的营养：
永恒之爱启示，
普遍赐福降祥。

升天的幼儿们合唱

（旋绕在最高山顶）
手挽手儿我和你，
结成一环真欢喜，
踊跃又歌唱，
神圣感情扬！
神明所教养，
你们须信赖，
你们将瞻仰，
你们所敬爱。

天使们

（飘浮在高空中，荷着浮士德的灵魂）
灵界高贵的成员，
已从恶魔手救出；
不断努力进取者，
吾人均能拯救之。
更有爱从天降，
慈光庇护其身，
极乐之群与相遇，
衷心表示欢迎。
（较年轻的天使们）
玫瑰花，圣洁手，
赎罪女子情意厚，
协助吾人赢胜利，
崇高事业喜成就，
宝贵灵魂获抢救。
天花撒落，恶者躲藏，
天花命中，魔鬼逃亡。
魔鬼虽经地狱罪，
爱之苦恼更加倍；
即使老牌大魔王，
钻心刺痛也难当，

大功告成齐欢唱！
（较成熟的天使们）
尘世遗蜕累人，
负载实感苦辛，
纵如石棉耐火，
质地也不纯净。
精灵之力颇强，
能将元素吸引，
使其附着于身。
形与神合，
亦肉亦灵，
天使也难分渭泾；
只有永恒之爱，
才使灵肉离分。
（较年轻的天使们）
雾笼岩顶，
我方觉察
有精灵的生命，
活跃在附近。
浮云已澄清，
我看出是活泼的
升天幼儿之群。
他们摆脱了扰扰红尘，
结成环形，
神会心领
上方世界的
绮丽新春。
他初来到，
应与幼儿为朋，
向完美不断增进！
（升天的幼儿们）
我们乐意接待他，
他还像个蛹宝宝；
如今一旦得到手，
天使押品要保牢。
浑身裹在茧壳中，

代为层层剥去掉！
圣神生命得福佑，
便已长大而美好。

崇奉玛利亚的博士

（在极高极洁净的石龛中）
这儿自由眺望，
精神无比昂扬。
有美人兮结成行，
飘摇飞往上方，
中有庄严圣体，
星冠璀璨辉煌，
我向光辉瞻仰，
天后万寿无疆！
（狂喜）
世界上最崇高的女帝！
让我在蔚蓝的
辽阔天宇下，
瞻仰你的神秘！
请你容许，侠气与温情
激荡着男子的心胸，
并以圣洁的爱之乐趣
向你呈奉。
你一旦严格命令，
我们的勇气便不可战胜；
你只要稍加安抚，
突然间我们又矜平躁释。
最纯洁的处女，
受崇敬的圣母，
为万民而选出的女王，
位与诸神相侔。
轻云冉冉，
在她四周环绕：
原来是赎罪女子，
一群荏弱的娇鸟，
齐集膝下，
餐风饮露，

祈求恩恕。
圣母啊，你是不可触扪，
但不阻止
那易受诱惑的人儿，
虔诚地向你走近。
世人不易拯救，
沉湎于声色玩好；
有谁凭着本身力量，
挣断欲望的镣铐？
踏着光滑而倾斜的地皮，
多么容易失足！
媚眼、祝福和吹嘘，
怎不叫人着迷？
光明圣母冉冉飞来。

赎罪女子合唱

你飞在天乡高处，
几度低回；
垂听我们的哀求，
你崇高无比，
你大慈大悲！

罪孽深重的女子（《新约》《路加福音》第七章第三十六节）

我以爱情向圣母祈祷，
泪洒圣子脚上，
滚滚如涂香膏，
不顾法利赛人的讥嘲；
我持此瓶向圣母哀请，
瓶中芳香流溢不尽；
我凭鬈发向圣母陈词，
柔软的发丝曾擦干神圣的肢体——

撒马利亚的女子（《约翰福音》第四章）

我指井水祷告圣母，
亚伯拉罕曾到此放牧，
我以水桶祷告圣母，
耶稣解渴时唇与接触；
清泉滚滚，
源远流长，

永世常清不竭，
流向四面八方——

埃及的玛利亚（《圣徒故事集》）
鉴彼至圣地，
卸下救世主；
鉴彼无形臂，
阻我入门去；
潜居沙漠中，
忏悔四十年，
临终诀别辞，
字字沙中传——

三女合唱
你不拒绝罪大的女子
向你身边靠拢，
你使忏悔的益处
上升到无穷。
这儿有位善女，
偶然一次失身，
过失出于无意，
请你广开鸿恩！

赎罪女子之一
（旧名葛丽卿，紧靠上去）
往下看，往下看，
无比崇高的圣母，
无比光辉的圣母，
请慈悲地一顾我的幸福！
我早年的爱人
已经回来，
不再是那样呆木。

升天的幼儿们（做环绕运动而近前）
他的肢体
已比我们长得强壮，
对我们的忠心看护，
将给予重重的奖赏。
我们过早夭殇，
对人世茫然不省；

他却见多识广，
可以指导我们。

赎罪女子之一（旧名葛丽卿）

新来者被高洁的精灵所围绕，
神智尚未十分清醒，
他还预料不到新鲜的生命，
便已列入神圣之群。
瞧吧！他摆脱了任何尘世羁绊，
抛弃了旧日的腐臭皮囊，
从云霞重裹中
显露出第一股青春力量！
请允许我将他指导，
他还目眩于新的天光。

光明圣母

来吧，升向更高的境界！
他觉察到你，会从后面跟来。

崇奉玛利亚的博士

（俯伏膜拜）

悔悟柔和之人，
仰沾浩荡天恩，
从此革面洗心，
共同超凡入圣！
任何向上意志，
无不对你皈依！
处女，圣母，女神，天后，
但愿慈悲始终不渝！

神秘的合唱

一切无常事物，
无非譬喻一场；
不如意事常八九，
而今如愿以偿；
奇幻难形笔楮，
焕然竟成文章；
永恒女性自如常，
接引我们向上。

（董问樵　译）

【作者简介】

约翰·沃尔夫冈·冯·歌德（1749 年 8 月 28 日－1832 年 3 月 22 日），出生于美因河畔法兰克福。作为戏剧家、诗人、自然科学家、文艺理论家和政治人物，歌德是魏玛的古典主义最著名的代表。而作为戏剧、诗歌和散文作品的创作者，他是最伟大的德国作家，也是世界文学领域最出类拔萃的光辉人物之一。歌德一生跨越两个世纪，正当欧洲社会大动荡、大变革的年代。封建制度的日趋崩溃，革命力量的不断高涨，促使歌德不断接受先进思潮的影响，从而加深自己对于社会的认识，创作出当代最优秀的文艺作品。歌德的绰号为浪游者在法兰克。

【剧解】

《浮士德》是一部长达 12111 行的诗剧，第一部出版于 1808 年，共二十五场，不分幕。第二部共二十七场，分五幕。全剧没有首尾连贯的情节，而是以浮士德思想的发展变化为线索，以德国民间传说为题材，以文艺复兴以来的德国和欧洲社会为背景，写一个新兴资产阶级先进知识分子不满现实，竭力探索人生意义和社会理想的生活道路，是一部现实主义和浪漫主义结合得十分完美的诗剧。

【思考与练习】

1．试分析《浮士德》的主题。

2．谈谈浮士德精神。

第三节　拓展阅读

【元代戏曲综述】

元代戏曲包括元曲（杂剧和散曲）及南戏。

一、元曲

元曲包括杂剧和散曲两部分，其发展与分期问题说法不一。通常着眼于杂剧的南移和趋于衰微的演变，以元成宗大德（1297 年—1307 年）划界分为前后两期（文学史分为南北两个戏剧圈，基本上前期是北方圈，后期为南方圈）。

（一）前期：鼎盛时期

前期从金末 1234 年至元成宗大德（1307 年）约有 80 年，是鼎盛时期，中心在北方的大都（今北京），包括当时东平、汴梁、真定、平阳等地，即所谓北方戏剧圈。

元前期作家主要指钟嗣成《录鬼簿》中所列“前辈名公才人”56 人，都是北方人，主要活跃于大都（今北京）等地。著名作家有关汉卿、白仁甫、马致远、王实甫，比较重要的还有高文秀、康进之、纪君祥、尚仲贤、杨显之、石君宝、郑廷玉、武汉臣等八位。

现存元杂剧剧本约有 80 种是前期作品。著名的优秀剧作，特别是悲剧作品，如被王国维推为“元人第一”的大戏剧家关汉卿的《窦娥冤》，代表元杂剧最高成就的另一部佳作王实甫的《西厢记》，马致远表现昭君出塞的《汉宫秋》，白朴反映唐明皇与杨贵妃故事的《梧桐雨》以及描写贵公子裴少俊与少女李千金私订终身的《墙头马上》，纪君祥表现春秋时期历史冤案的《赵氏孤儿》，还有康进之根据水浒故事改写的《李逵负荆》等，也都是元杂剧中的传世佳作。

《窦娥冤》《梧桐雨》《汉宫秋》《赵氏孤儿》等都产生在前期，可以说这是一个产生悲剧的时代。前期杂剧作品真实地反映了当时的社会现实，并且塑造了一些勇于抗争的人物形象，热情地讴歌了人民的反抗精神。

杂剧的语言以北方中原地区的口语为基础，吸收了民间讲唱文艺的营养，具有质朴自然、生动泼辣的特点。许多杂剧大家还吸收了诗词散文中富有表现力的词汇与句法，使语言更加优美。同时，杂剧剧本和舞台演出结合得十分紧密，充分反映了舞台艺术特点。由于杂剧大家都有自己的艺术风格，所以前期剧坛呈现十分绚丽的局面。

有的作品还洋溢着昂扬、乐观的战斗精神，现实主义是这个时期创作的主流倾向，少数作品达到了现实主义和浪漫主义相结合的高度。

（二）后期：衰微时期

元代灭宋统一全国后，杂剧创作出现了衰微，创作中心南移至临安（今杭州），形成了南方戏剧圈。

重要作家多是北方籍而流寓南方的，如郑光祖、宫天挺、乔吉、秦简夫等，也有不少是南方人，如萧德祥、沈和甫等。杂剧创作渐趋于衰微，以流寓南方的郑光祖、宫天挺、乔吉、秦简夫影响最大。

不仅作家作品的数量不能与前期相比，而且思想性、艺术性也较为逊色，在风格上后期作品追求辞藻工丽，失去了前期语言的本色美。由于这个时期是元朝统治的稳固时期，文人对统治阶级产生了幻想，所以后期杂剧作品大都缺乏前期杂剧的现实性，爱情剧、文人事迹剧及神仙道化剧有所发展。艺术上偏向曲词的工丽华美和追求情节的曲折离奇。

杂剧南移后脱离了它赖以生存的基础，在与南戏并存的过程中逐渐发生变化。在南戏和杂剧的基础上孕育着明代戏曲的新发展，杂剧形式的衰微不可避免。

后期杂剧作家中最优秀的是郑光祖，他的《倩女离魂》以唐代陈玄《离魂记》的故事为题材，是一部用浪漫笔调表现青年女子追求婚姻自主的强烈愿望和斗争精神的佳作。前人把郑光祖与关汉卿、白朴、马致远并称为“元曲四大家”。

二、南戏

随着杂剧的南移和衰微，南方戏剧圈中渐渐流行一种用南方曲调演唱的“永嘉杂剧”，即南戏或“戏文”，它始于南宋温州，并逐渐盛行于南方，入元稍衰，元末复起，发展而为明代的传奇。南戏发展深受杂剧艺术的影响，但在体制上较杂剧自由。两者总体风格差异是：杂剧“神气鹰扬，有刚健之气”，南戏则“流丽婉转，有柔媚之情”。代表作有《永乐大典戏文三种》：《小孙屠》《宦门子弟错立身》《张协状元》。元末高明创作的《琵琶记》相当著名，通过赵五娘、蔡伯喈的家庭悲剧，比较深刻地反映了封建社会某些伦理问题和社会问题，被后人推崇为“南戏之祖”。元末明初还出现了《荆钗记》《刘知远白兔记》《拜月亭》《杀狗记》四部重要的南戏，后被合称为“荆刘拜杀”四大传奇。

三、散曲

和杂剧创作发展相似，元散曲的创作也以元成宗大德年间为界分成前后两个时期。

前期著名的散曲作家大都是杂剧作家，较有代表性的有关汉卿、马致远、白朴等，他们的作品大多通俗晓畅，保持着原来“俗谣俚曲”的本色美。其中马致远是一位领袖群英的散曲大家，他在元代散曲中的地位，如李杜之于唐诗、苏辛之于宋词。他以丰富的思想情感注入散曲而扩大了散曲的表现领域，加深了散曲的意境，他的（越调）《天净沙·秋思》和（双调）《夜行船·秋思》都是传世名作。关汉卿多以真挚委婉的笔调写男女情爱和离愁别绪，脍炙人口的佳作是他的（南吕）《一枝花·不伏老》。白朴的作品以清丽婉约的小令较为出色。

后期的元散曲日渐失去民间文学的通俗性，代表作家有张可久、乔吉等，他们在修辞和表现手法方面，注意含蓄锤炼，散曲的本色已属鲜见。这一时期较优秀的散曲作家尚有张养浩、贯云石、睢景臣、刘时中等。张养浩传世的《云庄休居自适小乐府》，抒写晚年归隐后的心境，在歌咏大自然的自由天地里流露出对黑暗政治的不满和厌恶，其中还收有一些反映民生疾苦的佳作。贯云石才情奔放，文字优美，为时人所重。睢景臣的（般涉调）《哨遍·高祖还乡》，制作新奇，讽刺辛辣，有鲜明的艺术个性。刘时中的（正宫）《端正好·上高监司》反映百姓的灾难和吏治的腐败，扩大了散曲的表现力，在元曲中别树一帜。但总地说来，后期散曲随着本色美的减弱，也就日渐衰微了。

【西方戏剧】

在世界范围内，戏剧是一种古老的艺术门类，作为人类文化的一个部分，它的发展总是与其他文化成分的发展相伴随，并受到诸如政治、经济、哲学、心理学以及文学的影响。同时，不同的国家、民族又有自己的文化传统，戏剧作为这一传统的组成部分，其发展进程又往往呈现出特殊的轨迹。因此，所谓“戏剧的历史”也必然不是一统的。面对世界戏剧发展的错综纷杂的状态，我们至少必须对西方戏剧与东方戏剧分别进行考察。

西方戏剧的历史可以分为：古希腊罗马戏剧、中世纪戏剧、文艺复兴时期戏剧、古典主义时期戏剧、启蒙运动时期戏剧、19 世纪戏剧、现代戏剧和当代戏剧。

一、古希腊戏剧

古希腊戏剧是指大致繁荣于公元前6世纪末至公元前4世纪初之间的古希腊世界的戏剧。雅典城，既是古希腊的政治和军事中心，同时也是古希腊戏剧的中心。雅典的悲剧和喜剧也包括在全世界范围内出现最早的戏剧形式之中。古希腊的剧场和剧作对西方戏剧和文化的发展产生了持续而深远的影响。

雅典最早的戏剧传统起源于祭奠酒神狄奥尼索斯的宗教活动。公元前600年，诗人阿利翁将酒神赞美诗发展成了一种由歌队吟唱、具有叙事性特征的新的艺术样式。在公元前534年，一个名叫泰斯庇斯的人成为最早在这种叙事剧中扮演主要角色的人物。他通过背诵台词和切身表演，试图完全融入角色；同时他还使自己的表演和歌队结合。在这种戏剧的雏形中，歌队扮演的是叙事者和评论者的角色。泰斯庇斯被认为是古希腊最早的演员。

古希腊悲剧的内容，基本取材于神话和传说，荷马史诗和史诗系列是悲剧诗人们频频光顾的创作源泉。古希腊悲剧一般具有深远的历史、宗教和人文背景，探讨形而上的问题，把探索的触角指向伦理观的终端，考察生活的意义，把人的生存看做是对智能和意志的挑战。

在艺术形式方面，悲剧由话语和唱段组成。话语通常用三音段（或六音步）短长格表述，而唱段则采用众多的抒情格写成。悲剧的布局一般包含：①开场白；②入场歌；③场；④场次之间的唱段；⑤终场。有的悲剧直接从入场歌开始，如埃斯库罗斯的《乞援女》。

歌队是悲剧的原始成分，合唱在早期作品中占有相当大的比重。歌队可以以剧中人的身份介入剧情发展，也可以代表观众对人物或事件进行评论，有时还以城邦利益的阐述者身份出现。

亚里士多德将古希腊戏剧的特点归纳于“三一律”，即时间的一致、地点的一致和表演的一致。古希腊戏剧的情节通常只发生在一天之内，地点也不变换。在情节上也往往只有一条主线，不允许其他支线情节存在。亚里士多德提出“三一律”理论的初衷在于描述一种客观的形式，而非规定一种理想状态。并非所有的古希腊戏剧都遵循刻板的“三一律”，但这一理论适用于绝大多数情况。

到公元前5世纪，戏剧已经正式成为雅典文化和市民生活中的重要组成部分。也正是在这个时期，戏剧的影响传至雅典以外的地方。雅典的酒神节仍然是一年之中最重要的戏剧活动，而每个古希腊城邦都建造了自己的剧院。现今保存最完好的是埃匹多拉斯剧院。每个古希腊剧院都和宗教庆典活动以及神话传说有一定的关联。古希腊剧院的庞大规模决定了演员们的表演必须要比较夸张。他们要大声地背诵台词，大幅度地做出各种手势，因为只有这样才能保证全场的观众都能看到和听到他们的表演。也正是出于同样的原因，在戏剧表演中往往也不能使用尺寸比较小的道具，演员们要通过打手势来喻指某些物体。古希腊戏剧通常只有两至三个演员，因此一个演员往往要同时饰演几个不同的角色。而往往剧中的一个角色也可以同时被几个演员饰演。

这一时期只有四位戏剧作家有作品传世，四个人都是雅典人，他们分别是悲剧作家埃斯库罗斯、索福克勒斯和欧里庇得斯，以及喜剧作家阿里斯托芬。

《俄狄浦斯王》是索福克勒斯的著名剧作，取材于神话传说：太阳神曾谕示忒拜王拉伊奥斯必死于儿子之手，儿子一出生，国王便命令牧羊人将其抛弃荒山，但牧羊人将婴儿送给了科任托斯国王的仆人，该仆人抱回的孩子由国王养大成人，取名俄狄浦斯。太阳神谕示俄狄浦斯将来要杀父娶母，他在逃亡途中偶杀生父拉伊奥斯。在忒拜城郊他猜中司芬克斯之谜后被拥立为王，便娶王后（他不知道她正是自己的生母）为妻并生儿育女。当瘟疫流行后求太阳神神示，得到的回答是：必严惩杀前国王的凶手才可以消除瘟疫。俄狄浦斯王于是认真查处，最后发现追查的对象正是他自己，便以戳瞎双目和自行流放作了自我惩罚。这部悲剧，从忒拜父老请求俄狄浦斯王设法消除瘟疫开始，描写了人的意志和命运的矛盾冲突，表现了善良刚毅的英雄俄狄浦斯在和邪恶命运的搏斗中遭到不可避免的毁灭，歌颂了具有独立意志的人的勇敢坚强的斗争精神，反映了当时奴隶主民主派的思想特征。

在这部悲剧中，“命运”被描写成一种巨大的力量，它像一个魔影，总在主人公行动之前设下陷阱，使其步入罪恶的深渊。在诗人索福克勒斯的眼里，命运的性质是邪恶的、不可顺从的，命运的力量是巨大的、不可抗拒的，命运的根源是神秘的、不可解释的。因该剧主要表现了人的意志和命运的矛盾冲突，所以被称为“命运悲剧”。

剧情围绕着寻找凶手而进行。全剧共有两个线索：一是忒拜牧人曾说拉伊奥斯死在三岔口，其妻子伊奥卡斯特曾提到拉伊奥斯的相貌、年龄、侍从人数以及被杀的时间。这一切证明俄狄浦斯是杀死拉伊奥斯的凶手，但俄狄浦斯仍未想到那人是他的父亲；另一线索是科任托斯牧人告诉俄狄浦斯，他并非波吕波斯的儿子。当这两个牧人相遇时，两条线索交织在一起，真相也就大白了。该剧通过倒叙的手法，环环相扣，一步步地把戏剧冲突推向高潮，悲剧气氛也随之趋于顶点：伊奥卡斯特自杀，俄狄浦斯自刺双目后离开忒拜城，行乞涤罪。

《俄狄浦斯王》是索福克勒斯的剧作中最具震撼力的一部。希腊人笃信命运，《俄狄浦斯王》更是命运剧的代表。命运固然是不可战胜的，但是，俄狄浦斯并不是消极地等待，而是展开英勇的斗争，他的品德，他那种完全不顾自己痛苦的行动，他那种不惜任何代价去寻求真相的决心，本身就是可歌可泣的。可以说，这是一曲人与命运作殊死斗争的悲歌。

二、文艺复兴时期戏剧

莎士比亚戏剧代表了文艺复兴时期戏剧的最高成就，而《哈姆雷特》在艺术上代表了莎士比亚戏剧的最高成就。在人物塑造上，《哈姆雷特》着重通过内心矛盾冲突的描写揭示人物的深度。莎士比亚的悲剧以描写人及人的自然本性为核心，在戏剧冲突的建构上，不像古希腊悲剧那样主要表现人与外部自然力（“命运”）之间的冲突，而是表现人与人以及人自身的理智、信念与情感、欲望之间的冲突，这就构成了内与外双重矛盾冲突，而人与人之间的外在冲突在根本上又起因于人的内在精神与心理因素的差异性，并且外在冲突最终又是为展示心灵服务的，因此，莎士比亚的悲剧在人的内心世界的开掘上达到了空前的深度。哈姆雷特是世界文学史上一个极富艺术魅力的典型，这种魅力的产生很大程度上依赖于形象心理蕴涵的丰富性。哈姆雷特的内心冲突是随着为父复仇的戏剧情节逐步展开并激化的，而复仇的外在冲突又逐渐让位于内心冲突，从而揭示出犹豫延宕的本质特性。他追怀理想又对现实的丑恶感到失望甚至悲观，向往人性的善又深信人自身有恶的渊薮，想重整乾坤又因人性之恶的深重而感到回天无力，觉得人生无意义又对死后世界充满恐惧，爱欧菲利亚和母亲乔特鲁德，又怨恨她们的“脆弱”等。这一系列的内心冲突描写既显示了主人公心灵世界的丰富性、复杂性，又展现出其性格的丰富性、复杂性。在莎士比亚之前欧洲文学史上，还不曾有任何一个作家塑造出内心世界如此丰富复杂的原型形象。

出于展示人物心灵世界和刻画人物性格的需要，莎士比亚十分善于运用内心独白这一艺术手段，《哈姆雷特》在这方面历来受人称道。内心独白可以把隐藏在人物内心的思想、情感和欲望等多层次地展示出来。哈姆雷特的多次独白，就表达出他对社会与人生、生与死、爱与恨、理想与现实等方面的哲学探索，揭露出他内心的矛盾、苦闷、困惑、迷惘和恐惧等多方面的心理内容，有效地刻画了人物性格，也推动了剧情的发展。他关于“生存还是毁灭”的著名独白，十分准确地传达出了他此时的矛盾心态，是他犹豫延宕性格的一个典型例证。这样的独白哲理性强，富有艺术感染力，向来为人们反复吟诵。

在情节结构上，《哈姆雷特》一剧除哈姆雷特复仇的线索之外，还有雷欧提斯和挪威王子福丁布拉斯的复仇线索。三条线索以哈姆雷特的复仇为主线，以雷欧提斯和福丁布拉斯的复仇为副线，交错发展而又主次分明。三条线索起到了互成对比、激化矛盾的作用，使戏剧场面不断转换，造成戏剧高潮，产生动人心弦的艺术效果，共同表现全剧的主题。

三、19 世纪现实主义戏剧

在 19 世纪，欧洲戏剧分为两大流派：浪漫主义戏剧与现实主义戏剧。现实主义戏剧更重视客观性，强调按照生活的全部真实性和本来面貌再现现实；它更重视细节的真实，强调再现完整的人，重视人的个性特征，以真实地再现典型环境中的典型性格为显著标志。从 19 世纪 30～40 年代起，资本主义已经在欧洲很多国家取代了封建主义，而资本主义社会的种种矛盾和问题也日益显露出来。在这一时期形成并发展起来的现实主义戏剧，具有冷静的洞察社会生活和明显的社会批判性质，因而也被称为批判现实主义。在欧洲，现实主义剧作家有挪威的易卜生、法国的小仲马、英国的萧伯纳、高尔斯华绥等。在俄国，现实主义戏剧从 20 世纪 30 年代以后出现了繁荣的局面，著名剧作家有果戈理、奥斯特洛夫斯基、托尔斯泰、契诃夫、高尔基等，他们的作品在戏剧史上享有特殊的声誉。

亨利克·易卜生是挪威的杰出戏剧家。纵观易卜生一生的创作，大约可以分为三个时期。早期的作品多用浪漫主义手法写成，体裁主要是诗歌和戏剧。作者往往通过浪漫的幻想和奇特的构思来抒发内心强烈的情感，曲折地表现作家对现实世界的思考。易卜生早年创作的又一特点，是作品表现了强烈的民族性。剧作多采用挪威及斯堪的纳维亚的历史故事写成，歌颂了为民族与人民而献身的英雄，体现了易卜生对挪威民族的热爱与关注。不仅如此，易卜生还探索、实践用挪威语写作，为挪威语言文化的创建与发展作出了贡献。易卜生第二时期的作品由浪漫主义转向现实主义，这一时期作家主要的作品是“社会问题剧”。作家以犀利的笔触涉及一个又一个社会问题，题材涉及面相当广。这些作品表现了作家对现实社会一系列重大问题的思考，同时表现了作家强烈的批判精神。易卜生的作品，对当时脱离现实、过分追求作品艺术精巧的戏剧舞台来讲，无异是一种革命，它使戏剧进一步贴近生活，发展了欧洲乃至世界戏剧的现实精神和批判性。易卜生晚年的作品倾向于人物的心理描绘，作品象征主义的成分较多，有时不免陷入晦涩，但批判现实的精神仍在。

自开始写“社会问题剧”以来，易卜生以深邃的目光观察社会，洞察社会的弊病，他看到了这个貌似平等、自由的社会，其实是一个男权的社会，妇女是没有地位的。妇女作为人的权利是被扼杀了的。家庭是社会的细胞，妇女问题其实也是社会问题的一个方面，易卜生通过一个家庭所发生的故事，来达到他剖析社会的目的。

《玩偶之家》曾被比做“妇女解放运动的宣言书”。在这本宣言书里，娜拉终于觉悟到自己在家庭中的玩偶地位，并向丈夫严正地宣称：“首先我是一个人，跟你一样的人，至少我要学做一个人。”以此作为对以男权为中心的社会传统观念的反叛。

娜拉是个具有资产阶级个性解放思想的叛逆女性。她对社会的背叛和弃家出走，被誉为妇女解放的“独立宣言”。然而，在素把妇女当作玩偶的社会里，娜拉真能求得独立解放吗？茫茫黑夜，她又能走向何处？鲁迅先生在《娜拉走后怎样？》一文中说：“从事理上推想起来，娜拉或者其实也只有两条路：不是堕落，就是回来。”这确实是问题的症结所在。

【戏剧文学鉴赏】

一、戏剧文学的性质、分类及审美特性

（一）戏剧文学的性质及分类

戏剧文学和小说、诗歌、散文一样，是文学的一种体裁样式。它和戏剧是两个既相关联又有区别的概念。戏剧，是指由演员扮演角色，在舞台上表演故事情节，创造完整的舞台艺术形象的一种艺术。在戏剧艺术中，文学、导演、表演、音乐、美术、舞蹈等艺术成分都参与其中，具有很强的综合性。戏剧文学——剧本，就是戏剧的文学成分，是这种综合艺术的“脚本”，是戏剧演出的文字依据。

在中国，戏剧是戏曲、话剧、歌剧等的总称，作为传统的戏剧艺术，主要是指戏曲。

戏剧文学源远流长，种类繁多。按照不同的标准，可以有不同的分类。根据戏剧文学所反映的矛盾冲突的性质、所运用的表现手法及对读者产生的美感作用，可以分为悲剧、喜剧和正剧。

悲剧主要表现主人公和现实环境之间必然的矛盾冲突，其结果往往是主人公的失败、受难或死亡。莎士比亚的《哈姆雷特》《奥赛罗》《李尔王》《麦克白》是世界著名的四大悲剧。

喜剧文学可以分为讽刺喜剧和赞美喜剧。它们的共同特征是通过合理的夸张来刻画人物性格、表达作者对生活的认识。讽刺喜剧的主角多半是愚蠢、卑鄙、心地丑陋的人物，剧本多以非正面人物的表里不一、前后矛盾形成戏剧冲突，推动剧情发展，以恶人现形、丑事被揭穿、有缺点受到批评而告终。赞美戏剧又称歌颂性喜剧或抒情喜剧，它的性质与讽刺喜剧完全不同。它的戏剧冲突虽然也是社会生活中矛盾冲突的反映，却往往以一连串看似偶然的误会或巧合为主构成，造成一种既出人意料又合乎情理，既逗人发笑又引人思索的效果。

正剧兼有悲剧、喜剧文学的因素。在正剧中，戏剧冲突多是现实中的矛盾，剧中主人公一般为正面人物，虽有曲折的遭遇，但结局不是悲剧性的。正剧人物现实地实现自己的意志，自由地创造着生活。

除此之外，按表演方式，戏剧文学可以分为话剧、诗剧、舞剧、哑剧；按组织结构和容量大小，可以分为独幕剧和多幕剧；按作品反映的时代，可以分为历史剧和现代剧；按地域特色，可以分为京剧、越剧、沪剧、评剧、豫剧、川剧、粤剧、秦腔、昆曲、黄梅戏等。

（二）戏剧文学的审美特征

（1）矛盾的集中性和紧张性是戏剧文学的第一个审美特征。

（2）人物语言是戏剧语言的中心要素，这是戏剧文学的第二个审美特征。

（3）假定性是戏剧文学的第三个审美特征。

二、尖锐、集中的矛盾冲突

构成戏剧的主要因素是动作，基础是冲突。所谓戏剧冲突，就是戏剧的矛盾冲突，它是社会生活中的矛盾和矛盾斗争在剧本中的反映。

（1）人物间的冲突，主要表现为人物之间的性格冲突和意志冲突。

（2）人物自身的内心冲突。

（3）人物和环境的冲突。

三、引人入胜的故事情节

戏剧情节是构成戏剧的基本要素之一，一般是指作品中人物与人物、人物与环境的各种关系所组成的生活事件、矛盾冲突的发展过程。我们在欣赏戏剧文学时，要注意把握情节的发展脉络，领会艺术形象的审美价值。

那么，怎样的戏剧情节才称得上出新出奇、引人入胜呢？

（1）反映生活中鲜为人知的性格和事件，从而显示出新奇色彩。

（2）想象丰富，构思巧妙，带有明显浪漫主义因素而又不悖情理的戏剧情节能够产生常看常新的艺术效果。

（3）出乎意料却又合乎情理的带有“巧合性”的情节是吸引观众或读者的有效方式。

为了使戏剧情节更加引人入胜，古今中外戏剧家创造积累了丰富的艺术技巧，通常使用的有：悬念、伏笔、渲染。

四、动作性和个性化的语言

戏剧语言在剧本中主要是由两部分构成：一是作者的舞台提示，包括人物活动环境的介绍和人物外部动作与心理情况的说明；二是人物的语言，又叫台词，包括剧中人物的对话、独白和旁白，戏曲中人物的唱词和念白。戏剧是一种动作的艺术，在剧本中，它不仅体现在舞台提示中，更重要的是表现在人物的语言上。戏剧人物语言的动作性，可以从几个方面来体会：首先，通过人物语言，可以看到人物的内心活动、情感意向和行为动机；其次，台词应能展现出剧本中人物关系的发展变化；还有，富于潜台词也是戏剧语言的一大特点。

五、深刻积极的思想内容

戏剧大多以社会生活中的重大问题和矛盾冲突为表现内容，凡是活跃在舞台上具有生命力的戏剧，总是反映着时代的脉搏和动荡，回答人类共同关心的道德、伦理、人生等方面的重大课题，以其深刻积极的思想内容影响着一代又一代的观众。

【推荐书目】

（1）臧懋循，《元曲选》，中华书局
（2）隋树森，《元曲选外编》，中华书局
（3）毛晋，《六十种曲》，中华书局
（4）王季思，《全元戏曲》，人民文学出版社
（5）王季思，《中国古典十大悲剧集》，上海文艺出版社
（6）王季思，《中国古典十大喜剧集》，上海文艺出版社
（7）郭汉城，《中国古典十大悲喜剧集》，上海文艺出版社
（8）张庚，郭汉城，《中国戏曲通史》，中国戏剧出版社
（9）王国维，《宋元戏曲史》，上海古籍出版社
（10）陈多，叶长海，《中国历代剧论选注》，湖南文艺出版社
（11）叶长海，《中国戏剧学史稿》，中国戏剧出版社

（12）叶长海，《曲学与戏剧学》，学林出版社
（13）隗芾，詹慕陶，闻起，《戏曲美学论文集》，中国戏剧出版社
（14）李渔，《闲情偶寄》，浙江古籍出版社
（15）王骥德著，陈多、叶长海注释，《王骥德曲律》，湖南人民出版社
（16）陈白尘，董健，《中国现代戏剧史稿》，中国戏剧出版社
（17）葛一虹，《中国话剧通史》，文化艺术出版社
（18）廖可兑，《西欧戏剧史》（上、下），中国戏剧出版社
（19）田本相，焦尚志，《中国话剧史研究概述》，天津古籍出版社
（20）丁罗男，《二十世纪中国戏剧整体观》，文汇出版社
（21）胡星亮，《二十世纪中国戏剧思潮》，江苏文艺出版社
（22）孙庆升，《中国现代戏剧思潮史》，北京大学出版社
（23）王新民，《中国当代戏剧史纲》，社会科学文献出版社
（24）田本相，《新时期戏剧论述》，文化艺术出版社
（25）高义龙，李晓，《中国戏曲现代戏史》，上海文化出版社
（26）田本相，《中国现代比较戏剧史》，文化艺术出版社
（27）布罗凯特，《戏剧艺术欣赏——世界戏剧史》，中国戏剧出版社
（28）斯坦恩，《西方现代戏剧的理论与实践》，中国戏剧出版社
（29）吴光耀，《西方演剧史论稿》，中国戏剧出版社
（30）余秋雨，《戏剧理论史稿》，上海文艺出版社
（31）陈世雄，《欧美现代戏剧史》，四川教育出版社
（32）荣广润，《世界文学金库·戏剧卷》，上海文艺出版社
（33）荣广润，刘明厚，《外国戏剧名著选读》，中国文联出版社

第四章　小说

第一节　中国小说

世说新语三则

刘义庆

过江诸人

过江诸人，每至美日，辄相邀新亭[1]，藉卉饮宴[2]。周侯中坐而叹曰："风景不殊，正自有山河之异[3]！"皆相视流泪。唯王丞相愀然变色曰："当共戮力王室[4]，克复神州，何至作楚囚相对[5]！"

【作者简介】

刘义庆（公元403年—公元444年），字季伯，原籍南朝宋彭城（今江苏徐州）人，世居京口，南朝宋文学家。刘义庆是宋武帝刘裕之侄，长沙景王刘道怜之次子，其叔临川王刘道规无子，即以刘义庆为嗣，袭封临川王。曾任荆州刺史等官职，在政八年，政绩颇佳。后任江州刺史。刘义庆自幼才华出众，爱好文学。除《世说新语》外，还著有志怪小说《幽明录》。《世说新语》是由他组织一批文人编写的。

【注释】

[1]新亭：亭子名，故址在今南京市西南长江边上。[2]藉卉：坐在草地上。[3]正自：只是。[4]戮力：合力。[5]楚囚：本指楚国的囚犯，后来借指处境窘迫的人。

【文解】

《过江诸人》是南北朝时期文学家刘义庆的一篇散文，出自《世说新语·言语第二·三十一》。文中通过记叙士大夫在新亭宴饮时的对话，反映了南渡之后，东晋士族官僚的没落情绪。

【思考与练习】

1．本文表现了怎样的社会现实？

2．本文突出的手法是"对比写人"，试分析。

雪夜访戴

王子猷居山阴[1]。夜大雪，眠觉，开室，命酌酒[2]。四望皎然，因起彷徨，咏左思《招隐》诗[3]。忽忆戴安道[4]；时戴在剡[5]，即便夜乘小船就之。经宿方至[6]，造门不前而返。人问其故，王曰："吾本乘兴而行，兴尽而返，何必见戴？"

【注释】

[1]王子猷居山阴：王子猷住在山阴。王子猷，名徽之，字子猷，王羲之的儿子。山阴，今浙江绍兴。[2]命酌酒：命令（下人）斟酒来喝。[3]咏左思《招隐》诗：吟诵着左思的《招隐》诗。左思，字太冲，西晋大文人。[4]戴安道：名逵，字安道，名画家。[5]剡：今浙江省嵊县。[6]经宿方至：过了一夜才到。

【文解】

故事介绍了王子猷雪夜访戴安道，未至而返，显示了他作为名士的潇洒自适。

【思考与练习】

1．谈谈"一任性情"的名士风流。

2．本文突出的写作手法为"记行写人"，试分析。

石崇与王恺争豪

石崇与王恺争豪，并穷绮丽，以饰舆服[1]。武帝，恺之甥也，每助恺。尝以一珊瑚树高二尺许赐恺，枝柯扶疏，世罕其比。恺以示崇，崇视讫，以铁如意击之[2]，应手而碎。恺既惋惜，又以为疾己之宝，声色甚厉。崇曰："不足恨，今还卿[3]。"乃命左右悉取珊瑚树，有三尺、四尺、条干绝世[4]，光彩溢目者六七枚，如恺许比甚众[5]。恺惘然自失[6]。

【注释】

[1]舆服：车辆、冠冕和服装。[2]铁如意：搔背痒的工具，一端做成灵芝形或云叶形，供观赏。[3]卿：此处为对对方的称谓。[4]条干：枝条树干。[5]如恺许比：同王恺那棵珊瑚树差不多相等的。[6]惘然：失意的样子。

【文解】

本文反映了当时的士族搜刮民财，表现出了这些富人的攀比之心和骄傲自大、目中无人的心态。

【思考与练习】

1．谈谈对石崇与王恺竞豪奢的认识。

2．本文突出的写作手法为"以事写人"，试分析。

三国演义（节选）

罗贯中

第五回　发矫诏诸镇应曹公　破关兵三英战吕布

程普、黄盖、韩当都来寻见孙坚，再收拾军马屯扎。坚为折了祖茂，伤感不已，星夜遣人报知袁绍。绍大惊曰："不想孙文台败于华雄之手！"便聚众诸侯商议。众人都到，只有公孙瓒后至，绍请入帐列坐。绍曰："前日鲍将军之弟不遵调遣，擅自进兵，杀身丧命，折了许多军士；今者孙文台又败于华雄：挫动锐气，为之奈何？"诸侯并皆不语。绍举目遍视，见公孙瓒背后立着三人，容貌异常，都在那里冷笑。绍问曰："公孙太守背后何人？"瓒呼玄德出曰："此吾自幼同舍兄弟，平原令刘备是也。"曹操曰："莫非破黄巾刘玄德乎？"瓒曰："然。"即令刘玄德拜见。瓒将玄德功劳，并其出身，细说一遍。绍曰："既是汉室宗派，取坐来。"命坐。备逊谢。绍曰："吾非敬汝名爵，吾敬汝是帝室之胄耳。"玄德乃坐于末位，关、张叉手侍立于后。忽探子来报："华雄引铁骑下关，用长竿挑着孙太守赤帻，来寨前大骂搦战。"绍曰："谁敢去战？"袁术背后转出骁将俞涉曰："小将愿往。"绍喜，便著俞涉出马。即时报来："俞涉与华雄战不三合，被华雄斩了。"众大惊。太守韩馥曰："吾有上将潘凤，可斩华雄。"绍急令出战。潘凤手提大斧上马。去不多时，飞马来报："潘凤又被华雄斩了。"众皆失色。绍曰："可惜吾上将颜良、文丑未至！得一人在此，何惧华雄！"言未毕，阶下一人大呼出曰："小将愿往斩华雄头，献于帐下！"众视之，见其人身长九尺，髯长二尺，丹凤眼，卧蚕眉，面如重枣，声如巨钟，立于帐前。绍问何人。公孙瓒曰："此刘玄德之弟关羽也。"绍问现居何职。瓒曰："跟随刘玄德充马弓手。"帐上袁术大喝曰："汝欺吾众诸侯无大将耶？量一弓手，安敢乱言！与我打出！"曹操急止之曰："公路息怒。此人既出大言，必有勇略；试教出马，如其不胜，责之未迟。"

袁绍曰："使一弓手出战，必被华雄所笑。"操曰："此人仪表不俗，华雄安知他是弓手？"关公曰："如不胜，请斩某头。"操教酾热酒一杯，与关公饮了上马。关公曰："酒且斟下，某去便来。"出帐提刀，飞身上马。众诸侯听得关外鼓声大振，喊声大举，如天摧地塌，岳撼山崩，众皆失惊。正欲探听，鸾铃响处，马到中军，云长提华雄之头，掷于地上。其酒尚温。

后人有诗赞之曰："威镇乾坤第一功，辕门画鼓响冬冬。云长停盏施英勇，酒尚温时斩华雄。"曹操大喜。只见玄德背后转出张飞，高声大叫："俺哥哥斩了华雄，不就这里杀入关去，活拿董卓，更待何时！"袁术大怒，喝曰："俺大臣尚自谦让，量一县令手下小卒，安敢在此耀武扬威！都与赶出帐去！"曹操曰："得功者赏，何计贵贱乎？"袁术曰："既然公等只重一县令，我当告退。"操曰："岂可因一言而误大事耶？"命公孙瓒且带玄德、关、张回寨。众官皆散。曹操暗使人赍牛酒抚慰三人。却说华雄手下败军，报上关来。李肃慌忙写告急文书，申闻董卓。卓急聚李儒、吕布等商议。儒曰："今失了上将华雄，贼势浩大。袁绍为盟主，绍叔袁隗，现为太傅；倘或里应外合，深为不便，可先除之。请丞相亲领大军，分拨剿捕。"卓然其说，唤李傕、郭汜领兵五百，围住太傅袁隗家，不分老幼，尽皆诛绝，先将袁隗首级去关前号令。

【作者简介】

罗贯中（约1330年—约1400年），名本，字贯中，号湖海散人，山西并州太原人，元末明初著名小说家、戏曲家，是中国章回小说的鼻祖，代表作《三国演义》。其他主要作品有小说《隋唐两朝志传》《残唐五代史演义》《三遂平妖传》《水浒全传》。《三国志通俗演义》（简称《三国演义》）是罗贯中的力作，这部长篇小说对后世文学创作影响深远。除小说创作外，尚存杂剧《宋太祖龙虎风云会》。

【文解】

曹操在陈留起兵，发矫诏声讨董卓。前来讨伐董卓的十八路诸侯立袁绍为盟主，关羽在阵前斩了董卓大将华雄，自此威震三军。

【思考与练习】

1．试分析关羽的形象。

2．运用了怎样的手法来表现关羽？

婴宁

蒲松龄

王子服，莒之罗店人[1]。早孤，绝慧，十四入泮[2]。母最爱之，寻常不令游郊野。聘萧氏，未嫁而夭，故求凰未就也[3]。会上元，有舅氏子吴生，邀同眺瞩[4]。方至村外，舅家有仆来，招吴去。生见游女如云，乘兴独遨。有女郎携婢，拈梅花一枝[5]，容华绝代，笑容可掬。生注目不移，竟忘顾忌。女过去数武，顾婢曰："个儿郎目灼灼似贼[6]！"遗花地上，笑语自去。生拾花怅然，神魂丧失，怏怏遂返[7]。至家，藏花枕底，垂头而睡，不语亦不食。母忧之。醮禳益剧，肌革锐减[8]。医师诊视，投剂发表[9]，忽忽若迷。母抚问所由，默然不答。适吴生来，嘱密诘之。吴至榻前，生见之泪下。吴就榻慰解，渐致研诘[10]。生具吐其实，且求谋画。吴笑曰："君意亦复痴，此愿有何难遂？当代访之。徒步于野，必非世家。如其未字，事固谐矣；不然，拚以重赂，计必允遂[11]。但得痊瘳[12]，成事在我。"生闻之，不觉解颐[13]。吴出告母，物色女子居里。而探访既穷，并无踪迹。母大忧，无所为计。然自吴去后，颜顿开，食亦略进。数日，吴复来。生问所谋。吴绐之曰[14]："已得之矣。我以为谁何人，乃我姑氏女，即君姨妹行，今尚待聘。虽内戚有婚姻之嫌[15]，实告之，无不谐者。"生喜溢眉宇，问居何里。吴诡曰[16]："西南山中，去此可三十余里。"生又付嘱再四，吴锐身自任而去[17]。

生由此饮食渐加，日就平复。探视枕底，花虽枯，未便雕落。凝思把玩，如见其人。怪吴不至，折柬招之[18]。吴支托不肯赴召[19]。生恚怒[20]，悒悒不欢。母虑其复病，急为议姻。略与商榷，辄摇首不愿，惟日盼吴。吴迄无耗[21]，益怨恨之。转思三十里非遥，何必仰息他人[22]？怀梅袖中，负气自往[23]，而家人不知也。伶仃独步[24]，无可问程，但望南山行去。约三十余里，乱山合沓，空翠爽肌，寂无人行，止有鸟道[25]。遥望谷底，从花乱树中，隐隐有小里落。下山入村，见舍宇无多，皆茅屋，而意甚修雅[26]。北向一家，门前皆绿柳，墙内桃杏尤繁，间以修竹，野鸟格磔其中[27]。意是园亭，不敢遽入[28]。回顾对户，有巨石滑洁，因据坐少憩[29]。俄闻墙内有女子[30]，长呼“小荣”，其声娇细。方伫听间[31]，一女郎由东而西，执杏花一朵，俯首自簪。举头见生，遂不复簪，含笑拈花而入。审视之，即上元途中所遇也。心骤喜，但念无以阶进，欲呼姨氏，而顾从无还往[32]，惧有讹误。门内无人可问，坐卧徘徊，自朝至于日昃，盈盈望断，并忘饥渴[33]。时见女子露半面来窥，似讶其不去者[34]。忽一老妪扶杖出，顾生曰：“何处郎君，闻自辰刻便来[35]，以至于今，意将何为？得毋饥耶[36]？”生急起揖之，答云：“将以盼亲[37]。”媪聋聩不闻。又大言之[38]。乃问：“贵戚何姓？”生不能答。媪笑曰：“奇哉。姓名尚自不知，何亲可探？我视郎君，亦书痴耳。不如从我来，啖以粗粝[39]，家有短榻可卧，待明朝归，询知姓氏，再来探访，不晚也。”生方腹馁思啖[40]，又从此渐近丽人，大喜。从媪入，见门内白石砌路，夹道红花，片片堕阶上；曲折而西，又启一关[41]，豆棚架满庭中。肃客入舍[42]，粉壁光明如镜，窗外海棠枝朵，探入室内，裀藉几榻，罔不洁泽[43]。甫坐[44]，即有人自窗外隐约相窥。媪唤：“小荣，可速作黍[45]。”外有婢子噭声而应[46]。坐次，具展宗阀[47]。媪曰：“郎君外祖，莫姓吴否？”曰：“然。”媪惊曰：“是吾甥也！尊堂，我妹子。年来以家窭贫，又无三尺男[48]，遂至音问梗塞。甥长成如许，尚不相识。”生曰：“此来即为姨也，匆遽遂忘姓氏。”媪曰：“老身秦姓，并无诞育；弱息仅存，亦为庶产[49]。渠母改醮，遗我鞠养[50]。颇亦不钝 [51]，但少教训，嬉不知愁。少顷，使来拜识。”

未几，婢子具饭，雏尾盈握[52]。媪劝餐已，婢来敛具[53]。媪曰：“唤宁姑来。”婢应去。良久，闻户外隐有笑声。媪又唤曰：“婴宁，汝姨兄在此。”户外嗤嗤笑不已。婢推之以入，犹掩其口，笑不可遏。媪嗔目曰：“有客在，咤咤叱叱[54]，是何景象？”女忍笑而立，生揖之。媪曰：“此王郎，汝姨子。一家尚不相识，可笑人也。”生问：“妹子年几何矣？”媪未能解。生又言之。女复笑，不可仰视。媪谓生曰：“我言少教诲，此可见也。年已十六，呆痴裁如婴儿[55]。”生曰：“小于甥一岁。”曰：“阿甥已十七矣，得非庚午属马者耶[56]？”生首应之[57]。又问：“甥妇阿谁？”答云：“无之。”曰：“如甥才貌，何十七岁犹未聘耶？婴宁亦无姑家[58]，极相匹敌，惜有内亲之嫌。”生无语，目注婴宁，不遑他瞬[59]。婢向女小语云：“目灼灼，贼腔未改。”女又大笑，顾婢曰：“视碧桃开未？”遽起，以袖掩口，细碎莲步而出。至门外，笑声始纵。媪亦起，唤婢襆被[60]，为生安置。曰：“阿甥来不易，宜留三五日，迟迟送汝归[61]。如嫌幽闷，舍后有小园，可供消遣，有书可读。”次日，至舍后，果有园半亩，细草铺毡，杨花糁径；有草舍三楹，花木四合其所[62]。穿花小步，闻树头苏苏有声，仰视，则婴宁在上。见生，狂笑欲堕。生曰："勿尔，堕矣。"女且下且笑，不能自止。方将及地，失手而堕，笑乃止。生扶之，阴挼其腕[63]。女笑又作，倚树不能行，良久乃罢。生俟其笑歇[64]，乃出袖中花示之。女接之曰："枯矣。何留之？"曰："此上元妹子所遗，故存之。"问："存之何意？"曰："以示相爱不忘也。自上元相遇，凝思成疾，自分化为异物[65]；不图得见颜色，幸垂怜悯。"女曰："此大细事，至戚何所靳惜[66]？待兄行时，园中花，当唤老奴来，折一巨捆负送之。"生曰："妹子痴耶？"女曰："何便是痴？"生曰："我非爱花，爱拈花之人耳。"女曰："葭莩之情[67]，爱何待言。"生曰："我所谓爱，非瓜葛之爱[68]，乃夫妻之爱。"女曰："有以异乎？"曰："夜共枕席耳。"女俯思良久，曰："我不惯与生人睡。"语未已，婢潜至，生惶恐遁去。少时，会母所。母问何往，女答以园中共话。媪曰："饭熟已久，有何长言，周遮乃耳[69]。"女曰："大哥欲我共寝。"言未已，生大窘，急目瞪之，女微笑而止。幸媪不闻，犹絮絮究诘。生急以他词掩之，因小语责女。女曰："适此语不应说耶？"生曰："此背人语。"女曰："背他人，岂得背老母。且寝处亦常事，何讳之？"生恨其痴，无术可以悟之。食方竟，家中人捉双卫来寻生[70]。

先是，母待生久不归，始疑；村中搜觅几遍，竟无踪兆[71]。因往询吴。吴忆曩言[72]，因教于西南山行觅。凡历数村，始至于此。生出门，适相值，便入告媪，且请偕女同归。媪喜曰："我有志，匪伊朝夕[73]。但残躯不能远涉，得甥携妹子去，识认阿姨，大好。"呼婴宁，宁笑至。媪曰："有何喜，笑辄不辍？若不笑，当为全人。"因怒之以目。乃曰："大哥欲同汝去，可便装束。"又饷家人酒食，始送之出，曰："姨家田产充裕，能养冗人[74]。到彼且勿归，小学诗礼[75]，亦好事翁姑。即烦阿姨，为汝择一良匹[76]。"二人遂发，至山坳回顾，犹依稀见媪倚门北望也。抵家，母睹姝丽，惊问为谁。生以姨女对。母曰："前吴郎与儿言者，诈也。我未有姊，何以得甥。"问女，女曰："我非母出。父为秦氏，没时，儿在褓中，不能记忆。"母曰："我一姊适秦氏良确，然殂谢已久[77]，那得复存。"因细诘面庞痣赘[78]，一一符合。又疑曰："是矣。然亡已多年，何得复存？"疑虑间，吴生至，女避入室。吴询得故，惘然久之。忽曰："此女名婴宁耶？"生然之。吴极称怪事。问所自知，吴曰："秦家姑去后，姑丈鳏居，祟于狐，病瘠死[79]。狐生女名婴宁，绷卧床上，家人皆见之。姑丈殁，狐犹时来。后求天师符粘壁间[80]，狐遂携女去。将勿此耶[81]？"彼此疑参[82]，但闻室中吃吃，皆婴宁笑声。母曰："此女亦太憨生[83]。"吴请面之。母入室，女犹浓笑不顾。母促令出，始极力忍笑，又面壁移时，方出。才一展拜，翻然遽入，放声大笑。满室妇女，为之粲然[84]。吴请往觇其异，就便执柯[85]。寻至村所，庐舍全无，山花零落而已。吴忆姑葬处，仿佛不远，然坟垅湮没，莫可辨识，诧叹而返。母疑其为鬼。入告吴言，女略无骇意，又吊其无家，亦殊无悲意，孜孜憨笑而已[86]。众莫之测。母令与少女同寝止，昧爽即来省问，操女红精巧绝伦[87]。但善笑，禁之亦不可止。然笑嫣然，狂而不损其媚。人皆乐之。邻女少妇，争承迎之。母择吉将为合卺[88]，而终恐为鬼物，窃于日中窥之，形影殊无少异。至日，使华妆行新妇礼，女笑极不能俯仰，遂罢。生以其憨痴，恐漏泄房中隐事，而女殊密秘，不肯道一语。每值母忧怒，女至一笑即解。奴婢小过，恐遭鞭楚，辄求诣母共话，罪婢投见，恒得免[89]。而爱花成癖，物色遍戚党，窃典金钗，购佳种，数月，阶砌藩溷[90]，无非花者。

庭后有木香一架，故邻西家，女每攀登其上，摘供簪玩。母时遇见，辄诃之。女卒不改。一日，西邻子见之，凝注倾倒。女不避而笑。西邻子谓女意已属[91]，心益荡。女指墙底，笑而下。西邻子谓示约处，大悦，及昏而往，女果在焉。就而淫之，则阴如锥刺，痛彻于心，大号而踣[92]。细视非女，则一枯木卧墙边。所接乃水淋窍也。邻父闻声，急奔研问，呻而不言。妻来，始以实告。爇火烛窍[93]，见中有巨蝎，如小蟹然。翁碎木捉杀之，负子至家，半夜寻卒[94]。邻人讼生，讦发婴宁妖异[95]。邑宰素仰生才，稔知其笃行士[96]，谓邻翁讼诬，将杖责之。生为乞免，逐释而归。母谓女曰："憨狂尔尔，早知过喜而伏忧也。邑令神明，幸不牵累；设鹘突官宰[97]，必逮妇女质公堂，我儿何颜见戚里？"女正色，矢不复笑[98]。母曰："人罔不笑，但须有时。"而女由是竟不复笑，虽故逗，亦终不笑，然竟日未尝有戚容[99]。一夕，对生零涕。异之。女哽咽曰："曩以相从日浅，言之恐致骇怪。今日察姑及郎，皆过爱无有异心，直告或无妨乎？妾本狐产，母临去，以妾托鬼母，相依十余年，始有今日。妾又无兄弟，所恃者惟君。老母岑寂山阿，无人怜而合厝之[100]，九泉辄为悼恨。君倘不惜烦费，使地下人消此怨恫，庶养女者不忍溺弃[101]。"生诺之，然虑坟冢迷于荒草。女但言无虑。刻日，夫妻舆榇而往[102]。女于荒烟错楚中[103]，指示墓处，果得媪尸，肤革犹存。女抚哭哀痛。舁归[104]，寻秦氏墓合葬焉。是夜，生梦媪来称谢，寤而述之。女曰："妾夜见之，嘱勿惊郎君耳。"生恨不邀留。女曰："彼鬼也。生人多，阳气胜，何能久居？"生问小荣。曰："是亦狐，最黠[105]，狐母留以视妾。每摄饵相哺，故德之常不去心[106]。昨问母，云已嫁之。"由是岁值寒食[107]，夫妻登秦墓，拜扫无缺。

女逾年生一子，在怀抱中，不畏生人，见人辄笑，亦大有母风云[108]。

异史氏曰[109]：观其孜孜憨笑，似全无心肝者。而墙下恶作剧，其黠孰甚焉。至凄恋鬼母，反笑为哭，我婴宁殆隐于笑者矣[110]。窃闻山中有草，名"笑矣乎"，嗅之则笑不可止。房中植此一种，则合欢忘忧[111]，并无颜色矣。若解语花，正嫌其作态耳[112]。

【作者简介】

蒲松龄（1640 年—1715 年），字留仙，又字剑臣，别号柳泉居士，世称聊斋先生，自称异史氏，清代文学家，今山东省淄博市淄川区洪山镇蒲家庄人，汉族。出生于一个日渐败落的中小地主兼商人家庭。19 岁应童子试，接连考取县、府、道三个第一，名震一时。补博士弟子员。以后屡试不第，直至 71 岁时才成岁贡生。为生活所迫，他除了应同邑人宝应县知县孙蕙之请，为其做幕宾数年之外，主要是在本县西铺村毕际有家做塾师，舌耕笔耘，近 42 年，直至 1709 年方撤帐归家。1715 年正月病逝，享年 76 岁。创作了著名的文言短篇小说集《聊斋志异》。

【注释】

[1]莒（jǔ）：古国名，今山东莒县一带。罗店为其县一地名。[2]泮（pàn）：即泮宫，此指地方官办的学馆。入泮，即考取秀才，得以进县学读书。[3]聘：指订婚。夭：夭折，早死。凰：传说中凤凰的雌者。求凰，就是求妻之意。[4]会：值，恰逢。上元：农历正月十五，旧俗称上元节，即元宵佳节。眺瞩：登高望远。此意为郊游。[5]拈：用手指拿着。[6]武：过去称半步为武。数武，就是几步。个：这个。[7]怏怏：失意的神态。[8]醮禳（jiàoráng）：醮，道士设坛祈祷。禳，除去邪恶与灾祸。请和尚道士祈福消灾的迷信行为。剧：加重。醮禳益剧，意为越求神拜佛病情越重。肌：肌肉。革：皮肤。锐：迅速。肌革锐减，身体很快消瘦。[9]投剂：从病人的角度说就是吃药。发表：中医治病方法之一，即通过让患者出汗使其体内邪毒发散出来。投剂发表，指吃药发散内火。[10]研诘：细细询问。[11]字：女子许婚。拼：不惜。赂：用钱收买。计：估量，估计。遂：成功，实现。[12]痊瘳（chōu）：病好。[13]颐：面颊。解颐，笑。[14]绐（dài）：说谎话骗人。[15]虽内戚有婚姻之嫌：同母系的姨表亲戚结婚，血缘近，对后代不利，因而有嫌忌。[16]诡：欺骗。[17]锐身自任：挺身承担，自告奋勇。[18]折柬：裁纸写信。[19]支托：支吾推托。[20]恚（huì）：恼怒，气愤。[21]迄：终究。耗：音讯，消息。[22]仰息：依赖。[23]负气：赌气。[24]伶仃：孤独的样子。[25]合沓（tà）：集聚重叠。鸟道：比喻山路狭窄而险峻，只有飞鸟可以通过。[26]意：意态，样子。修：修整，整齐。雅：幽雅。[27]格磔（zhé）：鸟鸣声。[28]遽（jù）：突然。[29]憩：休息。[30]俄：忽然。[31]伫（zhù）听：站着静听。[32]阶进：踏着阶梯而入，这里有通过关系或找出理由进去的意思。顾：但是。[33]日昃（zè）：太阳过午偏西。盈盈：眼光流转的样子。盈盈望断，形容一心一意地盼望着的神情。并忘：两忘，同时都忘了。[34]讶：惊异。[35]辰刻：上午七时至九时之间。[36]得毋：莫不是。[37]盼亲：探亲。[38]大言：大声说话。[39]啖（dàn）：吃。粗粝（lì）：糙米饭。啖以粗粝，拿糙米饭给他吃。[40]馁：饿。[41]关：门。[42]肃：请进。肃客入舍，让客人先进屋，表示尊敬。[43]裀（yīn）藉：垫褥，坐席。罔：无。[44]甫：刚。[45]作黍：做饭。[46]噭（jiào）声而应：大声答应。[47]坐次：依次坐定的时候。宗阀：宗族门第。具展宗阀，详细说明宗族门第。[48]窭（jù）贫：极贫。三尺男：喻指男人。[49]诞育：生育。弱息：对自己女儿的谦称，这里指婴宁。庶产：由妾生下的孩子。[50]渠：代词，她。醮：古时女子出嫁时有人酌酒叫她喝，叫作醮。改醮，改嫁。遗我鞠养：留给我抚养。[51]钝：愚笨。[52]未几：不久。雏尾：雏鸡。盈握：满把。雏尾盈握，形容菜肴中家禽的肥大。[53]敛具：收拾餐具。[54]嗔目：生气地看对方。咤（zhà）咤叱叱：嘻嘻哈哈的样子。[55]裁：通“才”。[56]庚午属马者：庚午年生人，应属马。[57]首应：点头答应。[58]姑家：婆家。古代妇女称丈夫的母亲为“姑”。[59]遑：暇。瞬：转目看。[60]襆（fú）：被单，这里用为动词。襆被，即铺设被褥。[61]迟迟：等一等。[62]糁（sǎn）：饭粒，这里作动词用。糁径：像碎米屑撒在小路上。楹：间。四合其所：四面包围着这个地方。[63]捘（zùn）：按，捏。

阴捘其腕，暗中捏她的手腕。[64]俟：等。[65]分（fèn）：料想。异物：鬼物。化为异物，死亡的婉称。自分化为异物，即自以为要死了。[66]大细事：很小的事。靳惜：吝惜。[67]葭莩（jiāfú）：芦苇里黏附的薄膜，这里借指亲戚。葭莩之情：亲戚情谊。[68]瓜葛：瓜和葛都是牵连很长的蔓生植物，用以比喻疏远的亲戚。瓜葛之爱：亲戚之间的爱。[69]周遮：一作“啁嗻”。声音繁杂细碎，形容言语啰嗦、话多的样子。乃尔：竟如此，竟这样。[70]卫：代指驴。双卫，两头驴子。捉双卫，即牵着两头驴。[71]踪兆：踪迹。[72]曩（nǎng）：从前的，过去的。[73]匪：非，不是。伊：语助词，无义。匪伊朝夕，不止一朝一夕了。[74]冗人：多余的人，不从事生产的人。[75]小学诗礼：稍微学点诗书礼仪。[76]良匹：好配偶，好对象。[77]适：出嫁，嫁给。殂（cú）谢：死亡，去世。[78]痣：皮肤上的深色小斑痕。赘：皮肤上的小疙瘩。痣赘，这里指人身体上的特征或标记。[79]鳏（guān）居：男子死了妻子独居。祟于狐：被狐狸精迷住了。病：作动词用，生病。瘠：虚症。病瘠死，害虚症而死。[80]天师：汉代传播道教的张道陵，元朝被封为天师，其子孙门徒沿用这个称号从事炼丹画符等迷信活动。此处指道士。[81]将勿：莫非，莫不是。[82]疑参：疑惑询问。[83]憨（hān）：痴傻。生：语助词。太憨生：过于痴傻。[84]粲然：形容笑的样子。[85]觇（chān）：看，窥视。柯：指斧头，这里用斧头伐木做斧柄来比喻媒人做媒。执柯，做媒。[86]孜孜：憨笑不停的样子。[87]昧爽：天刚亮。省问：问安。女红（gōng）：指妇女纺织、刺绣等工作。[88]合卺：旧时婚礼中的一种仪式。这里是举行婚礼的意思。[89]诣母：到母亲那里去。恒：常常。[90]藩：篱笆。溷（hùn）：厕所。阶砌藩溷，庭阶篱笆厕所等处。[91]谓女意已属：认为婴宁对他已经有意了。[92]踣（bó）：扑倒。[93]爇（ruò）：点燃。爇火，点起灯笼火把。[94]寻卒：随即死亡。[95]讦（jié）：攻击，揭发，告发。[96]稔（rěn）：熟悉。笃行：品行纯厚。[97]鹘（hú）突：糊涂。[98]矢：通“誓”。[99]戚容：忧愁的样子。[100]岑寂：离开人世而独处。山阿：山中曲坳处。岑寂山阿，在山边很孤寂。合厝（cuò）：合葬。[101]恫（tōng）：病痛。庶：庶几，希望之词。溺：淹死。庶养女者不忍溺弃，也许可以使生女孩的人不忍心将其淹死或抛弃。[102]舆榇（chèn）：用车子装着棺材，以车载柩。[103]错楚：乱的灌木丛。[104]舁（yú）归：共同抬回来。[105]黠（xiá）：聪明而狡猾。[106]摄饵：食物。相哺：喂养。德之常不去心：感激不忘。[107]寒食：寒食节，在清明的前一指上坟扫墓的风俗。[108]母风：母亲的样子。[109]异史氏：作者蒲松龄的自隐于笑者：大概是以笑隐藏真相的人。[111]合欢：即夜合花。忘忧：萱草的忘忧，传说这两种花可以使人欢乐而忘记忧愁。[112]解语花：懂得说话的合人意的美女。作态：装模作样。

《庄子·大宗师》“其为物，无不将也，无不迎也，无不毁也，谓“撄宁”，指合乎天道、保持自然本色的人生。

【思考与练习】

1．试分析婴宁的形象特点。

2．谈谈婴宁形象的蕴涵。

3．《婴宁》的艺术特点分析。

红楼梦（节选）

曹雪芹

第二十七回

滴翠亭杨妃戏彩蝶　埋香冢飞燕泣残红

话说黛玉正自悲泣，忽听院门响处，只见宝钗出来了，宝玉袭人一群人都送出来。待要上去问着宝玉，又恐当着众人问羞了宝玉不便，因而闪过一旁，让宝钗去了，宝玉等进去关了门，方转过来，尚望着门洒了几点泪。自觉无味，转身回来，无精打采地卸了残妆。

紫鹃雪雁素日知道黛玉的情性：无事闷坐，不是愁眉，便是长叹，且好端端的不知为了什么，常常的便自泪道不干的。先时还有人解劝，怕她思父母，想家乡，受了委屈，只得用话宽慰解劝。谁知后来一年一月的竟常常如此，把这个样儿看惯了，也都不理论了。所以也没人理，由她去闷坐，只管睡觉去了。那林黛玉倚着床栏杆，两手抱着膝，眼睛含着泪，好似木雕泥塑一般，直坐到二更多天方才睡了。一宿无话。

至次日乃是四月二十六日，原来这日未时交芒种节。尚古风俗：凡交芒种节的这日，都要设摆各色礼物，祭饯花神，言芒种一过，便是夏日了，众花皆卸，花神退位，须要饯行。闺中更兴这件风俗，所以大观园中之人都早起来了。那些女孩子们，或用花瓣柳枝编成轿马的，或用绫锦纱罗叠成干旄旌幢的[1]，都用彩线系了，每一棵树上，每一枝花上，都系了这些物事。满园里绣带飘飖，花枝招展，更兼这些人打扮得桃羞柳让，燕妒莺惭，一时也道不尽。

且说宝钗、迎春、探春、惜春、李纨、凤姐等并巧姐、大姐、香菱与众丫鬟们在园内玩耍，独不见林黛玉。迎春因说道："林妹妹怎么不见？好个懒丫头！这会子还睡觉不成？"宝钗道："你们等着，我去闹了她来。"说着便丢下了众人，一直往潇湘馆来。正走着，只见文官等十二个女孩子也来了，上来问了好，说了一回闲话。宝钗回身指道："她们都在那里呢，你们找她们去罢，我叫林姑娘去就来。"说着便逶迤往潇湘馆来。

忽然抬头，见宝玉进去了，宝钗便站住低头想了想：宝玉和林黛玉是从小儿一处长大，他兄妹间多有不避嫌疑之处，嘲笑喜怒无常；况且林黛玉素习猜忌，好弄小性儿的，此刻自己也跟了进去，一则宝玉不便，二则黛玉嫌疑，罢了，倒是回来的妙。想毕抽身回来。

刚要寻别的姊妹去。忽见面前一双玉色蝴蝶，大如团扇，一上一下迎风翩跹，十分有趣。宝钗意欲扑了来玩耍，遂向袖中取出扇子来，向草地下来扑。只见那一双蝴蝶忽起忽落，来来往往，穿花度柳，将欲过河去了。倒引的宝钗蹑手蹑脚的，一直跟到池中滴翠亭上，香汗淋漓，娇喘细细。宝钗也无心扑了，刚欲回来，只听滴翠亭里边嘁嘁喳喳有人说话。原来这亭子四面俱是游廊曲桥，盖造在池中水上，四面雕镂槅子糊着纸。

宝钗在亭外听见说话，便煞住脚往里细听。只听说道："你瞧这手帕子，果然是你丢的那块，你就拿着；要不是，就还芸二爷去。"又有一人说话："可不是我那块！拿来给我罢。"又听道："你拿什么谢我呢？难道白寻了来不成。"又答道："我既许了谢你，自然不哄你的。"又听说道："我寻了来给你，自然谢我；但只是拣的人，你就不拿什么谢他？"又回道："你别胡说。他是个爷们家，拣了我的东西，自然该还的。我拿什么谢他呢？"又听说道："你不谢他，我怎么回他呢？况且他再三再四地和我说了，若没谢的，不许我给你呢。"半晌，又听答道："也罢，拿我这个给他，算谢他的罢——你要告诉别人呢？须说个誓来。"又听说道："我要告诉一个人，就长一个疔，日后不得好死！"又听说道："嗳呀！咱们只顾说话，看有人来悄悄在外头听见。不如把这槅子都推开了，便是有人见咱们在这里，他们只当我们说顽话呢。若走到跟前，咱们也看的见，就别说了。"

宝钗外面听见这话，心中吃惊，想道："怪道从古至今那些奸淫狗盗的人，心机都不错，这一开了，见我在这里，她们岂不臊了。况才说话的语音，大似宝玉房里的红儿的言语。她素昔眼空心大，是个头等刁钻古怪东西，今儿我听了她的短儿，一时人急造反，狗急跳墙，不但生事，而且我还没趣。如今便赶着躲了，料也躲不及，少不得要使个'金蝉脱壳'的法子。"犹未想完，只听"咯吱"一声，宝钗便故意放重了脚步，笑着叫道："颦儿，我看你往哪里藏！"一面说，一面故意往前赶。

那亭内的红玉坠儿刚一推窗，只听宝钗如此说着往前赶，两个人都唬怔了。宝钗反向她二人笑道："你们把林姑娘藏在哪里了？"坠儿道："何曾见林姑娘了。"宝钗道："我才在河那边看着林姑娘在这里蹲着弄水儿的。我要悄悄地唬她一跳，还没有走到跟前，她倒看见我了，朝东一绕就不见了。别是藏在这里头了。"一面说，一面故意进去寻了一寻，抽身就走，口内说道："一定是又钻在山子洞里去了。遇见蛇，咬一口也罢了！"一面说一面走，心中又好笑：这件事算遮过去了，不知她二人是怎样。

谁知红玉听了宝钗的话，便信以为真，让宝钗去远，便拉坠儿道："了不得了！林姑娘蹲在这里，一定听了话去了！"坠儿听说，也半日不言语。红玉又道："这可怎么样呢？"坠儿道："便是听了，管谁筋疼，各人干各人的就完了。"红玉道："若是宝姑娘听见，还倒罢了。林姑娘嘴里又爱刻薄人，心里又细，她一听见了，倘或走露了风声，怎么样呢？"二人正说着，只见文官、香菱、司棋、侍书等上亭子来了。二人只得掩住这话，且和她们顽笑。

只见凤姐儿站在山坡上招手叫，红玉连忙弃了众人，跑至凤姐跟前，堆着笑问："奶奶使唤作什么事？"凤姐打量了一打量，见她生得干净俏丽，说话知趣，因笑道："我的丫头今儿没跟进我来。我这会子想起一件事来，要使唤个人出去，不知你能干不能干？

说的齐全不齐全？”红玉笑道：“奶奶有什么话，只管吩咐我说去；要说的不齐全，误了奶奶的事，任凭奶奶责罚就是了。”凤姐笑道：“你是哪位小姐房里的？我使你出去，她回来找你，我好替你说的。”红玉道：“我是宝二爷房里的。”凤姐听了笑道：“嗳哟！你原来是宝玉房里的，怪道呢。也罢了，等他问，我替你说。你到我们家，告诉你平姐姐：外头屋里桌子上汝窑盘子架儿底下放着一卷银子，那是一百六十两，给绣匠的工价，等张材家的来要，当面称给他瞧了，再给他拿去。再里头床头间有一个小荷包拿了来。”

红玉听说撤身去了，回来只见凤姐不在这山坡子上了，因见司棋从山洞里出来，站着系裙子，便赶上来问道：“姐姐，不知道二奶奶往哪里去了？”司棋道：“没理论。”红玉听了，抽身又往四下里一看，只见那边探春宝钗在池边看鱼，红玉上来陪笑道：“姑娘们可知道二奶奶哪去了？”探春道：“往你大奶奶院里找去。”红玉听了，才往稻香村来，顶头只见晴雯、绮霰、碧痕、紫绡、麝月、侍书、入画、莺儿等一群人来了。

晴雯一见了红玉，便说道：“你只是疯罢！院子里花儿也不浇，雀儿也不喂，茶炉子也不爖，就在外头逛。”红玉道：“昨儿二爷说了，今儿不用浇花，过一日浇一回罢。我喂雀儿的时候，姐姐还睡觉呢。”碧痕道：“茶炉子呢？”红玉道：“今儿不该我爖的班儿，有茶没茶，别问我。”绮霰道：“你听听她的嘴！你们别说了，让她逛去罢。”红玉道：“你们再问问我逛了没有。二奶奶使唤我说话取东西的。”说着将荷包举给她们看，方没言语了。

大家分路走开。晴雯冷笑道：“怪道呢！原来爬上高枝儿去了，把我们不放在眼里。不知说了一句话半句话，名儿姓儿知道了不曾呢，就把她兴的这样！这一遭半遭儿的算不得什么，过了后儿还得听呵！有本事从今儿出了这园子，长长远远的在高枝儿上才算得。”一面说着去了。

这里红玉听说，不便分证，只得忍着气来找凤姐儿。到了李氏房中，果见凤姐在这里和李氏说话儿呢。红玉上来回道：“平姐姐说，奶奶刚出来了，她就把银子收了起来；才张材家的来讨，当面称了给他拿去了。”说着将荷包递了上去，又道：“平姐姐教我回奶奶：才旺儿进来讨奶奶的示下，好往那家子去。平姐姐就把那话按着奶奶的主意打发他去了。”凤姐笑道：“她怎么按我的主意打发去了？”红玉道：“平姐姐说，我们奶奶问这里奶奶好。原是我们二爷不在家，虽然迟了两天，只管请奶奶放心。等五奶奶好些，我们奶奶还会了五奶奶来瞧奶奶呢。五奶奶前儿打发了人来说，舅奶奶带了信来了，问奶奶好，还要和这里的姑奶奶寻两丸延年神验万金丹；若有了，奶奶打发人来，只管送在我们奶奶这里。明儿有人去，就顺路给那边舅奶奶带去的。”

话未说完，李氏道：“嗳哟哟！这些话我就不懂了，什么‘奶奶’‘爷爷’的一大堆。”凤姐笑道：“怨不得你不懂，这是四五门子的话呢。”说着，又向红玉笑道：“好孩子，难为你说得齐全，不像他们扭扭捏捏蚊子似的。嫂子你不知道，如今除了我随手使的几个丫头老婆之外，我就怕和他们说话。他们必定把一句话拉长了作两三截儿，咬文咬字，拿着腔儿，哼哼唧唧的，急得我冒火，他们哪里知道！先时我们平儿也是这么着，我就问着她：难道必定装蚊子哼哼就算美人儿了？说了几遭，才好些儿了。”李宫裁笑道：“都像你泼皮破落户才好。”凤姐又道：“这一个丫头就好。方才两遭，说话虽不多，听那口声就简断。”说着又向红玉笑道：“你明儿服侍我去罢。我认你做女儿。我一调理，你就出息了。”

红玉听了，扑哧一笑。凤姐道：“你怎么笑？你说我年轻，比你能大几岁，就做你的妈了？你还做春梦呢！你打听打听，这些人头比你大的大的，赶着我叫妈，我还不理，今儿抬举了你呢！”红玉笑道：“我不是笑这个，我笑奶奶认错了辈数了。我妈是奶奶的女儿，这会子又认我作女儿。”凤姐道：“谁是你妈？”李宫裁笑道：“你原来不认得她？她是林之孝之女。”凤姐听了十分诧异，说道：“哦，原来是他的丫头。”又笑道：“林之孝两口子都是锥子扎不出一声儿来的。我成日家说，他们倒是配就了的一对儿夫妻：一个天聋，一个地哑。哪里承望养出这么个伶俐丫头来！你十几岁了？”红玉道：“十七岁了。”又问名字，红玉道：“原叫红玉的，因为重了宝二爷，如今只叫红儿了。”

凤姐听说将眉一皱，把头一回，说道：“讨人嫌的很！得了玉的益似的，你也玉，我也玉。”因说道：“既这么着，肯跟，我还和她妈说，‘赖大家的如今事多，也不知这府里谁是谁，你替我好好地挑两个丫头我使’，她一般答应着。她饶不挑，倒把这女孩子送了别处去。难道跟我必定不好？”李氏笑道：“你可是又多心了。她进来在先，你说话在后，怎么怨的她妈！”凤姐道：“既这么着，明儿我和宝玉说，叫他再要人，叫这丫头跟我去。可不知本人愿意不愿意？”红玉笑道：“愿意不愿意，我们也不敢说。只是跟着奶奶，我们也学些眉眼高低，出入上下，大小的事儿也得见识见识。”刚说着，只见王夫人的丫头来请，凤姐便辞了李宫裁去了。红玉回怡红院去，不在话下。

如今且说黛玉因夜间失寐，次日起来迟了，闻得众姊妹都在园中做饯花会，恐人笑她痴懒，连忙梳洗了出来。刚到了院中，只见宝玉进门来了，笑道：“好妹妹，你昨儿可告我了不曾？教我悬了一夜的心。”林黛玉便回头叫紫鹃：“把屋子收拾了，撂下一扇纱屉，看那大燕子回来，把帘子放下来，拿狮子倚住，烧了香就把炉罩上。”一面说，一面又往外走。宝玉见她这样，还认作是昨日晌的事，哪知晚间的这件公案，还打恭作揖的。林黛玉正眼儿也不看，各自出了院门，一直找别的姊妹去了。宝玉心中纳闷，自己猜疑：“看起这个光景来，不像是为昨日的事；但只昨日我回来的晚了，又没有见她，再没有冲撞了她的去处了。”一面想，一面由不得随后追了来。

只见宝钗探春正在那边看鹤舞，见黛玉去了，三个一同站着说话儿。又见宝玉来了，探春便笑道：“宝哥哥，身上好？我整整的三天没见你了。”宝玉笑道：“妹妹身上好？我前儿还在大嫂子跟前问你呢。”探春道：“宝哥哥，你往这里来，我和你说话。”宝玉听说，便跟了她，离了钗、玉两个，到了一棵石榴树下。

探春因说道：“这几天老爷可曾叫你？”宝玉笑道：“没有叫。”探春道：“昨儿我恍惚听见说老爷叫你出去的。”宝玉笑道：“那想是别人听错了，并没叫的。”探春又笑道：“这几个月，我又攒下有十来吊钱了。你还拿了去，明儿出门逛去的时候，或是好字画，好轻巧顽意儿，替我带些来。”宝玉道：“我这么城里城外、大廊小庙地逛，也没见个新奇精致东西，左不过是那些金、玉、铜、磁，没处撂的古董，再就是绸缎吃食衣服了。”

探春道："谁要这些。怎么像你上回买的那柳枝儿编的小篮子，整竹子根抠的香盒儿，胶泥垛的风炉子儿，这就好了，我喜欢的什么似的，谁知她们都爱上了，都当宝贝似的抢了去了。"宝玉笑道："原来要这个。这不值什么，拿五百钱出去给小子们，管拉一车来。"探春道："小厮们知道什么？你拣那朴而不俗、直而不拙者，这些东西，你多多的替我带了来，我还像上回的鞋做一双你穿，比那双还加工夫，如何呢？"

宝玉笑道："你提起鞋来，我想起个故事。那一回我穿着，可巧遇见了老爷，老爷就不受用，问是谁做的。我哪里敢提'三妹妹'三个字，我就回说是前儿我生日，是舅母给的。老爷听了是舅母给的，才不好说什么了。半日还说：'何苦来！虚耗人力，作践绫罗，做这样的东西。'我回来告诉了袭人，袭人说这还罢了，赵姨娘气地抱怨得了不得：'正经兄弟，鞋搭拉袜搭拉的没人看得见，且做这些东西！'"探春听说，登时沉下脸来，道："这话糊涂到什么田地！怎么我是该做鞋的人么？环儿难道没有分例的？一般的衣裳是衣裳，鞋袜是鞋袜，丫头老婆一屋子，怎么抱怨这些话！给谁听呢！我不过是闲着没事儿，做一双半双，爱给哪个哥哥兄弟，随我的心。谁敢管我不成！这也是白气。"宝玉听了，点头笑道："你不知道，他心里自然又有个想头了。"探春听说，益发动了气，将头一扭，说道："连你也糊涂了！他那想头自然是有的。不过是那阴微鄙贱的见识。他只管这么想，我只管认得老爷、太太两个人，别人我一概不管。就是姊妹弟兄跟前，谁和我好，我就和谁好，什么偏的庶的，我也不知道。论理我不该说他，但他忒昏聩的不像了！还有笑话儿呢：就是上回我给你那钱，替我买那顽的东西。过了两天，他见了我，也是说没钱使，怎么难，我也不理论。谁知后来丫头们出去了，他就抱怨起来，说我攒的钱为什么给你使，倒不给环儿使呢。我听见这话，又好笑又好气。我就出来往太太跟前去了。"正说着，只见宝钗那边笑道："说完了，来罢。显见的是哥哥妹妹了，丢下别人，且说体己去。我们听一句儿就使不得了！"说着，探春宝玉二人方笑着来了。

宝玉因不见了林黛玉，便知是她躲了别处去了，想了一想，索性迟两日，等她的气消一消再去也罢了。因低头看见许多凤仙石榴等各色落花，锦重重地落了一地，因叹道："这是她心里生了气，也不收拾这花儿来了。待我送了去，明儿再问着她。"说着，只见宝钗约着他们往外头走。宝玉道："我就来。"说毕，等她二人去远了，便把那花兜了起来，登山渡水，过树穿花，一直奔了那日和黛玉葬桃花的去处来。

将已到了花冢，犹未转过山坡，只听山坡那边有呜咽之声，一行数落着，哭得好不伤感。宝玉心下想道："这不知是哪房里的丫头，受了委屈，跑到这个地方来哭。"一面想，一面煞住脚步，听她哭道是：

花谢花飞飞满天，红消香断有谁怜？
游丝软系飘春榭，落絮轻沾扑绣帘。
闺中女儿惜春暮，愁绪满怀无释处。
手把花锄出绣闺，忍踏落花来复去。
柳丝榆荚自芳菲，不管桃飘与李飞。

桃李明年能再发，明年闺中知有谁？
三月香巢初垒成，梁间燕子太无情！
明年花发虽可啄，却不道人去梁空巢也倾。
一年三百六十日，风刀霜剑严相逼。
明媚鲜妍能几时，一朝飘泊难寻觅。
花开易见落难寻，阶前闷杀葬花人。
独倚花锄泪暗洒，洒上空枝见血痕。
杜鹃无语正黄昏，荷锄归去掩重门。
青灯照壁人初睡，冷雨敲窗被未温。
怪奴底事倍伤神，半为怜春半恼春：
怜春忽至恼忽去，至又无言去不闻。
昨宵庭外悲歌发，知是花魂与鸟魂？
花魂鸟魂总难留，鸟自无言花自羞。
愿奴胁下生双翼，随花飞到天尽头。
天尽头，何处有香丘？
未若锦囊收艳骨，一抔净土掩风流。
质本洁来还洁去，强于污淖陷渠沟。
尔今死去侬收葬，未卜侬身何日丧？
侬今葬花人笑痴，他年葬侬知是谁？
试看春残花渐落，便是红颜老死时。
一朝春尽红颜老，花落人亡两不知！

宝玉听了不觉痴倒。要知端详，且听下回分解。

【作者简介】

曹雪芹（约 1715 年—约 1763 年），名沾，字梦阮，号雪芹，又号芹溪、芹圃，中国古典名著《红楼梦》作者，籍贯沈阳（一说辽阳），生于南京，约十三岁时迁回北京。曹雪芹出身清代内务府正白旗包衣世家，他是江宁织造曹寅之孙、曹顒之子（一说曹頫之子）。曹雪芹早年在南京江宁织造府亲历了一段锦衣纨绔、富贵风流的生活。至雍正六年（1728 年），曹家因亏空获罪被抄家，曹雪芹随家人迁回北京老宅，后又移居北京西郊，靠卖字画和朋友救济为生。曹雪芹素性放达，爱好广泛，对金石、诗书、绘画、园林、中医、织补、工艺、饮食等均有所研究。他以坚韧不拔的毅力，历经多年艰辛，终于创作出极具思想性、艺术性的伟大作品——《红楼梦》。

【注释】

[1]干旄旌幢：干同“竿”。旄：牦牛尾。干旄：古代饰牦牛尾于旗杆，以示威仪。旌：与旄相似，另有五彩鸟羽装饰。幢：形状像伞。

【文解】

此回讲述林黛玉春困发幽情、众姐妹春日祭花神、宝钗扑蝶、黛玉葬花等事情，以此窥见各人性格。

【思考与练习】

1．宝钗扑蝶、黛玉葬花如何体现了宝钗黛玉的性格特点？

2．试分析《红楼梦》通过细节描写来表现人物性格的手法。

示众[1]

鲁迅

首善之区[2]的西城的一条马路上，这时候什么扰攘也没有。火焰焰的太阳虽然还未直照，但路上的沙土仿佛已是闪烁地生光；酷热满和在空气里面，到处发挥着盛夏的威力。许多狗都拖出舌头来，连树上的乌老鸦也张着嘴喘气——但是，自然也有例外的。远处隐隐有两个铜盏[3]相击的声音，使人忆起酸梅汤，依稀感到凉意，可是那懒懒的单调的金属音的间作，却使那寂静更其深远了。

只有脚步声，车夫默默地前奔，似乎想赶紧逃出头上的烈日。

“热的包子咧！刚出屉的……”

十一二岁的胖孩子，细着眼睛，歪了嘴在路旁的店门前叫喊。声音已经嘶嗄了，还带些睡意，如给夏天的长日催眠。

他旁边的破旧桌子上，就有二三十个馒头包子，毫无热气，冷冷地坐着。

“荷阿！馒头包子咧，热的……”

像用力掷在墙上而反拨过来的皮球一般，他忽然飞在马路的那边了。在电杆旁，和他对面，正向着马路，其时也站定了两个人：一个是淡黄制服的挂刀的面黄肌瘦的巡警，手里牵着绳头，绳的那头就拴在别一个穿蓝布大衫上罩白背心的男人的臂膊上。这男人戴一顶新草帽，帽檐四面下垂，遮住了眼睛的一带。但胖孩子身体矮，仰起脸来看时，却正撞见这人的眼睛了。那眼睛也似乎正在看他的脑壳。他连忙顺下眼，去看白背心，只见背心上一行一行地写着些大大小小的什么字。

刹时间，也就围满了大半圈的看客。待到增加了秃头的老头子之后，空缺已经不多，而立刻又被一个赤膊的红鼻子胖大汉补满了。这胖子过于横阔，占了两人的地位，所以续到的便只能屈在第二层，从前面的两个脖子之间伸进脑袋去。

秃头站在白背心的略略正对面，弯了腰，去研究背心上的文字，终于读起来：

“嗡，都，哼，八，而……”

胖孩子却看见那白背心正研究着这发亮的秃头，他也便跟着去研究，就只见满头光油油的，耳朵左近还有一片灰白色的头发，此外也不见得有怎样新奇。但是后面的一个抱着孩子的老妈子却想乘机挤进来了；秃头怕失了位置，连忙站直，文字虽然还未读完，然而无可奈何，只得另看白背心的脸：草帽檐下半个鼻子，一张嘴，尖下巴。

又像用了力掷在墙上而反拨过来的皮球一般，一个小学生飞奔上来，一手按住了自己头上的雪白的小布帽，向人丛中直钻进去。但他钻到第三——也许是第四——层，竟遇见一件不可动摇的伟大的东西了，抬头看时，蓝裤腰上面有一座赤条条的很阔的背脊，背脊上还有汗正在流下来。他知道无可措手，只得顺着裤腰右行，幸而在尽头发见了一条空处，透着光明。他刚刚低头要钻的时候，只听得一声“什么”，那裤腰以下的屁股向右一歪，空处立刻闭塞，光明也同时不见了。

但不多久，小学生却从巡警的刀旁边钻出来了。他诧异地四顾：外面围着一圈人，上首是穿白背心的，那对面是一个赤膊的胖小孩，胖小孩后面是一个赤膊的红鼻子胖大汉。他这时隐约悟出先前的伟大的障碍物的本体了，便惊奇而且佩服似的只望着红鼻子。胖小孩本是注视着小学生的脸的，于是也不禁依了他的眼光，回转头去了，在那里是一个很胖的奶子，奶头四近有几枝很长的毫毛。

“他，犯了什么事啦？”

大家都愕然看时，是一个工人似的粗人，正在低声下气地请教那秃头老头子。

秃头不作声，单是睁起了眼睛看定他。他被看得顺下眼光去，过一会再看时，秃头还是睁起了眼睛看定他，而且别的人也似乎都睁了眼睛看定他。他于是仿佛自己就犯了罪似的局促起来，终至于慢慢退后，溜出去了。一个挟洋伞的长子就来补了缺；秃头也旋转脸去再看白背心。

长子弯了腰，要从垂下的草帽檐下去赏识白背心的脸，但不知道为什么忽又站直了。于是他背后的人们又须竭力伸长了脖子；有一个瘦子竟至于连嘴都张得很大，像一条死鲈鱼。

巡警，突然间，将脚一提，大家又愕然，赶紧都看他的脚；然而他又放稳了，于是又看白背心。长子忽又弯了腰，还要从垂下的草帽檐下去窥测，但即刻也就立直，擎起一只手来拼命搔头皮。

秃头不高兴了，因为他先觉得背后有些不太平，接着耳朵边就有唧咕唧咕的声响。他双眉一锁，回头看时，紧挨他右边，有一只黑手拿着半个大馒头正在塞进一个猫脸的人的嘴里去。他也就不说什么，自去看白背心的新草帽了。

忽然，就有暴雷似的一击，连横阔的胖大汉也不免向前一跄踉。同时，从他肩膊上伸出一只胖得不相上下的臂膊来，展开五指，啪的一声正打在胖孩子的脸颊上。

“好快活！你妈的……”同时，胖大汉后面就有一个弥勒佛[4]似的更圆的胖脸这么说。

胖孩子也跄踉了四五步，但是没有倒，一手按着脸颊，旋转身，就想从胖大汉的腿旁的空隙间钻出去。胖大汉赶忙站稳，并且将屁股一歪，塞住了空隙，恨恨地问道：

“什么？”

胖孩子就像小鼠子落在捕机里似的，仓皇了一会，忽然向小学生那一面奔去，推开他，冲出去了。小学生也返身跟出去了。

“吓，这孩子……”总有五六个人都这样说。

待到重归平静，胖大汉再看白背心的脸的时候，却见白背心正在仰面看他的胸脯；他慌忙低头也看自己的胸脯时，只见两乳之间的洼下的坑里有一片汗，他于是用手掌拂去了这些汗。

然而形势似乎总不甚太平了。抱着小孩的老妈子因为在骚扰时四顾，没有留意，头上梳着的喜鹊尾巴似的“苏州俏[5]”便碰了站在旁边的车夫的鼻梁。车夫一推，却正推在孩子上；孩子就扭转身去，向着圈外，嚷着要回去了。老妈子先也略略一跄踉，但便即站定，旋转孩子来使他正对白背心，一手指点着，说道：

“阿，阿，看呀！多么好看哪！”

空隙间忽而探进一个戴硬草帽的学生模样的头来，将一粒瓜子之类似的东西放在嘴里，下颚向上一磕，咬开，退出去了。这地方就补上了一个满头油汗而粘着灰土的椭圆脸。

挟洋伞的长子也已经生气，斜下了一边的肩膊，皱眉疾视着肩后的死鲈鱼。大约从这么大的大嘴里呼出来的热气，原也不易招架的，而况又在盛夏。秃头正仰视那电杆上钉着的红牌上的四个白字，仿佛很觉得有趣。胖大汉和巡警都斜了眼研究着老妈子的钩刀般的鞋尖。

“好！”

什么地方忽有几个人同声喝彩。都知道该有什么事情起来了，一切头便全数回转去。连巡警和他牵着的犯人也都有些摇动了。

“刚出屉的包子咧！荷阿，热的……”

路对面是胖孩子歪着头，瞌睡似的长呼；路上是车夫们默默地前奔，似乎想赶紧逃出头上的烈日。大家都几乎失望了，幸而放出眼光去四处搜索，终于在相距十多家的路上，发见了一辆洋车停放着，一个车夫正在爬起来。

圆阵立刻散开，都错错落落地走过去。胖大汉走不到一半，就歇在路边的槐树下；长子比秃头和椭圆脸走得快，接近了。车上的坐客依然坐着，车夫已经完全爬起，但还在摸自己的膝髁。周围有五六个人笑嘻嘻地看他们。

“成么？”车夫要来拉车时，坐客便问。

他只点点头，拉了车就走；大家就惘惘然目送他。起先还知道那一辆是曾经跌倒的车，后来被别的车一混，知不清了。

马路上就很清闲，有几只狗伸出了舌头喘气；胖大汉就在槐阴下看那很快地一起一落的狗肚皮。

老妈子抱了孩子从屋檐阴下蹩过去了。胖孩子歪着头，挤细了眼睛，拖长声音，瞌睡地叫喊——“热的包子咧！荷阿！刚出屉的……”

1925 年 3 月 18 日

【作者简介】

鲁迅（1881 年 9 月 25 日—1936 年 10 月 19 日），原名周樟寿，后改名周树人，字豫山，后改豫才，浙江绍兴人，1936 年 10 月 19 日因肺结核病逝于上海，是中国现代著名的文学家、思想家和革命家。鲁迅的作品主要以小说、杂文为主，1918 年 5 月 15 日发表了中国第一部现代白话文小说《狂人日记》。1921 年发表中篇白话小说《阿 Q 正传》。代表性的作品集有：小说集《呐喊》《彷徨》《故事新编》；散文集《朝花夕拾》；散文诗集《野草》；杂文集《坟》《热风》《华盖集》《华盖集续编》《南腔北调集》《三闲集》《二心集》《而已集》《且介亭杂文》等。他的作品有数十篇被选入中小学语文课本，并有多部小说被先后改编成电影。其作品对于“五四运动”以后的中国文学产生了深刻的影响。鲁迅以笔代戈，奋笔疾书，战斗一生，被誉为“民族魂”。“横眉冷对千夫指，俯首甘为孺子牛”是鲁迅一生的写照。

【注释】

[1]本篇最初发表于 1925 年 4 月 13 日北京《语丝》周刊第二十二期。[2]首善之区：指首都。《汉书·儒林传》载“故教化之行也，建首善，自京师始。”这里指北洋军阀时代的首都北京。[3]铜盏：一种杯状小铜器。旧时北京卖酸梅汤的商贩，常用两个铜盏相击，发出有节奏的声音，以招引顾客。[4]弥勒佛：佛教菩萨之一，佛经说他继承释迦牟尼的佛位而成佛。他常见的塑像是胖圆笑脸，袒胸露腹，俗称大肚子弥勒佛。[5]苏州俏：旧时妇女所梳发髻的一种式样，先流行于苏州一带，故有此称。

【文解】

《示众》全篇没有复杂的情节，也没有贯穿首尾的完整故事，而只截取了一个剖面，描述了在一个酷热的夏天，发生在“首善之区”西城一条马路上来来去去的过路人汇集在一起看“示众”的场面。文中先后出场的人物大约十来个，他们形成了一种“看与被看”的二元对立模式，这种模式在鲁迅的《阿 Q 正传》《祝福》等作品中也都有突出表现。作品中的“看”与“被看”均显现出民众的麻木不仁，体现出作者企图唤醒那些麻木而善良的灵魂，迫切希望改造国民性的良苦用心。

【思考与练习】

1.《示众》的主题是什么？

2. 结合《示众》，谈谈鲁迅对中国文学的贡献。

呼兰河传（节选）

萧红

第二章

一

呼兰河除了这些卑琐平凡的实际生活之外，在精神上，也还有不少的盛举，如跳大神、唱秧歌、放河灯、野台子戏、四月十八娘娘庙大会……

先说大神。大神是会治病的，她穿着奇怪的衣裳，那衣裳平常的人不穿；红的，是一张裙子，那裙子一围在她的腰上，她的人就变样了。开初，她并不打鼓，只是一围起那红花裙子就哆嗦。从头到脚，无处不哆嗦，哆嗦了一阵之后，又开始打颤。她闭着眼睛，嘴里边叽咕的。每一打颤，就装出来要倒的样子。把四边的人都吓得一跳，可是她又坐住了。

大神坐的是凳子，她的对面摆着一块牌位，牌位上贴着红纸，写着黑字。

那牌位越旧越好，好显得她一年之中跳神的次数不少，越跳多了就越好，她的信用就远近皆知，她的生意就会兴隆起来。那牌前，点着香，香烟慢慢地旋着。

那女大神多半在香点了一半的时候神就下来了。那神一下来，可就威风不同，好像有万马千军让她领导似的，她全身是劲，她站起来乱跳。

大神的旁边，还有一个二神，当二神的都是男人。他并不昏乱，他是清晰如常的，他赶快把一张圆鼓交到大神的手里，大神拿了这鼓，站起来就乱跳，先诉说那附在她身上的神灵的下山的经历，是乘着云，是随着风，或者是驾雾而来，说得非常之雄壮。二神站在一边，大神问他什么，他回答什么。

好的二神是对答如流的，坏的二神，一不加小心说冲着了大神的一字，大神就要闹起来的。大神一闹起来的时候，她也没有别的办法，只是打着鼓，乱骂一阵，说这病人，不出今夜就必得死的，死了之后，还会游魂不散，家族、亲戚、乡里都要招灾的。这时吓得那请神的人家赶快烧香点酒，烧香点酒之后，若再不行，就得赶送上红布来，把红布挂在牌位上，若再不行，就得杀鸡，若闹到了杀鸡这个阶段，就多半不能再闹了。因为再闹就没有什么想头了。

这鸡、这布，一律都归大神所有，跳过了神之后，她把鸡拿回家去自己煮上吃了。把红布用蓝靛染了之后，做起裤子穿了。

有的大神，一上手就百般的下不来神。请神的人家就得赶快地杀鸡来，若一杀慢了，等一会跳到半道就要骂的，谁家请神都是为了治病，请大神骂，是非常不吉利的。所以对大神是非常尊敬的，又非常怕。

跳大神，大半是天黑跳起，只要一打起鼓来，就男女老幼，都往这跳神的人家跑，若是夏天，就屋里屋外都挤满了人。还有些女人，拉着孩子，抱着孩子，哭天叫地地从墙头上跳过来，跳过来看跳神的。

跳到半夜时分，要送神归山了，那时候，那鼓打得分外地响，大神也唱得分外地好听；邻居左右，十家二十家的人家都听得到，使人听了起着一种悲凉的情绪，二神嘴里唱："大仙家回山了，要慢慢地走，要慢慢地行。"

大神说："我的二仙家，青龙山，白虎山……夜行三千里，乘着风儿不算难……"

这唱着的词调，混合着鼓声，从几十丈远的地方传来，实在是冷森森的，越听就越悲凉。听了这种鼓声，往往终夜而不能眠的人也有。

请神的人家为了治病，可不知那家的病人好了没有？却使邻居街坊感慨兴叹，终夜而不能已的也常常有。

满天星光，满屋月亮，人生何如，为什么这么悲凉。

过了十天半月的，又是跳神的鼓，当当地响。于是人们又都着了慌，爬墙的爬墙，登门的登门，看看这一家的大神，显的是什么本领，穿的是什么衣裳。听听她唱的是什么腔调，看看她的衣裳漂亮不漂亮。

跳到了夜静时分，又是送神回山。送神回山的鼓，个个都打得漂亮。

若赶上一个下雨的夜，就特别凄凉，寡妇可以落泪，鳏夫就要起来彷徨。

那鼓声就好像故意招惹那般不幸的人，打得有急有慢，好像一个迷路的人在夜里诉说着他的迷惘，又好像不幸的老人在回想着他幸福的短短的幼年。又好像慈爱的母亲送着她的儿子远行。又好像是生离死别，万分地难舍。

人生为了什么，才有这样凄凉的夜。

似乎下回再有打鼓的连听也不要听了。其实不然，鼓一响就又是上墙头的上墙头，侧着耳朵听的侧着耳朵在听，比西洋人赴音乐会更热心。

二

七月十五盂兰会，呼兰河上放河灯了。

河灯有白菜灯、西瓜灯，还有莲花灯。

和尚、道士吹着笙、管、笛、箫，穿着拼金大红缎子的褊衫。在河沿上打起场子来在做道场。那乐器的声音离开河沿二里路就听到了。

一到了黄昏，天还没有完全黑下来，奔着去看河灯的人就络绎不绝了。

小街大巷，哪怕终年不出门的人，也要随着人群奔到河沿去。先到了河沿的就蹲在那里。沿着河岸蹲满了人，可是从大街小巷往外出发的人仍是不绝，瞎子、瘸子都来看河灯（这里说错了，唯独瞎子是不来看河灯的），把街道跑得冒了烟了。

姑娘、媳妇，三个一群，两个一伙，一出了大门，不用问，到哪里去。

就都是看河灯去。

黄昏时候的七月，火烧云刚刚落下去，街道上发着显微的白光，嘁嘁喳喳，把往日的寂静都冲散了，个个街道都活了起来，好像这城里发生了大火，人们都赶去救火的样子。非常忙迫，踢踢踏踏地向前跑。

先跑到了河沿的就蹲在那里，后跑到的，也就挤上去蹲在那里。

大家一齐等候着，等候着月亮高起来，河灯就要从水上放下来。七月十五日是个鬼节，死了的冤魂怨鬼，不得脱生，缠绵在地狱里边是非常苦的，想脱生，又找不着路。这一天若是每个鬼托着一个河灯，就可得以脱生。大概从阴间到阳间的这一条路，非常之黑，若没有灯是看不见路的。所以放河灯这件事情是件善举。可见活着的正人君子们，对着那些已死的冤魂怨鬼还没有忘记。

但是这其间也有一个矛盾，就是七月十五这夜生的孩子，怕是都不大好，多半都是野鬼托着个莲花灯投生而来的。这个孩子长大了将不被父母所喜欢，长到结婚的年龄，男女两家必要先对过生日时辰，才能够结亲。若是女家生在七月十五，这女子就很难出嫁，必须改了生日，欺骗男家。若是男家七月十五的生日，也不大好，不过若是财产丰富的，也就没有多大关系，嫁是可以嫁过去的，虽然就是一个恶鬼，有了钱大概怕也不怎样恶了。但在女子这方面可就万万不可，绝对的不可以；若是有钱的寡妇的独养女，又当别论，因为娶了这姑娘可以有一份财产在那里晃来晃去，就是娶了而带不过财产来，先说那一份妆奁也是少不了的。假说女子就是一个恶鬼的化身，但那也不要紧。

平常的人说："有钱能使鬼推磨。"似乎人们相信鬼是假的，有点不十分真。

但是当河灯一放下来的时候，和尚为着庆祝鬼们更生，打着鼓，叮地响；念着经，好像紧急符咒似的，表示着，这一工夫可是千金一刻，且莫匆匆地让过，诸位男鬼女鬼，赶快托着灯去投生吧。

念完了经，就吹笙管笛箫，那声音实在好听，远近皆闻。

同时那河灯从上流拥拥挤挤，往下浮来了。浮得很慢，又镇静、又稳当，绝对的看不出来水里边会有鬼们来捉了它们去。

这灯一下来的时候，金呼呼的，亮通通的，又加上有千万人的观众，这举动实在是不小的。河灯之多，有数不过来的数目，大概是几千百只。两岸上的孩子们，拍手叫绝，跳脚欢迎。大人则都看出了神了，一声不响，陶醉在灯光河色之中。灯光照得河水幽幽地发亮。水上跳跃着天空的月亮。真是人生何世，会有这样好的景况。

一直闹到月亮来到了中天，大昴星、二昴星、三昴星都出齐了的时候，才算渐渐地从繁华的景况，走向了冷静的路去。

河灯从几里路长的上流，流了很久很久才流过来了。再流了很久很久才流过去了。在这过程中，有的流到半路就灭了；有的被冲到了岸边，在岸边生了野草的地方就被挂住了；还有每当河灯一流到了下流，就有些孩子拿着竿子去抓它，有些渔船也顺手取了一两只。到后来河灯越来越稀疏了。

到往下流去，就显出荒凉孤寂的样子来了，因为越流越少了。

流到极远处去的，似乎那里的河水也发了黑，而且是流着流着地就少了一个。

河灯从上流过来的时候，虽然路上也有许多落伍的，也有许多淹灭了的，但始终没有觉得河灯是被鬼们托着走了的感觉。

可是当这河灯，从上流的远处流来，人们是满心欢喜的，等流过了自己，也还没有什么，唯独到了最后，那河灯流到了极远的下流去的时候，使看河灯的人们，内心里无由地来了空虚。

"那河灯，到底是要漂到哪里去呢？"

多半的人们，看到了这样的景况，就抬起身来离开了河沿回家去了。

于是不但河里冷落，岸上也冷落了起来。

这时再往远处的下流看去，看着，看着，那灯就灭了一个。再看着看着，又灭了一个，还有两个一块灭的。于是就真像被鬼一个一个地托着走了。

打过了三更，河沿上一个人也没有了，河里边一个灯也没有了。

河水是寂静如常的，小风把河水皱着极细的波浪。月光在河水上边并不像在海水上边闪着一片一片的金光，而是月亮落到河底里去了。似乎那渔船上的人，伸手可以把月亮拿到船上来似的。

河的南岸，尽是柳条丛，河的北岸就是呼兰河城。

那看河灯回去的人们，也许都睡着了。不过月亮还是在河上照着。

三

野台子戏也是在河边上唱的。也是秋天，比方这一年秋收好，就要唱一台子戏，感谢天地。若是夏天大旱，人们戴起柳条圈来求雨，在街上几十人，跑了几天，唱着，打着鼓。求雨的人不准穿鞋，龙王爷可怜他们在太阳下边把脚烫得很痛，就因此下了雨了。一下了雨，到秋天就得唱戏的，因为求雨的时候许下了愿。许愿就得还愿，若是还愿的戏就更非唱不可了。

一唱就是三天。

在河岸的沙滩上搭起了台子来。这台子是用杆子绑起来的，上边搭上了席棚，下了一点小雨也不要紧，太阳则完全可以遮住的。

戏台搭好了之后，两边就搭看台。看台还有楼座。坐在那楼座上是很好的，又风凉，又可以远眺。不过，楼座是不大容易坐得到的，除非当地的官、绅，别人是不大坐得到的。不卖票，哪怕你就有钱，也没有办法。

只搭戏台，就搭三五天。

台子的架一竖起来，城里的人就说："戏台竖起架子来了。"

一上了棚，人就说："戏台上棚了。"

戏台搭完了就搭看台，看台是顺着戏台的左边搭一排，右边搭一排，所以是两排平行而相对的。一搭要搭出十几丈远去。

眼看台子就要搭好了，这时候，接亲戚的接亲戚，唤朋友的唤朋友。

比方嫁了的女儿，回来住娘家，临走（回婆家）的时候，做母亲的送到大门外，摆着手还说："秋天唱戏的时候，再接你来看戏。"

坐着女儿的车子远了，母亲含着眼泪还说："看戏的时候接你回来。"

所以一到了唱戏的时候，可并不是简单地看戏，而是接姑娘唤女婿，热闹得很。

东家的女儿长大了，西家的男孩子也该成亲了，说媒的这个时候，就走上门来。约定两家的父母在戏台底下，第一天或是第二天，彼此相看。也有只通知男家而不通知女家的，这叫做"偷看"，这样的看法，成与不成，没有关系，比较的自由，反正那家的姑娘也不知道。

所以看戏去的姑娘，个个都打扮得漂亮。都穿了新衣裳，擦了胭脂涂了粉，刘海剪得并排齐。头辫梳得一丝不乱，扎了红辫根，绿辫梢。也有扎了水红的，也有扎了蛋青的。走起路来像客人，吃起瓜子来，头不歪眼不斜的，温文尔雅，都变成了大家闺秀。有的着蛋青色布长衫，有的穿了藕荷色的，有的银灰的。有的还把衣服的边上压了条，有的蛋青色的衣裳压了黑条，有的水红洋纱的衣裳压了蓝条，脚上穿了蓝缎鞋，或是黑缎绣花鞋。

鞋上有的绣着蝴蝶，有的绣着蜻蜓，有的绣着莲花，绣着牡丹的，各样的都有。

手里边拿着花手巾。耳朵上戴了长钳子，土名叫做“带穗钳子”。这带穗钳子有两种，一种是金的、翠的；一种是铜的、琉璃的。有钱一点的戴金的，稍微差一点的带琉璃的。反正都很好看，在耳朵上摇来晃去。黄忽忽、绿森森的，再加上满脸矜持的微笑，真不知这都是谁家的闺秀。

那些已嫁的妇女，也是照样地打扮起来，在戏台下边，东邻西舍的姊妹们相遇了，好互相的品评。

谁的模样俊，谁的鬓角黑。谁的手镯是福泰银楼的新花样，谁的压头簪又小巧又玲珑。谁的一双绛紫缎鞋，真是绣得漂亮。

老太太虽然不穿什么带颜色的衣裳，但也个个整齐，人人利落，手拿长烟袋，头上撇着大扁方。慈祥，温静。

戏还没有开台，呼兰河城就热闹不得了了，接姑娘的，唤女婿的，有一个很好的童谣：“拉大锯，扯大锯，老爷（外公）门口唱大戏。接姑娘，唤女婿，小外孙也要去……”

于是乎不但小外甥，三姨二姑也都聚在了一起。

每家如此，杀鸡买酒，笑语迎门，彼此谈着家常，说着趣事，每夜必到三更，灯油不知浪费了多少。

某村某村，婆婆虐待媳妇。哪家哪家的公公喝了酒就要酒疯。又是谁家的姑娘出嫁了刚过一年就生了一对双生。又是谁的儿子十三岁就定了一家十八岁的姑娘做妻子。

烛火灯光之下，一谈谈个半夜，真是非常的温暖而亲切。

一家若有几个女儿，这几个女儿都出嫁了，亲姊妹，两三年不能相遇的也有。平常是一个住东，一个住西。不是隔水的就是离山，而且每人有一大群孩子，也各自有自己的家务，若想彼此过访，那是不可能的事情。

若是做母亲的同时把几个女儿都接来了，那她们的相遇，真仿佛已经隔了三十年了。相见之下，真是不知从何说起，羞羞惭惭，欲言又止，刚一开口又觉得不好意思，过了一刻工夫，耳脸都发起烧来，于是相对无语，心中又喜又悲。过了一袋烟的工夫，等那往上冲的血流落了下去，彼此都逃出了那种昏昏恍恍的境界，这才来找几句不相干的话来开头；或是“你多咱来的？”或是“孩子们都带来了？”

关于别离了几年的事情，连一个字也不敢提。

从表面上看来，她们并不是像姊妹，丝毫没有亲热的表现。面面相对的，不知道她们两个人是什么关系，似乎连认识也不认识，似乎从前她们两个并没有见过，而今天是第一次的相见，所以异常的冷落。

但是这只是外表，她们的心里，就早已沟通着了。甚至于在十天或半月之前，她们的心里就早已开始很远地牵动起来，那就是当她们彼此都接到了母亲的信的时候。

那信上写着迎接她们姊妹回来看戏的。

【作者简介】

萧红，1911 年生于黑龙江省哈尔滨市呼兰区，著名女作家，被誉为“20 世纪 30 年代文学洛神”。1935 年，在鲁迅的支持下，发表了成名作《生死场》。1936 年，为摆脱精神上的苦恼东渡日本，并写下了散文《孤独的生活》、长篇组诗《砂粒》等。1940 年与端木蕻良同抵香港，之后发表了中篇小说《马伯乐》和著名长篇小说《呼兰河传》。

【文解】

《呼兰河传》是著名作家萧红创作的一部自传体小说，写于香港。小说共分七章，前有序后有尾声，著名文学巨匠茅盾为之作序。本书描绘了 20 世纪 20 年代东北小城呼兰河的风土人情，抒写了小城人的不幸与艰辛，融入了对人性和社会的审视与思考，展示了女作家独特的艺术个性与特色。

【思考与练习】

1．作者写这部作品的时候已经成年，为什么她对童年生活的记忆如此深刻，又这般的怀念呢？

2．茅盾曾这样评价萧红的艺术成就：“它是一篇叙事诗，一幅多彩的风土画，一串凄婉的歌谣。”结合这个评价，分析《呼兰河传》独特的艺术性。

边城（节选）

沈从文

第二章

四

还是两年前的事。五月端阳，渡船头祖父找人作了代替，便带了黄狗同翠翠进城，过大河边去看划船。河边站满了人，四只朱色长船在潭中滑着，龙船水刚刚涨过，河中水皆豆绿，天气又那么明朗，鼓声蓬蓬响着，翠翠抿着嘴一句话不说，心中充满了不可言说的快乐。河边人太多了一点，各人皆尽张着眼睛望河中，不多久，黄狗还在身边，祖父却挤得不见了。

翠翠一面注意划船，一面心想“过不久祖父总会找来的”。但过了许久，祖父还不来，翠翠便稍稍有点儿着慌了。先是两人同黄狗进城前一天，祖父就问翠翠：“明天城里划船，倘若一个人去看，人多怕不怕？”翠翠就说：“人多我不怕，但自己只是一个人可不好玩。”于是祖父想了半天，方想起一个住在城中的老熟人，赶夜里到城里去商量，请那老人来看一天渡船，自己却陪翠翠进城玩一天。且因为那人比渡船老人更孤单，身边无一个亲人，也无一只狗，因此便约好了那人早上过家中来吃饭，喝一杯雄黄酒。第二天那人来了，吃了饭，把职务委托那人以后，翠翠等便进了城。到路上时，祖父想起什么似的，又问翠翠："翠翠，翠翠，人那么多，好热闹，你一个人敢到河边看龙船吗？"翠翠说："怎么不敢？可是一个人有什么意思。"到了河边后，长潭里的四只红船，把翠翠的注意力完全占去了，身边祖父似乎也可有可无了。祖父心想："时间还早，到收场时，至少还得三个时刻。溪边的那个朋友，也应当来看看年轻人的热闹，回去一趟，换换地位还赶得及。"因此就问翠翠，"人太多了，站在这里看，不要动，我到别处去有事情，无论如何总赶得回来伴你回家。"翠翠正为两只竞速并进的船迷着，祖父说的话毫不思索就答应了。祖父知道黄狗在翠翠身边，也许比他自己在她身边还稳当，于是便回家看船去了。

祖父到了那渡船处时，见代替他的老朋友，正站在白塔下注意听远处鼓声。

祖父喊他，请他把船拉过来，两人渡过小溪仍然站到白塔下去。那人问老船夫为什么又跑回来，祖父就说想替他一会儿故把翠翠留在河边，自己赶回来，好让他也过河边去看看热闹，且说，"看得好，就不必再回来，只须见了翠翠问她一声，翠翠到时自会回家的。小丫头不敢回家，你就伴她走走！"但那替手对于看龙船已无什么兴味，却愿意同老船夫在这溪边大石上各自再喝两杯烧酒。老船夫十分高兴，把酒葫芦取出，推给城中来的那一个。两人一面谈些端午旧事，一面喝酒，不到一会，那人却在岩石上为烧酒醉倒了。

人既醉倒了，无从入城，祖父为了责任又不便与渡船离开，留在河边的翠翠便不能不着急了。

河中划船的决了最后胜负后，城里军官已派人驾小船在潭中放了一群鸭子，祖父还不见来。翠翠恐怕祖父也正在什么地方等着她，因此带了黄狗各处人丛中挤着去找寻祖父，结果还是不得祖父的踪迹。后来看看天快要黑了，军人扛了长凳出城看热闹的，皆已陆续扛了那凳子回家。潭中的鸭子只剩下三五只，捉鸭人也渐渐地少了。落日向上游翠翠家中那一方落去，黄昏把河面装饰了一层薄雾。翠翠望到这个景致，忽然起了一个怕人的想头，她想："假若爷爷死了？"

她记起祖父嘱咐她不要离开原来地方那一句话，便又为自己解释这想头的错误，以为祖父不来必是进城去或到什么熟人处去，被人拉着喝酒，故一时不能来的。正因为这也是可能的事，她又不愿在天未断黑以前，同黄狗赶回家去，只好站在那石码头边等候祖父。

再过一会，对河那两只长船已泊到对河小溪里去不见了，看龙船的人也差不多全散了。吊脚楼有娼妓的人家，已上了灯，且有人敲小斑鼓弹月琴唱曲子。另外一些人家，又有划拳行酒的吵嚷声音。同时停泊在吊脚楼下的一些船只，上面也有人在摆酒炒菜，把青菜萝卜之类，倒进滚热油锅里去时发出吵——的声音。河面已朦朦胧胧，看去好像只有一只白鸭在潭中浮着，也只剩一个人追着这只鸭子。

翠翠还是不离开码头，总相信祖父会来找她，同她一起回家。

吊脚楼上唱曲子声音热闹了一些，只听到下面船上有人说话，一个水手说："金亭，你听你那铺子陪川东庄客喝酒唱曲子，我赌个手指，说这是她的声音！"另一个水手就说："她陪他们喝酒唱曲子，心里可想我。她知道我在船上！"先前那一个又说："身体让别人玩着，心还想着你，你有什么凭据？"另一个说："有凭据。"于是这水手吹着唿哨，作出一个古怪的记号，一会儿，楼上歌声便停止了。歌声停止后，两个水手皆笑了。两人接着便说了些关于那个女人的一切，使用了不少粗鄙字眼，翠翠很不习惯把这种话听下去，但又不能走开。且听水手之一说，楼上妇人的爸爸是在棉花坡被人杀死的，一共杀了十七刀。翠翠心中那个古怪的想头，"爷爷死了呢？"便仍然占据到心里有一忽儿。

两个水手还正在谈话，潭中那只白鸭慢慢地向翠翠所在的码头边游来，翠翠想："再过来些我就捉住你！"于是静静地等着，但那鸭子将近岸边三丈远近时，却有个人笑着，喊那船上水手。原来水中还有个人，那人已把鸭子捉到手，却慢慢地"踹水"游近岸边的。船上人听到水面的喊声，在隐约里也喊道："二老，二老，你真干，你今天得了五只吧。"那水上人说："这家伙狡猾得很，现在可归我了。""你这时捉鸭子，将来捉女人，一定有同样的本领。"水上那一个不再说什么，手脚并用地拍着水傍了码头。湿淋淋地爬上岸时，翠翠身旁的黄狗，仿佛警问水中人似的，汪汪地叫了几声，那人方注意到翠翠。码头上已无别的人，那人问：

"是谁？"

"是翠翠！"

"翠翠又是谁？"

"是碧溪岨撑渡船的孙女。"

"你在这儿做什么？"

"我等我爷爷。我等他来好回家去。"

"等他来他可不会来，你爷爷一定到城里军营里喝了酒，醉倒后被人抬回去了！"

"他不会。他答应来，他就一定会来的。"

"这里等也不成。到我家里去，到那边点了灯的楼上去，等爷爷来找你好不好？"

翠翠误会邀她进屋里去那个人的好意，正记着水手说的妇人丑事，她以为那男子就是要她上有女人唱歌的楼上去，本来从不骂人，这时正因等候祖父太久了，心中焦急得很，听人要她上去，以为欺侮了她，就轻轻地说：

"你个悖时砍脑壳的！"

话虽轻轻的，那男的却听得出，且从声音上听得出翠翠年纪，便带笑说："怎么，你骂人！你不愿意上去，要呆在这儿，回头水里大鱼来咬了你，可不要叫喊！"

翠翠说："鱼咬了我也不管你的事。"

那黄狗好像明白翠翠被人欺侮了，又汪汪地吠起来。那男子把手中白鸭举起，向黄狗吓了一下，便走上河街去了。黄狗为了自己被欺侮还想追过去，翠翠便喊："狗，狗，你叫人也看人叫！"翠翠意思仿佛只在问给狗"那轻薄男子还不值得叫"，但男子听去的却是另外一种好意，男的以为是她要狗莫向好人叫，放肆地笑着，不见了。

又过了一阵，有人从河街拿了一个废缆做成的火炬，喊叫着翠翠的名字来找寻她，到身边时翠翠却不认识那个人。那人说老船夫回到家中，不能来接她，故搭了过渡人口信来，问翠翠要她即刻就回去。翠翠听说是祖父派来的，就同那人一起回家，让打火把的在前引路，黄狗时前时后，一同沿了城墙向渡口走去。翠翠一面走一面问那拿火把的人，是谁问他就知道她在河边。那人说是二老问他的，他是二老家里的伙计，送翠翠回家后还得回转河街。

翠翠说："二老他怎么知道我在河边？"

那人便笑着说："他从河里捉鸭子回来，在码头上见你，他说好意请你上家里坐坐，等候你爷爷，你还骂过他！"

翠翠带了点儿惊讶轻轻地问："二老是谁？"

那人也带了点儿惊讶说："二老你都不知道？就是我们河街上的傩送二老！就是岳云！他要我送你回去！"傩送二老在茶峒地方不是一个生疏的名字！

翠翠想起自己先前骂人那句话，心里又吃惊又害羞，再也不说什么，默默地随了那火把走去。

翻过了小山岨，望得见对溪家中火光时，那一方面也看见了翠翠方面的火把，老船夫即刻把船拉过来，一面拉船一面哑声儿喊问："翠翠，翠翠，是不是你？"翠翠不理会祖父，口中却轻轻地说："不是翠翠，不是翠翠，翠翠早被大河里鲤鱼吃去了。"翠翠上了船，二老派来的人，打着火把走了，祖父牵着船问："翠翠，你怎么不答应我，生我的气了吗？"

翠翠站在船头还是不作声。翠翠对祖父那一点儿埋怨，等到把船拉过了溪，一到了家中，看明白了醉倒的另一个老人后，就完事了。但另一件事，属于自己不关祖父的，却使翠翠沉默了一个夜晚。

【作者简介】

沈从文（1902 年 12 月 28 日—1988 年 5 月 10 日），原名沈岳焕，笔名休芸芸、甲辰、上官碧、璇若等，乳名茂林，字崇文，湖南省凤凰县人。祖父沈宏富是汉族，祖母刘氏是苗族，其母黄素英是土家族。1988 年 5 月 10 日，因心脏病猝发，在家中病逝，享年 86 岁。沈从文是现代著名作家、历史文物研究家。自 20 世纪 20 年代起就蜚声文坛，与诗人徐志摩、散文家周作人、杂文家鲁迅齐名。代表作有《边城》《长河》《中国古代服饰研究》等。

【文解】

《边城》发表于 1934 年，是沈从文的小说代表作。小说描写了山城茶峒码头团总的两个儿子天保和傩送与摆渡人的外孙女——纯情天真的少女翠翠的爱情故事，谱写了一曲充满爱和美的人性颂歌。作品中的一切都非常纯净自然：青年男女的情爱，祖孙父子的亲爱，人们相互之间的友爱，以及湘西边地风俗风景的迷人可爱……作者为读者创造的这一个诗意的自然环境与人类社会，就像世外桃源一样令人向往。作者讴歌这种具有原始野性的纯真朴实的人情美、人性美，无疑是对现代都市尔虞我诈和充满铜钱臭味的人生形态的否定与反抗，以此表达对重义轻财、重情轻利的完美人性和田园牧歌式生活的向往和追求。

【思考与练习】

1．结合节选内容，谈谈《边城》的艺术特色。

2．请分析主人公翠翠的人物形象。

围城（节选）

钱锺书

第三章（节选）

唐小姐跟苏小姐的来往也比从前减少了，可是方鸿渐迫于苏小姐的恩威并施，还不得不常向苏家走动。苏小姐只等他正式求爱，心里怪他太浮太慢。他只等机会向她声明并不爱她，恨自己心肠太软，没有快刀斩乱丝的勇气。他每到苏家一次，出来就懊悔这次多去了，话又多说了。他渐渐明白自己是个西洋人所谓“道义上的懦夫”，只怕唐小姐会看破了自己品格上的大弱点。一个星期六下午他请唐小姐喝了茶回家，看见桌子上赵辛楣明天请吃晚饭的帖子，大起惊慌，想这也许是他的订婚喜酒，那就糟了，苏小姐更要爱情专注在自己身上了。苏小姐打电话来问他收到请帖没有，说辛楣托她转邀，还叫他明天上午去谈谈。明天苏小姐见了面，说辛楣请他务必光临，大家叙叙，别无用意。他本想说辛楣怎会请到自己，这话在嘴边又缩回去了；他现在不愿再提起辛楣对自己的仇视，又加深苏小姐的误解。他改口问有没有旁的客人。苏小姐说，听说还有两个辛楣的朋友。鸿渐道：“小胖子大诗人曹元朗是不是也请在里面？有他，菜也可以省一点；看见他那个四喜丸子的脸，人就饱了。”

“不会有他罢。辛楣不认识他，我知道辛楣跟你一对小心眼儿，见了他又要打架，我这儿可不是战场，所以我不让他们两人碰头。元朗这人顶有意思的，你全是偏见，你的心我想也偏在夹肢窝里。自从那一次后，我也不让你和元朗见面，免得冲突。”

鸿渐本想说：“其实全没有关系。”可是在苏小姐抚爱的眼光下，这话不能出口。同时知道到苏家来朝参的又添了个曹元朗，心放了许多。苏小姐忽然问道：“你看赵辛楣这人怎么样？”

“他本领比我大，仪表也很神气，将来一定得意。我看他倒是个理想的——呃——人。”

假如上帝赞美魔鬼，社会主义者歌颂小布尔乔亚，苏小姐听了也不会这样惊奇。她准备鸿渐嘲笑辛楣，自己主持公道，为辛楣辩护。她便冷笑道：“请客的饭还没到口呢，已经恭维主人了！他三天两天写信给我，信上的话我也不必说，可是每封信都说他失眠，看了讨厌！谁叫他失眠的，跟我有什么关系？我又不是医生！”苏小姐深知道他失眠跟自己大有关系，不必请教医生。

方鸿渐笑道："《毛诗》说：'窈窕淑女，寤寐求之；求之不得，寤寐思服。'他写这种信，是地道中国文化的表现。"

苏小姐瞪眼道："人家可怜，没有你这样运气呀！你得福不知，只管口轻舌薄取笑人家，我不喜欢你这样。鸿渐，我希望你做人厚道些，以后我真要好好地劝劝你。"

鸿渐吓得哑口无言。苏小姐家里有事，跟他约晚上馆子里见面。他回到家整天闷闷不乐，觉得不能更延宕了，得赶快表明态度。

方鸿渐到馆子，那两个客人已经先在。一个躬背高额，大眼睛，苍白脸，戴夹鼻金丝眼镜，穿的西装袖口遮没手指，光光的脸，没胡子也没皱纹，而看来像个幼稚的老太婆或者上了年纪的小孩子。一个气概飞扬，鼻子直而高，侧望像脸上斜搁了一张梯，颈下打的领结饱满齐整得使方鸿渐绝望地企羡。辛楣见了鸿渐，热烈欢迎。彼此介绍之后，鸿渐才知道那位躬背的是哲学家褚慎明，另一位叫董斜川，原任捷克中国公使馆军事参赞，内调回国，尚未到部，善做旧诗，是个大才子。这位褚慎明原名褚家宝，成名以后嫌"家宝"这名字不合哲学家身份，据斯宾诺沙改名的先例，换成"慎明"，取"慎思明辩"的意思。他自小负神童之誉，但有人说他是神经病。他小学、中学、大学都不肯毕业，因为他觉得没有先生配教他考他。他最恨女人，眼睛近视得厉害而从来不肯配眼镜，因为怕看清楚了女人的脸，又常说人性里有天性跟兽性两部分，他自己全是天性。他常翻外国哲学杂志，查出世界大哲学家的通信处，写信给他们，说自己如何爱读他们的书，把哲学杂志书评栏里赞美他们著作的话，改头换面算自己的意见。外国哲学家是知识分子里最牢骚不平的人，专门的权威没有科学家那样高，通俗的名气没有文学家那样大，忽然几万里外有人写信恭维，不用说高兴得险地忘掉了哲学。他们理想中国是个不知怎样闭塞落伍的原始国家，而这个中国人信里说几句话，倒有分寸，便回信赞褚慎明是中国新哲学的创始人，还有送书给他的。不过褚慎明再写信去，就收不到多少复信，缘故是那些虚荣的老头子拿了他的第一封信向同行卖弄，不料彼此都收到他的这样一封信，彼此都是他认为"现代最伟大的哲学家"，不免扫兴生气了。褚慎明靠着三四十封这类回信，吓倒了无数人，有位爱才的阔官僚花一万金送他出洋。西洋大哲学家不回他信的只有柏格森；柏格森最怕陌生人去缠他，住址严守秘密，电话簿上都没有他的名字。褚慎明到了欧洲，用尽心思，写信到柏格森寓处约期拜访，谁知道原信退回，他从此对直觉主义痛心疾首。柏格森的敌人罗素肯敷衍中国人，请他喝过一次茶，他从此研究数理逻辑。他出洋时，为方便起见，不得不戴眼镜，对女人的态度逐渐改变。杜慎卿厌恶女人，跟她们隔三间屋还闻着她们的臭气，褚慎明要女人，所以鼻子同样的敏锐。他心里装满女人，研究数理逻辑的时候，看见 aposteriori 那个名词会联想到 posterior，看见×记号会联想到 kiss，亏得他没细读柏拉图的太米谒斯对话（Timaeus），否则他更要对着×记号出神。他正把那位送他出洋的大官僚讲中国人生观的著作翻成英文，每月到国立银行领一笔生活费过极闲适的日子。董斜川的父亲董沂孙是个老名士，虽在民国作官，而不忘前清。斜川才气甚好，跟着老子作旧诗。中国是出儒将的国家，不比法国有一两个提得起笔的将军，就要请进国家学院去高供着。斜川的将略跟一般儒将相去无几，而他的诗即使不是儒将作的，也算得好了。文能穷人，所以他官运不好，这对于士兵，倒未始非福。他作军事参赞，不去讲武，倒批评上司和同事们文理不通，因此内调。他回国不多几天，想另谋个事。

方鸿渐见董斜川像尊人物，又听赵辛楣说是名父之子，不胜倾倒，说："老太爷沂孙先生的诗，海内闻名。董先生不愧家学渊源，更难得是文武全才。"他自以为这算得恭维周到了。

董斜川道："我作的诗，路数跟家严不同。家严年轻时候的诗取径没有我现在这样高。他到如今还不脱黄仲则、龚定盦那些乾嘉人习气，我一开笔就作的同光体。"

方鸿渐不敢开口。赵辛楣向跑堂要了昨天开的菜单，予以最后审查。董斜川也向跑堂的要了一支秃笔，一方砚台，把茶几上的票子飞快地书写着。方鸿渐心里诧异。褚慎明危坐不说话，像内视着潜意识深处的趣事而微笑，比了他那神秘的笑容，蒙娜丽莎（Mona Lisa）的笑算不得什么一回事。鸿渐攀谈道："褚先生最近研究些什么哲学问题？"

褚慎明神色慌张，撇了鸿渐一眼，别转头叫赵辛楣道："老赵，苏小姐该来了。我这样等女人，生平是破例。"

辛楣把菜单给跑堂，回头正要答应，看见董斜川在写，忙说："斜川，你在干什么？"

董斜川头都不抬道："我在写诗。"

辛楣释然道："快多写几首，我虽不懂诗，最爱看你的诗。我那位朋友苏小姐，新诗作得非常好，对旧诗也很能欣赏。回头把你的诗给她看。"

斜川停笔，手指拍着前额，像追思什么句子，又继续写，一面说："新诗跟旧诗不能比！我那年在庐山跟我们那位老世伯陈散原先生聊天，偶尔谈起白话诗。老头子居然看过一两首新诗。他说还算徐志摩的诗有点意思，可是只相当于明初杨基那些人的境界，太可怜了。女人作诗，至多是第二流，鸟里面能唱的都是雄的，譬如鸡。"

辛楣大不服道："为什么外国人提起夜莺，总说它是雌的？"

褚慎明对雌雄性别，最有研究，冷冷道："夜莺雌的不会唱，会唱的是雄夜莺。"

说着，苏小姐来了。辛楣利用主人职权，当鸿渐的面向她专利地献殷勤。斜川一拉手后，正眼不瞧她，因为他承受老派名士对女人的态度，或者谑浪玩弄，这是对妓女的风流，或者眼观鼻，鼻观心，这是对朋友内眷的礼貌。褚哲学家害馋痨地看着苏小姐，大眼珠仿佛哲学家谢林的"绝对观念"，像"手枪里弹出的子药"，险的突破眼眶，迸碎眼镜。辛楣道："今天本来也请了董太太，董先生说她有事不能来。董太太是美人，一笔好中国画，跟我们这位斜川兄真是珠联璧合。"

斜川客观地批判说："内人长得相当漂亮，画也颇有家法。她画的《斜阳萧寺图》，在很多老辈的诗集里见得到题咏。她跟我到龙树寺，回家就画这个手卷，我老太爷题两首七绝，有两句最好：'贞元朝士今谁在，无限僧寮旧夕阳！'的确，老辈一天少似一天，人才好像每况愈下，'不须上溯康乾世，回首同光已惘然！'"说时摇头慨叹。

方鸿渐闻所未闻，甚感兴味。只奇怪这样一个英年洋派的人，何以口气活像遗少，也许是学同光体诗的缘故。辛楣请大家入席，为苏小姐杯子里斟满了法国葡萄汁，笑说：

“这是专给你喝的，我们另有我们的酒。今天席上慎明兄是哲学家，你跟斜川兄都是诗人，方先生又是哲学家又是诗人，一身兼两长，更了不得。我一无所能，只会喝两口酒，方先生，我今天陪你喝它两斤酒，斜川兄也是洪量。”

方鸿渐吓得跳起来道：“谁讲我是哲学家和诗人？我更不会喝酒，简直滴酒不饮。”

辛楣按住酒壶，眼光向席上转道：“今天谁要客气推托，我们就罚他两杯，好不好？”

斜川道：“赞成！这样好酒，罚还是便宜。”

鸿渐拦不住道：“赵先生，我真不会喝酒，也给我葡萄汁，行不行？”

辛楣道：“哪有不会喝酒的留法学生？葡萄汁是小姐们喝的。慎明兄因为神经衰弱戒酒，是个例外。你别客气。”

斜川呵呵笑道：“你既不是文纨小姐的‘倾国倾城貌’，又不是慎明先生的‘多愁多病身’，我劝你还是‘有酒直须醉’罢。好，先干一杯，一杯不成，就半杯。”

苏小姐道：“鸿渐好像是不会喝酒——辛楣这样劝你，你就领情稍微喝一点罢。”辛楣听苏小姐护惜鸿渐，恨不得鸿渐杯里的酒滴滴都化成火油。他这愿望没实现，可是鸿渐喝一口，已觉一缕火线从舌尖伸延到胸膈间。慎明喝茶，酒杯还空着。跑堂拿上一大瓶叵耐牌A字牛奶，说已隔水温过。辛楣把瓶给慎明道：“你自斟自酌罢，我不跟你客气了。”慎明倒了一杯，尖着嘴唇尝了尝，说：“不凉不暖，正好。”然后从口袋里掏出个什么外国补药瓶子，数四粒丸药，搁在嘴里，喝一口牛奶咽下去。苏小姐道：“褚先生真知道养生！”慎明透口气道：“人没有这个身体，全是心灵，岂不更好；我并非保重身体，我只是哄乖了它，好不跟我捣乱——辛楣，这牛奶还新鲜。”

辛楣道：“我没哄你罢？我知道你的脾气，这瓶奶送到我家以后，我就搁在电气冰箱里冻着。你对新鲜牛奶这样认真，我有机会带你去见我们相熟的一位徐小姐，她开奶牛场，请她允许你每天凑着母牛的奶直接吸一个饱——今天的葡萄汁、酒、牛奶都是我带来的，没叫馆子里预备。文纨，吃完饭，我还有一匣东西给你。你爱吃的。”

苏小姐道：“什么东西？——哦，你又要害我头痛了。”

方鸿渐道：“我就不知道你爱吃什么东西，下次也可以买来孝敬你。”

辛楣又骄又妒道：“文纨，不要告诉他。”

苏小姐又为自己的嗜好抱歉道：“我在外国想吃广东鸭肫肝，不容易买到。去年回来，大哥买了给我吃，咬得我两太阳酸痛好几天。你又要来引诱我了。”

鸿渐道：“外国菜里从来没有鸡鸭肫肝，我在伦敦看见成箱的鸡鸭肫肝贱得一文不值，人家买了给猫吃。”

辛楣道：“英国人吃东西远比不上美国人花色多。不过，外国人的吃胆总是太小，不敢冒险，不像我们中国人什么肉都敢吃。并且他们的烧菜原则是‘调’，我们是‘烹’，所以他们的汤菜尤其不够味道。他们白煮鸡，烧了一滚，把汤丢了，只吃鸡肉，真是笑话。”

鸿渐道：“这还不算冤呢！茶叶初到外国，那些外国人常把整磅的茶叶放在一锅子水里，到水烧开，泼了水，加上胡椒和盐，专吃那叶子。”

大家都笑。斜川道：“这跟樊樊山把鸡汤来沏龙井茶的笑话相同。我们这老世伯光绪初年做京官的时候，有人外国回来送给他一罐咖啡，他以为是鼻烟，把鼻孔里的皮都擦破了。他集子里有首诗讲这件事。”

鸿渐道：“董先生不愧系出名门！今天听到不少掌故。”

慎明把夹鼻眼镜按一下，咳声嗽，说：“方先生，你那时候问我什么一句话？”

鸿渐糊涂道：“什么时候？”

“苏小姐还没来的时候，”——鸿渐记不起——“你好像问我研究什么哲学问题，对不对？”对这个照例的问题，褚慎明有个刻板的回答，那时候因为苏小姐还没来，所以他留到现在表演。

“对，对。”

“这句话严格分析起来，有点毛病。哲学家碰见问题，第一步研究问题：这成不成问题，不成问题的是假问题 pseudoqueation，不用解决，也不可解决。假使成问题呢，第二步研究解决：相传的解决正确不正确，要不要修正。你的意思恐怕不是问我研究什么问题，而是问我研究什么问题的解决。”

方鸿渐惊奇，董斜川厌倦，苏小姐迷惑，赵辛楣大声道：“妙，妙，分析得真精细，了不得！了不得！鸿渐兄，你虽然研究哲学，今天也甘拜下风了，听了这样好的议论，大家得干一杯。”

鸿渐经不起辛楣苦劝，勉强喝了两口，说：“辛楣兄，我只在哲学系混了一年，看了几本指定参考书，在褚先生前面只能虚心领教做学生。”

褚慎明道：“岂敢，岂敢！听方先生的话好像把一个个哲学家为单位，来看他们的著作。这只算研究哲学家，至多是研究哲学史，算不得研究哲学。充乎其量，不过做个哲学教授，不能成为哲学家。我喜欢用自己的头脑，不喜欢用人家的头脑来思想。科学文学的书我都看，可是非万不得已决不看哲学书。现在许多号称哲学家的人，并非真研究哲学，只研究些哲学上的人物文献。严格讲起来，他们不该叫哲学家 philosophers，该叫‘哲学家学家’ philophilosophers。”

鸿渐说：“philophilosophers 这个字很妙，是不是先生用自己头脑想出来的？”

“这个字是有人在什么书上看见了告诉 Bertie，Bertie 告诉我的。”

“谁是 Bertie？”

“就是罗素了。”

世界有名的哲学家，新袭勋爵，而褚慎明跟他亲狎得叫他乳名，连董斜川都羡服了，便说：“你跟罗素很熟？”

“还够得上朋友，承他瞧得起，请我帮他解答许多问题。”天知道褚慎明并没吹牛，罗素确问过他什么时候到英国、有什么计划、茶里要搁几块糖这一类非他自己不能解决的问题——“方先生，你对数理逻辑用过功没有？”

“我知道这东西太难了，从没学过。”

“这话有语病，你没学过，怎会‘知道’它难呢？你的意思是：‘听说这东西太难了。’”

辛楣正要说“鸿渐兄输了，罚一杯”，苏小姐为鸿渐不服气道：“褚先生可真精明厉害哪！吓得我口都不敢开了。”

慎明说：“不开口没有用，心里的思想照样的混乱不合逻辑，这病根还没有去掉。”

苏小姐撅嘴道：“你太可怕了！我们心里的自由你都要剥夺了。我瞧你就没本领钻到人心里去。”

褚慎明有生以来，美貌少女跟他讲“心”，今天是第一次。他非常激动，夹鼻眼镜泼剌一声直掉在牛奶杯子里，溅得衣服上桌布上都是奶，苏小姐胳膊上也沾润了几滴。大家忍不住笑。赵辛楣捺电铃叫跑堂来收拾。苏小姐不敢皱眉，轻快地拿手帕抹去手臂上的飞沫。褚慎明红着脸，把眼镜擦干，幸而没破，可是他不肯戴上，怕看清了大家脸上逗留的余笑。

董斜川道：“好，好，虽然‘马前泼水’，居然‘破镜重圆’，慎明兄将来的婚姻一定离合悲欢，大有可观。”

辛楣道：“大家干一杯，预敬我们大哲学家未来的好太太。方先生，半杯也喝半杯。”——辛楣不知道大哲学家从来没有娶过好太太，苏格拉底的太太就是泼妇，褚慎明的好朋友罗素也离了好几次婚。

鸿渐果然说道：“希望褚先生别像罗素那样的三四次离婚。”

慎明板着脸道：“这就是你所学的哲学！”苏小姐道：“鸿渐，我看你醉了，眼睛都红了。”斜川笑得前仰后合。辛楣嚷道：“岂有此理！说这种话非罚一杯不可！”本来敬一杯，鸿渐只需喝一两口，现在罚一杯，鸿渐自知理屈，挨了下去，渐渐觉得另有一个自己离开了身子在说话。

慎明道：“关于 Bertie 结婚离婚的事，我也和他谈过。他引一句英国古话，说结婚仿佛金漆的鸟笼，笼子外面的鸟想住进去，笼内的鸟想飞出来；所以结而离，离而结，没有了局。”

苏小姐道：“法国也有这么一句话。不过，不说是鸟笼，说是被围困的城堡 fortresse assiegee，城外的人想冲进去，城里的人想逃出来。鸿渐，是不是？”鸿渐摇头表示不知道。

辛楣道：“这不用问，你还会错吗！”

慎明道：“不管它鸟笼罢，围城罢，像我这种一切超脱的人是不怕被围困的。”

鸿渐给酒摆布得失掉自制力道：“反正你会摆空城计。”结果他又给辛楣罚了半杯酒，苏小姐警告他不要多说话。斜川像在寻思什么，忽然说道：“是了，是了。中国哲学家里，王阳明是怕老婆的。”——这是他今天第一次没有叫“老世伯”的人。

辛楣抢说：“还有什么人没有？方先生，你说，你念过中国文学的。”

鸿渐忙说：“那是从前的事，根本没有念通。”辛楣欣然对苏小姐做个眼色，苏小姐忽然变得很笨，视若无睹。

“大学里教你国文的是些什么人？”斜川不兴趣地问。

鸿渐追想他的国文先生都叫不响，不比罗素、陈散原这些名字，像一支上等哈瓦那雪茄烟，可以挂在口边卖弄，便说：“全是些无名小子，可是教我们这种不通的学生，已经太好了。斜川兄，我对诗词真的一窍不通，叫我作呢，一个字都作不出。”苏小姐嫌鸿渐太没面子，心痒痒地要为他挽回体面。

斜川冷笑道：“看的是不是燕子龕、人境庐两家的诗？”

“为什么？”

“这是普通留学生所能欣赏的二毛子旧诗。东洋留学生捧苏曼殊，西洋留学生捧黄公度。留学生不知道苏东坡，黄山谷，心目间只有这一对苏黄。我没说错罢？还是黄公度好些，苏曼殊诗里的日本味儿，浓得就像日本女人头发上的油气。”

苏小姐道：“我也是个普通留学生，就不知道近代的旧诗谁算顶好。董先生讲点给我们听听。”

“当然是陈散原第一。这五六百年来，算他最高。我常说唐以后的大诗人可以把地理名字来概括，叫‘陵谷山原’。三陵：杜少陵，王广陵——知道这个人么？——梅宛陵；二谷：李昌谷，黄山谷；四山：李义山，王半山，陈后山，元遗山；可是只有一原，陈散原。”说时，翘着左手大拇指。鸿渐懦怯地问道：“不能添个‘坡’字么？”

“苏东坡，他差一点。”

鸿渐咋舌不下，想苏东坡的诗还不入他法眼，这人作的诗不知怎样好法，便问他要刚才写的诗来看。苏小姐知道斜川写了诗，也向他讨，因为只有作旧诗的人敢说不看新诗，作新诗的人从不肯说不懂旧诗的。斜川把四五张纸，分发同席，傲然靠在椅背上，但觉得这些人都不懂诗，决不能领略他句法的妙处，就是赞美也不会亲切中肯。这时候，他等待他们的恭维，同时知道这恭维不会满足自己，仿佛鸦片瘾发的时候只找到一包香烟的心理。纸上写着七八首近体诗，格调很老成。辞军事参赞回国那首诗有：“好赋归来看妇靥，大惭名字止儿啼”；愤慨中日战事的诗有：“直疑天似醉，欲与日偕亡”；此外还有“清风不必一钱买，快雨端宜万户封”，“石齿漱寒濑，松涛泻夕风”，“未许避人思避世，独扶残醉赏残花”。可是有几句像“泼眼空明供睡鸭，蟠胸秘怪媚潜虬”，“数子提携寻旧迹，哀芦苦竹照凄悲”，“秋气身轻一雁过，鬓丝摇影万鸦窥”，意思非常晦涩。鸿渐没读过《散原精舍诗》，还竭力思索这些字句的来源。他想芦竹并没起火，照东西不甚可能，何况“凄悲”是探海灯都照不见的。“数子”明明指朋友并非小孩子，朋友怎可以“提携”？一万只乌鸦看中诗人几根白头发，难道“乱发如鸦窠”，要宿在他头上？心里疑惑，不敢发问，怕斜川笑自己外行人不懂。

大家照例称好，斜川客气地淡漠，仿佛领袖受民众欢迎时的表情。辛楣对鸿渐道：“你也写几首出来，让我们开开眼界。”鸿渐极口说不会作诗。斜川说鸿渐真的不会作诗，倒不必勉强。辛楣道：“大家喝一大杯，把斜川兄的好诗下酒。”鸿渐要喉舌两关不留难这口酒，溜税似的直咽下去，只觉胃里的东西给这口酒激得要冒上来，好比已塞的抽水马桶又经人抽一下水的景象。忙搁下杯子，咬紧牙齿，用坚强的意志压住这阵泛溢。

苏小姐道：“我没见过董太太，可是我想象得出董太太的美。董先生的诗‘好赋归来看妇靥’，活画出董太太的可爱的笑容，两个深酒涡。”

赵辛楣道：“斜川有了好太太不够，还在诗里招摇，我们这些光杆看了真眼红。”说时，仗着酒勇，涎着脸看苏小姐。

褚慎明道："酒涡生在他太太脸上，只有他一个人看，现在写进诗里，我们都可以仔细看个饱了。"

斜川生气不好发作，板着脸说："跟你们这种不通的人，根本不必谈诗。我这一联是用的两个典，上句梅圣俞，下句杨大眼，你们不知道出处，就不要穿凿附会。"

辛楣一壁斟酒道："抱歉抱歉！我们罚自己一杯。方先生，你应该知道出典，你不比我们呀！为什么也一窍不通？你罚两杯，来！"

鸿渐生气道："你这人不讲理，为什么我比你们应当知道？"

苏小姐因为斜川骂"不通"，有自己在内，甚为不快，说："我也是一窍不通的，可是我不喝这杯罚酒。"

辛楣已有醉意，不受苏小姐约束道："你可以不罚，他至少也得还喝一杯，我陪他。"说时，把鸿渐杯子里的酒斟满了，拿起自己的杯子来一饮而尽，向鸿渐照着。

鸿渐毅然道："我喝完这杯，此外你杀我头也不喝了。"举酒杯直着喉咙灌下去，灌完了，把杯子向辛楣一扬道："照——"他"杯"字没出口，紧闭嘴，连跌带撞赶到痰盂边，"哇"的一声，菜跟酒冲口而出，想不到肚子里有那些呕不完的东西，只吐得上气不接下气，鼻涕眼泪胃汁都赔了。心里只想："大丢脸！亏得唐小姐不在这儿。"胃里呕清了，恶心不止，傍茶几坐下，抬不起头，衣服上都溅满脏沫。苏小姐要走近身，他疲竭地做手势阻止她。辛楣在他吐得厉害时，为他敲背，斜川叫跑堂收拾地下，拿手巾，自己先倒杯茶给他漱口。褚慎明掩鼻把窗子全打开，满脸鄙厌，可是心上高兴，觉得自己泼的牛奶，给鸿渐的呕吐在同席的记忆里冲掉了。

斜川看鸿渐好了些，笑说："'凭阑一吐，不觉篸簇'，怎么饭没吃完，已经忙着还席了！没有关系，以后拼着吐几次，就学会喝酒了。"

辛楣道："酒，证明真的不会喝了。希望诗不是真的不会作，哲学不是真的不懂。"

苏小姐发恨道："还说风凉话呢！全是你不好，把他灌到这样，明天他真生了病，瞧你做主人的有什么脸见人？——鸿渐，你现在觉得怎么样？"把手指按鸿渐的前额，看得辛楣悔不曾学过内功拳术，为鸿渐敲背的时候，使他受致命伤。

鸿渐头闪开说："没有什么，就是头有点痛。辛楣兄，今天真对不住你，各位也给我搅得扫兴，请继续吃罢。我想先回家去了，过天到辛楣兄府上来谢罪。"

【作者简介】

钱锺书（1910年—1998年），1910年11月21日出生于江苏无锡，原名仰先，字哲良，后改名锺书，字默存，号槐聚，曾用笔名中书君，中国现代作家、文学研究家。1929年，考入清华大学外文系。1932年，在清华大学古月堂前结识杨绛。1937年，以《十七十八世纪英国文学中的中国》一文获牛津大学学士学位。1941年，完成《谈艺录》《写在人生边上》的写作。1947年，长篇小说《围城》由上海晨光出版公司出版。1958年创作的《宋诗选注》列入中国古典文学读本丛书。1972年3月，六十二岁的钱锺书开始写作《管锥篇》。1976 年，由钱锺书参与翻译的《毛泽东诗词》英译本出版。1982 年，创作的《管锥编增订》出版。1998 年 12 月 19 日上午 7 时 38 分，钱锺书先生因病在北京逝世，享年 88 岁。

【文解】

《围城》是现代中国上层知识分子的众生相。小说以喜剧性的讽刺笔调，通过方鸿渐与几位知识女性的情感、婚恋纠葛，以及方鸿渐由上海到内地的一路遭遇，刻画了抗战环境下中国一部分知识分子的彷徨和空虚。作者借小说人物之口解释“围城”的题义说：这是从法国的一句成语中引申而来的，即“被围困的城堡”。“城外的人想冲进去，城里的人想逃出来。”小说的基本情节是知识界青年男女在爱情纠葛中的围困与逃离，而在更深的层次上，则是表现一部分知识者陷入精神“围城”的境遇。《围城》表现出了对世态人情的精微观察与高超的心理描写艺术。作者刻画才女型人物苏文纨的矜持与矫情，小家碧玉式的孙柔嘉柔顺后面深隐的城府，可谓洞幽烛微；而对嘴上机敏而内心怯弱、不无见识而又毫无作为的方鸿渐的复杂性格心态的剖析，则更是入木三分。《围城》的讽刺艺术、喜剧情调也是独具一格。

【思考与练习】

1.“围在城里的人想逃出来，城外的人想冲进去，婚姻也罢，事业也罢，人生的欲望大都如此”是对《围城》书名的解释。请谈谈你对这句话的理解。

2. 结合作品，请简要分析作品的艺术特色。

倾城之恋（节选）

张爱玲

10

到了家，推开了虚掩着的门，拍着膀翅飞出一群鸽子来。穿堂里满积着灰尘与鸽粪。流苏走到楼梯口，不禁叫了一声“哎呀。”二层楼上歪歪斜斜大张口躺着她新置的箱笼，也有两只顺着楼梯滚了下来，梯脚便淹没在绫罗绸缎的洪流里。流苏弯下腰来，捡起一件蜜合色衬绒旗袍，却不是她自己的东西，满是汗垢、香烟洞与贱价的香水气味。她又发现了许多陌生女人的用品，破杂志，开了盖的罐头荔枝，淋淋漓漓流着残汁，混在她的衣服一堆。这屋子里驻过兵么？——带有女人的英国兵？去得仿佛很仓促。挨户洗劫的本地的贫民，多半没有光顾过，不然，也不会留下这一切。柳原帮着她大声唤阿栗。末一只灰背鸽，斜刺里穿出来，掠过门洞子里的黄色的阳光，飞了出去。

阿栗是不知去向了。然而屋子里的主人们，少了她也还得活下去。他们来不及整顿房屋，先去张罗吃的，费了许多事，用高价买进一袋米。煤气的供给幸而没有断，自来水却没有。柳原提了铅桶到山里去汲了一桶泉水，煮起饭来。以后他们每天只顾忙着吃喝与打扫房间。柳原各样粗活都来得，扫地、拖地板，帮着流苏拧较沉重的褥单。流苏初次上灶做菜，居然带点家乡风味。因为柳原忘不了马来菜，她又学会了做油炸“沙袋”、咖哩鱼。他们对于饭食上虽然感到空前的兴趣，还是极力地撙节着。柳原身边的港币带得不多，一有了船，他们还得设法回上海。

在劫后的香港住下去究竟不是长久之计。白天这么忙忙碌碌也就混了过去。一到晚上，在那死的城市里，没有灯，没有人声，只有那莽莽的寒风，三个不同的音阶，“喔……呵……呜……”无穷无尽地叫唤着，这个歇了，那个又渐渐响了，三条骈行的灰色的龙，一直线地往前飞，龙身无限制地延长下去，看不见尾。“喔……呵……呜……”叫唤到后来，索性连苍龙也没有了，只是一条虚无的气，真空的桥梁，通入黑暗，通入虚空的虚空。这里是什么都完了。剩下点断堵颓垣，失去记忆力的文明人在黄昏中跌跌跄跄摸来摸去，像是找着点什么，其实是什么都完了。

流苏拥被坐着，听着那悲凉的风。她确实知道浅水湾附近，灰砖砌的那一面墙，一定还屹然站在那里。风停了下来，像三条灰色的龙，蟠在墙头，月光中闪着银鳞。她仿佛做梦似的，又来到墙根下，迎面来了柳原，她终于遇见了柳原……在这动荡的世界里，钱财、地产、天长地久的一切，全不可靠了。靠得住的只有她腔子里的这口气，还有睡在她身边的这个人。她突然爬到柳原身边，隔着他的棉被，拥抱着他。他从被窝里伸出手来握住她的手。他们把彼此看得透明透亮。仅仅是一刹那的彻底的谅解，然而这一刹那够他们在一起和谐地活个十年八年。

他不过是一个自私的男子，她不过是一个自私的女人。在这兵荒马乱的时代，个人主义者是无处容身的，可是总有地方容得下一对平凡的夫妻。

有一天，他们在街上买菜，碰着萨黑荑妮公主。萨黑荑妮黄着脸，把蓬松的辫子胡乱编了个麻花髻，身上不知从哪里借来一件青布棉袍穿着，脚下却依旧趿着印度式七宝嵌花纹皮拖鞋。她同他们热烈地握手，问他们现在住在哪里，急欲看看他们的新屋子。又注意到流苏的篮子里有去了壳的小蚝，愿意跟流苏学习烧制清蒸蚝汤。柳原顺口邀了她来吃便饭，她很高兴地跟了他们一同回去。她的英国人进了集中营，她现在住在一个熟识的、常常为她当点小差的印度巡捕家里。她有许久没有吃饱过。她唤流苏“白小姐”，柳原笑道：“这是我太太。你该向我道喜呢！”萨黑荑妮道：“真的么？你们几时结婚的？”柳原耸耸肩道：“就在中国报上登了个启事，你知道，战争期间的婚姻，总是潦草的……”流苏没听懂他们的话。萨黑荑妮吻了他又吻了她。然而他们的饭菜毕竟是很寒苦，而且柳原声明他们也难得吃一次蚝汤。萨黑荑妮从此没有再上门过。

当天他们送她出去，流苏站在门槛上，柳原立在她身后，把手掌合在她的手掌上，笑道：“我说，我们几时结婚呢？”流苏听了，一句话也没有，只低下了头，落下泪来。柳原拉住她的手道：“来来，我们今天就到报馆里去登报启事，不过你也许愿意候些时，等我们回到上海，大张旗鼓的排场一下，请请亲戚们。”流苏道：“呸！他们也配！”说着，嗤地笑了出来，往后顺势一倒，靠在他身上。柳原伸手到前面去羞她的脸道：“又是哭，又是笑！”

两人一同走进城去，走到一个峰回路转的地方，马路突然下泻，眼前只是一片空灵——淡墨色的，潮湿的天。小铁门口挑出一块洋磁招牌，写的是“赵祥庆牙医”。风吹得招牌上的铁钩子吱吱响，招牌背后只是那空灵的天。

柳原歇下脚来望了半晌，感到那平淡中的恐怖，突然打起寒战来，向流苏道：“现在你可该相信了‘死生契阔’，我们自己哪儿做得了主？轰炸的时候，一个不巧——”流苏嗔道：“到了这个时候，你还说做不了主的话！”柳原笑道：“我并不是打退堂鼓，我的意思是——”他看了看她的脸色，笑道：“不说了，不说了。”他们继续走路，柳原又道：“鬼使神差的，我们倒真的恋爱起来了。”流苏道：“你早就说过你爱我。”柳原笑道：“那不算。我们那时候太忙着谈恋爱了，哪里还有工夫恋爱？”

结婚启事在报上刊出了，徐先生徐太太赶了来道喜，流苏因为他们在围城中自顾自搬到安全地带去，不管她的死活，心中有三分不快，然而也只得笑脸相迎。柳原办了酒菜，补请了一次客。不久，港沪之间恢复了交通，他们便回上海来了。

白公扪里流苏只回去过一次，只怕人多嘴多，惹出是非来。然而麻烦是免不了的，四奶奶决定和四爷进行离婚，众人背后都派流苏的不是。流苏离了婚再嫁，竟有这样惊人的成就，难怪旁人要学她的榜样。流苏蹲在灯影里点蚊香。想到四奶奶，她微笑了。

柳原现在从来不跟她闹着玩了，他把他的俏皮话省下来说给旁的女人听。那是值得庆幸的好现象，表示他完全把她当作自家人看待——名正言顺的妻，然而流苏还是有点怅惘。

香港的陷落成全了她。但是在这不可理喻的世界里，谁知道什么是因，什么是果？谁知道呢？也许就因为要成全她，一个大都市倾覆了。成千上万的人死去，成千上万的人痛苦着，跟着是惊天动地的大改革……流苏并不觉得她在历史上的地位有什么微妙之点。她只是笑吟吟地站起身来，将蚊香盘踢到桌子底下去。

传奇里的倾国倾城的人大抵如此。

11

到处都是传奇，可不见得有这么圆满的收场。胡琴咿咿哑哑拉着，在万盏灯的夜晚，拉过来又拉过去，说不尽的苍凉的故事——不问也罢！

【作者简介】

张爱玲，中国现代著名作家，曾用笔名梁京。原名张煐，原籍河北省唐山市，1920年9月30日出生于上海，1973年定居洛杉矶，1995年9月8日病逝，享年75岁，骨灰后被撒入太平洋。张爱玲善用比喻、反讽、意象和象征等手法，新旧交织；风格基调冷静苍凉，作品主题多描写凡夫俗子的悲欢离合，通俗易懂，雅俗共赏。作品主要有小说、散文、电影剧本以及文学论著，她的书信也被人们作为著作的一部分加以研究。代表性的小说有《金锁记》《倾城之恋》《沉香屑·第一炉香》等。主要作品集：小说集《传奇》、散文集《流言》等。

【文解】

《倾城之恋》讲述了一个既庸俗又浪漫的故事。婚姻失败、丈夫早死、在娘家过着忍气吞声生活的上海女子白流苏认识了从外国回来的纨绔子弟范柳原。白流苏在毫无把握的感情中奋力挣扎。最后，香港的一场战争成就了他们的爱情。战争中，本无结婚打算的范柳原和白流苏结了婚。范柳原虽然结了婚，转向了平实的生活，但是并没有完全放弃往日的生活习惯与作风。而从腐旧的家庭里走出来的白流苏，香港之战的洗礼也并不曾将她感化成为革命女性。在这里，张爱玲摒弃革命小说的传统模式，以一个女性作家独特的敏锐力与洞察力，对女性的人生和命运进行了自己的独特思考。

【思考与练习】

1．张爱玲小说《倾城之恋》里出现了两次墙的描写分别有什么象征意义？

2．张爱玲小说的女性有什么特点？

长恨歌（节选）

王安忆

第一部

11．三小姐

导演的话，王琦瑶如风过耳，而与吴佩珍见面，她却有回不去的感觉。可这更使她义无反顾，为的是尽快将茫然的前途明确下来，好偿还代价似的。此时此地，代价是未明的代价，前途是未明的前途，王琦瑶的心却是平静的。她本就是个少想多做的人，不过是受了境遇的影响，生出些感时伤怀，这其实都是赘物一样无用的东西，平添负担的，王琦瑶出于上进的本能，将它们排除了出去。通过复选，进入决赛，似乎是在意想之中，她并没有多少意外的喜悦，就好像决赛的资格不是别人给她的，而是她自己给自己的。她不再相信奇迹，只相信自己。每一个进入决赛的小姐，都是以为理所当然。这竞争一轮又一轮的，早已把侥幸的心理消除干净，余下的都是谋事在人，成事也在人。这也是上海的小姐同其他小姐的不同之处，她们是主动权在握，相信人的力量。说起来，进入决赛也已是大半个成功，是大半个名人。有上海的老店名店主动上门来给王琦瑶免费做衣服的。在发表决赛名单的同时，也公布决赛时小姐们将三次出场，第一次是旗袍装，第二次是西洋装，第三次是结婚礼服。穿上结婚礼服出场就好像小姐们都要出阁似的，于是社会上一时盛传这些小姐都已经名花有主，谁对谁也有名有姓。决赛之前的日子，蒋家闭门谢客，只程先生例外，他是她们与外界的联络。所以，她们人在家中坐，却知天下事的。

王琦瑶和蒋丽莉母女，再加上程先生，四人着重商量的，是这三次出场的服装问题。程先生认为把结婚礼服放在压轴的位置，是有真见识的。因为结婚礼服总是大同小异，照相馆橱窗里摆着的新娘照片，都像是同一个人似的，是个大俗；而结婚礼服又是最圣洁高贵，是服装之最，是个大雅，就看谁能一领结婚礼服的精髓，这次出场是带有些烈火真金的意思了。她们三人听程先生说话都听出了神，这女人的衣服穿在她们身上，心倒好像长在程先生体内，他全懂得。程先生接着说，对这结婚礼服，虽是有些无从着手，却也并非一无所措，可做的至少有两点：第一，就是利用对比，让第一次和第二次出场给第三次开辟道路，做一个烘托，结婚礼服不是白吗？就先给个姹紫嫣红；结婚礼服不是纯吗？就先给个缤纷五彩；结婚礼服不是天上仙境吗？就先给个人间冷暖，把前边的文章做足，轰轰烈烈，然后却是个空谷回声；这就是第二点，王琦瑶要穿最简单的结婚礼服，最常见的，照相馆橱窗里的新娘的那种，是退到底的意思，其间的距离越拉开，效果就越强烈，难的是前两套服装是个什么繁荣热闹法，这就要听你们女士的意思了。这时候，她们三个哪敢有什么意见，心里只有惭愧，做女人的要领全叫一个男人得去了，很失职的。倒是王琦瑶还剩几分主见，说是受程先生启发，她便决定穿一身红和一身翠，好去领出那身白。程先生一听便知她已明白自己的意思，只是在红和翠的具体颜色上有一些分歧。他说，红和翠自然是颜色的顶了，可是却要看在什么地方，王琦瑶好看是不露声色的美，要静心仔细地去品的，而红和翠却是果断的颜色，容不得人细想，人的目光反是仓促行事的；它们的浓烈也会误事，把王琦瑶的淡盖住了不说，还叫这淡化解了的，浓烈也浓烈不到极处了，倘若退一步的颜色，有些谦让的，能同王琦瑶互相照顾，你呼我应，携起手来，齐心协力的，兴许倒可达到浓烈的效果。所以，他建议红是粉红，和王琦瑶的妩媚，做成一个娇嫩的艳；绿是苹果绿，虽然有些乡气，可如是西洋的式样，也盖过了，苹果绿和王琦瑶的清新，可成就一个活泼的艳。说到此处，她们三人便只有听的份，再开不得口了。三次出场和装束就这样定了下来。

这时，社会已经风传“上海小姐”的三名位置已经全被人买下，一是某大老板的千金，二是某军政界要人的情妇，三是某交际花，名扬沪上的。虽是风传，小报上却登出了讽刺小品，说是评“上海小姐”却评出了“上海夫人”。接着又有文章调侃，把“上海夫人”这谁称解释出人皆可夫的意思。第三篇则是辟谣，说“上海小姐”的评选是投票的方式，不存在花钱买这一说。第四篇文章就专门反驳辟谣者，说它是此地无银三百两，人家说买的就是选票，国民政府的官、抗日的民族义士称号都可以买得，“上海小姐”又有什么买不得？这话其实是含沙射影，指的是重庆接收大员的受贿。几张报纸你来我往，硝烟渐起的样子，算是为决赛造了一场别致的声势，也使竞选的空气加倍地紧张起来。

程先生出入蒋家越发频繁，早来晚去的，也是临战的气氛。裁缝请进门就再没离去过，三餐一宿地侍奉，好比贵客，同时又是伙计，是有几个师傅监工的。程先生自然是为首，蒋丽莉算一个，她母亲也算一个。再有王琦瑶，鸡蛋里挑骨头，一个针脚不许错。她挑剔着这些，心里是有些委屈的，难道这就是她的人生吗？那么微乎其微的，又是角角落落的心思都用尽的样子。她明知那裁缝的活是好得没法再好的，却有意找茬地说不好，看着裁缝为难，自己的委屈非但没减少，还加了些为人家的。粉红旗袍缎子上的绣花，却是温暖着她的心，那细针密线，绣的都是她的希望，滚边滚的也是希望，看着会掉泪，即使事情不成也不怪它的。苹果绿的洋装的裙裥，则要洒脱得多，开司米的面料把光收进去，沉下去，稳住了心的。结婚礼服的白可是百感交集，有千万句话要说，终还是哑口无言，其实最是你知我知，天知地知，是善解里的善解。这些衣服，都是要与她共赴前程的，是她孤独中的伴侣。她与它们是有肌肤之亲，是心贴心。这也是有些叫人委屈的，临到头谁也帮不上忙，只撇下她自己似的。临近决赛的日子，住在人家家里是叫人委屈，报纸传播的谣言更叫人委屈，蒋家母女和程先生待她的好是委屈加委屈。这些委屈都是憋在心里，看上去依然如故，谁也看不出来，都照着自己的意思奔忙和着急，难免有些乱的，王琦瑶反倒是乱中的一个镇定。在小报的笔仗，衣料的粉红嫩绿，还有包在心里的委屈中，决赛的那一日，一分一秒地来临了。

投票的方式也是艳情手笔，有万种风流。台前一排花篮，系着各小姐的芳名，有意于哪一位，便将手中的康乃馨投进哪一位的花篮。康乃馨有红色和白色两种，摆满了前厅，一百元钱一朵，卖花得的钱，捐给河南的灾民。这城市所有的康乃馨都集中到了新仙林花园的前厅，康乃馨的舞池似的。红和白都是风情的颜色，花香更是风情。这一天的晚上，连天上的星星都变成了康乃馨，也在向人间撒播风情。这晚上的灯啊！真是了不得，都在诉说衷肠，人心荡漾得没法说。灯下的梧桐，也是有衷肠的，只是不说。车水马龙是啦啦队一样鼓动，川流不息的，不让人消停。这城市的劲头，足得了不得，不知人事不知愁的，立志将世上的快乐都享尽。新仙林门前的灯是起雾的，厅里的康乃馨也是起雾的，而且漫了出来，聚起一层云，新闻记者的闪光灯，是云里的雷电，顷刻之间，酿成一场风流雨。小姐们的轿车来了，一辆辆的，出轿车的一幕是最初的亮相。人们目不暇接的，胡乱喝着彩，掀起了第一个高潮。这时候，好像有五彩的小雨，缤纷乱舞，披了人的一身，小姐们惊鸿一瞥，倏忽而去。新仙林前人头济济，是自觉自愿的龙套演员，烘托气氛的。厅里排着长队买康乃馨，那康乃馨摘了还会长似的，怎么卖也不见少，转眼间，人人手里都有一束，厅里还是康乃馨的舞池。今天就像是康乃馨的晚会。是它们聚首的日子，盛开得格外娇艳，心花怒放的样子。这情景可真美啊！这繁华是可有四十年不散的余音，四十年的入梦。

决赛是载歌载舞的，小姐的三次出场被歌唱、舞蹈和京剧的节目隔开来，每一次出场都有声色作引子。在歌、舞、剧的热闹中间，她们的出场有偃旗息鼓，敛声屏息的意思，是要全盘抓住注意力，打不得马虎眼的。在歌、舞、剧的各自谢幕之后，便也产生了舞后、歌后和京剧皇后，每一个皇后都是为她们出场开道的，她们便是皇后的皇后。是何等的光荣在等着她们，天大地大的光荣将在此刻决定，这又是何样的时刻呢？台前的花篮渐渐地有了花，一朵两朵，三朵四朵，是真心真意，也是悉心悉意。篮里的花无意间为王琦瑶作了点缀。康乃馨的红和白，是专为衬托她的粉红和苹果绿来的，要不，这两种艳是有些分量不足，有些要飘起来，散开去的，这红和白全为它们压了底。王琦瑶在红白两色的康乃馨中间，就像是花的蕊，真是娇媚无比。她不是舞台上的焦点那样将目光收拢，她不是强取豪夺式的，而是一点一滴，收割过的麦地里拾麦穗的，是好言好语有商量的，她像是和你谈心似的，争取着你的同情。她的花篮里也有了花，这花不是如雨如瀑的，却一朵一朵没有间断，细水长流的，竟也聚起了一篮。王琦瑶不是台上最美最耀目的一个，却是最有人缘的一个，三次出场像是专为她着想，给她时间让人认识，记进心里。她一次比一次有轰动，最后一次则已收揽了夺魁的希望。

白色的婚服终于出场了，康乃馨里白色的一种退进底色，红色的一种跃然而出，跳上了她的白纱裙。王琦瑶没有做“上海小姐”的皇后，就先做了康乃馨的皇后。她的婚服是最简单最普通的一种，是其他婚服的争奇斗艳中的一个退让。别人都是婚礼的表演，婚服的模特儿，只有她是新娘。这一次出场，是满台的堆纱叠给，只一个有血有肉的，那就是王琦瑶。她有娇有羞，连出阁的一份怨也有的。这是最后的出场。所有的争取都到了头，希望也到了头，所有所有的用心和努力，都到了终了。这一刻的辉煌是有着伤逝之痛，能见明日的落花流水。王琦瑶穿上这婚纱真是有体己的心情，婚服和她都是带有最后的意思，有点喜，有点悲，还有点委屈。这套出场的服装，也是专为王琦瑶规定的，好像知道王琦瑶的心。穿婚服的王琦瑶有着悲剧感，低回慢转都在作着告别，这不是单纯的美人，而是情景中人。投向王琦瑶篮里的花朵带着点小雨的意思了，王琦瑶都来不及去看，她眼前一片综乱，心里也一片混乱，她是孤立无援，又束手待毙，想使劲也不知往何处使的，只有身上的婚服，与她相依为命。她简直是要流泪的，为不可知的命运。她想起那一次在片厂，开表拉前的一瞬，也是这样的境地，甚至连装束也是一样，都是婚服，那天一身红，今天一身白，这预兆着什么呢？也许穿上婚服就是一场空，婚服其实是丧服！王琦瑶的心已经灰了一半，泪水蒙住眼睛。在这最后的时刻，剧场里好像下了一场康乃馨的雨，看不清谁投谁，也有投错花篮的。这是顶点，接下去便胜负有别、悲喜参半了。所有的小姐都伫立着，飞扬的沉落下来，康乃馨的雨也停了，音乐也止了，连心都是止的，是梦的将醒未醒时分。

这一刻是何等的静啊，甚至听见小街上卖桂花糖粥的敲梆声，是这奇境中的一丝人间烟火。人的心都有些往下掉，还有些沉渣泛起。有些细丝般的花的碎片在灯光里舞着，无所归向的样子，令人感伤。有隐隐的钟声，更是命运感的，良宵有尽的含义。这一刻静得没法再静了，能听见裙裾的寨奉，是压抑着的那点心声。这是这个不夜城的最静默时和最静默处，所有的静都凝聚在一点，是用力收住的那个休止，万物禁声。厅里和篮里的康乃馨都开到了最顶点，盛开得不能再盛开，也止了声息。灯是在头顶上很远的地方，笼罩全局的样子；台下是黑压压的一片，没底的深渊似的。这城市的激荡是到最极处，静止也是到最极处。好了，这静眼看也到头了，有新的骚动要起来了。心都跳到口边了，弦也要崩断了。有如雷的掌声响起，灯光又亮了一成，连台下都照亮了。皇后推了出来，有灿烂的金冠戴在了头上，令人目眩。那是压倒群芳的华贵，头发丝上都缀着金银片，天生的皇后，毋庸置疑，不可一世的美。金冠是为她定做的，非她莫属，她那个花篮也分外大似的，预先就想到的，花枝披挂在篮边，兜不住的情势。亚后却是有藏不住的娇冶，银冠也正对她合适。花篮里的花又白的多红的少，专配银冠似的。她的眼睛是有波光的，闪闪烟增，煽动着情欲，是集万种风情为一身，是人间尤物。掌声连成了一片，灯光再亮了一成，连场子的角落都看得见，眼看就要曲终人散，然后，今夜是人家的今夜，明晨也是人家的明晨。这时，王琦瑶感觉有一只手，领她到了舞台中间，一顶花冠戴在了她的头顶。她耳边嗡嗡的，全是掌声，听不见说什么。皇后的金冠和亚后的银冠把她的眼眩花了，也看不见什么。她茫然地站着，又被领到皇后的身边。她定了定神，看见了她的花篮，篮里的康乃馨是红白各一半，也是堆起欲坠的样子，这就是她春华秋实的收获。

王琦瑶得的是第三名，俗称三小姐。这也是专为王琦瑶起的称呼。她的艳和风情都是轻描淡写的，不足以称后，却是给自家人享用，正合了三小姐这称呼。这三小姐也是少不了的，她是专为对内，后方一般的。是辉煌的外表里面，绝对不逊色的内心。可说她是真正代表大多数的，这大多数虽是默默无闻，却是这风流城市的艳情的最基本元素。马路上走着的都是三小姐。大小姐和二小姐是应酬场面的，是负责小姐们的外交事务，我们往往是见不着她们的，除非在特殊的盛大场合。她们是盛大场合的一部分。而三小姐则是日常的图景，是我们眼熟心熟的画面，她们的旗袍料看上去都是暖心的。三小姐其实最体现民意。大小姐二小姐是偶像，是我们的理想和信仰，三小姐却与我们的日常起居有关，是使我们想到婚姻、生活、家庭这类概念的人物。

【作者简介】

王安忆，1954 年 3 月出生于江苏南京，原籍福建省同安县，现代作家、文学家，现为中国作协副主席、上海市作家协会主席、复旦大学教授。

1972 年，考入徐州文工团工作。1976 年发表散文处女作《向前进》。1987 年调上海作家协会创作室从事专业创作。1996 年发表个人代表作《长恨歌》，获得第五届茅盾文学奖。2004 年《发廊情话》获第三届鲁迅文学优秀短篇小说奖。2013 年获法兰西文学艺术骑士勋章。获得 2015 年诺贝尔文学奖提名。

【文解】

王安忆的长篇小说《长恨歌》被评论界视为是“新都市小说”的代表，它与唐代诗人白居易的《长恨歌》迥然不同。作品摒弃了诗歌《长恨歌》的唯美、浪漫，讲述了上海女人王琦瑶既不唯美也不浪漫的爱情故事。作者将王琦瑶的命运以及与几个男子的情感纠葛与上海的过去和现在结合起来进行细致的描摹，向读者展示了一个完整的上海。王安忆虽然是上海人，但她的家庭是迁居到上海的外来户，所以“失根感”一直伴随着王安忆的创作历程。从某种角度上看，小说《长恨歌》是王安忆借一个女人王琦瑶的一生来表现自己对这座城市过去的怀旧和对自己精神的寻根。

【思考与练习】

1．有评论家说《长恨歌》是借一个女人写一座城市，你赞同这种观点吗？为什么？

2．旅美学者王德威教授在其论文《海派文学又见传人——王安忆的小说》中称王安忆是张爱玲之后的海派文学代表。针对此观点，请分析王安忆与张爱玲的联系。

活着（节选）

余华

苦根总还是小，割稻子自然比我慢多了，他一看到我割得快，便不高兴，朝我叫："福贵，你慢点。"

村里人叫我福贵，他也这么叫，也叫我外公，我指指自己割下的稻子说："这是苦根割的。"

他便高兴地笑起来，也指指自己割下的稻子说："这是福贵割的。"

苦根年纪小，也就累得快，他时时跑到田埂上躺下睡一会，对我说："福贵，镰刀不快啦。"

他是说自己没力气了。他在田埂上躺一会，又站起来神气活现地看我割稻子，不时叫道："福贵，别踩着稻穗啦。"

旁边田里的人见了都笑，连队长也笑了，队长也和我一样老了，他还在当队长，他家人多，分到了五亩地，紧挨着我的地，队长说："这小子真能说会道。"

我说："是凤霞不会说话欠的。"

这样的日子苦是苦，累也是累，心里可是高兴，有了苦根，人活着就有劲头。看着苦根一天一天大起来，我这个做外公的也一天比一天放心。到了傍晚，我们两个人就坐在门槛上，看着太阳掉下去，田野上红红一片闪亮着，听着村里人吆喝的声音，家里养着的两只母鸡在我们面前走来走去，苦根和我亲热，两个人坐在一起，总是有说不完的话，看着两只母鸡，我常想起我爹在世时说的话，便一遍一遍去对苦根说："这两只鸡养大了变成鹅，鹅养大了变成羊，羊大了又变成牛。我们啊，也就越来越有钱啦。"

苦根听后咯咯直笑，这几句话他全记住了，多次他从鸡窝里掏出鸡蛋来时，总要唱着说这几句话。

鸡蛋多了，我们就拿到城里去卖。我对苦根说："钱积够了我们就去买牛，你就能骑到牛背上去玩了。"

苦根一听眼睛马上亮了，他说："鸡就变成牛啦。"

从那时以后，苦根天天盼着买牛这天的来到，每天早晨他睁开眼睛便要问我：

"福贵，今天买牛吗？"

有时去城里卖了鸡蛋，我觉得苦根可怜，想给他买几颗糖吃吃，苦根就会说："买一颗就行了，我们还要买牛呢。"

一转眼苦根到了七岁，这孩子力气也大多了。这一年到了摘棉花的时候，村里的广播说第二天有大雨，我急坏了，我种的一亩半棉花已经熟了，要是雨一淋那就全完蛋。一清早我就把苦根拉到棉花地里，告诉他今天要摘完，苦根仰着脑袋说："福贵，我头晕。"

我说："快摘吧，摘完了你就去玩。"

苦根便摘起了棉花，摘了一阵他跑到田埂上躺下，我叫他，叫他别再躺着，苦根说："我头晕。"

我想就让他躺一会吧，可苦根一躺下便不起来了，我有些生气，就说："苦根，棉花今天不摘完，牛也买不成啦。"

苦根这才站起来，对我说："我头晕得厉害。"

我们一直干到中午，看看大半亩棉花摘了下来，我放心了许多，就拉着苦根回家去吃饭，一拉苦根的手，我心里一怔，赶紧去摸他的额头，苦根的额头烫得吓人。我才知道他是真病了，我真是老糊涂了，还逼着他干活。回到家里，我就让苦根躺下。村里人说生姜能治百病，我就给他熬了一碗姜汤，可是家里没有糖，想往里面撒些盐，又觉得太委屈苦根了，便到村里人家那里去要了点糖，我说："过些日子卖了粮，我再还给你们。"

那家人说："算啦，福贵。"

让苦根喝了姜汤，我又给他熬了一碗粥，看着他吃下去。

我自己也吃了饭，吃完了我还得马上下地，我对苦根说："你睡上一觉会好的。"

走出了屋门，我越想越心疼，便去摘了半锅新鲜的豆子，回去给苦根煮熟了，里面放上盐。把凳子搬到床前，半锅豆子放在凳上，叫苦根吃，看到有豆子吃，苦根笑了，我走出去时听到他说："你怎么不吃啊。"

我是傍晚才回到屋里的，棉花一摘完，我累得人架子都要散了。从田里到家才一小段路，走到门口我的腿便哆嗦了，我进了屋叫："苦根，苦根。"

苦根没答应，我以为他是睡着了，到床前一看，苦根歪在床上，嘴半张着能看到里面有两颗还没嚼烂的豆子。一看那嘴，我脑袋里嗡嗡乱响了，苦根的嘴唇都青了。我使劲摇他，使劲叫他，他的身体晃来晃去，就是不答应我。我慌了，在床上坐下来想了又想，想到苦根会不会是死了，这么一想我忍不住哭了起来。我再去摇他，他还是不答应，我想他可能真是死了。我就走到屋外，看到村里一个年轻人，对他说："求你去看看苦根，他像是死了。"

那年轻人看了我半晌，随后拔脚便往我屋里跑。他也把苦根摇了又摇，又将耳朵贴到苦根胸口听了很久，才说："听不到心跳。"

村里很多人都来了，我求他们都去看看苦根，他们都去摇摇、听听，完了对我说："死了。"

苦根是吃豆子撑死的，这孩子不是嘴馋，是我家太穷，村里谁家的孩子都过得比苦根好，就是豆子，苦根也是难得能吃上。我是老昏了头，给苦根煮了这么多豆子，我老得又笨又蠢，害死了苦根。

往后的日子我只能一个人过了，我总想着自己日子也不长了，谁知一过又过了这些年。我还是老样子，腰还是常常疼，眼睛还是花，我耳朵倒是很灵，村里人说话，我不看也能知道是谁在说。我是有时候想想伤心，有时候想想又很踏实，家里人全是我送的葬，全是我亲手埋的，到了有一天我腿一伸，也不用担心谁了。我也想通了，轮到自己死时，安安心心死就是，不用盼着收尸的人，村里肯定会有人来埋我的，要不我人一臭，那气味谁也受不了。我不会让别人白白埋我的，我在枕头底下压了十元钱，这十元钱我饿死也不会去动它的，村里人都知道这十元钱是给替我收尸的那个人，他们也都知道我死后是要和家珍他们埋在一起的。

这辈子想起来也是很快就过来了，过得平平常常，我爹指望我光耀祖宗，他算是看错人了，我啊，就是这样的命。年轻时靠着祖上留下的钱风光了一阵子，往后就越过越落魄了，这样反倒好，看看我身边的人，龙二和春生，他们也只是风光了一阵子，到头来命都丢了。做人还是平常点好，争这个争那个，争来争去赔了自己的命。像我这样，说起来是越混越没出息，可寿命长，我认识的人一个挨着一个死去，我还活着。

苦根死后第二年，我买牛的钱凑够了，看看自己还得活几年，我觉得牛还是要买的。牛是半个人，它能替我干活，闲下来时我也有个伴，心里闷了就和它说说话。牵着它去水边吃草，就跟拉着个孩子似的。

买牛那天，我把钱揣在怀里走着去新丰，那里是个很大的牛市场。路过邻近一个村庄时，看到晒场上转着一群人，走过去看看，就看到了这头牛，它趴在地上，歪着脑袋吧哒吧哒掉眼泪，旁边一个赤膊男人蹲在地上霍霍地磨着牛刀，围着的人在说牛刀从什么地方刺进去最好。我看到这头老牛哭得那么伤心，心里怪难受的。想想做牛真是可怜。累死累活替人干了一辈子，老了，力气小了，就要被人宰了吃掉。

我不忍心看它被宰掉，便离开晒场继续往新丰去。走着走着心里总放不下这头牛，它知道自己要死了，脑袋底下都有一滩眼泪了。

我越走心里越是定不下来，后来一想，干脆把它买下来。

我赶紧往回走，走到晒场那里，他们已经绑住了牛脚，我挤上去对那个磨刀的男人说："行行好，把这头牛卖给我吧。"

赤膊男人手指试着刀锋，看了我好一会才问："你说什么？"

我说："我要买这牛。"

他咧开嘴嘻嘻笑了，旁边的人也哄地笑起来，我知道他们都在笑我，我从怀里抽出钱放到他手里，说："你数一数。"赤膊男人马上傻了，他把我看了又看，还搔搔脖子，问我："你当真要买？"

我什么话也不去说，蹲下身子把牛脚上的绳子解了，站起来后拍拍牛的脑袋，这牛还真聪明，知道自己不死了，一下子站起来，也不掉眼泪了。我拉住缰绳对那个男人说："你数数钱。"

那人把钱举到眼前像是看看有多厚，看完他说："不数了，你拉走吧。"

我便拉着牛走去，他们在后面乱哄哄地笑，我听到那个男人说："今天合算，今天合算。"

牛是通人性的，我拉着它往回走时，它知道是我救了它的命，身体老往我身上靠，亲热得很，我对它说："你呀，先别这么高兴，我拉你回去是要你干活，不是把你当爹来养着的。"

我拉着牛回到村里，村里人全围上来看热闹，他们都说我老糊涂了，买了这么一头老牛回来，有个人说："福贵，我看它年纪比你爹还大。"

会看牛的告诉我，说它最多只能活两年三年的，我想两三年足够了，我自己恐怕还活不到这么久。谁知道我们都活到了今天，村里人又惊又奇，就是前两天，还有人说我们是——"两个老不死"。

牛到了家，也是我家里的成员了，该给它取个名字，想来想去还是觉得叫它福贵好。定下来叫它福贵，我左看右看都觉得它像我，心里美滋滋的，后来村里人也开玩笑说像我，我嘿嘿笑，心想我早就知道它像我了。

福贵是好样的，有时候嘛，也要偷偷懒，可人也常常偷懒，就不要说是牛了。我知道什么时候该让它干活，什么时候该让它歇一歇，只要我累了，我知道它也累了，就让它歇一会，我歇得来精神了，那它也该干活了。

老人说着站了起来，拍拍屁股上的尘土，向池塘旁的老牛喊了一声，那牛就走过来，走到老人身旁低下了头，老人把犁扛到肩上，拉着牛的缰绳慢慢走去。

两个福贵的脚上都沾满了泥，走去时都微微晃动着身体。

我听到老人对牛说："今天有庆，二喜耕了一亩，家珍、凤霞耕了也有七八分田，苦根还小都耕了半亩。你嘛，耕了多少我就不说了，说出来你会觉得我是要羞你。话还得说回来，你年纪大了，能耕这么些田也是尽心尽力了。"

老人和牛渐渐远去，我听到老人粗哑的令人感动的嗓音在远处传来，他的歌声在空旷的傍晚像风一样飘扬，老人唱道：

少年去游荡，
中年想掘藏，
老年做和尚。

炊烟在农舍的屋顶袅袅升起，在霞光四射的空中分散后消隐了。

女人吆喝孩子的声音此起彼伏，一个男人挑着粪桶从我跟前走过，扁担吱呀吱呀一路响了过去。慢慢地，田野趋向了宁静，四周出现了模糊，霞光逐渐退去。

我知道黄昏正在转瞬即逝，黑夜从天而降了。我看到广阔的土地袒露着结实的胸膛，那是召唤的姿态，就像女人召唤着她们的儿女，土地召唤着黑夜来临。

【作者简介】

余华，1960 年 4 月 3 日生于浙江杭州，现代作家。1977 年中学毕业后，进入北京鲁迅文学院进修深造。1983 年开始创作，同年进入浙江省海盐县文化馆。1984 年开始发表小说。《活着》和《许三观卖血记》同时入选百位批评家和文学编辑评选的 20 世纪 90 年代最具有影响力的十部作品。1998 年获意大利格林扎纳·卡佛文学奖。2005 年获得中华图书特殊贡献奖。代表作《在细雨中呼喊》《活着》《许三观卖血记》《兄弟》等。现就职于杭州文联。

【文解】

《活着》讲述的是主人公福贵伴随着一头老牛在阳光下回忆自己沉重的一生：从既富且贵的地主少爷到一贫如洗的普通百姓，从儿女双全的幸福家庭到亲人因为各种有常或无常的原因而相继离开人世后的孤独无依。这里面既饱含着作者对时代的反思，更饱含着作者对生命的思考：极度生存状态下，生命个体的真实本相和生存意义究竟是什么？对于自己的作品《活着》，作者曾这样说道："作家的使命不是发泄，不是控诉或者揭露，他应该向人们展示高尚。这里所说的高尚不是那种单纯的美好，而是对一切事物理解之后的超然，对善和恶一视同仁，用同情的目光看待世界……写作过程让我明白，人是为活着本身而活着的，而不是为了活着之外的任何事物而活着。我感到自己写下了高尚的作品。"《活着》讲述的就是宽容和理解，还有超然。

【思考与练习】

1. 作者说"人是为了活着本身而活着的，而不是为了活着之外的任何事物而活着"。请谈谈你对这句话的认识。

2.《活着》的艺术手法有什么特点？

红高粱（节选）

莫言

第一章（节选）

一九三九年古历八月初九，我父亲这个土匪种十四岁多一点。他跟着后来名满天下的传奇英雄余占鳌司令的队伍去胶平公路伏击日本人的汽车队。奶奶披着夹袄，送他们到村头。余司令说："立住吧。"奶奶就立住了。奶奶对我父亲说："豆官，听你干爹的话。"父亲没吱声，他看着奶奶高大的身躯，嗅着奶奶的夹袄里散出的热烘烘的香味，突然感到凉气逼人。他打了一个颤，肚子咕噜噜响一阵。余司令拍了一下父亲的头，说："走，干儿。"

天地混沌，景物影影绰绰，队伍的杂沓脚步声已响出很远。父亲眼前挂着蓝白色的雾幔，挡住他的视线，只闻队伍脚步声，不见队伍形和影。父亲紧紧扯住余司令的衣角，双腿快速挪动。奶奶像岸愈离愈远，雾像海水愈近愈汹涌，父亲抓住余司令，就像抓住一条船舷。

父亲就这样奔向了耸立在故乡通红的高粱地里属于他的那块无字的青石墓碑。他的坟头上已经枯草瑟瑟，曾经有一个光屁股的男孩牵着一只雪白的山羊来到这里，山羊不紧不忙地啃着坟头上的草，男孩子站在墓碑上，怒气冲冲地撒上一泡尿，然后放声高唱：高粱红了——日本来了——同胞们准备好——开枪开炮——

有人说这个放羊的男孩就是我，我不知道是不是我。我曾经对高密东北乡极端热爱，曾经对高密东北乡极端仇恨，长大后努力学习马克思主义，我终于悟到：高密东北乡无疑是地球上最美丽最丑陋、最超脱最世俗、最圣洁最龌龊、最英雄好汉最王八蛋、最能喝酒最能爱的地方。生存在这块土地上的我的父老乡亲们，喜食高粱，每年都大量种植。八月深秋，无边无际的高粱红成汪洋的血海。高粱高密辉煌，高粱凄婉可人，高粱爱激荡。秋风苍凉，阳光很旺，瓦蓝的天上游荡着一朵朵丰满的白云，高粱上滑动着一朵朵丰满白云的紫红色影子。一队队暗红色的人在高粱棵子里穿梭拉网，几十年如一日。他们杀人越货，精忠报国，他们演出过一幕幕英勇悲壮的舞剧，使我们这些活着的不肖子孙相形见绌，在进步的同时，我真切地感到种的退化。

出村之后，队伍在一条狭窄的土路上行进，人的脚步声中夹杂着路边碎草的窸窣声响。雾奇浓，活泼多变。我父亲的脸上，无数密集的小水点凝成大颗粒的水珠，他的一撮头发，粘在头皮上。从路两边高粱地里飘来的幽淡的薄荷气息和成熟高粱苦涩微甘的气味，我父亲早已闻惯，不新不奇。在这次雾中行军里，我父亲闻到了那种新奇的、黄红相间的腥甜气息。那味道从薄荷和高粱的味道中隐隐约约地透过来，唤起父亲心灵深处一种非常遥远的回忆。

七天之后，八月十五日，中秋节。一轮明月冉冉升起，遍地高粱肃然默立，高粱穗子浸在月光里，像蘸过水银，汩汩生辉。我父亲在剪破的月影下，闻到了比现在强烈无数倍的腥甜气息。那时候，余司令牵着他的手在高粱地里行走，三百多个乡亲叠股枕臂、陈尸狼藉，流出的鲜血灌溉了一大片高粱，把高粱下的黑土浸泡成稀泥，使他们拔脚迟缓。腥甜的气味令人窒息，一群前来吃人肉的狗，坐在高粱地里，目光炯炯地盯着父亲和余司令。余司令掏出自来得手枪，甩手一响，两只狗眼灭了；又一甩手，又灭了两只狗眼。群狗一哄而散，坐得远远的，呜呜地咆哮着，贪婪地望着死尸。腥甜味愈加强烈，余司令大喊一声："日本狗！狗娘养的日本！"他对着那群狗打完了所有的子弹，狗跑得无影无踪。余司令对我父亲说："走吧，儿子！"一老一小，便迎着月光，向高粱深处走去。那股弥漫田野的腥甜味浸透了我父亲的灵魂，在以后更加激烈更加残忍的岁月里，这股腥甜味一直伴随着他。

高粱的茎叶在雾中嗞嗞乱叫，雾中缓慢地流淌着在这块低洼平原上穿行的墨河水，明亮而喧哗，一阵强一阵弱，一阵远一阵近。赶上队伍了，父亲的身前身后响着踢踢踏踏的脚步声和粗重的呼吸声。不知谁的枪托撞到另一个谁的枪托上了。不知谁的脚踩破了一个死人的骷髅什么的。父亲前边那个人吭吭地咳嗽起来，这个人的咳嗽声非常熟悉。父亲听着他咳嗽就想起他那两扇一激动就充血的大耳朵。透明单薄布满细血管的大耳朵是王文义头上最引人注目的器官。他个子很小，一颗大头缩在耸起的双肩中。父亲努力看去，目光刺破浓雾，看到了王文义那颗一边咳一边颠动的大头。父亲想起王文义在演练场上挨打时，那颗大头颠成那般可怜模样。那时他刚参加余司令的队伍，任副官在演练场上对他也对其他队员喊："向右转——"，王文义欢欢喜喜地跺着脚，不知转到哪里去了。任副官在他腚上打了一鞭子，他嘴咧开叫一声："孩子他娘！"脸上表情不知是哭还是笑。围在短墙外看光景的孩子们都哈哈大笑。

第九章（节选）

“吹吧！”爷爷说。

刘大号一条腿跪着，一条腿拖着，举起大喇叭，仰天吹起来，喇叭口里飘出暗红色的声音。

“冲啊，弟兄们！”爷爷高喊着。

路西边高粱地里有几个声音跟着喊。爷爷左手举着枪，刚刚跳起，就有几颗子弹擦着他的腮边飞过，爷爷就地一滚，回到了高粱地。路西边河堤上响起一声惨叫。父亲知道，又一个队员中了枪弹。

刘大号对着天空吹喇叭，暗红色的声音碰得高粱棵子瑟瑟打抖。爷爷抓住父亲的手，说：“儿子，跟着爹，到路西边与弟兄们汇合去吧。”

桥上的汽车浓烟滚滚，在哔哔叭叭的火焰里，大米像冰霰一样满河飞动。爷爷牵着父亲，飞步跨过公路，子弹追着他们，把路面打得噗噗作响。两个满面焦煳、皮肤开裂的队员见到爷爷和父亲，嘴咧了咧，哭着说：“司令，咱们完了！”

爷爷颓丧地坐在高粱地里，好久都没抬起头来，河对岸的鬼子也不开枪了。桥上响着汽车燃烧的爆裂声，路东响着刘大号的喇叭声。

父亲已经不感到害怕，他沿着河堤，往西溜了一段，从一蓬枯黄的衰草后，他悄悄伸出头。父亲看到从第二辆尚未燃烧的汽车棚里，跳出一个日本兵。日本兵又从车厢里拖出了一个老鬼子。老鬼子异常干瘦，手上套着雪白的手套，腚上挂着一柄长刀，黑色皮马靴装到膝盖。他们沿着汽车边，把着桥墩，哧溜哧溜往下爬。父亲举起勃朗宁手枪，他的手抖个不停，那个老鬼子干瘪的屁股在父亲枪口前跳来跳去。父亲咬牙闭眼开了一枪，勃朗宁嗡地一声响，子弹打着呼哨钻到水里，把一条白鳝鱼打翻了肚皮。鬼子官跌到水中。父亲高叫着：“爹，一个大官！”

父亲的脑后一声枪响，老鬼子的脑袋炸裂了，一团血在水里噗啦啦散开了。另一个鬼子手脚并用，钻到了桥墩背后。

鬼子的枪弹又压过来，父亲被爷爷按住。子弹在高粱地里唧唧咕咕乱叫。爷爷说：“好样的，是我的种！”

父亲和爷爷不知道，他们打死的老鬼子，就是有名的中岗尼高少将。

刘大号的喇叭声不断，天上的太阳，被汽车的火焰烤得红绿间杂，萎萎缩缩。

父亲说：“爹，俺娘想你啦，叫你去。”

爷爷问：“你娘还活着？”

父亲说：“活着。”

父亲牵着爷爷的手，向着高粱深处走。

奶奶躺在高粱下，脸上印着高粱的暗影，脸上留着为我爷爷准备的高贵的笑容。奶奶的脸空前白净，双眼尚未合拢。

父亲第一次发现，两行泪水，从爷爷坚硬的脸上流下来。

爷爷跪在奶奶身旁，用那只没受伤的手，把奶奶的眼皮合上了。

一九七六年，我爷爷死的时候，母亲用她的缺了两个指头的左手，把爷爷圆睁的双眼合上。爷爷一九五八年从日本北海道的荒山野岭中回来时，已经不太会说话，每个字都像沉重的石块一样从他口里往外吐。爷爷从日本回来时，村里举行了盛大的典礼，连县长都来参加了。那时候我两岁。我记得在村头的白果树下，一字儿排开八张八仙桌，每张桌子上摆着一坛酒，十几个大白碗。县长搬起坛子，倒出一碗酒，双手捧给爷爷。县长说："老英雄，敬您一碗酒，您给全县人民带来了光荣！"爷爷笨拙地站起来，灰白的眼珠子转动着，说："喔——喔——枪——枪。"我看到爷爷把那碗酒放到唇边，他的多皱的脖子梗着，喉结一上一下地滑动，酒很少进口，多半顺着下巴，哗哗啦啦地流到了他的胸膛上。

我记得爷爷牵着我，我牵着一匹小黑狗，在田野里转。爷爷最喜欢去看墨水河大桥，他站在桥头上，手扶着桥墩石，一站就是半个上午或半个下午。我看到爷爷的眼睛常常定在桥石那些坑坑洼洼的痕迹上。高粱长高时，爷爷带我到高粱地里去，他喜欢去的地方也离着墨水河大桥不远。我猜想，那儿就是奶奶升天的地方，那块普普通通的黑土地上，浸透着奶奶的鲜血。那时候，我们家的老房子还没拆，爷爷有一天抓起一把镢头，在那棵楸树下刨起土来。他刨出了几个蝉的幼虫，递给我，我扔给狗，狗把蝉的幼虫咬死，却不吃。"爹，您刨什么？"我的要去公共食堂做饭的娘问。爷爷抬起头，用恍若隔世的目光看着娘。娘走了，爷爷继续刨土。爷爷刨出了一个大坑，斩断了十几根粗细不一的树根，揭开了一块石板，从一个阴森森的小砖窖里，搬出了一个锈得不成形的铁皮匣子。铁匣子一落地就碎了。一块破布里，露出了一条锈得通红的、比我还要长的铁家伙，我问爷爷是什么，爷爷说："喔——喔——枪——枪。"爷爷把枪放在太阳下晒着，他坐在枪前，睁一会儿眼，闭一会儿眼，又睁一会儿眼，又闭一会儿眼。后来，爷爷起身，找来一柄劈木柴的大斧，对着枪乱砍乱砸。爷爷把枪砸成一堆碎铁，然后，一件件拿开扔掉，扔得满院子都是。

【作者简介】

莫言，原名管谟业，山东高密人。中国当代著名作家。作品以乡土题材为主，"怀乡"与"怨乡"的复杂情感相互交织。主要作品有《红高粱家族》《丰乳肥臀》（1997年获"大家文学奖"）《生死疲劳》《蛙》等。长篇小说《檀香刑》有争议。有《莫言文集》五卷。其作品深受魔幻现实主义影响，以家乡高密东北乡为背景，构造出独特的主观感觉世界。2011年获茅盾文学奖，2012年获诺贝尔文学奖。

【文解】

莫言的中篇小说《红高粱》是中国新时期小说"寻根文学"的代表作品之一，曾经被张艺谋导演改编成同名电影《红高粱》。作品以抗日战争为背景，讲述了一个民间的抗日故事。不同于其他的"抗日文学"作品，《红高粱》减少了单纯的乐观主义，增加了民族的自然发展规律和充满血腥的民间历史。故事发生在作者家乡高密东北乡，那里无边无际的高粱红成一片，高粱地里既有生生活剐的血腥，也有土匪的出没和舍生忘死的英勇伏击。与此同时，作家在对家乡高密东北乡的“王国”构建中，将“我爷爷”余占鳌、“我奶奶”戴凤莲的爱情与抗日斗争结合起来，讴歌了原始的生命个性和生命强力。

【思考与练习】

1．请分析一下“红高粱”的意象。

2．与传统小说相比较，《红高粱》的创新主要体现在哪些方面？

第二节　外国小说

简·爱（节选）

［英］夏洛蒂·勃朗特

仲夏明媚的阳光普照英格兰。当时那种一连几天日丽天清的气候，甚至一天半天都难得惠顾我们这个波浪环绕的岛国。仿佛持续的意大利天气从南方飘移过来，像一群灿烂的候鸟，落在英格兰的悬崖上歇脚。干草已经收好，桑菲尔德周围的田野已经收割干净，显出一片新绿。道路晒得白煞煞仿佛烤过似的，林木葱郁，十分茂盛。树篱与林子都叶密色浓，与它们之间收割过的草地的金黄色，形成了鲜明的对比。

施洗约翰节前夕，阿黛勒在海村小路上采了半天的野草莓，累坏了，太阳一落山就上床睡觉。我看着她入睡后，便离开她向花园走去。

此刻是二十四小时中最甜蜜的时刻——“白昼已耗尽了它的烈火”，清凉的露水落在喘息的平原和烤灼过的山顶上。在夕阳朴实地西沉——并不伴有华丽的云彩——的地方，铺展开了一抹庄严的紫色，在山峰的一个尖顶上燃烧着红宝石和炉火般的光焰，向高处和远处伸延，显得越来越柔和，占据了半个天空。东方也自有它湛蓝悦目的魅力，有它不事炫耀的宝石——一颗升起的孤星。它很快会以月亮而自豪，不过这时月亮还在地平线之下。

我在铺筑过的路面上散了一会儿步。但是一阵细微而熟悉的清香——雪茄的气味——悄悄地从某个窗子里钻了出来。我看见图书室的窗开了一手掌宽的缝隙。我知道可能有人会从那儿看我，因此我走开了，进了果园。庭园里没有比这更隐蔽，更像伊甸园的角落了。这里树木繁茂，花儿盛开，一边有高墙同院子隔开，另一边一条长满山毛榉的路，像屏障一般，把它和草坪分开。底下是一道矮篱，是它与孤寂的田野唯一的分界。一条蜿蜒的小径通向篱笆。路边长着月桂树，路的尽头是一棵巨大无比的七叶树，树底下围着一排座位。你可以在这儿漫步而不被人看到。在这种玉露徐降、悄无声息、夜色渐浓的时刻，我觉得仿佛会永远在这样的阴影里踯躅。但这时我被初升的月亮投向园中高处开阔地的光芒所吸引，穿过花圃和果园，却停住了脚步——不是因为听到或是看到了什么，而是因为再次闻到了一种我所警觉的香味。

多花蔷薇、老人蒿、茉莉花、石竹花和玫瑰花早就在奉献着它们的晚香，刚刚飘过来的气味既不是来自灌木，也不是来自花朵，但我很熟悉，它来自罗切斯特先生的雪茄。我举目四顾，侧耳静听。我看到树上沉甸甸垂着即将成熟的果子，听到一只夜莺在半英里外的林子里鸣啭。我看不见移动的身影，听不到走近的脚步声，但是那香气却越来越浓了。我得赶紧走掉。我往通向灌木林的边门走去，却看见罗切斯特先生正跨进门来。我往旁边一闪，躲进了长满常春藤的幽深处。他不会久待，很快会顺原路返回，只要我坐着不动，他就绝不会看见我。

可是不行——薄暮对他来说也像对我一样可爱，古老的园子也一样诱人。他继续往前踱步，一会儿拎起醋栗树枝，看看梅子般大压着枝头的果子；一会儿从墙上采下一颗熟了的樱桃；一会儿又向着一簇花弯下身子，不是闻一闻香味，就是欣赏花瓣上的露珠。一只大飞蛾嗡嗡地从我身旁飞过，落在罗切斯特先生脚边的花枝上，他见了便俯下身去打量。

"现在，他背对着我，"我想，"而且全神贯注，也许要是我脚步儿轻些，我可以人不知鬼不觉地溜走。"

我踩在路边的草皮上，免得沙石路的咔嚓声把自己给暴露。他站在离我必经之地一两码的花坛中间，显然飞蛾吸引了他的注意力。"我会顺利通过。"我暗自思忖。月亮还没有升得很高，在园子里投下了罗切斯特先生长长的身影，我正要跨过这影子，他却头也不回就低声说：

"简，过来看看这家伙。"

我不曾发出声响，他背后也不长眼睛——难道他的影子会有感觉不成？我先是吓了一跳，随后便朝他走去。

"瞧它的翅膀，"他说，"它使我想起一只西印度的昆虫，在英国不常见到这么又大又艳丽的夜游虫。瞧！它飞走了。"

飞蛾飘忽着飞走了。我也局促不安地退去。可是罗切斯特先生跟着我，到了边门，他说："回来，这么可爱的夜晚，坐在屋子里多可惜。在日落与月出相逢的时刻，肯定是没有谁愿意去睡觉的。"

我有一个缺陷，那就是尽管我口齿伶俐，对答如流，但需要寻找借口的时候却往往一筹莫展。因此某些关键时刻，需要随口一句话，或者站得住脚的遁词来摆脱痛苦的窘境时，我便常常会出差错。我不愿在这个时候单独同罗切斯特先生漫步在阴影笼罩的果园里。但是我又找不出一个脱身的理由。我慢吞吞地跟在后头，一面在拼命动脑筋设法摆脱。可是他显得那么镇定，那么严肃，使我反而为自己的慌乱而感到羞愧了。如果说心中有鬼——不管是现在还是将来——那只能说我有。他心里十分平静，而且全然不觉。

"简，"他重又开腔了。我们正走进长满月桂的小径，缓步踱向矮篱笆和七叶树，"夏天，桑菲尔德是个可爱的地方，是吗？"

“是的，先生。”

“你一定有些依恋桑菲尔德府了——你有欣赏自然美的眼力，而且很有依恋之情。”

“说实在，我依恋这个地方。”

“而且，尽管我不理解这究竟是怎么回事，但我觉察出来，你已开始关切阿黛勒这个小傻瓜，甚至还有朴实的老妇费尔法克斯。”

“是的，先生，尽管性质不同，我对她们两人都有感情。”

“而同她们分手会感到难过。”

“是的。”

“可惜呀!”他说，叹了口气又打住了。“世上的事情总是这样，”他马上又继续说，“你刚在一个愉快的栖身之处安顿下来，一个声音便会叫你起来往前赶路，因为已过了休息的时辰。”

“我得往前赶路吗，先生？”我问，“我得离开桑菲尔德吗？”

“我想你得走了，简，很抱歉，珍妮特，但我的确认为你该走了。”

这是一个打击，但我不让它击倒我。

“行呀，先生，要我走的命令一下，我便走。”

“现在命令来了——我今晚就得下。”

“那你要结婚了，先生？”

“确——实——如——此，对——极——了。凭你一贯的机敏，你已经一语中的。”

“快了吗，先生？”

“很快，我的——那就是，爱小姐，你还记得吧，简，我第一次，或者说谣言明白向你表示，我有意把自己老单身汉的脖子套上神圣的绳索，进入圣洁的婚姻状态——把英格拉姆小姐搂入我的怀抱，总之（她足足有一大抱，但那无关紧要——像我漂亮的布兰奇那样的市民，是谁都不会嫌大的）。是呀，就像我刚才说的——听我说，简！你没有回头去看还有没有飞蛾吧？那不过是个瓢虫，孩子，‘正飞回家去’。我想提醒你一下，正是你以我所敬佩的审慎，那种适合你责任重大却并不独立的职业的远见、精明和谦卑，首先向我提出，万一我娶了英格拉姆小姐你和小阿黛勒两个还是立刻就走好。我并不计较这一建议所隐含的对我意中人人格上的污辱。说实在，一旦你们走得远远的，珍妮特，我会努力把她忘掉。我所注意到的只是其中的智慧，她那么高明，我已把她奉为行动的准则。阿黛勒必须上学，爱小姐，你得找一个新的工作。”

“是的，先生，我会马上去登广告，而同时我想——”我想说，“我想我可以待在这里，直到我找到另外一个安身之处。”但我打住了，觉得不能冒险说一个长句，因为我的嗓门已经难以自制了。

“我希望大约一个月以后成为新郎，”罗切斯特先生继续说，“在这段期间，我会亲自为你留意找一个工作和落脚的地方。”

“谢谢你，先生，对不起给你——”

“呵——不必道歉！我认为一个下人把工作做得跟你自己一样出色时，她就有权要求雇主给予一点容易办到的小小帮助。其实我从未来的岳母那儿听到一个适合你去的地方。就是爱尔兰康诺特的苦果村，教迪奥尼修斯·奥加尔太太的五个女儿，我想你会喜欢爱尔兰的。他们说，那里的人都很热心。”

“离这儿很远呢，先生。”

“没有关系——像你这样一个通情达理的姑娘是不会反对航程或距离的。”

“不是航程，而是距离。还有大海是一大障碍——”

“离开什么地方，简？”

“离开英格兰和桑菲尔德，还有——”

“怎么？”

“离开你，先生。”

我几乎不知不觉中说了这话，眼泪不由自主夺眶而出。但我没有哭出声来，我也避免抽泣。一想起奥加尔太太和苦果村，我的心就凉了半截；一想起在我与此刻同我并肩而行的主人之间，注定要翻腾着大海和波涛，我的心就更凉了；而一记起在我同我自然和必然所爱的东西之间，横亘着财富、阶层和习俗的辽阔海洋，我的心凉透了。

“离这儿很远。”我又说了一句。

“确实如此。等你到了爱尔兰康诺特的苦果村，我就永远见不到你了，肯定就是这么回事。我从来不去爱尔兰，因为自己并不太喜欢这个国家。我们一直是好朋友，简，你说是不是？”

“是的，先生。”

“朋友们在离别的前夕，往往喜欢亲密无间地度过余下的不多时光。来——星星们在那边天上闪烁着光芒时，我们用上半个小时左右，平静地谈谈航行和离别。这儿是一棵七叶树，这边是围着老树根的凳子。来，今晚我们就安安心心地坐在这儿，虽然我们今后注定再也不会坐在一起了。”他让我坐下，然后自己也坐了下来。

“这儿到爱尔兰很远，珍妮特，很抱歉，把我的小朋友送上这么令人厌倦的旅程。但要是没有更好的主意了，那该怎么办呢？简，你认为你我之间有相近之处吗？”

这时我没敢回答，因为我内心很激动。

“因为，”他说，“有时我对你有一种奇怪的感觉——尤其是当你像现在这样靠近我的时候。仿佛我左面的肋骨有一根弦，跟你小小的身躯同一个部位相似的弦紧紧地维系着，难分难解。如果咆哮的海峡和二百英里左右的陆地，把我们远远分开，恐怕这根情感交流的弦会折断，于是我不安地想到，我的内心会流血。至于你——你会忘掉我。”

“那我永远不会，先生，你知道——”我不可能再说下去了。

“简，听见夜莺在林中歌唱吗？——听呀！”

我听着听着便抽抽噎噎地哭泣起来，再也抑制不住强忍住的感情，不得不任其流露了。我痛苦万分地浑身颤栗着。到了终于开口时，我便只能表达一个冲动的愿望：但愿自己从来没有生下来，从未到过桑菲尔德。

“因为要离开而难过吗？”

悲与爱在我内心所煽起的强烈情绪，正占上风，并竭力要支配一切，压倒一切，战胜一切，要求生存、扩展和最终主宰一切，不错——还要求吐露出来。

“离开桑菲尔德我很伤心，我爱桑菲尔德——我爱它是因为我在这里过着充实而愉快的生活——至少有一段时间。我没有遭人践踏，也没有弄得古板僵化，没有混迹于志向低下的人之中，也没有被排斥在同光明、健康、高尚的心灵交往的一切机会之外。我已面对面同我所敬重的人、同我所喜欢的人——同一个独特、活跃、博大的心灵交谈过。我已经熟悉你，罗切斯特先生，硬要让我永远同你分开，使我感到恐惧和痛苦。我看到非分别不可，就像看到非死不可一样。”

“在哪儿看到的呢？”他猛地问道。

“哪儿？你，先生，已经把这种必要性摆在我面前了。”

“什么样的必要性？”

“就是英格拉姆小姐那模样，一个高尚而漂亮的女人——你的新娘。”

“我的新娘！什么新娘呀？我没有新娘！”

“但你会有的。”

“是的，我会！我会！”他咬紧牙齿。

“那我得走——你自己已经说了。”

“不，你非留下不可！我发誓——我信守誓言。”

“我告诉你我非走不可！”我回驳着，感情很有些冲动。“你难道认为，我会留下来甘愿做一个对你来说无足轻重的人？你以为我是一架机器？——一架没有感情的机器？能够容忍别人把一口面包从我嘴里抢走，把一滴生命之水从我杯子里泼掉？难道就因为我一贫如洗、默默无闻、长相平庸、个子瘦小，就没有灵魂，没有心肠了？——你不是想错了吗？——我的心灵跟你一样丰富，我的心胸跟你一样充实！要是上帝赐予我一点姿色和充足的财富，我会使你同我现在一样难分难舍，我不是根据习俗、常规，甚至也不是血肉之躯同你说话，而是我的灵魂同你的灵魂在对话，就仿佛我们两人穿过坟墓，站在上帝脚下，彼此平等——本来就如此！”

“本来就如此！”罗切斯特先生重复道——“所以，”他补充道，一面用胳膊把我抱住，搂到怀里，把嘴唇贴到我的嘴唇上。“所以是这样，简？”

“是呀，所以是这样，先生，”我回答，“可是并没有这样。因为你已结了婚——或者说无异于结了婚，跟一个远不如你的人结婚——一个跟你并不意气相投的人——我才不相信你真的会爱她，因为我看到过，也听到过你讥笑她。对这样的结合我会表示不屑，所以我比你强——让我走！”

“上哪儿，简？去爱尔兰？”

“是的——去爱尔兰。我已经把心里话都说了，现在上哪儿都行了。”

“简，平静些，别那样挣扎着，像一只发疯的鸟儿，拼命撕掉自己的羽毛。”

“我不是鸟，也没有陷入罗网。我是一个具有独立意志的自由人，现在我要行施自己的意志，离开你。”

我再一挣扎便脱了身，在他跟前昂首而立。

“你的意志可以决定你的命运，”他说，“我把我的手、我的心和我的一份财产都献给你。”

“你在上演一出闹剧，我不过一笑置之。”

“我请求你在我身边度过余生——成为我的另一半，世上最好的伴侣。”

“那种命运，你已经作出了选择，那就应当坚持到底。”

“简，请你平静一会儿，你太激动了，我也会平静下来的。”

一阵风吹过月桂小径，穿过摇曳着的七叶树枝，飘走了——走了——到了天涯海角——消失了。夜莺的歌喉成了这时唯一的声响，听着它我再次哭了起来。罗切斯特先生静静地坐着，和蔼而严肃地瞧着我。过了好一会他才开口。最后他说：

“到我身边来，简，让我们解释一下，相互谅解吧。”

“我再也不会回到你身边了，我已经被拉走，不可能回头了。”

“不过，简，我唤你过来做我的妻子，我要娶的是你。”

我没有吭声，心里想他在讥笑我。

“过来，简——到这边来。”

“你的新娘阻挡着我们。”

他站了起来，一个箭步到了我跟前。

“我的新娘在这儿，”他说着，再次把我往身边拉，“因为与我相配的人在这儿，与我相像的人，简，你愿意嫁给我吗？”

我仍然没有回答，仍然要挣脱他，因为我仍然不相信。

“你怀疑我吗，简？”

“绝对怀疑。”

“你不相信我？”

“一点也不信。”

“你看我是个爱说谎的人吗？”他激动地问，“疑神疑鬼的小东西，我一定要使你信服。我同英格拉姆小姐有什么爱可言？没有，那你是知道的。她对我有什么爱？没有，我已经想方设法来证实。我放出了谣言，传到她耳朵里，说是我的财产还不到想象中的三分之一，然后我现身说法，亲自去看结果，她和她母亲对我都非常冷淡。我不愿意——也不可能——娶英格拉姆小姐。你——你这古怪的——你这近乎是精灵的家伙——我像爱我自己的肉体一样爱你。你——虽然一贫如洗、默默无闻、个子瘦小、相貌平庸——我请求你把我当作你的丈夫。”

“什么，我！”我猛地叫出声来。出于他的认真，尤其是粗鲁的言行，我开始相信他的诚意了。“我，我这个人除了你，世上没有一个朋友——如果你是我朋友的话。除了你给我的钱，一个子儿也没有。”

“就是你，简。我得让你属于我——完全属于我。你肯吗？快说‘好’呀。”

“罗切斯特先生，让我瞧瞧你的脸。转到朝月光的一边去。”

“为什么？”

“因为我要细看你的面容，转呀！”

“那儿，你能看到的无非是撕皱了的一页，往下看吧，只不过快些，因为我很不好受。”

他的脸焦急不安，涨得通红，五官在激烈抽动，眼睛射出奇怪的光芒。

“呵，简，你在折磨我！”他大嚷道，“你用那种犀利而慷慨可信的目光瞧着我，你在折磨我！”

“我怎么会呢？如果你是真的，你的提议也是真的，那么我对你的感情只会是感激和忠心——那就不可能是折磨。”

“感激！”他脱口喊道，并且狂乱地补充道——“简，快接受我吧。说，爱德华——叫我的名字——爱德华，我愿意嫁你。”

“你可当真？——你真的爱我？——你真心希望我成为你的妻子？”

“我真的是这样。要是有必要发誓才能使你满意，那我就以此发誓。”

“那么，先生，我愿意嫁给你。”

“叫爱德华——我的小夫人。”

“亲爱的爱德华！”

“到我身边来——完完全全过来。”他说，把他的脸颊贴着我的脸颊，用深沉的语调对着我耳朵补充说，“使我幸福吧——我也会使你幸福。”

“上帝呀，宽恕我吧！”他不久又添了一句，“还有人呀，别干涉我，我得到了她，我要紧紧抓住她。”

“没有人会干涉，先生。我没有亲人来干预。”

“不——那再好不过了。”他说。要是我不是那么爱他，我会认为他的腔调、他狂喜的表情有些粗野。但是我从离别的噩梦中醒来，被赐予天作之合，坐在他身旁，光想着啜饮源源而来的幸福的清泉。他一再问，“你幸福吗，简？”而我一再回答“是的”。随后他咕哝着，“会赎罪的——会赎罪的。我不是发现她没有朋友、得不到抚慰、受到冷落吗？我不是会保护她、珍爱她、安慰她吗？我心里不是有爱，我的决心不是始终不变吗？那一切会在上帝的法庭上得到赎罪。我知道造物主会准许我的所作所为。至于世间的评判——我不去理睬。别人的意见——我断然拒绝。”

可是，夜晚发生什么变化了？月亮还没有下沉，我们已全湮没在阴影之中了。虽然主人离我近在咫尺，但我几乎看不清他的脸。七叶树受了什么病痛的折磨？它扭动着，呻吟着，狂风在月桂树小径咆哮，直向我们扑来。

“我们得进去了，”罗切斯特先生说，“天气变了。不然我可以同你坐到天明，简。”

“我也一样。”我想。也许我应该这么说出来，可是从我正仰望着的云层里，窜出了一道铅灰色的闪电，随后是喀啦啦一声霹雳和近处的一阵隆隆声。我只想把自己发花的眼睛贴在罗切斯特先生的肩膀上。大雨倾盆而下，他催我踏上小径，穿过庭园，进屋子去。但是我们还没跨进门槛就已经湿淋淋了。在厅里他取下了我的披肩，把水滴从我散了的头发中摇下来，正在这时，费尔法克斯太太从她房间里出来了。起初我没有觉察，罗切斯特先生也没有。灯亮着，时钟正敲十二点。

“快把湿衣服脱掉，”他说，“临走之前，说一声晚安——晚安，我的宝贝！”

他吻了我，吻了又吻。我离开他怀抱抬起头来一看，只见那位寡妇站在那儿，脸色苍白，神情严肃而惊讶。我只朝她微微一笑，便跑上楼去了。“下次再解释也行。”我想。但是到了房间里，想起她一时会对看到的情况产生误解，心里便感到一阵痛楚。然而喜悦抹去了一切其他感情。尽管在两小时的暴风雨中，狂风大作，雷声隆隆，电光闪闪，暴雨如注，我并不害怕，并不畏惧。这中间罗切斯特先生三次上门，问我是否平安无事。这无论如何给了我安慰和力量。

早晨我还没起床，小阿黛勒就跑来告诉我，果园尽头的大七叶树夜里遭了雷击，被劈去了一半。

【作者简介】

夏洛蒂·勃朗特，1816 年生于英国北部约克郡的豪渥斯的一个乡村牧师家庭。母亲早逝，8 岁的夏洛蒂被送进一所专收神职人员孤女的慈善性机构——柯文桥女子寄宿学校。在那里，她的两个姐姐玛丽亚和伊丽莎白因染上肺病而先后死去。于是夏洛蒂和妹妹艾米莉回到家乡，15 岁时她进了伍勒小姐办的学校读书，几年后又在这个学校当教师。后来她曾作家庭教师，最终她投身于文学创作的道路。夏洛蒂·勃朗特有两个姐姐、两个妹妹和一个弟弟。两个妹妹，即艾米莉·勃朗特和安妮·勃朗特，也是著名作家，因而在英国文学史上常有“勃朗特三姐妹”之称。

1847 年，夏洛蒂·勃朗特出版著名的长篇小说《简·爱》，轰动文坛。1848 年秋到 1849 年她的弟弟和两个妹妹相继去世。在死亡的阴影和困惑下，她坚持完成了《谢利》一书，寄托了她对妹妹艾米莉的哀思，并描写了英国早期自发的工人运动。她另有作品《维莱特》（1853 年）和《教师》（1857 年），这两部作品均根据其本人生活经历写成。夏洛蒂·勃朗特善于以抒情的笔法描写自然景物，作品具有浓厚的感情色彩。

【文解】

《简·爱》（*Jane Eyre*）是十九世纪英国著名的女作家夏洛蒂·勃朗特的代表作，人们普遍认为《简·爱》是夏洛蒂·勃朗特“诗意的生平写照”，是一部具有自传色彩的作品。讲述一位从小变成孤儿的英国女子在各种磨难中不断追求自由与尊严，坚持自我，最终获得幸福的故事。小说引人入胜地展示了男女主人公曲折起伏的爱情经历，歌颂了摆脱一切旧习俗和偏见的爱情，成功塑造了一个敢于反抗、敢于争取自由和平等地位的妇女形象。

【思考与练习】

1. 试分析简·爱人物形象。
2. 了解夏洛蒂·勃朗特的生平，结合其生平分析简·爱人物形象的意义。

伊豆的舞女（节选）

［日］川端康成

一

道路变得曲曲折折的，眼看着就要到天城山的山顶了，正在这么想的时候，阵雨已经把从密的杉树林笼罩成白花花的一片，以惊人的速度从山脚下向我追来。

那年我二十岁，头戴高等学校的学生帽，身穿藏青色碎白花纹的上衣，围着裙子，肩上挂着书包。我独自旅行到伊豆来，已经是第四天了。在修善寺温泉住了一夜，在汤岛温泉住了两夜，然后穿着高齿的木屐登上了天城山。一路上我虽然出神地眺望着重叠群山、原始森林和深邃幽谷的秋色，胸中却紧张地悸动着，有一个期望催我匆忙赶路。这时候，豆大的雨点开始打在我的身上。我沿着弯曲陡峭的坡道向上奔行。好不容易才来到山顶上北路口的茶馆，我呼了一口气，同时站在茶馆门口呆住了。因为我的心愿已经圆满地达到，那伙巡回艺人正在那里休息。

那舞女看见我伫立在那儿，立刻让出自己的坐垫，把它翻个身摆在旁边。

“啊……”我只答了一声就坐下了。由于跑上山坡一时喘不过气来，再加上有点惊慌，“谢谢”这句话已经到了嘴边却没有说出口来。

我就这样和舞女面对面地靠近在一起，慌忙从衣袖里取出了香烟。舞女把摆在她同伙女人面前的烟灰缸拉过来，放在我的近边。我还是没有开口。

那舞女看去大约十七岁。她头上盘着大得出奇的旧发髻，那发式我连名字都叫不出来，这使她严肃的鹅蛋脸显得非常小，可是又美又调和。她就像头发画得特别丰盛的历史小说上姑娘的画像。那舞女一伙里有一个四十多岁的女人，两个年轻的姑娘，另外还有一个十五六岁的男人，穿着印有长冈温泉旅店商号的外衣。

到这时为止，我见过舞女这一伙人两次。第一次是在前往汤岛的途中，她们正到修善寺去，在汤川桥附近碰到。当时年轻的姑娘有三个，那舞女提着鼓。我一再回过头去看望她们，感到一股旅情渗入身心。然后是在汤岛的第二天夜里，她们巡回到旅馆里来了。我在楼梯半当中坐下来，一心一意地观看那舞女在大门口的走廊上跳舞。我盘算着：当天在修善寺，今天夜里到汤岛，明天越过天城山往南，大概要到汤野温泉去。在二十多公里的天城山山道上准能追上她们。我这么空想着匆忙赶来，恰好在避雨的茶馆里碰上了，我心里扑通扑通地跳。

过了一会儿，茶馆的老婆子领我到另一个房间。这房间平时大概不用，没有装上纸门。朝下望去，美丽的幽谷深得望不到底。我的皮肤上起了鸡皮疙瘩，浑身发抖，牙齿在打战。老婆子进来送茶，我说了一声好冷啊，她就像拉着我的手似的，要领我到她们自己的住屋去。

“唉呀，少爷浑身都湿透啦。到这边来烤烤火吧，来呀，把衣服烤烤干。”

那个房间装着火炉，一打开纸隔门，就流出一股强烈的热气。我站在门槛边踌躇了。

炉旁盘腿坐着一个浑身青肿、淹死鬼似的老头子，他的眼睛连眼珠子都发黄，像是烂了的样子。他忧郁地朝我这边望。他身边旧信和纸袋堆积如山，简直可以说他是埋在这些破烂纸头里。我目睹这山中怪物，呆呆地站在那里，怎么也不能想象这就是个活人。

“让您看到这样可耻的人样儿……不过，这是家里的老爷子，您用不着担心。看上去好难看，可是他不能动弹了，请您就忍耐一下吧。”

老婆子这样打了招呼，从她的话听来，这老爷子多年害了中风症，全身不遂。大堆的纸是各地治疗中风症的来信，还有从各地购来的中风症药品的纸袋。凡是老爷子从走过山顶的旅人听来的，或是在报纸广告上看到的，他一次也不漏过，向全国各地打听中风症的疗法，购求出售的药品。这些书信和纸袋，他一件也不丢掉，都堆积在身边，望着它们过日子。长年累月下来，这些陈旧的纸片就堆成山了。

我没有回答老婆子的话，在炉炕上俯下身去。越过山顶的汽车震动着房子。我心里想，秋天已经这么冷，不久就将雪盖山头，这个老爷子为什么不下山去呢？从我的衣服上腾起了水蒸气，炉火旺得使我的头痛起来。老婆子出了店堂，跟巡回女艺人谈天去了。

“可不是吗，上一次带来的这个女孩已经长成这个样子，变成了一个漂亮姑娘，你也出头啦！女孩子长得好快，已经这么美了！”

将近一小时之后，我听到了巡回艺人准备出发的声音。我当然很不平静，可只是心里头七上八下的，没有站起身来的勇气。我想，尽管她们已经走惯了路，而毕竟是女人的脚步，即使走出了一两公里之后，我跑一段路也追得上她们，可是坐在火炉旁仍然不安神。不过舞女们一离开，我的空想却像得到解放似的，又开始活跃起来。我向送走她们的老婆子问道：“那些艺人今天夜里在哪里住宿呢？”

“这种人嘛，少爷，谁知道他们住在哪儿呀。哪儿有客人留他们，他们就在哪儿住下了。有什么今天夜里一定的住处啊？”

老婆子的话里带着非常轻蔑的口吻，甚至使我想到，果真是这样的话，我要让那舞女今天夜里就留在我的房间里。

雨势小下来，山峰开始明亮。虽然他们一再留我，说再过十分钟，天就放晴了，可是我却怎么也坐不住。

“老爷子，保重啊。天就要冷起来了。”我恳切地说着，站起身来。老爷子很吃力地动着他的黄色眼睛，微微地点点头。

“少爷，少爷！”老婆子叫着追了出来，“您这么破费，真不敢当，实在抱歉啊。”

她抱着我的书包不肯交给我，我一再阻拦她，可她不答应，说要送我到那边。她随在我身后，匆忙迈着小步，走了好大一段路，老是反复着同样的话：“真是抱歉啊，没有好好招待您。我要记住您的相貌，下回您路过的时候再向您道谢。以后您一定要来呀，可别忘记了。”

我只不过留下五角钱的一个银币，看她却十分惊讶，感到眼里都要流出泪来。可是我一心想快点赶上那舞女，觉得老婆子蹒跚的脚步倒是给我添的麻烦。终于来到了山顶的隧道。

“非常感谢。老爷子一个人在家，请回吧。”我这么说，老婆子才算把书包递给我。

走进黑暗的隧道，冰冷的水滴纷纷地落下来。前面，通往南伊豆的出口微微露出了亮光。

【作者简介】

川端康成（1899 年—1972 年），日本新感觉派作家，著名小说家。1899 年 6 月 14 日生于大阪。幼年父母双亡，其后姐姐和祖父母又陆续病故，他被称为“参加葬礼的名人”。一生多旅行，心情苦闷忧郁，逐渐形成了感伤与孤独的性格，这种内心的痛苦与悲哀成为后来川端康成的文学底色。在东京大学国文专业学习时，参与复刊《新思潮》（第 6 次）杂志。1924 年毕业。同年和横光利一创办《文艺时代》杂志，后成为由此诞生的新感觉派的中心人物之一。新感觉派衰落后，参加新兴艺术派和新心理主义文学运动，一生创作小说 100 多篇，中短篇多于长篇。作品富有抒情性，追求人生升华的美，并深受佛教思想和虚无主义影响。早期多以下层女性作为小说的主人公，写她们的纯洁和不幸。后期一些作品写了近亲之间，甚至老人的变态情爱心理，手法纯熟，浑然天成。代表作有《伊豆的舞女》《雪国》《千只鹤》《古都》以及《睡美人》等。1968 年获诺贝尔文学奖，也是首位获得该奖项的日本作家。已有多部作品在中国翻译出版。川端担任过国际笔会副会长、日本笔会会长等职。1957 年被选为日本艺术院会员。曾获日本政府的文化勋章、法国政府的文化艺术勋章等。1972 年 4 月 16 日在工作室自杀身亡。

【文解】

《伊豆的舞女》是川端康成早期的代表作，也是一篇杰出的短篇小说，在读者中产生了深远的影响。作品情节简单，描述一名高中生独自在伊豆旅游时邂逅一位年少舞女的故事，伊豆的青山秀水与少男少女间纯净的爱慕之情交织在一起，互相辉映，给了读者一份清新之感，也净化了读者的心灵，把他们带入一个空灵美好的唯美世界。

【思考与练习】

1．谈谈小说的主题。

2．分析舞女的形象。

3．结合本篇，阅读原文，分析川端康成《伊豆的舞女》的艺术特点。

第三节　拓展阅读

【中国古代小说概述】

中国古代小说孕育于先秦时期的远古神话，经历了汉魏六朝杂史、志怪志人的成长，唐传奇的成熟，宋明话本、拟话本的发展壮大，最后在明清章回小说中展示出生命的辉煌。

从语体上说，中国古代小说又可以分为文言小说和白话小说两大系统。

从艺术的渊源上说，中国小说的萌芽状态可以追溯到远古神话，《山海经》被称为“古今小说之祖”。先秦的史传文对小说的影响也很明显，《战国策》因其叙事的成熟完备及其中多篇显著的虚构色彩，更是被当作最初的小说体裁之一——杂史小说的开端。

汉代出现了第一篇初具规模的杂史小说《燕丹子》，它比《史记·刺客列传》中的《荆轲传》更富传奇色彩。

中国小说初具规模是在魏晋南北朝时代，其标志就是小说由写事为主转向写人及其性格特征为主，从而确定了人在小说中的主体地位。按内容可以分为志怪和志人两类，前者以写神灵鬼怪及其妖异怪诞之事为主，代表是晋代干宝的《搜神记》；后者以记载人物的琐闻逸事为主，代表是南朝刘义庆的《世说新语》。这也是文言小说的第一个高峰。

中国古代小说真正成熟的标志是唐代传奇的出现与繁荣。他们在内容的丰富性、题材的多样性、人物的形象性、故事的艺术性和文笔的生动性等方面都是六朝小说所无可比拟的。涌现出一系列优秀传奇小说，如陈鸿的《长恨歌传》、沈既济的《枕中记》、李公佐的《南柯太守传》、李朝威的《柳毅传》、白行简的《李娃传》、蒋防的《霍小玉传》、元稹的《莺莺传》、杜光庭的《虬髯客传》等。内容以言情为主，搜奇记逸，文字婉转华艳，代表着早期文言小说艺术的最高成就，是文言小说的第二个高峰。

宋代出现了话本小说，它是民间说书人讲史或演说的底本，直接取材于现实生活，表达市民心声，如《碾玉观音》《快嘴李翠莲记》《错斩崔宁》等，都是脍炙人口之作，也是中国白话小说的滥觞之作。

明代掀起文人模仿话本风格而改编创作“拟话本”的高潮，“三言”“二拍”“一型”为其代表，也是古代白话小说的第一个高峰。“三言”即由冯梦龙选编加工而成的三部短篇小说集《喻世明言》《警世通言》《醒世恒言》，它对民间文学的继承与革新，它的现实主义精神与白话短篇的形式，直接推动了拟话本的繁荣，《杜十娘怒沉百宝箱》是其优秀代表。“二拍”即凌蒙初的《初刻拍案惊奇》和《二刻拍案惊奇》，它比“三言”更注意求奇求巧和强调自身的创作主体意识。“一型”即陆人龙的《型世言》，创作精神由改编变为独创，重视小说议论和教化作用。

中国古代小说的全面繁荣和辉煌是明清章回体白话长篇小说和文言短篇小说的全面丰收与总结。白话长篇主要包括：元末明初罗贯中的《三国演义》（第一部白话长篇历史小说，章回小说的开山之作）、施耐庵的《水浒传》（第一部以农民起义为题材的白话长篇小说，开小说英雄传奇之先河）；明代兰陵笑笑生的《金瓶梅》（开文人独立创作白话小说的先河，力促世情小说的成熟与繁荣）、吴承恩的《西游记》（第一部长篇神魔小说，浪漫主义白话长篇小说的杰出代表）；清代吴敬梓的《儒林外史》（中国讽刺文学的集大成者）、曹雪芹的《红楼梦》（人情小说的集大成者，古代白话小说的高峰与总结，代表着白话小说的最高成就，是一部内涵极为丰厚的鸿篇巨制）。皇皇巨著，构筑起古代白话小说的第二座高峰。清代蒲松龄的《聊斋志异》是一部文言短篇小说集，代表着文言小说的最高成就，是我国古代文言小说的第三个高峰。

【现当代小说概述】

中国现代小说和中国当代小说合称中国现当代小说，就性质上来说，是指用现代的语言和文学形式，表达现代中国人的思想情感、审美情趣的小说；在时限上是指 1917 年开始的新文化运动至新时期，包括了整个新民主主义和社会主义时期将近一百年的新文学。

一、中国现代小说的特点及发展过程

中国现代小说意识是在“五四”这个激荡的时代中觉醒的。鲁迅的《狂人日记》是其开山之作。鲁迅的小说数量虽然不多，但却显示了文学革命和思想革命相结合的实绩。鲁迅是中国现代小说之父。

中国现代小说的发展历经三十年，可以分为三个时期。

1. 第一个时期（1917 年—1927 年）

这是现代小说的开端期。

这一时期也是我国新民主主义革命的开端期，几千年来被奉为正统的旧的秩序、观念、道德被颠覆，新的秩序、观念和道德标准尚未建立，“五四”思想启蒙者大多数以西方文学作品及文艺学、哲学理论作为批判现存社会、探寻社会出路的武器。大量外国小说及理论的输入也促进了“五四”新小说的发生、发展。

特点：这一时期的小说创作以短篇最多，有问题小说、人生派小说、乡土写实小说和浪漫抒情派小说。

（1）问题小说：问题小说并未构成小说流派，它只是“五四”前后三四年间的一股“题材热”，作者的创作方法并不一致，其中既有现实主义，也有浪漫主义、象征主义，但作者无论采用哪种创作方法，都是以“表现并且讨论一些有关人生一般的问题”为主要目的。1921 年以后，现代小说流派竞起。代表性作家作品有冰心的《斯人独憔悴》《超人》、王统照的《沉思》《微笑》、罗家伦的《是爱情还是苦痛》、庐隐的《一封信》《灵魂可以卖吗》《或人的悲哀》《丽石的日记》《海滨故人》和俞平伯的《花匠》等。

（2）人生派小说：人生派作家关心社会现实问题，并以人道主义和革命民主主义的态度关心民生疾苦。代表作品有叶圣陶的小说集《隔膜》《火灾》和短篇小说《线下》，其中《潘先生在难中》最为引人瞩目。此外，还有王统照的短篇小说集《春雨之夜》《霜痕》《号声》和中长篇小说《一叶》《黄昏》等，许地山的《命命鸟》《商人妇》《缀网劳蛛》《换巢鸾凤》和《黄昏后》以及王任叔的《破屋》集等。

（3）乡土写实小说：乡土写实小说以写实的笔法描写我国农村的风土人情和农民的悲惨生活，代表作品有鲁彦的《许是不至于罢》《阿长贼骨头》《宴会》、彭家煌的《怂恿》《活鬼》《隔壁人家》《我们的犯罪》、台静农的《地之子》《烛焰》《天二哥》、许钦文的《疯妇》《鼻涕阿二》《石宕》、蹇先艾的《水葬》、许杰的《惨雾》《赌徒吉顺》《出嫁的前夜》《台下的喜剧》以及废名的《竹林的故事》等。

（4）浪漫抒情派小说：浪漫抒情派小说热烈地要求小说逼近自我的个性和气质，追求小说的散文化和诗化，代表性的作品有郭沫若的《牧羊哀话》《残春》《漂流三部曲》《行路难》、郁达夫的《沉沦》《银灰色的死》《茑萝行》、张资平的《冲积期化石》、陶晶孙的《音乐会小曲》和叶灵凤的《女娲氏之遗孽》《菊子夫人》等。

2. 第二个时期（1928 年—1937 年）

这是现代小说的极盛期。

特点：①小说创作更加急切地参与历史，小说大家茅盾、老舍、巴金、沈从文都在这一时期有不俗的表现，且大多先后发表长篇代表作；②这一时期小说创作的一个突出现象就是由于政治和商业对小说的介入，促使分别形成了以“左联”为核心的左翼文学、商业化的海派文学和远离政治和商业影响的京派文学。

（1）茅盾：茅盾继承了“人生派”的现实主义精神，建立起在当时来说全新的革命现实主义文学模式，他这一时期由中长篇小说从《幻灭》《动摇》《追求》到《虹》《子夜》，逐渐到达了左翼文学创作艺术的一个高峰。《子夜》与作家叶圣陶 1929 年出版的《倪焕之》在现代小说史上成为现代长篇小说的真正开端。这一时期茅盾还写了一系列展示农村和小市镇的阶级矛盾、经济状况和社会心理的中短篇小说，著名的有“农村三部曲”《春蚕》《秋收》《残冬》以及《林家铺子》。他的小说“以社会阶级意识和文化心理描绘为特色，展现了一幅以《子夜》为中心，由大都会旁及小市镇，再旁及农村的社会百相图”。

（2）老舍：老舍小说的贡献在于他别具一格的“京味”文体风格，在于他在追求民族化与个性化方面的突出成绩，在于他在观察表现市民社会时独特的文化批判视角。他这一时期代表性的作品有长篇小说《猫城记》《离婚》《骆驼祥子》和《牛天赐传》，中篇小说《月牙儿》和短篇小说《断魂枪》《柳家大院》《微神》。

（3）巴金：巴金的中长篇小说与茅盾、老舍的小说一起构成了第二个十年中现代小说创作的艺术高峰。他的中长篇小说带有强烈的主观性和抒情性，特别是小说中构建的“青年世界”是现代文学艺术园地里引人注目的景观。这一时期他奉献出了“爱情三部曲”《雾》《雨》《电》和“激流三部曲”之一的《家》。

（4）左翼小说：小说是左翼文学中收获最丰的文体。在小说领域，“左联”不仅有茅盾、丁玲、蒋光慈、欧阳山、柔石等较早开始创作的作家，而且在鲁迅和茅盾的扶持下，还有张天翼、魏金枝、蒋牧良、沙汀、艾芜、周文、叶紫、萧军和萧红等左翼小说新人。“左联”准备期间的小说以蒋光慈为代表，他的小说从《冲出云围的月亮》《丽莎的哀怨》到《咆哮了的土地》比较典型地反映出左翼小说从最初的“革命＋恋爱”、公式化、口号化到以革命现实主义对“革命浪漫谛克”自觉克服的轨迹。柔石、胡也频、丁玲等人的出现标志着现代文学真正超越了“革命文学”。柔石的《二月》《为奴隶的母亲》完全脱离了概念化的创作风气。给丁玲带来极大声誉的是她的《莎菲女士的日记》。左翼新人小说中不乏现实主义的优秀之作，像张天翼的《包氏父子》《笑》《脊背与奶子》《清明时节》、沙汀的《代理县长》《在祠堂里》、叶紫的《丰收》、艾芜的《南行记》、萧军的《八月的乡村》、萧红的《生死场》等。这一时期还有一些青年作家是“左联”的同路人，他们的作品也常被视作左翼小说，如吴组缃的《西柳集》和罗淑的《生人妻》等。

（5）京派小说：沈从文是京派小说的开创者，也是京派小说最优秀的代表人物。他小说的价值在于他的“湘西”主题，他以“人类”的眼光悠然神往地观照本族类的童年，兴味多在远离时代漩涡的汉苗杂居边远山区带中古遗风的人情世态，为这种“自然民族”写了一部充满浪漫情调的诗化的“民族志”。这部分小说短篇有《龙朱》《月下小景》《会明》《柏子》等，中篇以《阿黑小史》和《边城》为代表。这类作品被作者自称为“乡土抒情诗”，它们往往不重情节与人物，强调叙述主体的感觉、情绪在创作中的重要作用，被研究者称为“文化小说”“诗小说”或“抒情小说”，沈从文因此也被人称为“文体作家”。沈从文还有一类“都市小说”作为“湘西小说”的陪衬和补充，这类作品的代表为短篇小说《八骏图》。这一时期值得提及的京派小说作家作品还有废名的《莫须有先生传》《桥》、萧乾的《篱下集》和芦焚的《谷》等。

（6）海派小说：20 世纪 30 年代上海世界性大都市的形成以及它高度的商业化促使了海派小说的发展。第一代海派小说家及其作品有张资平的《最后的幸福》《长途》《上帝的儿女们》、叶灵凤的《紫丁香》《流行性感冒》、林徽因的《花厅夫人》、徐蔚南的《都市的男女》等。第二代海派小说又被称为新感觉派小说，代表作家作品有施蛰存的《将军底头》《梅雨之夕》、穆时英的《公墓》《白金的女体塑像》《圣处女的感情》、刘呐鸥的《都市风景线》等，这些作品表现了病态的城市生活，作者吸取现代派的表现技巧，注意以人的视、听等感官去认识世界，较敏感地抓住人瞬间的感受，并用象征、暗示等手法加以精细描写，丰富了第二个“十年”的创作手法。

3. 第三个时期（1938 年—1949 年）

这是现代小说创作的变新期。

特点：由于抗日战争、解放战争的相继爆发，中国大地分成国民党统治区、沦陷区以及解放区。这三个地区的作家有较大的差别，主要表现在：

第一，国民党统治区和沦陷区的小说以批判现实主义为主要特色，而解放区的小说则以社会主义现实主义为主。在国民党统治区，有张天翼的《华威先生》、茅盾的《腐蚀》、沙汀的《在其香居茶馆里》、巴金的《第四病室》《寒夜》、黄谷柳的《虾球传》等，都是揭露国民党丑恶嘴脸和社会黑暗面的优秀之作。解放区则出现了一批描写农民的觉醒和成长，描写劳动中人与人的新型关系、崇高的道德和对美好生活、理想的追求的作品，代表作品有赵树理的《小二黑结婚》《李有才板话》、孙犁的《荷花淀》、周立波的《暴风骤雨》、丁玲的《太阳照在桑干河上》、孔厥和袁静的《新儿女英雄传》、马烽和西戎的《吕梁英雄传》等。

第二，解放区的作品着力于小说创作的群众化、民族化，而国民党统治区作家则在深化现实主义创作风格方面作出了自己的贡献。解放区的作家在为小说创作民族化作出重大贡献的同时，因过于“迁就”工农群众的欣赏习惯和美学趣味，强调小说的“戏剧性”、通俗化，这在吸引了大批工农读者的同时也付出了代价，导致了某些作品艺术性的不足，在国民党统治区的创作中，老舍的《四世同堂》、钱钟书的《围城》、巴金的《寒夜》、张爱玲的《倾城之恋》《金锁记》等，都从独特的角度反映了特定历史时期中国社会的一些本质特征，批判的尖锐性、揭露的深刻性方面在一定程度上超出了“五四”以来的现实主义小说，艺术表现技巧也较为成熟，丰富了第三个“十年”小说创作的业绩。

二、中国当代小说的特点及发展过程

中国当代小说的历史发展可以分为三个时期，即从建国后到“文化大革命”前的“十七年”时期、“文化大革命”时期和“文化大革命”结束之后至今的“新时期”。

（一）建国“十七年”时期的小说

在“十七年”时期的小说创作中，长篇小说的成绩最为显著，短篇小说也硕果累累，中篇小说也不乏优秀之作。

（1）长篇小说：从1949年到1966年的十七年间，共有二百多部长篇小说正式出版，其中的优秀之作主要有柳青的《创业史》（第一部）、杜鹏程的《保卫延安》、赵树理的《三里湾》、李劼人的《大波》、梁斌的《红旗谱》、杨沫的《青春之歌》、罗广斌和杨益言的《红岩》、吴强的《红日》、曲波的《林海雪原》、欧阳山的《三家巷》、李英儒的《野火春风斗古城》、周立波的《山乡巨变》、周而复的《上海的早晨》（第一部）等。这些长篇小说的题材领域和艺术风格丰富多样，注重深广地概括社会生活，描绘和揭示我国人民的革命道路与历史命运，塑造了一系列血肉丰满的典型形象。但是由于历史的局限性，作家们对于文学政治功能的过分追求也限制了一些作品的思想艺术水平。

（2）短篇小说：“十七年”的中短篇小说创作也取得了丰硕成果，比较而言，短篇小说的成就更为巨大，涌现了一大批擅长短篇创作、具有独特风格的作家，其中最应重视的创作现象和作家作品有：

1）建国初期出现的代表作家及代表作品有赵树理的《登记》、孙犁的《山地回忆》、李准的《不能走那条路》和在当时引起广泛争议的路翎的《洼地上的“战役”》、萧也牧的《我们夫妇之间》等。

2)20世纪50年代中期的优秀作品是文学新人带来的,它们是峻青的《黎明的河边》、王愿坚的《党费》、茹志鹃的《百合花》等。

3）“双百方针”之后的作品：在1956年毛泽东提出“百花齐放、百家争鸣”的方针之后出现了两类作品。第一类是干预生活的作品，其特点是大胆干预生活、反映社会矛盾、勇于触及时弊，以王蒙的《组织部新来的青年人》、李准的《灰色的篷帆》、李国文的《改选》、柳溪的《爬在旗杆上的人》、耿龙祥的《入党》为代表。第二类是爱情题材的作品，它们注重表现爱情本身的丰富性与复杂性，努力挖掘爱情之中所蕴涵的社会时代内涵和丰富的人性内容，在题材领域的开拓和思想内容的发掘与艺术风格的创新上，都取得了重要成就。以宗璞的《红豆》、邓友梅的《在悬崖上》、陆文夫的《小巷深处》、刘绍棠的《西苑草》、丰村的《美丽》、李威仑的《爱情》为代表。

4）20 世纪 60 年代初期，由于中央的文艺政策进行了一定的调整，20 世纪 50 年代后期的“反右”斗争以及其后的“左倾”错误给文学创作带来的消极影响逐渐得到克服，短篇小说的现实主义精神得到了发扬，作家在题材问题、人物创作问题和艺术形式方面大胆探索，创作了大批优秀作品，如现实题材方面赵树理的《套不住的手》、西戎的《赖大嫂》、欧阳山的《乡下奇人》、张庆田的《“老坚决”外传》和历史题材小说方面陈翔鹤的《陶渊明写〈挽歌〉》《广陵散》、黄秋耘的《杜子美还家》、冯至的《白发生黑丝》、李束为的《海瑞之死》等。

（3）中篇小说：“十七年”中篇小说创作与长篇和短篇相比不甚发达，但也出现了孙犁的《铁木前传》、刘绍棠的《运河的桨声》和杜鹏程的《在和平的日子里》等优秀作品。

（二）“文化大革命”时期的小说

“文化大革命”时期，由于“四人帮”文化专制主义的实行，文艺领域一片萧条，在此期间正式出版和发表的小说几无优秀之作。

（三）“新时期”的小说

“文化大革命”以后的“新时期”小说创作是“新时期文学”最有成就的一个领域。

1. 20 世纪 80 年代的小说创作

这个时期的小说创作有一个最为突出的表征，就是小说创作潮流的不断更迭与演进，这些小说潮流主要有：

（1）伤痕小说。这是“新时期”小说最早涌现的潮流。“伤痕小说”的特点主要是揭露和控诉“四人帮”的罪行，表现对人民遭遇的深切同情，歌颂对“四人帮”的不屈斗争，及时地感应了时代脉搏，表现了时代主题，反映了人民心声，也提出了很多发人深省的社会问题。代表作品主要有刘心武的《班主任》、卢新华的《伤痕》（“伤痕小说”得名于此）、周克芹的《许茂和他的女儿们》、王蒙的《最宝贵的》、宗璞的《弦上的梦》、从维熙的《大墙下的红玉兰》、礼平的《晚霞消失的时候》、叶辛的《蹉跎岁月》和竹林的《生活的路》等。

（2）反思小说。略晚于“伤痕小说”之后出现的“反思小说”在历史内容上进一步扩展和深化，它把作品所反映的社会现实由“文化大革命”向前推进至 20 世纪 50 年代中期，对解放以来特别是 20 世纪 50 年代中期以来的极“左”路线进行了深刻的批判与反思，作家的目光更为深邃，作品的主题也更为深刻，带有更强的理性色彩和悲剧意味。代表作品主要有鲁彦周的《天云山传奇》、高晓声的《李顺大造屋》、古华的《芙蓉镇》、张弦的《被爱情遗忘的角落》、张一弓的《犯人李铜钟的故事》、王蒙的《蝴蝶》、谌容的《人到中年》、韩少功的《西望茅草地》、李国文的《月食》、张贤亮的《灵与肉》等。

（3）改革小说。“改革小说”主要反映我国各个领域的改革进程及其引起的社会变革、价值冲突及心理震荡。以 1979 年第 7 期《人民文学》发表的蒋子龙的《乔厂长上任记》作为标志。代表性作品除了蒋子龙的《乔厂长上任记》外，还有张锲的《改革者》、柯云路的《三千万》《新星》、张洁的《沉重的翅膀》、李国文的《花园街五号》、张贤亮的《男人的风格》、张炜的《秋天的愤怒》和贾平凹的《浮躁》等。

（4）寻根小说。兴起于1985年前后的“寻根小说”注重以现代意识观照现实与历史，并对题材所蕴涵的深层的历史文化信息进行艺术传达，进而探寻民族文化和民族灵魂重建的可能。代表作品有韩少功的《爸爸爸》《归去来》《女女女》、阿城的《棋王》《树王》《孩子王》、郑万隆的《异乡异闻》、郑义的《老井》《远村》、李杭育的《沙灶遗风》、王安忆的《小鲍庄》等。

（5）现代派小说。“现代派小说”大量借鉴西方现代主义的艺术表现方法，是真正具有现代主义精神意识的小说流派，出现于20世纪80年代中期。代表作品有刘索拉的《你别无选择》《蓝天绿海》《寻找歌王》、徐星的《无主题变奏》、莫言的《红高粱》《球状闪电》《透明的红萝卜》和残雪的《苍老的浮云》《黄泥街》等。

（6）实验小说。“实验小说”出现于20世纪80年代中期，在文化内涵、文学观念和文本特征方面均有激进的反叛色彩和实验品格。代表作品有马原的《虚构》《冈底斯的诱惑》、洪峰的《极地之侧》、苏童的《1934年的逃亡》《平静如水》、余华的《现实一种》《一九八六年》《古典爱情》《鲜血梅花》、叶兆言的《枣树的故事》、格非的《迷舟》《褐色鸟群》和孙甘露的《信使之函》《访问梦境》等。

（7）新写实小说。在“实验小说”稍后出现的“新写实小说”注重对生活原生态的还原，大多以客观化的“冷漠叙述”来表现叙述者对于现实的无奈与认同，缺乏明确的价值判断与理性精神。代表作品有池莉的《烦恼人生》《不谈爱情》《太阳出世》、刘震云的《单位》《一地鸡毛》等。

2. 20世纪90年代的小说创作

20世纪90年代，中国社会转型带来文化形态的巨大变异直接导致了文学格局、观念及价值取向等方面的变化。知识分子开始对自身的价值、曾经持有的文化观念产生怀疑，在20世纪90年代的文化意识和文学内容中，20世纪80年代那种进化论式的乐观情绪受到很大的削弱，而犹豫困惑、批判和反省的基调得到凸现。这个时期，作品的形式探索处于边缘地位，而作品的文学内容得到凸现和重视。于是出现了反思历史的历史小说，关注生存的精神性的作品，当然还有表现物化、欲望化的现代都市生活的作品。虽然作家们站在不同的立场上写作，虽然这个时期的小说创作不像20世纪90年代以前那样潮头迭起，但作家们仍然努力在社会文化空间中发出自己独立存在的声音。同时，作家们在相对自由轻松的环境里逐渐成熟了属于自己的创作风格，写出越来越多的优秀作品，如王安忆的《叔叔的故事》、史铁生的《我与地坛》、张承志的《心灵史》、张炜的《九月寓言》、余华的《许三观卖血记》、韩少功的《马桥词典》等。这些作品都堪称是中国20世纪最后十年文学界的重要收获，也是此世纪文学舞台上的一道庄严神圣的落幕。

【小说鉴赏】

一、小说的性质、特点与分类

1. 小说的性质与基本特点

小说是以塑造人物形象为中心，反映人生的一种散文体的叙事性的文学样式。同其他文学样式相比，小说具有独特的效能和作用。它能够更加广泛、具体、深入地描绘人物的生活环境，多角度、多方面地刻画人物性格，全面细致地反映复杂的社会生活。小说虽然是后起的文学品种，但当它一旦在文坛上崛起，即迅速占据了主位，并以其巨大的影响而“超过了一切其他种类的文学，独赢得社会的垂青”。

小说的基本特点首先是它对现实社会生活描写的广阔性和丰富性。评论家常用“生活的画卷”来形容小说，就是指出了它概括现实生活的巨大容量，如《红楼梦》就是一部时代的形象的百科全书。

小说的第二个特点是人物形象刻画的丰富性和细致性。这一特点也是在和剧本、诗歌相比较之中体现出来的。例如剧本，它是供演出时用的，它把人物限定在几幕戏和三四个小时的时间内，它只能通过人物的对话和动作来刻画人物，因此难以多方面、多方位地刻画人物。又如叙事诗，篇幅既短，又必须保持强烈的属性色彩和语言的音乐性，因而也不可能对人物作精细的描写。但是在小说里，情形就大不一样。只要是对人物性格的描写有好处，只要是展示人物命运的需要，作者可以把人物过去的身份、活动经历，详尽地进行说明，也可以借助说故事人的介绍，毫无限制地写出人物的心理活动和隐秘的思想情感；可以把人物放在激烈的现实冲突中展现他们的性格特点，也可以在大量琐细的日常生活描写中来完成对其形象的刻画。总而言之，在小说中作者对人物的塑造手法，只要是对艺术表现有帮助，都可以自由运用，各显其能。

小说的第三个特点是故事情节的完整复杂和环境描写的具体生动。情节是由一系列能够展示人物及环境的关系的时间、细节组成的，人物思想性格的形成和发展在很大程度上有赖于情节的展开和发展。小说的情节越完整、复杂，人物的思想性格就越能得到全面、细致的表现。

人物刻画的丰富性、细致性，故事情节的完整性复杂性环境描写的具体性、生动性，这几个方面密切结合，相互依存，使小说成为最能广泛表现人生、表现错综复杂的社会生活、为人民大众所喜爱的文学样式。

2. 小说的分类

按篇幅的长短和容量的大小，小说通常分为长篇小说、短篇小说、中篇小说。

二、鉴赏小说应抓住人物形象作具体剖析

文学是人学，小说作为广泛、细致地表现人与人生的文学样式，更是把创造人物形象作为重要的艺术使命，更为重视对人物形象塑造的完美。一部小说成功与否，主要是

看人物写得如何；分析、鉴赏小说必须抓住人物形象作具体剖析，尤其是主要人物形象，看其是否逼真、富有生命力。

小说以语言文字创造人物，作者要通过单纯的语言文字的描述，达到使读者为书中的人物一掬同情之泪，深深关怀他（她）们的命运，为他（她）们而喜而忧、而笑而哭的艺术效果，最关键的一点，就是必须使书中的人物“活”起来，就如生活中的真人。优秀小说中的人物，能够使我们听到他们的声音，感受他们的思想，洞见他们的肺腑。

三、注意把握作品的情节和结构

在叙事性作品，尤其是在小说中，情节与结构往往是一致的。人们通常把结构称为情节结构，认为结构主要表现在情节安排和组织上，说明了情节与结构的密切联系。但二者又毕竟不完全相同，下面分别说明。

先谈情节。小说是典型的叙事性文学作品，情节是其基本要素之一。高尔基认为情节即“人物之间的联系、矛盾、同情、反感和一般的相互关系——某种性格典型的成长和构成的历史”。就广义而言，小说中一些能显示人物与人物之间、人物与环境的复杂关系的大小事件都在情节范畴之内。

再谈结构。一部小说，特别是长篇小说，写了许多人、许多事，纷纭复杂，如何把这些人与事组织安排，使之成为一个有机的整体，用以表现作品的思想内容，这就是结构的问题，也是一个很重要的艺术表现问题。它有一定的原则：

（1）结构要服从表现主题需要。

（2）结构要为人物性格的塑造和人物性格的发展服务。

（3）结构要把握整个形象体系，保证作品的完整、统一、和谐。

四、深入挖掘作品主题

主题是和题材密切联系在一起的，是构成文学作品内容的一个重要因素。小说的主题就是指通过描绘社会生活和塑造艺术形象所显示出来的中心思想。挖掘小说的主题，要把握以下两个方面：

第一，主题蕴含于具体、鲜明的各种人物关系、生活事件、各个生活侧面的描绘之中，通过完整、生动的艺术形象显示出来，而不是作家从外部硬加到作品中去的游离于作品形象体系之外的东西。

第二，作品反映的社会生活丰富多彩，概括的容量大，涉及的人物事件比较繁杂，显示了多方面的思想、情感、意义，使主题也呈现出复杂性。

五、注意品鉴小说的语言特色

文学是语言的艺术，但不同体裁的作品的语言功能并不千篇一律。小说的基本功能就是描摹，它要用语言去创造形象、塑造典型、表现事件以及自然现象和思维过程，语言是构成小说的第一要素。小说的语言有以下要求：

（1）小说语言的第一要求是准确性。

（2）小说语言的第二要求是人物语言的口语化。

（3）小说语言的第三要求是叙述语言的群众化与民族化。

【推荐书目】

（1）刘义庆，《世说新语》，中华书局

（2）张友鹤，《唐宋传奇选》，人民文学出版社

（3）李汝珍，《镜花缘》，人民文学出版社

（4）复旦大学中文系现代文学教研室，《中国现代文学作品选》，复旦大学出版社

（5）黄修己，方谦，李平，《中国现代文学作品选》，北京十月文艺出版社

（6）钱理群，温儒敏，吴福辉，《中国现代文学三十年》，北京大学出版社

（7）陈建功，《中国当代文学作品精选（1949—1999）• 中篇小说卷（三册）》，北京十月文艺出版社

（8）李国文，《中国当代文学作品精选（1949—1999）• 短篇小说卷（二册）》，北京十月文艺出版社

（9）谢冕，洪子诚，《中国当代文学作品精选》，北京大学出版社

（10）中国社会科学院文学所，《中国短篇小说百年精华》，人民文学出版社

第五章　电影

第一节　中国电影

霸王别姬

片名：霸王别姬（图 5-1）

导演：陈凯歌

原著：李碧华

编剧：李碧华　芦苇

主演：张国荣　巩俐　张丰毅

时长：117 分钟

主要奖项：法国戛纳国际电影节金棕榈大奖；美国金球奖最佳外语片奖；入选美国《时代周刊》“全球史上百部最佳电影”

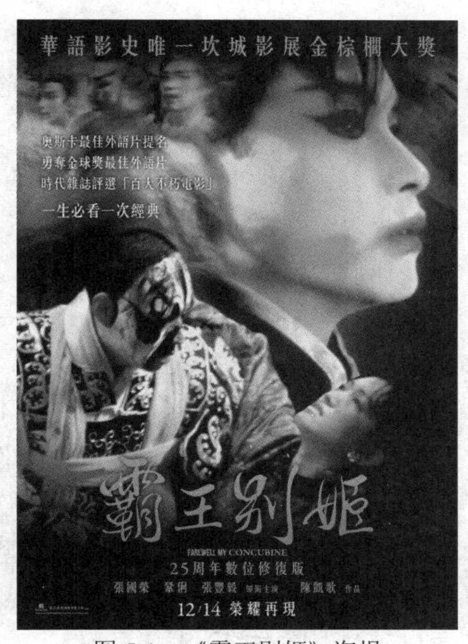

图 5-1　《霸王别姬》海报

一、剧情简介

段小楼与程蝶衣是一对打小一起长大的师兄弟，两人一个演生，一个饰旦，一向配合得天衣无缝，尤其一出《霸王别姬》，更是誉满京城。为此，两人约定合演一辈子《霸王别姬》。但两人对戏剧与人生关系的理解有本质不同，段小楼深知戏非人生，程蝶衣则是人戏不分。之后，段小楼迎娶了名妓菊仙为妻。于是，程蝶衣认定菊仙是可耻的第三者，段小楼做了叛徒。自此，三人的爱恨情仇之战随着时代风云的变迁不断升级。解放后两人又重新登台演出。“文化大革命”时，小楼在巨大的压力下揭发了程蝶衣的罪行，程蝶衣也在绝望中说出了菊仙的身世，致菊仙上吊。11 年后，他们最后一次合作《霸王别姬》，程蝶衣终于从戏中走出，拔剑自刎，结束了这出灿烂的悲剧。

二、影片赏析

（一）第五代导演与陈凯歌

第五代导演是对中国上个世纪 80 年代崛起的一个导演群体的总称，狭义上是指 1978 年入学，1982 年以后陆续毕业于北京电影学院导演系的学生（后来扩展到摄影系、美术系）。他们在电影创作上表现出在文化观念、审美旨趣、创作风格上的某种共性，在20世纪80年代集体崛起，创造中国电影神话，被约定俗成地视为“中国第五代导演群落”，包括张艺谋、陈凯歌、田壮壮、霍建起、吴子牛、孙周、夏钢、张军钊、张建亚、黄建新等。第五代导演在90年代获得了欧洲三大国际电影节最高奖，即金狮奖、金熊奖、金棕榈奖，曾4次提名奥斯卡最佳外语片。他们的地位和作用是其他代际的导演所无法比拟的。他们在很大程度上革新了中国电影的面貌，跨越性地提升了中国电影的国际地位，强有力地推动了世界对中国电影的了解。《当代电影》《电影艺术》等专业电影杂志曾评价“第五代”如“幽灵”穿越中国银幕，蜚声世界影坛。也有人评价说中国第五代电影在中国的出现，狂飙式地改变了中国电影的面貌。

第五代导演大多经历丰富，他们在少年时期被卷进社会大动荡的潮流，有过许多苦难和坎坷的遭遇。青年时代，有的下乡，有的当兵，有的成为工人，他们从底层中奋斗崛起。进入学院以后，伴随时代的前进和发展，他们又经受了思想解放的洗礼，并在古今中外的思想文化（包括电影文化）宝库中吸取了营养、开阔了视野。这一切都为他们的创作奠定了坚实的基础。当他们有了独立拍片的机会，就在影片中释放出全部的能量，从影片内容到艺术表现都闪烁着自己独特的光彩。经历了时代、经验、才华、激情的碰撞，他们的影片才如寒冬后嫩草，新鲜独特。

1984年拍摄的《一个和八个》是他们的开山之作，这部电影在中国影坛里引起了不小的震动。几位年轻人特有的锐气，对民族文化特有的深沉思考，对电影艺术表现力的开拓和探索，令电影界乃至文艺界不少人士惊愕不已，激起了国内外十分强烈的反响。标志着第五代导演真正崛起的电影作品是陈凯歌的《黄土地》，它在电影风格和语言上形成一种新的影像，并深深影响了整个第五代导演早期的叙事倾向和风格基调。这部电影充分调动摄影手段，以独特的造型表现出黄土高原的拙朴浑厚；用大色块和色觉强烈的摄影，表现西北黄土地的民俗以及对中国文化的反思，让中国电影呈现了另一番不同的风貌，也标志着第五代导演不同于以往中国导演的历史视角。总体而言，第五代导演群体强烈渴望通过影片探索民族文化的历史和民族心理的结构，因此在选材、叙事、塑造人物、镜头语言、画面处理等方面，都力求标新立异。他们的作品主观性、象征性、寓意性特别强烈，形成了很多对家国和历史的批判和反思语式。

（二）《霸王别姬》赏析

1. 题解

霸王别姬的故事千古传唱。秦末楚汉相争，项羽被刘邦包围在垓下，晚上听到四面响起了楚歌，自知大势已去，便和虞姬告别，虞姬穿上华服最后一次为项羽舞剑，随后自刎而死。“霸王别姬”故事写出了英雄末路的悲壮，这悲情一瞬已定格在中国文学的字里行间，定格在中国戏曲的舞台上，成为中国古典爱情中最经典、最荡气回肠的灿烂传奇。《霸王别姬》是陈凯歌最具有代表性的作品。影片改编于香港作家李碧华同名小说。主人公段小楼和程蝶衣从小在一个戏班学戏，两人在舞台上合演的《霸王别姬》名满天下（图5-2），两人因此成为京城名角。戏里从一而终的爱情被程蝶衣移植在兄弟两人之间，随着时代变迁，两人的关系发生了多次转折，两人在舞台上合作的《霸王别姬》也时断时续。文革后，暮年的两人历经劫难再次同台合唱《霸王别姬》，曲终落幕，程蝶衣终于从虞姬的从一而终中走出来，也结束了他和舞台从一而终的一生。片名借《霸王别姬》的故事，映射了剧中人之间的爱恨纠缠，也以京剧名段《霸王别姬》为电影线索，展现中国的现当代历史，并试图探讨历史的变更对京剧艺术地位的影响。

图 5-2 《霸王别姬》剧照 1

2. 电影主题

（1）历史与人生。这是 20 世纪 80 年代以来第五代导演最擅长表现的主题。电影以京剧名段《霸王别姬》为主线索，几个主人公的命运与京剧艺术的命运息息相关，主角程蝶衣在京剧舞台上人戏不分，因此，作者在戏与人生之间形成一种比喻关系，营造出一种“戏=人生”的叙事氛围。作者希望通过人物命运的浮沉来展示历史的变迁；同时，也通过象征中华民族优秀传统文化的京剧艺术在政权频繁交替中的几起几落来展示一部中国现当代编年史。影片通过打字幕的方式，将程蝶衣和段小楼的一生依中国近代的几个重大历史事件来划分。影片开始即出现“1924 北京　北洋政府时代”的字幕，而后是“1937 七七事变前”“1945 年日本投降”，以及“国民政府撤退”“文化大革命”等。不到三个小时的时间，中国江山已数度易主。随着小豆子的成长，观众再一次回头去经历近代中国最纷繁混乱的时代。

（2）对理想的执迷与追求。沉迷于戏与梦中的程蝶衣，保持着对人生的摒弃、对现实的逃避和对永恒的依恋，更重要的是他对艺术的执著，使京剧《霸王别姬》成为他的最终理想。对蝶衣来说，他是在替虞姬活着。他的一生几乎专注在两点上：京剧艺术和爱情。程蝶衣对段小楼的苦恋，是虞姬、是作为“虞姬再世”的程蝶衣对楚霸王的忠贞。然而种种现实，使得蝶衣的爱情注定只是一场幻梦。他的爱情不过是对一个古老爱情故事的模拟，他心目中的情人不过是对一个末路英雄的虚构。“虞姬怎么演，也都有个一死”，正是程蝶衣一生的伏笔和注脚。从某种程度上来看，程蝶衣的人生，是抱定了“从一而终”信念的个体殉己的文化理想的一曲悲歌（图 5-3）。

图 5-3 《霸王别姬》剧照 2

（3）背叛主题。陈凯歌曾经在访谈中说《霸王别姬》的主题就是“迷恋和背叛”。段小楼在故事中是菊仙和程蝶衣的对比色，这个人物集中阐释了“背叛”的主题。他娶了菊仙，最后却与菊仙“划清界限”，背叛了爱情；他与小楼一同学戏，但始终把戏和现实分得很清楚，抗日时期放弃唱戏去卖西瓜、解放后选择屈从“新的样式”、文革时揭发蝶衣，多次背叛了“戏”和蝶衣的感情。在对待戏的问题上，段小楼对现实一路妥协退缩和程蝶衣心里只有戏、无论外界如何变化始终执迷不悟的态度形成了鲜明的对比，他的存在既反衬了蝶衣的执着，又质疑了蝶衣的执着。实际上，正如作者在小说开头说的：“一般的，面目模糊的个体，虽则生命相骗太多，含恨地不如意，糊涂一点，也就过去了”，选择妥协才是最好走的路，也是绝大部分人会走的路，段小楼可以说是我们每一个人真实的缩影。而蝶衣和菊仙这样绝对纯粹的人大概只能存在于电影中，他们是我们内心祈望的理想化的投射，映照出我们自身的“模糊”和“不如意”。

3．主要人物

（1）程蝶衣。程蝶衣这一人物无疑是影片的灵魂，他的一生在与世俗社会的对抗之中充满了孤寂与悲凉。他从小就挣扎在苦痛之中，被母亲送进戏班后，先是忍受断胼指之痛。在鲜血淋漓的惨痛之中，他被按倒在祖师爷的香案前完成了入行仪式。最令他难以忍受的是师傅让他学坤角，背弃自身的性别。执拗的蝶衣总因念成“我本是男儿郎，又不是女娇娥”而饱受责罚。但他依旧不肯改口，一错再错，这其实并不是“错”，而是一种坚持，是对性别倒错的顽强抵抗，也是对他一生悲剧演变本能的逃避和抵抗。他甚至企图毁掉自己的手以摆脱唱戏的悲惨命运。

可是小石头用烟斗捅他的嘴的时候，这种信念的最后防线也垮塌了。终于唱出“我本是女娇娥”的小豆子，已经完全进入了另外一种人格，带着同样的执着走向另一端（图 5-4）。他不疯魔不成活，缺乏对一切现实的考虑，心中只盼着和段小楼永远扮下去、演下去，要当一辈子的虞姬，跟在霸王的身边。于是他在单飞独演《贵妃醉酒》时，倒在台上的是玉环的身子，脸上却是虞姬的绝望（图 5-5）。因为程蝶衣只有在虞姬和霸王的故事中才能找到“从一而终”的知音，在这种精神幻想中，蝶衣才能找到自己的存在，而当自己连出演虞姬的资格都被取消后，他的精神世界则一片荒凉，艰难的人生自然全无意义，等待他的只有死亡了。文革结束后，蝶衣和小楼重新回到舞台。一句“我本是男儿郎，又不是女娇娥”又引起了蝶衣内心的百般滋味，他坦然地自刎而死，像虞姬一样从一而终。

图 5-4 《霸王别姬》剧照 3

图 5-5 《霸王别姬》剧照 4

（2）段小楼。在段小楼的世界里，充斥底层社会的谋生智慧，他经常拍砖、拍茶壶为师傅和自己解围；作为戏班里的大师兄，他深谙其中的游戏规则，出色并愉快地配合师傅。当段程二人走上从艺之路并成了名角时，他们对艺术便显现出两种迥异的态度。袁四爷来听戏时，蝶衣想得到其栽培，而小楼则想“让他听明白了，没他四爷的捧场，咱在北平也照唱照红”。段小楼是最现实的，他一早就分得清戏与人生，师父说的“从一而终”对他来说不过是套话。与程蝶衣不同，他演了几十年霸王，却没有真正学来霸王的气度。为了救程蝶衣而有求袁世卿，却只剩下了无助而唯喏的嘴脸；文革中，在革命小将的威逼下为了保全自己，背叛他最亲的菊仙和程蝶衣。最终菊仙上吊、蝶衣拔剑自刎，曲终人散。

（3）菊仙。大荧幕上出现过的妓女有很多，但是菊仙是很特别的一个，她是一位敏而不狡、勇而不躁、哀而不娇、烈而不戾的女子。如同程蝶衣钟情于段小楼，菊仙同样也钟情于段小楼，他们都有一个共同的理想——和段小楼从一而终，但最后都被这个理想毁灭。菊仙最开始是以一个侵入者的身份出现在程蝶衣的世界，她从花满楼自赎自身，素面赤足地跟了段小楼（图 5-6）。对小楼，菊仙甘愿牺牲自身而无怨无悔，她向蝶衣承诺离开小楼只为救小楼于水火；挺着大肚子冲入打架的人群，只为帮小楼挡下一记重拳（图 5-7）。菊仙看人看世通透彻底，她可以为段小楼舍弃生命，纵使她觉得只要段小楼和程蝶衣在一起就会有躲不掉的麻烦，但在程蝶衣遇到危险时，她还是勇敢地挺身而出。当程蝶衣戒毒生不如死时，口中喊着“妈妈”“妈妈”，是菊仙给了他母亲般的拥抱，为他裹上一层又一层厚厚的衣裳。文革时期，为求自保的段小楼发疯般当众说出菊仙妓女的身份，声言要与菊仙“划清界限”。菊仙的世界崩塌了，她身穿红色的嫁衣自缢而逝，这可以看作是对小楼背叛爱情这一行为的反抗。在乱世之中，她的身份被人们瞧不起，可是她的心却干净。

图 5-6　《霸王别姬》剧照 5

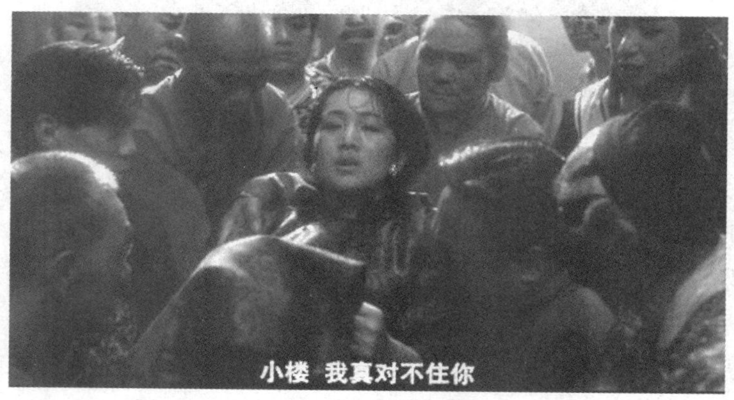

图 5-7　《霸王别姬》剧照 6

4. 艺术特色

（1）叙事特点。《霸王别姬》的故事以学戏、从戏与最后的殉戏作为叙事框架，以蝶衣、小楼、菊仙三人的情感纠葛为主线——蝶衣与小楼的分分合合；以历史的演进以及《霸王别姬》这出京戏为副线，线索清晰。影片用字幕标出叙事的时间点，引入具体的历史时间，将整个故事放进这一时间框架中进行演绎。从中我们看到故事与人物与历史碰撞，历史成为主人公命运的注解。

（2）声音特色。影片中的音乐音响挣脱了沉重的寓意，而主要用来刻画人物心理、营造场面氛围以及创造场面节奏。整部影片总共有四十多段音乐，以胡琴、笛子、鼓等民族乐器为主，巧妙地将京剧、昆曲及各种配乐糅合在一起，形成一种与影片整体风格相契合的凄凉与沧桑。音响上，影片经常巧妙地对现实音响进行恰到好处的提炼，不但有效地营造出场面的空间感，而且托起了整个场面的情绪和氛围。如影片开头“断指”一段。母亲拉着小豆子出来，沉重的鼓点令人窒息，同时鸽哨由弱渐强再强，然后消逝；胡同里磨剪子匠人手中的鸣具声接着响起，鼓点延续；母亲拿起菜刀的一刻，一切声音突然消失；镜头切到正在练功的学徒们，一个空旷的全景；小豆子的惨叫声响彻天际，鼓点延续；母亲离去，京胡鼓点渐弱，管弦主题音乐起，小豆子回头轻叫一声娘，镜头摇过，门外已人去无迹。这段戏中音乐有鼓、京胡、弦乐，音响有鸽哨与匠人的鸣具声。整个场面的气氛、节奏以及人物心理的外化、人物命运的暗示基本上都靠音乐、音响撑起。

（3）镜头语言。影片的镜头语言明确简洁，基本围绕着叙事展开，而不再刻意营造意义。影片注重镜头语言的节奏安排，大量运动镜头与不同景别的静止镜头交叉使用，形成了行云流水而又有收有放的节奏效果（图 5-8）。以剧中出现的京戏《霸王别姬》的几场舞台戏镜头处理为例：小豆子与小赖子出逃看到那场《霸王别姬》基本上以两个小角色的主观视角进行全景展示，舞台笼罩在一片辉煌的灯光中；这场戏对他们的命运产生重大影响。小豆子与小石头在张公公府合演《霸王别姬》这场戏，由于是他们第一次合演，而且一举成角，也是小豆子从一而终理想的第一次标识，因此主要用中景进行近距离展示。成年的蝶衣与小楼在袁四爷的捧场下合演的那场《霸王别姬》则是进一步的近景展示，在调度上也灵活了许多，这时候的蝶衣是一生中最快乐的。前面几场戏在台下都有一个主体视点，分别是小豆子与小赖子、张公公、袁四爷和菊仙。到了袁四爷送条幅，导演逐渐加入了台上的机位。这在给解放军唱戏时发展到极致，一个台上机位的大全景贯穿始终。至此，台上台下已经完全错位，台下解放军的歌声响起，台上的蝶衣小楼成了观众——时代变了，他们与京戏一起在历史变换中没落，社会成了真正的舞台。

图 5-8　《霸王别姬》剧照 7

三、剧本节选

【片段一】

25. 训练场日内

小豆子跪在蒲团上，背后摆着佛像。

众娃站在外边，班主拿着烟杆：《霸王别姬》讲的是楚汉相争的故事，楚霸王，何许人也？那是天下无敌的盖世英雄。横扫千军的勇将猛帅。可老天偏偏不成全他。在垓下中了汉军的十面埋伏，让刘邦给困死了。那天晚上刮着大风。刘邦的兵唱了一宿的楚歌。楚国的人马一听，以为刘邦得了楚地，都慌了神了，跑光了。听得霸王也掉下泪来。人纵有万般能耐，可也敌不过天命啊！那霸王风云一世，临到头……就剩下一个女人和一匹马还跟着他！霸王让乌骓马逃命，乌骓马不去。让虞姬走人，虞姬不肯，那虞姬最后一次为霸王斟酒，最后一回为霸王舞剑。尔后拔剑自刎，从一而终啊！

班主坐在椅子上，众娃站在身后。

班主：讲这出戏，是里边有个唱戏和做人的道理。人得自个儿成全自个儿。

小豆子还跪着，自己给了自己一个又一个的嘴巴子。

26. 河边外

众娃站在岸边，面对着河，人人插着腰，吊着嗓子。岸边的草很是茂盛，都有人个儿高，河里都是荷叶，隐约间还有几朵荷花。

27. 训练场日内

一群娃子穿着行头，在演练着武行的套路。

28. 大院日外

戏班的人都围着一位戴着眼镜、穿着黑马甲的那坤。

班主在侧旁陪着：张宅上把订戏的差委了您……那您就是我们喜福成的衣食父母。您抬举抬举呢，孩子们年下就穿上新衣裳了。

那坤缕缕头发：衣裳好穿，戏活难做！张公公那是当年陪太后老佛爷听过戏的主儿……糊弄得了吗？敢吗？玩意儿要是不灵，衣裳……砸了我的脸面没什么，像您这样的，能给您囚起来。

班主在一旁陪着小心：喳，喳。

那坤看着站在花台上的小豆子：这孩子有点意思。嗯，学几年戏啦？班主：小豆子，快，快过来，给那爷请安。小豆子绕了点路，来到那坤面前，行了个万福礼。

那坤上下打量了下：身段还不错，有点昆腔儿的底儿没有啊？班主：学了两出。

那坤在廊子上坐了下：男怕《夜奔》，女怕《思凡》，那就来段《思凡》吧！

小豆子：小尼姑年方二八，正青春被师父削去了头发……我本是男儿郎，又不是女娇娥，为何……

那坤站起身，错过小豆子的身子就走。

班主在后面追：那爷，那爷，实在对不住您了！这孩子不太平常！

那坤：关爷，改日再见。

小石头在路边走了出来，一手抄住小豆子衣襟：谁叫你回来啦？我叫你错，我叫你错！

小石头揪住小豆子，把他往一椅子上一推，手里拿着一挺烟杆对着小豆子：张嘴，张嘴，张嘴！

小豆子张嘴，小石头把烟杆插进小豆子嘴里，搅：错！错呀你！我叫你错，我叫你错，错……

小石头把烟杆从小豆子嘴里抽出，然后往边上一扔：来！

边上人扔过一把大刀。

众人上演武行套路。

那坤就站在边上，愣愣地看着。班主，在边上笑。

小豆子也愣愣地看着，嘴角有血流下。

小豆子：我本是……我本是女娇娥，又不是……

小豆子从椅子上站起，向前走：小尼姑年方二八，正青春被师父削去了头发……我本是女娇娥，又不是男儿郎……为何腰系黄带，身穿直裰……见人家夫妻们洒落……一对对着锦穿罗，不由人心急似火……奴把袈裟扯破！

【片段二】

153．大街日外

红卫兵拉着段小楼等人游街，街上到处都是举着红旗，举着毛主席照片的人。路上的人对段小楼程蝶衣推推打打。

菊仙冲出，护住段小楼：小楼！菊仙被人冲开。

段小楼程蝶衣等人被按着跪倒在人群中，面前是一堆燃烧的火。

戏班的其他人：段小楼是反动霸王！段小楼不老实！段小楼、程蝶衣是黑线人物。

人群：打倒程蝶衣，打倒段小楼！

逼问者揪住段小楼的衣襟：说！说！

人群：横扫一切牛鬼蛇神！

段小楼看着人群中的小四。

小四用手抓了抓脸。

逼问者：说！

段小楼：我说！他是个戏痴、戏迷、戏疯子！

逼问者：谁？说清楚！

人群：说，说！

段小楼：程蝶衣！他是只管唱戏，他不管台下坐的是什么人，什么阶级，他都卖力地唱，玩命地唱！

逼问者：你避重就轻，不老实！

段小楼：没有没有。

逼问者给了段小楼一嘴巴。

人群：段小楼不投降就叫他灭亡！

段小楼：抗日，抗日战争刚开始，就给日本侵略者唱堂会，他，他就，当了，汉奸！

人群：打倒程蝶衣！

段小楼也跟着喊：打倒程蝶衣。

菊仙惊愕地看着。

段小楼：他给国民党伤兵唱戏，给北平行辕的反动头子唱戏，给资本家唱，给地主老财唱，给太太小姐唱，给地痞流氓唱，给宪兵警察唱，他，给大戏霸袁世卿唱！

人群：打倒程蝶衣！

逼问者：再说！还有呢？说！

段小楼：他抽大烟，他抽起大烟来没命，不知道抽光了多少劳动人民的血和汗。

逼问者：揭！揭实际问题！

人群：打倒程蝶衣！

逼问者拿武装带抽段小楼。

段小楼头上流血。

菊仙要去救段小楼：小楼！

周围的人拉住菊仙。

段小楼：他为了讨好大戏霸袁世卿。

戏子们低着的头都抬起，看着段小楼。

段小楼：他，你有没有？（看着程蝶衣）他给袁世卿他当，当……

菊仙高喊：小楼！

段小楼：他当，当了，你有没有？你当了？你当？你当，当了。（看着程蝶衣）

程蝶衣看着段小楼。

小四闭上眼睛，深吸一口气。

人群：横扫一切牛鬼蛇神！

段小楼拿起身边的行头就往火堆里扔：才子佳人，帝王将相！牛鬼蛇神，牛鬼蛇神！

段小楼拿起宝剑，看了一眼，扔进火堆。

菊仙跑过，捡起宝剑。

红卫兵把菊仙拉开。

程蝶衣看着：你们都骗我！都骗我！

程蝶衣挣扎起身：我也揭发！揭发姹紫嫣红！揭发断壁颓垣！

程蝶衣指着段小楼：段，段小楼！你，你天良丧尽，狼心狗肺！空剩一张人皮了！

程蝶衣走到菊仙身边，指着菊仙：自打你贴上这个女人，我就知道完了，什么都完了！

程蝶衣晃悠：你当今儿个是小人作乱，祸从天降，不是，不对！是咱们自个儿一步步，一步步走到这步田地来的。报应！我早就不是东西了！可你楚霸王也跪下来求饶了！那京戏它能不亡吗，能不亡吗！

程蝶衣大笑。

程蝶衣指着段小楼：报应！

红卫兵把程蝶衣按倒。

程蝶衣挣扎起身：我还要揭发！

红卫兵拉住程蝶衣的双手。

程蝶衣脸冲着菊仙：就是她！

程蝶衣脸冲着周边的红卫兵，笑：她是什么人啊？我来告诉你们她是什么人！

程蝶衣冲着菊仙：臭婊子，淫妇！她是花满楼的头牌妓女潘金莲！斗她，斗她，去斗她啊！斗死她啊！

逼问者在段小楼耳边：段小楼，她是不是妓女？是不是？

段小楼：是，是！

逼问者：你爱她吗？嗯？爱不爱？

段小楼：不，不，不爱！不爱她……

逼问者：真的不爱？

段小楼：不，不，不爱！不爱她……

逼问者：真的不爱？

段小楼：真的不爱，真的，我真的不爱她！我跟她划清界限。我从此跟她划清界限！

菊仙愣愣地看着段小楼。

段小楼：我跟她划清界限了。（回响）

一团高挂的红布被点燃，烧光。

154．孔庙前日外

孔庙上挂着牌匾：万世师表

孔庙陈旧腐朽，门前是成堆的垃圾。程蝶衣挂着牌子，跪着。

菊仙捧着剑上前。菊仙把剑放在地上。

程蝶衣抬起头，看着菊仙离开。

菊仙回头，张张嘴，又继续走了。

155．段小楼院子日外

院子很破败，到处挂着大字报，院子里还有火堆，一副被打砸过的样子。段小楼（画外）：菊仙！菊仙！

程蝶衣拿着剑，冲入，冲进段小楼的房子。

惊叫声，痛苦的叫声。

程蝶衣跑出房子，段小楼追着程蝶衣。

两人扭打。

156．段小楼房里日内

菊仙穿着一身嫁衣，吊死在房间里。

房里一对红蜡烛，鞋子也脱了放在边上。

背景音乐：听奶奶讲革命，英勇悲壮！却原来，我是风里生雨里长。

活着

片名：活着（图 5-9）

导演：张艺谋

编剧：余华　芦苇

主演：葛优　巩俐

出品时间：1994 年

片长；133 分钟

主要奖项：第 47 届戛纳国际电影节评审团大奖；第 47 届戛纳国际电影节最佳男演员奖；第 47 届戛纳国际电影节人道精神奖；第 48 届英国电影学院奖最佳外语片奖

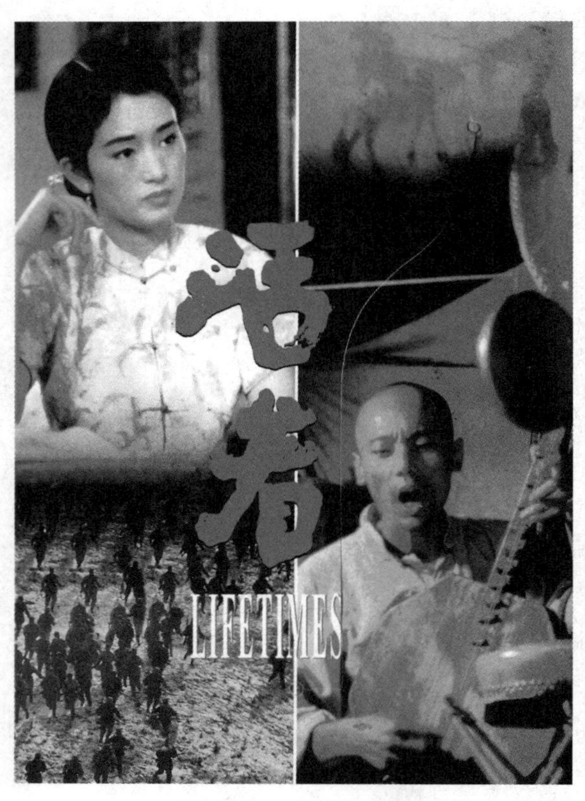

图 5-9　《活着》海报

一、剧情简介

地主家少爷福贵年轻时嗜赌成性，输光了家产气死了父亲，逼得妻子家珍带着女儿凤霞回了娘家。一年后，家珍拉着女儿，抱着刚出世的儿子有庆回到家中，福贵痛改前非，靠着自己的好嗓子演皮影戏过起日子。但好景不长，内战时期，福贵被国民党抓去当壮丁，国民党战败，福贵成了共产党的俘虏，一番辗转终于回到家乡，母亲离世，凤霞因病变成哑巴，因祸得福的福贵成了革命军，而当初令他输掉家产的龙二判为反革命被枪毙。20 世纪 50 年代，国家大炼钢铁，生活仿佛美好起来，但是区长倒车时碰倒了院墙，福贵唯一的儿子有庆被砖墙砸死，这位区长竟是和他一起参加革命的春生。20 世纪 60 年代“破四旧”，福贵的皮影无奈被烧，女儿凤霞与老实人二喜结婚了，凤霞顺利诞下男婴，可是产后大出血，没经验的小护士不知作何处理，眼睁睁看着凤霞血尽而亡。影片最后，家珍、福贵、馒头（凤霞儿子）、二喜一家人聚在一起感受时代的变迁（图 5-10）。

图 5-10　《活着》剧照 1

二、电影赏析

（一）导演张艺谋

张艺谋，1950 年 4 月 2 日出生于陕西省西安市，中国电影导演，中国电影“第五代导演”代表人物之一。1984 年在电影《一个和八个》中首次担任摄影师，获中国电影优秀摄影师奖。1986 年主演第一部电影《老井》，夺三座影帝奖。1987 年执导的第一部电影《红高粱》获得第 38 届柏林电影节金熊奖，是中国在世界三大国际电影节首次获得的最高奖项。从 1987 年至今，他执导的电影在国内外荣获许多顶尖电影奖项，包括金熊奖、金狮奖、世界三大国际电影节评审团大奖、三次提名奥斯卡金像奖、五次提名金球奖等；商业片《英雄》《十面埋伏》《满城尽带黄金甲》《金陵十三钗》等夺得年度华语片票房冠军。

作为第五代电影导演的领军人物，张艺谋具有非常典型并清晰可辨的艺术特征。

1. 主题的时代性

张艺谋成长于文革期间，出道于改革开放背景下，与之前两代导演相比，已经幸运很多。和其他的第五代导演一样，他们虽然也有过从红卫兵到知青或者从学校下放农村、进工厂的特殊经历，但“生在红旗下，长在红旗下”的共产主义理想和恰逢的改革开放将他们送入了最有机遇的新时代。红卫兵时代虽然极度压抑了人们的文化追求，但同时赋予了他们最难能可贵的自信勇敢，以及与传统决裂的叛逆性特征。

张艺谋的电影表现的多是平凡小人物、普通老百姓，但他们又都有着强烈的个性、奔放的情感、高昂的精神。无论是大胆抢亲、往酒里撒尿的余占鳌，还是唾弃老朽丈夫的九儿；无论是敢于同侄儿私通生子，最后一把火烧掉染坊的菊豆，还是原本纯情，后来不惜假装有孕，疯狂爆发的颂莲；无论是为了讨回公平，挺着大肚子从乡告到县、市上又告到法院的农妇秋菊，还是老实巴交，亲人几乎死尽，但仍乐观活着的福贵；无论是不甘囚于黑帮老大之手，不惜拼死一搏，宁为玉碎的小金宝，还是倔头倔脑，说话结巴但却不吃侮辱的赵小锐；还有那个年纪尚小，过早踏上谋生之途，恪守承诺的魏敏芝……他们的身上都有一种不认命、不服输、不屈服的劲头和精神，一种扼杀不了的独立个性和自由意志。张艺谋以这些人物在他的电影中呼应着时代的解放，表达着自己的审美理想。进入 21 世纪后，张艺谋的电影紧紧与市场接轨，走商业大片的模式，一改前期艺术、批判的立场，更多地表现出传统伦理与传统价值的现代化阐释。《英雄》《十面埋伏》再现武侠世界；《满城尽带黄金甲》《影》描写宫廷政治的残忍嗜血；《山楂树》《归来》则表现出对美好感情的礼赞。

2. 对色彩的极致专注与专业

色彩运用是电影重要的表现方式之一，能够尽可能地带动观众去延伸思维。一个导演，如果能够很多地进行色彩设置和布局，往往能取得意想不到的效果。色彩在电影中可以营造氛围，可以塑造性格，同时也可以反映人物的心理状态，凝结一定的历史内容，从而达到叙事、抒情的效果，有时候还可以表达主观视角。作为摄影师出身的张艺谋，对色彩的运用尤其专注且专业。他的电影在某种意义上就是一场色彩之旅。他的几乎每一部电影都有自己的色彩基调，并承担一定的叙述逻辑，成为每部电影之间的重要区别。

红色是张艺谋偏爱的颜色。在电影《红高粱》中，红色的高粱、红色的酒、红色的新娘、红色的轿，那铺天盖地的红色带给人的视觉感受就是让人透不过气来。血红的高粱酒映衬了人物的血性阳刚，暗示了生命力的顽强，利用这种红色持续填满人物的内心世界。在影片的结尾，日全食映衬下血红的天空、抗日志士们鲜红的血液、红色的高粱地，红色融合一体，俨然成为民族气节的写照。

色彩参与到影片叙事过程中，不仅使表意更为清晰、完善，也便于进一步推动作品内涵的体现，扩充电影的表意空间。张艺谋的《英雄》以黑、红、白、蓝、绿为人物造型基础，从而构成不同的叙事单元，象征不同的人物心理和生命状态。色彩作为影片叙事的基本轮廓或“凝结核”，成为影片情节发展的基本推动力。《英雄》通过五种简单色彩有效分离了故事，观众对每一种色彩都产生了深刻的记忆，并且密切联系了象征性情感，一定程度推动了故事的发展。

《影》无疑走到了张艺谋标志性的明艳美学的反面，第一次真切地将视觉风格建立在中国水墨画的技法之上。《影》主要以黑白灰三种颜色为主，具有了水墨画般的柔美与韵味。用极少的颜色来表现主题、营造意境、刻画人物性格、控制影片节奏、讲述复杂的故事，这对于现代观众来说是新鲜的，对导演也是挑战。《影》（图 5-11）的成功恰恰从另一方面再次验证了张艺谋对色彩极致的追求和娴熟的运用。

图 5-11　《影》剧照

3. 中国元素的有意渲染

中国元素是指被大多数中国人以及海外华人所认同的、凝结着中华民族传统文化精神，并体现国家尊严和民族利益的形象、符号或风俗习惯。中国元素是中国在世界的形象的重要组成部分。张艺谋作为中国电影界的领军人物，在他的影片中，对中国元素的运用是很娴熟的，他的电影特点就是在中国元素的基础上讲故事，这主要表现在场景、道具、色彩及表演设计等各方面。

张艺谋对中国元素的表现最典型的就是对民俗元素的运用，这在他的早期电影中体现的最为突出。例如《红高粱》中的颠轿子，《菊豆》中的栏棺，《大红灯笼高高挂》中的点灯、灭灯、封灯（图 5-12），《活着》中的皮影戏等。这些民俗使画面更具可视性，营造出浓郁的地域风情。张艺谋的影片大多在国际上放映，并希望在国际电影节中获奖，这类民俗无疑是一种文化符号。从某一方面说，它代表了整个中华民族的历史，既使中国观众体会到一种前所未有的亲切感和历史责任感，也能让外国观众更多地了解中国，引起他们观看影片的兴趣。

图 5-12　《大红灯笼高高挂》剧照

进入 21 世纪后，张艺谋的电影突出了其商业性，大片制作中张艺谋进一步用具有中国元素的场景、道具等来凸显东方气质，增加视觉享受，同时也在国际电影票房中占据一席之地。《英雄》中的武侠风、《十面埋伏》中的竹林打斗、《长城》中的来自山海经的饕餮形象、《影》中的水墨山水构图等都显现出独特的东方元素。

（二）《活着》：成功的文学改编

《活着》这部电影是根据余华的同名小说《活着》改编而成。作为小说，《活着》1998 年荣获意大利格林扎纳·卡佛文学奖最高奖项；2018 年，入选中国改革开放四十周年最有影响力小说。作为电影，《活着》获得了一系列国际奖项，得到公众好评。无论是小说《活着》还是电影《活着》，无异都是非常优秀的。

纵观电影艺术的发展历程，从记录工具到视觉艺术，文学一直是电影发展的重要动力。可以说，中国现当代乃至古代的很多优秀作品、民间故事等都成为电影创作取之不尽的故事资源，文学的创作手法不断丰富并提高了电影的表现艺术。张艺谋电影的成功离不开小说文学，优秀的小说是张艺谋电影的有力拐杖，中国电影永远没离开过文学这根拐杖。

电影对文学作品的改编，就是将文学作品再创造为剧本，并通过影像表达实现文本从抽象到具象的转变。作为两种截然不同的文本类型，文学作品的叙事目的在于抒发情感并烘托主题，而电影剧本则更着眼于文本的镜头感，且会受到如电影时长等外部因素的制约，导致剧本往往采取与文学作品不同的叙事策略。《活着》改编后无论是情节、人物还是主题都与原作有较大出入，虽然降低了影片对原作的还原性，但也使其成为最优秀的文学改编电影之一。

1. 故事的改编

小说名为《活着》，却实实在在地讲述了一个个死亡的故事。小说主人公福贵先后失去了 9 位亲人朋友，结局只剩下福贵和一头老牛。但在电影中，故事留下了一个温情的尾巴，福贵相继失去了父母儿女后，和老妻、女婿、外孙迎来了新时代，过上了祥和有希望的日子。这样的结尾更富有生活气息，与《活着》的电影类型相符，更能够满足人们对于小人物苦难命运的情感期待。

在《活着》小说文本中，余华似乎淡化了时间轴线，在历史的长河中缓缓地叙述这一系列关于“活着”的死亡事件，“活着”似乎是一种没有起点也没有终点的行为，时代作为人性浮雕的陪衬和底色被刻意淡化。但在影片中，采用“40 年代”“50 年代”“60 年代”和“以后”等字样作为叙事段落的标识，主人公福贵所面临的每一次灾难性打击都与时代风云紧密联系：40 年代是战争年代，福贵被拉去做壮丁，母亲死去。50 年代是土地改革和大跃进，儿子有庆参加炼钢，在意外事故中死去。60 年代是自然灾害和“文革”，凤霞死于医疗事故。不同的时间处理，表达的主题也就不同。小说写一个普通人（农民）的生存际遇，反映一种生存状态和生存境界。电影将主人公的生活苦难放在特定的时代背景中，揭示人生悲剧的社会原因。

2. 主题的变化

小说写出了小人物的命运悲欢，写出了主人公在历尽磨难后的淡定和从容，隐忍和前行。在余华看来，活着，就是对苦难的承受，对世界的乐观，人是为活着本身而活着的，而不是为活着之外的任何事物所活着。在小说里，看到的是一副活着比死更艰难的画卷，生较之于死是异乎寻常的艰难，凸显的是活着的坚韧、活着的深刻。

电影《活着》用不同的叙述视角和表达方式讲述了在特殊时代背景下，在历史洪流的无情冲刷下，小人物们不由自主的悲怆命运。片中由葛优、巩俐塑造的男女主角也极具时代典型性，重现了小说《活着》中的经典人物形象，解读特殊时代语境下人的命运与人性。

电影《活着》的年代跨越了解放战争、建国后的大炼钢铁时代、十年的“文化大革命”，影片具有一定的史诗性，历史浓缩为个人的命运。福贵的幸与不幸被裹挟在时代洪流中，涵盖了小人物在历史的命运中无法掌控自身的生命之痛。这突出表现在电影中对有庆之死和凤霞之死的改编。小说中，有庆的死是由于给县长夫人献血，被医生抽血过多，死了；电影中却是由于“大跃进”、大炼钢铁，全民动员，小小年纪的有庆累得不堪，在墙角下睡着了。县长春生去学校检查，疲劳驾驶，开车撞倒墙把有庆砸死了。表面上是一场车钢，车祸背后的时代背景却是引人深思的。再比如凤霞之死，和小说中相同的，都是死于产后大出血。但在电影中突出了“文革”背景，加入了王教授这个情节。凤霞本来不该死，但接生的革命小将不懂医术，唯一能救凤霞的王教授因饥饿多吃了几个馒头差点被噎死（图 5-13），众人只好眼睁睁地看着凤霞大出血而死。这都显示了小人物在大时代中命若浮尘、随风飘零、不能自主的命运。

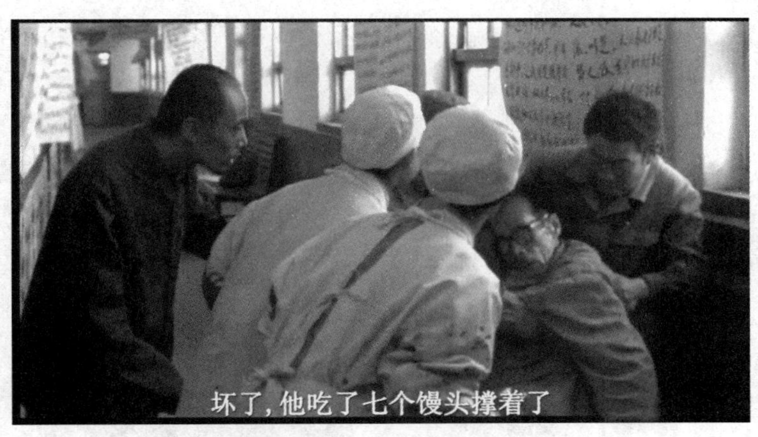

图 5-13 《活着》剧照 2

3. 象征意味的丰富

在小说中，牛是福贵这苦难一生的象征，在福贵孑然一身、穷途末路的时候唯有老牛陪伴着他，和他一样挣扎着继续活下去。终日劳作的牛，意味着坚韧、忍耐和持久。这头默默的老牛，是福贵精神状态的对应物，是福贵忍受苦难的象征，也是中国千千万万农民的象征。

在电影中，张艺谋设置主题象征物时，沿用他一贯对民俗的偏爱，选择了皮影戏（图 5-14）。皮影戏不仅是主人公的职业，还是主人公命运的象征。皮影戏里的故事与福贵的人生故事相对应，产生一种“戏中戏”的戏剧结构，这也更加符合电影艺术的审美特性，风格鲜明的皮影艺术使影片具有浓郁的西北地方色彩，三秦大地的古老与凝重更是和主题相呼应，隐喻出整个民族传统的象征意味。

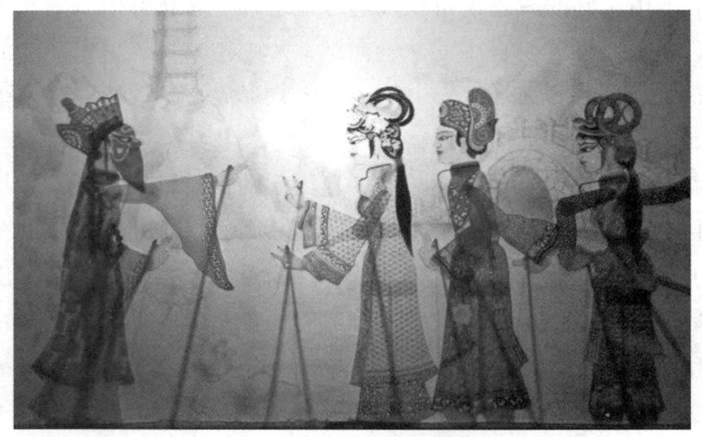

图 5-14　《活着》剧照 3

电影中出现皮影戏的镜头一共有六处，每一次的出现都意味着一次人事变故，皮影戏似乎和福贵家人的命运一样，几经波折，但却无一例外地离开。

皮影完全是受艺人的摆布，没有任何选择，而在时代面前，福贵也是身不由己，任由命运摆弄。在将近四十年的生活中福贵从来没有主宰过自己的生活。张艺谋用皮影戏这个隐喻，象征着政治的风云变化就像牵引皮影的手，左右着无数家庭的痛苦与欢乐。随着皮影上台为人们表演、被追捧、封存、烧毁到最后装皮影的箱子变成了给馒头装小鸡的“窝”（图 5-15），从最初的娱乐工具到落魄时的生存工具再到干革命的本钱以及特定年代的无声毁灭，皮影戏见证了历史的风云变幻，见证了福贵一家多舛的命运。因此，“皮影”作为一种特殊的意象贯穿影片始终，表面看似是张艺谋对民俗的热衷，实质上也是缘于导演自身对人生的深刻体验和表达影片主题的需要。

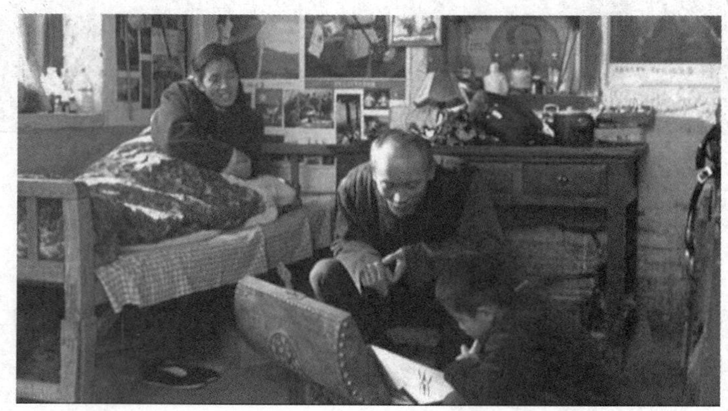

图 5-15　《活着》剧照 4

三、剧本节选

（略）

大话西游

片名：大话西游（图 5-16）

导演：刘镇伟

编剧：刘镇伟

主演：周星驰　吴孟达　朱茵　莫文蔚　蓝洁瑛　罗家英

出品时间：1994 年

片长：第一部 96 分，第二部 105 分

图 5-16　《大话西游》海报

一、剧情简介

《大话西游》由《月光宝盒》和《大圣娶亲》两部组成，讲述了一个跨越时空的悲喜交加的爱情故事。话说孙悟空护送唐三藏去西天取经，半路却和牛魔王合谋要杀害唐三藏，并偷走了月光宝盒。观音大士闻讯赶到，欲除掉孙悟空免得危害苍生。唐三藏慈悲为怀，愿以命相换，观音遂令悟空五百年后投胎做人，赎其罪孽。五百年后孙悟空变成至尊宝在五岳山上做强盗。这天，突然来了一个奇怪的女客春三十娘要找一个脚底有三颗痣的人。晚上，至尊宝孤身潜入春三十娘的房中，发现多了一个白晶晶，至尊宝对她一见钟情。原来，500 年前孙悟空和白晶晶曾有一段恋情，因而白晶晶与至尊宝一见钟情。此时，菩提老祖将二人的妖怪身份告诉了至尊宝，并同强盗们一起与二妖展开周旋。白晶晶为了救至尊宝打伤了春三十娘，却中毒受伤。至尊宝为了白晶晶来找春三十娘，却遭晶晶误会。白晶晶绝望自杀。至尊宝用月光宝盒使时光倒流却倒流回 500 年前，

这时紫霞仙子向他走来（图 5-17）。

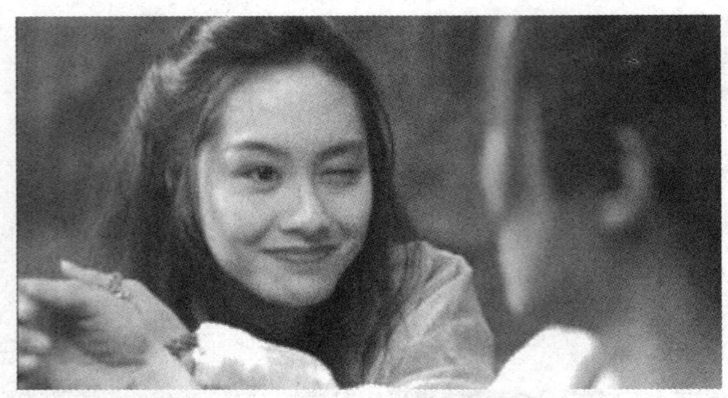

图 5-17　《大话西游》剧照 1

紫霞夺走了至尊宝的月光宝盒，又在他的脚上印下了三颗痣。紫霞仙子曾有一誓言，只要谁能拔出她手中的紫青宝剑，就是她的意中人。不想宝剑被至尊宝拔出，紫霞决定以身相许。二人上街市散步时，紫霞向至尊宝表白心意，至尊宝自觉挂念白晶晶，拒绝了她，紫霞怏怏离去。紫霞迷失在沙漠，为牛魔王所救。牛魔王逼紫霞与之成婚。关键时刻，至尊宝转世成为齐天大圣孙悟空，踏着七色云彩来救紫霞（图 5-18）。打斗中，悟空为救师父而放弃了紫霞，紫霞为牛魔王所杀。

图 5-18　《大话西游》剧照 2

二、影片鉴赏

（一）创作、解读错位下的《大话西游》

1995 年，《大话西游》的上下集《月光宝盒》与《大圣娶亲》相继在内地影院上映，然而并没有得到观众的喜爱。在内地，《大话西游》被当时的人们直斥为“文化垃圾”；在香港，《大话西游》票房遇冷。影片让周星驰新成立并投资《大话西游》的星彩公司举步维艰，也让受尽苛责的刘镇伟远走加拿大。但是，就像《大话西游》中在脚本台词、人物塑造、故事情节、美学架构等方面普遍运用的反转手法一样，影片的传播、接受与解读的反转也在现实上演。

两年后，随着网络的发展，《大话西游》在青年一代人群中广泛传播。在清华大学水木清华 BBS 上，“贴台词”运动一经发起便风靡整个中国高校网络论坛，使得《大话西游》成为高校中声势浩大的流行文化和集体信仰。在大学生群体中的受欢迎带动社会大众对《大话西游》的评价发生了天翻地覆的变化，此后二十余年的时间里，《大话西游》一直是作为青年文化、流行文化及网络文化的滥觞而存在的。这种从“文化垃圾”到“文化图腾”式的剧烈转变，反映出电影《大话西游》的创作与解读在不同文化环境中的错位呈现。

《大话西游》是刘镇伟和周星驰严格遵照香港喜剧电影规律创作出的电影作品，其继承了香港电影的喜剧传统，采用“尽皆过火、尽是癫狂”的电影语言，将经典文本通俗化，将英雄与权威人物生活化，将精英、学院派审美粗粝化、平民化，将逻辑性的台词碎片化、荒诞化，将传统价值戏谑化，《大话西游》在方方面面都带有香港喜剧电影的特点。从创作角度来说，《大话西游》和刘镇伟、周星驰的其他作品相比，并没有任何特别之处。

然而，将之放置在 20 世纪 90 年代末期的内地高校中，在经历着经济发展、文化变迁、价值转移、生存苦闷的新一代中国年轻人的大脑里，《大话西游》相比其他任何一部“西游”电影或华语电影，都表现出另外一种特殊的含义。《大话西游》轮回式的戏剧结构耐人寻味，从天生的英雄到求而不得的凡人再到悲剧的英雄，在“月光宝盒”穿越时空的奇幻想象下，是关于人的生存状态的悲剧内核。同时，丑陋、肮脏的男性角色，美貌、艳丽的女性形象，女性美艳外表之下的妖魔本质，庄严神圣的观音动辄喊打喊杀的暴虐……林林总总，悖反且共存的形象塑造了一个传统价值的迷宫，年轻观众将《大话西游》看作后现代主义解构文化的电影代表作，像是一面镜子，映照出世纪之交时刻，中国在经济飞速发展过程中，在社会结构变迁下，在文化潮流的冲击里，对传统价值、文化观念的解构，年轻一代人的生存苦闷以及对自身身份的彷徨。

（二）“无厘头”喜剧电影的特点

“无厘头”喜剧是周星驰电影的代表性标签，也是香港喜剧的一种重要形式。“无厘头”是广东佛山等地的一句俗语，意思是一个人做事、说话都令人难以理解，无中心，其语言和行为都没有明确的目的，粗俗随意，乱发牢骚，但并非没有道理。周星驰走红前，许氏兄弟以及周润发等人在喜剧表演中已经尝试过“无厘头”形态。20 世纪 70 年代中后期崛起的“许氏”粤语喜剧中，为吸引观众，所安排的角色言行有违常规、常理，时常出现戏仿恶搞的情节场景，同时偏狂过火的内容亦大量存在。90 年代，“无厘头”喜剧因为周星驰的表演别具一格，成就了一批经典作品，并成为香港文化的典型代表之一。整体而言，玩世不恭、调侃自嘲、不按正常逻辑思维、言行乖谬，特别是颓废中带有神经质的尖笑声且语速奇快是周氏“无厘头”风格的明显特点。

1. 夸张的语言风格和话语体系

周星驰电影中的语言风格极其夸张但同时也非常口语化。在他的喜剧电影中，人物的对白往往是一种语言游戏，故意前言不搭后语和玩世不恭，颠覆规则和逻辑，解构权威；有时主角的台词滔滔不绝，表面看起来好“无厘头”。《大话西游》中，唐僧的第一句台词是：“悟空，你怎么能这么跟观音姐姐说话呢。”用“姐姐”这样平易、亲切且极具人情味的俗称来称呼观音菩萨，颠覆了传统神话中神仙法师庄严神秘、高高在上的形象。唐僧的台词夹杂着中、英等多国语言，例如那首脍炙人口的流行歌曲：“Only you———！能伴我取西经；Only you———！能杀妖和除魔；Only you 能保护我，叫螃蟹和蚌精无法吃我；你本领最大，就是 Only you———！Only you———！别怪师傅嘀咕；戴上金箍儿，别怕死别颤抖；背黑锅我来，送死你去，拼全力为众生！牺牲也值得，南无阿弥陀佛！”这首歌脱胎于50年代著名黑人乐队 Platters 演唱的英文流行歌曲《Only you》。这既是语言的戏仿，同时与唐僧的形象形成鲜明的对比，滑稽又夸张（图 5-19）。

图 5-19　《大话西游》剧照 3

2. 夸张荒诞的表演与离奇的情节

周星驰的“无厘头”电影，剧中人物往往有着非常夸张不符合常理的行为，举止粗俗、随意。至于神经质耍酷的表情、夸张连续的尖锐大笑，更是影迷们熟悉的周式表演风格。例如《唐伯虎点秋香》中，唐伯虎利用浑身泼满墨汁的祝枝山画成一副水墨山水画。这样夸张荒诞的表演和段落在周星驰的电影中比比皆是，让观众捧腹大笑。这些完全不符合生活逻辑的情节，夸张地表达着对所谓“正统”和“传统”文化的重新解构。

3. 颠覆性的影片叙事

在周星驰的“无厘头”电影中，仿佛没有什么是亘古不变的，也没有什么是不可以被打破的。周星驰的电影往往打破常规，将各种故事、人物、情节相互拼贴，他的叙事策略和观念往往是颠覆性的。《大话西游》这样的电影，乍一看以为是经典的翻拍作品，但其实周星驰只是借用了经典作品的元素而已，在人物、情节、故事上是完全面目全非的解构，完全颠覆观众的心理预期。孙悟空嫉恶如仇、忠勇可嘉的原著形象被完全颠覆，成为凡人的孙悟空（至尊宝）风流多情、世故圆滑，十足的山贼痞子，从人物形象到故事情节完全打破了原著的传统理念内核，建立起“大话西游”的新影视时空观。电影中结合戏仿、拼贴等多种艺术手法，凭借巧妙的移植与嫁接，呈现出很强的荒诞感与戏剧感。譬如影片中经典片段至尊宝对紫霞“爱你一万年”的深情告白（图 5-20），戏仿了王家卫导演的影片《重庆森林》中的段落：“如果记忆是一个罐头，我希望这个罐头永不过期，如果一定要加上一个日期，我希望是一万年。”在周星驰的电影中，无厘头既消解了叙事主题的严肃庄重，又打破了电影艺术的固定模式，最终给予观众融合情感、智慧与新奇于一身的审美体验。

图 5-20 《大话西游》剧照 4

（三）情与理冲突的悲剧性

周星驰主演的电影《大话西游》历来被人们视为一部喜剧经典。但实际上，这部经典在喜剧的表面底下讲述的却是一个悲剧，正如周星驰自己所说的：“真正诉说我的不快乐，是在那部被大家称之为经典的《大话西游》中，这部经典的喜剧，也是我对多年来人生的无奈和感慨的集中提炼。”因此在《大话西游》中，喜剧性是表面的，悲剧性才是实质的，悲剧性的实质隐藏在喜剧性的表面之下。

黑格尔认为悲剧的实质是伦理的自我分裂与重新和解，伦理实体的分裂是悲剧冲突产生的根源。在《大话西游》中，主人公至尊宝最初只是五岳山下的一个土匪头，带领着斧头帮的一群土匪在风沙漫漫的大漠中以打劫路人为生，过着无忧无虑、逍遥快活的日子。此时的他既不认识白晶晶和紫霞，也不认识唐三藏，满脑子只有谋生糊口之事，男欢女爱、儿女情长，普度众生、大慈大悲，全都在他的视野之外。个人私情与他无关，世间大义也与他无关，这两种伦理原则在他身外和谐共存，因而对至尊宝来说，内心平静安宁，不存在任何矛盾冲突，因而无所谓悲不悲，更谈不上什么悲剧性了。

然而，至尊宝身上的这种平静安宁随着白晶晶的出现而被打破了。白晶晶追随师姐春三十娘来到五岳山下，至尊宝却对她一见钟情，从此个人私情在心中播下了种子。尤其是，当他殚精竭虑，历经千辛万苦，发现自己一直欺骗的紫霞才是自己的真爱时，爱情也就在他心里深深地扎根了，因而他才会在真诚的忏悔中重复那句“爱她一万年”的话。但另一方面，紫霞又是给至尊宝三颗痣、让他成为孙悟空托世的人，从紫霞在至尊宝脚底烙上三颗痣那时起，至尊宝的命运其实就已经被决定了（只不过至尊宝本人并不知道），那就是变成孙悟空转世，完成护送唐三藏去西天取经的使命。这样，至尊宝作为至尊宝心怀着个人私情的爱情，作为孙悟空则承担着世间大义的使命，但作为凡胎肉体的至尊宝可以拥有爱情却无力完成使命，作为超凡脱俗的孙悟空则可以完成使命却无法拥有爱情。这就是一种二难困境和悖论：戴上金箍我不能拥抱你，摘下金箍我不能保护你。于是，私情与大义就在至尊宝一个人身上发生了激烈的矛盾冲突。在私情与大义的矛盾冲突面前，至尊宝必须作出抉择（图 5-21）。

图 5-21 《大话西游》剧照 5

我们看到，至尊宝选择了舍情取义。当他戴上金箍的那一刻，他就注定了不能再留恋尘世生活，不能再有任何儿女私情，而必须义无反顾地完成使命。这样，通过牺牲至尊宝的尘世生活和凡俗爱情，世间大义和超凡使命就得到了保全。但另一方面，正因为至尊宝的这种选择是一种牺牲，这反过来恰恰说明了凡俗的爱情本来是不应该、不能牺牲的，它与超凡使命是同样合理和重要的，牺牲的只是至尊宝个人的爱情，而不是爱情本身，从而凡俗的爱情也得到了保全。据此，在至尊宝这个个体的牺牲中，私情与大义两个方面的矛盾冲突就化解了，二者重新归于和谐共存。

因此，情与义两种伦理原则本来在至尊宝身外抽象地统一着，但二者进入现实之后便在至尊宝这个现实的个体身上陷入了矛盾冲突，从而形成了一种具体的对立，只有在现实的个体至尊宝的牺牲中才能化解这种矛盾冲突，扬弃二者的具体的对立，而使它们走向具体的统一。

周星驰曾说过这样一句话："其实，我是一个悲剧演员。"通过对其影片叙事内容的研究会发现：周星驰的电影如他所言，在喜剧形式的外壳下包裹着悲剧内涵的核心。所谓悲剧，正如美学家叶朗在《美学原理》中概括的那样：并不是生活中的一切灾难和痛苦都构成悲剧，只有那种由个人不能支配的力量（命运）所引起的灾难却要由某个个人来承担责任时，才构成了真正的悲剧。命运是悲剧意象世界的意蕴核心。

三、剧本节选

至尊宝：省省吧，睡啦！

菩提：紫霞在你心目中是不是一个惊叹号，还是一个句号，你脑袋里是不是充满了问号……

至尊宝：紫霞只不过是一个我认识的人！我以前说过一个谎话骗她，现在只不过心里面有点内疚而已。我越来越讨厌她了！我明天就要结婚了，你想怎么样嘛！

菩提：有一天当你发觉你爱上一个你讨厌的人，这段感情才是最要命的！

至尊宝：可是我怎么会爱上一个我讨厌的人呢？请你给我一个理由好不好？拜托！

菩提：爱一个人需要理由吗？

至尊宝：不需要吗？

菁提：需要吗？

至尊宝：不需要吗？

菩提：需要吗？

至尊宝：不需要吗？

菩提：哎，我是跟你研究研究嘛，干嘛那么认真呢？需要吗？（转身走了）

（至尊宝陷入沉思。）

（第七天到了，牛府张灯结彩。广场上搭起一座绞刑架，唐僧被绑在上面，由两名小妖押护。）

唐僧：你有多少兄弟姐妹？你父母尚在吗？你说句话啊，我只是想在临死之前多交一个朋友而已。

（绞刑架对面是一座高台。紫霞凤冠霞帔。心事重重。）

（沙僧与香香也混进婚礼观场，伺机救人。）

唐僧：所以说做妖就像做人一样，要有仁慈的心，有了仁慈的心，就不再是妖，是人妖。

（小妖甲开始呕吐。）

唐僧：哎，他明白了，你明白了没有？

（青霞在高台上被五花大绑着。）

青霞：（朝紫霞）没有人会来接你的！你省省吧，笨蛋！

（至尊宝正在洞中，强盗甲送来一封信。）

白晶晶：你的良心告诉我你最爱的不是我，而是另外一个女人。当我见到她在你良心里面留下的东西后，我觉得你经过这五百年，回来要找的不是我，而是她。你我都要相信这是天意，也是传说中的缘分。

（至尊宝默默地放下信，这时菩提走了进来。）

至尊宝：晶晶走了……

菩提：我知道了，信我看过了。

（至尊宝茫然地走出洞去。）

强盗乙：菩提大哥，他怎么了？

菩提：你们看过这封信了吗？

两强盗：没有。

菩提：你们看啊！

（突然一声娇叱，至尊宝被推进洞来。跟着闯进一人，挥手将众人打翻，正是春三十娘。）

春三十娘：我知道我师妹白晶晶来过这里，她在哪里？说！

至尊宝：有这么大仇吗？这么多年来你还不肯放过你师妹！

春三十狼：新郎倌儿，你好像跟她很熟嘛，干脆你告诉我喽！

至尊宝：我不知道她在哪里。

春三十娘：不知道？听说你心肠不错，那些是你朋友？（宝剑一挥，将两名强盗砍死，又指着菩提）你知道？

至尊宝：如果你一定要杀人的话就杀我吧！他们不认识你师妹，他们全是无辜的！

菩提：我同意……啊……！（也被一剑刺死）

春三十娘：我非常佩服不怕死的人，既然这样那我成全你！（长剑一摆）

至尊宝：等一等！

春三十娘：哈哈哈！我还真以为你不怕死呢！

至尊室：反正我要死，你就帮个忙。我听说如果刀子出得快、部位准，把人剖开后人不会马上死掉，眼睛还能看得见。你就帮个忙出手快点，把我的心挖出来让我看一看，行不行？

春三十娘：你说什么？

至尊宝：我有个朋友说留了东西在我的心里面。我想看看到底是什么。

（至尊宝扯开前胸的衣服，做了个开膛的手势，望着春三十娘，毫无惧色。）

（春三十娘愣了半晌，突然回剑入鞘）

春三十娘：你莫名其妙！（转身便走，走了几步实然回身）你唬我！（又是一剑挥出……）

（与此同时……）

唐僧：人和妖精都是妈生的。不同的人是人他妈的。妖是妖他妈的……

小妖甲：我受不了啦！（拔刀自尽）

唐僧：你妈贵姓啊？

小妖乙：啊！（精神崩溃）

司仪：交拜天地！

牛魔王：美人儿，我们拜堂吧！

紫霞：等一等……

唐僧：看，现在是妹妹要救姐姐，等一会那个姐姐一定会救妹妹的。

牛魔王：你又想干什么？

紫霞：我们今天都成亲了，你先放了我姐姐，我一定会遵守诺言的！（不等牛魔王同意就走到青霞面前，用小妖的匕首斩断绳索）我不想再斗了，你走吧！我这辈子就你这么一个姐姐！（将匕首握在手中，转身欲走）

青霞：（一把抢过匕首）牛魔王！我不会让我妹妹嫁给你的！

紫霞：姐姐，你说什么？

青霞：我这辈子也就你这么一个妹妹。（冲牛魔王）你来吧！

唐僧：看，我说对了吧？

（这时小妖已在唐僧身旁上吊自尽了。）

唐僧：居然比我还快，你真行！

（牛魔王勃然大怒，双掌击出将姐妹两人打下高台。）

（香香和沙僧急忙冲过去，香香用“移形换影”大法将各人复原，这时一只狗跑了过来，结果青霞进入香香体内，而香香进入狗的体内。）

（牛魔王打败四人，抓住了紫霞和青霞。）

牛魔王：（指青霞）把那个女人给我打死！

紫霞：不可以！

司仪：不要啊！那是你们的……

牛魔王：走开！谁挡着我就杀谁！

（这时在水帘洞中）

至尊宝：观音大士，我开始明白你说的话了，以前我看事物是用肉眼去看。但是在我死去的那一刹那，我开始用心眼去看这个世界，所有的事物真的可以看得前所未有的那么清楚……原来那个女孩子在我的心里面流下了一滴眼泪，我完全可以感受到当时她是多么的伤心……

观音：尘世间的事你不再留恋了吗？

至尊宝：没关系了，生亦何哀，死亦何苦……

（突然三个强盗的魂出现了。）

三强盗：说得好说得好！恭喜恭喜！

至尊宝：怎么样老兄？来，坐坐！

三强盗：你坐吧！

至尊宝：最倒霉的是连累我这三位新朋友，跟他们完全没有关系嘛！

三强盗：算啦，别提了！

至尊宝：不过我还是不明白，恨一个人可以十年、五十年甚至五百年这样恨下去，为什么仇恨可以大到这种地步呢？

观音：所以唐三藏取西经他就是想指望这本经书去化解人世间的仇恨。

至尊宝：明白！（朝三位强盗）我要留下来因为还有事情等着我去做，你们自己跑快一点赶着去投胎吧，这辈子我害你们被人砍了三刀，希望下辈子有机会可以还！

菩提：要还就还三刀！

至尊宝：怎么说都行，亲爱的葡萄。

三强盗：我们走了，再见！

至尊宝：再见，不送了！

观音：我要再提醒你一次。金箍戴上之后你再也不是个凡人，人世间的情欲不能再沾半点。如果动心这个金箍就会在你头上越收越紧，苦不堪言！

至尊宝：听到！

观音：在戴上这个金箍之前，你还有什么话想说？

（至尊宝双手拿起金箍，停在半空，想了片刻）

至尊宝：曾经有一份真诚的爱情摆在我的面前，但是我没有珍惜，等到了失去的时候才后悔莫及，尘世间最痛苦的事莫过于此。如果上天可以给我一个机会再来一次的话，我会跟那个女孩子说“我爱她”。如果非要把这份爱加上一个期限，我希望是一万年！

（一阵寒风吹过，至尊宝合上双眼，缓缓戴上金箍……）

无间道

片名：无间道（图 5-22）

导演：刘伟强　麦兆辉

编剧：庄文强　麦兆辉

类型：剧情　犯罪　警匪

主演：刘德华 梁朝伟 黄秋生 曾志伟

出品时间：2002 年

时长：101 分钟

主要奖项：第 22 届香港电影金像奖最佳电影奖；第 40 届台湾电影金马奖最佳影片；第 22 届香港电影金像奖最佳男主角；第 22 届香港电影金像奖最佳导演

图 5-22　《无间道》海报

一、剧情简介

1991 年，18 岁的三合会会员刘建明听从大哥韩琛的指示进入警校学习，成为警方卧底。而同时警校中的另一名学生陈永仁，被上级要求深入到三合会做卧底，终极目标是成为韩琛身边的红人。2002 年，两人都不负重望，也都身背重压，刘健明想成为一个真正的好人，陈永仁则盼着尽快回归警察身份。

重案组从陈永仁手中获悉一批毒品交易情报，锁紧目标人物韩琛，没料情报被刘健明泄出，双方行动均告失败。但此事将双方均有卧底的事实暴露，引发双方高层清除内鬼的决心。在最后的结局中，双方“内鬼”都认出了彼此的身份，不过刘建明抢先一步，已经将陈永仁在警察局的档案删除，但在删除之前，保留了一个备份，密码是女朋友 Mary 的生日。经过深思，刘建明决定做一个好人，请求陈永仁给他一次机会，陈永仁没有答应，铐上了刘建明。最后陈永仁死在了韩琛的另一个警方卧底林警官的枪下，刘建明也杀死了那个开枪的卧底。

二、影片鉴赏

（一）香港警匪片发展历程

警匪片源于美国，后传入香港。作为一种成熟的电影类型，警匪题材电影以其强烈的戏剧性张力和惩恶扬善的正义主题很快得到了当地民众的认可，在不断融入本土地域特色和社会文化内涵后，成为香港电影的独特标签。

1986 年，一部名为《英雄本色》的香港警匪片在上映后引起了极大的轰动，该片使香港警匪片摆脱了动作喜剧片的附庸形式，确立了警匪片的类型程式，并使其成为主打类型。从 1986 年开始，香港警匪片在 30 多年的时间里经历了繁荣期的兴盛，低谷期的调整，再到合拍片时期的多元化发展几个重要阶段。从繁荣期的“英雄片”“风云片”“枭雄片”到调整期的“古惑仔片”“黑色警匪片”与“无间道系列”再到 CEPA 协议签订之后新类型的不断发展，香港警匪片在不断的类型演变中日益成熟。

香港的警匪片自上世纪五十年代就开始兴起，这些电影大都是参考了英国著名侦探小说《福尔摩斯奇案》，风衣、毡帽、烟斗、肩带式手枪袋是探长的标配。当时曹达华扮演的辑凶探长形象深入人心（图 5-23）。另外，剧情上大多都是采用“推理式”的对白来交代故事发展，对于电影中的枪战场景和动作处理相当粗糙。

图 5-23　《富贵列车》剧照，曹达华饰探长

20 世纪 80 年代，香港兴起新浪潮电影革命，一改前期警匪片粗糙、形象单一的缺点。这一阶段的警匪片注重实感，刻画内心。电影中的警察和匪帮已不是活在正邪对立的世界这么简单，而是集结了对生活的深刻体验、对情感的内涵表达。随着科技的发展，枪战效果上，动作、枪火、爆破的场面更为逼真。表演上，演员则注重个人情感、道义、浪漫的描写。这个时期的电影警察形象，个人魅力充分发挥，浪漫情怀尽情挥洒，让人物形象极为出彩。而导演们都是被冠名为“新浪潮导演”的实力导演，作品或张力十足，或作风朴实，真实感浓厚，其中代表作品有《公仆》《省港旗兵》系列、《英雄本色》系列（图 5-24）、《警察故事》系列（图 5-25）、《猎鹰计划》《傲气雄鹰》《龙虎风云》《喋血双雄》等。

图 5-24　《英雄本色》剧照

图 5-25　《警察故事》剧照

20 世纪 90 年代，以陈嘉上的《野兽刑警》《飞虎雄心》和杜琪峰《无味神探》为代表的新警匪片继承了传统英雄片的神髓，但也出现了明显的转变。这些影片不再靠单纯的惊险刺激场面吸引观众，而更多从小人物角度出发，着墨于普通警察的内心状态和情感纠葛，在充满个性的刻画和展现中并不避讳人物身上原有的缺憾和惰性。在回归前后的香港警匪片中，人物谱系里的英雄形象已成为过去时，影片中主人公对自身身份的确认和追问往往令人印象深刻。成龙电影《我是谁》中，作为特种兵的主人公因飞机失事而摔成重伤，从此失忆，他不断追问的口头禅“我是谁”，反而成为了自己新的身份。

进入二十一世纪，《无间道》系列让香港电影行业看见了一个新的曙光。和传统警匪片强调的二元对立、黑白分明、场面火爆不同，《无间道》系列用剧情撑起了一部警匪片，在香港近 20 年来的影史上并不多见，这也就是为什么《无间道》系列会在香港引起这么大轰动效应的一个重要原因。

2013 年，随着《毒战》《盲探》《扫毒》《风暴》《寒战》（图 5-26）等合拍警匪片纷纷上映，并接连在内地取得过亿的票房成绩，华语电影市场再次掀起了一股警匪片热潮。在《寒战》系列中，以往警匪片的对立面——黑社会消失了，它将故事完全放在了警务处内部和政府高层的权力争斗上。警与匪的传统概念在这里似乎暂时消失了，正义与非正义、善良与邪恶已经变得让人不可捉摸，替代它们的是权力欲望和法律制度间的矛盾冲突。

图 5-26 《寒战》剧照

（二）《无间道》的艺术特色

1. 叙事结构

《无间道》的创新之处在于，将善恶的二元对立设定为叙事前提，叙事结构的焦点不再是警察与黑社会之间的善恶冲突，而是双方卧底对警察身份的争夺。警方卧底陈永仁的行为动机是找出隐藏在警方的黑社会卧底，从而恢复自己的警察身份；黑社会卧底刘建明的行为动机与之相对应，同样是找出社团中的警方卧底，从而保住自己的警察身份。双方围绕这一叙事核心，展开了一场紧张刺激、生死一线的智慧之争。

在影片的叙事体系中，人物关系也从简单的善恶对立走向更为复杂的立体结构。陈永仁与上司黄志诚，以及刘建明与老大韩琛，四人之间形成了一个彼此牵制的关系网（图 5-27）。每个人的行动都有可能引发四人关系的变化。在黄志诚被害后，陈永仁与刘建明之间的对立关系转为合作，又因陈永仁发现刘建明的真实身份，再次回到对立关系中，并引发冲突到达戏剧性高潮及其结局（图 5-28）。陈永仁的外部行为和情感走向，不仅直接关系着叙事节奏的变化，同时始终牵引着观众的情感认同。相比较而言，刘建明对警察身份的追求，则确立了整部影片的主流价值观立场。

图 5-27 《无间道》剧照 1

2. 人物形象

电影以无间道为片名，暗示了卧底们在现实中所遭受的煎熬。在影片中，卧底的范围被扩大，不光指卧底警察，还包括打入警方内部的黑帮成员，传统意义上的警察和黑帮的分辨变得扑朔迷离。

图 5-28 《无间道》剧照 2

两位主人公刘建明、陈永仁都戴着面具，矛盾地活着。这种矛盾的根源来自于他们彼此身份的错位。陈永仁承受着精神人格上的分裂，一方面要冒着生命危险获取黑帮犯罪活动情况以维护正义事业；另一方面却要打架斗狠、鞍前马后保护老大，努力扮演好一名黑社会分子的角色——一个“自甘堕落”的角色（图 5-29）。他就像是一个“双面人”存活在这世间。影片开始时，陈永仁在天台上质问黄警官：“明明说好（卧底）三年，三年之后又是三年，三年之后又是三年！”显然年复一年地在充满险境的黑帮做卧底的陈永仁对自己的工作早已感到厌倦，然而身为警察，职责与使命却又让他别无选择。他的心中充满了摆脱“无间道”的痛苦煎熬、结束双重生活的渴望，他深知自己从事的是善与正义的事业，然而身处险境，他又不得不将“善与正义”埋于心底而委屈隐忍依附于恶势力。这种向善趋恶皆难、欲罢不能的矛盾令他心力交瘁。陈永仁性格中的坚毅与脆弱的矛盾通过细节表现，使得人物脱离了英雄主义的大义凛然，显得十分生动。

图 5-29 《无间道》剧照 3

反观刘建明亦如此。刘建明工作出色，对待女朋友温柔体贴，但同时，他又是黑社会犯罪活动的帮凶（图 5-30）。刘建明的作家女朋友曾对他说她小说里的主人公有 28 种性格，"连他自己都不知道自己是谁"。这段话可说是对刘建明生存状态的一种绝妙隐喻。刘建明这个人物自私、冷酷、足智多谋，外表上给人以遇事处变不惊、精明稳重之感，但双面生活时时在他内心掀起的情绪狂澜也许只有他自己方能深切体会。他在选择正、邪的立场上不断变化，他的身份探寻经历了一系列"认同—怀疑—否定—认同"的过程，这不单是对黑社会的反叛与对正义的向往，更是他从自身出发，以理性的眼光做出的最有利选择。从刘健明对卧底身份认同的阶段来看，刚开始在警队当卧底时，当好卧底，将警队的情报报告给老大的想法支配着他自己的行动，使得他协助以韩琛为首的犯罪集团逃脱了多次警察的调查及搜捕。但是，随着权力增长，他的举动开始变得现实、自私。特别是当他在警队的职务越来越高，他逐渐对自己的黑帮身份否定，并且开始认同自己的警察身份。警匪的纷争迫使他不断地对自我进行调整。他用尽一切办法，想保住自己警察的身份，甚至不惜杀掉自己的老大以及警队其他黑社会卧底。可是在陈永仁死后，他并没有摆脱身份危机。由于在调节本我与现实的过程中无法释放心理压力，他倒在了自己面前——他最终人格分裂，暴露了自己，也终结了他炼狱般的生活。

图 5-30 《无间道》剧照 4

3. 标志性的视觉空间

电影创作的视觉表意是第一位的。电影的故事展开、表现意义都需要有一种与所要表现的意义相对应的空间形态。就像客栈、竹林、大漠对于武侠电影，荒原、酒馆、集镇对于西部影片一样，任何一种电影的空间形态都与它的表意系统密切相连，都与它的类型模式相互依赖。《无间道》这部电影利用电梯、天台与黑夜，作为影片叙事的标志性空间，共同完成了对电影无间世界的视觉呈现。

《无间道》系列片发生在电梯中的事经常是事关生死的。电影中韩琛的一群手下从电梯里蜂拥而出，黄警官只身从电梯外侧身而入。就在黄警官即将躲过黑社会追杀的瞬间，一只黑手伸进了电梯，挡住了黄警官逃生的唯一出口（图 5-31）。下一刻，黄警官从天台坠落惨死。影片最后电梯门打开的那一刻，押着刘建明的陈永仁头正好迎对着林警官的枪口，顷刻间被击中猝然倒地，电梯门一次又一次不断地挤压着他倒下的身躯。当刘建明看着陈永仁被林警官枪杀后，在疾速下降的电梯里刘建明又打死了同为卧底的林警官。电梯这个密闭空间里蕴聚着隐秘的、宿命的力量，增强了电影带给人的悲剧感和宿命感。

图 5-31　《无间道》剧照 5

香港四方商业大厦的天台毫无疑问也是《无间道》系列里的标志性空间。无论采用的是大远景的静止镜头，还是中、近景的平行移动乃至特写的对切，摄影机始终把观众的目光带到这个仰望苍穹、鸟瞰人间的“主题场景”。黄志诚与陈永仁多次在这里秘密接头，刘建明在这里竭力要完成他改变人生的宿愿。刘建明与陈永仁针锋相对的谈判就在天台（图 5-32）。

图 5-32　《无间道》剧照 6

在这段剧情里镜头偏离了主角的位置，画面影射的是对面天台玻璃上的影像，比较歪曲，映衬的景色是滚滚的热浪，人物表情急躁不安、愁眉紧缩的样子。紧接着一个远景镜头不仅让大部分天台入画，更是使远处的港口和对面山上的群楼一览无余。无形中，再现了画面人物的渺小与孤立无援的表象。从远景、中景一直到人物面部特写，刘建明的紧张、挣扎在四个镜头之内被极具张力地表现出来。而后，一个手部持枪特写，将陈永仁引入，造成双雄对峙的场面，此后镜头一直停留在两人对峙的近景或特写上。当刘建明被卸掉枪和被铐起来的时候，其神情倒有点释然。他开始使用极为擅长的心理战术，企图让对方给自己一个悔过自新的机会。但是对方以警察的神圣威严不可侵犯为由回绝了他。此时，刘建明也以“无人知道”的事实回击陈永仁。镜头突然间转换为全景镜头，容纳了整个天台画面，也连着香港掠影、船只、狮子山、天空……几乎吞没了人物的位置。这个镜头以独特的“留白”式的东方美学手法将陈永仁此时的绝望、孤独、矛盾以及近乎崩溃的状态呈现在观众面前，同时将影片对“身份迷失”中人物的情感关怀的高度与深度表达得淋漓尽致。

《无间道》里有大量的夜景，而夜景场面最多的都是在犯罪。黑色的夜幕下进行的是黑帮之间的黑市交易，除了汽车那刺眼的灯光，没有什么是明亮的。这个世界“是见不得光的”，这不只是对整个黑社会的社会政治学定义，而且还像是对无间世界电影美学的导演阐释。

三、剧本节选

刘健明：CANDY！

大项：各单位注意，目标车辆现在由广东道转至三号干线。

大项：三号码头回旋，上龙旋道，往关塘方向。

大项：章警官，他们来了 20 分钟。上了大厦的停车场 4 楼。

阿章：干什么？这案子陈警司不让我碰，出了漏子，你可自己负责。

刘健明：他们正在 4P 点货，大项，在 3P 的出口准备，小巴，守住 2P 的入口位置，还有，鱼丸和章警官会在这里准备，所有人等我的命令。

警员们：是，长官。

陈永仁：哎呀，忘了琛哥叫我殿后，在前面放下我。

警员们：停车，别动，警察，别动，别跑，站住，趴下。

（电话响）韩琛：（画外音）我算过命，算命的说我是一将功成万骨枯，路怎么走，你们自己挑哇。

刘健明：你挑的。

阿章：这杯咖啡是给你的。

阿章：他等了你很久了。

刘健明：（笑）是你呀。

陈永仁：那台机器怎么样？

刘健明：很好。

陈永仁：但是要预热，预热十几分钟声音更漂亮。要不要跟你送礼呀？

刘健明：不用。喂，做卧底多久了？

陈永仁：我跟了韩琛三年多，之前跟过几个老大，加起来差不多10年了。

刘健明：十年？应该我送礼给你才行。

陈永仁：恢复我身份就行了，我只想做个普通人。

刘健明：厌了？

陈永仁：你没做过卧底，你不懂。

陈永仁：可惜找不到那个内鬼，找到了我一定不放过他。

刘健明：别想那么多了，给你恢复身份，我帮你打开那个档案，可是我没有密码。

陈永仁：卧底MORSE密码是什么。

刘健明：就这么简单？

刘健明：哼……

（回忆）陈永仁：哇，你这么大个人，保镖的镖字都写错。

傻强：不是这个啊？

陈永仁：当然不是这个了。

陈永仁：李医生。

心理医生：啊……

陈永仁：还以为你不会来了呢。

心理医生：警方在通缉你。

陈永仁：能不能借你椅子睡一下？

心理医生：嗯，上去慢慢说吧。

心理医生：你上次说你是警察。是真的？

陈永仁：本来是，不知道现在是不是了。

心理医生：那你有什么打算？

陈永仁：不知道，正在想。

陈永仁：有件事我早就想跟你说了，不过一直觉得不好意思，我整天做梦见到你这件事，是真的。

心理医生：我也是。

刘健明：MARY，怎么了？坏啦？

MARY：今天早上音响铺的人来过，他帮你调过机器，还留了张CD给你试机，我听了。

MARY：你吃早餐了吗？我去帮你买，豆奶茶，菠萝包？

刘健明：好哇。

MARY：这本小说我写不下去了，我都不知道那个人是好人坏人。这个我看只有他自己清楚。

韩琛：（画外音）下个礼拜进货。

刘健明：（画外音）风声紧。

韩琛：（画外音）你做你的事，我这边你不用担心。

刘健明：（画外音）正在查内鬼，我怕我帮不了你。

韩琛：（画外音）原来你不是担心我啊，是担心你自己呀，刘警官。

陈永仁：声音漂亮吗？这些珍贵的录音是我在韩琛的办公室找到的。你不走运。

刘健明：用不着唬我，想怎么样？

陈永仁：我想恢复身份，三点钟，港外线码头，开着电话。

（您现在拨的电话暂时未能接通，请在讯号声后留下您的口讯。）

刘健明：MARY，对不起。我选了做好人，我现在就去见陈永仁，不管怎么样，我会恢复他的身份。档案就在我的电脑里面，密码是你的生日。

刘健明：挺利索的。

陈永仁：我也读过警校。

刘健明：哼……你们这些卧底可真有意思，老在天台见面。

陈永仁：我不像你，我光明正大。

陈永仁：我要的东西呢？

刘健明：我要的你还未必带了呢。

陈永仁：哼……什么意思？你上来，晒太阳的？

刘健明：给我一个机会。

陈永仁：怎么给你机会？

刘健明：我以前没得选择，现在我想做一个好人。

陈永仁：好哇，跟法官说。看他让不让你做好人。

刘健明：那就是让我死。

陈永仁：对不起，我是警察。

刘健明：谁知道？

林国平：别动，警察，放下枪，放了刘警官。

陈永仁：你上司是韩琛的卧底。证据在我手上，我们到警察局再说。

林国平：放下枪，立刻放下枪。

陈永仁：我报了警了。

林国平：我干吗要相信你呀？

陈永仁：你不用相信我。

韩琛的卧底：你小心点。

刘健明：你小心点。

（砰……）阿仁中枪倒下，电梯一开一合，夹着阿仁的身体（背景音乐 再见 警察 再见）刘健明看着，林国平把阿仁拖了进去。

韩琛：（画外音）祝你们，在警察部，一帆风顺，干杯，各位长官！

林国平：不用怕，大家是同门师兄弟，现在琛哥死了，以后你要罩着我，我 94 年加入警校，可惜，这么多年都上不去，他连看都不看我一眼。韩琛的录音带，我已经毁灭了。放心吧，以后我跟你了。警察快到了，做戏做全套。其实我很能干，是琛哥不识货。

砰，砰，砰……

警察：呼叫总部。电梯里有人开枪，准备增援。

电梯门开，刘健明手里拿着陈永仁的警察证举手走出电梯。

电梯里陈永仁头斜着靠在那里。

疯狂的石头

片名：疯狂的石头（图 5-33）

导演：宁浩

编剧：张承　岳小军　宁浩

主演：郭涛　刘桦　连晋　黄渤　徐峥　岳小军

出品时间：2006 年

时长：106 分钟

主要奖项：第 7 届华语电影传媒大奖最佳电影；第 26 届香港金像奖最佳亚洲电影；第 12 届华表奖优秀数字电影奖；第 12 届华表奖优秀电影技术奖

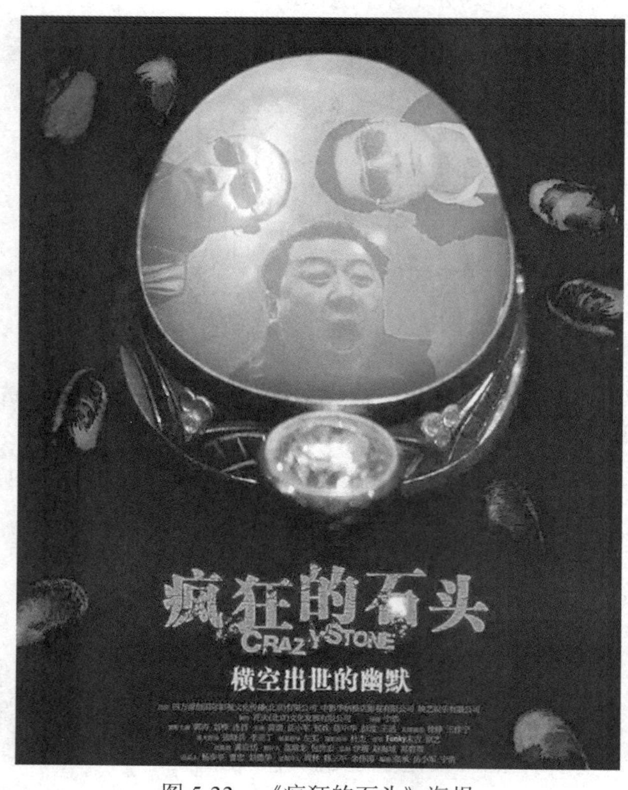

图 5-33　《疯狂的石头》海报

一、剧情简介

重庆某濒临倒闭的工艺品厂在翻建公共厕所时发现一块价值连城的翡翠。为缓解厂里连续八个月没有开支的窘迫，谢厂长顶着建筑开发商冯董和他的助手秦经理的压力，决定举办翡翠展览，地点就选在工艺品厂附近的关帝庙（图 5-34）。为筹备展览，全厂唯一上过警校的保卫科长包世宏承担起展览的安全保卫工作。

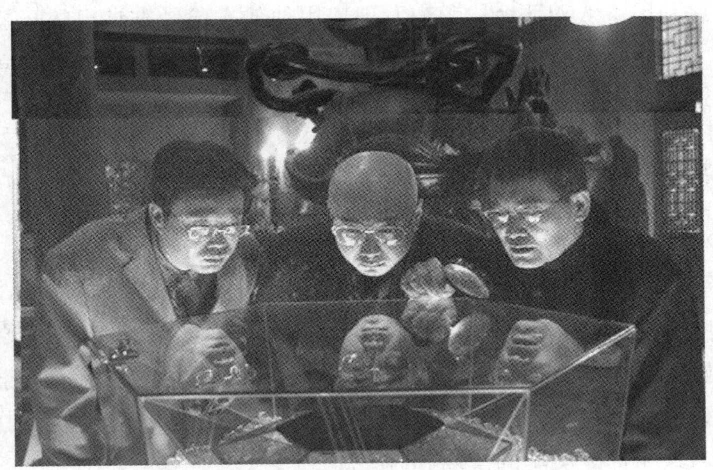

图 5-34 《疯狂的石头》剧照 1

就在包世宏周密部署安保防范措施时，电视新闻播出这样一则新闻：山城连续发生多起入室盗窃案件，盗贼以搬家公司为掩护，招摇过市、屡屡得手。入室盗窃的主犯叫道哥（图 5-35）。在道哥带着他的两个小兄弟黑皮和小军行窃屡屡失手时，一个从香港飞来的神秘男士被道哥盯住。随即，道哥和黑皮略施小技，顺手提走刚刚走出机场的神秘男士的手提箱。

图 5-35 《疯狂的石头》剧照 2

神秘男士名叫麦克，是房地产开发商冯董授意秦经理请来的高手，目的在于拿到工艺品厂发现的翡翠。很快，道哥带着他的兄弟住进了工艺品厂举办展览附近的夜巴黎招待所。巧合的是，道哥的房间，和准备“居高临下、尽在掌握”的包世宏只隔着一堵薄薄的墙。

从这一天开始，包世宏在墙这边和三宝研究如何防范，一墙之隔的那边道哥和他的俩兄弟在琢磨如何突破。与此同时，麦克也在暗中踩点调查，而谢厂长的儿子谢小盟——一个号称搞人体艺术研究却干着游手好闲、拈花惹草差事的年轻人，为讨好那些漂亮的女孩子，也打起了翡翠的主意。

围绕翡翠展开的防范和突破，发生着“偷梁换柱”“得来全不费工夫”“以真换假”“完璧归赵”等巧合奇遇的故事。故事的结尾，出人意料的是费尽心思的冯董和他的秦经理在利用与被利用中双双殒命，麦克发现雇用他的人已经被自己的暗器夺命后，最终落在包世宏的手里。包世宏因勇擒国际大盗而受到表彰，道哥和他的兄弟如过街老鼠，在山城的环形高架桥上亡命而逃。

二、影片赏析

（一）导演宁浩

自 2003 的《香火》以来，宁浩总共执导了 8 部剧情长片，其中包括 5 部喜剧。宁浩几乎每一部电影都保持了较高水准和鲜明的个人印记。宁浩或独立编剧，或以导演和联合编剧的身份主导编剧工作，这使他能够在创作中不断贯彻自己的美学思想。其代表作《疯狂的石头》以低成本、高票房的方式走进主流视野的同时，也为中国喜剧电影开辟了一条黑色幽默和荒诞美学的全新路径。

宁浩的电影风格、类型多样，但都很接 “地气”。冷峻夸张但又温婉有致的黑色幽默，“黄渤式”小人物的可乐可叹可敬，故事的紧张曲折，戏剧化冲突的反转，多线叙事的快节奏性等，构成了较为独特的宁浩风格。从“疯狂三部曲”中我们可以明显地发现，宁浩习惯将观察的视线聚焦于底层人物的身上。但与现实主义的创作方法完全不同的是，宁浩常常以夸张、戏谑的态度将高度的偶然性注入现实生活，将命运的轻蔑玩笑加给每一个来自现实生活的人物。这种表面的偶然性往往蕴藏着深层的必然，而倒霉可笑的小角色也总是带有一丝悲情。

在宁浩镜头下的草根，显示出一种饱经生活沧桑与磨砺的形象。尽管他们的面貌各异，有的坦诚，有的狡诈，有的精明，有的耿直，但都无一例外地折射出一种顽强的力量，一种无论面对什么样的困难与挑战，都要继续生活下去的决心。这样的草根鲜活、有力，足以刺激观众的心灵。从《疯狂的石头》中的保卫科长包世宏到《疯狂的赛车》中的赛车手耿浩以及《疯狂的外星人》中的耍猴人耿浩，他们都是不得志、不得意的底层人物，有着种种性格缺陷但又都具有某些正面特质（如淳朴、执着等）。可以说，这些角色本身是对中国最广大的底层民众的某种概括式的想象，他们在时运不济、遭遇风波之后总能靠着一种荒诞的误打误撞将危机化解，但又常常与世俗价值中的成功或巨大的利益擦肩而过，最终回归到最普通的生活中去。

宁浩的“疯狂系列”影片是典型的现实荒诞喜剧，作品以正常逻辑的现实世界为背景，而故事情节内容则带有荒诞色彩，并随着情节的逐步发展，进入到巴赫金所提出的“狂欢”式场景。在这种场景下，人们从秩序严明、教规森严的生活中脱身而出，打破传统意义上的礼规教条，自由自在地说说笑笑。在“狂欢”中，等级的观念荡然无存，笑谑占据最主导的地位。它针对一切，包括取笑者本人，亦包括任何神圣的物品，如财物、等级、宗教等，任何东西都可以成为讽刺恶搞的对象，多种话语交织在一起。

宁浩的广告导演与 MTV 导演的从业经历奠定了他偏向后现代主义的叙事风格与商业式风格化跳脱的影像特色。例如广告片的快剪与高饱和度的色彩使用成为宁浩早期“疯狂系列”影片的显著个人风格标志。美术与摄影专业出身的宁浩本人的“感官触角”更加灵敏，对生活与艺术的强烈好奇也成就了他不断突破自己、突破类型的大胆尝试。至今，宁浩执导的作品横跨公路片、西部片、黑帮片等多种影片类型。

宁浩是“第六代”导演中的新锐代表，也是少见的具有独立意识的商业片导演，他在商业电影与作者电影之间实现了平衡。他的电影毫无疑问是好看的、抓人的，很受普通观众和市场的喜欢。他秉承电影产业观念与类型生产原则，游走于电影工业生产的体制之内，在服务于大众、市场需求和体制要求的同时又兼顾了电影创作艺术追求，最大程度平衡电影艺术性与商业性、体制性与作者性的关系，追求电影美学效益和经济效益的统一。

（二）《疯狂的石头》：宁氏喜剧的开山之作

1. 多线叙述结构

《疯狂的石头》最为观众和评论界熟知和赞赏的是其娴熟精巧的多线叙事，在保安、大盗、笨贼等几条故事线索的并行和交汇中产生了滑稽的戏剧效果，这也是以盖・里奇影片为代表的多线叙事类型电影风格第一次在中国影片中以十足本土化的方式成功显现。

多线叙事有其先天的优势。对于观众而言，多线叙事往往属于非限制型叙述，即观众所听到、看到、接收到的信息多于影片中的角色，观众常常是从接近全知式的视角来观看这样的影片，如此观众的情感便能从某一个或少数几个角色身上抽离出来，抛去代入感和认同感之后能够形成更强烈的喜剧效果。此外，多线叙事的方式能够同时展现几条故事线，在线索并行发展且当事人无法察觉（而观众却可以清楚意识到这一切）的情况下互相影响或进行戏剧性的交错，便会产生一种造化弄人、命运无常的结果。

在《疯狂的石头》中，玉石作为唯一争夺对象，形成了多线叙述的交叉核心。随着一块翡翠的出土，保卫科科长包世宏，本土盗贼道哥和他的两个小马仔，酷拽的外来大盗麦克三路人马开始了你争我夺的斗争。在宁浩的精心雕琢之下，三路人马在不知情的情况下，怀着不同的目的屡屡相遇，其行为互为因果，整个叙事巧合横生。再加上厂长不争气的儿子谢小盟的不断搅局，几方人之间的碰撞合情合理，如行云流水，且充满笑点。例如影片开头，谢小盟在重庆特有的交通工具过江索道上泡妞失败，使得一罐可乐从缆车上掉落；三个小偷冒充搬家公司遭到警察的盘问，关键时刻一场交通事故解救了他们；秦经理刚在墙上写了半个“拆”，一辆面包车撞上了他的小轿车；老包偷开厂里的车出来练手，一罐可乐从空中掉落下来，砸碎了车前玻璃，两人下车查看是何人所为，面包车却顺着下坡路滑走，撞上了停在路边的小轿车（图 5-36）。三条线索的交叉叙事使三方人马都处于重要位置，任何一方的行动都将给其他两方的行为带来影响，在线索的不断交叉进行中，三方力量得到有效的平衡，同时一个简单、有趣的故事被完整地呈现了出来。导演宁浩正是以这样的手法构建了整个故事。这个故事不是由银幕，而是在观众的脑海中得到拼接组合。观众在观影过程中片刻不得休息，进入一种游戏式的狂欢状态。在宁浩之前，这种叙事方式在国产电影中是极为少见的。

图 5-36　《疯狂的石头》剧照 3

2. 对比落差中产生喜剧效果

影片通过角色生存环境的变化带来身份落差，进而产生了影片独有的喜剧感和荒谬感。影片中的香港大盗来到内地之后，被混乱甚至野蛮的底层社会完全打破了工作节奏，刚来到重庆便被偷了手提箱，买的绳子被小贩偷工减料导致盗窃计划失败（图 5-37）。在过往的叙事中，香港代表着精密、先进的发展成果，而香港人在各自领域则意味着专业、高端。影片引入的香港大盗这一形象，既形成了与 1990 年风靡一时的《赌神》等港片的互文，又通过其在大陆遭受的碰壁、无奈，对“香港大盗”的身份进行解构，显示出他在陌生环境中的狼狈、不安。对身份的消解塑造了狂欢的基础。

图 5-37　《疯狂的石头》剧照 4

影片将各式各样的小人物齐聚一堂，使他们发生日常生活中匪夷所思的互动。包世宏面临中年危机，喜欢自作聪明却总是倒霉。道哥软弱而喜欢虚张声势，黑皮莽撞顽固（图 5-38），土贼们虽身为小偷，却将每次盗窃称作“项目”，将盗窃看作真正的事业。国际大盗麦克被本地小偷玩弄得团团转，站在食物链顶端指点江山的冯董却死于麦克之手，差一点就能逃出生天的麦克却被小小的保卫科长包世宏误打误撞地生擒。经济实力、阶层差异、权利结构关系等现实逻辑上存在的差距被轻易颠覆，这种对比落差让翡翠保卫战变成一场闹剧，国际大盗麦克、本地小偷、厂长儿子谢小盟、开发商冯董都使出浑身解数，但是最终都以失败告终，天价翡翠最终被包世宏当作赝品送给了自己的妻子。

图 5-38 《疯狂的石头》剧照 5

3. 丰富巧妙的剪辑手法

这部影片采用了切入切出、划变、重叠蒙太奇剪辑，搭接式反复剪辑、转换、跳接、多画面、淡入淡出、串剪等多种剪辑手法。这种手法在喜剧影片制作中很常见，它是在平行或交叉蒙太奇叙事时常用的一种表现手法，将多条线索的情节共同放于同一荧幕中，我们也常将它称为荧幕分割并置（图 5-39）。运用这种方法，将两部分的画面放在观众面前相对比，形成了浓重的反讽意味，流露出一种后现代主义影片常有的游戏感和荒谬感。另一方面，这种剪辑手法也避免了因线索过多而导致的叙事混乱，将各视角的情节简单明了地呈现给观众。各条线索间有着严格的同时性和因果关系，也增强了画面的冲突和矛盾性。

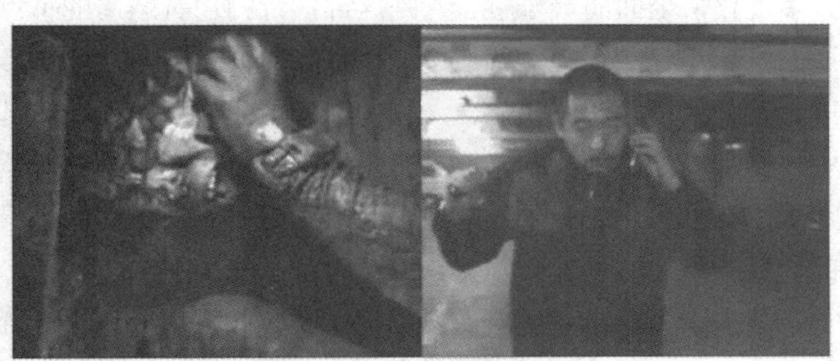

图 5-39 《疯狂的石头》剧照 6

利用直接衔接的镜头和时空之间的关系进行跳接，使观众的视觉节奏加快。影片在开头和结尾部分都运用了叙事时空略有重复的手法，对情节进行了重复搭接的剪辑。这种略有重复的搭接式剪接产生了叙事的意义，勾连起了人物关系，营造出了喜剧效果。

碎切闪回方法常用于表现人物心理活动，通过一些无关情节的杂乱快速的镜头来表达人物的情绪，以快速切换和时空的不连贯性作为主要表达方式。所谓碎切关键还在于"碎"。在这些片段中可以理解为时间较短的多数量的镜头，单个的短镜头是无法表达出导演所要传达的意味的，只有通过众多这种时空断裂的碎片化镜头的组合才能整体性地表达出视觉的冲击和片子的影像风格，进而影响到观众的观影心理。《疯狂的石头》中有一段非常经典的碎切闪回（图 5-40），实际上这一段也是全片里做的技巧最多的一段。包世宏在展厅内听到工作人员讲没有发生什么事情后，放心离去。突然，他似乎想到了什么，停下了脚步。这时剪辑师连续接了三组表现思绪的镜头，镜头很碎很快，一闪而过。如果不是一格一格地慢拉，你几乎看不到插入画面的具体内容，电线杆、马，以及宝石在这段思绪镜头中反复出现，并且宝石镜头出现的景别越来越大。这组快速镜头具有强烈的暗示意味，这样重复了几次，就让宝石成为了包世宏思绪的主体。

图 5-40　《疯狂的石头》剧照 7

4. 声音运用

"多元素，多变化，全面的音乐融合"是这部影片的声音运用的特点。导演宁浩把《疯狂的石头》的音乐定位放在能够给观众直观的感觉这一框架上，对于每一个人物，直接从言谈方式、着装性格、动作和配合人物的音乐上去体现，让观众迅速地对位到一个喜剧的场景中。影片中的"神探"包世宏一出场，就是比较传统的乐器琵琶，而"国际大盗"迈克则是非常电子化的音乐，三个小偷则选用了贝司弹奏的诡异的小曲。我们很难找到相似的音乐类型，它的音乐风格只有一个字——"变"。

影片中道哥和包世宏各自准备去赴约交易时，响起的是世界经典名曲《四小天鹅》，在这里它带给观众的是充满了喜剧味道的表达效果，而不再是湖边天鹅嬉戏的感觉。声音蒙太奇的使用，使得整个影片充满了恶搞的趣味。

摇滚乐作为现代音乐最流行的一个部分，在影片中也疯狂了一把，实验摇滚在这部影片中是非常成功的。轻金属的音乐摹本充满了特色，它加入了琵琶、佛教的诵经以及很多中国民族音乐的元素，可谓是原创音乐的点睛之笔。比如罗汉寺追逐的场景，使用京剧小大配乐，其中极快的锣鼓音色和琵琶、古筝快节奏的弹拨，起到了渲染紧张气氛、烘托情绪的作用，同时在尖利刺耳的电铃背景下，将影片推向了高潮。

相对于那些动辄几个亿的大制作，作为一部投资中等的电影，《疯狂的石头》既没有大牌明星助阵，也没有什么酷炫特效的大场面，却能够做到老少咸宜、雅俗共赏，就是因为宁浩不把电影当作高深莫测的东西来顶礼膜拜，更不阳春白雪地拒观众于千里之外。作为草根导演，宁浩拍的是观众喜欢看的电影，却绝不谄媚，并且能够将时髦的剧情结构和本土文化进行嫁接消化，令观众能够顺利接受。也许，这才是宁浩电影本身的艺术魅力和成功的原因所在。

三、剧本节选

1. 缆车内外，日，外

黑入：淡淡江雾之中，江岸；江面，山城街道高楼平房；镜头航拍掠过。部分字幕

谢小盟（港腔普通话 OS）：“这是我儿时的城市，虽然我在香港多年，但这副情景依然时常萦绕在梦里。我见到你就有一种说不出的感觉，说不清是似曾相识还是一见如故。这感觉好亲切，好强烈……”

一个留着“莫西干头”一身结实肌肉有文身的年轻人坐在陈旧的缆车一角，正在闭目听着 MP3，脖子上挂着一副拳击手套。

一身港式打扮圆脑袋大脸带着太阳帽的谢小盟依在缆车窗口，悠然自得地欣赏着美景，长发被微风轻轻吹动，手中拿着一听饮料，陶醉在自己浓浓的诗意中。在他身旁是一个身材娇好打扮入时的长发美女。美女望着他，眼神有些迷茫。

谢小盟看了美女一眼，深情地：“你知道你什么气质吸引我？——忧郁！我从你眼睛里看得出来，你有一个不堪回首的过去！”

谢小盟说着轻轻的拉起女孩的手。

“莫西干头”抬头看见眼前谢小盟的举动，摘下耳机。

美女回头看他，忍不住失笑，突然目光看向小盟身后。

谢小盟蓦然回头，“莫西干头”站在他身后。女孩把手从小盟手里抽出，站到“莫西干头”身边。

“莫西干头”的拳头已经狠狠有力地打了过来。

谢小盟眼前一黑：出字幕。

“莫西干头”又是一拳，谢小盟眼前又是一黑：出字幕。

陈旧的缆车厢内的其他人瞬间消失，空空的车厢只有“莫西干头”在酣畅地拳击谢小盟。

车厢也瞬间幻化成颇具形式感的拳台。

谢小盟各种被打姿势，眼前不断发黑，连续出字幕。

手中的饮料也甩的到处都是。

画面回到现实中，“莫西干头”打出最后一拳，谢小盟脑袋向后仰去，身体也完全失去重心，手中的可乐罐飞出缆车。

2. 医院门诊室，日，内

女护士打着电脑露出深深的乳沟，胸口的领子敞着，若隐若现。

旁边的包世宏斜眼紧盯着，包世宏坐在一位老医生的对面。

老医生抬起头，眼睛向上瞄着包世宏：“哎，哎，看你不像有病的样子，除了尿不出来，还有什么别的毛病吗？”

护士起身走开。

包世宏回过神来，尴尬地笑笑，悄声：“没孩子，结婚三年了，查不出原因。”

老医生顺手拉开抽屉，用镊子拽出一本裸体画册，扔到包世宏的面前：“取个样。”

包世宏看着桌上的画册：“啥样？”

3. 医院走廊，日，内

包世宏胳膊肘里夹着画册，手里拿着试管从厕所里出来，他对着日光灯弹了弹试管。三宝从长椅上站起，过来。

包世宏晃了晃：“稀吗？”

三宝紧紧盯着没有说话，包世宏自讨没趣，把试管递到左手，右手在屁股上擦了擦，摸掉湿迹，朝门诊室走去，三宝跟在后面，他从包世宏的胳膊肘里拽过画册，翻看着，边看，边撕下一页，揣进兜里。

4. 面包车内，日，内

车窗前放着一本病例本。包世宏紧张地双手握着方向盘，眼神四处游离，还不时拍拍信号不良的收音机。副驾驶座上的三宝将一封信扔在驾驶台。

三宝一边拍打着收音机：“你真不干了？”

包世宏小心翼翼地开着车：“要不我考这驾照呢？我小舅子还等我跑夜途呢……”

三宝：“你这病跑夜途成吗？”

收音机里传出新闻播报：“……一颗价值连城的翡翠出现在我市……工艺品厂……这在世界上都是极其罕见的……”

三宝：“唉，是不是说咱们厂？”

包世宏：“都快关门了，你还指望天上掉馅饼？”

这时，车顶忽然传来“咣当”一声。包世宏连忙踩刹车。

5. 工厂外的街道，日，外

面包车嘎然停下，包世宏和三宝从车上一左一右下来，看见滚落在车后的可乐罐。三宝低头捡起可乐罐。包世宏蹬着车门框朝车顶望了望，然后仰头望着缆车大骂。

包世宏：“唉，砸死人了，缺德？”

三宝把可乐罐交给包世宏。包世宏掂掂可乐罐。

包世宏抬头望着缆车："砸着人咋办！"（身后的车向后溜去）

包世宏骂骂咧咧。这时两人身后忽然传来一声巨响。

包世宏和三宝愕然回头，发现身后的面包车已经溜出几米远，尾部撞到一辆停靠在街边的大奔车上。

四眼手里拎着一罐喷漆，凑到大奔车前打量一番，又凑到面包车前打量一番。

四眼瞪大眼睛："我操！无人驾驶，高科技啊！"

包世宏和三宝走到大奔车面前，懊丧地看看被撞坏的前灯。四眼走到包世宏面前，态度傲慢。

四眼："妈的，谁开的车，会他妈开车吗？手刹都不会拉，他妈的缺心眼啊……"

包世宏客气地："好好说话，别骂人。"

四眼用喷漆罐指着包世宏："你他妈撞了我车，骂你两句怎么了……哎呀！"

一旁的三宝飞起一脚将四眼踹倒在地。

三宝狠狠踹着地上的四眼："骂！骂……"

包世宏连忙抱住四眼。一个交警骑摩托过来停下。

交警俯着身子在大奔车的前车盖上，握着包世宏的驾驶本，一边看着，一边填着单子，圆珠笔写不出字来，他在单子背面画了数道，还是写不出来，他把圆珠笔伸进嘴里，哈了哈气。

交警填好单子，扯下交给包世宏，把包世宏的驾照本递给四眼。

交警分别对包世宏和四眼："你把车修好后，你把本还给他，再打架进派出所了啊。"

交警说完转身过去骑上摩托车离开。四眼得意地上车发动汽车，摇下车窗。

四眼："记住，原厂的，五千二！"

大奔车离去。

包世宏狠狠踩扁地上的可乐罐，三宝一旁爱莫能助地望着包世宏。

唐山大地震

片名：唐山大地震（图 5-41）

出品时间：2010 年

导演：冯小刚

编剧：苏小卫

制片人：姚建国　赵海城　胡晓峰　王中磊

主演：徐帆　张静初　李晨　陈道明　陆毅　张国强　陈瑾

片长：136 分钟

获奖：2011 年金鸡奖最佳故事片、最佳女主角、最佳女配角、最佳导演、最佳编剧、最佳摄影、最佳录音 7 项提名；2011 年亚洲电影大奖最佳女演员、最高票房亚洲电影大奖、最佳视觉效果 3 项奖

图 5-41 《唐山大地震》海报

一、剧情简介

1969 年，唐山市卡车司机方大强和妻子李元妮迎来了自己的龙凤胎儿女——方登和方达，一家人过着普通却幸福的生活（图 5-42）。1976 年 7 月的一个傍晚，方大强回到了自己的家，在社区外的马路上，方大强和元妮躲在卡车上亲热，突然地震了。为了救孩子，方大强死了，方登和方达被同一块楼板压在两边，无论人们想救哪一个，都要放弃另一个。李元妮艰难选择了从小体弱多病的弟弟方达，而头脑清醒的方登听到了母亲作出的抉择内心崩溃。震后，李元妮独自抚养着儿子，选择坚强地活下去。劫后余生的方登被军人王德清夫妇领养，进入了一个全新的世界。母女、姐弟从此天各一方，直到 32 年后的汶川大地震，他们的生命轨迹才重新走到一起。

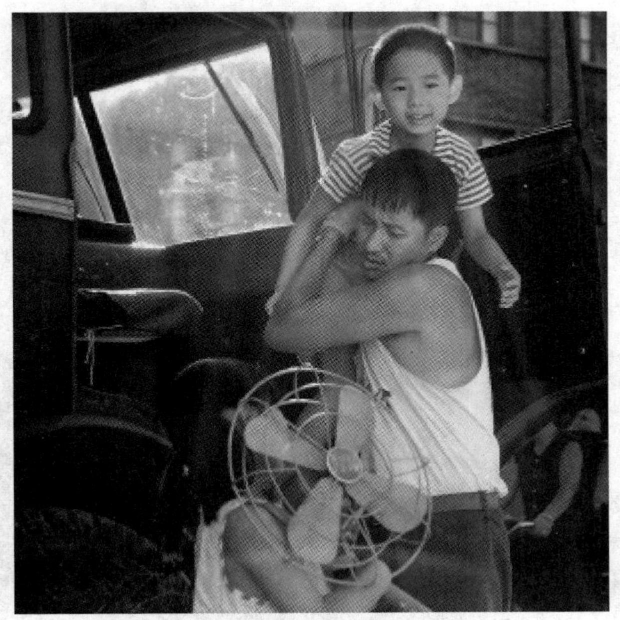

图 5-42 《唐山大地震》剧照 1

二、影视赏析

（一）导演冯小刚

冯小刚，1958 年出生于北京，祖籍湖南省湘潭市，中国内地导演、编剧、演员。第十三届全国政协文化文史和学习委员会委员。1984 年担任剧情片《生死树》的美术助理，从而进入电影圈。1985 年在北京电视艺术中心担任美工师。1991 年担任中国首部电视系列喜剧《编辑部的故事》的编剧，并凭借该剧在中国内地获得关注。1994 年执导个人首部电视剧《北京人在纽约》，该剧获得第 12 届中国电视金鹰奖最佳长篇连续剧奖。1997 年执导中国内地首部贺岁电影《甲方乙方》，该片奠定了冯小刚黑色幽默的电影风格。1998 年执导的喜剧爱情片《不见不散》成为中国内地电影年度票房冠军。2001 年执导喜剧片《大腕》，该片获得第 25 届大众电影百花奖最佳影片奖。2003 年执导的喜剧片《手机》在中国内地获得年度票房冠军。2004 年担任剧情片《天下无贼》的导演、编剧，并凭借该片获得第 42 届台湾电影金马奖最佳改编剧本奖。2008 年执导的爱情喜剧片《非诚勿扰》打破华语电影在中国内地的票房纪录。2014 年担任中央电视台春节联欢晚会总导演。2015 年担任天猫双 11 狂欢夜总导演；同年凭借剧情片《老炮儿》获得第 52 届台湾电影金马奖最佳男主角奖。2016 年执导的剧情片《我不是潘金莲》获得第 64 届圣塞巴斯蒂安国际电影节最佳影片金贝壳奖，而其个人则凭借该片获得第 53 届台湾电影金马奖最佳导演奖、第 31 届中国电影金鸡奖最佳导演奖；同年，执导剧情片《芳华》。2018 年获得第 25 届北京大学生电影节最佳导演奖。

冯小刚作品风格以北方京味儿喜剧著称，擅长商业片，是中国大陆最具有票房号召力的导演之一。

（二）影片的主题

1. 无情的灾难

1976 年 7 月 28 日北京时间 3 时 42 分 53.8 秒，在中国河北省唐山、丰南一带发生了强度里氏 7.8 级的大地震。这场发生于凌晨人们熟睡之时的地震，使得绝大部分人毫无防备，造成 24.2 万人死亡，16.4 万人重伤，名列 20 世纪世界地震史死亡人数第一。

著名的电影人冯小刚携众影星，以现实为基础，将张翎的小说《余震》拍摄成《唐山大地震》（图 5-43）。

图 5-43 《唐山大地震》剧照 2

其实这个小说的故事要想发生，其概率是极其低微的。龙凤胎、一个水泥板砸住俩、救了一个死了另一个、另一个还死而复生。哪个环节不是超低概率？但“明天和意外哪个先来”，在灾难面前，人们无从选择。影片开场以蜻蜓的大规模迁移为序幕，成为下面地震情节的预兆，是一个具有科学依据的端倪。

灾难是一瞬间的事，天边突显的紫光，明艳而又诡异，刹那间，昏亮的路灯被摇碎，宛如一双强有力的手将它轻轻捏破，大地止不住地摇晃，人在晃，车在晃，房子也在晃；呼喊，奔跑，瞬间像是被灌满了的强风不绝于耳；砖瓦纷落，墙体摇摆，招牌掉落，这些平日里看似木讷的物体，此刻像是被地震的恶魔侵略了肉体、摄入了灵魂，他们扭动着自己不结实的身体向人们赶来。他们砸中了跳楼逃生的人们，他们将路上的行人推向大地深陷的坑，他们将求助者无助的眼神果断地掩在身后，他们将所有人声嘶力竭的求助阻拦在生或死的其中一边永远不能相见。父亲的奔跑，母亲的急切，儿女断肠的呼唤，让这场暴风雨来得更加猛烈。墙，倒了；塔，断了；房，塌了；曾经的一切或美好或丑陋或善或恶都被藏在了满世的灰尘之下。剧烈的摇晃渐渐停息下来，人们无声的眼泪，内心的伤痛无以言说。

地震，乃至于其他各种灾难，给人们所留下的物质毁灭可以努力来弥补，可是精神上的呢？这些集体的伤痛，人们无法忘怀。在灾难面前，人类的渺小、无奈，对命运无法掌控的悲哀，都在影片中表达得直观而深刻。导演用影片的方式来纪念那场灾难，唤起人们共同的情感记忆，引起人们对“生之不易，且行且珍惜”的思考。

2. 亲情的呼唤

影片中面对是救儿子还是女儿的抉择，李元妮的选择是艰难的。无论选择谁，都是用一命换一命。可是时间不允许，母亲选择儿子的同时就已经宣判了女儿的死刑。但是生活是充满奇迹的，女儿方登在一场大雨中醒来被解放军带走，后来被另一对军人夫妻收养并长大成人，考上大学，认识了身为研究生的大师兄，怀了孩子却因为不想打掉而坚持生下，后来在外独自漂泊了六年再次见到自己已然苍老的父亲，之后又嫁给了他人为妻。这是一句话就可以概括的三十二年人生历程，可是在这些年中，方登心中的怨恨却总是忘不掉。"救弟弟。"这三个字深深地烙印在她的心中挥之不去。因为这场 23 秒的大灾难，她坚持在二十二岁生下自己的孩子，因为这三个字，她 32 年都不愿回到家乡寻找亲人。

时隔三十来年，汶川大地震又席卷了美丽而富饶的四川大地。方登凭借自己的专业到四川救援。正巧碰上了当年用自己生命换来的弟弟方达也在此救援。

站在自己的遗像前，方登的心里一阵酸楚，母亲在自己面前无助的哭诉打动了她依然冰封的心。母亲李元妮面对自己的女儿，那一跪，32 年的心结终于打开。在墓园里，方登看见了自己的墓碑，并拒绝把自己的墓碑拆去，她说："无论以后在什么地方，我都要回到这里。"此时她已然释怀了这颗漂泊了 32 年的心。她的一声"妈"，她的泪水给了观众一个交代、一个答案：亲人，永远都是亲人。影片对亲情的宣扬，对亲情的呼唤显而易见。

3. 人间的大爱

影片通过前后两次地震，1976 年唐山大地震和 2008 年汶川大地震，表现灾难带给当地人民的痛苦和毁灭。而影片中在灾难现场，忙碌而紧张救援的解放军，相互帮助的人们，以及从四面八方赶来参与救援的各行各业的志愿者，充分体现了中国一方有难八方支援、风雨同舟、英勇无畏、无私奉献的民族精神，这些都是民族大爱的有力体现。

（三）人物塑造

1. 守护者——李元妮

李元妮（图 5-44）是一名纺织女工，她有着一种中国北方女人最基本的传统道德操守，在地震中她痛失丈夫和女儿后，不顾婆家人的劝说执意带着儿子留在唐山。她独自一人抚养儿子长大成人。她拒绝电工师傅的爱情，拒绝离开地震后她和儿子居住的平房小院，拒绝儿子为她购买的新房。32 年来，她不愿意离开唐山，因为这里有丈夫和女儿，她忍受了 32 年的孤独，她说："为你爸，他拿命换的我，要不是他拽我一下我就进去了，哪个男的能用命对我好啊，我这辈子就给他当媳妇，我一点都不亏……"元妮这种执拗正是出自传统女性对丈夫、对家庭从一而终的观念。按照儿子方达的话说，就是"唐山的房子倒了又重建了，但我妈心里的房子却一直没有重建起来"。电影也许不过是借元妮这个女性人物来突显中国女性对亲情、对家庭坚韧不拔的守望和忠贞。

图 5-44 《唐山大地震》剧照 3

32 年，李元妮怀着对女儿的愧疚、自责，内心苦苦挣扎，是源于母亲对孩子的爱。方达带着方登回到家里，李元妮洗了一盘西红柿，是方登喜欢的。母子三人一同来到墓地，方登打开自己的“坟墓”，她看见里面整整齐齐的小学课本，弟弟说：“每年开学，妈都买两套书，给你留下一套……”至此，我们可以看到李元妮作为母亲，内心对女儿的爱从未缺失。她一直坚守着对丈夫和女儿的爱，留在唐山，让我们看到一位母亲的坚韧，母爱的无私和伟大。

2. 宽恕者——方登

电影中给人印象深刻的人物还有李元妮的女儿——方登（图 5-45）。地震时母亲的一句“救弟弟”，让方登内心对母亲的选择感到绝望，从此走向了一条拒绝回头的离家之路。从废墟中站起来的方登虽然知道自己的母亲和弟弟还活着，她还是一言不发地跟着养父、养母到了新的家庭，从不提起自己的过去，养父母以为她已经完全失忆。成年后，养父对方登的亲昵和关爱引发了养母的不快，家庭关系由此紧张。而方登本来就对母爱信心不足，不想受到养母的管控和束缚，执拗的她选择外地求学以远避纷争。从地震后，生存下来的方登就关闭了自己的内心世界，她渴望救赎。在大学里有了恋爱，男友的温暖或许能给她心灵的慰藉。但是男友得知她怀孕后却让其去流产。地震后本来对生命、对牺牲有烙印般记忆和疼痛的方登毅然选择了做一个单身妈妈，然后从所有人的视线里消失。但后来在对养父母还存在着养育之恩无以回报的愧疚的情形下，方登还是选择带着孩子回来。回来后的方登有一次对养父揭开心底的创伤的诉说——当年母亲的那一个选择。养父劝她宽恕母亲当年的无奈，方登说：“我不是记不得，我是忘不了啊！”这是因为过去的问题一直没有彻底地解决，因此无法忘掉。直到汶川大地震，当方登看到一个孩子被压在石板下面，而孩子的母亲为了给孩子保命，也为了不让救援人员做出无谓的牺牲，毅然选择了给孩子锯腿。但当最后看见锯掉腿的孩子被抬出来时，那位母亲很内疚地号啕大哭：“我要我孩子的腿！”也许就在那一刻，方登理解了当年母亲的选择，内心的挣扎终于释怀。电影的最后，方登回到了她分别 32 年的家，彻底原谅了母亲。对母亲的理解和宽恕，也是对自己过去的放下，方登自己也得以解脱。

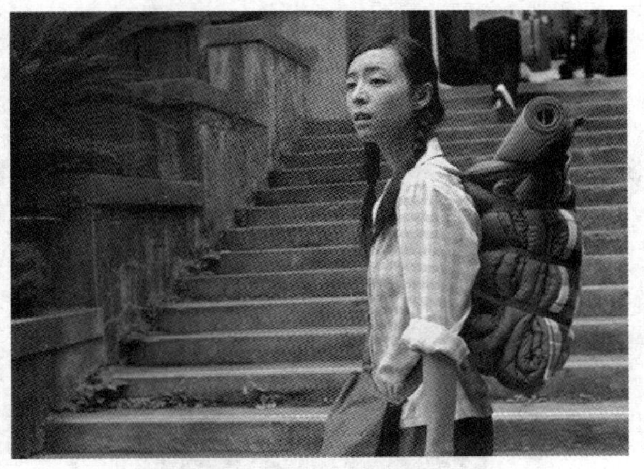

图 5-45 《唐山大地震》剧照 4

3. 重生者——方达

影片中的方达是方登的双胞胎弟弟，是一个有强烈个性色彩的人物（图 5-46）。因为地震失去了一条胳膊，失去了父亲和姐姐，没了父亲的保护，重生后的他成为家中唯一的男人，个性叛逆的他不愿一直受母亲照顾，他独自一人走出家庭开创事业，担负起守护家庭和母亲的责任。影片中他是地震后彻底摆脱命运阴霾的强者。他展现出对生活的热爱，自立自强，敢于拼搏，孝顺母亲，是阳光、积极乐观的强者代表。

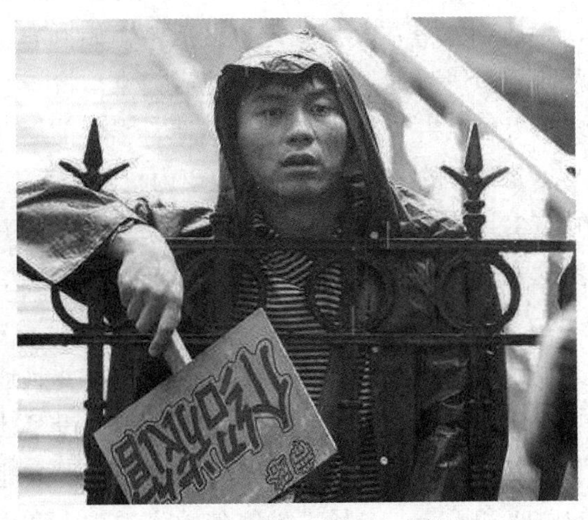

图 5-46 《唐山大地震》剧照 5

4. 救赎者——王德清

影片中王德清自始至终都扮演着救赎者的角色（图 5-47）。在地震灾区，他是抗震救灾的解放军；在灾后，他是温暖着方登的好父亲。他用无私的亲情，给自认为被遗弃了的方登重建了最温馨的家庭。在方登成长的道路上给予方登无私的父爱，呵护方登成长。之后方登带着孩子从异国回到家中，他劝方登能够宽恕她的母亲李元妮，他明白养女内心的伤痛。陈道明的出演充分展示了自己居家男人的可亲一面，堪称是银幕好父亲的典范。

图 5-47 《唐山大地震》剧照 6

（四）电影艺术特点

1. 电影的叙事技巧

电影的情节叙事中以李元妮的人生际遇为叙事主线，以妹妹方登和弟弟方达各自的人生命运为两条辅线。三线交叉叙事，影片的主要叙事冲突集中在唐山大地震后李元妮与女儿方登的情感矛盾上，之后三个人物故事情节独自发展。32 年后汶川大地震又成为三人命运的汇集之处，方达和方登在汶川相遇，之后带姐姐回家，一家三口重逢，方登宽恕母亲，一家人重新团聚。影片通过前后两场地震灾难，将一家三人的命运线索巧妙穿插叙事，推动故事情节发展，并完成人物角色塑造。影片前后呼应，形成完整而自然的叙事闭环，用一家人在灾难中的悲欢离合作为故事内核，个人在灾难后的心灵“余震”和亲情重建也是整个国家 32 年在灾难中挣扎成长的历史缩影。影片对世俗生活小人物的灾难承受给予刻画，表现导演对小人物的悲悯情怀，通过电影传达出一种人文关怀精神。

2. 电影的语言艺术

影片通过考究的人物语言，不仅很好地塑造人物特色，并且通过语言凸显主题，引人深思。最震撼心灵的一句台词就是“没了才知道没了”。“没了才知道没了”通俗而平常的话语，却富含哲学意境。它是影片主人公李元妮在经历了大地震所带给她沉重的伤害后，从心底迸发出的感叹和无奈。一场大地震使她痛失丈夫和女儿，四口人变成了两口人，对于家庭妇女而言家败人亡的变故让她备受打击。一夜之间整个唐山被夷为平地，原本和和美美的四口之家如今已不复存在，一切都“没了”。一场地震惊醒了他们安详舒适的美梦，打碎了他们平静甜美的生活。这场灾难给她带来的是生离死别的残酷现实。因此，她才由衷地发出了那句看似平静却是心潮澎湃的感叹：“没了才知道没了。”在地震中有多少像李元妮一样的家庭，没了亲人、没了家园，一句平常话语道出灾难带给人们的毁灭和痛苦。

影片中通过“西红柿都给你洗干净了，妈没骗你。”“我给你道个歉吧，你是从哪冒出来的？这些年，你咋就不给我回个信呢？我还以为你和你爸在一块呢，我成天地惦着你们俩呀，我惦着你们32年，你们咋不理我呢，你到底是上哪去了，你咋才回来呢……登啊……”等众多的细节语言表现，为情节发展制造悬念，同时塑造真实可感的人物形象，增添影片情感的真实性。

3. 出色的电影音乐

电影音乐作为影片综合艺术的有机组成部分，在突出影片的抒情性、戏剧性和气氛方面起着特殊作用。影片中音乐与画面有机融合，凸显跌宕起伏的故事情节。

影片开始地震刚过，曾经的家园化为一片废墟，哀婉凄凉的音乐首次响起。一片狼藉灾难场景触目惊心；当被抛弃的方登从尸体堆中站起来的时候，如泣如诉的音乐传达出女孩深深的绝望。这时，音乐已脱离了其本身的形式，而是化为一种绝望的情绪弥漫到电影的故事情节中。

在突出《唐山大地震》的悲剧色彩时，作曲家多采用大调式作为主旋律。大调式的运用让观众感觉自然，易于使观众情感随着音乐起伏融入影片。影片中当奶奶要带着失去一条胳膊的方达离开时，李元妮不情愿地同意了。可当奶奶带着孙子坐上客车离开时，她在车后跟着客车跑，客车停下，她将儿子抱入怀中。此时背景音乐使用大调式，传达一种伤心，但却不绝望，在悲伤中蕴含着一种希望，让人在悲伤中感受到一种强大的生命力量。

影片的片尾曲选用了具有佛教色彩的曲子《心经》。随着镜头里车轮的滚动，车后的万人墙映衬着王菲演唱的《心经》显得格外特别。她空灵的歌声和神圣的梵文佛经将观众带入地震后的废城现场，仿佛身临其境一般，强烈地震撼着观众的心灵感官，彰显独具魅力的电影音乐表现力。

冯小刚用他独特的视角、细节语言、出色的音乐，以及色彩画面等，将《唐山大地震》这一灾难题材，在平凡、普通的小人物身上给予展现，以小见大，传达着他对那场灾难的怀念与哀悼，对人物命运的同情，对人性的善和真的思考，浸染着深厚的人文关怀，体现了影片的艺术构思。

三、剧本节选

第一幕

时间定格在1976年，那时李元妮只是唐山这个中型工业城市中一个普通纺织厂的一名女工，但她拥有让人羡慕的美满家庭，那里有疼爱自己的丈夫和两个乖巧懂事的双胞胎姐弟。一家人虽然只拥有很小的空间，却温馨和睦。

第二幕

旁白：然而这样简单、幸福的生活并没能持续多久。那是1976年夏日一个寻常的夜晚，当元妮一家都沉醉在美丽的梦乡之中时，突然一道红光划破天际。那一刻电闪雷鸣，那一刻地动山摇，所有的房屋在顷刻之间倒塌。一场突如其来的大地震毫不留情地将这个原本幸福美满的家庭拆散，美丽的一切突然从天堂变成了地狱，这场突如其来的天灾让元妮失去了挚爱的丈夫和乖巧伶俐的女儿。

路人甲：这里有孩子，快来人啊。元妮，是方达和方登！

元妮（母亲）：（立马往废墟跑去）方达！方登！

元妮：（趴在废墟上）孩子等着啊，妈来救你们了！

（抬头望着路人乙）师傅，我求求你们，求求你们，孩儿他爸已经没了，我这两个孩子要是再不救活，我也活不了了。我求求你们，我下半辈子给你们当牛做马，行吗？给你们当牛做马啊……（拉着路人乙的手使劲摇）

路人乙：你别哭了，等我们想想办法。（转头对其他人喊）快去拿杠子去！快去！

路人丙：元妮啊，这一块水泥板压着两个孩子呢，这头是闺女，那头是儿子。撬儿子这边就压着闺女那边，撬闺女那边就压儿子这边啊。只能救一个啊。

元妮（吃惊转而激动）：两个都得救，两个都得救啊。

路人丙（焦急地看着元妮）：只能救一个啊。

路人甲（一手拿着杠子，一手擦了擦额头上的汗）：别犹豫了，再犹豫两个都没了。（元妮无限重复："都救啊！"）

路人丙（望了望远处）：你再不决定，我们要上那边救人去了。

元妮（拖住路人丙的腿）：大哥，救弟……救弟弟……

路人乙（招来众人）：快，快，快，救弟弟。

第三幕

旁白：元妮在方登和方达之间，选择了把生的机会给弟弟，而把死亡留给了姐姐。但她没有想到的是，方登竟奇迹般地生存下来，并被一对解放军夫妇所收养。母亲的那一句"救弟弟"似梦魇般缠绕在她的心头 32 年，她始终无法摆脱这场心灵的余震，直到在 2008 年的汶川大地震支援队中遇到了分别多年的弟弟，她才决心重回唐山，重新面对那场挥之不去的噩梦。

……

李元妮：大强，老天爷保佑，咱们闺女平平安安地回来了。【欣慰】

方达：【平缓】姐，到家了。妈，妈，姐回来了。姐，进来呀。妈，妈，快来坐，姐，你看咱家是不是一点没变。地震后，一住就是三十年，我给妈买新房子，妈就是不愿意搬。姐，坐。

方登：嗯。【迷茫】

方达：妈，我姐都回来了，这照片咋还摆这呢。

李元妮：我净顾着高兴了，我把这事给忘了。【激动】

方达：来，姐，你从小最喜欢吃西红柿了，一大早就给你买去了。

李元妮：吃吧，妈都给你洗干净了。【慈爱】

方达：妈，你是不是忘买醋了？

李元妮：那我这去买。

方达：我去，你们好好聊，我一会就回来，姐，你等我啊。

李元妮：登儿，这些年苦着你了。【慈爱】

方登：【平静，苦涩】不苦，我已经习惯这样的生活了，习惯了活在那个画面里，一块青石板重重地压着我，我弟却被压在我身边，我只记得耳边传来三个字，救弟弟。

李元妮：妈对不住你，妈对不住你。【哭】

方登：【沉痛】你知道吗？这个声音一直在我耳朵边，就跟幻听一样，围绕了我32年。

李元妮：妈当时真的是没有办法，那手心手背都是我的肉。【哭】

方登：那你就不要我，就抛下我。

李元妮：妈没抛弃你呀，妈真的没抛弃你。【大哭】

方登：【难过】你知道我醒过来的时候多害怕吗？我躺在死人堆里边，我爸的尸体就躺在我身边，而你们都不在了，我又冷又怕，我根本都不知道自己该去哪。

李元妮：登儿，妈对不住你。【哭】

方登：【决绝】你就当我已经死了吧，这件事我不想再提了。

方达：【沉重】姐，有时候，我都恨我自己，当初被救的要不是我该有多好，我们是都活下来了，可是这个活法，它不像一个家。这32年，妈就守着这些废墟过日子，她就是怕你跟爸回来的时候找不到家。

李元妮：达，你别说了。【哭】

方达：妈，我得说，妈。【哭】

李元妮：妈对不住你姐！（打自己耳光）对不住啊！（方达入）对不住啊！【大哭】

方达：【哭】妈，你别这样，妈！

李元妮：【哭腔】登儿，妈知道你一直恨我，只要你不走，你让我干啥都行（下跪），妈求你了！

方达：妈，你起来，妈！

李元妮：求你了！妈求你了！【哭】

方登：你起来，【难过】起来，你起来！

李元妮：登儿啊！【哭】妈对不住你啊！妈对不住你啊！

方登：你起来，你别这样，你起来呀！【哭】你别这样成吗？

李元妮：是妈不好，妈对不住你呀！【哭】

方登：【哭】这么多年，我就是过不去自己心里这道坎，尤其，尤其，我第一次看到方达，他是我亲弟弟呀！他能活着多好啊！我早就已经原谅你了！妈……

李元妮：你喊我什么？【激动，哭】

方登：妈……

李元妮：【激动】你再喊一遍！

方登：妈！【大声哭喊】

李元妮：孩子他爸，你看到了吗？闺女回来了！她喊我妈了！【大哭】

方登：妈……我想你呀！【拥抱】

方达：（对着父亲遗像）爸，姐回来了，咱家，咱家团圆了！【哭】

方登：姐姐对不起你们！

李元妮：孩子回来就好！回来就好！咱一家人终于团圆了！【喜极而泣】

结尾：看到昔日的亲人，小登内心的苦痛才涣然冰释。如今身为人母的她，又何尝不能理解母亲那时的艰难抉择。有人说，在这个人世间，所有东西都会随着时间的流逝而消失，甚至毁灭。但唯有母爱，它永远是那么伟大、无私，永远不会被时间所湮灭。

流浪地球

片名：流浪地球（图 5-48）

导演：郭帆

原著：刘慈欣

编剧：龚格尔　严东旭　郭帆　叶俊策　杨治学　吴荑　叶濡畅

主演：屈楚萧　吴京　李光洁　吴孟达　赵今麦

出品时间：2019 年

主要奖项：第 32 届中国电影金鸡奖最佳故事片；第 32 届中国电影金鸡奖最佳录音

图 5-48　《流浪地球》海报

一、电影简介

《流浪地球》根据刘慈欣同名小说改编，2019 年 2 月 5 日（大年初一）在中国内地上映。影片设定在未来，地球将被太阳吞噬。联合政府在地球表面安装了 1 万座行星发动机，推动地球逃离太阳系。预计用 2500 年的时间，航行 4.2 光年的距离到达新的宜居星系，该计划被称为“流浪地球”计划。在地球航行途中，由“领航员”空间站伴身飞行。现实中，地表环境已无法生存，所有人类经过抽签，居住在行星发动机下的地下城。主人公刘启的父亲刘培强是“领航员”空间站的宇航员，在刘启 4 岁时与他分离，已在空间站工作了 17 年，即将退休回家。刘启由外公韩子昂带大，还有个领养的妹妹韩朵朵。这一天，地球按计划借助木星的引力加速离开太阳系，不料发生了意外，木星引力过于强大，地球被吸引无法脱离，近半数行星发动机相继出现故障停转，37 小时后将与木星碰撞。刘启和妹妹偷用外公的行驶证在地表开车被抓，韩子昂来探监营救。此时，由于木星引力，地球发生地震。几人驾车返回地下城途中被王磊率领的军方救援队临时征用，运送行星发动机启动装置“火石”赶往杭州重启发动机。途经上海地区时再次发生地震，地表坍塌。逃离途中，韩子昂与一名救援队员遇难，运输车辆被毁，刘启与王磊分道扬镳。刘启等人在路上遇到运送转向发动机启动装置前往苏拉威西中途受困的技术观察员李一一，刘启便驾驶李一一的车辆返程。在车上听到王磊的无线电求援。王磊等人赶至杭州时，地下城已被岩浆毁灭。刘启搭载王磊等人前往苏拉威西。即将抵达时，包括苏拉威西在内的全球大多数行星发动机和转向发动机已成功重启，但由于已错过最佳逃离时间，地球仍被木星吸引逐渐靠近。刘启想出用转向器喷射的火焰点燃木星表面的氢气进行引爆，借反作用力使地球脱离木星引力。就在众人付出牺牲并克服重重困难成功重写转向器程序向木星喷射火焰时，发现距离还差 5000 公里。此时，刘培强在空间站的总控室内强制阻止空间站的自动脱逃，将休眠舱内人员全部遣散，独自驾驶空间站在木星近距离处引爆，填补了 5000 公里的缺口，用个人的牺牲拯救了地球。

二、影片鉴赏

（一）中国科幻电影的发展

2019 年初，郭帆执导的科幻电影《流浪地球》成为票房黑马，在官方话语、媒介话语、知识话语、大众话语中得到了一致认可，被认为是开启“中国科幻元年”的第一部真正意义上的硬核科幻电影（图 5-49）。

图 5-49 《流浪地球》剧照 1

在我国，对科幻电影的概念界定最早出现于《电影艺术词典》：“科学幻想片，简称科幻片。以科学幻想为内容的故事片，其基本特点是从今天已知的科学原理和科学成就出发，对未来的世界或遥远过去的情景做幻想式的描述。其内容既不能违反科学原理，凭空臆造，也不必拘泥于已经达到的科学现实，创作者可以充分展开自己的想象。”科幻电影具有科学性、想象性、虚拟性、故事性等特征。首先，科幻电影基于一定的科学原理或科学设想创造一个迥异于日常生活的，自律、自洽的虚拟世界，并赋予这个世界以完整、系统的生活逻辑和崭新的世界观，同时，崭新的世界设定对推动故事的发展、戏剧冲突、人物的成长起到动力学作用；其次，叙事时空常界定于幻想中的未来宇宙、太空，具有超前性和未来性，能够反映艺术创作和想象的科学理性，具有一定的科技前瞻性；再次，科幻片通常聚焦于拯救人类、生命至上、正邪对抗等宏大主题，表现人类社会底层情感，弘扬“全人类共同价值观”，通过表现遥远过去或未来的想象世界，间接传达现实生活中人类的诉求，对现实生活进行“艺术化”夸张；最后，科幻电影通常利用先进的技术手段创造惊人、奇异的影像，给观影人以强烈的视觉冲击与心灵震撼。科幻电影不仅仅是一种电影类型，它更能体现人类对文明的思考、对科技的思考，也是一个国家发展程度和国家软实力的象征。

科幻影片是否具有极高的票房号召力，主要看科幻电影的剧本创作、资金实力和视觉特效这三重要求有没有达到领先水平。对于一部优秀的科幻电影，制作流程的全面协同显得尤为重要，包括稳定的题材输出和合理的剧本改编、大量的资金支持和成熟的预算体系、道具模型制作和特效设计，三部分缺一不可。科幻电影是美国好莱坞最具代表性的类型片，中国电影工业化距离好莱坞还差着很大一段距离，中国的科幻电影还有很长的路要走。

1938 年，中国第一部科幻电影——《六十年后上海滩》由新华影业公司出品，这也是新中国成立之前唯一的一部有资料可查的科幻片。1952 年上海科教电影制片厂出品的《小太阳》中，著名演员陈强扮演科学家，这部命运多舛的电影在相当长的一段时间内被雪藏。这算是建国以来最早的一部科幻电影。1979 年，于四川省成立的《科学文艺》杂志社（后更名《科幻世界》）是中国第一个刊登科幻小说的杂志社。此后，大量国外科幻名著译本和科幻影片涌入中国，并在我国首次形成了稳定的科幻迷群体，这群科幻迷里的不少人成了日后我国科幻文艺事业发展的中流砥柱，为中国的科幻发展夯实了基础。但是，长久以来，科幻电影不管是在制作上，还是市场的反响上，在国内都远远落后于其他电影。

国产科幻影片《流浪地球》自 2019 年大年初一上映之后，在社交网络迅速形成刷屏之势，并最终斩获 46.5 亿元人民币票房。在海外，《流浪地球》是第一部以 IMAX 3D 形式上映的中国电影，票房突破 500 万美元，成为近五年来华语电影的北美票房冠军。《流浪地球》不仅弥补了中国科幻类型电影的空白，验证了中国电影市场对承载着中国文化价值观念、想象奇特、场面宏大、制作精良的国产科幻类型片的强烈需求，同时也提供了科幻类型电影的创作、生产经验，培养出一批兼具电影工业化思维和专业生产技术与管理的人才。

（二）《流浪地球》里的“中国故事”

《流浪地球》被称为中国科幻电影的里程碑之作。从电影工业角度，这确实是一部可以与当代好莱坞科幻电影对话的中国科幻电影。影片在科幻电影的类型上进行了突破，也使中国科幻电影的工业化制作水平有了长足进展。但《流浪也球》作为中国科幻电影的意义并非仅限于此，更体现在利用科幻电影塑造中国文化形象、弘扬中国深厚传统文化的文化意识上的突破。由于由吴京主演，有人把本片戏称为“太空战狼”。影片充溢着年轻一代在新时代里对民族文化精神的深刻认同，主创团队也表现出了很强烈的文化自信。在这部对未来社会的想象性作品里，虽然影片也营造出“后人类”的景观，但中国人对于家庭、文化与土地的眷恋，以及对传统文化中的舍身成仁、愚公移山精神的继承，都被浓墨重彩地刻画展现。因此，在表现中国形象与讲述中国故事方面，《流浪地球》成功地向国际社会展示了中国的软实力，这才是真正可喜的突破。

这部电影展现了“人类命运共同体”的想象性政治图景。在危机来临之际，人类社会前赴后继，团结协作，试图改天换地，这是此前世界科幻电影史上不曾有的故事与图景，中国电影人为世界科幻电影注入了一种新的文化精神。尤其是在当下全球资本世界身染沉疴之时，更有振聋发聩的启示意味。科幻片是当代世界电影市场上的强势类型，中国电影人用它为建构未来世界的新格局提供新思路，呼唤基于“人类命运共同体”理念的新秩序。

影片整体传递出中国传统文化中关于亲情、土地、家园的独特观念，以及宏观展现了“中国特色、中国风格、中国气派”（图 5-50）。

图 5-50 《流浪地球》剧照 2

《流浪地球》中的两个主要前提预设，一是带着地球去“流浪”，二是全球性救援，都是不同于以往好莱坞科幻片的科学预想，带给观众空前的故事体验。原著为电影提供了带着地球去“流浪”的前提逻辑：“流浪地球”计划的开启是由于太阳氦闪即将发生，太阳将爆炸变成一颗红巨星，它周围的行星都将被吞噬，包括地球；逃亡计划被分为看起来非常具体且经过严密科学计算的五个步骤，即刹车时代、逃逸时代、流浪时代 I（加速）、流浪时代 II（减速）、新太阳时代，电影中的故事就发生在第二步中遇到的木星危机之时，而木星危机的理论根据是“洛希极限”。将人类与地球置于未来巨大危难中的预设是许多好莱坞科幻片都做过的尝试，在这些电影中人类建造飞船逃离地球，或是寻找另一个适合生存的星球，是移民思路，却从未有过带着地球一起逃离的情节，而这份独特性就是《流浪地球》所表现的文化内核。与建造飞船逃出地球相比，带着地球一起逃离太阳系的计划本身充斥着无数的危险与未知，原著也对地球和地球上的人们所经历的难以想象的灾难和考验进行了描绘：火山爆发、岩浆淹没地下城；巨浪和海啸之后，大片陆地被冰雪封冻；穿过小行星带时的陨石雨等。而且，计划历经 2500 年持续 100 代人，人类在漫长的流浪中将和地球一起见证前所未有的灾难，也随时可能被末日吞没。这个看似浪漫的计划背后是巨大的代价，要靠每一代人的信念和努力才能坚持下去。科学和技术毫无疑问是重要的硬件条件，但真正能支撑人类执行下去的是人类的情感。电影以"流浪地球"而非"逃离地球"的全新视角和范式，提出了应对全球危机的中国方案，反映了中国人特有的家园理念和家国情怀，体现了中国文化传统解读世界科幻命题的独特想象和解决方式（图 5-51）。

图 5-51　《流浪地球》剧照 3

（三）经典叙事模式

"经典叙事"的叙事模式为：开头一般是平静温情的"日常"生活，转而出现危机破坏了这种和谐和平静，为英雄出场做铺垫；随后英雄出场，经历了种种艰辛困苦，排除一个又一个困难，直至解决问题。电影《流浪地球》之所以能够实现口碑票房双丰收，与影片在叙事上对"经典叙事"模式的借鉴不无关系：开篇前 25 分钟分别简要交代了故事背景、人物关系和影片的基本场景，并由空间站人工智能机器人 MOSS 发出危险提示；开篇 30 分钟前后，"地木相撞"危机正式来临，片中主要人物悉数登场，"运送火石"救援任务正式开启；随后，救援小分队分别在上海冰山峡谷、楼梯内部、苏拉威西转向发动机等地一一克服困难，其中不断伴随亲人或同事的牺牲，直至影片第 80 分钟救援小分队面临终极任务——"点燃木星"重启，为即将到来的高潮铺垫；最后，影片随着主要英雄人物刘培强自我牺牲携空间站冲向木星达到高潮。

在人物关系的设置上，电影将刘培强和儿子之间由冲突走向和解的情感线索作为重点。十几年前，刘培强为了儿子能够进入地下城生活，放弃重病的妻子，让刘启的外公韩子昂带着刘启进入地下城，自己则前往太空站执行任务，正是这一决定造成了儿子对他的埋怨与误解。随着危机的深入，刘启也从被动加入救援队，到成为拯救地球的主力，他在危难中迅速成长，逐渐认识到责任，开始理解父亲，并与父亲的角色逐步靠近。最后，刘培强为了帮助地球上的人类完成点燃木星的最后五千公里，放弃了与空间站上的人类一起生存的机会。当听到父亲在广播里说出自己的计划时，刘启控制不住地歇斯底里，所有的不舍都变成拼命阻止父亲的大喊声，压抑在内心深处的情感释放出来，矛盾与误解在这一刻消散无踪，父子之间一直以来的冲突变为和解。而看到儿子在救援中的表现与成长，刘培强感到欣慰，认为他已经成为和自己一样有担当、有责任、有能力的男人。刘启此刻也理解了父亲当初的决定，并认识和接纳了自己内心的真实情感。父子在这场危机中逐渐走向互相理解、认同，并达成和解。

（四）《流浪地球》的视觉文化

《流浪地球》涉及的特效镜头是非常庞大的，影片中对外太空宏大场景的构建（图5-52），太空站的建造；地面场景中宏伟的火山、高耸的雪山、冰封的道路以及漫天的暴风雪（图 5-53）；科技元素感十足的行星发动机以及转向发动机；北京、杭州地下城房屋内景的搭建，以及各个灾难性场景的描绘，给予观众强烈的震撼。影片开篇中的一个镜头从主人公开始，镜头开始后拉，从地面延伸至太空，这样一条长镜头几乎涵盖了电影里所有的道具场景，里面合成模型数量多至千亿个。More VFX 视觉效果总监赵浩强说："推动地球流浪的引擎比珠峰还高，可是它有很多特别细节的东西，资产量很大。这个长镜头里，我们往地上撒的小石头就有 100 亿个。"

图 5-52 《流浪地球》剧照 4

图 5-53 《流浪地球》剧照 5

三、剧本节选

80．INT.九十五层观景平台-日

九十五层观景平台电梯口，王磊最先探出身，随后是锤子。

王磊打开背包，在电梯厢底部装好滑轮装置，使劲扯了两下，甩出两根缆索。其中一根穿过自己腰间的登山扣，缠绕一圈，确保稳固；另一个根扔给锤子。

锤子如法炮制，固定好缆索后，他倒退着走到离电梯门五米外的位置，马步扎稳。此时，溜子第三个爬出电梯口。

九十五层观景平台是钢梁和玻璃幕墙构成的一个回字形封闭空间，外面被冰雪覆盖了大半。阳光射穿冰层，在观景平台内折射出无数光华。

王磊：（指着回字形玻璃幕墙）溜子！找出口！

溜子：是！

溜子得令，沿着玻璃幕墙跑去。

（通信器）：大刚，周倩，上“火石”！

82．INT.一层电梯间-日

幽暗的一层电梯间，士兵们交错来往，手电灯光透过一块镂空雕刻着上海景观的屏风，在电梯门两边的墙上投射出陆家嘴地区建筑物的剪影。

“火石”被大刚和周倩推至一层电梯口。大刚接过上面垂下来的缆索，准备固定在“火石”的卡扣上。

一只戴着指骨骼的手抓住缆索，是刘启的手。大刚抓着缆索不放，两人互相较了较劲。周倩见状，手扶胯部枪套，上前一步。

刘启：（坚决地）等会，先上人。

一层电梯口，形成了刘启六人与大刚和周倩两人对峙的局面，对峙双方中间，是那个半人多高的大球“火石”。

刘启：（重复）先！上！人！

刘启盯着大刚，又把目光移向周倩，周倩沉默了两秒。

周倩（通信器）：老大，……请求……先上人……

王磊（通信器）：抓紧时间……

83．INT.一层电梯间、电梯井、九十五层电梯间-日

周倩将一根垂下的缆索用攀索器固定在自己腰间，然后用安全锁扣将自己和韩朵朵固定在一起；大刚则帮何连科和黄明绑好另一根缆索。

王磊和锤子分别用攀索器夹住缆索快速往回拉。滑轮组开始快速转动。

两根缆索，四个人同时上升。

何连科：慢点儿，我好像有点恐高。

84．INT.“领航员”通道-日

空无一人的通道（DBF 区）的中央显示屏，显示：全球救援队有五分之一变成红色，剧烈闪烁。公共通信频道里传来此起彼伏的求助声。

IN92-37 救援队：（印地语）……这里是 IN92-37 号救援队，我们面前的冰面塌陷了！请求支援！

TL61-5 救援队：（泰语）……补给站毁了！我们没有燃料了！

US303-17 救援队：（英语）……天啊，海冰全部断裂，海水涌出，瞬间又被冻结……请求支援！

GE11-475 救援队：（德语）……黎波里全部塌陷，我们的车队出不去了，请求支援！

MOSS 红灯极速闪烁，各类导航信息更新界面出现在屏幕上，屏幕与呼救声相应熄灭。

MOSS：木星引力持续增强。亚洲太平洋板块出现断裂，杭州、荆州、南充等共 41 座发动机塌陷。

地球上发动机熄灭处一片寂静。

85．INT.九十五层观景平台回字形玻璃幕墙-日

溜子在玻璃幕前寻找突破点，只见一面墙壁微微泛白。

透过玻璃幕墙，远处冰原开始大面积坍塌。突然，大楼一阵震动，天花板等杂物掉落。溜子转身往九十五层电梯间飞奔。

溜子：（大喊）老大，有余震，没法用炸药，这楼快塌了！

86．INT.一层电梯间、九十五层电梯间-日

王磊（通信器）：大刚上火石！快！

（通信器）：还有两个人！

大刚（O.S.）：顶不住了，一块儿上！

溜子赶回来，王磊边倒换绳索边对锤子溜子下令，再把另一根绳索交给周倩。

王磊：锤子溜子，带其他人打通出口！丫头！交给你了！上火石！

87．INT.上海中心电梯井、九十五层电梯间对切-日

王磊开始往上拉，刘启和韩子昂拴在一根缆索上，刘启在上，韩子昂在下，缓缓上升。大刚将第二根缆索扣在“火石”上，固定好。

大刚：好了，老大！朵朵冲到电梯边附身。

朵朵：户口、爷爷！快啊！爷爷，快啊！

周倩启动外骨骼装甲，与 Tim 合力往上拉。王磊加快拉着绳索。

王磊：朵朵快回来！那儿危险！

沉重的“火石”开始缓缓上升，缆索明显吃紧。

目送“火石”上升，大刚而后启动外骨骼装甲，开始沿电梯井向上攀爬。

溜子带着锤子、何连科、Tim 等人，站在观景平台前，溜子指着一片玻璃幕墙，这片幕墙的透光度最高（说明外面的冰层最薄）。

溜子：就是这！就这，最薄！交给你了！

锤子：（看着面前的外面冻着的玻璃）好！

锤子松开背上的转轮重机枪，架在腰部的外骨骼装甲的支架上，扣动扳机，火舌喷涌，大量弹壳倾泻而出。

滑轮组不堪重负，固定"火石"的支架出现破损。

89．INT.上海中心电梯井、九十五层电梯间、九十五层观景平台对切-日

刘启快到电梯口的时候，震动持续袭来，碎石冰屑纷纷落下，电梯厢"喀喇"一声往下掉了一小段。固定刘启和韩子昂的那根缆索的滑轮组支架破损。

刘启拼了命往上爬，指骨骼扣在电梯门口的边缘，使劲儿攀爬。朵朵冲到边缘，把刘启拉了上来。

Tim：刘启！

刘启转身将缆索绕了两圈，缠在指骨骼上，帮王磊往上拉韩子昂。王磊转向刘启。

王磊：刘启，你抓住！

王磊松开手中的缆索，转身扑向周倩的缆索，三人的外骨骼全开，拼命往后拉。

忽然，"火石"的滑轮组固定支架全部崩断。滑轮组掉落的同时，另一根缆索上的韩子昂也迅速下坠。

大刚发现头顶的"火石"突然向他砸来。

王磊和周倩被拖向电梯门，王磊用脚蹬住电梯门，暂时阻止了"火石"的下滑。刘启拉住韩子昂手头倍感吃力，双脚止不住向电梯门滑去。

刘启：上来啊，老东西！

冰层在子弹的猛烈撞击中飞溅出大量碎冰，大家纷纷躲避。刘启用身体护住韩朵朵。Tim 和何连科抱着头蜷缩成一团。

"火石"终于被王磊等三人拽了上来，锤子瘫倒在地大口喘着粗气，周倩瘫倒。刘启被韩子昂拽得摔倒，向前滑去。

王磊眼疾手快，抽出匕首，砍断了刘启手上的缆索。

刘启趴在地上，戴着指骨骼的手臂保持前伸的姿态，呆呆地看着他手中的那一段被割断的缆索。大刚拉住老韩，指骨骼扣在电梯井壁上向下滑。

大刚看到电梯门闸，用力狂踹。电梯轿厢松动，坠落。

电梯门闸被大刚踹开，大刚将韩子昂甩进电梯门。大刚的上方轿厢快速下坠。韩子昂摔入七十一层电梯间，腿部在地板上拖出血迹滑行片刻，停住。

韩子昂趴在地板上，上气不接下气，全身剧烈颤动着，血迹瞬间凝结成冰。

突然，身后电梯井中一声惨叫，坠落的大刚和轿厢呼啸划过，一层传来一声闷响。

韩子昂：……

92．EXT.、INT.上海中心、九十五层电梯间-日

周倩手臂上的显示屏显示：大刚的生命体征为一条直线。

周倩：（泪眼模糊看向王磊）老大……刚子没了……

上海中心摇摇欲坠。

玻璃幕墙外的冰层在重机枪火力的凶猛击打下，爆裂开一个洞口，暴雪狂风一下子涌入。

王磊拉起火石绳索对身旁的人说。

王磊：带他们俩走！

Tim 跑向电梯边的刘启。

Tim：刘启！

93．INT.上海中心走廊-日

韩子昂深吸一口气，努力地撑着墙站起来。氧气警告与通信器的声音充满韩子昂的头盔。

韩子昂（通信器）：朵朵乖……爷爷累了，歇会儿就上去，你跟户口先走……周倩一把架起韩朵朵，冲向洞口，跳出大楼。

96．INT.上海中心豪华套房-日

刘启（O.S.）：老东西！你到底在哪儿！韩子昂扶着墙往窗口走去。

韩子昂头盔中的氧气警告声越来越弱，周边开始变得无声。

韩子昂看了一眼氧读数，只剩 1%。他费力地摘下头盔，一层薄霜瞬间覆盖他的面庞。接着，去掏他的旧手机。

电台女主持（O.C.）：……今天是 2017 年 7 月 17 日，尾号 20528 的朋友给他女朋友点了一首很特别的歌，请听众朋友们欣赏……

（时间回到 2017 年）手机掏出来，是一个崭新的手机，一个浑身热汗的小伙子一身工装（建筑工），头戴安全帽站在一个豪华房间里。

房间里装修还没结束，地上堆放着装修材料，上面放着一台破旧的收音机，播放着电台里的《老司机带带我》。工友拿着饭盒，向小伙子招呼。

几个工友：饭来了，走啊！

小伙子（18 岁）站在落地窗前，窗外是鳞次栉比的上海广厦，阳光灿烂。

小伙子（18 岁）：我带了！

在小伙子面前的桌子上，摆着一碗热腾腾的葱油拌面。

看四周人都走了，望着眼前的高楼大厦，小伙子一屁股坐在正对落地玻璃窗的豪华沙发上，尽管沙发上还套着塑料膜。

手机屏幕中充满小伙子幸福的笑容，拍照的“咔嚓”声响起。

韩子昂（V.O.）：……在这里，又可以看到她了……

屏幕中的小伙子逐渐变成了老人，背景的环境也从明亮的工地变成豪华冰冻的房间。

（《老司机带带我》滑稽的音乐变为伤感的变奏曲）冰霜爬上韩子昂的脸，他的瞳仁不再闪亮。

手机屏幕被冻裂，闪了一下，熄灭。四周的碎石纷纷落下。最后，只剩心率监测器化为一条直线的长鸣。

第二节　外国电影

肖申克的救赎

片名：肖申克的救赎（图 5-54）

外文名：The Shawshank Redemption

出品时间：1994 年

导演：弗兰克·达拉邦特

编剧：弗兰克·达拉邦特　斯蒂芬·埃德温·金

片长：142 分钟

获奖：1995 年奥斯卡最佳影片、最佳改编剧本、最佳摄影、最佳男主角、最佳音响

图 5-54　《肖申克的救赎》海报

一、剧情介绍

该影片改编自美国畅销书作家斯蒂芬·埃德温·金的中篇小说《丽塔·海华丝及萧山克监狱的救赎》。此书也是其代表作品，收录于他的小说合集《四季奇谭》中，副标题为“春天的希望”。故事发生在 1947 年，小有成就的青年银行家安迪被指控杀害妻子及其情人而被判处无期徒刑，安迪的人生突然从巅峰落入地狱。在著名的肖申克监狱服刑期间，安迪结识了已服刑 20 多年的黑人瑞德，瑞德多次向监狱申请假释但都未得到批准。经过多次接触后安迪和瑞德二人成为朋友。安迪利用自身的专业知识，帮助监狱管理层逃税、洗黑钱，同时凭借与瑞德的交往在犯人中间也渐渐受到礼遇。最终安迪用

一把小小的鹰嘴锤，坚持不懈开凿洞穴20年。在一个雷电交加的夜晚，安迪越狱成功，重获自由。出狱后安迪向检察院告发典狱长贪污受贿的罪行，典狱长预感末日到来，畏罪自杀。一年后，狱友瑞德获释，他在与安迪约定的橡树下找到了一盒现金和一封安迪的手写信。之后他冒险跨越国境，在墨西哥的海滨与安迪重逢，二人一起过着理想的生活。

二、影片赏析

（一）影片导演

弗兰克·达拉邦特（Frank Darabont），1959年1月28日出生于法国杜省蒙贝利亚尔，法国导演、编剧、制片人。1983年，弗兰克·达拉邦特执导个人首部短片《房间里的女人》，从而开启了他的导演生涯。1987年，担任恐怖电影《猛鬼街3》的编剧。1990年，由其执导的惊悚电影《活埋》在美国上映。1994年，自编自导犯罪电影《肖申克的救赎》，该片入围第67届奥斯卡奖最佳改编剧本，并获得第19届日本电影学院奖最佳外语片奖，他凭借该片入围第52届美国金球奖电影类最佳编剧奖。1999年，凭借悬疑电影《绿色奇迹》入围第26届土星奖最佳导演奖。2001年，执导爱情喜剧电影《电影人生》。2007年，凭借悬疑电影《迷雾》入围第34届土星奖最佳导演奖。2008年，担任剧情电影《外国宝贝在北京》的制片人。2010年，执导的恐怖剧《行尸走肉第一季》在AMC开播。2014年，担任编剧的科幻电影《哥斯拉》上映。《肖申克的救赎》是他众多电影作品中最成功的一部影片。

弗兰克·达拉邦特是一个对作品充满热情的导演（美国影视杂志 *Variety* 评），对语言有着精确的掌控力，他使斯蒂芬·埃德温·金小说的通俗性更加丰富，凭借对电影语言的掌控，将一个司空见惯的故事拍摄成为高品质的电影作品。

（二）影片题解

影片《肖申克的救赎》借助“人人均有原罪，赎罪理所当然”这个理念展开了故事，描述了管制“多重罪恶”的肖申克监狱。影片中的“肖申克监狱”实际隐喻着一个相对封闭的社会环境，它是一种冷酷体制的代表。影片形象地表达出制度下的囚犯失去了自由，失去了自己的灵魂。如若想要摆脱体制化，人必须坚定自由的意志，坚持自我主体和对自由的追求。

监狱作为影片的故事背景，带有象征寓意，以安迪、典狱长、狱警和囚犯们所构成的这个世界本身就是错谬、混乱的。表面上看来安迪是被诬陷而关进监狱接受改造的。但当安迪在监狱回忆起与妻子二十年的婚姻生活时，逐渐认识到自己的罪恶，他疏于关心妻子和家庭，从而导致了一切悲剧的发生。肖申克的几任典狱长没有自私、贪婪，颠倒黑白，但他们却冠冕堂皇，教化训导着无罪的安迪。肖申克的监狱，看似是消除罪恶的净土，而实际上却是错谬、颠倒黑白的罪恶之地。

“救赎”一词最早源于西方的《圣经》，是基督教的重要教义，耶稣本人为了赎世人之罪，而将自己钉在十字架上。以基督教为国教的西方社会一直提倡通过发扬上帝的仁行、尊崇敬畏上帝来获得自我救赎，这对西方文化观念产生了深远影响。《肖申克的救赎》这部经典的好莱坞电影也体现出这一价值观念。西方好莱坞价值观中所宣扬的救赎，是对自我的坚持、对信仰和自由的追求，以坚定的人生信仰为追求，来打破各种束缚，寻求自我的突破和圆满。影片中安迪之所以能够完成自我救赎，并同时救赎他人，正是源于对信仰的坚定以及坚持不懈的追求。

《肖申克的救赎》是彰显体制化和自由的电影，体制化是通过肖申克监狱里的具象展现给观众，阐述每个人对自由的理解。对于在监狱里呆了 50 年的老托马斯来说，他已经习惯这里的一切，是被体制化的人，一旦改变则意味着毁灭；但对于年轻而富有激情的安迪来说，改变则是一种新生，是对自我的一种救赎。

《肖申克的救赎》题名是具有象征寓意的，这增添了影片的文化意蕴，也使影片形成多元的主题思想。

（三）多重主题表达

在电影中，安迪对救赎、希望和自由主题做了很好的诠释。首先，电影的救赎主题得到了全方位的呈现。在肖申克监狱中，电影中安迪通过独立的人格追求，坚持不懈的努力，给予他的狱友希望，尽其所能完成对自己、对狱友和对整个肖申克监狱的救赎。《肖申克的救赎》围绕着救赎与被救赎的故事，主人公安迪始终坚持着内心的尊严、自由、信仰，在漫长的监狱生活中救赎自己，也救赎着他人，他通过自己的执着、不屈完成了一切救赎，而影片也将这一观念深入人心。

其次，希望是完成救赎的动力，只有心存希望的人才能完成对自己的救赎。当安迪蒙冤入狱并遭受凶残虐待时，心中从未放弃对自由、光明和希望的追求。他曾说："不要忘了，这个世界穿透一切高墙的东西，它就在我们的内心深处，他们无法达到，也接触不到，那就是希望。"他挖掘隧洞，为狱友建造图书馆，帮助狱友通过自学考试等。通过安迪的不懈努力与执着追求，整个肖申克监狱充满了希望的阳光。通过各种方式，安迪让肖申克监狱的人们感受到：希望是一件美好的东西，也许是世界上最美的东西，而美好的东西永远不会消失。

最后，自由是本片传达的第三个主题。自由与希望、救赎同在，影片中有多个重要场景表现了主人公对自由的向往。其一，屋顶上的自由。安迪凭借自己的专业优势在帮忙修缮监狱屋顶后，为狱友们赢得了难得的自由时光。影片中阳光照在安迪的脸上，他露出奇怪的微笑，这一刻让安迪有了"做人的感觉"。影片画面温暖而热情，仿佛这群人不再是被囚禁的犯人，而是一群在装修自家屋顶的自由人。虽然自由的时光极为短暂，但正如瑞德的画外音："我们在太阳底下悠闲地坐着，微笑地望着蓝天，惬意地喝着冰啤酒，就像为自家修葺房顶一样，这一刻我们是自由的。"其二，欣赏音乐的自由。影片中安迪不惜以两周禁闭的代价为全体狱友播放了一曲《费加罗的婚礼》，即使狱友们并不知道歌词的意思，但他却让肖申克里的每一个犯人都感受到了自由的空气在流淌。正如影片中所说的"希望是关不住的，锁不牢的，是有翅膀的鸟，是流动的空气"。音乐作为一种享受，是自由的渴望，是黑暗里的一丝曙光，也为肖申克的监狱生活带来了一抹亮色。其三，重获自由。安迪越狱后，张开双臂接受雷电风雨的洗礼，拥抱着期待已久的、真正的、彻底的自由。此时影片达到高潮，安迪成功越狱意味着自我的救赎与自我的重生，最终回归个体真正的自由。安迪自始至终体现着个体对体制化的自我抗争和自我救赎，他的救赎之路是个人追求希望和自由的完美结合（图 5-55）。

图 5-55　《肖申克的救赎》剧照 1

影片在结尾部分给了我们明确的答案："恐惧让你沦为囚徒，希望让你重获自由。"电影作为文化的载体，将救赎、希望和自由三个主题由始至终贯穿整部影片。

（四）电影人物塑造

1. 安迪 · 杜佛兰（图 5-56）

年轻的银行家，原本想报复妻子外遇，后打消念头，不料妻子及情夫当晚即遭杀害，被诬陷杀人，进入肖申克监狱。在监狱中一直坚持给政府写信，最终获得政府资助建立监狱图书室。为囚犯播放美妙的音乐，还利用自己的知识帮助大家打点自己的财务，典狱长发现他的理财特长后让他帮助自己清洗黑钱做假账。在监狱待了 20 年后，通过狱友帮其获得鹰嘴锤，凿挖地道越狱成功，重获新生。

图 5-56　《肖申克的救赎》剧照 2

2. 艾利斯·波德·瑞德（图 5-57）

肖申克监狱囚犯之一，因杀人被判入狱已经 20 多年。他是整部电影的讲述者。狱中交易商，与安迪结为好友。在狱中数次为安迪提供帮助。他最初追逐着自由，多次申请假释均被驳回，对自由已不再抱有希望，是个“安分守己”的人。他说：“在这里，希望是个危险的东西，会让你痛不欲生，所以不要去拥有希望。”但是受到安迪的影响，他重燃希望之火。安迪逃狱后，他获得假释。按照安迪的吩咐，找到一笔钱和一个地址，最后冒险与安迪重逢在太平洋小岛。

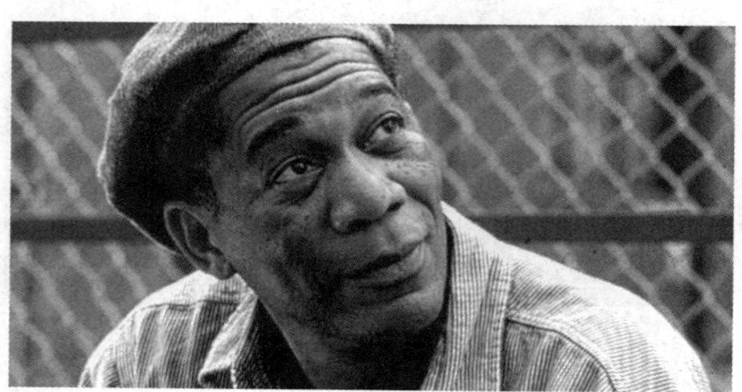

图 5-57 《肖申克的救赎》剧照 3

3. 山姆·诺顿

肖申克监狱典狱长，当得知安迪的理财能力之后，开始利用安迪替其洗钱、做黑账，渐渐露出魔鬼般狰狞的面容，最后安迪越狱后告发他的罪行，丑闻败露后他饮弹身亡。

（五）电影艺术特点

1. 叙事艺术

《肖申克的救赎》作为犯罪题材电影，曾获得 7 项奥斯卡提名，堪称世界电影史上的经典之作。这部电影的艺术魅力和叙事艺术都可谓是无冕之王。影片运用多重叙述视角、独特的表现手法展现电影的艺术魅力。

第一，第一人称叙事。《肖申克的救赎》采用的是以瑞德为第一人称的叙述视角，影片时常将叙述视角交给瑞德，他的活动、思想对影片主要情节的发展起着至关重要的作用。瑞德这种讲述对于观众来讲是直接的、即时的，这使得叙事更加灵活，更具有真实感。他的语言直接作用于观众的听觉，在现场有一种明显的优势，正是凭借这一优势，瑞德的叙述引导观众对安迪的视点，从而使观众对这个瑞德心中不凡的人物充满了好奇。

第二，隐含叙事：蒙太奇。在瑞德叙述整个故事的时候，每一个角色都有属于自己的非叙述者的声音，因为受瑞德的空间、时间所限，这些额外的信息对明叙述者的叙述提供了很好的认同和补充，也给观众带来了一些作为明叙述者瑞德所不知道的情节和信息，这些额外的信息是隐含叙述者提供的。在电影里，作为带有叙述的电影来说，蒙太奇的使用使它最大化地暴露了自己。比如在《肖申克的救赎》的开端部分——法庭的一场戏中，导演闪回的运用、快速的剪切以及安迪逃出监狱后监狱长撕下海报镜头的重复使用等都使隐含叙述者的在场被观众所感知。

第三，全知叙事。全知视角，是法国结构主义理论家杰拉尔·日奈特所说的“零视角”，即叙述者不参与影片的叙事进程，通过电影中的各种艺术元素来进行叙述而非直接的语言叙述。在影片中安迪未进入监狱前，叙述者瑞德没有出现前，影片的叙事由全知叙事来展现。

第四，特殊的叙事。在《肖申克的救赎》中还出现了老布这个叙述者，他与瑞德的叙述有很大的差异。老布的叙述通过信件方式出现，他的叙述是一个读信过程，是给瑞德和安迪的信的画面展示。因为老布出狱后的生活已经超出了瑞德所能控制的时间范围。但是加叙后出现了瑞德和安迪读信的镜头，在叙述结构的角度上这样设计更易于呈现。

第五，戏剧性叙事模式。影片严格遵守好莱坞电影的叙事结构，采用线性的叙事风格，整部影片以顺叙时间来推动情节发展。以安迪的妻子和其情人被杀，安迪含冤入狱为故事开端，到安迪入狱后发生的一系列故事为过程。影片中有两个高潮部分：修缮屋顶时安迪帮助狱警逃税为狱友们赢得一箱啤酒，以及短暂的自由时光，这是第一次高潮出现。安迪经历一系列对抗直至成功越狱出逃。最后 28 分钟，影片利用闪回的剪辑技巧交代如何成功越狱、典狱长的自杀、瑞德出狱后和安迪的相遇。整个故事完整，情节丰富，戏剧冲突显著，符合戏剧结构特点，戏剧性的叙事模式使得影片情节紧凑，高潮迭起，彰显电影的戏剧艺术。

《肖申克的救赎》在庞大的叙事结构中注重人物、情节和戏剧元素等的艺术表达。影片中的瑞德是明叙述者，在瑞德之上的隐含叙述者则进行辅助叙述，此外导演还善于利用零视角和加叙方式来增加影片的层次和张力。影片以多重的叙述视角传达创作者的审美意图和艺术构思。这种叙事模式是符合观众观赏心理和审美情感需求的。

2. 反讽的艺术手法

凭借讽刺叙事的艺术手法展开对宏大叙事话语的解构，是电影《肖申克的救赎》重要的艺术创作手段。

第一，语言反讽。语言反讽在电影《肖申克的救赎》中主要表现为典狱长诺顿的口蜜腹剑。比如诺顿在筹谋个人发展前途时，对提出的“外役”专案进行宣讲时说：“这不是放任自由，而是一种真正意义上的进步，让犯人恢复道德。”而事实上，这不过是诺顿“捞油水”的幌子，瑞德在旁白中深刻地揭露这一丑恶嘴脸：“揩油的方法何止百种，人力、物料，处处漏洞。”诺顿冠冕堂皇的语言与其卑劣、贪婪、虚伪和不择手段谋求私利的行为之间形成了鲜明的对比，极具讽刺色彩。

第二，命运反讽。在监狱服刑 50 年之久的老布获得假释之后，与社会脱节，无法回归常人的生活，夜晚噩梦连连，时常惊醒，每天生活在惶恐之中，最后不得不通过死亡获取心灵的解脱。可见，已经被体制化的服刑人员，身心备受摧残，想要重获自由、得到自我救赎必要付出巨大的代价。

第三，戏剧反讽。电影中，安迪是一位年轻的银行家，是社会精英知识分子，是权力者的象征。被判入狱后，成为肖申克的囚犯，身份地位急速下降。但他利用自己的专业优势，在这家监狱中成为“理财师”和狱友的“文化导师”。在某种程度上，又成为“掌控者”。而他命运的前后落差，也正是权利代表法官、典狱长所造成的。掌权者的贪污腐败导致他们在监狱权力场域的部分失语，而安迪实则成为监狱权力场域的主导，两者权力的鲜明对照形成电影在整体叙事结构上的巨大讽刺。

3. 电影的黑色元素

从影片的色彩色调分析，整部影片使用了大量的黑色电影元素。灰色的、冷峻的色彩运用是这部电影在画面语言上最显著的一个特征。影片在大部分时间里都处于一种灰暗、单调的氛围中，人物活动场景也多处于阴影之中。阴暗、狭小的牢狱，漆黑的禁闭房，机械的、毫无生气的工作车间，尤为可怕的是监狱里的狱警和监狱长从没有笑容，总是阴沉着一张脸。黑色的夜晚、黑色的汽车、监狱内大量的黑色空间等黑色电影元素的使用，营造出黑暗压抑的场景氛围，在这一典型环境中塑造了复杂而深刻的人物形象，满足了观众的期待视野和审美需求。

《肖申克的救赎》于 1994 年 9 月 10 日上映，自上映以来，收获无数赞誉，被誉为最经典的励志片，尤其是片中的很多经典对白成功打动了一代又一代的观影者，成为他们的精神支撑和动力源泉。

三、剧本节选

第一部分台词

Lawyer: Mr. Dufresne, describe the confrontation you had with your wife the night she was murdered.

律师：杜弗伦先生 请你描述命案当晚和妻子争吵的情形

Andy Dufresne: It was very bitter.

安迪·杜佛兰：我们吵得很凶

She said she was glad I knew, that she hated all the sneaking around.

她说不怕我知道 她讨厌偷偷摸摸

And she said that she wanted a divorce in Reno.

她还说 想去雷诺市办离婚

Lawyer: What was your response?

律师：你怎样回答？

Andy Dufresne: I told her I would not grant one.

安迪·杜佛兰：我拒绝离婚

Lawyer: “I'll see you in hell before I see you in Reno.”

律师：“你别想活着去雷诺市”

Those were your words, according to your neighbors.

邻居作证你说过这句话

Andy Dufresne: If they say so. I really don't remember. I was upset.

安迪·杜佛兰：也许吧 我气炸了 记不清楚

Lawyer: What happened after you argued with your wife?

律师：你们吵完以后呢？

Andy Dufresne: She packed a bag.

安迪·杜佛兰：她收拾行李

She packed a bag to go and stay with Mr. Quentin.

去跟昆丁先生住一起

Lawyer: Glenn Quentin, golf pro at the Snowden Hills Country Club.

律师：葛兰·昆丁 乡村俱乐部的高尔夫球教练

whom you had discovered was your wife's lover.

你最近才发现他是你太太的情夫

Did you follow her?

你跟踪她吗？

Andy Dufresne: I went to a few bars first.

安迪·杜佛兰：我先去酒吧买醉

Later, I drove to his house to confront them. They weren't home.

然后去他家 但没人在

So I parked in the turnout and waited.

我停了车等他们

Lawyer: With what intention?

律师：用意何在？

Andy Dufresne: I'm not sure.

安迪·杜佛兰：我不确定

I was confused, drunk.

我醉了 糊里糊涂

I think mostly I wanted to scare them.

我想我最多只是吓吓他们

Lawyer: When they arrived, you went up to the house and murdered them.

律师：结果他们一回来 你就冲进屋杀了他们

Andy Dufresne: No, I was sobering up.

安迪·杜佛兰：不 我逐渐酒醒

I got back in the car and I drove home to sleep it off.

我回到车上 开车回家倒头就睡

Along the way, I threw my gun into the Royal River.

路上我把枪丢入罗伊尔河

I've been very clear on this point.

这点我已讲得很清楚

Lawyer: Well, Where I get hazy where the cleaning woman shows up the following morning

律师：但我很奇怪 清洁妇隔天早晨上工时

and finds your wife in bed with her lover riddled with .38-caliber bullets.

发现床上的双尸 身上满是三八的弹孔

Lawyer: Does that strike you as a fantastic coincidence, or is it just me?

律师：你不觉得这很巧吗　还是只有我这么想？

Andy Dufresne: Yes, it does.

安迪·杜佛兰：是　很巧

Lawyer: Yet you still maintain you threw your gun into the river before the murders took place.

律师：但你坚持说早在案发之前就已把枪丢尽了河里

That's very convenient.

这种说法倒很省事

Andy Dufresne: It's the truth.

安迪·杜佛兰：这是实话

Lawyer: The police dragged that river for three days, and nary a gun was found

律师：警方打捞三天都没找到

Lawyer: So, there could be no comparison could be made between your gun and the bullets...

律师：这样就无法比对你的手枪和

taken from the bloodstained corpses of the victims.

从受害者尸体上取出的弹痕

Lawyer: And that also...

律师：所以呢

Is very convenient. Isn't it, Mr. Dufresne?

这样很省事 不是吗 杜弗伦先生？

Andy Dufresne: Since I am innocent of this crime.

安迪·杜佛兰：我是清白的

I find it decidedly inconvenient that the gun was never found.

所以找不到枪反倒对我很不利

Lawyer: Ladies and gentlemen, you've heard all the evidence.

律师：女士们先生们 一切证据都证明了

We have the accused at the scene of the crime.

案发时被告在场

We have footprints bullets on the ground bearing his fingerprints.
脚印和胎痕　散落地面的子弹上有他的指纹
a broken bourbon bottle, likewise with fingerprints.
酒瓶碎片上同样也有指痕
Lawyer: And most of all,
律师：最重要的是
we have a beautiful young woman and her lover...
一位美女与情夫
lying dead in each other's arms.
相拥而死
They had sinned.
他们有伤风化
Lawyer: But was their crime so great...
律师：但是
as to merit a death sentence?
罪该致死吗？
Lawyer: Now, while you think about that...
律师：与此同时 请各位
think about this
再考虑一件事
A revolver holds six bullets, not eight.
左轮枪只能装六发 而非八发
I submit that this was not a hot- blooded crime of passion.
所以他并非一时冲动
That at least could be understood, if not condoned.
冲动并不可宽恕 但可以理解
Lawyer: No.
律师：然而
This was revenge...
这是复仇
of a much more brutal, cold-blooded nature. Consider this:
残忍而冷血的谋杀 想想看
Four bullets per victim.
这两人各中四枪
Not six shots fired, but eight.
共八枪 而非六枪

That means that he fired the gun empty

因此他是先射完一轮

and then stopped to reload so that he could shoot each of them again.

再装弹补上两枪

An extra bullet per lover right in the head.

然后再一人添一枪 射穿脑袋

Judge: You strike me as a particularly icy and remorseless man, Mr. Dufresne.

法官：你面目冷漠 全无悔意 杜弗伦先生

It chills my blood just to look at you.

看见你就令我齿冷

Judge: By the power vested in me by the state of Maine

法官：根据缅因州赋予我的权力

I hereby order you to serve two life sentences back- to- back

我判你两个无期徒刑

one for each of your victims. So be it!

为两位死者偿命 退庭！

Parole Officer: Sit.

假释官：坐下

We see you've served 20 years of a life sentence?

你判无期徒刑 已关二十年？

Eills Boyd Red Redding: Yes, sir.

艾利斯·波德·瑞德：是的

Parole Officer: You feel you've been rehabilitated?

假释官：你改过自新了吗？

Eills Boyd Red Redding: Yes, sir. Absolutely, sir.

艾利斯·波德·瑞德：是的 确实如此

I mean, I learned my lesson.

我已得到教训

I can honestly say that I'm a changed man.

真的 我已洗心革面

I'm no longer a danger to society.

我不会再做危害社会的事了

That's God's honest truth.

上帝为证

千与千寻

片名：千与千寻（图 5-58）

出品时间：2001 年

制片地区：日本

导演：宫崎骏

片长：125 分钟

主要奖项：第 75 届奥斯卡最佳动画长片；第 52 届柏林电影节金熊奖等

图 5-58 《千与千寻》海报

一、剧情介绍

《千与千寻》于 2001 年 7 月 20 日在日本上映。故事在一开始就交代了背景，千寻的父亲在穿过那个山洞的时候这样说道："果然没错，是主题公园的残骸，90 年左右到处都计划好了。泡沫经济开始了，大家都崩溃了，那也是其中之一。"在此背景下讲述了 10 岁少女千寻跟随父母搬往新家，途中误入一座神庙，来到了另一个世界：一条专门给神仙提供服务的热闹非凡的浴场街。父母被美食所诱惑，吃了供奉的食物而被变成了猪。

夜幕降临后，随着小镇灯火的亮起，很快就出现了很多形态各异且半透明的怪人。而千寻也渐渐发现自己的身体正在逐渐变得透明，感到非常的恐惧和无助。千寻遇到了一个叫白龙的少年，他帮助千寻保住了身体。在白龙的帮助下，千寻找到了"油屋"中的锅炉爷爷，又在锅炉爷爷与女工小玲的帮助下成功见到"油屋"管理者——汤婆婆。汤婆婆答应了千寻的工作请求，与千寻签下契约，将她的名字改为千。千寻在"油屋"努力工作，等待机会救出父母回到自己的世界。

千寻仿佛突然成长，再也没有哭过。在这纸醉金迷、人人贪婪迷失自己的汤屋里，千寻却一直保持自己的本性，她善良、乐于助人，尽管弱小，却勇敢坚定。她面对无脸男抛出的诱惑无动于衷，还主动把无脸男引出令人迷失的油屋，又勇敢地为拯救白龙而奔波，最后终于找回自己，也救回了父母。

二、影片赏析

（一）影片导演

宫崎骏是日本有名的动画师、漫画家，也是动画的制作者。1963 年进入东映动画株式会社。然后，和高畑勋一起创立了吉卜力工作室。2013 年 9 月 6 日宣布引退。宫崎骏的漫画电影作品以精湛的技术、动人的故事情节和温馨的氛围在世界上有着不可动摇的地位。

宫崎骏的作品不仅在日本，在世界动漫领域也有着不可动摇的地位。宫崎骏有很多动画代表作，如《龙猫》《天空之城》《千与千寻》等。其中，《千与千寻》是历史上第一部也是唯一一部获得欧洲三大电影节、柏林金熊奖的动画作品。

（二）影片题解

关于作品的名称，《千与千寻》又名《神隐少女》，在日本的神话故事中，“神隐”是一个不可缺少的通往奇幻世界的代名词，意即“被神怪隐藏起来”。千与千寻，其实是主人公在两个不同世界的不同命字，这也寓意两个不同性格的人物及其价值体现。

千寻是现实中女主人公的名字，在现实世界中展现她的社会生活环境及价值观念。现实中的她懒惰、胆小、厌学，是个涉世未深的天真少女。

初到汤屋，“千寻”被改名为“千”，象征了初入职场社会，人原有的价值观念、处世准则等会受环境影响而改变。在神异世界的她变得坚强、勇敢、不断成长。记住名字就是把握住自己最初的原则。忘了名字就是忘了自己的原则，被环境改变着。

名字其实就是自我，代表着初心和本真，“忘了名字就回不去了”。忘了名字就偏离了本心，从而迷失自我。宫崎骏将现实中被忽视的千寻带入神幻世界中，使其找到自我并坚持自我，最终得到自我的成长。

所以说，《千与千寻》这部作品以其奇幻的故事外形，寓意现实世界和现实中的人，它是宫崎骏给人们带来的警示之梦。

（三）故事主题

一个好的故事必然有好的主题，这是创作者所要表达的核心。它不限于创作者的个人感受，而可能来自同理心，可以引起他人共鸣的共同的情感。在《千与千寻》里，我们能看到对贪婪、自私、邪恶的揭露，也能看到对爱、勇气、成长的展现，不同年龄、不同背景的人都可以在这部电影里找到自己所认同的主题，所以它的主题是多层次、多维度的。

第一，关于爱情。影片中对于爱情的表达主要围绕千寻和白龙两个动画人物。在电影里，对于白龙和千寻的关系，第一次被定义是锅炉爷爷，用的词是“爱”。日语里“爱”

这个字其实和汉语里一样是泛化的。电影开始或许对于白龙和千寻的感情还有些模棱两可。但之后，钱婆婆用了“boy friend”这个词，似乎便给他们之间的关系明确了答案。白龙和千寻是命中注定的。千寻被夺去名字之后改名为“千”，白龙直言他不知为何始终记得千寻的名字；并且他们多次拯救彼此；包括结尾，千寻帮助白龙找回名字，二人共同回忆起只属于两个人的两小无猜，展现出两人之间至纯、至真、至朴的爱情。正是因为爱而创造了奇迹（图 5-59）。

图 5-59 《千与千寻》剧照 1

第二，关于成长。《千与千寻》的故事始于搬家，十岁的小女孩千寻与父母共同前往新家，途中却意外走进了神幻世界。刚开始的千寻是胆小、怯懦的，对父母有着极大依赖。比如爸妈下车带她穿过隧道时，她缩在那里久久不动。她不愿意离开原来舒适的环境，也嘀咕着还是喜欢原来的学校。她保有小女孩天真烂漫、娇气的一面。但是，随着后来父母变为猪，她被迫开始转换角色。没有了父母的保护，千寻突然意识到想要在这个陌生世界生存、解救父母，就必须要依靠自己。她到汤婆婆的浴场工作，开始独立面对一切困难。面对不怀好意的汤婆婆，千寻虽然感到害怕但没有退缩，即使被诋毁、被威胁、被引诱，她都没有忘记自己的本心，不断重复自己想要在这里工作的决心，终于汤婆婆和她签约了，她有了可以在这个世界上生存的能力。

面对工作，千寻认真负责。刚到油屋时被人刁难过、打骂过，但她始终认真努力地对待这份工作，没有抱怨、没有偷懒。面对谁都不想接待的“腐烂神”，她不惧恶臭帮助“腐烂神”洗澡，并帮助其把身上的刺拔出来，可见其细致、认真的工作态度和责任感。

面对朋友，千寻表现出真诚和善良。看到被压垮的煤炭精灵，她主动上前帮忙；看到在大雨中一脸寂寞的无脸男，她会为他留门；看到奄奄一息的白龙，她敢冒险去寻求钱婆婆的救助；看到在油屋里，欲望膨胀的无脸男，她会给他河川之丸让他吐出各种欲望并帮助他寻找自我……也是因为她的真诚善良，她得到了白龙的友情、锅炉爷爷的帮助、小玲的另眼相看、无脸男的信任和偏爱、巨婴宝宝的喜爱。

千寻解救父母的过程就是自己生命的一次成长，这是对现实世界的隐喻。一开始那个胆怯的小女孩，经历一番人生的洗礼，找到自我，坚守初心，抵制各种诱惑和欲望，最终回到自己的世界。成长是每个人必须经历的过程，成长的道路必须自己去走。正如汤婆婆所说："不管是你的父母或男朋友的事，都要靠自己。"

第三，关于初心。影片中10岁小女孩"千寻"有两个名字，一个叫作"千"，另一个叫作"千寻"，并且有着特殊的寓意。影片中汤婆婆靠剥夺别人的名字来掌控别人。千寻也是如此，从"千寻"变成"千"，她忘了自己的名字。但是即使忘了名字，她也没有忘记她的勇敢坚定、认真负责、真诚善良的本性。千寻的父母因为贪欲而吃了供奉神灵的食物，所以变成了肥头大耳的猪。汤婆婆为了金钱，连自己的亲生孩子都认不出。油屋里服务的人更是如此，被无脸男手中的金钱所诱惑，你争我抢，最后被无脸男吃到了肚子里。这些都是现实社会的隐喻，人性的自私、贪婪和无穷欲望会使人们迷失自我，迷失人生方向。

然而千寻面对各种诱惑，却能坚守初心，坚持自我。比如千寻在清洗浴池的时候，去柜台拿药浴牌，掌管药浴牌的人不给他，无脸男帮千寻拿了一个，等到千寻把浴池弄干净之后，无脸男又拿来了许多药浴牌，但是被千寻拒绝了，千寻说："不用了，我要一个就够了"。在众人都向无脸男要金子的时候，无脸男要将金子给千寻，却又被千寻拒绝了。因为千寻知道自己的初衷只是为了得到一份工作，然后救出爸爸妈妈回到原来的世界。不仅如此，千寻凭借自己的勇敢帮助白龙也找到了自己的名字，半空中白龙眼含泪水说："我真正的名字是赈早见琥珀主。"

在拯救父母的过程中，千寻在面对各种利益以及人性弱点时，她都能够坚持自我，坚守初心，不被外界所迷惑，从而成功救出父母并回到原来世界中。

（四）角色塑造

《千与千寻》作为一部温暖而唯美的日本动画，角色塑造与声音、镜头、画面等紧密融合，但是角色塑造是其中最重要的一部分。影片中塑造了众多动画人物形象，具有不同的性格特征，呈现现实社会的众生相。

1. 荻野千寻（图 5-60）

主角千寻是影片着重塑造的动画人物形象。千寻是一个普通的小女孩，她遵守规矩、无贪欲，特别是在她的父母想要去吃美食但是店家不在的时候，她坚持自己的原则，没有随便去吃别人的东西。最初她胆小、怯懦，之后在寻找父母的过程中表现出勇敢与坚毅、责任与担当以及她对父母的孝悌之爱。她对周围那些诋毁她、充满恶意的人展现出善良、友爱，表现她人性中的美好品质。在白龙受重伤垂死之际，锅炉爷爷告诉千寻可以去找钱婆婆求助，并告诉千寻此行的危险性，但是千寻仍然毅然前往，展现出千寻对于白龙的纯真之爱。此外千寻对于即使是自己不喜欢的无脸男，也给予足够的关爱与尊重。

图 5-60 《千与千寻》剧照 2

千寻的勇敢、坚强、积极、乐观改变了人们的看法和想法，给油屋带去了一些温情和人情味。宫崎骏所创作的千寻这一少女动画人物，具有少女的纯真、善良、真诚，平凡而真实，显现出少女特有的亲和力和生命力。

2. 白龙（图 5-61）

白龙原名赈早见琥珀主，是影片中的男主人公，人类世界的琥珀川河神，真身是白龙。因为琥珀川河流被掩埋而无家可归，到了汤婆婆的门下学习魔法，之后便被汤婆婆支配，被称为“白龙”，一直在寻找自己的真名。他性格温柔，但在神幻世界中变得冷酷严厉，遇到荻野千寻后，向她伸出援手，帮助她在神幻世界中生存。在千寻的帮助下，他解除了身上的符咒，找回自己的名字，并与千寻约定再见。

图 5-61 《千与千寻》剧照 3

3. 无脸男（图 5-62）

这部电影里面角色让人印象较深刻的是无脸男，作为影片中的配角，他的角色设定耐人寻味。他是一个十分神秘的鬼怪，全身都是黑色的，只有脸上有一个白色的面具，他总是给人一种很孤独的感觉，他表面看起来很恐怖，但是心地善良，他很渴望能交到朋友。他第一次出现的时候，是在千寻与白龙见面的时候。他给人的感觉总是很神秘，悄无声息地出现又悄无声息地消失。因为他受到过千寻的帮助，所以对千寻表现出特有的偏爱，总是默默地陪伴她、保护她。他总是想引起千寻和其他人的关注，所以做了一些很夸张的事，只是他为了想得到别人的关怀和陪伴，证明自己的存在。

图 5-62 《千与千寻》剧照 4

无脸男的角色形象如同影子一般，没有人会在意他的存在与消失。他行进时呈飘浮状，始终沉默不语。他没有名字、面孔和声音，似有若无地游离于“油屋”世界，无人问津。有人认为，无脸男是内心空无、纯真偏执，渴望被关怀、被认可的现代年轻人形象的缩影。这一人物形象具有象征寓意。

4. 汤婆婆（图 5-63）

影片中的动画人物汤婆婆是具有多重人格的典型形象。作为“油屋”的掌控者，她精心经营“油屋”，拥有至高无上的话语权，市侩且刻薄，生活奢靡而忙碌。在她身上集中体现出诸多人性的阴暗面，比如贪婪、无情、残忍、专权，类似西方巫婆的形象。“油屋”的统治者汤婆婆左右着汤屋中人们的命运，凡是与其签订契约的人，都被改变名字，逐渐失去自我。作品中塑造了一个面容怪异、丑陋的巫婆形象，她住着奢华无比的房间，带着各种金银珠宝，性格乖张而暴力，且贪婪自私，总是要将自己的意志强加给其他人。她是一个负面人物的代表，人物塑造鲜明而有特色。

图 5-63 《千与千寻》剧照 5

影片中塑造的各色人物形象个性十足，或可爱、善良，或真诚、勇敢，或邪恶、丑陋，正是这些丰富的人物形象丰富了影片的故事情节，使影片更具吸引力。

（五）影片艺术特点

宫崎骏是日本动画界的一位传奇人物，影评家埃利·福尔曾预言："八十年后，世界动画界最接近埃利·福尔梦想的，首推宫崎骏。"可以说，他是动画和文化传承的创造者，是日本动画界的精神支柱。他以童真的方式来表达深邃的思想内容，影片的叙事结构、人物塑造、色彩艺术、独特的背景音乐都体现着精湛的电影艺术。

1. 戏剧性的叙事结构

《千与千寻》是一部极具戏剧张力的动画电影。在这部电影中，宫崎骏导演设置了具有吸引力且新颖的戏剧冲突，影片中主要的戏剧性冲突是：小女孩千寻的父母因为贪吃中了魔法变成猪，千寻为救父母经历了一系列的磨难，最后通过自己的努力救出父母回到现实世界。

千寻解救父母是影片中的主要冲突点，在这个主要冲突展开的过程中，又涵盖了一些次要的冲突点：比如无脸男因为喜欢千寻引发了一系列的事件；千寻帮助河神洗掉污垢而得到神奇的药丸；白龙盗窃钱婆婆的印章受到惩罚。这一系列的次要矛盾与千寻拯救父母的主要矛盾看似没有多大关联，但围绕着千寻的成长形成连贯的线索脉络。

戏剧性的叙事结构注重因果关系，情节紧密连接、丝丝入扣。影片围绕千寻解救父母这一中心事件展开，在多个矛盾冲突中推进故事发展。这种扣人心弦的情节推进是这部动画电影成功的一大因素。

《千与千寻》除了运用戏剧冲突来推进情节发展之外，另一个重要的叙事艺术是它采用了闭合的叙事结构。所谓闭合，即故事有始有终、有因有果，故事的起点和终点可以闭合成为一个"圆"，即起点和终点重合。故事的开始是千寻和父母从现实世界到了神隐世界，父母变为猪。故事的结束，千寻在神隐世界里找回了父母，一家人重新回到现实世界中。前后呼应，形成完整的故事发展链条。

2. 鲜明的人物塑造

动画中的每个人物都各具特色，他们是一部电影艺术的灵魂所在，人物的性格特征能给观影者带来情绪的跌宕起伏。在《千与千寻》影片中，千寻善良、平凡；汤婆婆残忍、贪婪；白龙在善与恶之间转化，三者分明的性格推动剧情走向高潮。在影片中，导演通过鲜明的人物形象特点及角色的多面性，给电影带来多层次的艺术效果，既出乎意料又符合人之常情。人物塑造立体而饱满，没有扁平化，并推动故事情节发展，带动观众情绪。

3. 娴熟的色彩艺术

色彩在动画电影中的表达存在很多种方式，它可以是一部电影的基本色调，也可以是服装或环境的色块，不同的色彩表达不同的情感和感受。宫崎骏不拘泥于现实生活的色彩，而是以现实为基础将自己的主观臆想带入作品，使得每部作品的色彩富有独一无二的视觉冲击力和欣赏价值。

在影片中，小女孩千寻原来的服装——上衣是白绿相间的T恤和红色短裤，到了神灵世界换成了红色服装。白色绿色和红色属于不同色调，随着色调的变化，他们的情感也不同。

白色属于冷色，代表正义、神圣和净化，象征纯洁无瑕、高雅尊贵；绿色属于中间色调，它是冷暖平衡色彩，给人以宁静和安稳，象征大自然，代表生命、青春和生机；而红色是最具有穿透力的暖色调，在中国是一种喜庆的色彩，代表吉祥如意，象征热情、浪漫和奋进，但是在日本红色常常预示着不祥。

色彩应用预示着人物的性格特征，千寻从一个现实世界到灵异世界，身份转换，性格也发生变化。现实世界中的千寻是平凡的少女，天真、胆怯又依赖父母，不具有独立性。到了神幻世界之后，面对重重磨难，服装色彩以红色为主，代表其所处环境及命运的凶险。前后色彩的变化显现不同的人物性格特点以及情感变化。

影片中多以森林和水为背景，绿色的植物，带给人生机和活力，充满青春的气息；蓝色的大海澄澈而静谧，代表永恒，给人安稳的感觉；红色的建筑物是尊贵、贵重的象征，代表着权威和神圣；白色的白龙代表着纯洁、正义等。影片通过多种色彩组合，形成丰富的画面层次，既有助于情感表达，也丰富了影片的视觉效果。

同时，在影片中宫崎骏利用冷色调来烘托气氛，给人们营造一种怪异、凄凉、惊悚的气氛。影片中一些恐怖的画面多以深蓝色调为主，如白龙走向油屋楼顶的场景，楼梯是暗蓝色的，被拉长的影子投影到墙壁上，给人一种诡异的气氛，造成一种紧张感。在千寻误入神隐世界，发现无法回到人类世界的时候夜幕降临，在华丽的轮船中走出了千奇百怪的神明，船的背景始终处在暖色调中，而前景则处于黑暗中，两者形成鲜明的对比，造成强烈的视觉冲击感。

4. 独一无二的音乐

宫崎骏的动画与久石让的音乐完美结合，就好比现代的伯牙与子期，二者相互成就，相得益彰。久石让创作的音乐很好地配合了宫崎骏动画电影的情节与节奏。这样的经典配乐为影片增添无穷的艺术魅力。电影中多次出现紧张的故事情节，每到此时，背景音乐随之变得急促、紧张。

影片开始是千寻一家正在准备搬家，配合着舒缓轻快的钢琴背景音乐以及低音略带淡淡忧伤情绪的弦乐，传达出千寻对往日生活的依依不舍之情。当千寻遇到白龙，白龙担心千寻的处境并帮助她逃跑，以及千寻发现父母因为偷吃变成了两只大肥猪时，音乐节奏变得急促而强烈，急切的管弦乐很好地烘托出千寻万分惊恐的心情。而每当白龙来到她身边，给她安慰和帮助时，背景音乐都会变得舒缓而安静，这正是白龙给予她安慰和安全感的体现。这种音乐不仅预示着故事情节的变化，也使人在情感上得到抚慰，给观众愉悦的视听享受。

片尾曲 *Always with me* 是整部影片最有代表性的一首乐曲，也是一首风靡全球的经典之作，由温暖富有亲和力的女声配合琴声伴奏演唱，音乐舒缓、恬静，给人温暖与美好的感觉，寄托着人类美好梦想以及美好记忆的渴望。

影片中通过独特的背景音乐，将故事中的情感进行表达，音与画的完美结合让人们感受到简单、纯净的美好，得到心灵净化。

宫崎骏的作品以动人的故事和温暖的风格在动画界独树一帜。他的电影大多数画面唯美，取材广泛，包括成长、和平、梦想、环保等，包含着对现实社会的思考，具有较强的教育意义。

三、剧本节选

场景——误入神隐

父：千寻，千寻，马上就要到了

母：果然很乡下，买东西似乎要到隔壁镇上买

父：慢慢住习惯就好了啦

你看，那是小学

千寻，你的新学校喔

母：学校挺漂亮的嘛

千寻：以前的学校比较好……

妈妈，花快枯了

母：都怪你握得太紧

到家以后浇点水就好了

千寻：第一次收到花就是送别的花

真悲哀

母：是吗，上次生日时不是收到很漂亮的玫瑰花吗？

千寻：那是一朵花耶！一朵怎么能叫花

母：卡片掉了。你最好安分一点，因为今天会很忙

父：奇怪？走错路了吗？奇怪了

母：是不是在那里，你看看

是角落那间蓝色的房子吧

父：没错

我们走过头了，这一条应该也可以到吧

母：不要啦，每次都是这样才迷路的

父：走走看嘛

千寻：那间像房子的是什么？

母：石祠，是神明的家

千寻：爸爸，没问题吧

父：包在我身上，这部车可是四轮传动的喔

母：千寻，坐好

老公，小心一点啊！

父：是隧道
千寻：这是什么建筑物？
父：看来像一道门
母：老公，我们回去吧，老公！千寻，真是的
父：原来是灰泥做的啊
这建筑物蛮新的嘛
千寻：要被风吸进去了……
母：怎么了？
父：要不要去看看？可以穿过去耶
千寻：我不喜欢这里，爸爸，回去吧
父：干嘛啊，千寻真胆小！
去看一下就好
母：搬家公司的货车应该到了
父：无所谓啊，我钥匙早给他们了
他们会帮我们全部弄好
母：话是这么说……
千寻：不要，我不去喔
回去啦，爸爸
父：过来啦，不要紧
千寻：我不去
母：千寻在车子里面等吧
千寻：妈妈，等一下
父：小心跟着我走
母：千寻，别黏这么紧，很难走耶
千寻：这里是哪里？
母：听到了吗
千寻：电车的声音
母：说不定离车站很近
父：走吧，马上就知道了
千寻：这种地方竟然有房子
父：果然没错。
这是主题公园的遗迹
90 年代到处都在开发
泡沫经济后大家都倒闭了
这一定也是其中之一
千寻：什么，还要去啊？

爸爸，我们回去了啦
妈妈，那间房子在叫耶
母：是风声吧
这儿真舒服
把车上的三明治带来就更棒了
父：这里本来要开一条河
有没有闻到味道？
好像很美味哦
母：真的耶
父：说不定还有在营业哦
母：千寻，快一点
千寻：等一下
父：往这边
母：真令人讶异，全部都是小吃店
千寻：一个人也没有
父：在那里
这里，这里
母：好丰盛哦
父：请问，有人在吗？
千寻你也过来，很好吃的样子
有人在吗……
母：没关系啦，等一下有人来再付钱就好了
父：说的也是，那里有好东西
母：这是什么鸡肉呢？
真好吃，千寻，真的好好吃喔
千寻：我不要
回去啦，会被店里的人骂的
父：别担心，有爸爸在，怕什么
不管是信用卡或现金，我都有
母：千寻也来吃，连骨头都熟透了
父：芥子
母：谢谢
千寻：妈妈，爸爸
千寻：真奇怪……
千寻：是电车

场景——夜幕

白龙：你不能来这里，快回去

天马上就要黑了

趁天黑前快回去

灯亮了

我来争取时间你快跑向河对岸

千寻：他是谁啊

千寻：爸爸

爸爸，回去吧

回去吧，爸爸

爸爸

妈妈，妈妈

千寻：是水

不会吧……是梦，是梦

醒过来，醒过来，醒过来

快醒过来……

这是梦，是梦

梦快消失吧

消失吧，消失吧

变透明了

是梦，这一定是梦

不要啊……

白龙：别害怕，我是来帮你的

千寻：不，不要，不要

白龙：把嘴张开，快把这个吃下去

不吃这个世界的东西，你会消失的

千寻：不要

白龙：没关系，吃了也不会变成猪

咬碎吞下去吧

好孩子，不要紧了

你摸摸看

千寻：摸得到了……

白龙：你看吧，跟我来

千寻：爸爸和妈妈呢

在哪里，该不会变成猪了吧

现在虽然不行，但总有一天会见面的

安静，她在找你

没时间了，快跑

千寻：我站不起来，怎么办

我没有力气了

白龙：冷静点，深呼吸看看

在你身体里，以风和水之名

获得解放

站起来

过桥的时候千万不能呼吸

如果你稍微呼吸了一下

法术会消失

店里的人就会察觉

千寻：好可怕……

白龙：镇定心神……

营业员：欢迎光临，来得真早

欢迎光临，欢迎光临

白龙：我办事回来了

营业员：欢迎您回来

白龙：大口吸气……忍住

汤女：欢迎光临，我们等您好久了

白龙：振作一点，再忍一下就好

青蛙：你去哪里了？

青蛙：有人类？

白龙：快跑

营业员：白先生，白先生

你没闻到吗，有人类进来了

有人类臭味，有人类臭味

白龙：被发现了

千寻：对不起，我呼吸了

白龙：不，千寻已经很努力了

我告诉你接下来该怎么办

你仔细听着

我去挡他们一下
你趁机溜出去
千寻：不要，你不要走
求求你留在这里
白龙：为了在这里生存下去，你只能这么做
这也是为了救你的父母
千寻：他们果然变成猪
这不是一场梦
白龙：你别动……
等外面安静一点以后
你从后面的小门逃出去
外面的楼梯你走到最下面
那里有个锅炉室的入口
也就是烧热水的地方
里面有个叫锅炉爷爷的，你去见他
千寻：锅炉爷爷？
白龙：你拜托他让你在那里工作
就算被拒绝也要黏着他
在这里没有工作的人
会被汤婆婆变成动物
千寻：汤婆婆是谁？
白龙：你见到她以后就知道了
是掌管这里的一个魔女
她会故意引诱让你说不要工作
让你说想要回家
你只能说你想要工作
就算再辛苦也要忍耐等待机会
这样汤婆婆就拿你没办法
营业员：白先生……
白龙：我得走了
别忘了千寻
我是站在你这边的
千寻：你为什么知道我的名字
白龙：在你小时候我就认识你了

我的名字叫白龙
白龙：在这里
营业员：白先生，汤婆婆……
白龙：我知道，所以我才出去的
场景——锅炉室内
千寻：请问……不好意思
请问……请问您是锅炉爷爷吗？
是白先生要我来的，请让我在这里工作
锅炉爷爷：怎么一口气来这么多
煤灰们，工作了
我是锅炉爷爷
是负责烧热水的爷爷
煤灰们，动作还不快一点
千寻：请让我在这里工作
锅炉爷爷：我人手够了
那里面一堆黑煤灰
替换人手要多少有多少
千寻：对不起
等一下，劳驾劳驾
这个要怎么办？
放在这里没关系吗？
锅炉爷爷：既然要帮就帮到底
好了，煤灰们
难道你们想回去做小煤炭吗？
你不要因为一时高兴就把别人的工作抢去做了
不工作的话，他们的魔法都会消失
这里没有你的工作你去别的地方试试
干嘛，你们有意见吗
工作，快工作
小玲：吃饭了
怎么了，又吵架了啊
别吵了，碗呢
我不是叫你要先拿出来吗
锅炉爷爷：吃饭了，休息

放牛班的春天

片名：放牛班的春天（图 5-64）

外文名：Les Choristes

制片地区：法国、德国、瑞士

出品时间：2004 年

导演：克里斯托夫·巴拉蒂

编剧：克里斯托夫·巴拉蒂/费利佩·洛佩斯·库尔瓦尔

主演：杰拉尔·朱诺　狄迪尔·弗拉蒙　雅克·贝汉　玛丽·布奈尔

片长：96 分钟

获奖：第 77 届奥斯卡金像奖最佳外语片；第 17 届欧洲电影节最佳影片、最佳男演员奖；第 30 届法国凯撒奖最佳影片、最佳导演等

图 5-64　《放牛班的春天》海报

一、剧情简介

《放牛班的春天》是由克里斯托夫·巴拉蒂导演的电影，影片以一本“日记”的浪漫形式拉开序幕，讲述了一个失意的中年代课老师马修与一群令人抓狂的问题少年之间如何用爱相互救赎的故事。主人公马修是一名音乐家，但无法施展才华，最终来到一个男子寄宿学校——一所被称为“池塘之底”的学校当助理教师。这个学校有调皮的孩子、残忍的校长、冷酷的教师、严厉的制度等。马修怀着一颗仁爱之心看待学校的这些孩子，对学校残忍的制度深恶痛绝。他热爱音乐创作，他用爱心关怀每一个孩子。在他的执着坚持下，学校让孩子们组建了一个合唱团。马修为他们谱曲，用音乐引导他们的心灵。最终马修用音乐打开了孩子们封闭的内心世界，也对他们的人生产生了巨大影响。影片的最后，由于学校失火事件，马修被解雇，临走前带走了他所喜爱的孩子派皮诺。

二、影片赏析

（一）影片导演

导演克里斯托夫·巴拉蒂（Christophe Barratier），1963 年 6 月 17 日出生于法国巴黎，法国导演、编剧、制作人。1996 年，担任纪录片《微观世界》的制作人。2002 年，自编自导个人首部短片《墓地》，该片改编自同名小说；同年，担任纪录片《大自然的翅膀》的制作人。2004 年，执导个人首部电影《放牛班的春天》，该片入围第 58 届英国电影学院奖最佳非英语片奖、第 77 届奥斯卡金像奖最佳外语片奖，他凭借该片入围第 30 届凯撒奖最佳导演奖。2008 年，执导爱情电影《北郊 1936 年》。2011 年，担任儿童冒险冒险电影《新纽扣战争》的导演。2016 年，执导犯罪传记电影《局外人》。

影片剧本灵感来自 1945 年的音乐片《关夜莺的笼子》，导演克里斯托夫·巴拉蒂 7、8 岁时看过这部电影，留下了深刻的印象。在影片《放牛班的春天》中，和雅克·贝汉一起合作的都是他的老搭档。该片是克里斯托夫·巴拉蒂一鸣惊人的导演处女作。

（二）影片题解

《放牛班的春天》本是一部法语电影。放牛班，法语全称为“Les Choristes”，意思就是未来没有希望的一群人，只能回家放牛。而这并非电影的本名。事实上，放牛班是一种俚语，在台湾话里是垃圾班、差班的意思。而在影片里，“池塘之底”学校的孩子们，正是被视为差班的问题学生。因此，台湾把影片名译为《放牛班的春天》，一直沿用到现在。

影片中，片名的第一层含义为：音乐家马修的到来，他对学校的“行动—反应”教育理念持不同态度，用自己的“人本主义”方式教育孩子。这无疑给孩子们的心灵带来了春天般的温暖，给这所沉闷、压抑的学校带来了春天的气息和活力。所以，他是孩子们的春天。

第二层含义是：春天万物复苏，生机勃发，是欣欣向荣的季节。这样的意境，也与“池塘之底”学校那种压抑的、让人窒息的、充满对抗与恐慌的教育氛围形成强烈的对比。

当怀才不遇的马修来到这所学校，与孩子们一起组建起合唱团后，他能够继续和自己所热爱的音乐为伴。此外，他用春风化雨般的教育方法，让孩子们感受到了春天般的爱与关怀，使他们从心里爱上自己。同时，他得到了孩子们对他的接纳、喜爱和尊重。孩子们的改变及马修内心的成就感都给他的内心洒上了阳光，让他也如沐春风。学校、孩子和老师都迎来了春天。

（三）影片主题

《放牛班的春天》所表达的突出主题就是“爱”。但这一爱的主题是多元的，包含了母子之爱、师生之爱、男女之爱、兴趣之爱、职业之爱等。也正因为有这么多的爱，影片的情感表达饱满而丰盈，令人久久回味。

1. 真挚的母子之爱

敏感孤僻的少年皮埃尔，缺少单身母亲对他的照料，因此，他常常通过“惹事”来获得母亲对他的关注，这令母亲极为头疼。无奈之下，母亲把他送进了“池塘之底”那样一座专门通过残暴高压方式“管教”问题少年的寄宿制学校。

皮埃尔的母亲对孩子是充满爱意的，因为“爱之深、责之切”，因为爱他而为他的未来担忧，关心他在学校的表现。皮埃尔对母亲的爱同样真挚，当孟丹侮辱他母亲是个妓女时，比孟丹瘦弱矮小许多的他，疯狂地跟孟丹厮打起来。

在禁闭惩罚解除后，他私自跑出学校，躲在角落里偷偷地看望母亲，并在马修老师殷勤地跟母亲谈话时，向他的脸上投掷墨水瓶，以示警告。影片通过几个细微的片段充分展现出皮埃尔母子之间的“母子之爱”，真情相依。

2. 深切的师生之爱

师生之爱几乎贯穿影片始终，无论是代课老师马修对学生戏弄的忍耐，对“闯祸”的孩子在院长面前的有意“包庇”，对孟丹被院长疯狂扇打耳光时的不忍，还是院长的“心腹”为让孩子们洗一个热水澡而挪用院长私藏的木柴，以及麦神父对孩子们的宽容与和善，处处都显示着老师对孩子们的包容、关爱与呵护。

马修老师被开除时，孩子们从阁楼上扔下的纸飞机及上面写着的暖心话语，一方面把影片的情感推向高潮，一方面又将师生之间的深情厚谊诠释得淋漓尽致。

3. 含蓄的男女之爱

作为法国电影，爱情也是其主题之一。《放牛班的春天》对爱情的处理极为精妙，含蓄而朦胧。

马修老师对皮埃尔的母亲一见倾心，面对自己喜欢的人，他语无伦次、局促不安的神情，充满了一个中年男人在面对喜欢的女人时那种克制与可爱。

家长探视日，他在学生面前沉稳严肃，出了教室便雀跃慌张地飞奔到宿舍换上他最体面的衣服，还拼命地往身上洒香水，就是为了去跟皮埃尔母亲说几句话，这种种表现俨然一个情窦初开的少年。

皮埃尔母亲写信约马修老师喝咖啡时，他爽快应约。正当马修激动地以为他的梦想即将达成时，却被告知她心仪的对象不是自己，马修眼中的光彩一闪而过，随即充满了失恋般的落寞。这样的男女之爱虽有遗憾，却给人们留下了欲说还休的美好。

4. 强大的兴趣之爱

人们常说“兴趣是最好的老师”。马修发现自己创作的乐谱不翼而飞时，急得发狂，作为一个过气的无人赏识的作曲家，音乐是他毕生的挚爱，无论处境多么困苦潦倒，他都以音乐为伴，音乐是其生命的重要组成部分。

作为教师，他热爱自己的职业，热爱学生。正是源于这样的爱，他善于发现孩子们的音乐天赋，并竭力组建合唱团，为孩子们教授音乐知识，用音乐唤起孩子们内心的渴望。哪怕是最让人头疼的“闯祸精”孟丹，也被他视为难得的男中音。

孩子们对合唱的热情也给了他创作的灵感与激情，于是，他又重拾作曲的爱好，为孩子们创作了一首首美妙的合唱歌曲。

老师和孩子们源于对音乐共同的热爱，找到心灵的共同呼应，并由此创造出美妙的人间乐曲。

（四）人物塑造

影片中刻画的人物形象主要有拉齐校长、神父、几名教师和几十个学生。人物角色设定简单，将极为普通的故事演绎出感人至深的效果。影片用对问题孩子的人文关怀，唤起了人们心灵的共鸣，将影片的教育意义体现到极致。

1. 音乐家——马修老师（图 5-65）

影片中克莱门特·马修曾是一个才华横溢的音乐家。然而在 1949 年的法国乡村，他的才华无法施展。当在各领域的尝试都失败后，他最终成为了“池塘之底辅育院”的助理教师。人生的失意让马修觉得“池塘之底”这个名字也像是对自己的嘲讽。

初到学校，混乱的教学生活也让马修觉得不如意，他时常受到学生们恶作剧般的捉弄：叫他“秃头”，把他的皮包扔来扔去，拿走他写的乐谱……面对学生的恶作剧，马修以自己的方式平和对待；面对校长的质问，他袒护着学生；面对把神父眼睛弄伤的学生，马修让他去照顾神父以作为“惩罚”；面对拿走自己珍贵乐谱的学生，他也没有严厉惩罚。马修的平和、宽容、关爱让学生们感到惊讶，他们的内心逐渐被感化。

图 5-65 《放牛班的春天》剧照 1

有天夜里，马修无意间听到学生们在宿舍唱歌，而后便萌生了组建合唱团的想法。自此以后，天籁般的童声时常回荡在校园里，不仅影响了孩子们自己，还影响了更多的人：数学老师告诉马修，他喜欢他的合唱团；一开始对马修不待见、被马修误以为是校长心腹的萧老师也逐渐对马修展开笑颜，甚至将校长私藏的木柴用来给学生们烧水洗澡；连一向严肃苛刻的校长也被校园内逐渐欢快的氛围感染，变得可以开一些玩笑了。

马修的到来无疑给这所沉闷的学校带来了生机，也给孩子们的生命赋予了生动的色彩。作为老师的马修，看到了孩子们内心深处真实的渴望：被欣赏，被尊重。马修用爱唤起孩子们的灵魂，使问题孩子逐步转变。当神父养好伤回到学校时，孩子们一拥而上，发自内心地欢迎他；当马修老师被校长解雇而离开学校时，孩子们撒下漫天的纸飞机，表达着他们最诚挚的敬意。

2. 热爱音乐的学生莫翰奇

单亲家庭长大的莫翰奇，性格异常敏感孤僻。他长相帅气，是学生中的代表人物。他虽然喜欢恶作剧，但本性善良。他拥有非同一般的音乐天赋：歌声嘹亮，音色俱佳。合唱团刚组建时，莫翰奇正因为之前的恶作剧在被关禁闭。但他无意间听到了同学们的歌唱，内心对音乐的渴望被激发。趁着没人的时候，他独自唱歌而被马修老师听到。马修很喜欢他的嗓音，对他很是器重。

正因为在合唱团的这段经历，让莫翰奇明白了自己对音乐的热爱，他追随自己的兴趣去了音乐学院，长大后成为了世界著名的指挥家。

3. 孤儿派皮诺（图 5-66）

小小的派皮诺学习成绩不好，面对校长的问题根本答不上来。因为他是个孤儿，没有任何庇护，在学校时常被欺负：用餐时，他得在同学那里以玩具换取本就属于自己的食物。而班里新来的不良学生，告诉他要付钱才能上楼睡觉。

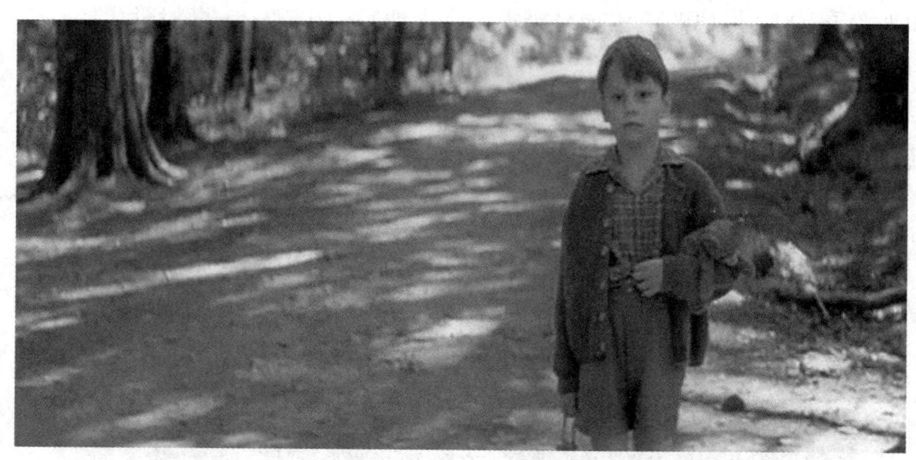

图 5-66 《放牛班的春天》剧照 2

虽然学校的老师一再告诉他，他的父母已去世，但他每周六依然会跑到学校的门口，等待着父亲来接他。而马修到来的那一天，他正好在门口张望。从小缺乏父母之爱的派皮诺享受到了马修给予他的关注和温暖的关爱。在战争中失去了父母的他，从马修那里感受到了父亲般的慈爱。当马修最终被校长解雇时，他拎着小包袱追到了校门口，牵住马修的手。那一刻，马修已然成了他生命中最为重要的一个人。

（五）影片艺术特点

1. 双重叙事线索

影片主副双线相互交错，一起推动故事情节的发展，两线对比，使电影主题更加突出、深刻。

第一，叙事主线。影片主线为马修到“池塘之底”后，与学生们组建合唱团，最终克服重重阻碍，用一颗平等的爱心去教育“问题”学生们，与学生在合唱中建立情感。马修在不知不觉中将他们团结起来，坚持把歌唱好。师生相亲相爱、团结一致，最终使整个学校变得温暖而阳光。马修与学生们的相亲相爱、团结一致是爱的回报。

第二，叙事副线。马修遭受梦想、爱情、教育的重重挫折，在他承受并克服一切阻碍的同时，推动故事情节的发展。影片运用双线并行的叙事方式，在一定的时间内向观众传达丰富的剧情信息。巧妙的叙事方式有利于故事剧情的发展，也有助于人物形象的塑造。

2. 冷暖色调的对比

电影的三要素是画面、声音和剪辑，而色彩是画面的主要构成部分。《放牛班的春天》冷暖色调相结合，在不同的环境氛围中展示人性的真善美或者假恶丑。影片中灰色的墙体、冰冷的大门、暗沉的天空和几位演员黑色的着装，预示着马修老师来到“池塘之底”之前的压抑、沉闷气氛。学生们居住的阴冷宿舍、上课的阴暗教室，都形成一种冷漠、悲凉的情感意象。冷色调的运用把“池塘之底”这所禁锢人灵魂、压抑人思想的学校表现得淋漓尽致，传达给观众的是一种阴冷和压抑的感受。

而当马修老师带领孩子们组建合唱团的时候，影片的色调随之发生变化。“风中飞舞的风筝，请你别停下，飞向大海拱向高空，一个孩子在希望着你呢，率性的旅行，醉人的回旋，纯真的爱啊，循着你的轨迹飞翔。”穿着白衬衣指挥的马修，女孩们鲜艳的裙摆在草地上飞扬，被阳光照射的男孩们，闪耀着金色的光芒。电影用暖色调营造了仁爱、团结、温馨的气氛，同时，也突出了电影主人公马修乐观和热情的形象。

3. 感人至深的音乐

《放牛班的春天》这部影片是一部以音乐为主题的影片。作者以音乐为载体，来传达影片的主观情感。影片的导演曾经从事音乐制作人长达十几年，所以对音乐的使用技巧纯熟。法国著名的音乐家布鲁诺·古莱亲自担任影片的音乐制作，他曾经两次获得法国凯撒奖最佳电影音乐奖。

音乐贯穿影片始终，可以说也是影片的一大主题。音乐在这个影片中主要运用在表达主题、参与叙事、抒发感情和烘托氛围等方面。例如影片开篇主人公指挥的乐团音乐，在某种意义上可看作影片的前奏序曲，它奠定了整部影片的主题与基调。影片中马修教孩子们练习合唱时的歌声和乐曲本身成为影片故事的主要情节，这是音乐参与叙事的功能。特别是马修给莫翰奇单独辅导音乐时，莫翰奇天籁般的声音对影片叙事和主题表达起到重要的作用，使观众感受到马修和音乐对莫翰奇的影响。

整部影片利用几首合唱歌曲贯穿故事情节，同时以音乐的变化反映孩子内心的变化情况。影片中《荣耀之巷》是克莱门特·马修为孩子们写的第一首歌曲，这首合唱曲的歌词写道“黑暗中的方向，希望之光，生命的热忱，荣耀之巷。童年的欢乐，转瞬消逝被遗忘，一道绚烂金光，在小道尽头闪亮”。通过歌词我们可以看出，马修利用音乐逐渐打开孩子们的内心世界，让他们释放天性，重拾快乐童年。影片中通过多首童声合唱歌曲来展现马修的音乐教育给孩子们心理上带来的变化，直接参与叙事并有力突显影片的主题（图 5-67）。

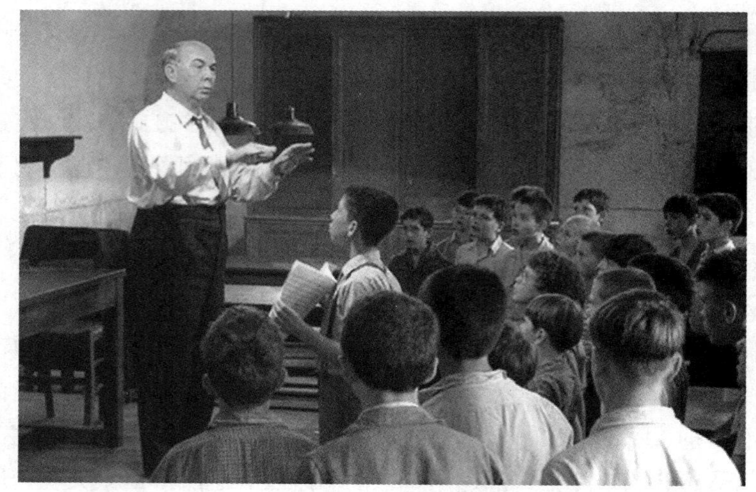

图 5-67 《放牛班的春天》剧照 3

4. 多种蒙太奇手法的运用

连续蒙太奇、颠倒式蒙太奇与交叉蒙太奇共同使用，两两结合，相辅相成，推动影片情节的发展。

第一，连续蒙太奇指的是按照单一的情节线、按照故事的逻辑顺序发展，进行连续的叙事。电影应用的是连续蒙太奇当中的情节顺序和逻辑顺序，按照情节的发展有序地开展故事，按照逻辑有节奏、有规律地推动故事情节。

第二，颠倒式蒙太奇是以倒叙或插叙等方式来安排叙事顺序。影片一开头便以“信件”拉开记忆，利用倒叙的手法去交代事件的始末。最后再回到主要的情节线上，来完成故事整体的叙事。

第三，交叉蒙太奇是把同个时间段里不同空间发生的两条或两条以上的情节线快速地交叉剪辑在一起，来共同促进剧情的发展，并指向一个共同主题，最后再汇聚成最主要的冲突，并解决冲突。影片在同一时间段、不同的空间里，运用正副两条线索交叉影响、相互对比、互相促进，主副两条线最终汇聚成一个终极矛盾，突出了主题，最后这个矛盾被完满解决。

三种蒙太奇一起混合使用，加快了对剧情的推动作用，充分展现了对叙事结构的掌控、对影片节奏的把握。

经典的叙事套路、色彩对比、感人至深的音乐、多种蒙太奇的运用，让这部影片充满了独特的艺术美感。

三、剧本节选

内景：家中

皮埃尔·莫昂克半躺半靠在沙发上休憩。此时响起了敲门声。

皮埃尔（疲惫地）：请进。

助手：皮埃尔，是法国打来的电话，很紧急。

皮埃尔：让他音乐会后再打来。

助手慢慢走到皮埃尔身边：是关于你母亲的。

皮埃尔闻后睁开了眼睛，猛一回头，接过了助手手里的电话（缓缓地）：喂？

内景：后台

皮埃尔双眼饱含着眼泪，缓缓地整了整领结，步入了音乐会的舞台。

内景：音乐会现场

皮埃尔闭眼平复了一下自己悲伤的情绪，调整了自己的状态。努力微笑了起来，开始认真地指挥这场音乐会。

外景：通往母亲葬礼的路上

皮埃尔开着车，伴着车窗外的大雨，驶在通往母亲墓地的路上。

外景：葬礼现场

皮埃尔母亲的木棺伴着雨点被缓缓吊入地里。皮埃尔面色沉痛地双手合十站在众亲友前看着这一幕，雨水把他完全弄湿了。

内景：家里

（镜头缓缓扫过置于桌上的皮埃尔从少年到中年再到如今的各种杂志封面的照片）皮埃尔打开了抽屉拿出一份文件放在了桌上。

皮埃尔缓缓地打开门，看到有个人正撑着雨伞朝自己的家走来。他疑惑地皱起了眉头。

那人走近，是一个看似与皮埃尔同样年纪的白发零星的老人。那人放下了手中的伞，微笑地注视着皮埃尔：还记得我吗？

皮埃尔（疑惑状）：……

老人："池塘之底""爸爸周六来接我"派皮诺。

皮埃尔（露出微笑）：当然。派皮诺！多少年没见了？

派皮诺：噢，总共有50年了。

内景：家里

派皮诺将当年在"池塘之底"时的留影照片置于桌上，两人相视一笑。

皮埃尔（指着照片中第一排的第四个男孩）：啊，你那时个子很小，在第一排。

派皮诺（指着照片中央的一个男孩）：这个是你。（轻笑了两声）

皮埃尔（指着照片最右边的那个微笑的男人）：那个学监，他叫什么来着？

派皮诺：克莱门特·马修。

皮埃尔：克莱门特·马修。（话毕，二人相视一笑。）

皮埃尔：他后来怎么样了？

派皮诺笑着抽出压在合照下的册子递给皮埃尔：打开它。

皮埃尔接过册子，翻开了第一页。扉页上是手写的两行字："池塘之底"——1949年

皮埃尔读出："池塘之底"——1949年。

派皮诺：这是马修在池塘之底时期写的日记。（停顿）关于他的故事，我们的故事。他指定由你来保管。我想这应该作为历史资料被保存下来，所以……

皮埃尔翻开了日记：1949 年 1 月 15 日，在经历了各个方面的挫折后，我确信自己人生的最低点将要来临。（开始回忆）

外景：1919 年的“池塘之底”

大雪将“池塘之底”的门积了厚厚一层。一个秃顶了的男人正缓缓地走近大门。

（画外音：马修日记上）：这是一间寄宿学校，专为问题少年“再教育”而设立，至少招聘广告上是这么说的。“池塘之底”——就连学校的名字看起来都是为我而选的。

马修见有个孩子正双手抓着门栏从门栏缝里看着他。

马修：早上好。就你自己吗？你在那干什么？

孩子：我在等星期六到来。

马修：为什么？

孩子：因为爸爸会来接我。

马修：但是今天不是星期六。

“派皮诺！”远远地跑来一个带着一串钥匙的男人，叫着孩子的名字。

马修冲着那人喊：你好，我是克莱门特·马修，新来的学监。

两个男人带着小小的派皮诺往学校里面走。

那个男人问马修：你做学监多久了？

马修：我以前在一家私立学校工作。

男人：你教什么？

马修：音乐。

男人：哈，那一定会和哈森先生相处得很融洽。

马修：哦？

男人：校长，他曾经是个喇叭手。

马修：是吗。

男人（指着经过的女人）：这些是他的女儿，他就住在这里。你以前见过哈森先生吗？

马修：还没有，这份工作是指派给我的。

男人：是吗？他是马克森斯大叔。（说话间打开了门）我刚到他就向我说明了我的职责。他身兼了门卫、护士、仓库保管员和维修工。

他们进到了里屋。

马修看见一个孩子正跪在地上努力地擦地，问：他在干什么？

男人：那是受哈森先生惩罚的学生。15 天校园服务或卫生打扫。

马修：这些孩子到底是怎么回事？

男人：他们没告诉你吗？

马修（摇头）：没有。

男人作醒悟状地晃了晃头，开始介绍起来。（指着一间房间）这里是医疗室，我再带你去看看我们的小菜园。

男人开始开门却好像打不开，困难地晃了晃门。

男人（对着门）：混蛋，你怎么回事？又耍花样？

马修（放下手中的箱子）：让我来帮你……

此时马修他们身后出现了一个身影。

身影：你就是克莱门特·马修？

马修与男人同时回了头。

男人（示意马修）：校长先生。

校长哈森（直挺挺地站着）：我是哈森，校长。

马修闻后马上小跑走上台阶：啊，校长先生，对不起。

没等马修说完，哈森便打断他的话：是的，你迟到了。

马修：他们给了我错误的火车时刻表。

哈森：守时是这里的基本原则。

马修：是。

哈森冷硬地提醒道：校长先生。

马修（顿了一下）：是的，校长先生。

哈森：好，跟我来。（开始带着马修上楼）首先，你必须学一下我们这儿的规章，然后今天下午四点开始上课。

身后传来一声巨响，二人同时回头。只见之前那男人也就是马克森斯正捂住左眼痛苦哀嚎。

哈森（有些生气）：你又在干什么，回答我！

马克森斯（捂住正流血的左眼）：我眼睛很疼。

哈森（气愤地拿着一条绳子）：又是一个陷阱，看看吧，这些寄宿生的品质。（对着马修，指着马克森斯）让他坐到那边。

马修赶紧扶着受伤的马克森斯往医疗室里走。

马克森斯：我什么也看不见了。

哈森：冷静些，这我看看。（低头看了看马克森斯的眼睛）情况不好。（指着门，对马修）你，出去敲钟，召集所有人！

马修（有些犹豫）：我们是不是该先找个医生？

哈森：你知道这里寄宿的规章吗？我怎么给你说的，去敲钟，把人召集起来！

说罢，马修急切地小跑地往外走。

马修（急回头）：钟在哪？

哈森（扬手激动）：打开门你就可以看到了。

马修急步往外跑。

外景：院子

哈森（吹哨）：集合！集合！

马修：这种事经常发生吗？

哈森：敲，只管敲你的钟。

马修带着埋怨不停地敲钟。

孩子和老师们都向着院子小跑着下楼。

老师：所有人都到院子里去，集合！

马修看着一个又一个的孩子从他面前走过。孩子们也都瞟向他。

老师：集合！安静！集合！安静！

哈森（上前打了一个走在队伍最后的孩子）：安静！

孩子：我什么也没说！

老师（又狠狠打了孩子后脑勺一下）：安静！

我把你们召集起来的原因是马克森斯大叔刚刚成为了一起阴谋的受害者。根据我们的“行动—反应”原则，肇事者要受到严厉的惩罚。

哈森：所以，如果我们三分钟内不能找出那个肇事者，所有人都要轮流关6小时的禁闭。直到那个家伙自首或者被别人举报出来，明白了么？（孩子们相互看）一、二、三！没有人？很明显。（对马修）过来！

马修没有意识到，没有动。

哈森：是你，马修！

马修：我？

哈森（对着学生）：马修先生是新来的学监，他还没来得急认识你们。有个孩子冲着马修喊“秃头！”

哈森：安静！将由他来决定你们中谁受罚。

马修闻后诧异地望向哈森校长，踉跄地接过哈森手里的学生点名册。孩子们看到这一幕一阵嘲笑。

哈森（对马修）：选个名字。

马修（诧异地）：随便选？

哈森耸肩摆手默认（随即）：如果你允许我给一点建议的……（指向身后另一位老师）让他来。（对马修）选吧。

马修（犹豫了一下，翻开册子）：博尼费斯？

哈森（向身后的老师表示）：很不幸，查贝尔，把博尼费斯带来。

查贝尔随即走到学生中去拽住了第一排的一个孩子的手，往前拖。

博尼费斯：但我什么也没做！

查贝尔：闭嘴！

博尼费斯：我不走，我什么也没有做！

查贝尔（凶狠地）：你就不能闭嘴吗，走！

博尼费斯：我不走！我不走！

孩子们纷纷议论开了。

哈森（猛地大声）：安静！另外，如果找不到肇事者，所有的娱乐活动都将被取消并禁止一切外来访问。因此，我要求你们尽快地将他揭发出来。

马修（小声地同另一个老师）：这只会让他们互相中伤。

哈森听到，猛一回头：像每一个新来者一样，你充满同情，但几天之后，让我们等着瞧吧。哈森先生和你调换工作，你接替他的职位。

贫民窟的百万富翁

中文名：贫民窟的百万富翁（图 5-68）

外文名：Slumdog Millionaire

制片地区：英国

出品时间：2008 年

导演：丹尼·博伊尔

编剧：西蒙·比尤弗伊

主演：戴夫·帕特尔　芙蕾达·平托　亚尼·卡普　沙鲁巴·舒克拉

片长：120 分钟

主要奖项：第 81 届奥斯卡最佳改编剧本；第 81 届奥斯卡最佳电影剪辑；第 81 届奥斯卡最佳原创歌曲：第 81 届奥斯卡最佳原创音乐：第 81 届奥斯卡最佳音效合成等

图 5-68　《贫民窟的百万富翁》海报

一、剧情介绍

影片《贫民窟的百万富翁》改编自印度作家维卡斯·史瓦卢普的作品《Q&A》，由英国导演丹尼·博伊尔执导。电影主要讲述了来自贫民窟的印度街头少年贾马尔参加了电视节目《谁想成为百万富翁》，他的目的本来是要找回失踪的女朋友拉提卡，因为他的女朋友对这个电视节目一向十分热衷。但当他即将获取高额奖金时，却被人揭发有作弊嫌疑。在警察的严刑拷打之下，贾马尔对着问题一一诉说他的答案来源，由他的答案引出了他艰难的成长经历。贾马尔最终赢得了奖金还与女友团聚。整部影片围绕贾马尔的成长经历而展开故事情节，向观众展示贫民窟底层人物的挣扎。

二、影片赏析

（一）影片导演

丹尼·博伊尔（Danny Boyle），1956 年 10 月 20 日出生于英国曼彻斯特，毕业于班戈大学，英国电影导演、编剧、制作人。1994 年，丹尼·博伊尔执导个人第一部剧情片《浅坟》，该片获得第 48 届英国电影和电视艺术学院奖亚历山大·柯达奖最佳英国电影。1996 年，凭借执导的剧情片《猜火车》获得西雅图影展最佳导演奖。2000 年，执导冒险片《海滩》，获得第 50 届柏林国际电影节金熊奖提名。2002 年，拍摄惊悚科幻片《惊变 28 天》，获得第 30 届土星奖最佳导演提名。2007 年，执导太空灾难科幻片《太阳浩劫》。2008 年，执导爱情片《贫民窟的百万富翁》，获得第 81 届奥斯卡金像奖最佳导演。2009 年，担任第 12 届上海国际电影节“金爵奖”评委会主席。2010 年，执导以真实故事为题材的冒险片《127 小时》，该片获得第 64 届美国电影电视金球奖提名。2012 年，担任第 30 届伦敦奥运会开幕式艺术总监、总导演。2015 年，执导传记片《史蒂夫·乔布斯》。

（二）影片题解

“贫民窟”主要是对影片中贾马尔兄弟两人所生活的环境和地位的显现。兄弟俩从小相依为命，乞讨、卖东西、偷窃、杀人等都经历过。他们处于底层生活的混乱和无奈之中，他们是当时印度社会底层小人物的代表。

“百万富翁”在影片中具有多重含义。第一，由于主人公贾马尔参加了《谁想成为百万富翁》的综艺节目，答题出色，最终获得了节目的冠军，赢得了百万奖金。虽然中途警察因怀疑而介入调查，但贾马尔凭借自己的智慧和坚毅，最终获得了百万财富。以前的穷小子摇身一变成为“百万富翁”，这是影片最浅层、最直接的含义。

第二，贾马尔内心的善良和高贵的品格才是他人生真正的百万财富。影片男主人公贾马尔天性善良、心中有爱、为爱执着、目标坚定，勇于追求梦想。他所拥有的这些优秀品质才是其人生的真正财富。“百万财富”第二层含义所指的正是他的人格和高贵品质。

影片赋予“百万富翁”双重含义，不仅展现了“成事先成人”的主题思想，也给观众带来丰富的人生启迪。

（三）影片主题

影片中，生活在印度孟买的贾马尔与萨利姆是兄弟，他们和自小结识的女孩拉提卡一起浪迹天涯，三人共同演绎着一幕现代火枪手故事。在影片中，“三个火枪手”作为一根红线贯穿始终，有时变换为推进情节发展的道具，有时延伸为三个主人公的人生经历。因此，在这部影片中，爱情看似是主线，而呼应影片主题的，是人性的多面化，凸显人物性格对命运的影响。

1. 浪漫爱情

影片中主人公贾马尔与心上人拉提卡之间的爱情最为凸显。影片中由于宗教冲突，贾马尔的母亲死去，他的家庭被摧毁，而拉提卡也在混乱中与父母失散，成为孤儿。在暴雨中，善良的贾马尔不顾哥哥反对，收留了拉提卡，由此注定了两人一生的情缘。在乞丐营中，年少的贾马尔边唱边跳向拉提卡倾诉自己的理想，并向她保证努力让她过上富足的生活。但之后两人在逃离时不幸走散，这成为贾马尔心中的一个心结。多年之后，他便又重返孟买寻找拉提卡。但萨利姆为了摆脱困境，将拉提卡出卖给黑帮老大，贾马尔两人失去联系。之后贾马尔通过电视节目《谁想成为百万富翁》，希望拉提卡可以看到自己。最终，贾马尔通过自己的努力和坚持赢得大奖。之后萨利姆帮助拉提卡逃离黑帮，两个相爱的人相遇（图 5-69）。

图 5-69 《贫民窟的百万富翁》剧照 1

贾马尔与拉提卡两人的爱情经历重重阻碍，但心中有彼此，为爱而坚持，执着追寻，这份忠贞不渝的爱恋，深深吸引着观众。

2. 人性思考

影片中的人性集中体现在萨利姆和贾马尔两兄弟身上。两个人物形象对比鲜明，出身于同一家庭，同样的成长环境和生活经历，却又有截然不同的性格和人生命运。贾马尔为求影星阿米达的签名照不惜跳进粪坑，而哥哥萨利姆为了钱却把它卖给了别人。由于穷苦和悲惨的生活经历，萨利姆一心想要成为有钱人，并因此不择手段，这也注定其人性中的冷漠、自私。因此，面对暴雨中的拉提卡他拒绝收留，之后又为了自己的利益出卖拉提卡等，人性中的弱点展露无遗。也正是其自身的人性弱点注定了其悲惨的命运结局。

而弟弟贾马尔之所以能够取得成功，在于他对梦想的坚持、对爱的信仰，执着追寻，坚定信念，永不放弃，他树立起一个勇敢追梦的贫民窟励志青年形象。这样的人物结局自然是圆满的，影片以此让人们相信：美好的人性永远是最打动人心的力量。

在影片中通过对两兄弟不同人性的塑造，揭示生活在印度贫民窟中的底层小人物不幸的遭遇，以及他们苦难的人生。影片通过美丑对比、贫富差异，对身处逆境中的人们逆风成长却心怀希望、永不放弃的人性之光给予凸显。

（四）人物塑造

1. 哥哥——萨利姆

贾马尔兄弟俩从小相依为命，为了生存，他们经历过乞讨、卖东西、偷窃、杀人等。他们处于底层生活的混乱和无奈之中。即使是完全相同的人生经历，但兄弟两人还是成长为完全不同的两个人。

影片中的哥哥萨利姆是一位理性、果断、懂得审时度势的代表人物。从小他就能清楚地判断事情利弊，知道女孩会拖后腿，所以逃跑时选择放手；知道弟弟会受伤害，快速想到应对之策，果断带着弟弟逃离。

但是，看似深谙成功之道的哥哥并没有过上真正幸福的生活，他的内心也从未收获真正的平静。相反，他内心空虚、毫无希望，所以最后他选择倒在了铺满金钱的血泊之中，以此来求得内心的安慰。他汲汲追逐财富，却从未真正拥有。

萨利姆的人物形象展现了人性的复杂性。在名利场上他唯利是图、心狠手辣、狂妄自大，但他的勇敢过人、处惊不乱和内心深处的善良又凸显其人性中光辉的一面。这个角色在人性的定位上具有层次感，是一个矛盾的反面势力。他的角色塑造较为丰满，更加接近真实的人性。

2. 弟弟——贾马尔（图 5-70）

贾马尔善良、有爱、感性、坚持。他看似柔弱，没有任何的抵抗和反击之力。但是，他只要认准目标就不会放弃，正如他对自己心爱的女孩拉提卡的执着追求。而影片的最后，弟弟反而成为了真正的人生赢家，赢得了金钱和爱情的双丰收。影片中贾马尔正是代表了一种积极向上、阳光明媚、心怀希望、正义勇敢的成功典型。

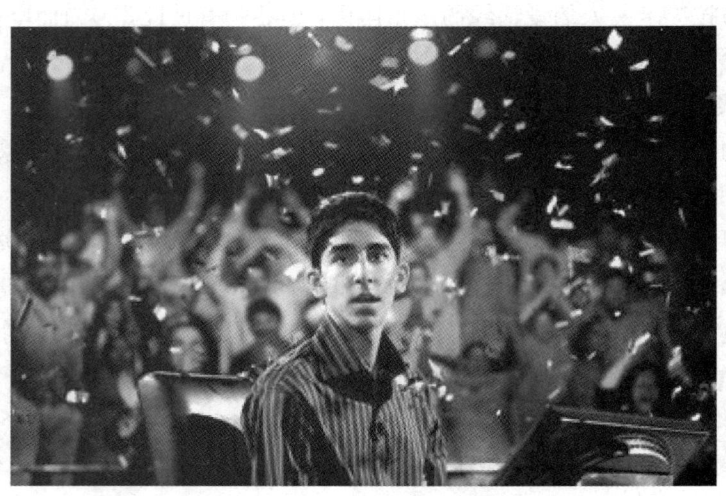

图 5-70　《贫民窟的百万富翁》剧照 2

3. 孤儿——拉提卡（图 5-71）

拉提卡从小是个孤儿，与贾马尔兄弟相遇后便和他们一起流浪生活。她代表着人性中的隐忍坚强，但这是包裹在柔弱外表下的坚强。影片对于拉提卡的刻画虽稍显薄弱，但完整地串联起了兄弟俩的人生历险，以及他们在现实与梦想中的博弈。而她亦由一个懵懂的小女孩，成长为一个遭受无数磨难却依然坚强的姑娘，体现了人性在脆弱中趋于坚强的内在潜力。

图 5-71 《贫民窟的百万富翁》剧照 3

（五）电影艺术特点

1. 高超的叙事技巧

整部影片情节跌宕起伏，这得益于电影高超的叙事技巧。影片在整体结构上，运用了当代电影推崇的时空交错结构。影片共有三条线索——三人的成长经历、兄弟间的亲情、贾马尔与拉提卡的爱情三条线索并行发展。通过参加电视节目答题而呈现三人的成长经历和不幸遭遇。在成长过程中将兄弟二人相依为命、哥哥保护弟弟的家庭亲情贯穿其间。而爱情则贯穿影片始终，从贾马尔参加节目的动机，到最终实现理想与拉提卡有情人终成眷属，前后呼应，形成完整的情节脉络。爱情推动故事情节发展，承担电影的叙事功能。

导演在小人物实现梦想的单条线索下，加入亲情与爱情两条线索，叙事结构丰富，人物角色塑造得更加丰满。三条线索交叉进行，故事情节紧凑，高潮迭起，达到叙事流畅的好莱坞叙事效果。

另外，影片巧妙运用倒叙和插叙的叙事技巧，导演将现实与回忆相互交替，突出影片的多重主题，带给观众不一样的思考。

2. 独具风情的歌舞音乐

印度电影中歌舞元素是其独特的表达手段。此影片最后用了一段极具印度文化特色的舞蹈作结尾，将所有角色集中在一起，表现了主角们的青春活力，与贾马尔在茫茫黑夜里练舞时对拉提卡说的那句“月光下，我和你，一起跳舞”前后呼应。影片以舞蹈的形式表达两人的情感变化，第一次的舞蹈暗示了两人的分别，第二次的舞蹈表现了两人团聚的愉悦（图 5-72）。

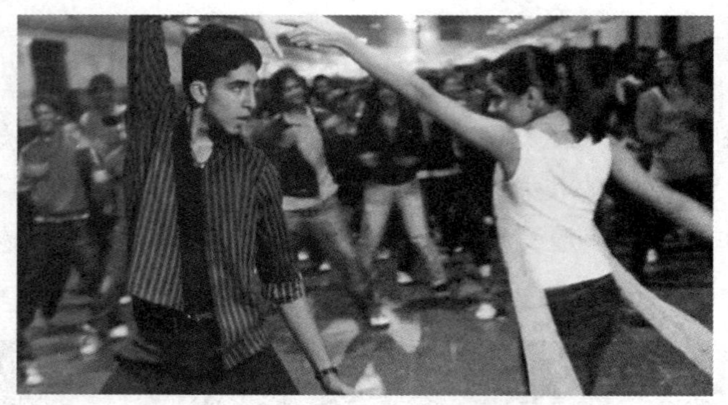

图 5-72 《贫民窟的百万富翁》剧照 4

歌舞元素的加入为影片沉闷、压抑的叙事基调增添活泼、动感、轻快的欢乐色彩，使故事情节更加紧凑，凸显了贾马尔悲惨人物的喜剧结局，增强了影片的戏剧性。这一段具有浓郁印度风情的歌舞表演，让观众感受到浓郁的印度文化特色。

此外，电影中的民族音乐与画面有效融合，凸显了电影的文化特色。影片在描述哥哥和弟弟逃脱乞讨生活的时候，通过细节描写，让观众看到的是孩子们淘气的情景。在流亡时，无论是在火车顶上游走，还是在车厢里卖东西、偷东西，抑或在泰姬陵假扮导游、偷鞋、卖鞋的情景，导演都运用愉快而轻松的手法，使用节奏极快、融合了现代风格元素的民族音乐，通过说唱音乐，在轻快音乐的陪衬下让流亡生活充满了乐趣，音画结合，彰显他们积极乐观的精神和人生态度。

3. 丰富的黄色隐喻

黄色，作为“金子”的典型色彩，带有“金钱”的魅惑，与影片“百万富翁”呼应，凸显主题，成为影片中独特的镜像色彩。

影片中小贾马尔一身屎黄高扬着明星签名照，导演把黄色用异样的方式呈现，隐秘地表达了作者的观点和态度：这里的黄，既有对贾马尔对理想追求的赞许，也有对金钱之“黄”的“铜臭”的嘲讽（图 5-73）。

图 5-73 《贫民窟的百万富翁》剧照 5

影片中当黄沙逐渐散去，混沌中贾马尔透过尚未消散的尘土看到眼前的风景，问道："这是天堂吗？"接着，镜头转向一片黄色中逐渐清晰的泰姬陵，由此我们知道"天堂"的所指，也知道了黄色所象征的天堂的含义。

影片中拉提卡两次在站台与贾马尔相会时，都穿着黄色的服饰。第一次是一件黄色的上衣，第二次是一件黄色的头巾。黄色也是印度人最爱的一种颜色，因为它是金子的颜色，它象征着富有。

拉提卡的黄色服饰使其鲜艳夺目，凸显其女主光环。对于贾马尔来说，拉提卡作为其理想追求的一部分，最终赢得理想爱情，这也是他"百万富翁"人生的一部分。

影片通过黄色这一丰富的色彩意象，营造不同的故事情境，来隐喻"百万富翁"这一主题，构思巧妙，增添了影片的艺术魅力。

三、剧本节选

1. 内景，贾维德的藏身屋浴室夜晚

浴室装潢豪华，大理石墙面，金色的水龙头。有一只手在浴缸里摊开成百上千的卢比钞票。浴室门外传来重重的捶门声和狂怒的喊叫声。

贾维德（画外）：萨利姆！萨利姆！

2. 内景，演播室后台夜晚

一片黑暗，接着隐约出现几张脸在暗淡的灯光中，一些模糊的身影来回走动。

画外：十秒预备。十、九、八、七……

普瑞姆：你准备好了吗？

沉默。一只手有点粗鲁地摇动一个肩膀。

普瑞姆：我问你准备好了吗？

贾马尔：准备好了。

3. 内景，贾维德的藏身屋浴室夜晚

捶门声继续。还有含糊的印度语祷告声。手枪的反光。一只手把弹膛拉开，装了一粒子弹，弹膛啪嗒一声合上。

画外：三、二、一、普瑞姆预备，掌声预备。

突然，浴室门被撞开，一阵噼啪的枪击声响起，一片白光。

4. 内景，演播室夜晚

演播室的光线骤然明亮，有两个人走上台。欢呼声、音乐声响起。站在台上的是十八岁的印度小伙子贾马尔，他似乎被吓呆了，很想转身逃走，不过他的肩膀被面带微笑的主持人普瑞姆·库马尔牢牢抓住。

普瑞姆：欢迎来到《谁想成为百万富翁》！（掌声更加热烈）请用热烈的掌声欢迎今晚的第一位参赛者——来自我们孟买的小伙子！

在雷鸣般的掌声中，普瑞姆领贾马尔在嘉宾席上就座。

普瑞姆（在贾马尔耳边低语）：该死的，笑啊。

贾马尔勉强挤出一丝笑容。忽然，不知从哪里冒出来的一只手，狠狠掴了贾马尔一记耳光。接着又是一耳光……血从贾马尔的嘴角流出来。

5. 内景，警察局审讯室夜晚

演播室的灯光不知不觉间变成审讯室里电灯泡刺目的强光。贾马尔的双臂被反绑在一起。

斯里尼瓦斯警员：姓名，混蛋。

斯里尼瓦斯警员用一只手扯住贾马尔的头发，把他的脑袋向后拉，强迫他直视电灯。

斯里尼瓦斯警员：你的姓名！

贾马尔：贾马尔·马利克。不知不觉间我们又回到……

6. 内景，演播室夜晚

《谁想成为百万富翁》的节目现场。普瑞姆靠在椅背上，像在家里一样自在。贾马尔坐在他对面，神色呆滞。

普瑞姆：贾马尔，先自我介绍一下吧。

7. 内景，水桶夜晚

我们从水桶底部往上看，看到一张快要溺死的男人的脸。他的脑袋拼命摇晃。然后，贾马尔的脑袋再次被拉起来，他大口吸气。镜头对准贾马尔的眼睛。

贾马尔（画外）：我在朱胡的一家呼叫中心工作。

8. 内景，演播室夜晚

普瑞姆：一个电话接线生！那是什么样的呼叫中心呢？

贾马尔：XL.5 移动通信。

普瑞姆：啊哈！那你就是每天给我打电话提供优惠套餐包的人喽，是吧？

观众扬起眉毛，觉得挺有趣。

普瑞姆：助理电话接线生都具体做些什么呢？

贾马尔：我……给人倒茶，还有……

普瑞姆：一个茶水工呀！为什么不说出来？（观众的笑声）好啦，女士们，先生们，来自孟买的贾马尔·马利克，让我们一起进入《谁想成为百万富翁》……

9. ……

10. 内景，警察局审讯室白天

贾马尔被吊在天花板上，双腿悬空，低头呻吟着。天花板上的吊扇缓慢地旋转。斯里尼瓦斯警员在角落里抹去额头上的汗水，接着点燃一根香烟。屋子里真够热的。审讯室的门开了，警察局的一位督察走进来，他快五十岁了，什么大小阵仗都见过。督察看到贾马尔，吃了一惊。

督察：他招供了吗？

斯里尼瓦斯警员：除了名字，我什么都问不出来。

督察：斯里尼瓦斯，你在这里待了一整晚呐，都干嘛了？

斯里尼瓦斯警员（耸肩）：是块硬骨。

督察：来点电流就能松开他的嘴巴。

斯里尼瓦斯警员从柜子里拿出一个盒子和一团电线，把线夹夹在贾马尔的脚趾上。督察注视着这一切，陷入了沉思。汗水从他的脸上淌下来。他用手帕擦掉汗珠，似乎在自言自语。

督察：当了二十四年警察，我还是穷的要死。

（对贾马尔说）而你呢，你已经得到了一千万卢比，谁知道还会有多少？是不是还想要两千万？

贾马尔只是盯着他。

督察：我猜你就是这么想的。

督察心不在焉地冲斯里尼瓦斯点点头，警员扳动把手。贾马尔的身体颤动抽搐。他尖叫起来。督察走向贾马尔。

督察：你是不是作弊了？用手机或者BP机，对吧？一个很小的隐秘装置？不是吗？观众里有同伙用咳嗽声给你打暗号？在皮肤下面植入一块微型芯片，啊？

斯里尼瓦斯警员没想这么多。他继续折磨贾马尔，直到督察叫停手。

督察：够了，斯里尼瓦斯！瞧，天气这么热，我桌上还有一大堆的杀人犯、强奸犯、勒索犯、各式各样的流氓强盗要处理……还包括你。为什么你不给我们节省时间呢？嗯？

贾马尔没有回答。督察叹了口气，坐下来他看看表，再次对斯里尼瓦斯警员点点头。电流让贾马尔的身体又抽搐起来。当颤动和尖叫声停息之后，督察走到瘫软的贾马尔跟前，在他面前打了个响指，察看反应。

督察：他昏过去了这有什么好处？我跟你说过多少次？

斯里尼瓦斯警员：对不起，长官。一位兴奋的年轻警员在门边探头。

年轻警员：他来了！长官。

督察：如果被大赦国际的人看到了，又会给我们上人权课。斯里尼瓦斯，把他放下来，弄干净。

斯里尼瓦斯警员走到贾马尔跟前，开始松开线夹。

斯里尼瓦斯警员：或许他的确知道答案。

督察：你心软了吗，斯里尼瓦斯？教授、律师、医生们赢到的奖金都超不过一万六千卢比。他能得到一千万吗？一个来自贫民窟的家伙知道什么？

贾马尔：答案。

贾马尔抬起头，吐出嘴里的血，直视督察的脸又说了一遍。

贾马尔：我知道答案。

11. 外景，板球场白天

明亮的阳光透过孟买无时不在的尘埃照射下来。一群孩子在一个柏油碎石铺就的板球场上玩板球。他们光着脚，衣服破破烂烂，一个个瘦得皮包骨头，不过跑动的速度却很快。九岁的萨利姆在破短裤上擦了擦板球，以惊人的速度开局，把球投给击球手。击球手在高空击球。

投球手对着：外场的一个男孩大声叫喊。

萨利姆：贾马尔！接住！接住！

七岁的贾马尔盯住球，敏捷地移动身体，站好位置。

贾马尔没有留意到其他的孩子正快速分散到场地的边线。板球似乎悬在蓝色的天空中。其他孩子的喊叫声似乎极为遥远。贾马尔没有察觉到他们正对他叫，让他离开。他调整脚步，准备来一个完美的接球。接着，不知从什么地方冒出来一架轻型飞机，即将降落在用柏油碎石铺的机场跑道上，差点把他的脑袋撞掉。

贾马尔被飞机的下沉气流撞倒在地。板球飞弹出去。同样被气流击倒的萨利姆站了起来。

萨利姆：你怎么能把球丢掉呢？那可是个机会球啊。

接着，萨利姆的脸色变得很惊慌。

12. 外景，机场周围白天

贾马尔跟在一群孩子后面，手拿一把粗制的木剑，拼命奔跑。一个年纪虽长但却异常敏捷的机场保安追赶着这帮孩子，他一边骂骂咧咧，一边挥舞着一根长棍。孩子们冲过一个垃圾场，消失在贫民窟里纵横交错的小巷子当中。

保安：私人领地！私人领地！飞机杀不死你们，我会的！

贾马尔和萨利姆——也拿着一把木剑——进入另一条小巷。保安穷追不舍。

参考文献

[1] 朱东润．中国历代文学作品选[M]．上海：上海古籍出版社，1996．

[2] 徐中玉，齐森华．大学语文[M]．上海：华东师范大学出版社，2007．

[3] 李佐丰．古文精选[M]．北京：金盾出版社，2003．

[4] 萧涤非．唐诗鉴赏辞典[M]．上海：上海辞书出版社，2004．

[5] 唐圭璋，周汝昌等．唐宋词鉴赏辞典[M]．上海：上海辞书出版社，2004．

[6] 臧晋叔．元曲选[M]．北京：中华书局，1979．

[7] 王实甫．西厢记[M]．西安：陕西师范大学出版社，2009．

[8] 张万起，刘尚慈．世说新语[M]．北京：中华书局，1998．

[9] 曹雪芹，无名氏．红楼梦（修订 3 版）[M]．北京：人民文学出版社，1979．

[10] 罗贯中．三国演义[M]．北京：人民文学出版社，1953．

[11] 林文和．文学鉴赏导读[M]．北京：人民文学出版社，2004．

[12] 河南师范大学中文系现当代文学教研室．中国现代文学作品选[M]．新乡：河南师范大学，1995．

[13] 十一院校编写组．当代中国文学名作选读[M]．北京：光明日报出版社，1995．

[14] 席慕蓉．席慕蓉经典作品集[M]．南宁：广西人民出版社，2002．

[15] 诗刊社．世界抒情诗选[M]．沈阳：春风文艺出版社，1984．

[16] 鲁迅．鲁迅文集[M]．北京：九州出版社，2005．

[17] 沈从文．边城[M]．北京：人民文学出版社，2003．

[18] 钱钟书．围城[M]．北京：人民文学出版社，1991．

[19] 张爱玲．张爱玲文集[M]．合肥：安徽文艺出版社，1992．

[20] 金庸．金庸作品集[M]．广州：广州出版社，2006．

[21] 王安忆．长恨歌[M]．北京：人民文学出版社，2004．

[22] 余华．活着[M]．北京：作家出版社，2012．

[23] 朱维之．外国文学史（欧美卷）[M]．天津：南开大学出版社，2009．

[24] 莎士比亚．莎士比亚全集[M]．北京：人民文学出版社，2010．

[25] 歌德．浮士德[M]．北京：人民文学出版社，1994．

[26] 夏洛蒂·勃朗特．简·爱[M]．上海：上海译文出版社，2001．

[27] 川端康成．雪国 古都 千只鹤[M]．南京：凤凰传媒出版集团，1996．

[28] 陈阳，影视文学教程（21 世纪中国语言文学系列教材）[M]．北京：中国人民大学出版社，2013．

[29] 于保泉，田丽红．影视欣赏[M]．北京：北京大学出版社，2007．

[30] 安·霍纳迪．如何聊电影[M]．北京：北京联合出版有限公司，2018.
[31] 托马斯·福斯特．如何欣赏一部电影[M]．海口：南海出版公司，2018.
[32] 路易斯·贾内梯．认识电影[M]．北京：中国电影出版社，2017.
[33] 黄会林．经典影片解读教程[M]．北京：北京大学出版社，2006.
[34] 杨健．拉片子[M]．北京：作家出版社，2009.
[35] 徐葆耕．电影讲稿[M]．北京：北京大学出版社，2006.
[36] 安德烈·巴赞．电影是什么[M]．武汉：华中科技大学出版社，2019.
[37] 大卫·波德维尔，克里斯汀·汤普森．电影艺术：形式与风格[M]．北京：北京联合出版公司，2015.
[38] 戴锦华．电影批评[M]．北京：北京大学出版社，2015.